Gisa Pauly
Kurschatten

PIPER

Zu diesem Buch

Mamma Carlotta lauscht gerade genüsslich dem letzten Kurkonzert der Saison, als sie durch einen Schrei aufgeschreckt wird – eine Frau hat sich nebenan vom Balkon gestürzt! Ein Schock für die Kurgäste, und Arbeit für Carlottas Schwiegersohn Erik, seines Zeichens Kriminalhauptkommissar auf Sylt. Als sich herausstellt, dass die Tote in ihrem Abschiedsbrief einen Mord gestanden hat, nimmt Erik das Umfeld der Geschäftsfrau genauer unter die Lupe. Und schon bald kommt ihm einiges komisch vor … War tatsächlich enttäuschte Liebe das Motiv des Mordes? Oder spielte vielleicht sogar Erpressung eine Rolle? Doch damit nicht genug: Einmal mehr fühlt sich Carlotta dazu berufen, sich in die Ermittlungsarbeit ihres Schwiegersohns einzumischen, denn die Schwester der Toten ist nicht nur Bauherrin eines Großprojekts, das Carlotta unbedingt verhindern will, sondern hat auch nichts Besseres zu tun, als Erik schöne Augen zu machen.

Gisa Pauly, geboren 1947 in Gronau, lebt als freie Schriftstellerin, Journalistin und Drehbuchautorin in Münster und auf Sylt. In ihren turbulenten Sylt-Krimis prallt das Temperament Mamma Carlottas auf die Mentalität der Inselbewohner, vor allem aber mischt sich die Italienerin immer wieder in die polizeilichen Ermittlungen ihres friesisch-wortkargen Schwiegersohns ein. Gisa Pauly wurde mehrfach ausgezeichnet, darunter mit dem Satirepreis der Stadt Boppard und der Goldenen Kamera des SWR für das Drehbuch »Déjàvu«. Eine Verfilmung ihrer Mamma-Carlotta-Reihe ist derzeit in Vorbereitung.

Gisa Pauly

KURSCHATTEN

Ein Sylt-Krimi

lauschen – to eavesdrop

aufschrecken – to startle

sich herausstellen – to come to light

das Umfeld – sphere of influence

fühlen sich berufen – to feel a calling

Piper München Zürich

Mehr über unsere Autoren und Bücher:
www.piper.de

Von Gisa Pauly liegen bei Piper vor:
Die Tote am Watt
Gestrandet
Tod im Dünengras
Flammen im Sand
Inselzirkus
Küstennebel
Kurschatten

MIX
Papier aus verantwor-
tungsvollen Quellen
FSC
www.fsc.org
FSC® C083411

Originalausgabe
Juni 2013
© 2013 Piper Verlag GmbH, München
Umschlaggestaltung: Eisele Grafik-Design, München
Umschlagillustration/Artwork: Martina Eisele, unter Verwendung der Bilder
von Digital Zoo/GettyImages und Crok Photography, SSSCCC, Trevor Kelly,
iadams, Greenfire (alle Shutterstock)
Satz: Kösel, Krugzell
Gesetzt aus der Sabon
Papier: Munken Print von Arctic Paper Munkedals AB, Schweden
Druck und Bindung: CPI – Clausen & Bosse, Leck
Printed in Germany   ISBN 978-3-492-26474-7

Es war dunkel. Stockfinster! *Kein winziger Lichtschein, kein heller Fleck in der Schwärze, die ihn umgab. Nichts! Wo, um Himmels willen, war er gelandet? Er war eingesperrt. Um ihn herum Totenstille. Kein Licht und kein Geräusch. Nur der Geruch war ihm vertraut. Allmählich begriff er, dass er in seinem Auto saß. Es roch nach Straßenschmutz, nach Leder, nach einem Reinigungsmittel und der alten Decke, die stets auf dem Rücksitz lag. Ungewaschen und verfilzt.*

Vorsichtig versuchte er sich aufzurichten. Sein ganzer Körper schmerzte, er musste schon lange in dieser unbequemen Haltung gesessen haben. Sein Kopf dröhnte, das Pochen hinter seiner Stirn schwoll an, als er versuchte, sich zu bewegen. Es ging nicht! Seinen rechten Arm konnte er ein wenig strecken und nach dem Türgriff tasten, aber der linke gehorchte ihm nicht. Er begann zu zerren, zu reißen, doch er erreichte nichts. Nur ein metallisches Klirren. Seine Hand steckte in einer Fessel. Er war am Schaltknüppel angekettet! Seine Rechte betätigte vergeblich den Türgriff. Das Auto war verschlossen.

Er merkte, dass ihm der Schweiß ausbrach, obwohl es eiskalt im Auto war. Er trug nur einen leichten Pullover, seine Jacke musste irgendwo auf dem Rücksitz liegen. Unerreichbar! Er beugte sich vor, suchte mit der rechten Hand nach dem Zündschloss … es steckte kein Schlüssel drin.

»Hilfe!«

Er erschrak über seine eigene Stimme. Sie prallte von den Seitenscheiben zurück, und er wusste, dass niemand ihn hörte.

»Ich will hier raus!«

Er tastete nach der Hupe, obwohl er schon ahnte, dass sie nicht reagieren würde. Wütend drückte er und drückte …

Was war geschehen? Er fühlte sich völlig benommen, konnte sich nicht erinnern, was ihm widerfahren war. Wo befand er sich? Irgendwo tief unter der Erde? Bei diesem Gedanken schoss die Verzweiflung in ihm hoch. Verschüttet?

»Nein, nein!«

Er hätte seinen linken Arm gegeben, wenn er dadurch freigekommen wäre. Aber … frei? Was würde ihn erwarten, wenn er sein Auto verlassen könnte? Was versteckte sich in dieser Schwärze um ihn herum? In dieser unheimlichen Lautlosigkeit? Wohin würde er treten, wenn er einen Fuß aus dem Auto setzen könnte? Ins Leere? Würde er abstürzen in eine Schlucht? Versinken im Wasser?

»Hilfe!«

Da hörte er etwas. Ein fernes Geräusch, das Summen eines Motors. Dann ein Rumpeln, eine Bewegung, die sich auf seinen Wagen übertrug, nur kurz, aber für einen wundervollen Augenblick der Kontakt zum Leben, zur Außenwelt.

»Hilfe!«

Er glaubte, einen Lichtschein zu sehen, der in sein Gefängnis drang, doch schon im nächsten Augenblick wusste er nicht mehr, ob er es sich nur eingebildet hatte. Doch! Winzige Punkte blinkten auf, rote Stiche auf schwarzem Grund. Und es gab Bewegung in der Finsternis um ihn herum! Er sah sie nicht, aber er spürte und hörte sie. Quietschendes Gestänge, leises Rumoren, nun vibrierte die Karosserie seines Autos. Ein Rasseln, ein Dröhnen, dann war es vorbei. Stille, eisige Stille war wieder dort, wo es eine kurze Hoffnung gegeben hatte. Es war so still wie in einem Grab.

die Karosserie - bodywork

Der Wind kam vom Meer. Mit spitzen, eisigen Fingern griff er nach Schals, Mützen und Handschuhen. Wer ihm begegnete, machte sich klein und bot so wenig Angriffsfläche wie möglich. Wer von ihm gejagt wurde, versuchte zu verhindern, dass er etwas an sich riss und mitnahm. Unberechenbar war er, dieser Wind. Manchmal schwieg er oder säuselte nur heuchlerisch, dann wieder griff er so unvermutet an, dass er Fußgänger und Radfahrer übertölpelte und auf einen gefährlichen Zickzackkurs zwang.

Carlotta Capella kannte sich mittlerweile aus. Sie wusste, wie der Wind sich im Frühling gebärdete, dass er manchmal sogar im Sommer Ernst machte und jetzt, im Herbst, unerbittlich wurde. Immer, wenn sie von ihren Besuchen in Wenningstedt nach Italien zurückkehrte, erzählte sie dort von diesem Wind. Aber kaum jemand von denen, die den Wind nur als laues Lüftchen kannten, konnte sich vorstellen, wie eisig und kraftvoll er vom Meer kam und über Sylt hinwegfegte.

Vom Süder Wung, der Straße, in der das Haus ihres Schwiegersohns stand, hatte sie sich bis zum Osterweg treiben lassen, dann bog sie links ab und konnte sich im Schutz der Bebauung vor dem Wind sicher fühlen. Im Nu war sie bei Feinkost Meyer angekommen, wo sie nach frischen Salbeiblättern fragen wollte, die für den Reis mit brauner Butter, den sie zum Abendessen servieren wollte, unerlässlich waren. »Riso al burro versato schmeckt nur mit frischem Salbei!«, das wusste schon ihre Mutter.

Mit diesem Ziel war sie zu Hause aufgebrochen. Was sie wirklich vorhatte, durfte niemand wissen.

Vorsichtig tastete sie nach dem Brief, den sie in die Innentasche der winddichten Jacke gesteckt hatte, die Erik ihr immer zur Verfügung stellte, wenn sie auf Sylt zu Besuch war. Sie hörte das leise Knistern des Papiers und war beruhigt.

Als sie die Salbeiblätter in der Tasche hatte und den Parkplatz des Supermarktes überquerte, sah sie sich vorsichtig um. Beobachtete sie jemand? Wurde ein Kunde von Feinkost Meyer, der sie kannte, auf sie aufmerksam? Sie machte nur ein paar Touristen aus, von denen es auch im Herbst viele auf Sylt gab. Die waren damit beschäftigt, ihre Einkäufe in ihren Autos zu verstauen und die Einkaufswagen in den Laden zurückzubringen, ohne dass der Wind sie ihnen aus der Hand riss.

Mamma Carlotta zog den Reißverschluss bis zum Kinn zu und strich die vom Wind aufgeplusterte Hose glatt, die sie nur auf Sylt trug, weil in ihrem Dorf keine einzige Frau ihres Alters jemals eine Hose getragen hatte. Auf die Kapuze verzichtete sie und hielt ihre kurzen Locken trotzig dem Wind entgegen. Anfang Oktober biss er noch nicht zu, riss die Haare nicht gewaltsam aus ihrer Ordnung, sondern brachte nur durcheinander, was nicht unbedingt bleiben musste, wie es war. Es war schön, sich der Planlosigkeit des Windes hinzugeben. Sie vermittelte ein Gefühl von Freiheit, das Mamma Carlotta gut gebrauchen konnte. Es würde ihr vielleicht dabei helfen, sich zum ersten Mal in ihrem Leben gegen die Obrigkeit aufzulehnen. Protestieren! Demonstrieren! Noch nie in ihrem Leben hatte sie etwas Derartiges getan. Aber heute würde sie damit beginnen. Egal, was ihr Schwiegersohn dazu sagte.

Nur leider stand ihr auch noch eine andere Aufgabe bevor. Sie hatte ihrem Neffen ein Versprechen gegeben, ohne zu ahnen, welche Schwierigkeiten auf sie zukommen würden. Dabei kannte sie Niccolò und hätte es sich denken können. Er würde flehen und fluchen, wenn sie ihm nicht helfen wollte, abwechselnd von Selbstmord und Auswanderung reden und behaupten, seine Tante sei schuld daran, dass die Familie Capella ausgerechnet den Spross verlor, der den Angehörigen zuliebe auf seinen Traumberuf verzichtet hatte.

8

Auch Mamma Carlotta hatte zu denen gehört, die ihm eine Karriere als Zirkusartist ausgeredet hatten, und sie war genauso froh gewesen wie alle anderen, als Niccolò endlich damit aufhörte, im Handstand die Straße hinunterzulaufen. Wie erleichtert war die Familie gewesen, als Niccolò endlich damit einverstanden war, seine berufliche Zukunft in der Gastronomie zu suchen. Wenn er sich jetzt vor lauter Verzweiflung doch noch einem Zirkus anschloss, würden alle gegen sie sein. Niemand würde Verständnis dafür haben, dass sie für ihn nicht alles getan hatte, was mit Übertreibungen, Notlügen, theatralischen Gesten, mit dem Anflehen des Himmels und notfalls mit Bestechung möglich war.

Sie war an der Ampel angekommen, die über die breite, stark befahrene Umgehungsstraße und dann direkt auf Braderup zuführte. Dass der Wind sie vor sich her jagte, tat ihr gut. Hätte sie sich ihm entgegenstemmen müssen, wäre es ihr sicherlich schwerer gefallen, ihr Vorhaben in die Tat umzusetzen, womöglich hätte der Mut sie dann verlassen. Wieder sah sie sich um, als die Ampel auf Grün wechselte. Hatte sie jemand entdeckt, der sie später verraten konnte? Erst als sie sicher war, dass niemand ihr einen Blick gönnte, schob sie ihr Fahrrad über die Straße und sprang auf der anderen Seite hastig auf.

Nun ging es immer geradeaus. Zeit zum Nachdenken, Zeit, sich eine Ausrede zu überlegen, falls sie doch noch gesehen wurde, Zeit, ein letztes Mal zu erwägen, ob es nicht doch zu riskant war. Wenn alles gut gegangen war, würde sie beim Abendessen behaupten, ein Verkäufer sei extra für sie ins Kühlhaus gelaufen, um dort den frischesten Salbei herauszusuchen, was bedauerlicherweise sehr lange gedauert habe, weil der gute Mann nicht besonders flott auf den Beinen war. Und dann seien die Schlangen vor den Kassen so lang gewesen, dass das Einkaufen länger gedauert hatte als sonst, obwohl es nur um ein Sträußchen Salbei gegangen war. Natürlich würden ihre Enkel ihr unterstellen, sie hätte mit den Verkäuferinnen geschwatzt, den Kassiererinnen ihre Lebensgeschichte erzählt und dem Käseverkäufer das Bekenntnis entlockt, ein Auge auf die junge, hübsche Verkäuferin an der Fischtheke geworfen zu haben – aber das würde sie einfach ignorieren. Carolin und Felix würden sich in ihrem Verdacht bestätigt sehen, und niemand würde sich dann noch Gedanken darüber machen, warum sie für einen Einkauf bei Feinkost Meyer viermal so viel Zeit brauchte wie Erik oder die Kinder.

Mamma Carlotta kaufte gern ein, vor allem auf Sylt. Daheim in Umbrien musste sie von einem Ende des Dorfes zum anderen laufen, bis sie bei dem Metzger angekommen war, dann in die Weinberge, wo der Gemüsebauer seinen Stand hatte, und schließlich zu dem kleinen Laden von Signora Criscito, die ihre fünf Quadratmeter Verkaufsfläche Supermercato nannte. Dort gab es alle anderen Lebensmittel, jedenfalls dann, wenn sie vorrätig waren. Da die Lagermöglichkeiten hinter dem winzigen Verkaufsraum begrenzt waren und Signora Criscito nur einmal in der Woche, nämlich mittwochs, zum Großmarkt fuhr, konnte man sich darauf allerdings nie verlassen. Wer Coniglio con le noci auf den Speiseplan gesetzt hatte und froh war, beim Metzger ein schlachtfrisches Kaninchen ergattert zu haben, dem konnte es passieren, dass Signora Criscito die letzten Walnüsse gerade an die Köchin der Familie di Lauro verkauft hatte, die ihr Walnussöl gern selbst herstellte.

Bei Feinkost Meyer in Wenningstedt war dagegen alles anders. Noch nie war es vorgekommen, dass der Zucker ausgegangen war, weil eine Wenningstedter Hausfrau sich spontan entschlossen hatte, große Mengen Johannisbeergelee zu kochen. Und Mamma Carlotta hatte nie erlebt, dass der Filialleiter die Schultern zuckte und auf nächsten Mittwoch verwies, wenn am Donnerstag eine Pensionswirtin ein

Dutzend Honiggläser auf einmal gekauft hatte. Nein, in diesem Laden war das Angebot stets komplett, es gab sogar Erdbeeren im Herbst und Basilikum im Winter.

Nur eines war im Laden von Signora Criscito angenehmer: Dort hatte immer jemand Zeit, über das Wetter, die Nachbarn, die verschwundene Katze des Pfarrers und die merkwürdige Gewohnheit des Briefträgers zu reden, der jungen, hübschen Musiklehrerin die Post immer zuerst zu bringen. Für solche angenehmen Plaudereien war bei Feinkost Meyer leider nur selten Zeit. Die Kassiererinnen hatten viel zu tun, vor der Käse- und Fleischtheke stand man nie allein, und die Touristen, die bei Feinkost Meyer einkauften, drängten so eilig an die Kassen, als wäre ihr Urlaub ein dringendes Geschäft, das schnellstmöglich erledigt werden musste.

Wo der Terp Wai auf den Buchholz-Stich stieß, stieg Mamma Carlotta vom Rad, um ihren Plan ein letztes Mal zu überdenken. Ihre Enkel würden sie eine Verräterin nennen, aber ihr Neffe verließ sich darauf, dass sie sich seiner Sache annahm. Wessen Interessen waren höher zu veranschlagen? Felix und Carolin hatten ein hohes Ziel, aber bei Niccolò ging es um die berufliche Existenz, die seine Frau ihm nach der Scheidung ruiniert hatte. Nach Mamma Carlottas Ankunft auf Sylt waren die Kinder glücklich gewesen, dass die Nonna sich an ihre Seite stellte und mit ihnen für die gute Sache kämpfen wollte. Sollte ihnen zu Ohren kommen, was sie Niccolò versprochen hatte, würden sie sehr enttäuscht sein von ihrer Großmutter. Eine schreckliche Vorstellung! Aber ihr Gewissen würde nicht weniger belastet sein, wenn sie nach Italien zurückkehrte, ohne das Versprechen eingelöst zu haben, das sie Niccolò gegeben hatte. Als er sie darum bat, konnte sie ja nicht ahnen, in welchen Konflikt sie geraten würde.

Sören hob den Arm, und Erik duckte sich erschrocken. Kurz darauf fuhr er unter einem Geräusch zusammen. Es war, als peitschte ein Schuss durch die Halle. Erik sah das Geschoss von der linken Wand auf die Rückwand prallen, dann flog es direkt auf ihn zu. Klein, rund, pechschwarz! Instinktiv hob er das rechte Bein, um seinen Unterkörper zu schützen, und nahm die Arme vors Gesicht. Im selben Moment spürte er den Schmerz auf seiner Brust. Er ärgerte sich über seine eigene Reaktion. Natürlich war es unsinnig gewesen, auf diese Weise den Ball abzuwehren, anstatt beherzt die Rückhand zu nutzen, um den Ball nach rechts abprallen zu lassen, wo er für Sören unerreichbar gewesen wäre.

Sein Assistent sah ihn enttäuscht an. »So geht das nicht. Wenn Sie so eine Bangbüx sind, macht Squash keinen Spaß.«

Erik seufzte niedergeschlagen. »Das geht mir sowieso alles viel zu schnell.«

Sören warf ihm einen Blick zu, den Erik im Kommissariat niemals geduldet hätte. »Das ist wohl kein Sport für Friesen. Besser, Sie gehen zum Boßeln.«

»Na, hören Sie mal!«, begehrte Erik auf. »Sie sind doch auch Friese!«

»Aber außerdem gut trainiert«, ergänzte Sören und sah seinen Chef nun sehr zufrieden an, als gefiele ihm der Gedanke, ihm haushoch überlegen zu sein. »Das hebt sich anscheinend auf.«

»Langsam wie ein Friese und schnell wie ein englisches Vollblut?« Erik hob den Ball auf und ging zur Tür des Courts.

»Das ergibt dann jemanden«, entgegnete Sören grinsend, »der rechtzeitig ausholt, wenn der Ball kommt.«

Erik ging seinem Assistenten voran, an mehreren verwaisten Squash-Courts vorbei, in den düsteren Gang, der zu den Umkleideräumen führte. Still und verlassen lag er da, hinter den Türen regte sich nichts. »Ich glaube, ich mache lieber

Krafttraining«, sagte Erik. »Oder ich versuch's mal mit Nordic Walking.«

Als er die Tür zur Umkleide geöffnet hatte, bemerkte er, dass Sören einige Meter hinter ihm stehen geblieben war. »Ludo Thöneßen muss anscheinend an allen Ecken und Enden sparen.« Sören wies zur Decke des Ganges, wo nur jede zweite Glühbirne brannte.

»Kein Wunder«, meinte Erik und deutete zu den vielen Spinden in der Umkleide, von denen nur zwei abgeschlossen waren. Alle anderen standen ungenutzt offen. »Es ist mir ein Rätsel, wie Thöneßen zurechtkommt. Wir sind heute wohl seine einzigen Kunden.«

Sören lauschte in den Gang hinein, bevor er die Tür der Umkleide schloss. »Im Bistro ist immerhin was los.«

»Von den Einnahmen kann er nicht mal die Kosten decken.« Erik löste das Armband, an dem sein Spindschlüssel befestigt war. Während er gemächlich die Tür öffnete, zog Sören sich bereits das Shirt über den Kopf und bot seinem Chef damit mal wieder Gelegenheit, seinen muskulösen Körper zu bewundern. Auf den ersten Blick wirkte Sören wie ein durchschnittlicher Friese, phlegmatisch, behäbig und mit seinem runden Gesicht und den glänzenden roten Wangen sogar wie einer, dessen Dynamik nur für die notwendigsten Verrichtungen ausreichte. Aber wer das glaubte, täuschte sich. Zwar entsprach Sörens Temperament exakt dem Vorurteil, das sich bereits südlich von Hamburg breitmachte, körperlich und konditionell jedoch konnte er es mit jedem heißblütigen Torero aufnehmen. Das wusste Erik, trotzdem hatte er sich dazu überreden lassen, mit Sören einmal in der Woche Squash zu spielen. Dass er endlich Sport treiben wolle, behauptete er seit Jahren, und so war es schwierig gewesen, Sörens Drängen etwas entgegenzusetzen. Als er schließlich nachgegeben hatte, war er auf vernichtende Niederlagen gefasst gewesen, aber das größte Problem hatte er erst erkannt, nachdem er bereits das erste Mal haushoch verloren hatte: das gemeinsame Duschen. Mittlerweile hatte Erik ein Dutzend Mal mit Sören Squash gespielt, aber nach wie vor war er der Meinung, dass ein Vorgesetzter sich seinen Mitarbeitern nicht nackt zeigen sollte. Die Tatsache, dass er freundschaftliche oder gar väterliche Gefühle für Sören hegte, änderte nichts daran. Jedes Mal, wenn er ihm unter die Dusche folgte, würde er am liebsten das Handtuch vor seinen Unterkörper halten.

Sören prustete unter der Dusche, als gäbe es erst für das Abspülen des Schweißes die entscheidenden Punkte, während Erik noch gemächlich Duschgel und Shampoo aus seiner Sporttasche kramte und schließlich, und zwar im allerletzten Moment, die Sporthose abstreifte.

Sören spülte schon das Shampoo aus den Haaren, als Erik eine Dusche aufdrehte, aus der jedoch nur ein schwaches Rinnsal tropfte. »Die nächste hat nur kaltes Wasser«, sagte Sören und wies auf eine gegenüberliegende Dusche. »Ich glaube, die tut's. Ludo Thöneßen hat anscheinend keine Kohle für Reparaturarbeiten.«

Erik ließ das heiße Wasser auf seinen Körper prasseln und schloss die Augen. Er öffnete sie nicht, als er das Duschgel in die Handflächen laufen ließ und sich den Körper einschäumte. Was er fühlte, missfiel ihm außerordentlich. Die schwach ausgeprägte Muskulatur an den Oberarmen, der gut gepolsterte Rücken, die weiche, nachgiebige Kehrseite und sein Bauch, der sich dort gemütlich vorwölbte, wo Sören das Waschbrett hatte, auf das angeblich alle Frauen flogen. Während Erik sich die Haare wusch, die zum Glück nicht weniger dicht und voll waren als Sörens, tröstete er sich damit, dass sein Assistent erst Mitte zwanzig war, während er die vierzig schon überschritten hatte. Den Gedanken, dass er auch mit Mitte zwanzig keinen Waschbrettbauch gehabt hatte, schob er schleunigst beiseite. Aber dann fuhr er über seine behaarte Brust, und plötzlich war das alles nicht mehr so wichtig. Lucia hatte die weichen Locken auf seiner Brust geliebt, ihre Fingerspitzen hatten damit gespielt, oft hatte sie ihr Gesicht an seine Brust geschmiegt und behauptet, sich nirgendwo geborgener zu fühlen als auf dieser flaumigen Wolle.

Er öffnete die Augen und sah, dass Sören bereits vor seinem Spind stand und sich abtrocknete. »Ist noch Zeit für ein Bier, Chef? Oder wartet Ihre Schwiegermutter schon mit dem Abendessen?«

Erik antwortete erst, als er neben Sören stand. »Ein Bier geht auf jeden Fall. Ich bin nicht mal sicher, ob wir heute überhaupt ein Abendessen bekommen.«

»Wir?«, tat Sören erstaunt. Er ließ sich, wenn Eriks Schwiegermutter auf Sylt erwartet wurde, gern immer wieder erneut versichern, was eigentlich längst Gewohnheit geworden war: dass er die Mahlzeiten im Hause seines Chefs einnahm, wenn Mamma Carlotta dort für Antipasti, Primo piatto, Secondo und Dolce sorgte und sich über jeden Gast freute, der ihre Kochkunst zu schätzen wusste.

Erik stieg in seine Boxershorts und fand mit ihnen zu der Selbstsicherheit zurück, die ein Vorgesetzter haben sollte. »Meine Schwiegermutter wäre zu Tode beleidigt, wenn Sie irgendwo ein Fischbrötchen verdrücken, während sie mit Parmigiana di melanzane oder ihren Käsetortellini aufwartet.«

Sörens Gesicht begann zu leuchten. »Sie meinen, es gibt heute Auberginenauflauf?«

Mamma Carlotta schob ihr Fahrrad, obwohl sie dadurch kostbare Zeit verlor. Es war eine leise, aber eindringliche Angst, die sie hinderte, ihr Ziel zügig anzusteuern. Nicht nur die Angst vor den Vorwürfen der Kinder oder Niccolòs Vorhaltungen, sondern vor allem die Angst vor den eigenen Schuldgefühlen. Sie hatte sich so leicht von dem Engagement der Kinder anstecken lassen!

Zunächst waren ihr die Konsequenzen nicht klar gewesen, als Carolin und Felix sie gleich nach ihrer Ankunft auf Sylt mit den Neuigkeiten überfallen hatten. »Wir sind jetzt Mitglieder der Bürgerinitiative!«

Der deutsche Wortschatz ihrer Nonna konnte sich mittlerweile sehen und hören lassen, aber mit der Vokabel ›Bürgerinitiative‹ war sie heillos überfordert gewesen. »Che cos'è?«

Zunächst hatte sie nur mit halbem Ohr zugehört, weil so viel anderes zu tun und zu bedenken gewesen war. Immer, wenn Carlotta Capella in Wenningstedt ankam, um sich der Familie ihrer verstorbenen Tochter anzunehmen, war es am wichtigsten, erst einmal die Lebensmittelvorräte aufzufüllen, Antipasti einzulegen, die Wäsche zu waschen, Hemden zu bügeln, Betten zu beziehen und Knöpfe anzunähen. Erik hatte es nicht leicht als alleinerziehender Vater von zwei heranwachsenden Kindern. Genau genommen fragte Mamma Carlotta sich jedes Mal, wenn sie sich an die Arbeit machte, wie er seine Aufgaben überhaupt bewältigte. Sein Dienst war anstrengend, und wenn es ein Kapitalverbrechen auf Sylt gab, konnte er sich oft tagelang nicht um die Kinder und erst recht nicht um den Haushalt kümmern. Kein Wunder, dass Carolin und Felix ihrer Nonna jedes Mal dankbar um den Hals fielen, wenn sie auf Sylt ankam. Endlich jemand, der sie bemutterte, sie versorgte, für sie da war! So, wie Lucia für die beiden da gewesen war. Bis zu dem Tag, an dem ihr auf dem Weg von Niebüll zum Autozug der Lkw entgegengekommen war, dessen Fahrer nur für den Bruchteil einer Sekunde nicht aufgepasst hatte ...

Wie immer hatte Felix schon alles herausgesprudelt, was ihn bewegte, ehe Carolin die ersten Worte auch nur formuliert hatte. Sie setzte sich, ebenfalls wie immer, schweigend an den Tisch, ließ ihren Bruder reden und wartete geduldig darauf, dass er etwas anderes wichtiger fand und sie mit ihrer Nonna allein ließ. »Die Investoren vom Festland kaufen unsere Insel auf!«, schrie Felix, als stünden sie auf einer belebten Kreuzung und müssten Motorenlärm übertönen. »Matteuer-Immobilien hat schon die halbe Insel zugepflastert, und nun wollen sie den nächsten Riesenkasten bauen! In Braderup! Direkt am Naturschutzgebiet! Und wenn das Ding fertig ist, stellt sich vermutlich heraus, dass ein Teil des Naturschutzgebietes dran glauben musste!«

Mamma Carlotta hatte nachdenklich den Basilikumtopf betrachtet, der auf der Fensterbank stand. Die Blätter waren noch zu grün, um sie wegzuwerfen, aber schon zu welk, um noch für einen frischen Salat zu taugen. »Ist das denn erlaubt?«

»Unsere Kommunalpolitiker drücken mal wieder ein Auge zu«, hatte Felix sich ereifert. »Und was meinst du, warum?« Er hatte eine Hand gewölbt, als erwartete er, dass ihm jemand etwas hineintat, und dann diskret hinter seinen Rücken geschoben.

Carolin hatte gemerkt, dass ihre Großmutter nicht verstand. »Felix glaubt, dass sie geschmiert werden.«

»Geschmiert?« Diese Vokabel war Mamma Carlotta genauso wenig vertraut wie ›Kommunalpolitiker‹ und ›Bürgerinitiative‹.

Daraufhin hatte Felix seine dürftigen Italienischkenntnisse bemüht. »La corruzione! Corrompere qualcuno!«

Nun verstand Mamma Carlotta. »Bestechung?«

Wenn ihre Enkelkinder ein wenig aufmerksamer gewesen wären, hätten sie bemerkt, dass die Stimme ihrer Großmutter ohne jede Empörung war. In einer Italienerin erzeugte der Umstand der Korruption weit weniger Entrüstung als in einer Sylter Beamtenfamilie. Der Bürgermeister von Mamma Carlottas Dorf war durch Bestechung an sein Amt gekommen, seine Ehefrau sorgte mit den gleichen Mitteln dafür, dass die Polizei sie nicht wegen Falschparkens zur Rechenschaft zog, und warum die Tochter des reichsten Weinbauern bei jedem Krippenspiel die Maria spielen durfte, konnte sich auch jeder denken. Aber da der Bürgermeister seine Arbeit gut erledigte, seine Frau regelmäßig Spenden für Bedürftige des Dorfes sammelte und die Maria von keinem anderen Mädchen so inbrünstig gespielt worden wäre wie von der Tochter des Weinbauern, beschwerte sich niemand.

»Matteuer-Immobilien macht so was nicht zum ersten Mal«, hatte sich Carolin leise zu Wort gemeldet. »Irgendeinen Grund muss es ja haben, dass diese Firma immer ihre Pläne durchsetzt.«

»Ein Riesenhotel nach dem andern setzen sie in die Landschaft«, hatte Felix eingeworfen und seinen italienischen Vorfahren mit Lautstärke und temperamentvollen Gesten dabei alle Ehre gemacht. »Die kleinen, traditionsreichen Hotels, die den Syltern gehören, können da nicht mehr mithalten.«

Diese Worte hatte Mamma Carlotta noch im Ohr, als sie vor dem großen Schild stehen blieb, auf dem der Name ›Matteuer-Immobilien‹ prangte. Auf dem riesigen Gelände, auf dem ein Gesundheitshaus entstehen sollte, stand ein flacher Container mit der Aufschrift ›Baubüro‹. Als sie näher herantrat, entdeckte sie auf einem Schild neben der Tür die Aufforderung, sich dort zu melden, falls es Interesse an der Anmietung von Räumen im neuen Gesundheitshaus gäbe. Sie öffnete den Reißverschluss ihrer Jacke, griff hinein und zog den Brief hervor, den Niccolò ihr mitgegeben hatte. Ein letztes Mal sah sie sich um, dann griff sie entschlossen nach der Türklinke.

Das Bistro nannte sich Sportlerklause und gehörte zu den Lokalitäten, die nur gemütlich sind, wenn sie voll besetzt sind. In der Sportlerklause gab es nur einen einzigen Tisch, an dem fünf Männer saßen, entsprechend kühl war die Atmosphäre in dem Bistro, das Ludo Thöneßen in seine Squashhalle integriert hatte. Das Interieur war nicht mehr zeitgemäß, die dunklen Bodenfliesen, die holzvertäfelten Decken und die rustikalen Möbel schlugen manchen potenziellen Gast schon an der Eingangstür in die Flucht.

Erik und Sören nickten einen Gruß zu der fünfköpfigen Runde, die aus Wenningstedter Bürgern bestand, die jeder kannte. Der Inhaber eines Fahrradverleihs, ein Hotelier, der Betreiber einer kleinen Pension, der Besitzer mehrerer Ferienwohnungen und ein Angestellter der Kurverwaltung. Sie alle waren Mitglieder der Bürgerinitiative »Verraten und verkauft«, das wusste Erik, denn jeder von ihnen hatte schon den Versuch gemacht, auch den Kriminalhauptkommissar der Insel für diese Gemeinschaft zu gewinnen. Bisher vergeblich. Erik ließ sich nicht gern in wöchentliche Treffen, Jahreshauptversammlungen, Vorstandswahlen und Vereinsarbeit zwängen. Und mit dem leidenschaftlichen Engagement seiner Kinder war das Soll seiner Familie schließlich erfüllt.

Hinter der Theke arbeitete Jacqueline Hansen, die ebenfalls jeder kannte. Sie war auf Sylt geboren und hatte während ihrer Schulzeit immer davon geredet, dass sie die Insel auf der Stelle verlassen würde, sobald sie ihren Abschluss in der Tasche habe. Soviel Erik wusste, hatte sie es aber lediglich in Husum vier Wochen ausgehalten und einen Job in München gar nicht erst angetreten. Nun war sie Mitte zwanzig, redete immer noch davon, woanders Karriere zu machen, und hatte den Job im Squashcenter nur angenommen, weil sie ihn von heute auf morgen hinwerfen konnte, wenn sich eine interessante Alternative weit weg von Sylt bieten sollte. Erik war sicher, dass Jacqueline noch in zehn Jahren hier arbeiten würde, vorausgesetzt, das Squashcenter hielt sich so lange.

Danach sah es allerdings nicht aus. Nachdem Erik zwei Bier bestellt hatte, fragte er Jacqueline: »Ist der Laden immer so leer?«

Sie begann zu zapfen. »Ich bin nur noch hier, weil ich Ludo nicht im Stich lassen will.«

Einer der fünf Männer rief: »Jacqueline, wo ist dein Chef? Wir sind hier mit ihm verabredet!«

Und ein anderer ergänzte: »Wir sind nicht zum Vergnügen hier. Es geht um die Demo gegen Matteuer-Immobilien!«

Jacqueline zuckte mit den Achseln. »Den Chef habe ich seit Freitag nicht gesehen. Am Wochenende hat er sich nicht blicken lassen.«

Erik sah Sören fragend an, dann erkundigte er sich: »Thöneßen wird vermisst?«

Jacqueline lachte. »So würde ich das nicht nennen. Seit seine Frau ihn verlassen hat, wandelt er gelegentlich auf Freiersfüßen. Macht nichts! Ich habe ja einen Schlüssel. Er weiß, dass der Laden weiterläuft.«

Erik wunderte sich: »Er bleibt einfach ein paar Tage weg?«

Jacqueline stellte die Biergläser vor Erik und Sören hin. »Bisher hat er eigentlich immer Bescheid gesagt.«

»Sie haben also keine Ahnung, wo er ist?«

»Sein Auto steht jedenfalls nicht auf dem Parkplatz.«

Sören prostete seinem Chef zu, Jacqueline kümmerte sich um die fünf Aquavit, nach denen die Herren am Tisch verlangt hatten. »Seit Sila Simoni ihn verlassen hat«, sagte Sören leise, »ist Ludo nicht mehr der, der er mal war. Erst dachte man ja, er fängt sich wieder. Aber es geht immer weiter mit ihm bergab.«

Der Besitzer des Fahrradverleihs begann zu schimpfen. »Ich habe schon x-mal auf seinem Handy angerufen. Wieso geht der nicht ran?«

Die Frage war an Jacqueline gerichtet, aber sie gab keine Antwort. Wahrscheinlich hatte sie schon mehr als einmal erklärt, dass ihr über den Aufenthaltsort ihres Chefs nichts bekannt war.

Erik drehte den Männern den Rücken zu und legte die

Unterarme auf die Theke. »Kennen Sie Thöneßen näher?«, fragte er Sören.

Sein Assistent schüttelte den Kopf. »Ich weiß nur das, was alle wissen.«

»Und das wäre?« Sören musste sich doch denken können, dass Erik kein einziges Gerücht kannte, das auf Sylt kursierte. Er blieb von jeder Neuigkeit verschont, weil er sich selten in Gespräche verwickeln ließ und an Sensationen nicht interessiert war. Früher hatte Lucia ihn auf dem Laufenden gehalten, sie war ja ähnlich kommunikationsfreudig gewesen wie ihre Mutter. Von ihr hatte er erfahren, wenn in einer Familie ein weiteres Kind erwartet wurde, wenn eine Ehe in die Brüche zu gehen drohte oder jemand arbeitslos geworden war. Seit sie nicht mehr lebte, war es einsam um Erik geworden. Nicht nur, weil ihm Lucia fehlte, sondern auch, weil er den Verbindungsdraht zu den Menschen, in deren Mitte er lebte, verloren hatte. Wieder einmal nahm er sich vor, alte Bekanntschaften aufzufrischen, statt sich jeden Abend hinter der Zeitung zu verbergen und froh zu sein, dass er seine Ruhe hatte.

Sören sah ihn ungeduldig an. »Dass Ludo Thöneßen mit der Pornoqueen verheiratet ist, dürfte sogar Ihnen bekannt sein.«

Erik nickte. Diese Sensation hatte die Insel damals derart erschüttert, dass ihr niemand entgehen konnte. Ludo Thöneßen, der vermögende, allseits geachtete Geschäftsmann, hatte sich in eine Frau verliebt, die sich in Pornofilmen nackt auf dem Sofa räkelte, die eine Oberweite hatte, die der Größe von zwei Melonen entsprach, und mit aufgespritzten Lippen in der Form eines Schlauchboots lächelte. Vieles andere an ihr schien ebenfalls nicht echt zu sein: die runden Pausbäckchen, die faltenlose Haut, die weißblonden Haare und die langen Fingernägel. Manche hatten auch von fettabgesaugten Oberschenkeln geredet, von einem silikonverstärkten

Po, einem gelifteten Hals und einer operierten Nase. Aber das Gerede war schnell verstummt, denn auf Sylt war Sila Simoni Privatfrau und verhielt sich so unauffällig, dass man beinah vergessen konnte, womit sie ihr Vermögen gemacht hatte. Und da Ludo Thöneßen einen guten Ruf genoss, als Geschäftsmann und als Mitglied des Gemeinderats, war ihm die Ehe mit Sila Simoni irgendwann nachgesehen worden. Seine Frau war viel unterwegs, hastete von einem Engagement zum nächsten, von Dreharbeiten zu Talkshows, von Fototerminen zu Anproben und Friseurbesuchen. Irgendwann kümmerte sich niemand mehr darum, wenn die Presse sie mal wieder am Autozug erwartete. Sie gehörte dazu.

»Alle dachten, die Ehe wäre gut«, meinte Sören. »Als sich die erste Empörung gelegt hatte, ist Ludo sogar beneidet worden.« Leise, sodass nur Erik es hören konnte, ergänzte er: »Wegen Silas großer Ohren, Sie wissen schon!«

Erik starrte seinen Assistenten an. Sila Simoni hatte große Ohren? Und warum wurde Ludo deswegen beneidet? Erst als sich ein verlegenes Grinsen auf Sörens Gesicht ausbreitete, begriff Erik, was er meinte, und nickte hastig.

»Aber als Thöneßen sein Vermögen in den Sand gesetzt hat«, fuhr Sören fort, »war es dann bald vorbei mit der großen Liebe. Die Simoni hat die Biege gemacht, und nun steht Ludo anscheinend vor dem Aus.«

Erik erinnerte sich schwach. »Hatte er nicht auf Ostimmobilien gesetzt? Diese berüchtigten Steuerabschreibungsmodelle?«

Sören nickte. »Klaus Matteuer hatte ihm den Floh ins Ohr gesetzt. Und nicht nur ihm! Auch andere sind ihm auf den Leim gegangen. Die haben Matteuer ihr Erspartes anvertraut, weil er ihnen eine Wahnsinnsrendite versprochen hatte. In Wirklichkeit haben sie in wertlose Immobilien investiert. Thöneßen hat alles verloren! Sein Einfamilienhaus musste er verkaufen.«

»Diese tolle Villa in Kampen?«

»Da wohnt jetzt irgendein Schlagersternchen.«

»Konnte Klaus Matteuer der Betrug nicht nachgewiesen werden?«

Sören schüttelte den Kopf. »Sein Anwalt hat ihn locker rausgepaukt. Ludo und auch die anderen Kläger hätten das Kleingedruckte in den Verträgen gründlicher lesen müssen. Und dass sie sich die Immobilien nicht angesehen hatten, war eben ihre Schuld. Die Häuser blieben leer, niemand wollte sie mieten oder kaufen, das Geld war futsch.«

Jacqueline mischte sich ein. »Da waren viele Promis dabei ... haben alle in Ostimmobilien investiert. Und jetzt stehen sie mit leeren Händen da.«

Erik nickte bitter. »Und Matteuer-Immobilien hat fröhlich weitergemacht, als wäre nichts gewesen.«

Die Männerrunde konnte sich einen Kommentar natürlich ebenfalls nicht verkneifen. »Das Gesundheitshaus in Braderup«, rief der Fahrradverleiher, »mit Arztpraxen, Apotheke und einem Bistro! Alle waren einverstanden. Wenn die ärztliche Versorgung verbessert wird, dann kann das ja nicht verkehrt sein.«

»Aber nun ist durchgesickert«, ergänzte der Mitarbeiter der Kurverwaltung, »dass auch ein Hotel integriert werden soll. Natürlich mit einem großen Parkhaus. Dass dafür auf dem Gelände gar kein Platz ist, hat angeblich vorher keiner gemerkt.«

Der Hotelier verschluckte sich vor Empörung. »Da haben die Mitglieder des Gemeinderates ganz vergessen, drüber zu reden. Komisch, was? Und plötzlich ist das Naturschutzgebiet gar nicht mehr so wichtig. Warum wohl?«

Der Betreiber der kleinen Pension wusste es: »Weil die alle bestochen worden sind!«

»Nur Ludo hat sich nicht kaufen lassen«, ergänzte der

Besitzer der Ferienwohnungen. »Dabei hat er die Kohle am nötigsten.«

Als eine interne Diskussion darüber einsetzte, wie es um Ludo Thöneßens finanzielle Verhältnisse bestellt war, wandten sich die fünf wieder von Erik und Sören ab. Wenn Erik richtig gehört hatte, stand dem Besitzer der Squashhalle das Wasser tatsächlich bis zum Halse.

»Trotzdem ist er der einzige Gemeinderat, der die großzügigen Geschenke von Matteuer-Immobilien zurückgewiesen hat«, sagte Sören und trank sein Glas aus. »Er hat nicht mal für sich behalten, dass er geschmiert werden sollte. Wenn er es auch nicht beweisen kann. Aber der Bürgerinitiative reicht seine Aussage.«

Auch Erik trank sein Glas aus, dann strich er sich über seinen Schnauzer, wie er es immer tat, wenn er nachdachte, und starrte die Flaschen an, die auf dem Regal hinter der Theke aufgereiht waren. Schließlich sagte er bedächtig: »Umso merkwürdiger, dass niemand weiß, wo Ludo Thöneßen ist.«

Der Baucontainer bestand aus zwei großen Räumen, die durch einen Flur verbunden waren. Links und rechts standen die Türen offen, zeigten unordentliche Schreibtische, Computer, Telefone, Regale, Zeichenbretter und Flipcharts mit Plänen und Entwürfen. Im hinteren Teil des Flurs gab es eine kleine Küche, daneben eine Tür, die vermutlich in einen Waschraum führte.

Mamma Carlotta entschied sich für den linken Büroraum. »Buon giorno!«

Ein dreistimmiges »Moin!« kam ihr entgegen.

An dem Schreibtisch, der der Eingangstür am nächsten war, saß ein junger Mann und blickte Mamma Carlotta freundlich entgegen, im Hintergrund hatten sich zwei Frauen über einen großen Plan gebeugt und nur kurz aufgesehen.

Nun setzten sie ihr Gespräch leise fort, wobei die eine mit energischen Bewegungen über das Papier fuhr, während die andere zu allem, was ihr erklärt wurde, schweigend nickte.

»Kann ich Ihnen helfen?«, fragte der junge Mann, der sich als Dennis Happe vorstellte, höflich. Einem kleinen Schild, das auf seinem Schreibtisch stand, war zu entnehmen, dass er als Architekt für Matteuer-Immobilien tätig war.

Mamma Carlotta zog den Brief hervor, den Niccolò ihr mitgegeben hatte. »Es geht um meinen Neffen«, begann sie.

Dennis Happe nahm den Brief entgegen, überflog ihn und lächelte. »Aha! Aus bella Italia!«

Möglich, dass er diesen Ausruf ein paar Minuten später bereute. Mamma Carlotta vergaß prompt ihre Eile, erzählte dem jungen Architekten, dass sie aus Umbrien stammte, aus einem Bergdorf, das so abseits gelegen war, dass sich nur selten ein Tourist dorthin verirrte, und ließ sogar die Empfehlung folgen, dass Dennis Happe unbedingt Panidomino aufsuchen müsste, sollte es ihn jemals in die Gegend von Città di Castello verschlagen.

Der junge Mann versprach es lächelnd und wollte nun auf den Inhalt des Briefes eingehen, doch da hatte er die Rechnung ohne Carlotta Capella gemacht. Bevor er auch nur den Mund öffnen konnte, bekam er zu hören, dass Mamma Carlottas Tochter Lucia einem Sylter auf seine kalte Insel gefolgt war, wo sie gegen alle Erwartung sogar glücklich geworden war, was in Panidomino niemand für möglich gehalten hatte. Dennis Happe wurde sichtbar nervös, dennoch musste er sich anhören, dass Mamma Carlotta la famiglia über alles ging, dass sie aber dennoch erst nach dem Tod ihrer Tochter der Insel Sylt einen Besuch abgestattet hatte. »Mein Mann – Gott hab ihn selig – war lange krank. Bettlägerig! Pflegebedürftig! Und er wollte niemanden außer seiner Ehefrau an seinem Bett haben. So musste ich meine Lucia ziehen lassen, ohne zu wissen, was sie hier erwartete.«

Dennis Happe verbarg seine Nervosität, so gut er konnte, und legte eine angemessene Betroffenheit an den Tag. Das ermunterte Mamma Carlotta zu weiteren Erzählungen. Der junge Mann erfuhr, dass sie am Telefon Deutsch gelernt hatte, indem sie mit ihrer Tochter Deutsch gesprochen hatte und schließlich von ihrer Enkelin Carolin – ebenfalls telefonisch – in der deutschen Sprache regelrecht unterrichtet worden war. »Damals wollte Carolina noch Lehrerin werden! An mir hat sie ihr pädagogisches Talent ausprobiert.« Dann hatte ein Nachbar der Capellas eine Deutsche geheiratet, die sich gerne in ihrer Muttersprache unterhielt und … »Ecco! Von da an wurde es immer besser mit parlare in tedesco.«

Das bestätigte Dennis Happe gerne und fand, dass es nun mit seiner Höflichkeit ein Ende haben und er auf den Grund von Mamma Carlottas Besuch zu sprechen kommen durfte. Zwar hatte sie ihm noch erzählen wollen, dass sie die Schwiegermutter eines Commissario war, aber gerade rechtzeitig fiel ihr ein, dass es besser war, darüber zu schweigen. Auch Erik sollte nicht wissen, warum sie hier war.

»Ihr Neffe hat also Interesse daran, in unserem Gesundheitshaus das Bistro zu übernehmen?«

»Sì, sì!« Mamma Carlotta fiel plötzlich auf, dass es vor den Fenstern bereits dämmrig wurde. Der Abend war nicht mehr weit, sie musste sehen, dass sie Niccolòs Auftrag erledigte, damit sie noch vor Einbruch der Dunkelheit wieder im Süder Wung ankam.

»Niccolò ist ein so guter Junge! Aber leider … er hat sich für die falsche Frau entschieden. Seine Pizzeria in Assisi ging gut, aber dann wollte seine Frau sich plötzlich scheiden lassen, weil er angeblich zu wenig Zeit für sie hatte. Madonna! Soll ein selbstständiger Gastronom sein Restaurant im Stich lassen, um seine Frau zu unterhalten? Impossibile! Doch Susanna wollte es nicht einsehen, und so trennte sie sich von ihm. Aber das war noch nicht alles! Sie wollte Geld von Niccolò! Die Hälfte der Pizzeria! Dabei hat sie nie dort gearbeitet. Un'impertinenza! Allora … Niccolò musste den Laden verkaufen, damit er seine Frau auszahlen konnte, und Susanna ist bei einem Mann eingezogen, der vier Restaurants in Assisi besitzt. Ist es da ein Wunder, dass Niccolò nicht mehr in Umbrien bleiben will? Und als er davon hörte, dass es hier ein Bistro zu mieten gibt, hat er mich gebeten, mir die Sache anzusehen.«

Dennis Happe atmete tief durch, als müsse er sich zur Ruhe zwingen. »Ich kann Ihren Neffen gut verstehen«, begann er.

In diesem Moment löste sich eine der beiden Frauen aus dem hinteren Bereich des Raums und ging zur Tür. Als sie im Vorübergehen bemerkte, worüber Mamma Carlotta sprach, sagte sie: »Es gibt viele Bewerber für das Bistro. Und Sylter werden bevorzugt. Sie sollten Ihrem Neffen keine allzu großen Hoffnungen machen.«

»Davvero?« Mamma Carlotta gab sich bestürzt, konnte aber nicht verhehlen, dass sie trotz des Mitgefühls für Niccolò auch Erleichterung empfand. Wenn ihr Neffe keine Chance hatte, das Bistro zu übernehmen, dann würden Erik und die Kinder nie erfahren müssen, dass sie sich für Niccolò eingesetzt hatte. Schließlich ging es um ein Bauprojekt, gegen das sie mit ihren Enkeln zu protestieren gedachte, weil es überdimensioniert war und dem Naturschutz gefährlich wurde.

Die Frau blieb stehen, weil sie anscheinend Mamma Carlottas Bestürzung mildern wollte. »Lassen Sie seine Bewerbung hier. Vielleicht ergibt sich ja mal was anderes«, bot sie an.

Mamma Carlotta sprang auf, um sich wortreich zu bedanken, ließ sich dann wieder auf den Stuhl fallen, weil ihr einfiel, dass auch Dennis Happe Dank verdiente, und sprang erneut auf, als die zweite Frau Anstalten machte, den Raum zu verlassen, um der ersten zu folgen.

Auch sie warf einen Blick auf Niccolòs Brief, der vor Dennis Happe auf dem Schreibtisch lag. »Wir müssen Prioritäten setzen«, sagte sie. »Sylter werden bevorzugt. Ich hoffe, Sie verstehen das.«

Mamma Carlotta versicherte es in deutscher und vorsichtshalber auch noch in italienischer Sprache, obwohl sie keine Ahnung hatte, was mit Prioritäten gemeint war. Dann fand sie, dass sie alles getan hatte, was ein Familienmitglied von ihr erwarten durfte. Wenn es wirklich schon viele andere Bewerber gab, dann musste Niccolò sich damit abfinden. Dass seine Tante unter anderen Umständen dafür gesorgt hätte, dass die Firma Matteuer-Immobilien alle Mitbewerber vergaß, und sich expressiv darüber empört hätte, dass ein Italiener hinter einem Sylter zurückstehen sollte, vergaß sie der Einfachheit halber. Sie hatte getan, was sie Niccolò versprochen hatte, nun musste sie nur noch dafür sorgen, dass Carolin und Felix nichts davon erfuhren. Eine Verräterin würden sie ihre Nonna nennen, wenn sie wüssten, mit welchem Anliegen sie an die skrupellose Firma Matteuer herangetreten war.

Sie schrieb Dennis Happe noch schnell den Namen einer Pension in ihrem Heimatdorf auf, verabschiedete sich und trat zurück auf den Flur, wo die beiden Frauen sich gerade an der Kaffeemaschine bedienten.

Mamma Carlotta hörte, wie die eine zur anderen sagte: »Heute Abend gibt's wieder eine dieser blöden Demos. Nimmt Ludo Thöneßen etwa auch daran teil?«

Die andere zuckte die Schultern. »Ich versuche seit zwei Tagen, ihn zu erreichen, aber er geht einfach nicht ans Telefon. Man könnte meinen, er hat sich abgesetzt.«

Nun hielten beide eine Kaffeetasse in der Hand und lehnten sich nebeneinander an den Tisch, auf dem die Kaffeemaschine stand.

»Wann kommt die Reporterin der *Mattino?*«, fragte die eine.

»Übermorgen«, gab die andere missmutig zurück. »Eigentlich habe ich gar keine Lust dazu. Aber ich hoffe, ich kann das Interview nutzen, um dieser lästigen Bürgerinitiative den Wind aus den Segeln zu nehmen.«

Mamma Carlotta war wie angewurzelt stehen geblieben und starrte die beiden Frauen an. »Madonna!«, flüsterte sie.

Die Panik, *die ihn kurz zuvor noch geschüttelt hatte, legte sich, und auch mit dem Schwindel war es vorbei. Arme und Beine zitterten nicht mehr, das rasende Herzklopfen trat nur noch gelegentlich auf. Kalter Schweiß überzog ihn, seine Haut war feucht, gelegentlich verkrampften sich seine Extremitäten, und der pelzige Mund quälte ihn. Aber er war mittlerweile zu kraftlos, um sich dagegen zu wehren. Schwäche breitete sich in seinem ganzen Körper aus. Im Kopf war sie entstanden, dann als eine bleierne Müdigkeit auf seine Glieder übergegangen, nun hatte er nur noch den Wunsch, sich auszustrecken und darauf zu warten, dass es zu Ende war.*

Er hielt die Augen fest geschlossen, um die Finsternis nicht sehen zu müssen, und presste die Kiefer aufeinander. Er hatte Durst, schrecklichen Durst. Aber seine Verzweiflung darüber war längst einer Lethargie gewichen, von der er wusste, dass sie tödlich war, über kurz oder lang. In seinem Fall würde die Zeitspanne eher kurz sein. Vielleicht sollte er dankbar sein, dass er es ohne seine Medikamente nicht mehr lange aushalten würde. Dann hatte die Qual bald ein Ende.

Die Laserstrahlen, die die Finsternis durchbohrten, drangen sogar durch seine geschlossenen Lider. Aber er öffnete die Augen nicht. Wieder leuchteten die roten Kontrollpunkte auf, und die Geräusche, die schon einige Male eine wahnwitzige Hoffnung in ihm erzeugt hatten, drangen erneut an seine Ohren. Aber mittlerweile nahm er sie kaum noch wahr. Ebenso wenig wie das Vibrieren der Karosserie, die Bewegung um ihn herum, die, wie er wusste, in wenigen Augenblicken zur Ruhe kommen würde. Und dann würde wieder alles so wie vorher sein. Still! Finsternis und tödliche Ruhe folgten jeder kleinen Hoffnung. Beides hatte sich längst auf seinen Körper übertragen. In ihm war es finster, das kleine Flämmchen Hoffnung war längst erloschen, und die Verzweiflung schrie nicht mehr in ihm. Das Handgelenk, das stundenlang an der Fessel gezerrt hatte, schmerzte nicht mehr. Nur den Durst spürte er noch. Aber wie sein Körper würde auch der schwächer werden, das wusste er. Dass er nicht verdursten, sondern am hypoglykämischen Schock sterben würde, erzeugte nun sogar ein wenig Frieden in ihm. Gelegentlich erfasste ihn nun eine Welle hinter seinen Augäpfeln, die ihn davontrug, und jedes Mal hoffte er, dass er nicht zurückkehren würde. Ein ums andere Mal spülte sie ihn aus der Schwärze, aus der qualvollen Lautlosigkeit, weg von dem Gestank, der die vertrauten Gerüche in seinem Wagen längst überdeckte. Zwischendurch hatte er unter der Frage gelitten, wer ihm das angetan hatte und warum, aber nun war auch das nicht mehr wichtig. Er wollte nur noch, dass es ein Ende fand. Übelkeit, Bauchschmerzen, Erbrechen, Kussmaulatmung, rasender Puls, brettharter Bauch und dann … Schluss.

Aus dieser Hölle, in die er verschleppt worden war, gab es kein Entrinnen. Und die Frage, wo dieser grauenvolle Ort sich befand, rumorte längst nicht mehr in seinem Kopf. Er war zu schwach für solche Gedanken. Gott sei Dank! Die Schwäche würde ihn Stück für Stück aus seinem Gefängnis herausholen, und bald würde er das Licht sehen, nach dem er sich sehnte. Bald! Es konnte nicht mehr lange dauern.

Ein letztes Mal riss er die Augen auf, als von weither ein Motorengeräusch zu ihm drang, ein letztes Mal sah er die Laserblitze, die das Dunkel durchbohrten, ein letztes Mal die roten Punkte, die eine Ordnung signalisierten, zu der er längst nicht mehr gehörte. Zum letzten Mal schloss er die Augen. Dann öffnete er sie nie wieder ...

» *Gemelli!* «, staunte Mamma Carlotta.

Die beiden Frauen machten keinen Hehl daraus, dass ihnen die Aufmerksamkeit, die sie erregten, nicht gefiel und dass sie nur höflich blieben, weil diese italienische Mamma einen geschäftlichen Kontakt mit ihnen aufgenommen hatte, der sie zur Artigkeit zwang. » Ja, wir sind eineiige Zwillinge. So was soll's öfter geben. «

Mamma Carlotta staunte sie mit offenem Mund an. Tatsächlich ähnelten sich die beiden Frauen aufs Haar, was aber erst zu erkennen war, wenn man sie genau betrachtete. Das äußere Erscheinungsbild war trotz der offensichtlichen Ähnlichkeit ganz unterschiedlich. Sie hatten beide die gleiche schlanke Figur, große hellgraue Augen, eine markante Nase, ein Grübchen im Kinn und aschblonde Haare. In ihrem Styling unterschieden sie sich jedoch gründlich. Die eine trug die Haare hochgesteckt, die andere ließ sie über die Schultern fallen, die eine war elegant gekleidet, trug einen engen, knielangen Rock, hochhackige Pumps, eine weiße Bluse und darüber eine schlichte Strickjacke, während die andere in legeren Jeans und Turnschuhen steckte und auf jede dekorative Kosmetik verzichtet hatte. Der kunterbunte Pullover, den sie trug, war so knapp geschnitten, dass bei jeder Bewegung ihres Oberkörpers ein Stück Haut von Bauch oder Rücken zu sehen war.

» Eine Nachbarin von mir hatte auch eineiige Zwillinge! « Mamma Carlotta hatte ihr Erstaunen allmählich überwunden. » Sie glichen sich wie ein Ei dem anderen. Niemand konnte sie auseinanderhalten. Sogar die eigene Mutter verwechselte sie gelegentlich. Leider weiß ich nicht, was aus ihnen geworden ist, weil der Mann früh starb und die Mutter der Zwillinge sich neu verheiratete und nach Rom zog.«

Die beiden Frauen zeigten deutlich, dass sie sich für andere Zwillingsschicksale kein bisschen interessierten und der Aufmerksamkeit, die sie nach wie vor erregten, längst überdrüssig waren. Ihr entgegenkommendes Lächeln bestand nur noch aus einem Auseinanderziehen der Mundwinkel.

Sogar Carlotta Capella, die gern über den Überdruss unwilliger Gesprächspartner hinwegsah, merkte, dass sie zu gehen hatte. Und da es ohnehin besser war, wenn sich in dieser Firma niemand an sie erinnerte, murmelte sie einen flüchtigen Abschiedsgruß und wandte sich der Tür zu, um das Baubüro zu verlassen.

In diesem Augenblick wurde die Tür aufgerissen, und eine junge Frau stellte sich Mamma Carlotta in den Weg. Oder vielmehr … sie stolperte ihr entgegen. Anscheinend hatte sie nicht mit der Türschwelle gerechnet, war mit der Fußspitze daran hängen geblieben und in den Raum getaumelt, den Oberkörper weit vorgereckt, mit rudernden Armen, die verzweifelt versuchten, irgendwo Halt zu finden.

Den fanden sie an Mamma Carlottas Brust. Die hatte zum Glück geistesgegenwärtig zugegriffen, nahm nun die Nase aus der Fülle roter Locken und schob die junge Frau sanft auf die Beine zurück. »Opplà!« Lachend sah sie in das verwirrte Gesicht. »Haben Sie sich verletzt?«

Die junge Frau starrte sie verwirrt an, dann löste sie ihre festgekrampften Finger aus Mamma Carlottas Jacke und lachte verlegen. »Nein! Sie hoffentlich auch nicht?«

Mamma Carlotta lachte zurück und schüttelte den Kopf. »Nichts passiert!«

Die beiden Frauen hatten erschrocken ihre Kaffeetassen abgestellt und einen Schritt nach vorn gemacht, als rechneten sie damit, Erste Hilfe leisten zu müssen. Nun ließen sie die Arme sinken und sahen die junge Frau ungeduldig an. »Sie wünschen bitte?«

Die Frau mit dem roten Lockenkopf hatte sich wieder in der Gewalt. »Wiebke Reimers«, stellte sie sich vor und blickte dabei die elegantere der beiden Zwillingsschwestern an. »Von der *Mattino!* Wir hatten einen Termin, Frau Matteuer.«

Mamma Carlotta, die gerade zur Türklinke greifen wollte, ließ die Hand wieder sinken. Das war Corinna Matteuer? Die Chefin von Matteuer-Immobilien? Die Frau, die von den Syltern gehasst wurde, die Halsabschneiderin, die Betrügerin?

Corinna Matteuer runzelte die Stirn. »Übermorgen, wenn ich nicht irre. Dann wollten Sie mich in meinem Apartment besuchen.«

»Genau! Ich wollte fragen, ob es dabei bleibt.«

»Selbstverständlich.«

Corinna Matteuers Zwillingsschwester warf Mamma Carlotta einen Blick zu, der unmissverständlich war. Eilig verließ sie das Baubüro, warf ein »Arrivederci!« zurück, wunderte sich aber nicht, als niemand ihr antwortete. Corinna Matteuer hatte sie längst vergessen. Gut so! Sollte sie demnächst auf das italienisch gefärbte Deutsch einer Demonstrantin aufmerksam werden, die »Nieder mit den Investoren!« brüllte, würde sie sich hoffentlich nicht an diese Begegnung erinnern.

Mamma Carlotta stellte fest, dass ein Fenster des Baubüros nur angelehnt war und die Stimmen der Frauen hinausdrangen. In Carlotta Capella gab es von jeher eine Wissbegier, die ihr Lehrer früher gelobt hatte, weil sie sich für alles Neue interessierte und gern lernte. Längst aber wurde das, was dem Lehrer gefallen hatte, in ihrer Familie Neugier genannt, vor allem in Lucias Familie. Erik, der selbst höchstens von Berufs wegen neugierig war, um einen Fall zu lösen, hatte nicht das geringste Interesse an den Gewohnheiten seiner Mitmenschen und war niemals begierig, etwas zu erfahren, was ihn nichts anging. Für seine Schwiegermutter unbegreiflich! Vor einem Fenster, aus dem Stimmen herausdrangen, musste sie einfach stehen bleiben. Nicht, weil sie neugierig war! Nein, weil sie an ihren Mitmenschen interessiert war und gerne etwas von dem erfuhr, was andere umtrieb. Wenn Erik ihr Vorwürfe machte, hielt sie entgegen, dass sie nichts von den Gewissenskonflikten eines Geistlichen wüsste, wenn sie nicht gelegentlich die Selbstgespräche des Pfarrers belauscht hätte, und nur deshalb eine Ahnung von der Juristerei bekommen habe, weil es die Gewohnheit des Amtsrichters war, bei offenem Fenster seine Urteile zu diktieren.

»Kann ich ein paar Fotos in diesem Büro machen?«, hörte sie Wiebke Reimers fragen.

Corinna Matteuers Stimme klang ungehalten. »Wir hatten verabredet, dass ein Fotograf Ihrer Zeitschrift in mein Hamburger Büro kommt. Dieses Baubüro ist nur ein Provisorium.«

»Gerade deswegen ja! Natürlich werden wir auch in Ihrer Firma in Hamburg fotografieren. Aber dieser Kontrast ist interessant für unsere Leser. Einerseits das schicke Büro in Hamburg und andererseits die Arbeit quasi direkt auf der Baustelle. Eine Unternehmerin, die überall zu Hause ist, in Designermöbeln genauso wie in diesem Notbehelf.«

»Meinetwegen«, drang Corinna Matteuers Stimme nach draußen.

Mamma Carlotta fand die Arbeit einer Zeitungsreporterin wahnsinnig interessant, erst recht, wenn diese kurz zuvor noch in ihren Armen gehangen hatte und von ihr davor bewahrt worden war, bäuchlings auf dem Bretterboden des Baubüros zu landen. Dann aber wurde ihre Aufmerksamkeit

auf etwas Profaneres gelenkt: ihr Fahrrad. Oder vielmehr ...
das Fahrrad, das einmal Lucia gehört hatte und schon deshalb eine ganz besondere Bedeutung hatte. Es stand noch
dort, wo sie es abgestellt hatte, aber aus dem Hinterreifen
war die Luft entwichen. Wie sollte sie nun nach Wenningstedt
zurückkommen? Zu Fuß? Dann würde es allmählich wirklich
spät werden und das Abendessen womöglich erst lange nach
Einbruch der Dunkelheit serviert werden können. Auch
wenn das in ihrem Heimatdorf keine Seltenheit war, so waren
Erik und die Kinder doch an andere Zeiten gewöhnt.

»Ich habe gehört, dass gegen Sie und Ihre Firma eine
Unterschriftenaktion in die Wege geleitet wird«, hörte sie
Wiebke Reimers sagen. »Werden Sie darauf reagieren?«

Corinna Matteuers Stimme klang verächtlich. »Warum
sollte ich?«

»Sind Ihnen die Vorwürfe der Sylter Bevölkerung egal?«

Nun wurde Corinna Matteuers Stimme scharf: »Sie haben
mir gesagt, Sie wollen eine Reportage über erfolgreiche Unternehmerinnen machen. Was hat diese lächerliche Bürgerinitiative damit zu tun?«

Mamma Carlotta vergaß vorübergehend die Heftzwecke
im Hinterreifen ihres Fahrrads. Lächerliche Bürgerinitiative?
Den Syltern wurde Sylt weggenommen! Diejenigen, die hier
geboren worden waren, konnten sich mittlerweile ihre eigene Insel nicht mehr leisten, sämtliche Wohnungen waren
nur noch für Touristen da, denen überdies der Naturschutz
viel weniger bedeutete als den Syltern selbst! Den einheimischen Vermietern wurde die Existenz durch immer größere
Apartment- und Hotelprojekte zerstört – und da nannte
Frau Matteuer die Versuche, den Raubbau der Insel zu verhindern, lächerlich? Mamma Carlotta zog den Reißverschluss ihrer Jacke ein Stück herunter, weil Empörung sie
grundsätzlich erhitzte. Noch vor wenigen Stunden hatten
ihre Enkelkinder ihr von der Schadstoffbelastung der Luft

erzählt, vom ungebremsten Landschaftsverbrauch, von dem ausufernden Verkehr auf Sylt, von der hemmungslosen Umwandlung der Gemeinden in Apartmenthochburgen bei gleichzeitiger Wohnungsnot unter den Einheimischen. Aber der Inhaberin von Matteuer-Immobilien war das anscheinend völlig gleichgültig. Mamma Carlotta überlegte, ob sie Niccolò einfach anrufen und ihm erklären sollte, was es mit diesem Gesundheitshaus direkt am Braderuper Naturschutzgebiet auf sich hatte. Dass er sich quasi mitschuldig machte, wenn er in diesem Großprojekt demnächst sein Auskommen finden wollte. Andererseits wusste sie genau, dass Niccolò mit Vernunft nicht beizukommen war, wenn er unbedingt etwas haben wollte.

Seufzend schob sie das Fahrrad auf die Straße. Bevor sie es auf anderem Wege erfuhren, würde Mamma Carlotta den Kindern wohl doch gestehen müssen, dass sie versucht hatte, für Niccolò ausgerechnet in dem Gebäude eine neue Existenz zu suchen, gegen das alle Mitglieder der Bürgerinitiative am Abend demonstrieren wollten. Vermutlich würde Carolin ihr nahelegen, ihrer Anmeldung der Mitgliedschaft umgehend die Kündigung folgen zu lassen. »Madonna!« Wie schwer war es doch, wenn die Familie so groß war und jedem geholfen werden sollte!

In diesem Moment hörte sie, wie die Tür des Baubüros ins Schloss fiel. Wiebke Reimers verstaute die Kamera in ihrer Tasche, während sie auf ihr Auto zuging, das sie neben der Einfahrt geparkt hatte.

Die junge Reporterin erkannte sofort, in welchen Schwierigkeiten die Frau steckte, die sie vor wenigen Minuten vor einer Bauchlandung bewahrt hatte. »Wo müssen Sie hin?«

Mamma Carlotta schöpfte Hoffnung. Wiebke Reimers fuhr einen Kastenwagen mit einem großen Laderaum. »Nach Wenningstedt. Können Sie mich ein Stückchen mitnehmen?«

»Klar!« Wiebke öffnete die hintere Klappe ihres Wagens und winkte Mamma Carlotta heran. »Ihr Fahrrad passt hier rein.«

Bei dem Versuch, das unhandliche Rad in den Wagen zu hieven, büßten sie beide einen Fingernagel ein, doch dann kam ihnen Dennis Happe zu Hilfe und verstaute es innerhalb weniger Sekunden geschickt und sicher im Laderaum.

In einem Tempo, das Mamma Carlotta gefiel, fuhren sie die Braderuper Straße hinunter. Der Fahrstil der jungen Reporterin war ihr als Italienerin vertraut. So fuhren auch ihre Söhne, die der Meinung waren, dass Verkehrsvorschriften nur dazu dienten, im Falle eines Unfalls den Schuldigen festzustellen. Solange nichts passierte, fuhr man eben so schnell, wie es möglich war. Wenn sie neben Erik im Auto saß, war sie oft drauf und dran, ihn anzutreiben, damit es ein wenig schneller voranging.

Als es für einen Augenblick so aussah, als übersähe Wiebke Reimers die rote Ampel an der Kreuzung, hinter der es nach Wenningstedt hineinging, bekam Mamma Carlotta einen kurzen Schreck. Aber als sie mit quietschenden Reifen gerade noch rechtzeitig zum Stehen kamen, beruhigte sie sich schnell wieder. Es kam ihr sogar der Verdacht, dass es sich gar nicht um eine Notbremsung gehandelt hatte, sondern um eine ganz individuelle Art, sich einer roten Ampel zu nähern.

Auf die Abkürzung über den Osterweg konnte sie Wiebke nicht mehr rechtzeitig aufmerksam machen, da die Reporterin schon an der Einmündung vorbeigebraust war, ehe sie den Hinweis zur Kenntnis genommen hatte. Als der Wagen von der Hauptstraße in die Westerlandstraße schlidderte, bereitete Mamma Carlotta sie auf ein baldiges Abbiegen in den Süder Wung vor, aber Wiebke Reimers flitzte dennoch an der Einmündung vorbei. Während sie rückwärts in den Hochkamp stach, um zu wenden, erfuhr Mamma Carlotta, dass Wiebke in ihrer Eigenschaft als Reporterin der *Mattino* über die Unterschriftenaktion von »Verraten und verkauft« berichten würde. »Auch wenn der Matteuer das nicht passt«, ergänzte sie, fand nun die Einmündung in den Süder Wung und kam sogar rechtzeitig vor dem Hause Wolf zum Stehen.

»Grazie mille!«, rief Mamma Carlotta. »Darf ich Sie zum Dank zum Abendessen einladen?«

Noch bevor sie den Satz zu Ende gesprochen hatte, bereute Mamma Carlotta ihn. Ihr wurde ganz bang bei dem Gedanken, wie sie den Kindern ihre Begegnung mit der Reporterin erklären sollte. Würde sie ihrer Familie noch mehr Notlügen auftischen müssen?

Aber Wiebke Reimers winkte dankend ab. »Ich muss noch mit meinem Chefredakteur telefonieren.«

Während Mamma Carlotta ausstieg, rief sie genauso oft »Ciao!« wie diese, dann gab die Reporterin Gas und rauschte auf den Osterweg zu, obwohl sie zum Hotel Windrose, wo sie logierte, in die entgegengesetzte Richtung hätte fahren müssen. Und obwohl hinter ihrem Sitz noch immer Mamma Carlottas Fahrrad lag.

Als Erik am nächsten Morgen erwachte, galt sein erster Gedanke Ludo Thöneßen. Ob er mittlerweile aufgetaucht war? War es womöglich an der Zeit, sich um sein Verschwinden zu kümmern? Oder bestand die Gefahr, dass Ludo in Kürze zurückkehrte und sich dann über den polizeilichen Übergriff beklagte? Schließlich gab es keine Vermisstenanzeige. Jacqueline Hansen, Ludos Angestellte, machte sich noch keine Sorgen, und Angehörige oder Verwandte, die die Polizei alarmierten, gab es nicht. Erik hatte trotzdem ein komisches Gefühl bei der Sache.

Er drehte sich auf die andere Seite und wartete darauf, dass der Wecker Alarm schlug. Seine Gedanken wanderten von Ludo zum vergangenen Abend und dort zu einer rotgelockten jungen Frau, deren Bekanntschaft seine Schwiegermutter gemacht hatte.

Mamma Carlotta hatte vor der Tür gestanden und aufgeregt die Straße hinauf und hinab gesehen, als Erik mit Sören in den Süder Wung eingebogen war. Noch bevor sie von ihren Fahrrädern gestiegen waren, war es aus ihr herausgesprudelt. Eine Reporterin der *Mattino* habe sie nach Hause gebracht, weil ihr Fahrrad einen Platten hatte, aber die sei gleich weitergebraust, nachdem sie Mamma Carlotta abgesetzt hatte. »Madonna, hat die ein Tempo! Ich hoffe, sie merkt bald, dass mein Fahrrad noch in ihrem Kofferraum liegt.«

Aber sie hoffte vergebens. Schließlich machte Sören den Vorschlag, dass man genauso gut in der Küche darauf warten könne, dass das Fahrrad zurückgebracht wurde, was den großen Vorteil habe, dass die Schwiegermutter seines Chefs dabei das Abendessen zubereiten könne.

»Giusto!«, rief sie jetzt. »Es wird Zeit! Wir müssen früh essen, wegen der Unterschriftenaktion. Dann sind die Sylter zu Hause und die Touristen auch. Wie aufregend! In meinem Dorf gab es noch nie eine Unterschriftenaktion.«

Dieses Wort sprach sie aus, wie ein Geistlicher über Sexualität redete, wenn er sich modern und weltoffen geben wollte, oder wie ein Erwachsener, der sich der Jugendsprache bediente. Das Wort passte einfach nicht zu ihr. Genauso wenig wie eine klare politische Meinung und offener Protest. Was aber zu Mamma Carlotta passte, war die Freude am Neuen, die Freude daran, ihre Enkelkinder zu unterstützen und ein gemeinsames Erlebnis zu genießen. Und in diesem Fall auch die Freude am Widerstand, an Massenkundgebung und Krawall. Ja, Erik war sicher, dass seine Schwiegermutter bei der geplanten Demo mitten drin zu finden sein würde.

Felix war ihnen aufgeregt entgegengesprungen. »Nonna!

Wo bist du gewesen? Du wolltest uns bei den Plakaten helfen!«

Während sie die Jacke auszog, in die Küche eilte und den Salbei wusch, hatte Mamma Carlotta eine sehr verworrene Schilderung davon abgegeben, was sie aufgehalten hatte. Das lange Gespräch, das ihr in der Gemüseabteilung von Feinkost Meyer angeblich aufgenötigt worden war und den Einkauf um mindestens eine halbe Stunde verzögert hatte, und der Schreck, als sie feststellen musste, dass ihr Fahrrad einen platten Hinterreifen hatte. Wenn man ihr glauben wollte, hatte sie viel Zeit damit verbracht, auf dem Parkplatz jemanden zu finden, der im Besitz von Reparaturzeug und außerdem geneigt war, auf die Schnelle ihren Hinterreifen zu flicken.

»Warum hast du das Rad nicht nach Hause geschoben?«, hatte Carolin mit ihrer leisen Stimme eingeworfen. »Von Feinkost Meyer in den Süder Wung – das ist doch nicht weit.«

Diesen Einwand hatte Eriks Schwiegermutter überhört und stattdessen ihre Freude geschildert, als die Reporterin der *Mattino* ihre Hilfe angeboten hatte.

»Sie will sogar über ›Verraten und verkauft‹, über die Unterschriftenaktion und später über die Demo berichten.«

Mamma Carlotta hatte offenbar den allerbesten Eindruck von dieser jungen Frau gewonnen und war fest davon überzeugt, dass sie das Fahrrad zurückbringen würde, sobald ihr aufgegangen war, dass es sich noch in ihrem Kofferraum befand. Eriks Sorge, dass Lucias Fahrrad verloren sein könnte, wollte sie nicht an sich heranlassen.

Tatsächlich hatten sie gerade die Antipasti verzehrt, die Mamma Carlotta immer am ersten Tag ihres Aufenthaltes auf Sylt in so großen Mengen einlegte, dass sie bis zu ihrer Abreise reichten, da quietschten Bremsen vor dem Haus. Eriks Schwiegermutter war schon zur Tür gelaufen, bevor er sich selbst vom Stuhl erhoben hatte, war mit großem Hallo auf das Auto zugestürzt, das vor der Tür stand, und hatte die Fahrerin mit einem Wortschwall überschüttet, den diese erstaunlich gelassen ertrug. Als Erik vor die Tür trat, hatte er sogar den Eindruck, dass Mamma Carlotta der jungen Frau etwas zuflüsterte. Als hätten die beiden bereits Geheimnisse miteinander.

Wiebke Reimers hatte ihn freundlich begrüßt und lange angesehen, als wollte sie ihm Gelegenheit geben, ihre Sommersprossen zu zählen. Er hatte jedoch diese Augenblicke zu nichts als der Feststellung nutzen können, dass ihre bernsteinfarbenen Augen ganz wunderbar zu ihren roten Locken passten. Als sie schon den Kofferraum ihres Wagens öffnete, war er endlich fähig gewesen, zu ihr zu treten und darauf zu bestehen, das Fahrrad seiner verstorbenen Frau höchstpersönlich aus dem Wagen zu heben.

Erik warf sich wieder auf den Rücken. Warum hatte er gleich während der ersten Sätze erwähnt, dass er Witwer war? Diese Frage wollte er sich auf keinen Fall beantworten, deshalb beschloss er aufzustehen. Er trat ans Fenster und schaute hinaus. Ein grauer Morgen erwachte über den Bäumen. Der Wind rüttelte an ihren Zweigen, im Nachbargarten fiel etwas um und schlug an die Hauswand. Immer wieder, mal sanft und leise scheppernd, mal laut und polternd. Ein stürmischer Oktobertag schien die Insel zu erwarten. Aber wenigstens regnete es nicht.

Erik machte sich auf den Weg ins Badezimmer und lauschte kurz ins Haus hinein. Die Kinder hatten Herbstferien, in ihren Zimmern war alles ruhig. Aber aus der Küche drangen die Geräusche, die es leichter machten, den Tag zu beginnen: Geschirrgeklapper, das Zischen der Espressomaschine und Mamma Carlottas fröhliches Summen, das sie nur unterbrach, wenn sie einen Panino fragte, warum er sich nicht schneiden lassen wollte, oder mit der selbst gekochten Feigenmarmelade schimpfte, die nicht so süß war, wie sie eigentlich sein sollte. Erik merkte erst, dass er lächelte, als er im Badezimmer in den Spiegel sah. Widerstrebend gab er zu, dass er es genoss, wenn seine Schwiegermutter auf Sylt zu Besuch war, wenn sie ihn mit ihrer Fürsorge verwöhnte, wie Lucia es früher getan hatte, und ihm für ein paar Wochen die Sorge nahm, dass er den Kindern, die ihre Mutter vermissten, nicht gerecht werden konnte.

Ein schnarrendes Geräusch, das aus dem Schlafzimmer kam, durchstach seine Gedanken. Das Handy, das er vor dem Zubettgehen auf den Nachttisch gelegt hatte! Auf dem Display stand eine Wenningstedter Nummer, die ihm unbekannt war. »Wolf?«

Am anderen Ende war Jacqueline Hansen, die Bedienung aus der Sportlerklause. »Ich hoffe, ich habe Sie nicht geweckt! Am liebsten hätte ich schon in der Nacht angerufen.«

»Geht's um Herrn Thöneßen?«

Jacqueline zögerte. »Ich hab noch immer nichts von ihm gehört. Und seit ich mit Ihnen darüber geredet habe, kommt mir die Sache komisch vor.«

»Und?«

»Als ich gestern Abend die Bude abgeschlossen habe, ist mir was eingefallen. Am Tag vor seinem Verschwinden habe ich für ihn seine Medikamente aus der Apotheke geholt.«

Erik unterbrach sie. »Er ist krank?«

»Diabetes! Wussten Sie das nicht?« Ihre Stimme klang so erstaunt, dass es Erik ausnahmsweise ein wenig peinlich war, nur selten über das, wovon alle Sylter redeten, Bescheid zu wissen.

»Er braucht seine Medikamente«, fuhr Jacqueline fort. »Sie sind lebenswichtig für ihn. Und ich weiß, dass sein Vorrat quasi erschöpft war, als er mich zur Apotheke schickte.«

Erik wurde nervös. »Nun sagen Sie schon …«

»Nun ja, ich bin heute Nacht in seine Wohnung gegangen.«

»Von der haben Sie auch einen Schlüssel?«

Jacqueline antwortete nicht auf seine Frage. »Die Tüte mit den Medikamenten lag noch auf dem Tischchen neben der Tür. Da, wo ich sie hingelegt habe. Er ist also seit Tagen ohne Insulin!«

Mamma Carlotta genoss den ersten Espresso des Tages in Gedanken an den vergangenen Abend. Die Aufgabe, die man ihr zugeteilt hatte, war genau nach ihrem Geschmack gewesen. Sie hatte ja keine Ahnung gehabt, dass Bürgerprotest derart unterhaltsam sein konnte! An fremden Türen klingeln, mit der einen Hand eine wichtig aussehende Bescheinigung vorweisen, mit der anderen die Unterschriftenliste, in die sich möglichst viele Bürger und Kurgäste eintragen sollten, um ihren Protest gegen Matteuer-Immobilien auszudrücken. Der Erfolg war nicht vor allen Türen gleich gewesen, aber selbst wenn sie abgewiesen worden war, hatte sie doch Einblicke in das Leben anderer gewonnen, von denen es zurück in der Heimat viel zu erzählen geben würde.

Mamma Carlotta griff nach der Unterschriftenliste, die neben ihrer Tasse lag, und betrachtete sie stirnrunzelnd. Besonders viele Namen standen dort nicht. Felix und Carolin hatten sie sogar vorwurfsvoll angesehen, als sie ihnen das magere Ergebnis vorgelegt hatte.

»Nicht einmal zwanzig? Was hast du den ganzen Abend gemacht, Nonna?«

»Allora … manche Leute mussten sehr lange überzeugt werden.«

Dass aus dieser Überzeugungsarbeit häufig auch eine nette Plauderei geworden war, während der sie von ihren sieben Kindern, den Schwiegerkindern und Enkeln erzählt und so einiges zu hören bekommen hatte von gescheiterten Ehen, schlecht geratenen Kindern, undankbaren Enkeln, anstrengenden Schwiegermüttern und despotischen Vätern, hatte sie für sich behalten. Auch, dass sie aus gutem Grund darum gebeten hatte, in den Häusern am Hochkamp Unterschriften sammeln zu dürfen, hatte sie nicht erwähnt. Denn dort gab es eine schmuddelige Imbissstube, dessen cholerischen Wirt sie ihren Sylter Freund nannte, ebenso wie seinen einzigen Stammgast, den Strandwärter Fietje Tiensch. Der Besitzer von Käptens Kajüte hatte immer einen Wein aus Montepulciano für Mamma Carlotta unter der Theke stehen, und da sie während dieses Aufenthaltes auf Sylt noch nicht dazu gekommen war, die Imbissstube zu besuchen, wollte sie die Gelegenheit nutzen, um Tove Griess und Fietje Tiensch zu begrüßen. Dass ein solcher Besuch Zeit kostete, die der Unterschriftenaktion am Ende fehlte, hatte ihr Gewissen zunächst belastet, aber als sie sich gesagt hatte, dass sie auch in Käptens Kajüte für die Ziele der Bürgerinitiative werben würde, war es ihr besser gegangen.

Wie zu erwarten, hatte der Wirt gelangweilt hinter der Theke gestanden und auf Kundschaft gewartet, die im Oktober nur spärlich bei ihm erschien. Die Bratwürste lagen schon so lange auf dem Grill, dass sie nur noch unter viel Ketchup versteckt als Currywürste zu verkaufen sein würden. Dem Kartoffelsalat war anzusehen, dass er schon länger auf Interessenten wartete, und aus den Fischbrötchen tropfte der Sud. Dass Tove in den letzten Wochen einen Strahler angeschafft hatte, der oberhalb der Theke angebracht war und sein kulinarisches Angebot in einem besseren Licht erscheinen lassen sollte, war womöglich eine unüberlegte Investition gewesen. Zwar wirkte sein düsteres Etablissement dadurch ein wenig freundlicher, aber den Rollmöpsen und Frikadellen war unter diesem grellen Licht ihr Alter noch deutlicher anzusehen.

Mamma Carlotta riss die Tür auf und rief: »Buon giorno!«

Dass Tove Griess vor Schreck die Grillzange aus der Hand rutschte, war nichts Neues, und dass Fietje Tiensch, der melancholisch über seinem Jever saß, der italienische Gruß derart überrumpelte, dass er vergaß, sich den Bierschaum von der Nase zu wischen, erlebte Mamma Carlotta auch nicht zum ersten Mal. Dass diese Friesen immer so schreckhaft auf fröhliche und lärmende Ansprache reagierten! » Come sta? Tutto bene? Wie geht's Ihnen? «

» Bis gerade ging's noch «, knurrte Tove Griess und spuckte den Zahnstocher, auf dem er bisher herumgekaut hatte, auf den Boden. » Aber wenn Sie erscheinen, meint man ja, es gäbe einen Tsunami. «

Fietje Tiensch dagegen lächelte erfreut. » Schön, dass Sie wieder auf Sylt sind, Signora. «

Danach brauchte er erst mal einen guten Schluck Bier, denn der Strandwärter gehörte zu denen, die sich nach einem vollständigen Satz bereits erschöpft fühlten. Aber dass er seine Bommelmütze zurückschob, statt sie so tief wie möglich in die Stirn zu ziehen, zeigte, dass ihn Mamma Carlottas Besuch tatsächlich erfreute.

Auch der Wirt hatte seine eigene Art, Freude auszudrücken. Er griff unter die Theke und holte eine Flasche Rotwein aus Montepulciano hervor, entkorkte sie, goss ein Glas randvoll und brummte, als stieße er eine Beleidigung aus: » Geht aufs Haus! « Dann holte er sich einen neuen Zahnstocher, tauchte ihn in ein Schnapsglas, steckte ihn in den rechten Mundwinkel und bewegte sein Gebiss von links nach rechts.

Mamma Carlotta schwang sich auf einen Barhocker, was ihr mittlerweile auf Anhieb gut gelang, und lehnte sich auf die Theke. Sie fühlte sich wohl. Die schmuddelige Umgebung ließ sich schnell vergessen, wenn man zwei alte Freunde wiedertraf. Dass Erik seine Schwiegermutter immer wieder vor Käptens Kajüte und dem mehrfach vorbestraften Wirt warnte, war ebenfalls leicht zu vergessen, wenn man einen wichtigen Grund hatte, hier zu erscheinen. Mamma Carlotta war für die Unterschriftenaktion auf dem Hochkamp zuständig, also auch dafür, dass Tove Griess und Fietje Tiensch ihre Namen auf die Liste setzten. Tove war gebürtiger Sylter, und Fietje lebte schon so lange auf der Insel, dass ihnen ihr Wohl am Herzen liegen würde.

»Ecco!« Sie knallte die Liste auf die Theke, sodass ihr Rotweinglas in ernste Gefahr geriet. »Ich bin Mitglied der Bürgerinitiative! Was sagen Sie dazu?«

In Toves Gesicht zeigte sich sofort Ablehnung. »Da will ich nix mit zu tun haben.«

Mamma Carlotta war empört. »Sie sind Sylter! Ihnen kann es doch nicht egal sein, wenn Investoren vom Festland die Insel verschandeln!«

Aber Tove und Fietje sahen so aus, als wäre es ihnen durchaus egal. Dass sie es nicht aussprachen, lag daran, dass sie Mamma Carlottas Temperament zwar gern bestaunten, es aber andererseits nicht herausfordern wollten. Ihre Gemütsaufwallungen weckten in einem durchschnittlichen Friesen schon Bestürzung, wenn sie froh gestimmt war, aber wenn sie sich auch noch aufregte, sahen die beiden manchmal so aus, als fürchteten sie sich vor ihr. Dass eine Italienerin, die mit den Armen ruderte, die Augen verdrehte und so laut und schnell redete, dass weder Tove und Fietje mitkamen, nach wie vor in berauschender Stimmung war, hatte sich den beiden noch immer nicht erschlossen. So duckten sie sich wie zwei Schüler, die Angst hatten, eine Antwort geben zu müssen, ohne die Frage verstanden zu haben.

»Matteuer-Immobilien zahlt Bestechungsgelder an die Gemeinderatsmitglieder!«, fuhr sie fort und rieb vor Toves Augen Daumen und Zeigefinger aneinander, als zähle sie Geldscheine. »Und die finden dann plötzlich das Naturschutzgebiet in Braderup nicht mehr so wichtig. Die belügen sogar die Bevölkerung! Erzählen was von Gesundheitshaus und vergessen zu erwähnen, dass ein Hotel und ein Parkhaus auch dazugehören sollen. Meine Enkelkinder sagen, nur einer wäre nicht käuflich gewesen. Er hätte das Geld zurückgewiesen und sogar überall rumerzählt, dass Matteuer-Immobilien ihn kaufen wollte.«

»Schön blöd«, knurrte Tove. »Ich hätte die Kohle genommen.«

Mamma Carlotta war empört. »Sie sollten sich schämen!«

»Die anderen schämen sich ja auch nicht«, gab Tove zurück, holte den Zahnstocher aus dem Mund, besah ihn sich lange und fing dann an, die Zwischenräume seines Gebisses zu reinigen.

Erstaunlicherweise hatte sogar Fietje zu dieser Sache eine Meinung. »Die anderen Gemeinderatsmitglieder behaupten, ihnen wären keine Bestechungsgelder angeboten worden. Ludo Thöneßen hätte sich das aus den Fingern gesogen.«

»Warum sollte er das tun?«, fragte Mamma Carlotta.

Aber Fietje zuckte nur mit den Schultern. Diesbezügliche Mutmaßungen waren nicht in einem halben Satz zu erledigen, also ließ er es lieber.

»Vielleicht Rache?«, meinte Tove und spießte eine Fischfrikadelle auf, um ihre Unterseite zu betrachten, während der Zahnstocher wieder in seinem Mund hin und her zappelte.

»An wem will er sich denn rächen?« Mamma Carlotta erwärmte sich allmählich für das Thema.

»Was weiß ich?« Tove stellte fest, dass die Unterseite der Fischfrikadelle appetitlicher aussah als die Oberseite, und fing an, sie alle umzudrehen. »Ludo Thöneßen steht das Wasser bis zum Hals. Wenn sein Squashcenter auch noch den Bach runtergeht, hat er nichts mehr. Ich weiß das. Seit er sich die Sansibar und das Gogärtchen nicht mehr leisten kann, holt er sich manchmal eine Currywurst bei mir. Und dann erzählt er schon mal dies und das. Zum Beispiel, dass die anderen ihn von oben herab behandeln, seit er sein Vermögen verloren hat.«

Mamma Carlotta griff sich an den Kopf, als wollte sie sich die Haare raufen. »Wenn's ihm schlecht geht, wäre doch gerade er derjenige, der das Bestechungsgeld annimmt und dann im Gemeinderat für die Pläne von Matteuer-Immobilien stimmt.«

Tove grinste. »Tja, Signora, es soll noch anständige Menschen geben! Versteh ich genauso wenig wie Sie.«

Entrüstet wies Mamma Carlotta den Verdacht zurück, dass sie kein Verständnis für die Charakterstärke eines aufrechten Mannes habe. Und da sie, wenn sie entrüstet war, noch lauter sprach als sonst, war Fietjes Stimme kaum zu verstehen.

»Er war übrigens lange nicht zu Hause«, stellte er fest. »Seit mindestens drei Tagen nicht.«

Tove glotzte seinen einzigen Stammgast an. »Hast du schon wieder vor der Sauna im Squashcenter gespannt?«

Mamma Carlotta griff prompt nach ihrem Weinglas und nippte daran, in der Hoffnung, so lange nippen zu können, bis von Fietjes schlechter Angewohnheit nicht mehr die Rede war. Dass der Strandwärter sich gerne bei Dunkelheit auf der Insel herumtrieb und in fremde Fenster blickte, wusste sie, aber warum er das tat und was er zu sehen hoffte, davon wollte sie nichts hören. Schlimm genug, dass er immer wieder von empörten Feriengästen angezeigt und von Erik deshalb regelmäßig in Gewahrsam genommen wurde. Was für ein Glück, dass ihr Schwiegersohn nicht wusste, wie gut sie mit Fietje Tiensch bekannt war!

»Er wohnt in diesem kleinen Apartment, direkt hinter der Sauna«, verteidigte sich Fietje, als wäre damit erklärt, dass die Umkleidekabinen der Sauna einen unwiderstehlichen Reiz auf ihn ausübten. »Seit er seine Villa verkaufen musste.«

»Und da hast du ihn seit Tagen nicht gesehen?«, höhnte Tove und spuckte seinen Zahnstocher hinter die Theke.

»Jawoll«, antwortete Fietje, zog die Bommelmütze tiefer in die Stirn und starrte so tief in sein Jever, dass Mamma Carlotta wusste: Sein Kontingent an Wörtern und Sätzen war für diesen Tag erschöpft.

Aber immerhin griff er nach dem Stift, den Mamma Carlotta ihm hinlegte, und setzte seinen Namen auf die Unterschriftenliste, während Tove Griess dabei blieb, dass er mit der Bürgerinitiative und ihren Zielen nichts zu tun haben wollte. »Von mir aus sollen die das Gesundheitshaus ruhig bauen.«

Ehe Mamma Carlotta sich empören und die vielen Gründe aufzählen konnte, die die Kinder ihr eingebläut hatten, öffnete sich die Tür von Käptens Kajüte, und eine fröhliche Stimme rief: »Moin!«

Die junge Frau mit den roten Locken strahlte Tove Griess so lange an, bis der tatsächlich so was Ähnliches wie ein Lächeln produzierte. »Was darf's sein?«

»Ich habe gehört, hier gibt's die besten Fischbrötchen von Sylt!«

Tove fiel die Kinnlade herunter, und Fietje verschluckte sich an seinem Bier. Beides fiel Wiebke Reimers zum Glück nicht auf, denn gerade in diesem Augenblick stellte sie fest, dass jemand an der Theke saß, den sie kannte. Und auch Mamma Carlotta ging auf, wen sie da so unverhofft wiedersah.

»Die Reporterin der *Mattino!* Das ist aber eine Freude!« Mamma Carlotta hielt die Begeisterung nicht auf dem Hocker. Sie sprang auf, drückte Wiebke Reimers die Hände und versicherte, wie schön es sei, ihr noch einmal für ihre Hilfe danken zu können. »Mein Schwiegersohn ist gerade dabei, den Reifen zu flicken!« Tove und Fietje beugten sich vor und lauschten, als Mamma Carlotta tuschelte, sie sei sehr froh, Wiebke noch einmal in aller Ausführlichkeit erklären zu können, warum ihre Familie nichts davon erfahren sollte, dass sie einen Besuch im Baubüro von Matteuer-Immobilien gemacht hatte. »Sie wissen ja, die Unterschriftenaktion!«

Wiebke Reimers sah nicht so aus, als ginge ihr der Zusammenhang ohne Weiteres auf, aber sie nickte der Einfachheit halber und richtete ihr Augenmerk auf Toves Fischbrötchenangebot.

»Und außerdem«, fügte Mamma Carlotta an, »soll auch niemand wissen, dass ich hier, in Käptens Kajüte, Rotwein aus Montepulciano trinke.« Sie warf Tove und Fietje einen Blick zu, die beide prompt in eine andere Richtung sahen, als wollten sie nichts davon wissen, dass Hauptkommissar Wolf seiner Schwiegermutter vom Kontakt zum lebenden Inventar dieser Imbissstube dringend abgeraten hatte.

»Käptens Kajüte?« Wiebke sah sich verwirrt um. »Ich dachte, ich wäre hier bei Gosch?«

Damit war der Irrtum geklärt, wie jemand glauben konnte, Tove Griess mache die besten Fischbrötchen der Insel. Aber Mamma Carlotta, die sich noch länger an Wiebke Reimers' Gesellschaft erfreuen wollte, behauptete, die Fischbrötchen in Käptens Kajüte seien auch sehr delikat, vor allem, weil der Wirt sie für besonders nette Kunden frisch zubereite.

Tove Griess verstand diesen Hinweis auf Anhieb, schnitt ein Brötchen auf, legte ein Matjesfilet zwischen die Hälften und darauf etwa doppelt so viele Zwiebelringe, wie es sie bei Gosch gab. Anscheinend versuchte er damit, aus Wiebkes Irrtum reine Wahrheit zu machen.

Von ihrem Plan, sich für den Abend noch einen Rollmops einpacken zu lassen, riet ihr Mamma Carlotta jedoch ab, als sie feststellte, dass diese mit den Zahnstochern zusammengehalten wurden, auf denen Tove neuerdings ständig herumkaute.

Sie wurde durch Schritte auf der Treppe aus ihren Erinnerungen gerissen. Schnell erhob sie sich und holte Eier und Schinken aus dem Kühlschrank. Erik liebte am Morgen ein kräftiges Rührei, und das sollte er bekommen, wenn es ihr selbst auch den Magen umdrehte! Vielleicht bekam sie sogar Gelegenheit, ihm zu erzählen, dass Wiebke Reimers nach ihm gefragt hatte. Ganz unauffällig natürlich und mit der Beteuerung, dass sie sich nur für seinen Beruf interessiere. Aber Mamma Carlotta nannte sich selbst eine Expertin in Sachen Amore und hatte befunden, dass Wiebke die Harmlosigkeit ihrer Frage ein wenig zu nachdrücklich beteuert hatte.

Erik trug eine seiner geliebten Breitcordhosen, als er die Küche betrat. Dazu ein kariertes Hemd und darüber einen dunkelblauen Pullunder. Das war die Kleidung, in der er sich besonders wohlfühlte. Nur bei großer Hitze entschied er sich für eine dünne Baumwollhose und ein T-Shirt, und im Winter tauschte er Hemd und Pullunder gegen einen warmen Pullover mit Rollkragen aus. Er wünschte seiner Schwiegermutter flüchtig einen guten Morgen und tippte dabei eine Telefonnummer in sein Handy. »Sören? Wir fangen heute früher an. Sieht so aus, als wäre Ludo Thöneßen nicht auf Freiersfüßen unterwegs, sondern tatsächlich verschwunden.«

Erik war erschüttert, als er sich in dem Zimmer umsah, in dem Ludo Thöneßen seit Jahren hauste. Es war sein Schlafzimmer, sein Wohnzimmer und seine Küche zugleich, von dort ging es direkt in ein winziges Badezimmer. Das war alles!

»Das Bad benutzt er selten«, erzählte Jacqueline Hansen. »Ihm stehen ja die Duschen in der Sauna zur Verfügung.« Sie zeigte auf die Tür, durch die sie hereingekommen waren. Sie verband die Sauna mit Ludos Zimmer, auf der anderen

Seite führte noch eine Tür nach draußen. Daneben stand ein Tischchen, und darauf lagen die Medikamente, die Jacqueline für ihren Chef besorgt hatte. »Die sind lebenswichtig für ihn«, betonte sie noch einmal.

Erik sah sich ratlos um. Das Zimmer war vollgestopft mit Mobiliar, als hätte Ludo so viel wie eben möglich aus seiner Kampener Villa mitnehmen wollen. Es waren kostbare Designermöbel, die sich in dieser Enge grotesk ausnahmen. Eine gläserne Vitrine drängte sich an ein glänzendes Regal, das wiederum von einem Kleiderschrank dominiert wurde, der viel zu groß für diesen Raum war. Die schwarzen Ledersessel waren zu wuchtig, der gläserne Tisch auf dem kostbaren Teppich wirkte deplatziert, als wäre er hier vorübergehend abgestellt worden. Erik empfand Mitleid mit Ludo Thöneßen, den er nur flüchtig kannte. Es musste hart sein, sich mit diesen Lebensumständen abzufinden, wenn man einmal zu den Reichen der Insel gehört hatte.

Er wandte sich an Jacqueline, die ihn erwartungsvoll ansah. »Wissen Sie, wie viel er bei dem Geschäft mit den Ostimmobilien verloren hat?«

»Mindestens eine Million«, gab Jacqueline zurück.

»Er hat mit Ihnen darüber gesprochen?«

Sie zuckte mit den Schultern. »Gelegentlich fiel mal das eine oder andere Wort. Aber das ist ja schon eine Weile her. Allerdings … abgefunden hat er sich noch nicht damit.« Jacqueline betrachtete traurig das Zimmer, das für ihren Chef seit einigen Jahren das Zuhause darstellte. Ludo Thöneßens Schicksal schien ihr nahezugehen. »Aber er hat selbst mal gesagt: Das hat man davon, dass man immer mehr haben will.«

Erik runzelte die Stirn. »Was meinte er damit?«

»Dass er ja auch mit dem hätte zufrieden sein können, was er besaß. Aber er wollte mehr, wollte mit diesem Steuerabschreibungsmodell noch ein bisschen reicher werden.« Sie wehrte ab, bevor Erik etwas einwenden konnte. »Ganz legal! Aber eigentlich sollte man ja wissen, dass eine höhere Rendite auch ein höheres Risiko bedeutet.«

Erik sah sie erstaunt an. Eine so vernünftige Einstellung hatte er von Jacqueline Hansen nicht erwartet.

»Aber Klaus Matteuer hat ihn damals ja beinahe täglich bearbeitet«, fuhr Jacqueline fort. »Das hat Ludo mir erzählt. Und irgendwann hat er dann geglaubt, dass das eine todsichere Sache ist. Sein ganzes Geld hat er in irgendwelche Immobilien gesteckt, die dann kein Schwein mieten wollte. Von wegen Rendite! Die Million ist regelrecht vergammelt in irgendwelchen Bauruinen.«

»Hat er sich die Immobilien vorher nicht angesehen?«, fragte Erik ungläubig.

Jacqueline zuckte mit den Schultern. »Wahrscheinlich nicht. Er hat Matteuer vertraut.« Sie stieß ein Lachen aus, das bitter und verächtlich zugleich war. »Aber der hat ja seine gerechte Strafe bekommen.«

Erik sah sie fragend an.

»Sie wissen schon, der liegt doch seit einer Weile im Pflegeheim. Schlaganfall! Irgendwo am Strand, ist viel zu spät gefunden worden. Da war nichts mehr zu machen.«

Sören wusste natürlich auch Bescheid. »Seitdem führt seine Frau die Immobilienfirma allein.«

»Ihre Zwillingsschwester hilft ihr«, ergänzte Jacqueline. »Die hat vor Jahren die Firma ihres Vaters ruiniert.« Sie schüttelte den Kopf. »Ich versteh's nicht. Unsereins muss mit ein paar Kröten klarkommen, und diese Leute haben es dicke und setzen alles in den Sand.« Sie hatte sich zur Tür bewegt. »War's das? Ich muss zur Rezeption. Ist ja sonst keiner hier.«

Erik nickte. »Wenn wir noch Fragen haben, melden wir uns. Jetzt sehen wir uns erst mal hier um, vielleicht entdecken wir etwas, das uns verrät, wo Ihr Chef geblieben ist.«

Erik wartete, bis Jacqueline den Raum verlassen hatte, dann nahm er sich die gläserne Vitrine vor, Sören öffnete den Kleiderschrank. Schweigend suchten sie, dann wandte sich Erik dem Regal zu, und Sören blätterte durch die Bücher und Zeitschriften, die auf der Fensterbank lagen. Hinter dem Sofa entdeckte Erik ein paar Aktenordner, die auf dem Boden standen. Als er sie auf den Tisch legte, wurde er auf ein metallisches Geräusch aufmerksam. Ein großes Schild, fast so breit wie das Sofa, das aufrecht zwischen den Aktenordnern und der Wand gestanden hatte, war umgefallen. Erik holte es mühsam hervor und lehnte es gegen die Vitrine.

Ludos Bistro

Sören betrachtete das Schild. »Sieht aus, als wollte er ein Bistro eröffnen.«

»Dafür braucht er Geld«, gab Erik zu bedenken.

Sören zuckte mit den Schultern. »Vielleicht hat er jemanden gefunden, der ihm was leiht?«

Er nahm einen Aktenordner zur Hand, schlug ihn auf und ließ sich aufs Sofa sinken.

»Hier hat er sein altes Leben aufbewahrt«, sagte Sören leise.

Erik trat zu ihm und sah ihm über die Schulter. Die Zeitungsausschnitte, die Ludo gesammelt hatte, zeigten ihn vor und in seiner Kampener Villa, als er noch reich und bedeutend genug für eine Homestory gewesen war. Dann sah man ihn in Siegerpose vor dem Squashcenter, das mit viel Beachtung der Presse, der Sylter Bürger und der Touristen eröffnet worden war. Das Gemeinderatsmitglied Ludo Thöneßen, das eine Kindertagesstätte einweihte, ein Band durchschnitt, um einen neuen Straßenabschnitt zu öffnen, den Ministerpräsidenten von Schleswig-Holstein am Bahnhof von Westerland begrüßte und mit Reinhard Mey in den Dünen Gitarre spielte. Dann die Zeit mit Sila Simoni. Ludo Thöneßen strahlend neben einer Frau, der ihr Gewerbe auf den ersten Blick anzusehen war. Gewaltige Silikonbrüste, grelles Make-up, hoch aufgetürmte weißblonde Locken. Die Bildunterschriften waren verächtlich, und in den Titeln wurde Ludo gefragt, ob er verrückt geworden sei. Besonders das *Inselblatt* war nicht zimperlich mit ihm umgesprungen. Der Chefredakteur Menno Koopmann hatte es drastisch formuliert, die Pornodarstellerin eine unmoralische Person genannt und Ludo Thöneßen gleich mit in diesen Topf geworfen. Ein paar Jahre hatte er zu kämpfen gehabt und viel tun müssen, um das Schmuddelimage loszuwerden, das von seiner Frau auf ihn übergegangen war. Dann aber veränderten sich die Berichterstattungen, die Titel wurden wohlwollender, in den Artikeln wurde aus der Pornoqueen allmählich Ludo Thöneßens Frau. Irgendwann hatte sie jeder mindestens einmal ohne die grelle Schminke, die schrille Aufmachung und die aufreizende Kleidung erlebt, von da an gehörte sie einfach zu ihnen. Sie war beim Einkaufen im Jogginganzug gesehen worden, hatte die Tür der Kampener Villa in schlichten Jeans, im Rollkragenpulli und mit einem Putztuch in der Hand geöffnet und war, wenn sie als Frau des Gemeinderatsmitglieds neben Ludo auftrat, so unauffällig gewesen wie viele andere – wenn man mal von ihren aufgespritzten Lippen und den überdimensionalen Brüsten absah. Auch Menno Koopmann hatte sich im Laufe der Zeit gemäßigt. Er schien ebenso wie alle anderen zu der Meinung gekommen zu sein, dass Ludo Thöneßen und Sila Simoni ein harmonisches Paar waren, das aus Liebe geheiratet hatte. Kritische Stimmen und hämische Fragen gab es zwar immer noch, aber sie wurden mehr und mehr den Neidern zugeordnet, von denen es natürlich viele gab. Ludo Thöneßen, der Erbe eines beachtlichen Vermögens, der erfolgreiche Geschäftsmann, war durch seine Ehe mit dem millionenschweren Pornostar noch reicher geworden. So eine Entwicklung forderte immer Missgünstige heraus, die nicht an die glatte Oberfläche eines solchen Zusammenlebens glauben wollten.

Tatsächlich hatten sämtliche Neider dann irgendwann, als alle anderen nicht mehr daran glaubten, doch recht bekommen. Ludo verlor durch eine falsche Entscheidung sein Vermögen und damit anscheinend auch Stück für Stück die Liebe seiner Frau. Er war nicht der Einzige, der auf Klaus Matteuer hereingefallen war, auch andere hatten der Versuchung nicht widerstehen können, mit einem attraktiven Steuerabschreibungsmodell eine hohe Rendite zu erwirtschaften, die mit anderen Geldanlagen nicht zu erreichen gewesen wäre. Einige hatten das Geld verloren, das für ihr Alter bestimmt gewesen war. Es gab Schauspieler, die nun noch mit über siebzig verzweifelt nach jedem kleinen Engagement griffen, das ihnen angeboten wurde, und andere, die Sylt längst verlassen hatten und irgendwo untergetaucht waren, wo niemand sie kannte. Ludo schien es da noch vergleichsweise gutzugehen, er hatte ja eine reiche Frau an seiner Seite, sein Leben änderte sich nicht grundlegend.

»Aber dann ging's los.« Sören zeigte auf eine Überschrift im *Inselblatt*. »Menno Koopmann hat irgendwie rausbekommen, dass es mit Ludo und der Pornoqueen nicht mehr stimmte. Anscheinend haben sie sich irgendwann sogar in der Öffentlichkeit gezofft, das war der Anfang vom Ende.«

»Und vermutlich gab es einen Ehevertrag?«

Sören nickte. »Sila Simoni ist clever. Als sie auszog und Sylt verließ, war Ludo am Ende. Das Bistro in Kampen ging den Bach runter, und Squash war irgendwann auch nicht mehr der neue Trendsport, der er mal gewesen war.«

Erik hatte mittlerweile alles durchgesehen, was das winzige Zimmer bot, aber nichts gefunden, was mit Ludos Verschwinden in Zusammenhang gebracht werden konnte. »Scheidungspapiere habe ich nicht gefunden. Geschäftspapiere auch nicht. So was bewahrt er vermutlich im Büro auf.«

An der Rezeption überreichte Jacqueline gerade zwei jungen Männern ihre Spindschlüssel. »Haben Sie was gefunden?«, fragte sie leise.

»Ein Schild«, antwortete Erik. »Hatte Ihr Chef die Absicht, ein Bistro zu eröffnen?«

Jacqueline lachte. »Wovon?«

»*Ludos Bistro*. Noch nie gehört?«

Nun wurde Jacqueline ernst. »Er hat mal erwähnt, dass er gerne das Bistro im neuen Gesundheitshaus übernehmen würde. Aber ich habe das für Spinnerei gehalten. Luftschlösser!«

Sören mischte sich ein: »Sind Thöneßen und Sila Simoni eigentlich geschieden?«

Jacqueline schüttelte den Kopf. »Ludo wollte das nicht, weil es ihn Geld gekostet hätte, das er nicht besaß. Und der Simoni war es wohl nicht wichtig. Die ist geschäftstüchtiger als Ludo. Sie hat vor der Ehe alles genau geregelt, hat ihr Vermögen behalten und ist auch nicht unterhaltspflichtig.« Ihr Blick wurde ängstlich. »Was soll nun werden?«

Erik konnte darauf keine klare Antwort geben. »Wir werden eine Vermisstenanzeige aufnehmen. Und dann wird die Suche nach Ludo Thöneßen beginnen.«

Carlotta Capellas Gefühle schäumten über. Den ganzen Tag hatte sie gegrübelt. Von ihrem Schlafzimmer aus war sie in Carolins Zimmer gelaufen, von dort zu Felix und dann ins Badezimmer, um sich über den Inhalt ihres Waschbeutels herzumachen. Felix hatte es rundheraus abgelehnt, sich um das Outfit seiner Großmutter zu kümmern, aber Carolin war ihr gefolgt und hatte ihr alles gereicht, was sie selbst sich mittlerweile zugelegt hatte, um ihr Äußeres attraktiver zu machen. Auf diesem Gebiet änderten sich ihre Vorlieben zurzeit häufig. Während sie, kaum dass sie über Kleidung und Frisur selbst entscheiden durfte, stets eine schlichte Aufmachung bevorzugt hatte – im Nacken zusammengebundene Haare, unauffällige T-Shirts, Jeans, braune Halbschuhe und am liebsten beige Socken –, änderte sich ihr Stil mittlerweile, sobald sie einen neuen Beruf ins Auge gefasst hatte. Zu der angehenden Lehrerin hätte das Schmucklose nach ihrer Meinung gut gepasst, als sie Schriftstellerin werden wollte, glaubte sie, dass es auf Äußerlichkeiten überhaupt nicht ankam, und als sie davon träumte, mit Volksmusik Karriere zu machen, liebte sie Dirndl, weite Röcke und weiße Söckchen. Dann kam die Zeit, in der Modedesign auf Platz eins ihrer Pläne stand, also bevorzugte sie ausgefallene Modelle und traute sich an ihr erstes Make-up. Dazwischen gab es kurze Phasen, in denen sie verliebt war und sich kleidete, wie es dem Jungen gefiel, der ihr Herz gerade erobert hatte.

Das alles war zurzeit vergessen, denn Carolin hatte beschlossen, in die Politik zu gehen. Heimlich träumte sie sogar schon von einem Ministersessel und legte größten Wert darauf, seriös und vertrauenswürdig zu erscheinen. Sie war nun stets korrekt frisiert, entschied sich neuerdings gern für weiße Hemdblusen und für eine entschlossene Miene, als müsste sie die Welt retten. Mit der entsprechenden Ernsthaftigkeit ging sie an die Verschönerung ihrer Großmutter heran. »Rosa Lippenstift! Was hältst du davon?«

»No, no! Lippenstift habe ich selber. Knallrot! Das steht mir besser. Aber vielleicht … Wimperntusche?«

Carolin zeigte ihr, wie sie damit umzugehen hatte, kurz darauf schaute Mamma Carlotta in dicht und lang bewimperte Augen, die ihr fremd, aber auch sehr schön vorkamen.

»Wie wär's mit Rouge?«, schlug Carolin vor, drückte ihre Nonna auf den Badewannenrand, hob ihr Kinn und fuhr mit dem Rougepinsel ein paarmal über ihre Wangen. »Nicht schlecht«, sagte sie anerkennend, als sie fertig war.

Mamma Carlotta sprang auf und sah in den Spiegel. »Madonna! Wenn das meine Nachbarinnen in Panidomino sähen!« Sie fuhr zu Carolin herum. »Was mache ich mit meinen Haaren? Ob ich noch zum Friseur gehe?«

Carolin hielt das für reine Geldverschwendung. Sie griff in die Haare ihrer Großmutter, ordnete sie mit den Fingern, befestigte ihre Locken hier und da mit Haarspray und zupfte ihr ein paar in die Stirn. »Das sieht cool aus«, behauptete sie.

Mamma Carlotta staunte ihr Spiegelbild an. »Carolina! Das hast du wunderbar gemacht.« Schon lief sie in ihr Zimmer zurück. »Nun noch das Kleid! Mein rotes, das ich mir im Frühjahr gekauft habe? Nein, das ist zu dünn.«

Carolin war ihr gemächlich gefolgt. »Am besten, du trägst eine Hose. Und dazu Papas winddichte Jacke.«

Carlotta sah ihre Enkelin empört an. »Ich soll mich so anziehen, als führe ich mit dem Fahrrad zu Feinkost Meyer? No, no! Impossibile!«

»Abends ist es kalt! Du wirst frieren und dich erkälten.«

Felix erschien in der offenen Tür und zählte auf, wovor seine Nonna ihre Enkel jeden Morgen warnte, wenn sie zur Schule aufbrachen: »Blasenentzündung, Bronchitis, Halsschmerzen, Lungenentzündung ...« Er streckte ihr einen grellgelben Schal hin. »Den leihe ich dir. Dann schaut jeder nur auf den Schal und nicht auf Papas alte Jacke.«

Zögernd nahm Carlotta ihn entgegen. »Wie kommst du an einen gelben Schal!? Das ist was für Mädchen!« Und da sie gerade beim Thema war, ergänzte sie noch: »Ohrringe sind übrigens auch was für Mädchen. Und lange Haare und ein Pferdeschwanz erst recht!«

Aber Felix winkte lachend ab. »Ein gelber Schal ist cool. Ein Ohrring ist supercool und ein Pferdeschwanz absolut hip. Du hast keine Ahnung, Nonna!« Er lächelte sie an, als wollte er sie trösten. »Aber keine Sorge, sobald ich Formel-1-Pilot bin, lasse ich mir eine Glatze schneiden. Dann passt der Helm besser.«

Pfeifend zog er sich in sein Zimmer zurück, während Mamma Carlotta ihre Enkelin hilflos ansah. »Warum trägst du nicht mal einen gelben Schal, Carolina? Und Ohrringe sähen sicherlich auch hübsch aus.«

Aber auch Carolin winkte ab. »Ich mag es lieber dezent. Als Politikerin überzeugt man nicht durch bunte Kleidung, sondern durch seriöse Argumente. Und ein Loch ins Ohr stechen lassen? Nie im Leben!« Sie hob die Mundwinkel, so wie ihr Vater es tat, wenn er amüsiert war. »Im Übrigen hat Felix recht. Der gelbe Schal ist genau richtig für dich.«

Ein paar Stunden später stieg Carlotta Capella an der Seite ihres Schwiegersohns die Treppe zur Kurpromenade herab, zupfte den gelben Schal ein letztes Mal zurecht und ärgerte sich nur ganz kurz darüber, dass der Wind in ihre Locken fuhr und Carolins Bemühungen zunichtemachte. Von da an überwog die Freude auf das, was sie erwartete.

»Un concerto, Enrico! Noch nie habe ich ein richtiges Konzert gehört! Nur wenn in Panidomino der Kirchenchor auftritt oder die Enkelkinder von Signora Finocchiaro am Heiligabend in der Kirche Gitarre spielen und singen.«

Erik nahm ihre Hand und drückte sie kurz, was Mamma Carlotta ganz atemlos machte. Eine ungeheure Gefühlsaufwallung, die sie am liebsten mit einer herzlichen Umarmung beantwortet hätte! Aber sie wusste längst, dass sie sich, wenn es um Emotionen ging, zurückhalten musste. Erik mochte es nicht, wenn ihm Zuneigung deutlich gezeigt wurde, und hätte sich verschlossen wie eine Auster, wenn ihre Freude über diese winzige Geste ausgeufert wäre.

Sie nahmen auf einer der weißen Bänke Platz, die gegenüber der Konzertmuschel nicht auf Beinen, sondern mit der Sitzfläche auf Betonstufen angebracht waren. Erik hatte zwar vorgeschlagen, bis zum Konzertbeginn auf der Kurpromenade spazieren zu gehen, aber Mamma Carlotta wollte nichts riskieren und sich rechtzeitig einen guten Platz sichern. Es war ja nicht zu übersehen, dass es viele gab, die das letzte Konzert des Kurorchesters hören wollten, das in dieser Saison gegeben wurde.

Sie genoss die Situation mit allen Sinnen. Die Dunkelheit war eingebrochen, sie hatte das Meer schwarz gefärbt und den Strand beinahe unsichtbar gemacht. Ein besonders dunkler Abend, der durch die beleuchtete Kurpromenade nicht heller wurde. Jedes Licht schien nur den Kreis zu beleuchten, in dem es stand, schaffte es nicht, in den Himmel aufzusteigen. Und still war er auch, dieser Abend! Die Stimmen flogen in den Wind, wurden mitgerissen, kaum dass sie erklungen waren. Aber auch ein stiller Abend auf Sylt war nie lautlos. Das Meer, das Donnern der Brandung und der Wind gehörten zur Stille dazu.

Das Kurorchester, das aus neun Musikern bestand, tat sein Bestes, am Ende der Saison bei den Kurgästen einen guten Eindruck und die Vorfreude auf die Konzerte im Frühjahr zu hinterlassen. Der Dirigent brachte alles zu Gehör, zu dem im Rhythmus geklatscht werden konnte. Strauß-Walzer gehörten dazu, die Mamma Carlotta kaum auf dem Sitz hielten, Roberto-Blanco-Hits, die sie allesamt kannte, und eine Melodie von Herbert Grönemeyer, die sie zwar nicht kannte, aber genauso wunderbar fand wie alle anderen. Als es aufs Ende zuging, Mamma Carlotta enthusiastisch den *Radetzky-Marsch* mitklatschte und immer wieder versuchte, auch Erik zu einer minimalen Gefühlsregung zu bewegen, kam Wind auf. Schaumkronen zeigten sich auf dem schwarzen Wasser, die Lichter begannen zu schwanken, die Zuhörer und auch die Spaziergänger auf der Kurpromenade banden sich die Schals fester. Der Applaus, der das Orchester belohnte, flog davon, die Bravorufe und die Bitte um Zugabe schienen im Fauchen des Windes unterzugehen. Doch der Dirigent verstand sein Publikum trotzdem. Er hob noch einmal den Taktstock …

In diesem Augenblick geschah es. Ein gellender Schrei übertönte die Erwartung des Publikums. Schrille Rufe folgten, dann eine aufgeregte Männerstimme.

Der Dirigent ließ den Taktstock sinken, das Publikum wandte sich irritiert um. Getuschel war zu hören, Fragen, besorgte Stimmen.

»Da ist was passiert«, murmelte Erik und erhob sich. »Ich schau mal nach. Bleib du hier und genieß die Zugabe.«

Mamma Carlotta sah ihrem Schwiegersohn kopfschüttelnd nach. Sie sollte etwas genießen, wenn in ihrer Nähe etwas Schreckliches geschah? Unmöglich! Zwar bedankte sich das Kurorchester nun für die Zustimmung mit einem Potpourri von Seemannsliedern, aber Carlotta Capella hielt es nicht auf ihrem Sitz. Mit flinken Schritten folgte sie ihrem Schwiegersohn, der sich einen Weg durch flanierende Kurgäste bahnte, die den Schrei bereits vergessen hatten. Es war schwer, ihn im Auge zu behalten, während er die Treppe hinauflief.

In den Außenanlagen des Bistrós Luzifer, wo schon kein Tisch mehr stand und alles für das Saisonende vorbereitet war, schob er sich durch die Umstehenden, die vor den Fenstern des Restaurants standen und auf das flache Dach hinaufstarrten. Mamma Carlotta sah, dass sie Erik bereitwillig Platz machten. Sie alle waren froh, dass jemand erschien, der einen kompetenten Eindruck machte. Die Gaffer, die keinen Anstand kannten, zerrte oder stieß er mit einer heftigen Geste zur Seite, dann sah Mamma Carlotta, dass jemand über die Brüstung des Balkons im unteren Geschoss des riesigen Apartmenthauses auf das Dach des Bistros sprang. Er beugte sich über etwas, was dort lag. Ein Mensch?

»Ich brauche eine Leiter!«, hörte sie Erik rufen, der unmittelbar vor den Fenstern des Bistros stand und angestrengt nach oben blickte.

Ein Kellner des Luzifer erschien, machte auf dem Absatz

kehrt und verschwand wieder im Restaurant. Es dauerte nicht lange, und er kehrte mit einer Leiter zurück, die er für Erik an die Dachtraufe lehnte. Wortlos! Ein echter Friese! Er hielt die Leiter fest, als Erik aufs Dach hinaufstieg, und sorgte dafür, dass niemand auf die Idee kam, ihm zu folgen. Ebenso schweigsam natürlich. Er baute sich am Fuß der Leiter auf und sah allen Neugierigen so finster ins Gesicht, dass niemand es wagte, ihn zur Seite zu schieben.

Mamma Carlotta jedoch wollte sich nicht einschüchtern lassen. »Ich gehöre zu dem Polizeibeamten«, sagte sie so selbstsicher, dass der Kellner ihr tatsächlich zuvorkommend auf die erste Sprosse half.

Erik stand neben einem Mann, der sich um eine auf dem Dach liegende Person bemühte. An seiner Haltung erkannte Mamma Carlotta, dass er jede Mühe für sinnlos hielt. Sie machte einen Schritt vor, dann noch einen, schließlich konnte sie die Frau sehen, die auf dem Dach lag. Die Haare, die sich wie ein Kranz um ihren Kopf ausgebreitet hatten, färbten sich langsam rot, ihr Gesicht war leichenblass, die Augen hatte sie geschlossen. Sie trug einen dunkelblauen Seidenpyjama, der so dünn war, dass einige Knochenbrüche zu erkennen waren. Mamma Carlotta schloss entsetzt die Augen, sie mochte sich das Ausmaß der Verletzungen nicht vorstellen. Aber wie unter einem Zwang öffnete sie sie wieder und starrte in das leblose Gesicht, das ihr merkwürdig bekannt vorkam.

Der Mann, der vor der Toten gekniet hatte, erhob sich und schüttelte resigniert den Kopf. »Nichts zu machen«, sagte er leise.

Erik holte seinen Dienstausweis aus der Tasche. »Hauptkommissar Wolf! Haben Sie beobachtet, was passiert ist?«

Der Mann stellte sich als Dr. Heimann vor, Kinderarzt aus Bochum, der auf Sylt Urlaub machte. »Nein, ich habe nur den Aufschlag gehört und bin auf den Balkon gerannt.«

Eine Frau rief von unten herauf: »Ich hab's gesehen!« Sie zeigte in die Höhe. »Da oben ist sie runtergefallen. Vom Balkon! Oberste Etage! Kippte einfach übers Geländer.« Sie schüttelte sich. »Und geschrien hat sie! Mein Gott.«

Erik sah auf die Zeugin herab. »War sie allein auf dem Balkon? Oder haben Sie noch jemanden gesehen?«

Die Frau schüttelte den Kopf. »Nein, aber ...« Sie vergewisserte sich mit einem Blick nach oben. »Von hier aus sieht man nur die Balkonbrüstung.«

Erik folgte ihrem Blick und stellte fest, dass sie recht hatte. »Bitte, warten Sie! Ich brauche Ihren Namen und Ihre Adresse. Könnte sein, dass ich noch Fragen an Sie habe.« Dann ließ er seinen Blick über die anderen Umstehenden wandern. »Hat jemand von Ihnen eine Beobachtung gemacht?«

Aber er erntete nur Schweigen. Nein, niemand hatte etwas Außergewöhnliches bemerkt. Drei riefen zu ihm hoch, sie hätten den Sturz der Frau bemerkt, weil ihr Schrei sie aufgeschreckt habe, alle anderen waren erst aufmerksam geworden, als ihr Körper aufschlug.

»Alle, die eine Aussage machen können, warten bitte!« Erik zog seinen Mantel aus und deckte ihn über die Tote.

Mamma Carlotta erschrak. »Enrico! Du wirst dir eine Lungenentzündung holen!«

Erik fuhr herum und starrte seine Schwiegermutter an. »Was machst du hier? Wieso bist du nicht mehr beim Konzert?«

Sie funkelte ihn an. »Ich soll mir *un concerto* anhören, während hier so was Schreckliches passiert?« Kopfschüttelnd betrachtete sie die Tote, deren Körper zur Hälfte von Eriks Mantel verdeckt wurde. »Madonna! Hat sie sich selbst umgebracht?«

Erik winkte sie ärgerlich zur Seite, dann holte er sein Handy hervor und alarmierte die Kollegen.

Mamma Carlotta wartete genau so lange, bis er das

Handy weggesteckt hatte, dann flüsterte sie: »Ich kenne die Frau.«

Erik starrte sie ungläubig an. »Willst du damit sagen ... du weißt, wie sie heißt?« Er drehte sich zu der Toten um, deren Gesicht durch seinen Mantel verdeckt war. »Bist du sicher?«

»Ich habe ihr Gesicht gesehen, ehe du sie zugedeckt hast.«

Erik schob seine Schwiegermutter zur Leiter und machte ihr klar, dass er das Gespräch woanders fortführen wollte. Nicht auf dem Dach, wo jeder sie sehen und beobachten konnte, die Musiker, die Zuhörer des Kurkonzertes, die Spaziergänger auf der Kurpromenade. Auf dem Dach des Luzifer präsentierten sie sich wie auf einer Bühne.

»Vorsicht«, warnte Erik, als Mamma Carlotta den ersten Fuß auf die Leiter setzte.

Aber sie griff energisch nach den beiden oberen Enden der Leiter. »Ich bin das gewohnt. Was meinst du, wie ich in Panidomino in den Kirschbaum komme?«

Tatsächlich stand sie im Nu am Fuß der Leiter. Als auch Erik unten angekommen war, zog er sie in eine Ecke, weit genug von den Umstehenden weg, um nicht belauscht zu werden. »Und? Wer ist es?«

»Entweder die Matteuer oder ihre Zwillingsschwester.«

»Du meinst ... die Inhaberin von Matteuer-Immobilien? Die hat eine Zwillingsschwester? Woher weißt du das?«

Mamma Carlotta sah ihren Schwiegersohn erschrocken an. »Habe ich gehört«, begann sie zu stottern. »Irgendwo ... Vielleicht bei Feinkost Meyer?«

»Genau!«, drang da eine forsche Stimme in ihr Gespräch ein. »Ich habe sie Ihnen gezeigt, als wir uns auf dem Parkplatz von Feinkost Meyer kennenlernten. Sie erinnern sich?«

Mamma Carlotta fuhr herum und starrte in Wiebke Reimers Gesicht. »È vero! Jetzt, wo Sie's sagen ...!«

Wiebke Reimers wurde ernst, ihre Aufmerksamkeit richtete sich auf Erik. »Sie haben doch nichts dagegen, dass ich ein paar Fotos mache?« Sie zeigte auf die Leiter.

Mamma Carlotta beobachtete, wie ihr Schwiegersohn nervös seinen Schnauzer glattstrich. »Sie sind beruflich hier?«

»Eine gute Reporterin ist immer im Dienst.« Wiebke Reimers öffnete ihren Rucksack und zog eine Kamera hervor. »Ich bin auf Sylt wegen einer Reportage über Corinna Matteuer. Wenn daraus nichts mehr wird, will ich unseren Lesern wenigstens vor Augen führen, warum.«

Nun hatte Erik sich gefangen. »Die Identität der Toten ist noch nicht geklärt. Selbst wenn meine Schwiegermutter recht hat ...«

»... ist immer noch nicht klar, wer sich da umgebracht hat«, ergänzte Wiebke hastig. »Corinna Matteuer oder Matilda Pütz.«

Mamma Carlotta wurde unruhig, als sie sah, wie Eriks Gesicht sich veränderte. In seinen Augen tauchte eine Erkenntnis auf, die ihn zu erschrecken schien. Er machte einen Schritt auf die Leiter zu, als wollte er noch einmal aufs Dach klettern, aber er verzichtete darauf. »Corinna und Matilda? So heißen die Schwestern?«

Wiebke Reimers bemerkte seine Verwirrung ebenfalls und behielt Erik fest im Auge.

»Pütz?«, murmelte Erik und starrte zum Dach hoch. Als es Wiebke Reimers gelungen war, die Leiter hochzuklettern, war unten der Auslöser ihrer Kamera zu hören.

Mamma Carlotta musste sich plötzlich zur Seite schieben lassen, eine barsche Stimme forderte: »Platz da!«

Menno Koopmann, der Chefredakteur des *Inselblattes,* schob sich an ihr vorbei, die Kamera vor der Brust. Er erklomm zwei, drei Stufen der Leiter, ohne auf Erik zu achten, und hatte damit freie Sicht auf die tote Frau. Während er Fotos aus unterschiedlichen Perspektiven schoss, fragte er Wiebke: »Von welcher Zeitung sind Sie?«

»*Mattino*«, gab Wiebke kurz angebunden zurück.

Zufrieden betrachtete Koopmann das Display seiner Kamera. »Wann kann ich erfahren, wer die Tote ist?«

»Überhaupt nicht!«, brummte Erik. »Sie können mich in Ruhe lassen. Das war's! Ich tu jetzt meine Arbeit und möchte dabei nicht gestört werden.«

Koopmann wollte noch etwas sagen, aber Mamma Carlotta schob sich zwischen den Chefredakteur und ihren Schwiegersohn. Auch wenn sie Eriks Foto am nächsten Tag gerne im *Inselblatt* gesehen hätte, erklärte sie sich mit einem Familienmitglied selbstverständlich immer solidarisch. Tatsächlich ließ sich Menno Koopmann einschüchtern und zog sich zurück.

»Nur eins noch, Wolf«, hörte sie ihn brummen. »Wenn die *Mattino* mehr erfährt als das *Inselblatt,* können Sie was erleben!«

Der Hausmeister betrat vor Erik den Aufzug. Er war ein vierschrötiger Mann von ungefähr sechzig Jahren, der nicht an Aufregung gewöhnt war. Dieses Ereignis schien ihn völlig aus der Bahn zu werfen. »Selbstmord?«, stöhnte er immer wieder. »Das hatten wir in diesem Haus noch nie.« Er drückte zweimal auf den falschen Knopf, sodass sie zunächst in der zweiten, danach in der vierten und erst dann in der zwölften Etage ankamen. »Ganz unauffällige Damen. Sehr zurückgezogen und selten bereit für ein Schwätzchen, aber sonst … einwandfrei!«

Eriks Gedanken kreisten nur um eine Frage. Wer würde ihnen die Tür öffnen? Corinna oder Matilda?

Der Hausmeister atmete tief ein und aus, ehe er den Daumen auf den Klingelknopf legte. Auf sein erstes Läuten reagierte niemand. Er versuchte es ein zweites und drittes Mal, dann knackte es in der Sprechanlage. Eine verschlafene Stimme fragte: »Wer ist da?«

»Heino Hansen, der Hausmeister! Tut mir leid, die späte Störung. Aber ... es ist was passiert. Können Sie bitte aufmachen?«

»Um diese Zeit?«

Erik schob den Hausmeister zur Seite und beugte sich zu dem kleinen Lautsprecher neben der Wohnungstür. »Kriminalpolizei Westerland! Bitte öffnen Sie!«

Es blieb eine Weile still, dann sagte die Stimme: »Also gut. Aber Sie werden mir hoffentlich gestatten, mich erst anzuziehen.«

Es knackte in der Sprechanlage. Erik ging zum Fenster des Hausflurs und blickte hinaus, um sich zur Ruhe zu zwingen. Dann wandte er sich an den Hausmeister. »Sie können ruhig wieder in Ihre Wohnung gehen. Wenn ich Fragen habe, melde ich mich bei Ihnen.«

Heino Hansen machte einen sehr erleichterten Eindruck. Eilig, als hätte er Angst, Erik könnte es sich anders überlegen, bestieg er wieder den Aufzug. Erik lauschte auf das Surren, konnte hören, wie der Aufzug tief unter ihm hielt. Dann trat Stille ein. Im Haus war alles ruhig, und auch hinter der Tür bewegte sich nichts. Erik trat von einem Bein aufs andere. Wie lange sollte er hier warten?

Dann endlich drehte sich ein Schlüssel im Schloss, die Wohnungstür schwang auf. Als er der Frau gegenüberstand, die ihm geöffnet hatte, musste er schlucken. »Corinna?«

Natürlich war die Frage überflüssig. Sie war es, Corinna! Gut zwanzig Jahre älter, aber dennoch unverändert. Ihr Gesicht noch genauso schmal, ihre Figur so schlank wie damals. Die Konturen ihres Gesichtes waren schärfer geworden, ein paar Fältchen hatten es strenger gemacht, aber Erik war sich bewusst, dass er selbst sich stärker verändert hatte als Corinna.

Sie hatte die Haare am Hinterkopf festgesteckt, wie sie es schon früher gern getan hatte. Der Hausanzug aus schwarzem Samt war eine legere, ungezwungene Bekleidung, wirkte aber dennoch gepflegt und elegant. Auch da hatte sich nichts verändert. Corinna war immer auf ihr Äußeres bedacht gewesen, ganz anders als Matilda. Selbst Freizeitkleidung hatte sie getragen wie andere ein Ballkleid, Farben und Schnitte waren immer perfekt aufeinander abgestimmt gewesen. Diesen Hausanzug musste sie sich eilig übergeworfen haben, dennoch passten die silbernen Ballerinas perfekt zu dem Strassornament, das sowohl die Jacke als auch die Hose zierte. So war es schon immer gewesen: Corinna, die Elegante, Modebewusste, die sich nie gehen ließ, Matilda, die Legere, die auf angemessene Bekleidung pfiff und sich nie abgemüht hätte, aus ihren Haaren eine Frisur zu machen.

Corinna sah ihn mit großen Augen an, dann schien sie ihn zu erkennen. »Erik? Was für ein Zufall! Du lebst immer noch auf Sylt?« Sie machte einen Schritt zur Seite und öffnete die Tür weiter. »Komm rein.« Sie ging ihm voran ins Wohnzimmer und drehte sich dort um. »Ist was passiert?«

Erik war unfähig zu antworten. Er war vollauf damit beschäftigt, sie zu betrachten. Ihre großen hellgrauen Augen, das Grübchen am Kinn, das ihn früher entzückt hatte, ihre schlanke Figur, die noch genauso biegsam zu sein schien wie früher, ihr undurchschaubares Lächeln, das ihn immer in Ungewissheit gehalten hatte. Jedes Mal, wenn er geglaubt hatte, ihr Herz erreicht zu haben, war dieses spöttische Lächeln in ihren Mundwinkeln erschienen und hatte ihn zurückgewiesen. Und jetzt? Wie sollte er ihr erklären, dass ihre Schwester tot war? Die Zwillinge waren immer ein Herz und eine Seele gewesen.

Ehe er etwas sagen konnte, wurde Corinna auf die offene Balkontür aufmerksam. Sie runzelte die Stirn und schloss die Tür. »Wieso lässt Matilda die Tür offen?«, fragte sie leise. »Dazu ist es viel zu kalt.« Dann stockte sie, starrte Erik aus großen Augen an, als käme ihr soeben ein ungeheurer Verdacht, und lief auf den Balkon. Sie beugte sich weit über das Gitter. Erik wusste, was sie nun sah: Eine Leiche wurde abtransportiert.

Er fand nicht so schnell die richtigen Worte. Ehe er etwas sagen konnte, durchquerte sie das Wohnzimmer und lief in einen Flur, von dem drei weitere Türen abgingen. Eine dieser Türen riss sie auf. Erik hörte ihre Stimme: »Matilda?«

Er folgte ihr, betrat das Zimmer, das offenbar ihrer Schwester gehörte, und blieb neben ihr vor dem ordentlich gemachten Bett stehen. Sanft legte er einen Arm um ihre zitternden Schultern. »Du musst jetzt sehr stark sein.«

Sie fuhr zu ihm herum, wütend, aggressiv, außer sich. »Was ist mit Matilda?« Sie sah aus, als wollte sie Erik schlagen, als wollte sie die Wahrheit aus ihm herausprügeln oder ihn zwingen, sie zu verschweigen. Dann begann sie zu schluchzen. »Was ist mit ihr?«

Erik führte sie ins Wohnzimmer zurück und drückte sie in einen Sessel. Ohne ein Wort ging er in die Küche und holte eine Flasche Mineralwasser, die dort auf der Fensterbank stand. Ein Blick, und er hatte erkannt, wo die Gläser aufbewahrt wurden.

Bevor er ins Wohnzimmer zurückging, atmete er tief durch und sah sich um. Er war nicht oft in diesem Apartment gewesen, trotzdem erkannte er, dass sich nichts verändert hatte. Die Einrichtung, die die Eltern angeschafft hatten, war noch die gleiche. Solide, aber altmodische Küchenmöbel, durch raffinierte technische Geräte ergänzt, schwere Eichenmöbel im Wohnzimmer, Spitzengardinen vor den Fenstern, lederne Sessel und Sofas, samtene Kissen und bestickte Tischdecken. Die Wände waren zwar hell tapeziert worden und die hässlichen dunklen Holzvertäfelungen an den Zimmerdecken verschwunden, aber die Bilder, die Erik schon damals nicht gefallen hatten, hingen immer noch an den Wänden. Düstere Landschaften in dunklen Rahmen.

Er ging zurück, schenkte Corinna ein und hielt ihr das Glas hin. »Trink erst mal.«

Sie gehorchte wie eine Marionette und führte das Glas zum Mund.

»Es sieht so aus, als hätte deine Schwester Selbstmord begangen«, sagte er dann leise. »Sie hat sich vom Balkon gestürzt.« Er stockte, beobachtete sie, dann fragte er: »Kennst du den Grund dafür?«

Sie stellte das Glas ab und schüttelte den Kopf. Dann fiel ihr Blick auf den Briefumschlag, der auf dem Tisch lag. »Was ist das?«

Erik sah sie aufmerksam an. »Ein Abschiedsbrief? Lag dieser Umschlag vorher nicht auf dem Tisch?«

Sie schüttelte den Kopf. Als er ihr den Brief reichen wollte, schüttelte sie ihn noch heftiger. »Lies ihn mir vor.«

Erik öffnete den Umschlag und zog den handschriftlichen Brief heraus, der nur aus wenigen Zeilen bestand. Mit dem Brief fiel eine weiße Plastikkarte aus dem Umschlag, der Erik zunächst keine Aufmerksamkeit schenkte.

Leise begann er zu lesen. »Liebe Corinna, ich halte es nicht mehr aus. Du hast natürlich längst gemerkt, dass ich mich verliebt habe, und hast dich gefragt, warum ich dir den Namen des Mannes nicht verrate. Der Grund ist: Ich habe immer geahnt, dass er mich betrügt, dass er mich nicht wirklich liebt, sondern mich nur ausnutzt. Nun wurde mir der Beweis geliefert. Ludo ist ein Mistkerl!«

Erik ließ den Brief sinken. »Ludo Thöneßen?«

Aber Corinna schien ihn gar nicht wahrzunehmen. »Matilda ist doch keine Frau, die sich wegen eines Mannes umbringt.« Als sie Erik ansah, schien sie aus weiter Ferne zurückzukommen. »Lies weiter.«

»Nein, ich bringe mich nicht um, weil er mich unglücklich gemacht hat. Ich will nicht mehr leben, weil ich ihn auf dem Gewissen habe. Es war ganz leicht. Aber ich habe nicht geahnt, wie schwer es ist, mit der Schuld zu leben. Ich kann nicht mehr.«

Die letzten Worte waren leicht verwischt, als hätte Matilda geweint. Der Brief schloss ohne Gruß ab, als sei sie mit ihren Kräften am Ende gewesen. Nur ihren Namen hatte sie rechts unten aufs Briefblatt gesetzt.

Erik griff nach der Hand von Corinna, die wie versteinert dasaß. »Ludo Thöneßen?«, fragte er noch einmal. »Der wird seit Tagen vermisst.«

»Dieser kleine Versager!«, stieß Corinna hervor. »Dieser Habenichts! Dieser lächerliche Gutmensch! Für den wirft sie ihr Leben weg?«

»Wenn das stimmt, was in dem Brief steht, müssen wir seine Leiche finden«, sagte Erik nervös. »Kannst du mir helfen? Hast du eine Ahnung, wo sie ihn umgebracht haben könnte?«

Corinna zuckte mit den Schultern, als wäre ihr Ludos Leiche von Herzen egal. Dann nickte sie zu der weißen Plastikkarte. »Vielleicht in einem Hotel?«

Erik steckte die Plastikkarte ein und erhob sich. Unsicher sah er auf Corinna herab. Was sollte mit ihr geschehen? Konnte er sie allein lassen? Wollte sie vielleicht sogar lieber allein sein?

Im selben Augenblick sah sie auf. »Bitte, bleib bei mir. Ich kann jetzt unmöglich allein sein. Wenn du gehst, stürze ich mich auch vom Balkon.«

Erik merkte, dass er unwillig die Stirn runzelte. So gut er ihre Not und ihren Schmerz verstehen konnte, dass sie gleichzeitig versuchte, ihn zu erpressen, gefiel ihm trotzdem nicht. Aber dann rief er sich zur Ordnung. Er durfte jetzt kein Wort auf die Goldwaage legen. Corinna befand sich in einem Ausnahmezustand. Sie hatte den wichtigsten Menschen in ihrem Leben verloren. Nein, er musste dafür sorgen, dass sie irgendwo unterkam, wo sie Schlaf finden konnte.

Mamma Carlotta schob Wiebke Reimers in die Küche und drückte sie auf einen Stuhl. »Madonna, was für eine Tragödie! Die arme Frau! Wie verzweifelt muss sie gewesen sein, dass sie keinen anderen Ausweg wusste.« Sie lief in den Vorratsraum und kam mit einer Grappaflasche zurück. »Nett, dass Sie mich nach Hause gebracht haben. Ich hätte stundenlang auf meinen Schwiegersohn warten müssen.«

»Meinen Sie?« Wiebke sah sich in der Küche um, als interessierte sie jedes Detail der Einrichtung. »Bei einem Selbstmord müssen doch keine Spuren gesichert werden.«

»Sì, e vero!« Mamma Carlotta riss die Kühlschranktür auf und holte Antipasti heraus, marinierte Zucchini, Champignons und Auberginen, eingelegte getrocknete Tomaten und die Oliven, die sie aus Umbrien mitgebracht hatte. »Die sind von unserem Nachbarn, einem Olivenbauern. Feinkost Meyer hat zwar auch gute Oliven, aber diese sind noch besser.« Sie lief erneut in die Vorratskammer und kam mit einem Suppentopf zurück. »Es ist noch was von der Ginestrata da.«

»Ginestrata?«, gab Wiebke zurück, während sie die Antipasti probierte und zu Mamma Carlottas Freude entzückt die Augen verdrehte.

»Eiercremesuppe«, übersetzte Mamma Carlotta. »Eigelb in Geflügelbrühe einrühren, Marsala dazu und mit Salz und Zimt würzen! Dann Butterflöckchen zugeben, ein wenig Muskatnuss und eine Prise Zucker. Schon ist die Ginestrata fertig. Aber mit dem Aufwärmen muss man vorsichtig sein. Sie darf nicht mehr kochen.«

»Bitte, keine Umstände«, versuchte es Wiebke Reimers der Höflichkeit halber.

»Che sciocchezza! Das sind keine Umstände. Ich muss mich doch bei Ihnen bedanken. Nicht nur dafür, dass Sie mich nach Hause gebracht haben, auch dafür, dass Sie … wie sagt man?«

Wiebke grinste. »… dass ich dichtgehalten haben?«

»Sì! Wenn meine Enkelkinder wüssten, dass ich im Baubüro war, um für meinen Neffen um das Bistro im Gesundheitshaus zu bitten … Mamma mia! Aber wenn Niccolò erfährt, dass ich mein Versprechen nicht gehalten habe, nur
weil ich mit Carolina und Felice gegen Matteuer-Immobilien
protestiere, das wäre genauso schlimm.« Seufzend ergänzte
sie: »Man kann es einfach nicht allen recht machen.«

»Vielleicht ändert sich jetzt alles. Wenn die Tote Corinna
Matteuer ist, wird Schluss sein mit Matteuer-Immobilien.«

»Aber es könnte auch ihre Zwillingsschwester sein.«
Mamma Carlotta rührte in der Suppe, dass es nur so spritzte.
»Haben Sie eine Ahnung, wer von den beiden lebensmüde
war? Sie als Reporterin wissen doch mehr als andere.«

Wiebke schüttelte den Kopf. »Ich weiß nur das, was allge-
mein bekannt ist.«

»Und was ist das?« Mamma Carlotta legte den Holzlöffel
zur Seite und ging das Risiko ein, dass die Suppe zu kochen
begann, damit sie sich uneingeschränkt auf die Neuigkeiten
konzentrieren konnte.

»Die Zwillingsschwestern haben von ihrem Vater eine
Bauunternehmung geerbt und weitergeführt. Dann lernte
Corinna Pütz Klaus Matteuer kennen, einen Architekten.
Der wollte die Geschäfte ohne seine Schwägerin machen und
hat dafür gesorgt, dass die Bauunternehmung Pütz geteilt
wurde. Aus Corinnas Hälfte wurde Matteuer-Immobilien,
Matilda Pütz machte weiter mit Pütz-Bau.«

Wiebke wies aufgeregt zu dem Suppentopf, aus dem der
Dampf aufstieg, und Mamma Carlotta begann wieder zu
rühren.

»Nach der Wende stieg Klaus Matteuer ins Immobiliengeschäft ein. Mit wertlosen Ostimmobilien hat er viele über
den Tisch gezogen. Aber er hat jeden Prozess gewonnen, und
Matteuer-Immobilien ist gut im Geschäft geblieben. Corinna

Matteuer ist als Investorin aufgetreten, Schwierigkeiten, die sich ihr in den Weg stellten, hat sie beseitigt.« Wiebke rieb Daumen und Zeigefinger aneinander. »Und Klaus Matteuer hat die Bauprojekte durchgezogen. Hier auf Sylt hatte es die Firma am leichtesten. Nicht die Sylter Bevölkerung und die gewählten Volksvertreter haben darüber bestimmt, wie Sylt vermarktet wird, sondern Investoren wie Corinna Matteuer. Sie hat es immer geschafft, dass es in den Gemeindevertretungen eine Mehrheit für ihre Interessen gab.«

Dazu konnte Mamma Carlotta etwas sagen. »Ludo Thöneßen gehört zu den wenigen, die keine Schmiergelder angenommen haben. Er hat sogar publik gemacht, dass ihm Geld angeboten wurde.«

»Aber natürlich konnte er es nicht beweisen«, ergänzte Wiebke.

Mamma Carlotta nickte, dann fiel ihr ein, dass sie die menschliche Seite des Bauskandals weit mehr interessierte. »Und die Schwester? Warum habe ich die im Baubüro gesehen, wenn sie eine eigene Firma hat?«

»Nicht mehr. Matilda Pütz wollte natürlich genauso erfolgreich sein wie ihre Schwester und ihr Schwager. Sie hat es mit riskanten Bauprojekten auf Föhr und Norderney versucht … aber beides ist gründlich in die Hose gegangen. Sie musste Konkurs anmelden.«

»Madonna!« Mamma Carlotta füllte die Ginestrata in eine Suppentasse und stellte sie vor Wiebke hin. Die Panini, die vom Abendessen übrig geblieben waren, warf sie in einen Korb und schob ihn neben die Suppentasse. »Und dann war sie derart verzweifelt, dass sie sich nun das Leben genommen hat?«

Wiebke nahm einen Löffel Suppe und schloss genießerisch die Augen. »Wunderbar, Signora!« Dann erst antwortete sie: »Das glaube ich nicht. Das ist ja alles schon Jahre her. Außerdem hat sie Hilfe von ihrer Zwillingsschwester bekommen. Matilda Pütz arbeitet seitdem bei Matteuer-Immobilien, und man sagt, sie hält sich öfter in Flensburg, in der Villa ihrer Schwester, auf als in ihrer eigenen Wohnung in Glücksburg. Es geht ihr eigentlich genauso gut wie früher. Nur, dass ihre Schwester jetzt alles bezahlt. Aber Zwillinge …«

»… sind praktisch eins«, ergänzte Mamma Carlotta. »Und was sagt der Ehemann dazu?« Noch bevor Wiebke antworten konnte, erzählte Mamma Carlotta ihr von einer Schulfreundin, die ebenfalls eine Zwillingsschwester gehabt hatte und die nach der Heirat ganz selbstverständlich zu dem jungen Ehepaar gezogen war, weil sie ohne ihren Zwilling nur eine halbe Person war. »Der Mann hat das nicht lange mitgemacht. Schon nach einem Jahr hat er sich von seiner Frau getrennt. Er sagt, er hätte nie mit seiner Frau allein sein können, die Zwillingsschwester war immer dabei!«

Wiebke aß erst genüsslich den Teller leer, ehe sie erklärte: »Klaus Matteuer hatte einen schweren Schlaganfall, hier auf Sylt! Am Ellenbogen! Er war allein am Strand, man hat ihn erst Stunden später gefunden. Da war nichts mehr zu machen. Er vegetiert dahin, kann nicht mehr sprechen, sich nicht mehr bewegen, wird künstlich ernährt …«

»Madonna!« Mamma Carlotta entsetzte sich ausführlich über dieses schreckliche Schicksal, erinnerte sich auch gleich an ein ähnliches in ihrer Heimat und berichtete von Agostino Marciano, den während der Weinlese der Schlag getroffen hatte, der aber zum Glück rechtzeitig zwischen den Rebstöcken gefunden worden war.

Zu ihrem Leidwesen kam sie nicht mehr dazu, Agostinos schwierigen Abtransport zu schildern, und musste auf den dramatischen Höhepunkt verzichten, als Agostino von der provisorischen Trage gefallen und den Hang heruntergerollt war. Dem Krankenwagen, der mittlerweile alarmiert worden war, vors rechte Vorderrad. Nur, dass alles gut gegangen und Agostino in diesem Jahr wieder in seinen Weinberg gestiegen war, konnte sie noch anfügen, dann öffnete sich die Tür, und Erik kam herein. An seiner Seite Corinna Matteuer …

Erik stand mit dem Rücken an der Wand. Er wurde mit Vorwürfen überhäuft, mit Fragen bedrängt und mit Forderungen in die Enge getrieben. Was er auch erwiderte, womit er sich auch verteidigte, er erntete keinerlei Verständnis. Hätte er doch nur Sören angerufen und mit dem Angebot, die Reste des Abendessens zu verzehren, ins Haus gelockt! Dann hätte er sich jetzt nicht so allein gefühlt. Aber er hatte Sören dummerweise am Telefon gesagt, dass er sich den Fernsehkrimi ruhig zu Ende ansehen könne. Ein Selbstmord, der keine Ermittlungen nach sich ziehen würde! Dass es sich um die Schwester der unbeliebten Investorin Corinna Matteuer handelte, war unbedeutend. Und dass sie eine Mörderin war, änderte auch nichts. Sören würde am nächsten Morgen zum Frühstücken erscheinen, und dann wollten sie gemeinsam überlegen, was zu tun war, um Ludo Thöneßens Leiche zu finden.

Felix regte sich schrecklich auf. »Wie kannst du diese Tussi ins Haus bringen, Papa? Wenn das jemand von der Bürgerinitiative mitkriegt!«

Und Carolin ergänzte: »Von denen hätte ihr keiner Asyl gewährt. Du machst uns unmöglich!« Sie war drauf und dran, in beleidigtes Schweigen zu verfallen, wie sie es tat, wenn ihr Vater ihr eine Taschengelderhöhung verweigerte oder darauf bestand, dass sie zu einer Zeit nach Hause kam, in der eine Party angeblich erst richtig anfing. Dann aber fiel ihr ihre politische Karriere ein, und sie setzte eine Miene auf, die bei ihren zukünftigen Wählern Vertrauen erzeugen sollte. »Wir haben eine Verantwortung im Umgang mit den Ressourcen unserer Insel. Aber was passiert? Der Landschaftsverbrauch ist nicht geregelt, und niemand macht sich Gedanken darüber, welche Großprojekte Sylt überhaupt noch verträgt.« Ihre Stimme war so klar und fest, dass sie von ihrer Großmutter mit offenem Mund angestaunt wurde. »Deshalb gelingt es Investoren wie Corinna Matteuer immer wieder, unsere Kommunalpolitiker davon zu überzeugen, dass sie Großprojekte planen und umsetzen müssen, weil sie angeblich ertragssicher sind.« Nun erhob sie sogar ihre Stimme, denn ihr Politiklehrer, der ebenfalls Mitglied von »Verraten und verkauft« war, hatte ihr den Tipp gegeben, den letzten Satz, der ihre Zuhörer aufrütteln sollte, besonders laut und vernehmlich hervorzubringen. »Ertragssicher sind diese Projekte jedoch nur für die Investoren!«

Felix, der weiterhin Formel-1-Pilot und auf keinen Fall Politiker werden wollte, dachte nicht an Diplomatie und Überzeugungskraft. Er schimpfte einfach drauflos: »Wie sollen wir das den anderen erklären? Diese Ausbeuterin pennt ausgerechnet bei uns!«

Erik legte den Zeigefinger auf die Lippen. »Pscht! Wenn sie etwas hört! Sie hat einen schweren Schicksalsschlag erlitten. Ich möchte, dass sie sich hier willkommen fühlt.«

»Das Gästezimmer ist weit weg«, meinte Carolin. »Da oben kriegt die nichts mit.«

»Und wenn schon!«, fügte Felix an. »Das Schlafmittel, das ihr die Nonna verpasst hat, würde nicht mal einen Toten aufwecken.«

Natürlich schlug seine Schwiegermutter sich auf die Seite ihrer Enkel. »Du musst dafür sorgen, Enrico, dass sie nach dem Frühstück wieder geht. Es wird sich doch irgendein Verwandter finden, der nach Sylt kommen und sich um sie kümmern kann.«

Nur Wiebke Reimers hielt sich raus. Und Erik fragte sich, warum sie immer noch in seiner Küche saß. Weil Mamma Carlotta nach den Antipasti und der Suppe noch Vanilleeis aus der Tiefkühltruhe geholt und in Windeseile eine Schokoladensoße gekocht hatte? Oder weil sie etwas zu hören bekommen wollte, was außer der *Mattino* sonst niemand im Blatt haben würde?

»Sie sind hier als Privatmensch«, mahnte Erik, obwohl er Ähnliches schon ein paarmal geäußert hatte. »Wenn ich irgendwas von dem, was hier geredet wird, in der *Mattino* lese …«

Wiebke ließ ihn nicht aussprechen. »Ich habe es Ihnen doch schon dreimal versprochen. Ich bin hier, weil mich Ihre Schwiegermutter eingeladen hat. Mit meinem Job hat das nichts zu tun.«

Erik betrachtete sie, fragte sich, warum sie sich nicht endlich verabschiedete, und wünschte sich gleichzeitig, dass sie es nicht tat.

Er riss sich aus Wiebkes Augen los und wandte sich an seine Kinder. »Ich verstehe euch ja, aber ihr müsst auch mich verstehen. Ich kenne Corinna Matteuer von früher.«

»Ach, und das fällt dir erst jetzt ein?«, rief Felix empört.

»Ich wusste nicht, dass sie es ist«, entgegnete Erik. »Damals hieß sie Corinna Pütz. Dass die Matteuer dieselbe Person ist, konnte ich nicht ahnen.«

»Allora, Enrico!« Mamma Carlotta wollte, dass Schluss war mit den Vorwürfen und Rechtfertigungen. »Erzähl doch endlich, wie das damals war, dann wissen wir Bescheid.«

»Ich war Anfang zwanzig«, antwortete Erik und sah wieder zu Wiebke, die ihn aufmerksam anblickte. »Corinna und Matilda waren etwas jünger.« Er machte eine Pause, um Wiebke noch einmal die Gelegenheit zu geben, sich zu verabschieden, weil das Gespräch nun sehr privat wurde. Aber sie sah ihn unverwandt an und schien nicht auf die Idee zu kommen, dass die Höflichkeit es gebot, die Familie allein zu lassen. Erst recht um diese Uhrzeit! Es ging auf Mitternacht zu, aber auch das brachte Wiebke Reimers nicht in Verlegenheit.

Seufzend begann er zu erzählen, weil er wusste, dass die Kinder und seine Schwiegermutter keine Ruhe geben würden. »Corinna und Matilda haben früher oft auf Sylt Urlaub gemacht. Ihre Eltern waren wohlhabend, sie besaßen ein Feriendomizil in Westerland. Dasselbe Apartment, von dessen Balkon sich Matilda Pütz gestürzt hat.«

»Hast du sie gleich erkannt?«, fragte Felix.

Erik fuhr sich durch die Haare, dann glättete er ausgiebig seinen Schnauzer, ehe er antwortete: »Nein! Es ist ungefähr zwanzig Jahre her, dass ich sie zum letzten Mal gesehen habe.«

»Wie habt ihr euch kennengelernt?«, fragte Mamma Carlotta gierig, die auf eine unglückliche Liebesgeschichte aus war.

Aber Erik war entschlossen, ihr nichts davon zu erzählen, dass er einmal sehr in Corinna verliebt gewesen war. »Auf der Friedrichstraße«, antwortete er. »Ein Kind hatte Corinna mit seinem Fahrrad angefahren. Sie war leicht verletzt, und ich habe ihr geholfen. Zusammen mit Matilda habe ich sie nach Hause gebracht. Das war's auch schon. Wir haben uns daraufhin öfter getroffen, haben was zusammen unternommen. Wir sind zum Ellenbogen gefahren, nach List, nach Kampen ...«

»Immer zu dritt?«, fragte Felix misstrauisch.

»Meistens. Die Eltern nannten mich den Kurschatten der Zwillinge.« Erik erwähnte nicht, wie sehr er sich damals gewünscht hatte, Matilda würde ihn mit Corinna allein lassen. Obwohl die beiden sich ähnelten wie ein Ei dem anderen, war es Corinna gewesen, in die er sich verliebt hatte, nicht Matilda. Corinnas kühle Eleganz hatte ihn angezogen, Matilda hätte mit ihrer burschikosen Art nie mehr als eine Freundin für ihn sein können. Manchmal hatte es so ausgesehen, als wäre sie gern mehr für ihn gewesen, aber Erik hatte nur Augen für Corinna gehabt. Dass sie seine Gefühle nicht erwiderte, war sein erster großer Kummer gewesen. Sie hatte es ihm klipp und klar gesagt, als er einmal den Versuch gemacht hatte, sie zu küssen. Mehr als Freundschaft kam nicht infrage!

»Und irgendwann kamen die Eltern nur noch allein nach Sylt, die Töchter machten eine Ausbildung, hatten kein Interesse mehr am Familienurlaub. Wir haben uns dann noch ein paarmal geschrieben, aber das war's.« Er lächelte seine Kinder an. »Ein paar Jahre später habe ich Urlaub in Umbrien gemacht und eure Mutter kennengelernt. Danach habe ich an Corinna und Matilda nicht mehr gedacht. Und ich bin ihnen auch nie mehr auf Sylt begegnet.«

»Kein Wunder«, sagte Carolin. »Die haben sich so wenig wie möglich auf der Straße blicken lassen. Und wenn, dann immer hinter riesigen Sonnenbrillen. In dem Eiscafé auf der Friedrichstraße hat man sich einmal sogar geweigert, sie zu bedienen.«

»Megageil«, meinte Felix anerkennend. »So was nenne ich eine konsequente Haltung.«

Erik tastete nach der Plastikkarte, die noch in seiner Hosentasche steckte. Besser, die Kinder erfuhren nichts davon, dass Matilda Pütz in ihrem Abschiedsbrief einen Mord gestanden hatte. Wenn auch Corinna nichts damit zu tun hatte, die beiden würden sie mit Matilda in einen Topf werfen und behaupten, dass eine Zwillingsschwester so verbrecherisch sein müsse wie die andere. Er war froh, dass er sich nicht entschlossen hatte, der Bürgerinitiative beizutreten. Wenn auch seine Gefühle für Corinna überwunden waren, so wollte er doch nicht, dass sie eine Verbrecherin genannt wurde. Am nächsten Morgen würde er jede Menge Fingerspitzengefühl beweisen müssen, solange sie im Haus war. Andererseits musste er sich schleunigst darum kümmern, dass Ludos Leiche gefunden wurde. Hoffentlich fühlte sich Corinna, wenn sie ausgeschlafen hatte, so gut, dass sie in ihre eigenen vier Wände zurückkehren wollte. Oder ins Baubüro, wo sie nicht allein sein würde. Die Kinder hatten Ferien, und er mochte sich nicht vorstellen, wie sie mit Corinna umgehen würden, wenn sie am Frühstückstisch aufeinandertrafen.

Widerwillig stellte Mamma Carlotta ein sechstes Gedeck auf den Tisch. Sie gab ihren Enkeln uneingeschränkt recht. Es konnte nicht angehen, dass die Frau, gegen die sie protestierten und demonstrierten, in ihrem Hause beherbergt wurde. Mochte der Schicksalsschlag, der sie getroffen hatte, auch noch so hart sein! Am Ende würde ihr sogar wieder einfallen, die Schwiegermutter des Hauptkommissars im Baubüro gesehen zu haben …

Corinna Matteuer hatte am Abend zuvor gebeugt, wie unter einer schweren Last, das Haus betreten. Aber der Blick, mit dem sie jeden bedacht hatte, war wach und aufmerksam gewesen. Mamma Carlotta war der Schreck in die Glieder gefahren, als Corinna Matteuer sie eingehender betrachtete als alle anderen.

»Haben wir uns nicht heute Morgen im Baubüro gesehen?«, hatte sie gefragt.

Aber Mamma Carlotta hatte diese Vermutung strikt zurückgewiesen, behauptet, nicht einmal zu wissen, wo das Baubüro sei, und vorsichtshalber noch in Richtung der Kinder ergänzt: »Was sollte ich schon bei Matteuer-Immobilien zu tun haben?«

Carolin und Felix hatten sofort geglaubt, dass es sich um eine Verwechslung handeln musste, aber in Corinnas Blick war das Misstrauen wach geblieben, wenn sie auch gemurmelt hatte: »Dann war das wohl jemand, der Ihnen sehr ähnlich sieht.«

Zum Glück war keine Debatte darüber entstanden, wo es auf Sylt einen Menschen gab, der einer italienischen Mamma ähnlich war. Corinna Matteuer machte einen derart angegriffenen Eindruck, dass in ihrer Gegenwart alle verstummten. Der Protest der Kinder war erst laut geworden, als sie sich ins Gästezimmer zurückgezogen hatte.

Mamma Carlotta kochte sich einen doppelten Espresso, um ihre Denkleistung anzukurbeln. Was, wenn es Corinna Matteuer heute besser ginge und sie die Frage vom Vorabend wiederholte? Während sie ihren Kaffee schlürfte, kam Mamma Carlotta zu demselben Ergebnis wie ihre Enkel. Die Besitzerin von Matteuer-Immobilien musste das Haus verlassen. So schnell wie möglich!

Auf den Gedanken, Corinna könnte Erik dazu überreden, ihr den alten Zeiten zuliebe länger die Gastfreundschaft anzubieten, brauchte sie einen weiteren Espresso, und auch diesmal einen doppelten. Andererseits ... einer Frau, die gerade den wichtigsten Menschen verloren hatte, die Tür weisen? Für eine solche Herzlosigkeit würde man in ihrem Dorf an den Pranger gestellt! Aber war Corinna Matteuer nicht selber herzlos, wenn sie nur an ihren Profit dachte und dafür die Naturschätze von Sylt opferte? Mamma Carlotta nickte grimmig. Sie merkte, dass sie auf dem richtigen Weg war, sich selbst zu überzeugen. Corinna war eine Person, die das Unglück vieler Sylter nicht scherte, solange sie gut verdiente. Die Hoteliers, die ihr Auskommen nicht mehr fanden, weil Matteuer-Immobilien einen Hotelkomplex nach dem anderen errichtete, die Einheimischen, die auf ihrer eigenen Insel keinen Wohnraum mehr fanden, die kleinen Zimmervermieter, die ihre Gäste an die Hotels verloren, mit denen Investoren wie Corinna Matteuer die Insel zupflasterten. Mamma Carlotta erhob sich entschlossen und holte Eier und Schinken aus dem Kühlschrank, um das Rührei für Erik und Sören vorzubereiten. Sie hatte es geschafft! Nun war sie ganz sicher, dass Corinna Matteuer kein Mitleid verdiente, jedenfalls nicht so viel, dass man ihr im Hause Wolf Unterschlupf gewähren musste. Vielleicht hatte ihre Schwester auch so unter ihr gelitten wie die Sylter und sich Corinnas Egoismus durch Selbstmord entzogen? Dieser Gedanke, war er auch noch so unbegründet, brachte Mamma Carlotta ein weiteres Stück voran auf dem Weg der Ausflüchte, Scheingründe und Vorspiegelungen. Wer seelenruhig schlafen ging, nachdem die eigene Schwester sich in den Tod gestürzt hatte, der hatte in ihrer Familie nichts zu suchen! Mamma Carlotta hatte sich so weit überzeugt, dass sie es schaffen konnte, Corinna Matteuer die Gastfreundschaft zu kündigen, falls diese nicht freiwillig gehen wollte.

Sie hörte Eriks Schritte auf der Treppe und machte sich sofort daran, die Eier aufzuschlagen, zu würzen, zu verrühren und den Schinken zu würfeln.

»Moin!« Erik sah sich in der Küche um, als wunderte er sich darüber, außer seiner Schwiegermutter niemanden anzutreffen. »Die Kinder schlafen noch?«

»Sie haben Herbstferien!«

»Und Corinna?« Er wunderte sich nicht, dass die Antwort ausblieb. »Ich konnte sie gestern Abend nicht allein lassen. Wieso versteht das hier keiner?«

»Sì, Enrico. Ich versteh das. Und die Kinder werden es auch verstehen, vorausgesetzt, sie zieht heute wieder aus.«

Erik seufzte, als fragte er sich, wie er das bewerkstelligen solle, wenn Corinna den Wunsch äußern sollte zu bleiben. Noch ehe er etwas sagen konnte, feuerte Mamma Carlotta eine Frage auf ihn ab, über deren plötzlichen Ausbruch sie selbst erstaunt war. »Warst du früher in Corinna Matteuer verliebt?«

Sie sah Erik an, dass er nach Ausflüchten suchte, dass er vielleicht sogar bereit war zu einer Lüge, aber dann ergab er sich dem unerwarteten Angriff und antwortete schlicht und einfach: »Ja.«

Mamma Carlotta griff sich ans Herz. »Dass nur die Kinder nichts davon erfahren!«

»Wenn du es ihnen nicht sagst ...«

»Madonna! Mein Mund wird versiegelt sein. Ausgerechnet Signora Matteuer!«

»Es ist nichts aus uns geworden«, beruhigte Erik seine Schwiegermutter. »Also alles halb so wild.«

Mamma Carlotta goss die verrührten Eier in die Pfanne. »Ihr hattet nicht ... wie sagt man?«

»Wir hatten nichts miteinander. Sie wollte mich nicht.«

Mamma Carlotta drehte sich ungläubig um. »Sie wollte dich nicht? Einen Mann wie dich?« So erleichtert sie einerseits war, so entrüstet war sie gleichzeitig. Einer Frau, die ihren Schwiegersohn zurückgewiesen hatte, konnte man nicht trauen!

Erik schien erleichtert zu sein, als er mit einem Blick aus dem Fenster feststellte, dass Sören sein Rennrad am Zaun festmachte. Bevor sein Assistent klingeln konnte, öffnete er ihm schon. »Gut, dass Sie so früh da sind!«

Sören kam mit von Wind und Kälte gerötetem Gesicht in die Küche und strahlte Mamma Carlotta an. »Moin, Signora! Wie das hier wieder duftet!«

»Buon giorno! Das Rührei ist gleich fertig. Un caffè?«

Sören nickte dankbar, dann ließ er sich neben seinem Chef am Frühstückstisch nieder. »Haben Sie inzwischen eine Ahnung, wieso die Schwester von der Matteuer den armen Ludo Thöneßen umgebracht hat?«

Mamma Carlotta fuhr herum und ließ den Schinken unbeachtet im heißen Fett brutzeln. »Come? Die Schwester, die sich umgebracht hat, ist eine ... Mörderin?«

Sören nickte. »Sie hat ihre Schuld nicht mehr ausgehalten.«

Erik legte den Zeigefinger auf die Lippen. »Das bleibt aber unter uns. Ich möchte nicht, dass die Kinder davon erfahren.«

»Ludo Thöneßen? Gehört dem nicht das Haus, wo ihr neuerdings Sport treibt? Dieses komische ...«

»Squash!«

Mamma Carlotta wollte sich an diesem Wort versuchen, merkte dann aber, dass sie sich damit überforderte. Sie beließ es bei den Silben, die ihr ganz von selbst über die Lippen rollten: »Dio mio!« Sie rührte unkonzentriert im Schinken herum, die Gedanken jagten durch ihren Kopf. War das ein weiterer Grund, Corinna so schnell wie möglich loszuwerden? Oder hatte sie nun doch Mitleid und ein Obdach verdient?

Dann fiel ihr ein, dass sie noch mehr über das Mordopfer wusste. »Ludo Thöneßen gehört zum Gemeinderat! Er ist der Einzige, der sich nicht von Matteuer-Immobilien bestechen ließ.«

»Das hast du alles schon erfahren, seit du Mitglied bei ›Verraten und verkauft‹ bist?«, fragte Erik anzüglich.

»Certo!« Sie bemerkte nicht, dass Erik auf ihre Neugier anspielte, und wollte ihm erzählen, was sie sonst noch alles wusste ... aber eine Frage erschien ihr noch dringender: »Warum hat die Schwester von Corinna Matteuer so etwas Schreckliches getan?«

»Wir wissen es nicht«, antwortete Erik.

Sören griff sich an den Kopf, als hätte er die ganze Nacht über diesen Fall nachgegrübelt. »Vielleicht hat es was mit dem Bistro zu tun«, meinte er dann.

»Was für ein Bistro?«, fragte Mamma Carlotta und biss sich auf die Lippen, weil sie viel zu schnell, zu interessiert nachgefragt hatte. Sie wusste ja, wie Erik reagierte, wenn er merkte, dass seine Schwiegermutter an seiner Arbeit interessiert war. Je mehr sie fragte, je deutlicher ihr Interesse zu spüren war, desto mehr verschloss er sich.

Aber diesmal schien er ohne Arg zu sein. »Schon komisch, dass er seine Ideale aufs Spiel setzt für das Bistro in dem neuen Gesundheitshaus. Dabei hat er alles getan, um den Bau zu verhindern. Behauptete er jedenfalls.«

Sören hatte Verständnis für Ludo. »Daran sieht man, dass ihm das Wasser nicht nur bis zum Hals, sondern schon bis zur Oberlippe stand. «

Nun bemerkte Erik das Interesse seiner Schwiegermutter und wechselte eilig das Thema. Er zog die weiße Plastikkarte hervor, die Matildas Abschiedsbrief beigelegen hatte. »Mir scheint, das ist der Schlüssel zu dem Ort, wo wir Ludo Thöneßen finden. «

Sören nahm die Karte zur Hand, drehte und wendete sie und gab sie Erik dann zurück. »Da steht nichts drauf. Was kann das sein? «

Erik wusste es genauso wenig. »Der Zugang zu einem Apartmenthaus? Zu einem Hotelzimmer? Oder eine Parkkarte? «

»Alles möglich «, entgegnete Sören und sah Mamma Carlotta dabei zu, wie sie das verrührte Ei zu dem Schinken goss. »Verdammt! Warum hat sie in ihrem Abschiedsbrief nicht verraten, wo wir Ludo finden können? «

Erik zuckte die Schultern und lehnte sich so weit wie möglich zurück, damit er nicht mit der Pfanne in Berührung kam, mit der Mamma Carlotta neben seinem Stuhl erschien. Erst als das Rührei unfallfrei auf seinem Teller gelandet war, antwortete er: »Sie befand sich in einem Ausnahmezustand. Ich vermute, sie war nur noch auf sich selbst fokussiert. Die Abschiedsworte, die sie an ihre Schwester gerichtet hat, waren auch nur dürftig. «

Sören nahm die Karte erneut in die Hand. »Irgendwie … kommt sie mir bekannt vor. Ich glaube, so eine Karte habe ich schon mal gesehen. «

Erik legte die Gabel auf den Teller und sah Sören gespannt an. »Denken Sie nach! «

Mamma Carlotta stellte die Pfanne zur Seite und blickte Sören ebenso neugierig an.

Aber der verleibte sich zunächst das Rührei ein, als könne

er mit leerem Magen nicht denken. Erst als er sich die Feigenmarmelade aufs Brötchen strich, die Mamma Carlotta noch in Umbrien gekocht und im Koffer nach Sylt gebracht hatte, erschien in seinem Gesicht eine Ahnung. Und nach dem zweiten Espresso kam endlich die Erinnerung, auf die Erik gewartet hatte: »Mein Bruder hat kürzlich in diesem neuen vollautomatischen Parkhaus sein Auto abgestellt. Der hatte auch so eine Karte. Weiß und ohne Aufdruck!«

Erik runzelte die Stirn. »Vollautomatisches Parkhaus? Was soll das sein?«

»Haben Sie das nicht mitbekommen, Chef? Das *Inselblatt* hat lang und breit darüber berichtet.«

»Hat Menno Koopmann den Artikel geschrieben?«, brummte Erik. »Seine Artikel lese ich aus Prinzip nicht.«

»Also … in der Bötticherstraße ist doch dieses neue Hotel entstanden. Wie heißt es noch gleich? Keine Ahnung! Jedenfalls hat da auch die Firma Matteuer-Immobilien die Finger im Spiel. Viel zu groß, überragt die übrige Bebauung, obwohl es anderen zuvor sogar verwehrt worden war, ihr Dachgeschoss auszubauen. Aber Corinna Matteuer hat natürlich die Genehmigung bekommen.«

Erik zeigte mit dem Finger zur Decke, um Sören daran zu erinnern, dass die Chefin von Matteuer-Immobilien zurzeit in seinem Hause logierte.

Sören nickte und fuhr mit gedämpfter Stimme fort: »Schwierigkeiten gab es bei der Planung des Parkhauses. Die Matteuer wollte dem Nachbarn einen Teil seines Grundstücks abkaufen, aber der hat sich geweigert. Daraufhin hat sie sich für ein vollautomatisches Parkhaus entschieden, das viel weniger Platz braucht.«

Erik runzelte die Stirn. »Wie funktioniert das?«

»Sie fahren den Wagen nicht mehr über eine Rampe ins Parkhaus, sondern stellen ihn in einer Übergabebox ab. Dann nehmen Sie Ihr Gepäck, verlassen das Auto, ziehen eine Parkkarte …«, Sören hielt die weiße Plastikkarte hoch, die Matilda Pütz hinterlassen hatte, »… und Ihr Wagen wird automatisch geparkt. Auf Paletten wird er in einem großen Regalsystem gelagert. Damit fallen die platzraubenden Rampen weg, und viele Autos lassen sich auf einer relativ kleinen Fläche unterbringen.«

Mamma Carlotta hatte Sören mit offenem Mund zugehört. »Die Autos fahren ohne Fahrer in dieses Parkhaus?«

Sören nickte. »Wenn man seinen Wagen wiederhaben will, steckt man die Parkkarte in den Automaten, zahlt die Parkgebühr – und das Auto wird vollautomatisch in die Übergabebox gebracht.«

»Und wenn doch jemand drin sitzen bleibt?«, fragte Mamma Carlotta. »Versehentlich zum Beispiel?«

Erik starrte erst seine Schwiegermutter, dann seinen Assistenten an. »Das ist es!« Er stand auf und tippte Sören auf die Schulter. »Das Brötchen können Sie im Auto essen.«

Sören biss noch einmal ab, dann stand er ebenfalls auf.

»Und was ist jetzt mit Corinna Matteuer?«, fragte Mamma Carlotta. »*Du* hast sie uns ins Haus geholt, Enrico!«

»Du unterhältst dich doch so gerne mit fremden Leuten«, gab Erik zurück. »Lass dir ihre Lebensgeschichte schildern, und erzähl ihr deine. Bis ihr damit fertig seid, sind wir zurück.«

Damit fiel die Tür ins Schloss, und Mamma Carlotta sank auf einen Stuhl. Von oben drangen Geräusche herab, Schritte, das Quietschen einer Türklinke, leises Räuspern. Mamma Carlotta wappnete sich …

Sie fuhren in die Käpt'n-Christiansen-Straße bis zum Friedhof der Heimatlosen. Die Dämmerung schien diesen Tag nicht loslassen zu wollen. Sie steckte noch immer in den tief hängenden dunklen Wolken, nur wenig Morgenlicht fiel auf die Insel herab. Heftige Windböen ließen die Fahnen knattern und beugten die Baumkronen. Manchmal sah es sogar so aus, als könnten die Möwen sich nicht im Wind halten und liefen Gefahr, zur Erde zu purzeln. Dann aber breiteten sie die Flügel noch weiter aus, nutzten den Wind, statt sich von ihm übertölpeln zu lassen, jagten mit ihm über den Himmel und schrien, als machte ihnen das mörderische Tempo Angst.

Erik bremste. Nicht nur, weil er gleich rechts abbiegen musste, sondern auch, weil er einen Blick auf die Holzkreuze werfen wollte, unter denen jeweils ein unbekannter Seemann ruhte, der an Land gespült worden war. »Hier war ich lange nicht mehr«, murmelte er. »Früher konnte ich den Spruch, der auf dem großen Gedenkstein steht, auswendig hersagen.«

Sören machte einen langen Hals, als sie weiterfuhren. »Ich glaube, auf dem Friedhof war ich noch nie.«

»Königin Elisabeth von Rumänien hat den Gedenkstein gestiftet«, erklärte Erik ihm. »Das war 1888, als sie einen Besuch auf Sylt machte. Deswegen heißt diese Straße auch Elisabethstraße.«

Sören tat so, als wäre er von dem Wissen seines Chefs schwer beeindruckt. »Ich kenne nur die Queen. Dass Rumänien auch eine Königin Elisabeth hatte, ist mir völlig neu.«

Erik bog in die Bötticherstraße ein, und kurz darauf standen sie vor dem neuen Hotel Seeräuber, einem großen Gebäude, viel zu groß für diese schmale Straße und viel höher und ausladender als die Häuser links und rechts daneben.

Erik betrachtete es kopfschüttelnd. »Wetten, dass die Bevölkerung bei Baubeginn keine Ahnung hatte, wie groß das Hotel werden sollte?«

Sören nickte. »Und die Frau, die dafür verantwortlich ist, liegt bei Ihnen im Bett.«

»Liegt im Bett meines Gästezimmers«, korrigierte Erik vorsichtshalber. »Und das nur, weil sie gestern einen schweren Schicksalsschlag erlitten hat.«

»Und Ihre Schwiegermutter? Was sagt die dazu?«

Erik wollte nicht weiter darüber reden und wechselte das Thema, während er ausstieg. »Ob Ludo Thöneßen versucht hat, über Matilda Pütz an das Bistro im Gesundheitshaus zu kommen?«

»Schon möglich«, entgegnete Sören. »Vielleicht hat er ihr Liebe vorgegaukelt, um das Bistro zu bekommen. Sie hat sich bei ihrer Schwester für ihn eingesetzt, aber dann ...«

»... hat sie ihn durchschaut und sich gerächt.« Erik schloss das Auto ab, blieb aber noch ein paar Augenblicke nachdenklich neben der Fahrertür stehen. »Begeht man deswegen einen Mord?«

Sören hielt es für möglich. »Enttäuschte Liebe war schon immer ein starkes Motiv. Und betrogene Frauen sind zu allem fähig.«

Gemeinsam gingen sie auf die Glastür zu, über der das große »Parkhaus«-Zeichen angebracht war. Staunend schauten sie in die gläserne Übergabebox, die zu diesem Zeitpunkt leer war. Auch das Display an der Wand gegenüber der Eingangstür war dunkel.

Das änderte sich jedoch, als sich ein Wagen näherte. Die gläsernen Türen öffneten sich, der Wagen fuhr hinein, und auf dem Display erschien der Hinweis, das Auto korrekt auf einem bestimmten Punkt abzustellen. Der Fahrer kannte sich anscheinend aus und machte alles richtig. Nun erschien im Display der Hinweis, auszusteigen und das Gepäck mitzunehmen. Sodann sollte der Fahrer die Übergabebox verlassen, eine Parkkarte lösen und den Knopf betätigen, der das Auto ins Parkregal beförderte.

Kurz darauf öffnete sich der Boden der Übergabebox, das Auto wurde ins Tiefgeschoss gelassen, und ein leises, fernes

Rumpeln ließ erahnen, dass es unter der Erde zu einem freien Platz bewegt wurde.

Erik und Sören betraten den Raum, in dem der Ticketautomat stand, und sahen sich um. »Kein Parkwächter?«, fragte Erik.

Sören schüttelte den Kopf. »Dieses Parksystem kommt ohne aus. Erheblich kostengünstiger in jeder Beziehung!«

Erik zog die weiße Plastikkarte aus der Tasche und zögerte. »Sollen wir's versuchen?«

Sören nickte. »Entweder sie passt, oder sie passt nicht.«

Sie passte! Auf dem Display des Automaten erschien der Hinweis, dass eine Parkgebühr von achtundneunzig Euro fällig sei. »So viel?« Erik drückte auf »Abbrechen« und betätigte den Knopf, der im Notfall einen Hotelangestellten herbeirief. »Der Wagen steht also schon länger hier.«

Wenige Minuten später erschien ein junger Mann in roter Uniform. »Kann ich Ihnen helfen?«

Erik hielt ihm seinen Dienstausweis unter die Nase. Aber der Entscheidung, ob ein Hauptkommissar ein Auto aus dem Parksystem holen könne, ohne die Parkgebühr zu entrichten, fühlte er sich nicht gewachsen. »Ich hole meinen Chef.«

Erik hatte auf den Hoteldirektor gehofft, aber es war der Chefportier, der kurz darauf zu ihnen trat und sich zunächst ebenfalls zu keiner Entscheidung durchringen konnte. Erst als er hörte, dass in dem Wagen, den Erik ausparken wollte, eine Leiche vermutet wurde, verließ ihn seine steife Würde. »Um Gottes willen! Wenn das ein Hotelgast sieht!«

Erik sah auf der anderen Straßenseite zwei junge Leute, die neugierig herübersahen, und stellte ihm anheim, die Übergabebox mit einem Sichtschutz zu versehen. Wenig später erschienen zwei Pagen mit einem großen Tischtuch, das sie vor die gläserne Einfahrtstür hielten. In der Zwischenzeit hatte Erik die KTU informiert und mit deren Chef, Kommissar Vetterich, gesprochen. »Machen Sie sich schon mal bereit, Sie werden hier gleich gebraucht. Und bringen Sie einen guten Sichtschutz mit.«

»So was habe ich immer dabei«, knurrte Vetterich zurück, dann legte er ohne ein weiteres Wort auf, wie es seine Art war.

Mit zitternden Händen entwertete der Chefportier die Parkkarte, kurz darauf war ein Vibrieren in der Nähe der Zwischentür zu verspüren. Das Gerumpel wurde lauter, unterhalb des Bodens der Übergabebox entstand Bewegung. Kurz darauf öffnete sich der Boden, und ein Auto wurde hochgehoben.

»Das ist Ludos Auto, das kenne ich«, sagte Sören.

Die beiden Pagen, die zunächst neugierig in das Wageninnere geschaut hatten, drehten sich um und hätten vor Schreck beinahe das Tischtuch fallen lassen. Auf dem Beifahrersitz saß ein zusammengesunkener Mann, sein Kopf war auf die Brust gefallen, sodass sein Gesicht nicht zu sehen war.

In Mamma Carlotta purzelten die Gefühle durcheinander, Widerwille, Missbilligung, Erbarmen und tiefes Mitleid! Am Ende siegte dann ihre Anteilnahme. Corinna Matteuer, die in der Küchentür stand, war zwar perfekt frisiert und geschminkt, sah aber so blass und mitgenommen aus, dass nichts mehr an die knallharte Geschäftsfrau erinnerte. Mamma Carlotta sah in diesem Augenblick nur die Zwillingsschwester, die ihre zweite Hälfte verloren hatte. Der Mensch, der sie ihr ganzes Leben begleitet hatte, war ihr auf grausame Weise genommen worden.

Carlotta sprang auf, zog einen Stuhl vom Tisch, bat Corinna Matteuer, Platz zu nehmen, und griff nach ihrem Arm, als sie zögerte. »Si accomodi! Setzen Sie sich! Möchten Sie einen Espresso? Ein Panino? Rührei, Schinken oder lieber ein paar Biscotti?«

Corinna antwortete nicht. »Wo ist Erik?«, fragte sie.

Mamma Carlotta beschloss, dass jemand, dem das Schicksal so übel mitgespielt hatte, auf jeden Fall einen Espresso brauchte. Sie schrie gegen das Mahlwerk der Espressomaschine an: »Er sucht den Mann, den Ihre Schwester umgebracht hat.«

Corinna saß da wie vom Donner gerührt. »Sie wissen davon?«

Mamma Carlotta hatte plötzlich das ungute Gefühl, einen Fehler gemacht zu haben. »Rein zufällig«, beteuerte sie. »Eriks Assistent kam heute Morgen, und da haben die beiden darüber gesprochen.«

Corinnas Gesicht hatte sich rot gefärbt, nun wurde es wieder so blass wie vorher. »Ich möchte nicht, dass darüber geredet wird«, sagte sie mit scharfer Stimme.

Mamma Carlotta sah sie empört an. »Halten Sie mich für geschwätzig? Ich weiß, wie wichtig Diskretion für meinen Schwiegersohn ist. Wenn ich etwas Dienstliches höre, rede ich kein Wort darüber. Nie!«

Corinna nickte und betrachtete nachdenklich den Espresso, den Mamma Carlotta vor sie hingestellt hatte. »Irgendwann wird's ja doch rauskommen. Aber bitte jetzt noch nicht …«

Mamma Carlotta setzte sich zu ihr und sah sie mitfühlend an. »Ich verstehe Sie. Der Tod Ihrer Zwillingsschwester ist schon schlimm genug. Aber dass sie sich umgebracht hat, weil sie schwere Schuld auf sich geladen hat …« Sie beendete den Satz mit einem tiefen Seufzer.

Corinna Matteuer nickte. »Ich möchte nicht darüber reden.«

»D'accordo!« Mamma Carlotta lehnte sich zurück und schwieg ausdrucksvoll. Corinna nippte an ihrem Espresso und sagte ebenfalls kein Wort.

Dann, als das Schweigen zur Last geworden war, fragte sie plötzlich: »Woran ist Eriks Frau gestorben?«

»Ein Unfall! Ein schrecklicher Unfall. Meine arme Lucia!«
Mamma Carlotta vergaß vorübergehend Corinnas Leid und
widmete sich ausgiebig ihrem eigenen. Während Corinna
ihren Espresso trank und ein Brötchen zerbröselte, erfuhr sie
von Carlottas Kummer, als sie ihre Tochter ziehen lassen
musste, weil sie unbedingt einem Touristen auf seine Insel in
der kalten Nordsee folgen wollte. »Erst seit mein Dino nicht
mehr lebt, kann ich nach Sylt kommen, um Lucias Familie
zu helfen. Der arme Erik hat es ja nicht leicht mit seinem
schweren Beruf und den beiden Kindern!«

Corinna lächelte nun sogar leicht, als könnte sie den Tod
ihrer Schwester für ein paar Minuten vergessen. »Erik war
mal verliebt in mich«, sagte sie leise. »Wissen Sie das?«

Mamma Carlotta sonnte sich in dem Wissen, dass ihre
Familie ein Hort des Vertrauens war und jeder wusste, was
dem anderen auf der Seele lag. »Naturalmente! Enrico hat es
mir erzählt.«

Leider war Corinna nicht halb so beeindruckt, wie sie
gehofft hatte. »Ist schon gut zwanzig Jahre her. Er kannte
die Nummer unseres Strandkorbs. Wenn Matilda und ich
zum Strand gingen, stand er schon dort und wartete. Und
dann hat er versucht, Matilda loszuwerden, damit er mit mir
allein sein konnte. Einmal hat er mich sogar zum Essen ins
Hotel Stadt Hamburg eingeladen, obwohl er sich das gar
nicht leisten konnte. Er muss monatelang dafür gespart
haben. Und eine rote Rose hat er mir mitgebracht. Ich dachte
schon, er wollte mir einen Heiratsantrag machen.« Sie lachte
ein wenig verächtlich. »Aber er ist dann doch mein Kurschatten geblieben.«

Vor Mamma Carlottas Augen stand das Bild ihrer Tochter, als sie antwortete: »Ich bin sicher, Enrico hat keinen Gedanken mehr an Sie verschwendet, als er Lucia kennenlernte.
Die beiden waren sehr glücklich miteinander.«

Corinna zuckte mit den Schultern und starrte auf ihren

Teller, als wollte sie die Brötchenkrümel zählen. »Damals war ich eben noch zu jung. Ich habe nicht gesehen, was für ein toller Mann Erik ist.«

Mamma Carlotta liebte es, wenn ihre Angehörigen gelobt wurden, diese Aussage jedoch erzeugte nichts als Misstrauen in ihr. Was wollte Corinna Matteuer damit sagen? War sie etwa an Erik interessiert? Das Mitgefühl, das sie noch vor wenigen Augenblicken übermannt hatte, wich nun geziemender Empörung. Ohne zu fackeln, brachte sie das Gespräch auf Klaus Matteuer. »Ihr armer Mann! Wo ist er, wenn Sie nicht bei ihm sind?«

»In einem Pflegeheim in Glücksburg. Meine Schwester wohnt ...« Sie unterbrach sich, schluckte und korrigierte tapfer: »... wohnte in der Nähe.«

»Und wer kümmert sich um ihn, während Sie auf Sylt sind?«

»Er ist dort gut versorgt.«

Aber damit war Mamma Carlotta nicht abzuwimmeln. »Ich weiß, wie wichtig es für meinen Dino war, niemals allein zu sein. Ihr Mann wird denken, Sie haben ihn im Stich gelassen, wenn er Sie wochenlang nicht zu Gesicht bekommt.«

Aber an Corinna tropfte der Tadel ab. »Meine Ehe besteht nur noch auf dem Papier. Ich kann ja nicht einmal mehr mit Klaus reden.«

Ohne jedes Zartgefühl, weil Corinna es offenbar nicht verdiente, kam Mamma Carlotta erneut auf ihre eigene Ehe zu sprechen. Auch ihr Dino war ein Pflegefall gewesen, dennoch hatte es für sie außer Frage gestanden, ihm treu zu bleiben. »Bis dass der Tod euch scheidet!«, schloss sie streng.

Corinna sah sie erschrocken an. »Glauben Sie etwa ...? Nein, nein, ich will nichts von Erik! Wo denken Sie hin? Ich habe gerade meine Schwester verloren. Meinen Sie, ich könnte mich gleich am nächsten Tag verlieben?«

Nun, da Corinna es so deutlich aussprach, kam es Mamma Carlotta genauso unglaublich vor, und sie war froh, sich auf ein Missverständnis hinausreden zu können. »Impossibile! Ausgeschlossen!«

Sie hatte die Schritte auf der Treppe nicht gehört und sah überrascht auf, als Felix in die Küche trat. Er trug ein schwarzes T-Shirt mit der Aufschrift »Ferrari«, die so rot funkelte wie sein Ohrstecker. Dass er seinen Pferdeschwanz mit einem roten Band umwickelt hatte, entlockte Mamma Carlotta einen so schweren Seufzer, als hätte sie soeben erfahren, dass ihr Enkel den Zeugen Jehovas beitreten wolle. »Felice! Du bist schon auf? In den Ferien schläfst du sonst länger.«

Felix gab seiner Nonna einen Kuss auf die Wange und gönnte Corinna Matteuer nicht einmal einen Gruß. Als sie selbst es mit einem scheuen »Guten Morgen« versuchte, erhielt sie keine Antwort.

Carolin, die kurz darauf in die Küche kam, hielt es genauso, sodass Mamma Carlotta der Verdacht kam, dass die beiden sich vorher abgesprochen hatten, um der unbeliebten Investorin zu zeigen, dass sie in diesem Hause nicht willkommen war. »Moin«, nuschelte sie hervor, ohne Corinna eines Blickes zu würdigen. »Wir fahren gleich ins Squashcenter, um die Demo vorzubereiten«, sagte sie zu ihrer Großmutter, der es außerordentlich peinlich war, dass von dieser Protestkundgebung gesprochen wurde, während diejenige, die den Widerstand hervorrief, mit ihnen am Tisch saß.

»Du kommst doch auch?«, fragte Felix und sah seine Nonna intensiv an, als wollte er sie daran erinnern, auf welcher Seite sie zu stehen hatte.

»Sì, sì«, murmelte Mamma Carlotta.

»Ludo Thöneßen stellt uns die Sportlerklause zur Verfügung«, erklärte Carolin und sah Corinna Matteuer herausfordernd an. »Er unterstützt die Bürgerinitiative.«

Was folgte, hätte Angela Merkel nicht besser vorbringen

können.»Wer auf Sylt seinen Lebensmittelpunkt hat, sollte ein Bewusstsein dafür haben, was der Insel guttut und was ihr schadet. Natürlich gibt es innovative Projekte, die Sylt im touristischen Wettbewerb einen besseren Platz sichern und die auch für den Lebensstandard der Sylter gut sind.« Sie warf Corinna einen kontrollierenden Blick zu, damit sie sicher sein konnte, dass sie gehört und verstanden wurde. »Ich werde alles dafür tun, damit Sylt eine verantwortungsvolle Zukunftsplanung erhält. Wir brauchen für alle Sylter Gemeinden eine verbindliche Abmachung, wie mit künftigen Großobjekten umgegangen werden soll. Es ist mir völlig unverständlich, dass die Kommunalpolitiker ihr Verantwortungsbewusstsein einfach ausschalten, wenn es um ihre eigenen Großprojekte geht, und nur dann kritikfähig sind, wenn in den Nachbargemeinden etwas falsch läuft. Jeder kocht sein eigenes Süppchen, keiner denkt an das große Ganze.« Und wieder kam der rhetorische Höhepunkt besonders laut und kräftig: »Unsere Insel! Unsere Heimat! Ludo Thöneßen ist zum Glück anders als die meisten Gemeinderäte. Er unterstützt uns.«

Mamma Carlotta war so voller Bewunderung für ihre kluge Enkelin, dass sie vergaß, sich um den Kakao für die Kinder zu kümmern. Erst als Carolin sich erhob, die Milch aus dem Kühlschrank holte und mit Würde die Stille hinnahm, die sich nach ihren Worten in der Küche ausgebreitet hatte, sprang Mamma Carlotta auf. Energisch schob sie Carolin zur Seite. »Wenn ich auf Sylt bin, muss niemand am Herd stehen.«

Die Kinder sprachen von einem Toten! Wie sollte sie erklären, dass es mit der Unterstützung ein Ende haben würde? Wenn die beiden erfuhren, dass Corinnas Schwester den allseits beliebten Ludo Thöneßen umgebracht hatte, würde das ihren Hass noch steigern.

Ihre Enkel glaubten zu durchschauen, warum sie sich Corinna Matteuers Blick entzog. »Die Nonna ist auch der

Bürgerinitiative beigetreten«, machte Felix deutlich. »Sie hat gestern geholfen, Unterschriften gegen das Gesundheitshaus zu sammeln. In den nächsten Tagen machen wir damit weiter. Sie können sicher sein: Wir bekommen genug Unterschriften zusammen, um das Hotel und das Parkhaus zu verhindern. Am besten gleich das ganze Gesundheitshaus!«

Corinna sah auf ihren Teller, während sie fragte: »Und euer Vater? Ist der auch Mitglied der Bürgerinitiative?«

Felix sah so aus, als käme es ihm in diesem Fall auf eine kleine Lüge nicht an. Aber Carolin sagte schnell: »Er vertritt die gleiche Meinung. Er findet auch, dass Sylt kaputt gemacht wird. Von Leuten wie Ihnen!«

»Sylt braucht Investoren«, entgegnete Corinna Matteuer. »Das Gesundheitshaus hätte die Gemeinde Wenningstedt allein nicht realisieren können.«

»Und was ist mit der Ortsgestaltungssatzung?«, fragte Carolin. »Die ist einfach aufgehoben worden.«

Corinna Matteuer lächelte spöttisch. »Fragt die Politiker, die ihr gewählt habt. Das ist nicht meine Sache.«

Carolins Stimme war noch immer klar und fest. »Sie haben also keine Bestechungsgelder gezahlt, damit die Gemeinderäte sich über die Bestimmungen hinwegsetzen?« Ihre Stimme wurde lauter, als sie den bewundernden Blick ihrer Nonna registrierte, die noch nie etwas von einer Ortsgestaltungssatzung gehört hatte und immer alles anhimmelte, was sie nicht kannte und nicht verstand. »Sie haben dafür gesorgt, dass die Ortsgestaltung plötzlich nicht mehr wichtig ist. Und Sie haben von Anfang an nicht nur ein Gesundheitshaus geplant, sondern auch ein riesiges Hotel und ein Parkhaus, das nicht den nötigen Abstand zum Naturschutzgebiet hält. Aber der Bevölkerung wurde weisgemacht, es ginge nur um ein Gesundheitshaus. Dagegen werden wir morgen demonstrieren. Alle sollen erfahren, dass wir belogen und betrogen worden sind.«

»Das ist euer gutes Recht«, gab Corinna zurück und gähnte verhalten, als langweilte sie das Thema.

»Wieso sind die Karten nicht gleich auf den Tisch gelegt worden?«, ereiferte sich Felix. »Erst nach und nach ist rausgekommen, dass es in Wirklichkeit um ein Hotel und ein Parkhaus geht! Wir brauchen weder das eine noch das andere!«

»Felice! Carolina!« Mamma Carlotta versuchte verzweifelt zu vermitteln. »Signora Matteuer hat gestern ihre Schwester verloren.«

»Das wissen wir«, entgegnete Felix, und seine Gesten wurden nun so überschäumend, dass seine italienische Abstammung nicht zu leugnen war. »Aber hat sie jemals Rücksicht auf uns genommen?« Er sprang auf und ging zur Tür.

»Felice! Carolina! Der Kakao!«

Aber Carolin folgte ihrem Bruder und drehte sich noch einmal zu Corinna Matteuer um. Sie, die sich sonst immer schwertat mit langen Reden und hitzigen Debatten, sagte provokant: »Sehen wir uns morgen? Oder werden Sie sich wieder verstecken, statt Rede und Antwort zu stehen?«

»Meine Schwester ist tot«, gab Corinna zurück. »Da erwartet ihr von mir, mich mit Demonstranten auseinanderzusetzen?«

»War ja klar!« Felix lächelte so verächtlich, wie es ihm möglich war. »Sie bringen es sogar fertig, den Tod Ihrer Schwester für Ihre Zwecke zu nutzen.«

»Hat sie sich womöglich umgebracht, weil sie sich für Sie geschämt hat?«, fragte Carolin bissig.

»Carolina! Felice! Jetzt reicht es aber!« Mamma Carlotta war entrüstet. »So dürft ihr nicht mit Frau Matteuer umspringen! Sie ist in Trauer!«

»Muss sie unbedingt in unserem Hause trauern?«, fragte Felix und beachtete nicht, dass diese Unhöflichkeit seiner Nonna den Atem verschlug.

Natürlich hatten die Kinder in allem recht, aber musste in diesen Tagen, bis Matilda Pütz ihre ewige Ruhe gefunden hatte, nicht Waffenstillstand herrschen? Mamma Carlotta wollte etwas sagen, spürte aber auch die hilflose Wut, die die Sylter dazu brachte, gegen Matteuer-Immobilien auf die Straße zu gehen. Sie konnte sich nicht überwinden, Corinna zu verteidigen, genauso wenig, wie sie es schaffte, ihr jetzt Vorwürfe zu machen. Sie war sich nicht mehr sicher, ob es ihr wirklich gelingen würde, ihr die Gastfreundschaft zu kündigen.

Felix und Carolin verließen die Küche. Während sie im Flur ihre Jacken anzogen, blieb es still zwischen Mamma Carlotta und Corinna Matteuer. Erst als die Haustür ins Schloss fiel, sagte Corinna: »Jetzt ist mir klar, warum Sie mich gestern Abend nicht erkennen wollten.«

Mamma Carlotta brachte ihre ganze Kraft auf, um sie erstaunt anzusehen und so zu tun, als verstünde sie nicht, was Corinna meinte. »Come?«

In Corinnas Mundwinkel tanzte mit einem Mal ein spöttisches Lächeln. »Das passt natürlich nicht zusammen. Gegen Matteuer-Immobilien auf die Straße gehen und gleichzeitig im Baubüro nach dem Bistro fragen.«

»Nicht für mich, sondern für meinen Neffen«, beeilte sich Mamma Carlotta zu erklären.

»Wetten, dass Ihre Enkelkinder eine Menge dagegen haben, dass Ihr Neffe ein Bistro in dem Haus betreiben will, gegen das sie sich auflehnen?«

Mamma Carlotta antwortete nicht, und Corinnas Lächeln wurde breiter.

»Die beiden wissen nicht, dass Sie die Bewerbung für Ihren Neffen abgegeben haben, oder?«

Diesmal schüttelte Mamma Carlotta den Kopf.

»Keine Sorge, ich verrate Sie nicht. Ich muss mich doch revanchieren.«

Mamma Carlotta sah erstaunt auf. »Wofür?«

»Dafür, dass Sie mich vor den Kindern in Schutz genommen haben. Eine Hand wäscht die andere.«

In Mamma Carlotta wollte sich keine Erleichterung einstellen. In der Kumpanei, die plötzlich in der Küche stand wie verbrauchte Luft, fühlte sie sich äußerst unwohl. Sie hatte Corinna Matteuer nicht in Schutz nehmen wollen. Es war ihr nur darum gegangen, die leidgeprüfte Frau an diesem Tag zu schonen. Wusste sie nicht, dass Italienern Höflichkeit über alles ging? Aber Höflichkeit und Wahrheit, das waren unter Umständen zwei völlig verschiedene Dinge.

»Und wenn schon«, sagte sie leichthin, nur um Corinna Matteuer die plumpe Uneigennützigkeit aus den Augen zu wischen. »Ich habe es nicht für mich, sondern für Niccolò getan.«

»Mal sehen, ob ich Ihnen helfen kann«, entgegnete Corinna, griff nach einem weiteren Brötchen, schnitt es auf und bestrich die beiden Hälften mit Butter. »Ein italienisches Bistro wäre gar nicht schlecht.«

»Ich dachte, Sylter werden bevorzugt?«, fragte Mamma Carlotta spitz. »Das hat Ihre Schwester gesagt.«

»Ja, das war eine der Bedingungen des Gemeinderates. Aber vielleicht finde ich einen Ausweg. Ich denke, ich werde jetzt ins Baubüro gehen. Arbeit lenkt ab.«

Mamma Carlotta sah sie erwartungsvoll an und hoffte auf die Ergänzung, dass sie sich in der Lage fühle, die nächste Nacht allein in ihrem Apartment zu verbringen, aber leider blieb diese Zusicherung aus.

Ein Mitarbeiter der kriminaltechnischen Untersuchungsstelle, kurz KTU genannt, hatte den Toten von den Handschellen befreit, mit denen er an den Schaltknüppel gefesselt worden war. Die Spuren an den Handgelenken zeigten, wie verzweifelt er daran gezerrt hatte.

Dr. Hillmot, der dicke Gerichtsmediziner, erschien schnaufend hinter Erik. Die paar Schritte von seinem Auto zum Parkhaus waren ihm anscheinend schon zu viel gewesen. »Wissen wir, um wen es sich handelt?«

Erik nickte. »Ludo Thöneßen. Gemeinderatsmitglied und Besitzer des Squashcenters.«

»Und Ehemann von Sila Simoni«, ergänzte Dr. Hillmot, der Ludos Eheschließung mit dem Pornostar anscheinend für dessen bedeutendste Entscheidung hielt.

Aber auch Sören hatte eine Ergänzung parat: »Und anscheinend der Einzige, der Bestechungsgelder von Matteuer-Immobilien zurückgewiesen hat. Jedenfalls, wenn man ihm glauben durfte.«

Erik nickte nachdenklich. »Sie meinen, sein Tod könnte etwas damit zu tun haben?«

Für solche Mutmaßungen war es noch zu früh, deswegen zuckte Sören nur mit den Schultern.

Erik erinnerte seinen Assistenten daran, dass Matilda Pütz in ihrem Abschiedsbrief von verschmähter Liebe gesprochen hatte. »Er hat sie betrogen.«

»Sie meinen, er hat was mit einer anderen gehabt?«, fragte Sören, wartete aber eine Antwort seines Chefs nicht ab. »Das kann sie auch anders gemeint haben. Vielleicht ging es nicht um eine andere Frau, sondern um Geld, um Macht, um ein großes Bauvorhaben, um das Bistro im Gesundheitshaus ...«

»Oder Thöneßen wollte den Bau des Gesundheitshauses verhindern und musste deswegen sterben!«

Sören winkte ab. »Denken Sie an das Schild, das wir bei ihm gefunden haben. Ludos Bistro! Vielleicht wollte er kein Bestechungsgeld, sondern das Bistro im Gesundheitshaus.«

Erik zuckte mit den Schultern. »Na, und? Sie hätte es ihm ja beschaffen können.«

»Hatte sie die Macht dazu? Matilda Pütz war nur eine

Angestellte ihrer Schwester. Corinna Matteuer hat das Sagen.«

»Sie meinen, Corinna wollte das Bistro einem anderen überlassen? Warum sollte Matilda dann Ludo umbringen? Wo ist das Motiv?«

»Er hat sie unter Druck gesetzt? Hatte was gegen sie in der Hand?«

Erik schüttelte heftig den Kopf. »Für solche Spekulationen ist es noch zu früh.«

Vetterich und seine Leute hatten die Leiche mittlerweile aus dem Auto gehoben und vor die geöffnete Beifahrertür auf den Boden gelegt. Ludo Thöneßens Gesicht war leichenblass, die Augen waren einen Spaltbreit geöffnet, als würde er nach der langen Zeit in totaler Finsternis von der Helligkeit geblendet. Sein Kiefer war herabgesackt, vor seinen Lippen stand eingetrockneter Schaum. Erik wandte sich ab von dem Anblick und dem Geruch, der von der Leiche ausging.

Stöhnend ließ Dr. Hillmot sich auf den Knien nieder. Er hasste nichts so sehr wie die Anstrengungen, die sein Beruf ihm zumutete. Sobald ein Toter in der Gerichtsmedizin auf dem Tisch lag, wurde er zu einem engagierten Arzt, dem keine Mühe zu viel war, aber solange der Tote auf dem Boden lag, hasste er seinen Beruf.

Erik drehte sich zurück und sah auf ihn herab. »Er muss seit etwa vier Tagen da unten gewesen sein. Kommt das hin?«

Dr. Hillmot nickte. »Die Leichenstarre hat sich bereits wieder aufgelöst. In diesem Parkregal war es kalt, dann geht das nicht so schnell wie in warmer Umgebung.«

»Ist er verdurstet? Oder gestorben, weil ihm das Insulin fehlte?«

»Das werde ich feststellen, wenn ich ihn auf dem Tisch habe. Aber man darf wohl davon ausgehen, dass er am hypoglykämischen Schock gestorben ist. Das kann sehr schnell gehen.«

Erik zog Sören aus der Übergabebox. »Warum hat er sich nicht gewehrt, als sie ihn an den Schaltknüppel fesselte?«

»Wahrscheinlich war er außer Gefecht gesetzt. Durch K.-o.-Tropfen zum Beispiel.«

»Schon möglich. Und dann hat sie ihn hierhergefahren, ist ausgestiegen, hat das Auto geparkt und ...« Den Rest des Satzes verschluckte Erik. Der Gedanke, wie sich Ludo Thöneßen gefühlt haben musste, als er irgendwann aufwachte und feststellte, dass er der einsamste Mensch der Welt war, machte ihm zu schaffen.

Sie wandten sich an den Chefportier, der neben dem Kassenautomaten stand und sie ängstlich ansah. »Lässt sich feststellen, wann der Wagen geparkt wurde?«

»Selbstverständlich«, entgegnete der Mann. »Aber da muss ich den Chef fragen. Er ist außer Haus. In einer halben Stunde dürfte er zurück sein.«

»Gut. Dann führen Sie uns bitte in die Tiefgarage.« Erik merkte, dass Sören ihn erstaunt ansah. »Ja, ich weiß, dass wir dort keine Spuren finden. Aber ich will wissen, wie so ein Parkhaus aussieht.«

Der Chefportier holte einen großen Schlüssel, dann eilte er den beiden Kriminalbeamten voran. Durch mehrere Gänge liefen sie, passierten einige Türen, stiegen eine Treppe hinab und standen schließlich vor einer riesigen Brandschutztür. Der Chefportier schloss sie auf, hebelte mehrere schwere Riegel zur Seite und schob dann die Tür mühsam auf. Sie schauten in absolute Finsternis. Erst als der Portier einen Lichtschalter bediente, sahen sie den Raum, den im Normalfall kein Mensch betrat. Der Portier deutete auf die verschiedenen Paletten. »Wenn das Fahrzeug korrekt in der Einfahrtbox steht, wird es über diese Vertikalförderer und Querverschiebewagen eingelagert.«

Erik nickte. »Und wenn der Fahrer sein Auto wiederhaben will ...«

»... dann steckt er die Parkkarte in den Automaten«, nahm der Chefportier ihm das Wort ab, »... zahlt die Parkgebühr, und das Auto wird ausgelagert und in die Box zurückgehoben. Die Auslagerungszeit beträgt nur etwa zwei Minuten.« Der Chefportier setzte ein konziliantes Lächeln auf. »Unsere Hotelgäste und Dauermieter zahlen natürlich eine geringere Parkgebühr.«

»Lässt sich feststellen«, fragte Erik, »wo das Auto des Toten geparkt war?«

Der Chefportier war sich nicht sicher. »Ich frage den Direktor. Vielleicht kann er es herausfinden.«

Erik sah sich um. »Kein Notausgang?«

Der Chefportier verneinte erstaunt. »Wozu? Hier kommt kein Mensch rein.« Und traurig ergänzte er: »Normalerweise ...«

Als sie aus der Tür der Tiefgarage traten, kam ihnen der Hoteldirektor aufgeregt entgegen. »Was ist hier passiert?«

Die Frage war überflüssig, denn er hatte längst zu hören bekommen, dass im vollautomatischen Parksystem seines Hotels ein Mensch zu Tode gekommen war. Erik konnte sich also auf eine knappe Schilderung beschränken.

»Schrecklich«, stöhnte der Hoteldirektor. »Der hätte noch wochenlang da unten im Auto sitzen können, ohne dass es jemandem aufgefallen wäre.«

Erik und Sören sahen sich an. Er hatte recht, nicht einmal Verwesungsgeruch wäre aus dieser finsteren Höhle nach draußen gedrungen.

Schweigend gingen sie den langen Flur zurück und stiegen die Treppe hoch, ohne dass jemand ein Wort sagte. Das Tageslicht, das sie empfing, war für jeden von ihnen ein Geschenk. Sie waren in einem Grab gewesen und atmeten nun voller Glück die frische Luft ein, die durch den Hoteleingang wehte. Sie war wunderbar kühl und roch nach Meer. Es kam Erik vor, als wären sie noch einmal davongekommen, anders als Ludo Thöneßen!

Dr. Hillmot trat auf sie zu. »Der Tote kann jetzt abtransportiert werden. Vetterich wird sich vorsichtshalber nach Spuren umsehen, aber einen Täter müssen Sie ja nicht suchen. Kommt selten vor, dass Sie die Mörderin vor der Leiche haben, oder?« Dr. Hillmot stieß ein Lachen aus, in das niemand einstimmte. Plötzlich jedoch wurde er wieder ernst. »Da fällt mir was ein … Ich hatte die Tote, diese …«

»Matilda Pütz«, half Erik.

»Ja, Matilda Pütz hatte ich heute Morgen auf dem Tisch. Da gibt's ein paar Auffälligkeiten.«

Erik starrte den Gerichtsmediziner an, er merkte, dass Sörens Haltung sich genauso versteifte. »Was meinen Sie damit, Doc?«

Dr. Hillmot wiegte den Kopf hin und her, als wollte er sich nicht festlegen. »Beweise sind das nicht, aber man könnte sagen, dass manche Dinge ein bisschen … komisch sind.«

»Komisch?«

»Also, das ist so … Wer sich aus dem siebten Stock eines Hochhauses stürzt, wie diese Matilda Pütz, der trifft eigentlich mit dem Kopf oder dem Rumpf auf. Sie ist aber mit den Füßen gelandet.«

»Woher wissen Sie das?«, fragte Erik.

»Das zeigen ihre Verletzungen, die gebrochenen Fuß- und Beckenknochen, die Wirbelsäule, die in die Schädelbasis gestaucht wurde.«

Erik sah den Gerichtsmediziner mit offenem Munde an. »Wollen Sie damit sagen, dass Matilda Pütz nicht freiwillig gesprungen ist?«

Aber so weit wollte sich Dr. Hillmot nicht festlegen. »Diese Verletzungsmuster sind jedenfalls typisch für jemanden, der nicht fallen will, der automatisch versucht, auf den

Füßen aufzukommen. Möglicherweise versucht er auch, sich irgendwo festzuhalten oder den Sturz mit den Armen abzufangen. Dann sind die Arme und Handgelenke gebrochen. So wie bei Matilda Pütz! Das deutet auf Abwehr- oder Abfangreflexe hin. «

»Das heißt, sie ist nicht gesprungen, sondern gefallen? Oder vielleicht sogar gestoßen worden? «, fragte Erik atemlos.

Aber Dr. Hillmot wehrte ab. »Nein, nein! Das sind nur Indizien, keine Beweise. Außerdem bin ich Arzt, kein Kriminalbeamter. Die Schlüsse aus meinen Beobachtungen müssen Sie ziehen, Wolf! « Er stöhnte tief auf und ergänzte: »Sie bekommen den Obduktionsbericht noch heute, da steht dann alles drin. « Er zeigte auf Ludo Thöneßen. »Mit meiner nächsten Arbeit wird es schneller gehen. Da dürfte es keine Auffälligkeiten geben. Den Bericht bekommen Sie dann morgen. «

Erik trat erleichtert auf die Straße, hielt sein Gesicht dem Wind entgegen und blickte eine Weile in Richtung des Meeres, das er hinter dem Deich toben hörte.

»*Grazie a Dio!*« Mamma Carlotta flüsterte es immer wieder vor sich hin, während sie aufs Fahrrad stieg. Corinna Matteuer war aus dem Haus, und sie würde hoffentlich nie wieder dort auftauchen.

»Madonna! « Die Sache lief völlig aus dem Ruder. Schon jetzt würde sie sich mit keiner vernünftig klingenden Ausrede mehr aus dem Dilemma befreien können. Wenn eins der Kinder oder ein anderes Mitglied von »Verraten und verkauft« dahinterkam, dass der neue Betreiber des Bistros den Nachnamen Cappella trug, dann war sie geliefert! Corinna Matteuer hatte ihr Hilfe zugesichert, die sie gar nicht wollte. Sie versuchte sich mit ihr zu verbünden, und das alles nur – dessen war Mamma Carlotta sicher –, weil sie selbst Hilfe haben wollte. Nein, nicht mit Carlotta Capella! Zwar durfte ein Mensch, der gerade das Liebste verloren hatte, auf Trost und Zuspruch hoffen, aber in diesem speziellen Fall war das Haus Wolf nicht der richtige Ort dafür. Von den Kindern würde Corinna Matteuer kein freundliches Wort erwarten können, und auf ihre eigene Loyalität durfte sie sich nicht verlassen.

Nein, nein, so leicht war Carlotta Capella nicht zu bestechen! Carolin und Felix hatten recht, es änderte sich nichts, nur weil Corinna Matteuer unter dem Verlust ihrer Zwillingsschwester litt! Was würden die beiden erst sagen, wenn sie hörten, dass Corinnas Schwester einen Mord auf ihr Gewissen geladen hatte? Einen Mord an einem Sylter!

In dem Moment, als Mamma Carlotta die Ahnung beschlichen hatte, dass Corinna Matteuer ein Auge auf ihren Schwiegersohn geworfen haben könnte, war ihr Mitgefühl nicht mehr von Herzen gekommen. Corinnas Interesse an Erik hatte Mamma Carlotta noch weniger gefallen als ihre Absicht, auf Kosten der Insel Sylt reich zu werden. Eine verheiratete Frau! Hatte sie selbst, als ihr Dino pflegebedürftig geworden war, jemals daran gedacht, das Leben ohne ihn oder gar mit einem anderen Mann zu genießen? Nein, sie hatte ihr Schicksal angenommen, und das durfte man auch von Corinna Matteuer erwarten. Blieb nur zu hoffen, dass Erik seine Gefühle von damals überwunden hatte und sich nicht ein zweites Mal in Corinna verliebte.

Sie hatte die beiden mit Argusaugen beobachtet, als Erik nach Hause gekommen war, um Corinna abzuholen. Und der intensive Blick, mit dem Corinna ihren Schwiegersohn bedacht hatte, war ihr nicht entgangen. Ebenso wenig, dass es Erik nicht gelang, seine Augen von ihren zu lösen.

»Wir müssen in deine Wohnung«, hatte er gesagt. »Fühlst du dich stark genug?«

»Was willst du dort?«, hatte Corinna zurückgefragt.

»Es gibt noch ein paar Spuren zu sichern.«

Ungeduldig hatte Erik gewartet, bis Corinna mit dem Frühstücken fertig war, dann hatte er ihr in den Mantel geholfen. Das Augenzwinkern, mit dem sich Corinna Matteuer von ihr verabschiedete, hatte Mamma Carlotta gar nicht gefallen. Nein, sie wollte keine Kumpanei mit dieser Frau, und sie wollte auch nicht, dass sie ihr gönnerhaft das Bistro für ihren Neffen überließ. Vielleicht würde sie den Kindern doch gestehen müssen, dass sie für Niccolò einen Besuch im Baubüro gemacht hatte. Und ihren Neffen würde sie anrufen und behaupten, seine Bewerbung sei abgelehnt worden. Wenn sie das geklärt hatte, konnte Corinna Matteuer ihr so lange zuzwinkern, wie sie wollte! Aber … ob sie das schaffte? Und wenn sie es schaffte … ob diese Ehrlichkeit den Kindern gegenüber zu einem guten Ende führte und die Notlüge Niccolò dazu brachte, sich in Assisi nach einem neuen Restaurant umzusehen? Mamma Carlottas Optimismus, der kurz aufgeflackert war, fiel wieder in sich zusammen. Die Angst, dass Niccolò durch ihre Schuld im Zirkus enden würde, wurde immer größer. Zwar war er vermutlich nicht mehr jung genug, um an einem Trapez unterm Zirkuszelt sein Leben zu riskieren, aber er hatte andererseits jahrelang trainiert und war deshalb sehr gut in Form. Einmal in der Woche kraxelte er von außen den Kirchturm hoch, was früher alle Nachbarn auf die Piazza gelockt hatte, heute aber kaum noch jemanden aufblicken ließ, weil alle daran gewöhnt waren. Und dass er, kaum dass seine Frau die Wäsche abgenommen hatte, von einem Pfosten zum anderen über die Leine lief, regte auch niemanden mehr auf. Es war also möglich, dass irgendein kleiner Wandzirkus, dem gerade ein Artist ausgefallen war, froh über Niccolòs Bewerbung war.

Zum Mittelweg, wo Ludo Thöneßens Squashcenter lag, war es nicht weit. Der Weg führte zwar nicht direkt an Käptens Kajüte vorbei, aber es bedeutete nur einen kleinen

Umweg, wenn sie sich entschloss, an Toves Theke einen Cappuccino zu trinken, ehe sie zum Squashcenter fuhr, um mit den anderen Mitgliedern der Bürgerinitiative an den Plakaten für die Demo zu arbeiten. Vielleicht war Tove Griess ja doch noch für die Ziele von »Verraten und verkauft« zu erwärmen. Es kam auf jeden einzelnen Sylter an! Je mehr auf die Straße gingen und den skrupellosen Investoren den Kampf ansagten, desto besser!

Tove schien gleich zu ahnen, dass Mamma Carlotta nicht nur einen Cappuccino, sondern auch eine Zusage von ihm haben wollte. Angewidert spuckte er den Zahnstocher, den er im Mund hatte, vor seine eigenen Füße. »Wenn Sie wegen dieser blöden Demo hier sind, dann können Sie Ihren Cappuccino auch im Kliffkieker trinken. Ich geh da nicht mit hin.«

»Ich auch nicht«, sagte Fietje, der an seinem Stammplatz hockte und wie immer ein Glas Jever vor sich hatte. »Jawoll!«

Mamma Carlotta ereiferte sich. »Wie kann man nur so stur sein? Ist es Ihnen denn ganz egal, was aus Ihrer Insel wird?« Sie sah erst den einen, dann den anderen streng an. Tove hielt ihrem Blick stand, Fietje wurde immerhin verlegen und starrte in sein Bier.

»Diese Investoren setzen sich über Gesetze hinweg, über dieses ...« Ärgerlich schlug sie mit der Hand auf die Theke, weil ihr das beeindruckende Wort nicht einfallen wollte, das ihre Enkelin Corinna Matteuer entgegengeschleudert hatte. »Jedenfalls haben sie den Sylter weisgemacht, dass in Braderup nur ein Gesundheitshaus gebaut wird. Von dem großen Hotel und dem riesigen Parkhaus hat keiner was gesagt. Und das direkt am Naturschutzgebiet!« Sie schlug noch einmal mit der Hand auf die Theke, sodass die beiden künstlichen Usambaraveilchen in ihren Töpfchen wackelten.

»Das haben Sie uns schon mal erzählt«, stöhnte Tove.

»Wenn Sie versprechen, endlich damit aufzuhören, geht der Cappuccino aufs Haus.«

Mamma Carlotta warf den Kopf in den Nacken. »Ich bin nicht käuflich«, verkündete sie und wandte sich dann an Fietje. »Allora, was sagen Sie dazu? Finden Sie es auch nicht wichtig, dass man Ihre Insel mit Hotels und Parkhäusern zubaut, die kein Mensch braucht? Und dass die Sylter auf ihrer eigenen Insel nicht mehr ihr Auskommen finden, weil die Leute vom Festland alles an sich reißen? Finden Sie das nicht ... importante?«

Fietje nahm den Blick aus seinem Bier und sah Tove hilflos an, als hoffte er darauf, dass der Mamma Carlottas Fragen beantwortete. Aber als der Wirt nur unheilvoll mit der Grillzange klapperte, sagte er: »Nö, richtig ist das alles nicht. Aber was soll man machen?«

»Sich wehren!«, rief Mamma Carlotta.

Nun beugte Tove sich über die Theke, dass der neue Zahnstocher in seinem Mund beinahe Mamma Carlottas Nase berührte. »Und was macht diese Investorin, gegen die Sie sich wehren wollen, in Ihrem Hause? Fietje hat sie bei Ihnen reingehen sehen. Mit einer Reisetasche. Hat die etwa bei Ihnen übernachtet? Wie passt das zusammen, Signora?«

Mamma Carlotta rutschte unruhig auf ihrem Stuhl hin und her. »Das hat gar nichts zu bedeuten.« Mit vielen Worten und großen Gesten berichtete sie über das schreckliche Geschehen vom Vorabend, den markerschütternden Schrei, den entsetzlichen Aufprall des Frauenkörpers, den grauenhaften Zustand der Leiche. Leider hatten Tove und Fietje schon davon gehört und waren deshalb nicht ganz so erschüttert, wie Mamma Carlotta gehofft hatte. »Mein Schwiegersohn hat dann festgestellt, dass er die beiden Schwestern von früher kennt. Da musste er Corinna Matteuer doch helfen!« Sie sah die beiden so lange auffordernd an, bis Tove sich schließlich zu einem vagen Schulterzucken durchrang. »Das eine hat mit dem anderen nichts zu tun.«

Eigentlich hatte sie Tove und Fietje erzählen wollen, dass der Besitzer des Squashcenters am Morgen tot aufgefunden worden war. Leider wusste sie nicht, wo man ihn entdeckt hatte, aber die Tatsache, dass Matilda Pütz ihn umgebracht hatte, war Sensation genug. Und da Erik sie lediglich ermahnt hatte, vor den Kindern darüber zu schweigen, hatte sie Tove und Fietje mit dieser Neuigkeit erfreuen wollen. Aber nun, da die beiden nicht bereit waren, bei der Demo mitzulaufen, und ihr sogar vorwarfen, dass Corinna Matteuer im Hause Wolf übernachtet hatte, würde sie ihnen diese Nachricht verweigern. Sie würde sich nicht einmal damit verteidigen, dass sie dagegen gewesen war, der Investorin Gastfreundschaft anzubieten. Dass sie sogar fürchtete, Corinna Matteuer habe ein Auge auf ihren Schwiegersohn geworfen, hätte sie auch gerne mit Tove und Fietje besprochen, aber unter diesen Umständen würde sie die beiden von diesem besonders pikanten Problem ausschließen. Das hatten sie nun davon!

Mit großer Geste legte sie das Geld für den Cappuccino auf die Theke, damit Tove nicht meinte, er könnte seine Zivilcourage mit einer Tasse Cappuccino verkaufen. Sie rutschte vom Barhocker und fasste ihn streng ins Auge. »Ich hoffe, Sie überlegen sich das mit der Demo noch mal.« Sie wandte sich an Fietje. »Und Sie auch!«

Der Strandwärter machte mal wieder den Versuch, sich in seinem Bierglas zu verstecken, während Tove Griess plötzlich die Grillzange wegwarf und sich so weit über die Theke beugte, dass Mamma Carlotta sich Mühe geben musste, nicht ängstlich zurückzuweichen. »Ich habe gar nichts gegen das Gesundheitshaus. Ganz im Gegenteil! Ich denke darüber nach, das Bistro zu pachten!« Er richtete

sich wieder auf und grinste in Mamma Carlottas fassungs-
loses Gesicht. »Da staunen Sie, was? Käptens Kajüte in
Braderup!«

Mamma Carlotta staunte tatsächlich nicht schlecht. Als
sie ihre Sprache wiedergefunden hatte, stieß sie aufgeregt
hervor: »Woher wollen Sie das Geld dafür nehmen?«

»Das lassen Sie mal meine Sorge sein!«

»Aber ...« Beinahe hätte sie ihren Neffen erwähnt, der
sich ebenfalls um das Bistro beworben hatte, unterließ es
dann aber. Wie sie Tove kannte, war er mal wieder seinem
eigenen Größenwahn erlegen. Wenn Corinna Matteuer
diese Imbissstube sah, würde sie niemals auf die Idee kommen, ausgerechnet Tove Griess ein nagelneues Bistro anzubieten.

Mamma Carlotta beschloss, Käptens Kajüte zu verlassen,
ohne auf Toves Behauptung einzugehen. Sie bemühte sich
sogar, eine besonders unnahbare Haltung einzunehmen, als
sie auf die Tür zuging. Sollte Tove in den nächsten Stunden
ruhig unter der Sorge leiden, dass die Schwiegermutter von
Kriminalhauptkommissar Wolf demnächst ihren Cappuccino woanders trinken würde!

Als Corinna das Auto der Spurensicherung bemerkte, wurde
sie ärgerlich. »Was soll das? Meine Schwester hat sich umgebracht! Gibt es da irgendwelche Zweifel?«

»Das ist reine Routine«, behauptete Erik und warf Sören
einen warnenden Blick zu.

Direkt nach dem Auffinden von Ludos Leiche hatte er mit
der Staatsanwältin telefoniert und ihr auch von den Beobachtungen berichtet, die Dr. Hillmot an Matildas Leiche gemacht hatte.

»Lassen Sie den Abschiedsbrief grafologisch untersuchen,
Wolf!«, hatte sie ins Telefon gerufen, noch bevor er sie von
genau dieser Absicht unterrichten konnte. »Gibt's einen Ver-

dacht? Ein Motiv?« Noch ehe Erik verneinen konnte, hatte sie ergänzt: »Klar gibt's ein Motiv! Die Investoren auf Sylt sind die Pest!«

Erik hatte ihr erklärt, dass die Tote die Schwester der Investorin war und selbst keine Entscheidungen bezüglich der Bauprojekte treffen konnte. Das hatte den gefürchteten Aktionismus der Staatsanwältin zum Glück gedämpft. Und als sie erfuhr, wie der arme Ludo Thöneßen zu Tode gekommen war, hatte in ihrer Stimme sogar echte Betroffenheit gelegen. »Mein Gott! In meiner Nähe soll auch so ein vollautomatisches Parkhaus errichtet werden. Da fahre ich auf keinen Fall rein.«

Erik wies sie darauf hin, dass es reiche, sich niemanden zum Feind zu machen. »Wenn Sie nicht am Auto angekettet sind, kann nichts passieren.«

»Hören Sie auf, Witze zu machen«, kam es ungnädig durch den Hörer, »und kümmern Sie sich lieber um den Mordfall. Und natürlich um diesen Selbstmord!«

»Ich gebe ein Schriftvergleichsgutachten in Auftrag«, sagte Erik. »Noch heute werde ich den Abschiedsbrief nach Flensburg schicken, mit einem Dokument, das mit Sicherheit von Matilda Pütz geschrieben und unterzeichnet wurde.«

»Tun Sie das! Am besten per Kurier, dann ist die Sache schnell erledigt. Ich werde dem Gutachter Dampf machen! Morgen haben wir das Ergebnis.«

Erik half Corinna aus dem Wagen und kam nicht umhin, ihre schlanken Beine zu bewundern, als sie vor ihm herging. Sie bewegte sich unsicher auf den Eingang zu, als hätte sie Angst davor, ihre Wohnung wieder zu betreten. Vor zwanzig Jahren war er ihr manchmal heimlich gefolgt, wenn sie über die Friedrichstraße bummelte. Wie hatte er ihre aufrechte Haltung bewundert, ihre Eleganz, ihre Sicherheit! Sie war ihr angeboren gewesen. Nun musste sie sich darum bemühen, das war ihr anzusehen. Der Tod ihrer Schwester hatte sie bis ins Mark erschüttert.

»Warum habe ich nicht gemerkt, wie schlecht es Matilda ging?«, fragte sie, als sie nebeneinander im Aufzug standen. »Ich habe einfach zu viel gearbeitet. Tagsüber war kaum Zeit für ein privates Wort, abends bin ich immer früh schlafen gegangen, weil ich fix und fertig war. Matilda ist länger aufgeblieben, hat noch allein im Wohnzimmer oder im Sommer auf dem Balkon gesessen.«

Der Aufzug war in der zwölften Etage angekommen, die Türen öffneten sich. Erik griff nach Corinnas Arm. »Du darfst dir keine Vorwürfe machen.«

Sie nickte, während sie auf ihre Wohnungstür zugingen. Trotzdem sagte sie: »Ich habe sie nicht einmal gefragt, wie der Kerl heißt, mit dem sie sich traf. Ich dachte, es ist ein harmloser Flirt. Matilda brauchte so was gelegentlich. Sie hat sich oft schnell verliebt und sich genauso schnell enttäuschen lassen. Dass es diesmal tiefer ging, habe ich nicht begriffen.« Sie suchte ihren Schlüssel aus der Tasche und steckte ihn ins Schloss. »Das werde ich mir nie verzeihen.«

Erik folgte ihr in die Wohnung und ließ die Tür offen, damit Sören und die beiden Mitarbeiter der Spurensicherung, die gerade mit dem nächsten Aufzug ankamen, folgen konnten. »War sie bedrückt in letzter Zeit?«, fragte er, als sie im Wohnzimmer angekommen waren, das so gar nicht zu Corinna passen wollte. In den Siebzigerjahren war es zeitgemäß und sogar elegant gewesen, aber jetzt wirkten die wuchtigen dunklen Möbel, die Erik damals beeindruckt hatten, finster und abweisend. Er wunderte sich darüber, dass Corinna nichts daran geändert hatte. Nostalgie passte nicht zu ihr.

Corinna folgte seinem Blick. Ihr schien zum ersten Mal seit langer Zeit aufzufallen, wie schäbig die Einrichtung geworden war, die ihre Eltern vor vielen Jahren ausgesucht hatten. Aber wenn ihr die Erkenntnis gekommen war, so schüttelte sie diese umgehend ab. »Matilda war in letzter Zeit nicht gut drauf. Aber sie ist mir immer ausgewichen, wenn ich sie fragte, was los sei.«

Mit großen Augen beobachtete sie die Spurensicherer, die auf den Balkon gingen und dort ihre Gerätschaften auspackten. Währenddessen griff Erik nach dem Abschiedsbrief von Matilda Pütz, der immer noch auf dem Tisch lag. Corinna beobachtete, wie er ihn einsteckte, sagte aber nichts dazu.

»Ich brauche Vergleichsmaterial«, erklärte Erik sanft.

»Warum?« Corinna war anscheinend nicht mehr bereit, sich einreden zu lassen, dass es sich um dienstliche Routine handelte. »Meine Schwester hat sich umgebracht. Das beweist doch ihr Abschiedsbrief.« Sie tippte auf Eriks linke Brust, wo er den Brief hatte verschwinden lassen. »Sie hat ihn selbst geschrieben. Ich kenne ihre Schrift. Warum also nimmst du den Brief mit?« Sie zeigte auf die offene Balkontür. »Und was soll das?«

Erik blieb nichts anderes übrig, als ihr von Dr. Hillmots Beobachtungen zu erzählen. Und wie er befürchtet hatte, schaute sie ihn so entsetzt an, dass er nicht umhinkonnte, sie in seine Arme zu ziehen und ihren Kopf an seine Brust zu betten. »Es ist wirklich nur Routine«, murmelte er in ihr Haar. Dann fiel sein Blick auf Sörens erstauntes Gesicht, und er schob sie sanft von sich weg.

Sören machte einen Schritt auf Corinna zu, als wollte er die kurze Innigkeit zwischen seinem Chef und der Investorin unterbinden. »Hat noch jemand einen Schlüssel zu Ihrer Wohnung?«, fragte er.

Sie starrte ihn an, als verstünde sie seine Frage nicht. Dann schien ihr aufzugehen, warum Sören fragte. »Sie meinen ... jemand wäre hier eingedrungen und hätte ...?« Sie war unfähig, den Satz auszusprechen.

»Nur Routine«, warf Erik erneut ein.

»Sie haben ausgesagt, dass Sie geschlafen haben«, vergewisserte sich Sören, »als Ihre Schwester vom Balkon stürzte.«

Corinna nickte. »Ich gehe immer zeitig schlafen, weil ich
morgens früh raus muss.«

»Also könnte jemand unbemerkt in die Wohnung gekommen sein«, sagte Sören. »Jemand, der einen Schlüssel hatte.«

»Der Hausmeister hat natürlich einen Schlüssel«, überlegte Corinna und ergänzte sofort: »Aber der kommt nicht
infrage. Allerdings … Matilda hat ihren Schlüssel zweimal
verloren. Wir mussten jedes Mal einen neuen anfertigen lassen.«

Erik dachte kurz nach. »Trug sie ein Schild am Schlüssel?
Ich meine … könnte jemand, der den Schlüssel gefunden hat,
erkennen, dass er zu diesem Apartment gehörte?«

Corinna schüttelte den Kopf. »Nein, es war ein Schlüssel
wie tausend andere.«

»Kann es sein, dass er ihr gestohlen wurde?«, fragte
Sören.

Erik sah, dass Tränen in Corinnas Augen stiegen. Am
liebsten hätte er sie wieder in seine Arme gezogen.

Corinna zuckte die Schultern. »Ja, möglich … ich weiß es
nicht.« Sie schluckte die Tränen hinunter und gab sich
Mühe, die sachliche, kopfgesteuerte Investorin zu sein, die
jeder kannte. Ihr Gesicht verschloss sich, hinter ihrer Miene
war die Trauer um ihre Schwester mit einem Mal verschwunden. Erik erinnerte sich, wie ehrgeizig sie als junges Mädchen gewesen war, aber trotz des erkennbaren Wunsches,
immer die Beste zu sein, hatte sie doch nie aufgehört zu lachen. Heute schien das anders zu sein. Entweder hatte das
Leben sie zu dem gemacht, was sie war, oder ihr Mann. Er
schien skrupellos gewesen zu sein und nur auf seinen Vorteil
bedacht. Vermutlich hatte sich Corinna unter seinem Ein-
fluss verändert.

Sie warf Sören einen Blick zu, ehe sie zu Erik sagte: »Es

wäre mir lieb, wenn sich nicht herumspräche, was Matilda getan hat. Das würde die Aggression der Bevölkerung gegen Matteuer-Immobilien noch weiter schüren.«

Erik brauchte Sören nicht anzusehen, um zu wissen, was er davon hielt. Also nickte er, als wäre sein Assistent gar nicht anwesend.

»Und letztlich änderte es doch nichts, wenn alle wissen, was Matilda getan hat«, fuhr Corinna fort. »Nur ich müsste es ausbaden.«

Mit einem Seufzen ließ sie sich vornüber sinken und von Eriks Armen auffangen. Das Erstaunen auf Sörens Miene wich nun einer Erkenntnis, die Erik erst recht nicht dort sehen wollte.

In diesem Moment klingelte es, und Erik war froh, sich von Corinna lösen zu können. »Soll ich öffnen?«

Sie nickte. »Der Typ vom *Inselblatt* hat schon mal angerufen. Wenn der es ist, schick ihn weg.«

Aber es war eine junge Frau mit roten Locken, die vor der Tür stand. Um den Hals hatte sie einen bunten Schal gewickelt, der ihre Augen zum Lachen brachte, obwohl sie sich bemühte, seriös zu wirken.

Als sie Erik erkannte, war Schluss mit dem Ernst. »Was machen Sie denn hier, Herr Wolf?«

»Das Gleiche könnte ich Sie fragen.«

»Ich bin mit Frau Matteuer verabredet.«

Erik ließ Wiebke Reimers herein und ging ihr ins Wohnzimmer voraus. »Die Dame von der *Mattino!*«

Corinna sah Wiebke ungläubig an. »Sie wollen die Reportage mit mir machen, als wäre nichts geschehen?«

Wiebke entschuldigte sich. »Ich kann mir denken, dass Ihnen jetzt nicht mehr danach ist. Aber ich wollte den Termin nicht einfach verstreichen lassen. Hätte ja sein können ...«

»... dass ich auch gleich etwas über den Selbstmord meiner Schwester erzähle?«, fragte Corinna scharf. »Das wäre ein netter Aufmacher für die *Mattino!*«

Wiebke sah sie erschrocken an. »Nein, das meinte ich nicht. Ich wollte nur …«

»Wir können in ein paar Wochen noch mal darüber reden«, unterbrach Corinna sie. »Vielleicht bin ich dann so weit.«

Wiebke nickte, wandte sich ab, um zur Tür zurückzugehen, dann fielen ihr die Mitarbeiter der KTU auf, die die Balkonbrüstung untersuchten. Erik sah ihr an, dass eine Frage auf ihren Lippen lag, und war ihr dankbar, dass sie sie herunterschluckte.

»Schöner Blick aufs Meer«, sagte sie stattdessen, als sollte Corinna glauben, sie hätte die Spurensicherer gar nicht zur Kenntnis genommen.

Erik bugsierte sie sanft Richtung Tür. Als sie das Wohnzimmer verlassen hatten, fand Wiebke endlich wieder zu ihrer Sicherheit zurück. »Grüßen Sie Ihre Schwiegermutter von mir«, sagte sie.

Erik nickte nur. Er wusste, dass er sie zur Tür schieben und dafür sorgen sollte, dass sie das Apartment verließ, aber sie sah ihn an, und er konnte nichts anderes tun, als ihren Blick zu erwidern und wieder einmal festzustellen, wie wunderbar ihr Bernsteinton zu den roten Locken und ihrem gebräunten Teint passte.

In diesem Augenblick trat einer der Spurensicherer vom Wohnzimmer in den Flur, augenscheinlich auf der Suche nach der Gästetoilette. Er schien Wiebke nicht als Journalistin zu erkennen und äußerte erschreckend unbekümmert: »Ludo und ich waren im selben Kegelverein. Dass der was mit der Pütz hatte, ist mir nie zu Ohren gekommen.«

Wiebke blieb wie angewurzelt stehen und starrte den Mann mit schreckgeweiteten Augen an, der sich keinen Reim auf Eriks hastiges Kopfschütteln und seine gerunzelte

Stirn machen konnte. »Der tat doch keiner Fliege was zuleide. Dass sie den gleich umbringen musste …« Nun hatte er die richtige Tür gefunden und verschwand mit den Worten: »Als wenn sich Beziehungsprobleme nicht anders lösen ließen!«

Erik spürte, dass er vor hilfloser Wut die Fäuste ballte. »Das bleibt unter uns, verstanden?«, fauchte er Wiebke an.

Trotz und ein wenig Sarkasmus zeichneten sich in ihrem Blick ab. »Hier bin ich aber nicht als Privatmensch, so wie in Ihrer Küche!«

»Trotzdem möchte ich Sie dringend bitten, diese Information vertraulich zu behandeln. Wenn ich in der *Mattino* irgendetwas lese …«

»Warum eigentlich?«, unterbrach Wiebke ihn. »Warum soll niemand wissen, dass Matilda Pütz vor ihrem Tod einen Mord begangen hat? Damit Ihre alte Freundin Corinna Matteuer geschont wird?« Sie warf ihm einen schnellen Blick zu, den Erik sich nicht erklären konnte. Er war verblüfft, dass Wiebke Reimers sofort erkannt hatte, worum es ihm ging.

»Ihre Ermittlungen können ja nicht der Grund sein«, fügte sie an. »Oder gibt es an dem Selbstmord Zweifel?« Sie blickte zur Wohnzimmertür, hinter der Corinna und Sören warteten und die beiden Mitarbeiter der KTU beschäftigt waren.

Erik griff nach ihrem Arm und drückte ihn so fest, dass sie das Gesicht verzog und sich zu befreien versuchte. »Mich interessieren die Hintergründe«, raunte er ihr zu. »Wenn sich herumspricht, dass Ludo Thöneßen von Matilda Pütz ermordet wurde …«

»… dann gibt es nur noch Gerüchte und keine Fakten«, ergänzte Wiebke. »Schon klar.«

Sie lächelte ihn an, als wäre es ihr wirklich klar. Und dann stieg plötzlich ein tiefer Ernst in ihre Augen, und ihre Mundwinkel begannen zu beben. Erik hielt ihren Arm immer noch, nun lösten sich seine Finger, und er streichelte ihn sanft, ohne dass er wusste, warum er es tat. Die Antwort erschien in Wiebkes bernsteinfarbenen Augen.

»Du auch?«, flüsterte sie.

Er wusste nicht, was sie meinte, aber er nickte trotzdem.

»Ich glaube auch daran«, raunte sie nun.

Ihr Gesicht kam näher, ihre Lippen öffneten sich. Aber erst als sie die Augen schloss, wurde Erik klar, dass sie die Liebe auf den ersten Blick meinte. Diese Erkenntnis erschreckte und entzückte ihn gleichermaßen. Als ihre Lippen sich berührten, schoss ihm der Gedanke durch den Kopf, dass es die Liebe auf den ersten Blick unmöglich geben konnte, aber als er Wiebke in seine Arme zog, kam eine wunderbare Gleichgültigkeit über ihn. Nicht einmal das Staunen darüber, dass er im Dienst zu so etwas fähig war, rührte ihn mehr und auch nicht die Sorge, dass jemand auf den Flur treten könnte.

In diesem Augenblick klingelte es. Wiebke löste sich von ihm, und er stellte fest, dass der Ernst noch immer in ihren Augen lag. Erst als er einen Schatten vor der Wohnungstür bemerkte, als ihnen klar wurde, dass sie nur ein, zwei Meter von einem fremden Besucher trennten und Corinna jeden Augenblick aus dem Wohnzimmer kommen konnte, stieg wieder das Lachen in ihre Augen. Ihr Mund jedoch blieb ernst, als sie einen Schritt zurücktrat.

Schritte aus dem Wohnzimmer näherten sich, Wiebke zurrte ihren Schal fester um ihren Hals, riss die Tür auf, ehe Erik es tun konnte … und stand vor Menno Koopmann, der sie wütend anstarrte.

»Schon wieder die *Mattino?*«

In der Sportlerklause war die Hölle los. Es gab viel zu wenig Platz für sämtliche Mitglieder der Bürgerinitiative und erst recht für deren Aktivitäten. Jacqueline war schließlich auf die Idee gekommen, die Squashcourts zu öffnen, damit dort die Plakate gemalt werden konnten, die bei der Demo vors Baubüro von Matteuer-Immobilien getragen werden sollten. Als Mamma Carlotta ankam, war die Arbeit schon in vollem Gange. An den Tischen saßen die älteren Mitglieder, vornehmlich männliche, und redeten sich die Köpfe heiß. Ihre Frauen sorgten für belegte Brötchen, und wer gerade nichts zu tun hatte, überlegte, wo eigentlich Ludo Thöneßen sei. Dass Jacqueline darauf keine Antwort gab, fiel niemandem auf. Auch dass sie sehr bedrückt wirkte, bemerkte keiner.

Mamma Carlotta hatte noch nicht viel Gelegenheit gehabt, sich mit den Mitgliedern von »Verraten und verkauft« bekanntzumachen, aber das holte sie rasch nach. Schon nach wenigen Minuten wussten die Herren hinter ihren Biergläsern, dass sie neuerdings ein italienisches Mitglied hatten, und die Frauen hatten gehört, dass man in Italien bei solchen Anlässen keine belegten Brote, sondern Bruschette und Crostini anbot. »Aber im Grunde ist das nicht viel anders.«

Mamma Carlotta wollte gerade anfangen, von ihrer deutschen Nachbarin zu erzählen, der sie einen großen Teil ihrer Deutschkenntnisse verdankte, da fiel der Postbotin, die zu den Gründungsmitgliedern von »Verraten und verkauft« gehörte, ein, dass es schon mal ein italienisches Mitglied der Bürgerinitiative gegeben hatte. »Jedenfalls beinahe. Der Vater von Freda Arnsen hatte einen Cousin, der mit einer Italienerin verheiratet war. Und immer, wenn Freda dort Urlaub gemacht hatte, sagte sie nicht mehr ›Bitte‹ und ›Danke‹, sondern ›Prego‹ und ›Grazie‹. Sie kam sich dann sehr weltläufig vor.«

Mamma Carlotta war höchst interessiert. Aber ihre Bitte, diese Freda kennenzulernen, um zu erfahren, in welchem Teil Italiens ihre Verwandten wohnten, wollte niemand erfüllen. »Freda ist aus der Bürgerinitiative rausgeworfen worden. Wir wollen nicht mehr, dass sie bei uns mitmacht.«

»Warum nicht?«, fragte Mamma Carlotta erschüttert.

Die Postbotin beugte sich zu ihr, als fiele es ihr schwer, Fredas Vergehen laut herauszusagen. »Stellen Sie sich vor … die wettert mit uns gegen Corinna Matteuer, wollte sich der Demo anschließen, hat sogar einen Schal umgetauscht, als ihr auffiel, dass Corinna Matteuer sich auf der Friedrichstraße den gleichen gekauft hatte …«

Mamma Carlotta war aufs Höchste gespannt. »Und dann?«

»Dann hat unser Vorsitzender herausgefunden, dass Freda bei Matteuer-Immobilien nachgefragt hat, ob sie ihre ergotherapeutische Praxis im neuen Gesundheitshaus einrichten kann.« Die Postbotin warf sich zurück, dass die Rückenlehne ihres Stuhls knirschte. »Gegen das Gesundheitshaus demonstrieren und dann, wenn alles umsonst gewesen sein sollte, dort einziehen und gutes Geld verdienen? Ist das nicht unerhört?«

Von allen Seiten wurde die Empörung der Postbotin unterstützt, einige nannten Freda Arnsen sogar eine Verräterin.

Selbstverständlich fiel Mamma Carlotta in die allgemeine Entrüstung ein, entzog sich jedoch so bald wie möglich, weil ihr angeblich gerade in diesem Moment auffiel, dass sie ihre Enkelkinder noch nicht zu Gesicht bekommen hatte.

Nur weg! Weg von der Angst, dass es ihr ähnlich ergehen könnte wie dieser abtrünnigen Freda Arnsen. Weg von der schrecklichen Sorge, dass ihre Enkelkinder sie ebenfalls eine Verräterin nennen könnten.

»Die sind in Court eins«, sagte Jacqueline.

Dort herrschte Unfrieden, der Mamma Carlotta zum Glück von ihrer Sorge ablenkte. Felix war mit einem Plakat beschäftigt, das fast so groß war die Grundfläche des Squashcourts, und versuchte nun, die beiden Besenstiele an den Seiten zu befestigen, damit er es mit seiner Schwester im Zug der Demonstranten tragen konnte.

Mamma Carlotta verstand nicht, warum Carolin auf ihren Bruder herabschimpfte. Bewundernd las sie, was Felix mit dicken Lettern auf das Plakat geschrieben hatte: »Sylt braucht keine Inwestoren vom Festland! Sylt braucht Politiker, die unsere Insel nicht verraten und verkaufen! – Benissimo, Felice!«

»Investoren mit W!«, regte Carolin sich weiter auf. »Bist du bescheuert?«

Felix behauptete, er kenne sich in der Rechtschreibung bestens aus. Das behauptete er so lange, bis Carolin aus dem Nachbarcourt einen jungen Mann geholt hatte, der an der Volkshochschule von Westerland Deutschkurse für Ausländer gab. Als der sich auf ihre Seite stellte, war Felix endlich bereit, seiner Schwester zu glauben. »Na und? Es ist doch völlig wurscht, was man schreibt. Es kommt nur darauf an, dass man was tut.«

Mamma Carlotta versuchte zu vermitteln, indem sie Carolin für ihre Gewissenhaftigkeit und Felix für die Mühe lobte, die er sich gegeben hatte, aber das trug nicht zum Frieden bei. Carolin weigerte sich weiterhin strikt, unter einem Plakat mit einem Rechtschreibfehler zu marschieren.

»Stell dir vor, ich gehe später in die Politik, und irgendein Journalist sucht aus seinem Archiv dieses Foto heraus, um mich zu blamieren. Vielleicht bin ich dann schon Kultusministerin! Wie soll ich dann erklären, dass ich ein Plakat mit einem dicken Rechtschreibfehler getragen habe?«

»Du und Kultusministerin? Dass ich nicht lache!«, gab Felix höhnisch zurück.

Erst als Mamma Carlotta die Idee hatte, mit Zahnpasta den Teil des Ws zu entfernen, der ihn vom V unterschied, besserte sich die Stimmung. Und als Jacqueline ihr die Kiste mit den Fundsachen zeigte, die Spieler vergessen hatten, trat

Einigkeit ein. Dort fand Mamma Carlotta nämlich eine Tube Zahnpasta, und im Nu war der Fehler getilgt.

Zufrieden kehrten sie ins Bistro zurück, wo die Plakate vorgeführt und für gut befunden wurden. Der Leiter der Bürgerinitiative drillte die Mitglieder überdies mit wirkungsvollen Parolen, während sein Stellvertreter, ein pensionierter Lehrer, Argumentationshilfe gab, für den Fall, dass die Firma Matteuer-Immobilien nicht wie sonst die Fenster und Türen verriegelte, sondern jemanden zu den Demonstranten schickte, der bereit war, eine Stellungnahme abzugeben.

»Mit Frau Matteuer selbst können wir wohl nicht rechnen«, schloss er. »Die Schwester hat sich gestern umgebracht.«

»Dann spielt ihr das Schicksal endlich auch mal böse mit!«, rief jemand, der damit viel Applaus erntete.

»Und unser Gemeinderat?«, fragte ein anderer.

»Dort weiß man über die Demo Bescheid«, erklärte Willi Steensen, der Vorsitzende. »Angeblich will auch jemand kommen und uns Rede und Antwort stehen. Aber ich habe Zweifel. Wenn es so weit war, haben bisher noch immer alle durch Abwesenheit geglänzt.«

»Feiglinge!«, rief jemand und ließ sich dafür bejubeln.

»Ludo war bisher immer der Einzige, der sich auf unsere Seite gestellt hat.«

Stille trat ein, alle Blicke gingen zur Theke, wo Jacqueline Bier zapfte und so tat, als bemerkte sie das plötzlich einsetzende Schweigen nicht. Sie hob erst den Kopf, als sie direkt angesprochen wurde. »Kommt Ludo heute noch?«

Jacqueline zuckte die Schultern. »Keine Ahnung.«

Dass die Tür des Bistros sich öffnete, bemerkte Mamma Carlotta als Erste. Sie sprang auf, stürzte auf Wiebke Reimers zu, um sie zu begrüßen, und zog sie in die Mitte der Demonstranten. »Sind Sie gekommen, um über die Demo zu berichten?«

Schlagartig war Ludo Thöneßen vergessen. Die Mitglieder der Bürgerinitiative, über die noch nie ein anderer als Menno Koopmann berichtet hatte, sahen Wiebke erwartungsvoll an.

»Welche Zeitung?«, fragte der Vorsitzende.

Als Wiebke verriet, dass sie für die *Mattino* arbeitete, brach Jubel aus. Die Feinheit, dass es der *Mattino* vermutlich mehr um den spektakulären Selbstmord von Matilda Pütz ging und die Demo nur ein kleiner Teil dieser Sensation sein sollte, war unerheblich. Tatsache war, dass sich jeder Hoffnung darauf machen konnte, demnächst auf Hochglanzpapier abgelichtet zu sein. Und das war Grund genug, die politischen Ziele für kurze Zeit zu vergessen, heimlich nach Kamm und Lippenstift zu suchen und schneller als alle anderen ein Bier für die junge Reporterin zu bestellen, für das sie sich später erkenntlich zeigen sollte.

Wieder rief jemand nach Ludo, der auf einem Foto für die *Mattino* nicht fehlen durfte, und diesmal kam Jacqueline um eine Antwort herum. Denn in diesem Moment betrat Kriminalhauptkommissar Erik Wolf mit seinem Assistenten Sören Kretschmer den Raum. Er grüßte freundlich, trotzdem wurde allen schnell klar, dass er nicht gekommen war, um eine Stunde Squash zu spielen oder nach den Vorbereitungen für die Demo zu sehen. Erwartungsvolle Stille trat ein.

Erik war zunächst vor dem Squashcenter stehen geblieben, als fiele es ihm schwer, die Tür zu öffnen und das Eigentum des Toten zu betreten.

»Ich habe gerade noch mal mit der Staatsanwältin telefoniert«, hatte er zu Sören gesagt. »Frau Dr. Speck ist es wichtig, dass wir hier einen Blick hinter die Kulissen werfen. Wenn wirklich eine Liebesgeschichte hinter diesem Mord steckt und wenn der Abschiedsbrief echt ist, dann können wir den Fall zu den Akten legen.«

»Was hält sie davon, der Sylter Bevölkerung zu verschweigen, dass Ludo Thöneßen das Opfer von Matilda Pütz ist?«

Erik runzelte ärgerlich die Stirn. Sören konnte sich denken, dass er mit der Staatsanwältin nicht darüber gesprochen hatte! Diese Frage war reine Provokation. »Sie wollte nur das wissen«, antwortete er ruhig, »was für unseren Fall wirklich wichtig ist.«

Sören nickte, als langweilte ihn dieses Thema bereits. »Gut, dass der Architekt von Matteuer-Immobilien uns was Handschriftliches von Matilda Pütz geben konnte. Dieser Dennis Happe war sogar so freundlich, keine lästigen Fragen zu stellen. Jetzt sind die beiden Schriftstücke unterwegs, und morgen werden wir wissen, dass der Abschiedsbrief von Matilda Pütz geschrieben wurde. Wetten?«

»Aber Dr. Hillmots Beobachtungen …«

»… sind Indizien, keine Beweise«, unterbrach Sören ihn. »Auch die Spuren am Balkon sind so schwach, dass sie höchstens als Indizien taugen. Spuren von Fußspitzen an der Brüstung, abgeknickte Zweige in den Blumenkästen. Keine echten Abwehrspuren!«

Erik nickte. »Wenn der Abschiedsbrief gefälscht wäre, müsste es eine sehr gute Fälschung sein. Corinna sagt, sie erkennt die Schrift ihrer Schwester einwandfrei.«

Sören griff sich an den Kopf. »Jemand klaut der Pütz ihren Schlüssel, fälscht ihren Abschiedsbrief, wartet, bis die Schwester eingeschlafen ist, dringt in die Wohnung ein, bugsiert Matilda Pütz auf den Balkon, und dann …? Ne, das kann ich auch nicht glauben. Vetterich sagt übrigens, die Spuren auf dem Balkon stammten nicht unbedingt von einem Kampf. Solche Spuren entstehen auch, wenn sich jemand weit über die Balkonbrüstung beugt oder hinaufklettert, um sich hinabzustürzen.«

»Trotzdem wäre es gut, etwas mehr über Ludos Beziehung zu Matilda Pütz zu erfahren.« Entschlossen ging Erik auf den Eingang des Squashcenters zu. Aber an der Tür blieb er noch einmal stehen. »Hat der Hoteldirektor sich noch nicht gemeldet?«

Sören schlug sich vor die Stirn. »Ja, sorry, habe ich vergessen, Ihnen zu sagen. Ludos Wagen ist in der Nacht von Freitag auf Samstag eingestellt worden. Um zwei Uhr dreiundvierzig.«

Erik rechnete nach. »Passt also«, sagte er dann und öffnete die Eingangstür des Squashcenters.

Im Bistro schlug ihm Argwohn entgegen. In vielen Gesichtern sah er die Frage, warum die Polizei in der Sportlerklause auftauchte und ihre Vorbereitungen störte, und in einigen sogar die Antwort. Und er sah Wiebke, die von seiner Schwiegermutter mit Fragen bestürmt wurde, von denen sie keine mehr wahrnahm, nachdem sie Erik bemerkt hatte. Ohne den Blick von ihm zu nehmen, stellte sie das Glas weg, das Mamma Carlotta ihr gerade in die Hand gedrückt hatte, bemerkte aber nicht, dass es nur zur Hälfte auf dem blanken Holz der Theke und zur anderen Hälfte auf einem Streichholzbriefchen landete, dadurch vornüberkippte und sich auf der Hose einer engagierten Demonstrantin ergoss, die sich gerade in Wiebkes Nähe gedrängt hatte, um ein schlagzeilentaugliches Statement abzugeben.

In der Unruhe, die durch das Suchen nach Servietten, Wiebkes gestammelte Entschuldigungen und mindestens drei unterschiedliche Empfehlungen entstand, wie Orangensaft aus Wollstoff zu entfernen war, sprach Jacqueline es aus: »Ist was mit Ludo?«

Eriks Augen trennten sich von Wiebke und suchten die seiner Schwiegermutter. Dass die Bürgerinitiative von Ludos Tod überrascht wurde, hatte er nicht zu hoffen gewagt. Er war sicher gewesen, dass Mamma Carlotta längst die eine oder andere Bemerkung hatte fallen lassen, um damit Fragen herauszufordern, denen dann unmöglich auszuweichen war.

Er kannte das ja. »Sollte ich etwa lügen?« Auf diese Gegenfrage war Erik gefasst gewesen, wenn er seiner Schwiegermutter mit Vorwürfen gekommen wäre. Aber er hatte sich getäuscht, und still und heimlich bat er sie um Verzeihung. Weder Jacqueline noch die Mitglieder von »Verraten und verkauft« schienen zu wissen, was mit Ludo Thöneßen geschehen war. Nur Wiebke wusste Bescheid, und auch sie schien geschwiegen zu haben.

Erik blieb dabei, dass niemand erfahren sollte, wer Ludo Thöneßen auf dem Gewissen hatte. Nur dass er ermordet worden war, teilte er kurz und sachlich mit und ergänzte in die eisige Stille: »Schon in der Nacht von Freitag auf Samstag. Wir haben seine Leiche erst heute gefunden.«

Sören stand an seiner Seite, die Hände auf dem Rücken, und beobachtete die Mitglieder der Bürgerinitiative. Mamma Carlotta saß aufrecht an einem Tisch, als sonnte sie sich in der Bedeutung, die ihrem Schwiegersohn in diesem Augenblick zuteilwurde. Wiebke hing an seinen Lippen, was Erik zu übersehen versuchte, weil es ihn nervös machte.

Nicht lange, dann kam die Frage, mit der er gerechnet hatte. »Wer war es?«

»Gibt es schon einen Verdacht?«, ergänzte Wiebke sogar, als wüsste sie genauso wenig wie alle anderen, und zeigte ihm damit, dass sie sich an ihr Versprechen hielt. Erik war froh, dass sie eine Anrede umging und ihn nicht in aller Öffentlichkeit duzte. Die Frage, wie es mit ihnen weitergehen sollte, hatte er sich mehrmals gestellt und dann jedes Mal an Lucia gedacht. Jetzt gab es noch eine andere Antwort: Er musste sich erst von den Erinnerungen an seine Jugend mit Corinna befreien. Er war zu sehr Friese, das Spontane ängstigte ihn. Er musste herausfinden, was es mit diesem Kuss am Vormittag auf sich hatte, was er ihm bedeutete, was er für Wiebke bedeutete, wohin er führen konnte. Seine Vernunft musste dem verwirrenden Gefühl folgen, das in ihm erzeugt worden war, und das ging nicht so schnell wie damals bei Lucia. Er war älter geworden, er entschied nicht mehr für sich allein. Er brauchte Zeit zum Nachdenken, aber er ahnte, dass Wiebke ihm diese Zeit nicht gern lassen würde.

Erik entschloss sich, nicht auf ihre Frage zu antworten. Wenn auch Ludos Mörderin bekannt war, er wollte etwas von den Hintergründen erfahren. Und denen würde er eher auf die Schliche kommen, wenn diese Menschen, die Ludo Thöneßen gut gekannt hatten, darauf aus waren, seinen Mörder zu entlarven.

Er machte einen Schritt auf die Tür neben der Theke zu, hinter der Ludos Büro war. »Wer etwas sagen kann, was uns weiterhilft, den bitte ich ins Büro. Vielleicht hat jemand irgendwelche Beobachtungen gemacht, etwas gesehen, was unwichtig schien und erst jetzt eine Bedeutung bekommt?« Er machte noch einen Schritt auf die Tür zu. »Aber Sie können natürlich auch ins Polizeirevier kommen und eine Aussage machen. Bitte, überlegen Sie sich, ob Sie dazu beitragen können, diesen Mord aufzuklären.«

Erik warf seiner Schwiegermutter einen warnenden Blick zu, damit sie Matilda Pütz' Namen nicht erwähnte und niemandem verriet, dass diese sich das Leben genommen hatte, weil sie zur Mörderin geworden war. Sie nickte ihm beschwichtigend zu, sie hatte verstanden. Und Mamma Carlotta schien auch zu begreifen, warum Erik einen warnenden Blick zu Wiebke schickte. Ihre Augen gaben die Antwort, die er hören wollte: Notfalls würde sie dafür sorgen, dass die Reporterin schwieg. In diesem Augenblick war Erik mal wieder dankbar, dass seine Schwiegermutter so fix denken konnte, wie sie Gemüse schnippelte, Soßen rührte und Fahrrad fuhr. Er warf Wiebke einen letzten Blick zu, die ihren bunten Schal vom Hals wickelte, als richtete sie sich auf einen längeren Aufenthalt im Squashcenter ein, dann öffnete er die Tür des Büros.

Jacqueline folgte ihnen. »Was wird denn jetzt?«, fragte sie und blieb in der offenen Tür stehen, als wollte sie demonstrieren, dass sie den beiden Beamten nicht nachgegangen war, um eine Aussage zu machen. »Soll ich nachher den Laden schließen und nicht wieder aufmachen?«

Erik sah sie bedauernd an. »Sie fürchten um Ihren Lohn?«

Jacqueline nickte. »Aber nicht nur deshalb … Solange ich keinen anderen Job habe, kann ich auch weitermachen. Mir egal! Ludo war immer anständig zu mir. Der hat mir meine Kohle immer gegeben, auch wenn er sie mühsam zusammenkratzen musste.«

»Warten Sie ab«, sagte Erik. »Wir sichten jetzt seine Unterlagen. Vielleicht wissen wir danach mehr.«

Jacqueline wollte sich umdrehen, aber Sören hielt sie zurück. »Wissen Sie, wie wir Sila Simoni erreichen können? Sie ist ja noch seine Ehefrau und müsste verständigt werden.«

Jacqueline zuckte die Achseln. »Irgendwo da …« Sie zeigte auf ein Dutzend schäbiger Ordner, die in einem Regal standen. »Da finden Sie sicherlich ihre Adresse.«

»Gibt es sonst noch Angehörige?«, fragte Erik.

»Nicht, dass ich wüsste.«

Jacqueline ging zum Zapfhahn zurück, die Tür fiel ins Schloss. Kurz darauf setzte Stimmengewirr ein. Die Bürgerinitiative »Verraten und verkauft« hatte nun Wichtigeres zu tun, als sich mit den Vorbereitungen für die Demo zu befassen.

»Warum eigentlich?«, fragte Sören, und Erik wusste, was er meinte. Er fragte sich, warum sie in einem Fall Ermittlungen anstellten, der eigentlich gelöst war.

»Ich will wissen, was dahintersteckt«, antwortete er. »Besser, niemand sieht einen Zusammenhang zwischen dem Selbstmord von Matilda Pütz und dem Mord an Ludo Thöneßen.«

»Aha«, erwiderte Sören knapp.

Erik wurde nervös. »Andernfalls sind die Meinungen schnell vorgefasst, und wir erfahren nur das, was wir sowieso schon wissen.« Er nahm den ersten Ordner aus dem Regal und schlug ihn auf. »Steuerunterlagen ...« Er begann zu blättern, brauchte aber nicht lange, um die Feststellung zu treffen: »Der stand wirklich kurz vor der Insolvenz. Nur rote Zahlen!« Kopfschüttelnd blätterte er weiter und dann wieder zurück. »Wie hätte er sich das Bistro leisten können?«

Sören starrte Erik verständnislos an. »Bistro? Wieso?«

»Denken Sie an das Schild, das wir gefunden haben. *Ludos Bistro!* Der lässt sich doch nicht so ein Schild anfertigen, wenn er nicht die Absicht hat, ein Bistro zu eröffnen.« Er klopfte auf den aufgeschlagenen Ordner. »Wenn er das vorhatte, dann musste er jemanden kennen, der ihm Geld leihen wollte oder ihm geliehen hat. Von der Bank bekam er nichts mehr. Garantiert nicht!«

»Das Bistro im neuen Gesundheitshaus?«, fragte Sören nachdenklich. »Vielleicht wollte Matilda Pütz ihm helfen?«

Diesen Gedanken hatte Erik soeben auch gefasst. »Er hat sie ausgenutzt, hat sie sich warmgehalten, bis er am Ziel war, und wollte mit ihr Schluss machen, sobald er das Bistro sicher hatte.«

»Aber sie ist ihm auf die Schliche gekommen.«

Sören hatte einen Ordner mit privaten Unterlagen gefunden. »Wussten Sie, dass Sila Simoni ein Künstlername ist? In Wirklichkeit heißt sie Silke Simon.« Er tippte auf eine Seite und griff nach einem Zettel, um sich etwas zu notieren. »Ihre Adresse und Telefonnummer.« Er grinste seinen Chef an. »Wollen Sie Sila Simoni anrufen? Oder soll ich?«

Ehe Erik antworten konnte, klopfte es an der Tür, und schon im nächsten Augenblick trat Menno Koopmann ein. Er war ein großer, breitschultriger Mann mit einer groben Physiognomie und schlechten Manieren. Wieder einmal wunderte Erik sich darüber, dass der Chefredakteur des *Inselblattes* ein guter Freund der Staatsanwältin war. Was mochte Frau Dr. Speck an diesem schmierigen Zeitungsschreiber finden?

»Ludo Thöneßen ist also ermordet worden!«, rief Koopmann. »Wissen Sie schon was, Wolf?«

»Natürlich nicht«, entgegnete Sören, der stets in der Sorge war, dass sein Chef den Freund von Frau Dr. Speck schlechter behandelte, als unbedingt nötig war, und damit den Kontakt zur Staatsanwaltschaft noch komplizierter gestaltete, als er ohnehin war. Sie hatten es schon oft erlebt, dass Menno Koopmann, wenn er nicht die Informationen erhalten hatte, die er sich wünschte, zu Frau Dr. Speck gelaufen war, um sich bei ihr über das Kommissariat Westerland zu beschweren. »Wir fangen gerade erst mit den Ermittlungen an«, erklärte Sören sanft, während Erik sich nach einem kurzen Aufblicken schon wieder der Akte in seinen Händen zuwandte. Besser, sein Assistent redete mit Koopmann und brachte ihn damit aus der Gefahr, sich mit dem Chefredakteur anzulegen.

»Wie ist der Mann zu Tode gekommen?«, fragte Menno Koopmann und zückte seinen Notizblock.

Sören gab ruhig und sogar einigermaßen freundlich Auskunft, erzählte von dem vollautomatischen Parksystem des neuen Hotels Seeräuber und von Ludo Thöneßens Zuckerkrankheit, die dafür gesorgt hatte, dass sein Leiden ein schnelles Ende gefunden hatte.

»Was für ein perfider Mord«, stieß Koopmann hervor und schüttelte sich. »Das war eine Frau, wetten? Ich sage Ihnen, Wolf, suchen Sie nach einer Frau! So was macht kein Mann!«

»Danke, Herr Koopmann«, sagte Erik, ohne aufzublicken. »Ich werde Ihre Meinung bei meinen Ermittlungen bedenken.«

Menno Koopmann schien das tatsächlich für möglich zu halten. »Und zum Dank bekomme ich die Geschichte exklusiv, sobald sie aufgeklärt ist?«

Sören stand auf und machte einen Schritt auf Koopmann zu, der prompt einen Schritt zur Tür zurückwich. »Wir melden uns bei Ihnen.«

»Und was ist mit diesem Selbstmord? Warum hat die Schwester von Corinna Matteuer sich umgebracht?«

»Eine unglückliche Liebe«, antwortete Erik. »Nichts, was im *Inselblatt* breitgetreten werden muss.«

Und Sören ergänzte: »Aber auch nichts, was für die Kriminalpolizei von Interesse wäre!«

Menno Koopmann stieß ein hässliches Lachen aus. »Aber für mich! Wenn es um irgendeine Touristin ginge, okay. Aber die Schwester von der Matteuer? Das interessiert die Leute!«

Erik winkte ab. Es würde sich nicht vermeiden lassen, dass Koopmann über den Selbstmord berichtete. Wenn er versuchte, ihn davon abzuhalten, würde der Artikel wahrscheinlich nur noch größer werden.

Als die Tür hinter Menno Koopmann ins Schloss fiel, atmete Erik auf. Aber nur kurz, schon wurde sie wieder aufgerissen. Der Chefredakteur des *Inselblattes* schäumte vor Wut. »Warum ist die *Mattino* schon wieder vor Ort? Noch vor dem *Inselblatt*? Eine Frechheit, Wolf! Wieso bekommt die Tante von diesem Promiblatt Hinweise von Ihnen, auf die ich lange warten kann?«

»Vielleicht«, ertönte da eine Stimme hinter ihm, »weil diese Tante eine bessere Nase hat als Sie.« Wiebke war Koopmann gefolgt. »Sie irren sich. Ich bekomme von Hauptkommissar Wolf keine Hinweise. Ein guter Journalist hat es nicht nötig, auf Hinweise zu warten. Der wittert es, wenn's irgendwo eine gute Story gibt.«

Koopmann fuhr zu ihr herum. Angewidert stellte Erik

fest, dass sein Speichel vor Erregung sprühte, und er bewunderte Wiebke, dass sie trotzdem nicht zurückwich. »Wer sind Sie überhaupt? Ich kenne die *Mattino,* und ich kenne auch einige Redakteure. Von Ihnen habe ich noch nie was gehört!« Wütend wandte er sich wieder Erik zu. »Aber von Hauptkommissar Wolf bekommt man anscheinend jede Information, wenn man nur jung und hübsch und weiblich ist!«

Wiebke Reimers wich keinen Zentimeter zur Seite, als Menno Koopmann sich an ihr vorbeidrängte, um das Büro verlassen zu können. »Tut mir leid«, sagte sie und schenkte Erik ein so entzückendes Lächeln, dass er kaum den Sinn ihrer Worte wahrnahm. »Aber meinen Presseausweis habe ich leider nicht dabei. Zu Hause vergessen!«

Willi Steensen, der Vorsitzende von »Verraten und verkauft«, hatte einen Fahrdienst organisiert, der alle Mitglieder zum Ponyhof fuhr, dem Ausgangspunkt der Demonstration. Sie versammelten sich auf dessen Parkplatz, wo sich der Vorsitzende der Bürgerinitiative auf einen Findling stellte und eine kurze, knackige Ansprache an seine »Mitkämpfer«, wie er sie nannte, richtete.

»Sylt, quo vadis?«, rief er über ihre Köpfe hinweg. »Wie viel hält unsere Insel noch aus, wenn die Gästezahlen steigen und steigen und Sylt weiter von Investoren des Festlandes zugebaut wird? Schluss mit der Profitgier auf Kosten der Sylter!«

»Schluss! Schluss!« Er wurde bejubelt, probeweise wurden Parolen geschmettert, die für Mamma Carlotta jedoch alle viel zu lahm und kraftlos ausfielen.

»Schluss mit den Bausünden!«, versuchte es Willi Steensen noch einmal.

»Finito!«, rief Mamma Carlotta und streckte die rechte Faust in den Himmel.

Das erzeugte endlich die Inbrunst, die dem Vorsitzenden bis dahin noch gefehlt hatte.

»Finito!«, kam es zunächst friesisch, also vorsichtig und reserviert heraus. Lautstärke und Inbrunst steigerten sich jedoch kontinuierlich.

Als sich die Demo auf dem Parkplatz des Ponyhofes formierte, klangen die drei Silben des »Fi-ni-to!«. Schon erheblich entschlossener als kurz zuvor das unmelodische »Schluss!«.

Willi Steensen hatte nun wohl den Eindruck, dass alle Demonstranten gut auf ihre Aufgabe eingestellt waren, und gab das Kommando zum Aufbruch. Mamma Carlotta, die sich bisher nur in einer größeren Menschenmenge vorwärtsbewegt hatte, wenn der Pfarrer ihres Dorfes seine Schäfchen zu einer Prozession um die Kirche trieb, fühlte prompt die gleiche Feierlichkeit in sich aufsteigen, die sie ergriff, wenn der Pfarrer das Kreuz vor der Gemeinde hertrug. Hier waren es zwar Plakate mit mehr oder minder aggressiven Forderungen, aber die Feierlichkeit schien ihr auch hier angebracht. Sie bewegte sich einen Schritt hinter ihren Enkeln und deren großem Plakat den Terp Wai hinab auf Braderup zu und genoss die Aufmerksamkeit, die den Demonstranten entgegengebracht wurde. Jedes Mal, wenn sich in den Einfamilienhäusern am linken Straßenrand eine Tür öffnete, rief sie lauter als alle anderen »Fi-ni-to!« und schüttelte ihre rechte Faust. Dabei vergaß sie sogar das Telefonat, das sie am Morgen mit Niccolò geführt hatte, um ihm das Bistro im neuen Gesundheitshaus auszureden. Er würde es sowieso nicht bekommen, weil es Sylter Bewerber gab, denen man den Vorzug geben würde. Damit, so hatte sie gehofft, musste sich Niccolò zufriedengeben, wenn auch natürlich erst, nachdem er die Ungerechtigkeit der Welt beklagt und sämtlichen Entscheidungsträgern die Pest an den Hals gewünscht hatte.

Doch ihr Neffe gehörte leider zu der Sorte Mensch, die in der Familie Capella häufig vertreten war: Widerstand reizte ihn nur und steigerte seine Entschlossenheit, ihn zu überwinden. Als sie das Telefonat beendet hatte, war Mamma Carlotta jedenfalls keinen Schritt weitergekommen. Niccolò war damit herausgerückt, dass er in Assisi und Umgebung keine Chance auf einen beruflichen Neuanfang bekam, weil er den Geliebten seiner Frau dort verunglimpft hatte, ohne zu wissen, um welche einflussreiche Persönlichkeit es sich handelte. Außerdem war er über das Dach des Nachbarhauses gestiegen, als er Susanna im Bett seines Rivalen vermutete, hatte sich an die Regenrinne gehängt und von dort ins Schlafzimmer gesehen. Susanna hatte das nicht weiter gewundert, sie kannte die akrobatischen Übungen ihres Mannes zur Genüge, aber ihr Geliebter musste anschließend mit einem Herzanfall in die Klinik gefahren werden.

Und nun drehte dieser Mann den Spieß um und sorgte dafür, dass Niccolò überall abgewiesen wurde. Carlottas Neffe behauptete sogar, in ganz Italien gäbe es niemanden mehr, der bereit war, ihm eine Chance zu geben. Er nage am Hungertuch, müsse zusehen, wie seine Frau in einem teuren Auto an ihm vorbeifuhr, müsse sich von seinen Kindern Versager nennen lassen, würde von seinen Nachbarn nicht mehr gegrüßt, und überhaupt sei sein Leben derart verkorkst, dass er sich eigentlich nur noch aufknüpfen könne.

Natürlich wusste Mamma Carlotta, dass Niccolò mächtig übertrieb, aber die Furcht, an der Verzweiflung eines Angehörigen schuld zu sein, brachte sie schließlich doch dazu, auf Niccolòs Bitte einzugehen. Es sei ihre Pflicht, fügte er an, der Besitzerin von Matteuer-Immobilien so lange zuzusetzen, bis diese endlich einsah, dass ein italienisches Restaurant genau das war, was in Braderup fehlte, und dass Niccolò Capella dafür genau der richtige Wirt war.

Mamma Carlottas nächstes »Finito« kam nicht halb so enthusiastisch heraus wie alle anderen vorher. Wenn Niccolò wüsste, dass Corinna Matteuer längst bereit war, ihm das

Bistro zu überlassen! Wenn er ahnte, dass Mamma Carlotta ihren eigenen Ruf in der Bürgerinitiative und den Respekt ihrer Enkelkinder über das Wohlergehen ihres Neffen stellte, würde Niccolò vermutlich sein letztes Geld in eine Reise nach Rom investieren, um sich dort effektvoll von der Kuppel des Petersdoms zu stürzen. Natürlich erst, nachdem er mit irgendeinem akrobatischen Kunststück alle Gläubigen, die sich auf dem Platz vor dem Dom aufhielten, auf sich aufmerksam gemacht hatte.

Ein uniformierter Polizeibeamter empfing die Demonstranten am Ortseingangsschild von Braderup und sorgte dafür, dass der Autoverkehr zum Stehen kam, als es für die Gruppe links abging. Die Demonstranten marschierten an den letzten Häusern von Braderup vorbei und bogen dann in die schnurgerade Straße ein, die Richtung List führte. Links öffneten sich die weiten Flächen des Golfplatzes, auf der anderen Straßenseite lagen weite Wiesenflächen, die bis zum Watt reichten. Sie waren es, die von Matteuer-Immobilien bebaut werden sollten. Nicht weit von den Grundstücksgrenzen der benachbarten Wohnbebauung war das provisorische Baubüro entstanden, auf das der Zug der Demonstranten zumarschierte. Dort schien alles ruhig zu sein. Die Tür war geschlossen, hinter den Fenstern kein Licht zu sehen, obwohl es dort sonst sogar tagsüber brannte.

»War ja klar!«, hörte Mamma Carlotta eine Frau murmeln, die hinter ihr marschierte. »Die haben sich verbarrikadiert. Oder die Matteuer ist abgehauen und schlürft jetzt auf dem Balkon ihres schicken Apartments Champagner.«

»Auf dem Balkon, von dem sich vorgestern ihre Schwester gestürzt hat?«, gab eine männliche Stimme zurück. »Ne, so knallhart ist nicht mal die Matteuer.«

Schon schlossen sich einige Zaungäste dem Zug an und warfen ihrerseits Fragen und Kommentare ein.

»Die Matteuer ist abgehauen!«, rief jemand. »Ich habe ihren Wagen gesehen!«

Willi Steensen antwortete, ohne sich umzudrehen: »Dann werden wir so lange rufen und trommeln, bis ihr Mitarbeiter rauskommt und uns Rede und Antwort steht. Es wäre ja nicht das erste Mal, dass die Matteuer diese Aufgabe auf Dennis Happe abwälzt.«

Er gab ein Zeichen, formte mit den Lippen das Wort »Schluss!« und sah seine Mitstreiter verblüfft an, als diese einmütig »Finito!« skandierten. Immer schneller, immer lauter ertönte es: »Fi-ni-to!«

Mamma Carlotta ließ die Kinder mit ihrem Plakat weitergehen und sich von anderen überholen. Dennis Happe hatte sie bereits gegenübergesessen. Sie durfte nicht riskieren, dass er sie in den vorderen Reihen entdeckte und bloßstellte. Sie mochte sich gar nicht die Gesichter ihrer Enkelkinder vorstellen, wenn ihre Großmutter unehrenhaft aus der Bürgerinitiative entlassen wurde, so wie Freda Arnsen, die im Gesundheitshaus Praxisräume anmieten wollte und damit für die Bürgerinitiative untragbar geworden war.

Als die Ersten zum Stehen kamen, bewegte sich Mamma Carlotta unauffällig ans Ende des Zuges, wo Dennis Happe sie nicht zur Kenntnis nehmen würde.

Menno Koopmann, der sich schon am Ponyhof dem Zug der Demonstranten angeschlossen hatte, fotografierte, was das Zeug hielt. Mamma Carlotta sah sich nach Wiebke Reimers um. Hatte sie nicht versprochen, ebenfalls über die Demo zu berichten? Aber sie war nirgendwo zu sehen, was Menno Koopmann zu beflügeln schien. Er war der mediale Platzhirsch, dirigierte die Leute hierhin und dorthin und schien sich immer besser zu fühlen, je deutlicher er die Kundgebung störte.

»Schluss mit den Bettenburgen!«, donnerte der Vorsitzende der Bürgerinitiative soeben in ein Megafon, mit dem er auch im Baubüro zu hören sein musste. »Wollen wir, dass unsere Insel das Mallorca des Nordens wird? Dass die letzten Fleckchen Einsamkeit von den Massen besetzt werden?«

Seine Anhänger schrien begeistert: »Finito! Finito!« Und Mamma Carlotta stimmte lauter als alle anderen ein: »Finito!«

»Wir werden belogen und betrogen!«, fuhr der Vorsitzende fort und machte eine Pause, weil es einen Augenblick so schien, als gäbe es eine Bewegung an einem der Fenster des Baubüros. Als aber weiterhin alles still blieb, setzte er seine Rede fort: »Ein Gesundheitshaus wurde uns versprochen! Von dem riesigen Hotel mit dem Parkhaus hat niemand was gesagt! Wir wehren uns dagegen! Matteuer-Immobilien hat unsere Insel genug verschandelt! Jetzt ist Schluss! Wir dürfen nicht zulassen, dass unsere Braderuper Heide in Gefahr gerät!«

Großer Applaus belohnte ihn. »Rauskommen! Rauskommen!«, wurde nun skandiert, aber im Baubüro blieb weiterhin alles still. Auch als Corinna Matteuers Name gerufen wurde, öffnete sich weder ein Fenster noch die Tür. Sie ließ sich nicht blicken.

Dann jedoch bewegte sich etwas neben den großen Müllcontainern, die hinter dem Baubüro standen. Als hätten sie sich bis jetzt dort verborgen gehalten, erschienen Tove Griess und Fietje Tiensch auf der Bildfläche. Der Wirt mit einer flachen Schiffermütze auf dem Kopf, der Strandwärter mit seiner unvermeidlichen Bommelmütze. Beide trugen dicke dunkelblaue Troyer, auf Jacken hatten sie trotz der Kälte verzichtet. Tove grinste den Demonstranten herausfordernd ins Gesicht, als er ein Plakat entrollte und Fietje einen Holzstiel in die Hand drückte. Fietje sah so aus, als wollte er damit eigentlich nichts zu tun haben. Er war allem Anschein nach von Tove genötigt worden, der einen zweiten Mann brauchte, um sein Plakat in die Höhe zu halten. ›Wir brauchen ein Gesundheitshaus!‹, stand in großen roten Lettern darauf.

»Was wir brauchen, ist eine funktionierende Umwelt, du Dösbaddel!«, brüllte Willi Steensen ihm entgegen und fand sofort Bekräftigung in den Reihen seiner Mitglieder:

»Gegen ein Gesundheitshaus hätte ja keiner was gehabt!«

»Und was sagst du zu dem Hotel und dem Parkhaus, das hier gebaut werden soll?«

»Hast du das vielleicht gewusst, Tove Griess? Sind nur wir belogen worden?«

»Hast du etwa gute Kontakte zu dieser Halsabschneiderin?«

Nun würde Tove ausgebuht und beschimpft, einige schrien ihm sogar Drohungen entgegen, die zumindest bei Fietje großen Eindruck machten. Er ließ die Hände sinken, das alte Betttuch, auf das Tove sein Verlangen in Worte gefasst hatte, hing nun traurig herab und knautschte das Wort ›Gesundheitshaus‹ in tiefe Stofffalten. Toves wütende Aufforderung schien ihn nicht zu erreichen, Fietje sah so aus, als würde er vor dem Zorn der Bürgerinitiative gerne die Flucht ergreifen. Und als die Ersten ein paar drohende Schritte auf Tove und Fietje zu machten und ihnen ganz unverhohlen Prügel androhten, konnte man sehen, dass auch Tove Griess allmählich bange wurde. Der Polizist, der bisher gemütlich seine beiden Daumen hinter seinen Hosengürtel gehakt hatte, griff nach seinem Funkgerät und forderte Verstärkung an, da er um den Frieden der Demonstration fürchtete.

Zu Recht! Ein großer, breitschultriger Mann, der aussah, als gehörte er zur Gilde der Metzgermeister, trat als Erster vor und forderte Tove auf, sich mit ihm anzulegen, wenn er den Mut dazu hatte.

Das ließ sich der Wirt von Käptens Kajüte nicht zweimal sagen. »Du willst einem friedlichen Demonstranten was auf die Fresse hauen? Nur zu! Das macht einen guten Eindruck, wenn die Bürgerinitiative keine andere Meinung gelten lässt.«

Mamma Carlotta konnte sich den Anflug von Bewunderung nicht verkneifen. Mit dieser Äußerung hatte Tove seinem Angreifer eine moralische Ohrfeige verpasst, die dieser unmöglich zurückgeben konnte, wenn er der Bürgerinitiative keinen Imageschaden zufügen wollte. Allerdings sah der Mann so aus, als wäre ihm das in diesem Augenblick völlig egal. Sein Gesicht war rot angelaufen, und er musste von Willi Steensen mit sanfter Gewalt in die Reihen seiner Mitdemonstranten zurückgedrängt werden, wo sich noch andere fanden, die Tove Griess mit Fäusten zeigen wollten, dass sie ihn für einen Verräter hielten.

Tatsächlich wurde eine schwere Keilerei nur vermieden, weil Tove und Fietje ihr Heil in der Flucht suchten. Zwar bemühten sie sich, Haltung zu bewahren und ihren Gegnern weiszumachen, dass sie sich nur deshalb zurückzogen, weil der Klügere bekanntlich nachgibt, aber sie konnten niemandem etwas vormachen. Tove Griess sah man die Erleichterung an, als er um eine Schlägerei herumgekommen war, die er nicht hätte gewinnen können. Von denen, die von Matteuer-Immobilien profitierten, war weit und breit nichts zu sehen. Warum ausgerechnet Tove Griess sich auf so etwas wie eine Gegendemonstration eingelassen hatte, war Mamma Carlotta ein Rätsel. Fietjes Haltung ließ sich da viel leichter erklären. Tove hatte ihm vermutlich gedroht, dass er in Käptens Kajüte nie wieder ein Glas Jever bekommen würde, und das hatte gereicht, aus dem Strandwärter für eine Stunde einen politisch Radikalen zu machen.

Mamma Carlotta nutzte die allgemeine Aufregung, um sich Schritt für Schritt zu entfernen. Sie schlug sich in ein mageres Gebüsch und von dort auf die Rückseite des Baubüros, wo sich Tove und Fietje in Sicherheit gebracht hatten.

»Allora, Tove werde ich was erzählen!«, murmelte sie vor

sich hin. Der Wirt musste begreifen, dass er sich keinen Gefallen tat, wenn er sich gegen den Willen der Wenningstedter Bürger stellte. Niemand würde mehr in Käptens Kajüte einkehren, wenn er sich jetzt alle zu Feinden machte! Wie konnte er nur so dumm sein? Sie musste ihn unbedingt davon abbringen, seine Lebensgrundlage vollends zu ruinieren.

Nun war sie im Schutz des Baubüros angekommen, wo sie von den anderen Demonstranten nicht mehr gesehen wurde. Tove und Fietje standen am hinteren Fenster des Baubüros. Tove sah aus, als wollte er hineinsteigen, während Fietje ihn mit ein paar Metern Abstand ängstlich beobachtete. Als sie das Knirschen von Mamma Carlottas Schritten hörten, ergriffen sie die Flucht. Fietje rannte voraus, auf den Müllcontainer zu, Tove jagte ihm hinterher. Anscheinend hatten die beiden Angst, dass ihnen unter Ausschluss der Öffentlichkeit doch noch jemand zeigen wollte, was die Bürgerinitiative von ihrer Gegendemonstration hielt. Im Nu waren die beiden hinter dem Container verschwunden, noch ehe sie bemerkt hatten, dass es keinen Grund gab, sich zu verstecken.

Auf dem Weg zur anderen Hausecke, wo die Müllcontainer standen, hinter denen Tove und Fietje Deckung suchten, stockte Mamma Carlotta plötzlich. Sie hatte ein Geräusch gehört und eine Bewegung an einem der Fenster ausgemacht. Dass es zerschlagen worden war, bemerkte sie erst jetzt. Erschrocken blieb sie stehen, starrte die gläsernen Zacken an, die noch im Fensterrahmen steckten. Ihr Blut rauschte in den Ohren, ihr Herz schlug ihr bis zum Hals. Am liebsten hätte sie kehrtgemacht, wäre zu den Demonstranten zurückgelaufen und hätte nach der Polizei geschrien. Aber dann blieb sie doch stehen und lauschte. Die Nähe der großen Menschenansammlung machte ihr Mut. Sie war hier nicht allein! Ein gellender Schrei, und sämtliche Mitglieder der Bürgerinitiative würden ihr zu Hilfe eilen.

Schritte knirschten im Baubüro, als träte jemand auf zersplittertes Glas. Dann hörte Mamma Carlotta das Klicken einer Kamera. Vorsichtig und mit klopfendem Herzen bewegte sie sich weiter auf den Baucontainer zu … da sah sie ein Knie auf der Fensterbank, eine Hand, die sich am Rahmen festhielt. Eine junge Frau, die Mamma Carlotta kannte, schwang sich aus dem Fenster. Dass sie eine Spur zu dynamisch auf dem Boden ankam, der Schwung sie vorwärtstrug und erst stoppte, als sie bäuchlings auf dem Boden lag, wunderte Mamma Carlotta nicht besonders. Wiebke Reimers schien einfach nicht dafür gemacht, sich gefahrlos von einem Punkt zum anderen zu bewegen.

Sie rappelte sich auf und untersuchte ihre Kamera, die anscheinend keinen Schaden genommen hatte. Dann erst stellte sie fest, dass sie nicht mehr allein war. Erschrocken sah sie Mamma Carlotta an, aber dann ging ein kleines Lächeln über ihr Gesicht. »Sie sind es! Ich dachte schon …«

Mamma Carlotta machte einen Schritt nach vorne und konnte nun einen Blick in das Büro werfen. Erschrocken hielt sie die Luft an, als sie die beiden Beine sah, die unter einem Schreibtisch herausragten. Und dann entdeckte sie auch die Blutlache. »Madonna!«

»*Wenn das Ihre Schwiegermutter wüsste!*« Sören betrachtete das Fischbrötchen, das er in Händen hielt, als fragte er sich, ob er überhaupt hineinbeißen dürfe.

Erik ermunterte ihn. »Sie ist selber schuld, wenn sie sich mit den Kindern auf einer Demo rumtreibt, statt uns ein gutes Abendessen zu machen.«

»Aber sie ist doch nicht verpflichtet, für uns zu kochen!« Vorwurfsvoll sah Sören seinen Chef an. Dann aber veränderte sich sein Gesichtsausdruck. »Andererseits … ich finde, wir sollten es ihr nicht sagen. Sie hat mir mal erzählt, wie widerwärtig sie Fischbrötchen findet.« Noch immer hatte er es nicht über sich gebracht, den ersten Bissen zu nehmen. Es ging einfach nicht, solange er an Mamma Carlotta dachte und sich wie ein Betrüger fühlte.

Erik war da weniger sensibel. »Sie müssen das so sehen, Sören: Ein Fischbrötchen stillt zwar den allergrößten Hunger, lässt aber noch Platz für mehr, nur für den Fall, dass sie nach der Demo doch noch irgendwas auf den Tisch bringt. Sie kennen ja meine Schwiegermutter! Die kann aus dem Nichts ein Menü zaubern.«

Sören beugte sich mit steifem Oberkörper vor und riss entschlossen den Mund auf. Bevor er zubiss, versicherte er sich noch einmal: »Aber wir verraten es ihr nicht?«

»Einverstanden«, gab Erik mit vollem Mund zurück. Er hatte bereits die Hälfte seines Brötchens vertilgt und kämpfte nun mit den Zwiebelringen, die neben seinem Matjes zum Vorschein kamen.

Sie standen vor Gosch an der Kliffkante und sahen aufs Meer hinaus. Parallel zum Strand waren Stehtische aufgestellt worden, damit die Touristen während ihrer Mahlzeiten den Blick aufs Meer und in den Himmel genießen konnten. Dieses Angebot wurde nicht nur im Sommer, sondern auch im Winter und bei Sturm und Kälte angenommen. Der herrliche Ausblick machte aus dem einfachsten Bismarckhering eine Delikatesse, die nirgendwo so gut schmeckte wie hier.

Das Meer war dunkel an diesem Tag, die weißen Schaumkronen stachen umso deutlicher hervor. Und unruhig war es! Die Wellen sprangen auf den Strand zu, als wären sie auf der Flucht und hätten keine Zeit gehabt, sich zu formieren. Einige hüpften nur kraftlos auf den Sand, dann wieder folgten Brecher, die den überraschten Strandwanderern die Füße nass machten. Das Blau des Himmels verbarg sich unter einem dünnen Wolkenschleier, der Sonnenuntergang war im trüben Licht bereits zu erahnen.

Der Wind war eiskalt, aber zum Glück nicht besonders

stark. Trotzdem wurden Eriks Finger steif, und er steckte die linke Hand in die Tasche, während er mit der verkrampften rechten das Brötchen hielt.

»Ende des Jahres wird das hier auch vorbei sein«, sagte er versonnen und betrachtete das weiße Haus an der Kliffkante, in dem Jürgen Gosch eines seiner vielen Fischrestaurants betrieb. Beide kehrten wie auf ein geheimes Zeichen dem Meer den Rücken zu und betrachteten das brachliegende Gelände hinter dem Fischrestaurant, wo einmal das »Haus des Kurgastes« gestanden hatte, die Anlaufstelle für Feriengäste, die Auskünfte oder Hilfe brauchten oder sich einfach aufwärmen wollten. Jetzt gab es dort nur eine provisorische Baracke, in der die Touristen-Information untergebracht war.

»Eine Schande ist das«, murmelte Erik. »Dieser Streit ums Kurhaus geht jetzt schon über Jahre.«

Sören nickte. »2005 wurden die Pläne für den Neubau vorgestellt.«

Erik lachte bitter. »Zwanzig Millionen Euro! Es musste natürlich gleich ein Hotel ins Kurhaus integriert werden, mit sechzig Zimmern und neun Läden! Und natürlich einer Tiefgarage! Dabei hatte es doch erst geheißen, das Kurhaus wolle sich in seinen Ausmaßen am Hotel Windrose orientieren. Ist das vielleicht ein Riesenkasten? Nein!«

»Dabei hatte es vorher geheißen, der Neubau der Kurverwaltung solle ohne Hotelbetten realisiert werden.« Sören tippte sich an die Stirn. »Aber plötzlich wollte niemand mehr was davon wissen.«

Erik sah nachdenklich in den Himmel. »Zum Glück konnte die Unterschriftenaktion den Bau damals stoppen.«

»Mit dem Ergebnis, dass Wenningstedt nun seit Jahren ein Kurhaus in einer Baracke hat und ein verwildertes unbebautes Gelände mitten im Kurzentrum. Na, toll!«, schnaubte Sören.

»Aber der neue Gosch wird sich wunderbar in die Dünen-
landschaft einfügen«, meinte Erik versöhnlich.

»Es soll sogar ein begehbares begrüntes Dach haben«, ergänzte Sören. »Im Norden und Osten wird es mit Dünen-
sand angeschüttet, und zum Meer hin soll es sich öffnen. Das
wird sicherlich schön.«

Erik nickte und umschrieb mit einer großen Geste das
brachliegende Gelände. »Wenn Gosch hier abgerissen wird,
ist genug Platz für den Neubau des Kurhauses.«

»Mit Touristen-Info, ein paar kleinen Läden, Restaurants
und Wellnessangeboten«, begann Sören zu schwärmen.
»Alles, was ein Kurhaus braucht, aber auch nicht mehr.
Wurde wirklich Zeit!«

Sören hielt immer noch sein Fischbrötchen in der Hand,
als hätte er über das Wenningstedter Kurhaus seinen Hunger
vergessen. Ein großer Fehler, wie sich kurz darauf heraus-
stellte! Sie bemerkten den Schatten nicht, der sich über sie
senkte, und die Gefahr, die sich näherte, erzeugte weder in
Erik noch in Sören eine instinktive Abwehr. So war es der
großen Silbermöwe ein Leichtes, auf das Matjesbrötchen hi-
nabzufahren, den Schnabel hineinzuschlagen und sich blitzartig wieder in die Lüfte zu schwingen. Nur wenige Meter
entfernt ließ sie sich seelenruhig nieder und begann genüsslich, das Brötchen auseinanderzunehmen.

In ihrer Nähe wurde gelacht, während Sören blass vor
Schreck war und auch Erik der Schock ins Gesicht geschrieben stand. Beide betrachteten sie Sörens leere Hand, und erst
als sein Assistent sie schloss und in die Jackentasche steckte,
sagte Erik: »Es wird immer schlimmer mit der Gefräßigkeit
der Möwen. Das kommt davon, dass die dummen Touristen
sie so gerne füttern. Die Möwen haben gelernt, dass Futter-
suche sehr einfach sein kann.«

Sörens Schreck verwandelte sich prompt in Zorn. »Menno
Koopmann hat kürzlich noch im *Inselblatt* darüber geschrie-

ben. Das Füttern der Möwen sollte unter Strafe stehen. Dann finden sie vielleicht zu ihrem artgerechten Verhalten zurück.«

Erik sah kurze Zeit so aus, als wollte er widersprechen. Immer, wenn vom Chefredakteur des *Inselblattes* die Rede war, kam dieser Widerstand in ihm auf. Selbst dann, wenn Menno Koopmann recht hatte.

»Sagen Sie mal, Chef ...« Sören schien bei der Erwähnung von Koopmanns Namen eine Erinnerung zu kommen. »Was der da gestern gesagt hat ... dass er diese Reporterin gar nicht kennt ... Meinen Sie, wir sollten da mal nachhaken? Schon komisch, dass sie ihren Presseausweis nicht dabeihatte, finden Sie nicht auch?« Und vorwurfsvoll ergänzte er: »Sie hätten schon, als Sie die Leiche von Matilda Pütz gefunden haben, drauf bestehen müssen, dass sie sich ausweist.«

Erik sah Wiebke vor sich, die strahlenden Augen unter den roten Locken, die Grübchen, die hektischen Gesten, das vorwitzige Lachen. Er spürte ihren Körper, ihre weichen Lippen, roch ihren Atem, den Duft ihrer Haare ... Vorsichtshalber runzelte er verärgert die Stirn, weil er das Lächeln auf seinem Gesicht spürte, das Sören verraten könnte, was er unbedingt für sich behalten wollte. »Sie hat bei mir in der Küche gesessen«, sagte er leise. »Und sie hat eine Menge mitbekommen. Dass ich Corinna Matteuer und Matilda Pütz von früher kenne ...« Dann fiel ihm ein, was Wiebke in Corinnas Apartment von dem Spurensucher gehört hatte. »Sie weiß leider auch, dass Ludo von Matilda umgebracht worden ist. Aber sie hat versprochen zu schweigen.« Warum er fest darauf vertraute, dass sie ihr Versprechen halten würde, erwähnte er nicht. Aber er konnte sich einfach nicht vorstellen, dass eine Frau, die er geküsst hatte und die von der Liebe auf den ersten Blick gesprochen hatte, etwas tun würde, was ihm schadete.

»Eine Reporterin, die zu einer Sache schweigt, aus der sie

eine schöne Schlagzeile machen könnte? Das glaube ich nicht!« Sören betrachtete seinen Chef nachdenklich. »Vielleicht sollten wir uns die Dame doch ein wenig näher anschauen?«

Als Erik nicht antwortete, ergänzte er: »Da wir gerade bei den Frauen sind … Ihre Bekanntschaft mit Corinna Matteuer ist auch nicht besonders günstig.«

»Das weiß ich«, antwortete Erik heftig. »Zu Hause machen mir die Kinder die Hölle heiß, meine Schwiegermutter tutet natürlich ins selbe Horn, und nun fangen Sie auch noch damit an.«

Sören hob abwehrend die Hände. »Eigentlich ist es mir ja egal, aber sorgen Sie besser dafür, dass Menno Koopmann davon keinen Wind bekommt. Sonst weiß es fünf Minuten später auch die Staatsanwältin. Am Ende gelten Sie als befangen und werden von dem Fall abgezogen.«

»Ich habe Corinna gestern ihre Reisetasche gebracht.«

Dass er ihre Einladung auf ein Glas Wein angenommen und so lange bei ihr geblieben war, bis die Wirkung der Beruhigungstablette einsetzte, die sie genommen hatte, verschwieg er. Sie hatten lange über alte Zeiten geredet. Erik hatte erfahren, wie es Klaus Matteuer gelungen war, aus Corinna diese Karrierefrau zu machen, und wieder mal erkannt, dass all das Großspurige in Vergessenheit geriet, wenn von ihrer Zwillingsschwester die Rede war. Matilda war das Wichtigste in ihrem Leben gewesen, für sie tat sie alles, ihr gab sie von allem ab, was sie besaß. Hätte er sie etwa zurückweisen sollen, als sie an seiner Brust um Matilda weinte? Nein, völlig unmöglich!

»Corinna Matteuer wollte also noch mal bei Ihnen übernachten?«, fragte Sören.

»Ihr fällt das Alleinsein schwer. Ist doch verständlich.«

»Das schon, aber … weniger verständlich finde ich, dass sie in einem Haus übernachten will, wo sie derart abgelehnt wird. Jedenfalls von den Kindern und Ihrer Schwiegermutter.«

Erik runzelte die Stirn. »Wollen Sie damit eigentlich was Bestimmtes sagen?«

Sören druckste herum, merkte dann aber, dass er sich zu weit vorgewagt hatte, um jetzt einen Rückzieher machen zu können. »Mir kommt es so vor, als hätte die Dame sich in Sie verguckt.«

Erik versuchte zu lachen. »Es ist genau umgekehrt. Früher war ich in sie verliebt, aber sie wollte mich nicht.«

»Das kann sich nach zwanzig Jahren geändert haben.«

Nun wurde Erik ernst. »Ich denke, dass sie einfach jemanden braucht, der für sie da ist. Erst die schwere Erkrankung ihres Mannes, und dann noch Matilda …«

Sören sah nicht so aus, als befriedigte ihn diese Erklärung, aber er wechselte bereitwillig das Thema, um seinen Chef vor weiteren unangenehmen Fragen zu verschonen. »Wie finden Sie das eigentlich, dass niemand zu Ludos Tod eine Aussage macht? Von der Bürgerinitiative ist bisher kein Mensch bei uns erschienen. Dabei müsste doch jemand gemerkt haben, dass Ludo ein Verhältnis mit Matilda Pütz hatte.«

»Vielleicht waren die beiden sehr vorsichtig.«

»Warum? Ludo war zwar noch verheiratet, aber längst von Sila Simoni getrennt. Und die Pütz war ledig. Warum also diese Heimlichkeiten?«

»Liegt das nicht auf der Hand?«, fragte Erik zurück. »Ludo war Mitglied der Bürgerinitiative, er kämpfte gegen Matteuer-Immobilien, war anscheinend der Einzige, der Bestechungsgelder zurückwies, stellte Corinna bei jeder Gelegenheit an den Pranger … Wie hätte es ausgesehen, wenn er ausgerechnet mit ihrer Schwester ein Verhältnis beginnt?«

Sören nickte nachdenklich. »Sie haben recht, Chef. Es wäre der Anschein entstanden, er hätte die Seiten gewechselt.«

»Und niemand hätte ihm mehr etwas anvertraut, weil jeder befürchten musste, dass es im Büro von Matteuer-Immobilien landete.«

»Er wäre unglaubwürdig geworden.«

Erik legte den Kopf in den Nacken und beobachtete die Möwe, die über den Stehtischen von Gosch schwebte, als suchte sie ein neues Opfer. »Ludo war sehr beliebt. Das wollte er nicht aufs Spiel setzen. Aber womit mag er Matilda Pütz betrogen haben? Hatte er sich in eine andere Frau verliebt? Oder ging es um etwas Geschäftliches?« Sören sah seinen Chef nachdenklich an. »Vielleicht ist es zu Problemen zwischen den beiden gekommen. Ludo war gegen die Aktivitäten von Matteuer-Immobilien, Matilda natürlich nicht.«

»Vielleicht hat Ludo sie im Laufe der Zeit aber auch davon überzeugt, dass Matteuer-Immobilien der Insel schadet.«

Sören war verblüfft. »Sie meinen, Matilda hat die Seiten gewechselt? Sie wollte nicht mehr mitmachen bei dem, was ihre Schwester trieb?«

Erik zuckte die Achseln. »Ich habe Corinna gestern Abend danach gefragt. Aber sie hält es für ausgeschlossen.«

»Klar! Matilda wird es ihr sicher nicht auf die Nase gebunden haben. Sie war von ihrer großen, reichen Schwester abhängig.« Sören schüttelte den Kopf und runzelte ärgerlich die Stirn. »Vielleicht würden wir mehr erfahren, wenn wir Menno Koopmann erzählen, dass die Schwester der Matteuer Ludo umgebracht und sich dann selbst gerichtet hat, weil sie mit ihrer Schuld nicht leben konnte. Möglicherweise kämen dann Hinweise aus der Bevölkerung.« Er wartete auf eine Entgegnung von Erik. Als keine kam, ergänzte er: »Aber nein! Wir müssen Corinna Matteuer schonen. Sonst wird sie von den Syltern noch mehr gehasst als ohnehin schon.«

Erik presste die Lippen so fest aufeinander, dass sie unter

seinem Schnauzer beinahe verschwanden. »Zu dumm, dass wir in Ludos Büro nichts gefunden haben! Nur Belege dafür, dass er pleite war.«

»Und dass er trotzdem ein Bistro eröffnen wollte.«

Sören setzte zu einer großen Geste an, erstarrte dann aber und runzelte nachdenklich die Stirn. »Ob es wirklich das Bistro im Gesundheitshaus sein sollte? Wollte er sich das Bauprojekt zunutze machen, gegen das er protestiert hat?«

»Unmöglich«, ergänzte Erik. »So was hätte Ludo nie gemacht!«

»Es sei denn, wir haben uns alle in ihm getäuscht.«

»Sie meinen, er hat die Bestechungsgelder zurückgewiesen, dafür gesorgt, dass jeder davon erfuhr, und versucht, auf anderem Wege seine Schäfchen ins Trockene zu bringen, mithilfe von Matilda Pütz?«

Ein kurzes Schweigen entstand, dann meinte Sören: »Ich finde, wir sollten nun damit rausrücken, wer Ludo umgebracht hat. Es geht nicht an, Chef, dass Sie Ihre privaten Interessen über die dienstlichen stellen, und vielleicht bekommen wir so neue Hinweise.«

»Erst mal abwarten«, wehrte Erik ab. »Bis jetzt sehe ich keinen Vorteil darin, dieses Geheimnis zu verraten.«

»Außer für Corinna Matteuer gibt es auch keinen Vorteil, es zu verschweigen«, entgegnete Sören hitzig. Dann ergänzte er vorsichtig, als hätte er selbst Angst vor der Respektlosigkeit, die er sich nun erlaubte: »Und für Sie natürlich! Corinna Matteuer würde es Ihnen schwer verübeln, wenn Sie schuld sind, dass sie demnächst noch härter angegriffen wird.«

Erik ließ sich nicht anmerken, wie sehr ihn Sörens Worte trafen. »Bevor wir das tun, möchte ich mit Sila Simoni reden«, entgegnete er so emotionslos wie möglich. »Sie kommt morgen nach Sylt.«

Durch Sörens Körper ging ein Ruck. »Wie war sie denn so

am Telefon? Ging ihr Ludos Tod am … Achtersteven vorbei?«

»Nein, sie war sehr betroffen.« Erik lächelte leicht. »Übrigens scheint sie ganz nett zu sein. Sie hat gesagt, sie will das Squashcenter fürs Erste weiterführen, und Jacqueline kann sich in Ruhe nach einer neuen Stelle umsehen.«

Eriks Handy klingelte. Nach einem kurzen Blick aufs Display nickte er Sören zu. »Eine Flensburger Nummer.«

Das Gespräch war kurz. Als Erik sein Handy wieder wegsteckte, sagte er: »Das Schriftvergleichsgutachten ist fertig. Der Abschiedsbrief wurde eindeutig von Matilda Pütz geschrieben.«

Sören seufzte auf, als hätte er auf ein anderes Ergebnis gehofft. »Also war es auf jeden Fall Selbstmord. Trotz Dr. Hillmots Beobachtungen.«

Noch einmal ging Eriks Handy. Er runzelte die Stirn, als er die Nummer im Display sah. »Kenne ich nicht. Mal sehen, wer da was von mir will.«

Es war die Stimme seiner Schwiegermutter, die an sein Ohr prallte. »Enrico! Hier ist was Schreckliches passiert!«

Erik spürte, wie die Beine unter ihm nachgaben. Er musste sich an den Stehtisch lehnen, weil er Angst hatte umzusinken. »Ist was mit den Kindern?«, brachte er mühsam heraus. »Ist die Demo aus dem Ruder gelaufen?«

»No, no!«, kam es zurück. »Die Kinder sind gesund! Und ich auch. Aber Dennis Happe! Er … ist tot. Kannst du sofort kommen, Enrico?«

Erik sah Sören verwirrt an. Er brauchte eine Weile, um seine Erleichterung zu begreifen, erst dann konnte er fragen: »Was ist mit ihm passiert? Und woher weißt du das? Von welchem Telefon rufst du überhaupt an?«

»Wiebke Reimers hat mir ihr Handy geliehen. Du weißt doch, die Reporterin der *Mattino*! Sie hat Dennis Happe gefunden! Er liegt unter seinem Schreibtisch im Baubüro.«

»Wir kommen sofort!« Erik beendete das Gespräch. »Wiebke Reimers«, sagte er versonnen. »Schon wieder sie ...«

»*Signora!*« Dr. Hillmot vergaß für Augenblicke, warum er ins Büro von Matteuer-Immobilien gerufen worden war. »Wie schön, dass Sie mal wieder auf Sylt sind!«

Beinahe hätte Mamma Carlotta jubelnd zugestimmt und den dicken Gerichtsmediziner gleich zum Essen eingeladen, weil eine Köchin wie sie nichts lieber hatte als einen Mann, der alles und viel mit Begeisterung zu sich nahm. Das war genau nach ihrem Geschmack!

Aber zum Glück fiel ihr noch rechtzeitig ein, dass sie sich in der Nähe eines Toten befanden und sich um Pietät bemühen mussten. Dr. Hillmot kam gar nicht so schnell mit, als ihre Miene schlagartig auf Betroffenheit umstellte. Als er sich dem Toten zuwandte, lag in seinem Gesicht immer noch die Wiedersehensfreude.

»So ein junger Mann«, jammerte Mamma Carlotta. »Das ganze Leben hatte er noch vor sich!«

Beinahe hätte sie noch erwähnt, wie sympathisch Dennis Happe gewesen war, wie gut er ausgesehen hatte und dass er womöglich in naher Zukunft Urlaub in ihrem Dorf gemacht hätte ... da fiel ihr ein, dass sie vorsichtig sein musste. Besser, sie stellte das laute Klagen und Jammern ein. Die Gefahr war zu groß, dass ihr etwas Unbedachtes rausrutschte und sie sich damit verriet. Wie sollte sie dann erklären, bei welcher Gelegenheit sie mit Dennis Happe ein so nettes Gespräch geführt hatte?

Erik zog seine Schwiegermutter aus dem Baucontainer und führte sie vor das zerschlagene Fenster. »Also, noch einmal fürs Protokoll ... Du bist hier hinters Haus gegangen. Warum eigentlich?«

»Weil ...« Durch Mamma Carlottas Kopf rasten die Gedanken, aber ihr fiel nichts ein, womit sie Tove und Fietje aus dieser schrecklichen Sache heraushalten konnte. Warum waren sie auch weggelaufen, statt auf Eriks Eintreffen zu warten?

»Weil wir immer abhauen, wenn die Polente im Anmarsch ist«, hatte Tove rüde geantwortet. »Wir haben nix gesehen! Also können wir auch nix aussagen.«

Fietje hatte nur wortlos genickt, und so waren die beiden in seltener Eintracht zu Toves Lieferwagen gelaufen, der in der Nähe geparkt war, und hatten die Flucht ergriffen.

»Wegen der Gegendemonstranten«, antwortete sie nun. »Da waren zwei, die dafür demonstrierten, dass das Gesundheitshaus gebaut wird. Aber die wurden natürlich niedergeschrien. Und als sie sich nicht mehr zu wehren wussten, haben sie sich hinter dem Baubüro versteckt. Es sah nämlich ganz so aus, als sollten sie Prügel beziehen.« Sie zögerte, entschloss sich dann aber, nicht alles zu verraten. Wenn Erik erfuhr, dass sie Tove am Fenster gesehen hatte, bevor er die Flucht antrat, würde er womöglich glauben, ihr heimlicher Freund habe etwas mit dem Mord zu tun.

»Wieso bist du ihnen nachgegangen?«, fragte Erik verständnislos.

»Ich … habe mir Sorgen gemacht«, behauptete Mamma Carlotta. »Man weiß nie, was solche Leute machen, wenn sie allein sind.«

»Kanntest du sie?«

Am liebsten hätte Mamma Carlotta verneint, aber dann entschloss sie sich anders. Tove hatte es nicht verdient, dass sie für ihn log. »Dieser Wirt … der, vor dem du mich immer warnst. Und der Strandwärter, der am Strandübergang an der Seestraße arbeitet.«

»Und wo sind die jetzt? Hast du ihnen nicht gesagt, dass sie warten müssen?«

»Naturalmente! Ich bin die Schwiegermutter eines Commissario, ich weiß Bescheid. Aber … sie wollten nicht.«

Eriks Blick fiel auf Wiebke, die ihn nicht beachtete. Sie ging mit schussbereiter Kamera vor den Fenstern auf und ab und warf in jedes einen Blick. Es machte ihn nervös, dass sie nicht still stehen konnte, und er zuckte jedes Mal zusammen, wenn sie gegen etwas stieß, über etwas stolperte oder leise klagte und sich mit schmerzverzerrtem Gesicht den Kopf hielt, weil sie nicht daran gedacht hatte, dass die Fenster sich nach außen öffnen. Er wartete auf einen heimlichen Blick, auf die Frage in ihren Augen, die er mit einem Kopfschütteln beantworten wollte, um sicher sein zu können, dass der Kuss ihr Geheimnis blieb. Jedenfalls vorerst.

Erik wandte sich wieder seiner Schwiegermutter zu. »Was hast du dann beobachtet?«

Auch Mamma Carlotta sah nun Wiebke an. »Ich hörte, dass jemand im Büro war, und habe nachgeschaut. Da habe ich Frau Reimers gesehen. Sie hatte gerade die Leiche entdeckt.«

Erik winkte Wiebke heran, die nur zögernd näher kam. Er sah sie eindringlich an und stellte seine Frage besonders laut und nachdrücklich, damit sie bemerkte, wie er sie anredete. »Was hatten Sie hinter dem Baubüro zu suchen, Frau Reimers?«

Wiebke verstand sofort, nahm ihren Blick aus seinen Augen und schaute zur Seite, als suchte sie etwas, mit dessen Hilfe sie ihre Enttäuschung überwinden konnte.

»Ich schreibe keine Reportage über die Demo oder über die Bürgerinitiative.« Sie warf Mamma Carlotta einen entschuldigenden Blick zu und ergänzte schnell: »Jedenfalls nicht nur. Mir geht es mehr um Corinna Matteuer. Sie wissen ja, eigentlich wollte ich eine Reportage über sie als erfolgreiche Unternehmerin schreiben. Als daraus nichts wurde, habe ich Fakten für eine Story über die private Corinna Matteuer gesammelt. Den Selbstmord ihrer Schwester und so ...«

Erik atmete heimlich auf. »Hat Frau Matteuer dazu ihr Einverständnis gegeben?«

Wiebke zog die Schultern hoch und stand für Augenblicke da wie ein kleines Schulmädchen, das gescholten wurde. »Sie ist eine öffentliche Person. Sie muss sich damit abfinden, dass die Bevölkerung sich für ihr Leben interessiert.«

Erik war zwar ganz anderer Meinung, aber er beließ es dabei. »Sie haben also in die Fenster geschaut, um ein gutes Foto von Corinna Matteuer und ihren Mitarbeitern während der Demo zu schießen?«

Wiebke nickte. »Und dabei sind mir das eingeschlagene Fenster und der Tote aufgefallen.«

Vetterich sah aus einem der Fenster und gab Erik einen Wink, dass er ins Haus kommen sollte.

Als er außer Hörweite war, flüsterte Wiebke Mamma Carlotta zu: »Danke, dass Sie nichts verraten haben. Am Ende hätte er meine Kamera konfisziert, und dann hätte ich ohne Fotos dagestanden.«

Mamma Carlotta fühlte sich nicht wohl. Schon wieder eine Kumpanei, die sie eigentlich gar nicht wollte! »Sie haben mir auch geholfen«, sagte sie in steifer Würde. »Sie haben nicht verraten, dass ich hier im Baubüro war und mich nach einem Ladenlokal für meinen Neffen erkundigt habe. Und Sie haben auch niemandem gesagt, dass ich in Käptens Kajüte an der Theke gesessen habe. Come si dice? Eine Hand wäscht die andere.«

Nun lachte Wiebke so fröhlich, dass Mamma Carlotta für Augenblicke die Frage vergaß, was mit den Fotos geschehen sollte, die die Reporterin gemacht hatte. Aber noch rechtzeitig fiel sie ihr wieder ein, und sie zeigte auf Wiebkes Kamera. »Sollen die etwa in die Zeitung?«

»Wenn sie meinem Chef gefallen! Man sieht ja nur die Beine des Toten und ein bisschen Blut.« Wiebke sah sich zu dem Fenster um, hinter dem Eriks Stimme zu hören war.

»Erst der Selbstmord der Schwester, dann die Ermordung eines Mitarbeiters – dass mit dieser Corinna Matteuer was nicht stimmt, ist so gut wie sicher.«

Noch bevor Mamma Carlotta der jungen Reporterin Vorhaltungen machen konnte, weil sie diesen entsetzlichen Mordfall behandelte wie jede beliebige Zeitungsmeldung, bog Corinna Matteuers auffälliger dunkler Range Rover aufs Gelände ein.

Sofort griff Wiebke nach ihrer Kamera. »Jetzt muss ich alles richtig machen. Die Matteuer darf nicht merken, dass ich sie fotografiere, sonst kommt sie noch auf die Idee, es mir zu verbieten.«

Sie zerrte an Mamma Carlottas Arm. »Kommen Sie! Ich mache unauffällig ein paar Fotos, und dann stellen wir uns neben die Kaffeemaschine und halten einen Plausch. So fallen zwei Frauen am wenigsten auf. Vielleicht schnappen wir was auf!«

Wiebke lief voran. Erst als Corinna Matteuers Wagen direkt auf sie zusteuerte, ging sie zur Seite, sah aber am Auto vorbei, als interessiere sie nicht, wer am Steuer saß.

Als Corinna aus dem Wagen stieg, hätte Wiebke sie unbemerkt fotografieren können, aber Unauffälligkeit war einfach nicht ihre Stärke. Als Wiebke sich so nah wie möglich an die Hauswand drücken wollte, verfing sich ihr Fuß in der Schlaufe der Kamera, und der nächste Schritt brachte sie zu Fall. Sie schrie erschrocken auf, stieß dann mehrere sehr undamenhafte Flüche aus und erreichte damit, dass Corinna Matteuer es mit der Angst bekam und sich wieder in ihr Auto fallen ließ.

Vetterich sah in seinem weißen Schutzanzug aus wie ein Eisbär, der gerade laufen lernte. Mit unsicheren Schritten tappte er herum, als wäre der Schutzanzug nicht geeignet für normale Bewegungsabläufe. Er zeigte auf den Schreibtisch, unter dem Dennis Happes Leiche gefunden worden war. »Der gehörte wohl der Zwillingsschwester. Der, die vom Balkon gefallen ist …«

Erik nickte. »Matilda Pütz.«

»Der Schreibtisch ist augenscheinlich durchsucht worden.« Vetterich zeigte auf eine halb geöffnete Lade, in die einige Papiere unordentlich zurückgestopft worden waren. Bleistifte, Büroklammern und zwei USB-Sticks lagen auf dem Boden.

Erik gab ihm recht. »Da war jemand an Matildas Schreibtisch, und Dennis Happe hat ihn überrascht.«

»So könnte es gewesen sein«, gab Vetterich emotionslos zurück, der wie immer ohne jegliche Gefühlsregung reagierte und von Heiterkeitsausbrüchen gleichermaßen unangenehm berührt wurde wie von Tränen und großer Trauer. Manchmal fragte Erik sich, wie Vetterichs Ehe sein mochte. Auch derart emotionslos?

Er wandte sich an Dr. Hillmot, der vor dem Toten kniete. Erik gab sich große Mühe, nicht in das bleiche junge Gesicht zu sehen, das noch im Tod sympathische Züge trug. »Todesursache?«

»Erstochen! Mit einem glatten Küchenmesser oder einem Brieföffner, wenn er sehr scharf war. So was in der Art.«

Erik sah Vetterich an. Der wusste, welche Frage ihm auf den Lippen lag, und schüttelte schon den Kopf, ehe Erik sie stellen konnte. »Wir haben die Tatwaffe nicht gefunden.«

»Dann hat der Täter sie wohl mitgenommen«, meinte Erik und wies auf die Blutlache, in der Dennis Happe lag. »So viel?«

Dr. Hillmot fand daran nichts Außergewöhnliches. »Er ist nach außen verblutet. Das kommt bei Stichverletzungen oft vor.«

»Hat der Stich das Herz getroffen?«, fragte Erik.

»Sieht so aus. Aber das kann ich erst mit Sicherheit sagen, wenn ich ihn mir näher angesehen habe.«

»Also ein Täter, der sich auskannte?«

»Kann auch Zufall sein, dass er das Herz getroffen hat.« Dr. Hillmot stöhnte laut auf, weil er seinen schweren Körper in eine andere Lage wuchten musste. »Der Täter hat mehrfach zugestochen. Außerdem habe ich leichte Schnitte an der Innenseite der rechten Hand gefunden. Er hat anscheinend versucht, das Messer abzuwehren. Also wurde er von vorne angegriffen.«

»Nicht hinterrücks?«

»Zunächst nicht. Der tödliche Stich kam jedoch von hinten.«

»Und warum mehrere Stiche?«

»Es kommt vor«, erklärte Dr. Hillmot, »dass ein Opfer nach einem Stich zunächst kaum eine Reaktion zeigt. Ein Täter, der zum Töten entschlossen ist, sticht deshalb mehrfach zu.«

Erik nickte. »Todeszeitpunkt? Er ist noch nicht lange tot, stimmt's?«

Der dicke Gerichtsmediziner stöhnte leise. Dass er am Boden knien musste, schien seine ganze Kraft zu beanspruchen. Wenn er darüber hinaus noch reden sollte, schaffte er das nur, wenn er gleichzeitig sein Missfallen äußern konnte. »Ich habe die rektale Temperatur gemessen«, meinte er und stöhnte noch lauter. »Die Körpertemperatur fällt je nach Temperaturunterschied zur Umgebung in einer Stunde um 1,0 bis 1,8 Grad. Dieser Raum ist relativ gut geheizt, Dennis Happe trug einen wollenen Pullover ...«

»Das heißt also?«, fragte Erik ungeduldig.

Aber Dr. Hillmot war noch nicht bereit, auf weitere Erklärungen zu verzichten. Er ärgerte sich oft darüber, dass Erik nur am Ergebnis seiner Arbeit interessiert war, selten an dem Prozess, der zu dem Ergebnis geführt hatte. »Sein Bizeps reagiert noch«, dozierte er und machte Anstalten, Erik diese Tatsache zu demonstrieren, indem er nach dem Arm des Toten griff.

Aber Erik wandte sich rechtzeitig ab, und Dr. Hillmot resignierte. »Also gut. Er ist etwa zwei Stunden tot.«

Erik drehte sich zu ihm zurück. »Also ist Dennis Happe umgebracht worden, kurz bevor die Demo hier eintraf. Vielleicht haben die Mitglieder der Bürgerinitiative was gesehen.«

Sören betrat das Baubüro und enttäuschte Eriks Hoffnung sogleich. »Ich habe alle befragt, die an der Demo beteiligt waren. Keiner hat was gesehen.« Er hielt einen Notizblock in die Höhe. »Namen und Adressen sind notiert. Die Leute habe ich nach Hause geschickt. Ich hoffe, sie gehen wirklich.«

Im selben Augenblick hörten sie Schreie auf der Straße, Beschimpfungen, Drohungen. Wörter wie »Aasgeier« und »Halsabschneider« drangen an Eriks Ohr, sogar »Todesbraut« wurde gerufen. »Wo die Matteuer ist, ist der Tod!«, schrie ein anderer und erntete damit begeisterte Zustimmung.

Dann ertönte der Ruf, den die Demonstranten mittlerweile verinnerlicht hatten: »Fi-ni-to! Fi-ni-to!«

Erik hörte, dass ein Auto hinters Baubüro fuhr, und stieß Sören an. »Sorgen Sie dafür, dass Corinna Matteuer unversehrt ins Haus kommt.«

Bald darauf stand sie neben ihm, erhitzt, mit roten Wangen und ängstlichem Blick. »Schick die Leute weg! Und auch die Reporterin, die da draußen rumlungert!«

Sie war auf ihren hohen Absätzen hereingestolpert, als wäre sie auf der Flucht. Ihre hochgesteckten Haare waren in Unordnung geraten, eine Strähne fiel über ihr rechtes Auge, ihr Lippenstift war leicht verschmiert. So hatte Erik sie, die immer auf ein perfektes Äußeres bedacht war, noch nie gesehen. Der Tod ihres Mitarbeiters schien ihr sehr nahe zu gehen. Oder war es vor allem die Häufung der schrecklichen Ereignisse, die an ihr zehrte? Erst der Tod der Schwester, dann der Mord an Dennis Happe, dazu die Beschimpfungen der Sylter Bürger – das war anscheinend zu viel für Corinna Matteuer. Sie lehnte sich Hilfe suchend an Eriks Brust, als er ihr die Hand reichen wollte. Aber sie ergriff sie nicht, sondern umarmte ihn. » Was ist mit Dennis passiert?«, fragte sie, warf dem Toten einen Blick zu, wandte sich aber gleich wieder schaudernd ab.

Erik schob sie sanft von sich weg, nahm ihren Arm und führte sie aus dem Büro hinaus in den Zwischenraum, der hinter der Eingangstür lag. Da er dort sowohl auf seine Schwiegermutter als auch auf Wiebke Reimers traf, öffnete er die nächste Tür und schob Corinna in den zweiten Büroraum, noch ehe sie gegen die Anwesenheit der Reporterin protestieren konnte. Als er die Tür hinter sich schloss, wurde aus Corinna Matteuers Betroffenheit Schwäche. Er merkte, dass sie Wiebke Reimers gern aus dem Baubüro verbannt hätte, aber sie brachte die Kraft nicht auf. Die Stille tat ihr gut, die Rufe von draußen waren nur noch gedämpft zu hören.

Dieser Raum war das technische Büro. Zeichenbretter standen herum, lange Tische mit ausgebreiteten Plänen gab es hier, große Kopiergeräte und aufgerollte Zeichnungen, die in einer Ecke lehnten.

Corinna nahm Platz, und Erik sah, dass ihre Beine zitterten. Er zog einen zweiten Stuhl heran, setzte sich ihr gegenüber und ließ ihr Zeit, sich zu beruhigen. Nervös strich sie den Saum ihres knielangen Rockes glatt, die Laufmasche, die darunter hervorkroch, bemerkte sie nicht. Zum Glück, dachte Erik. Er erinnerte sich daran, dass vor zwanzig Jahren eine geplante Unternehmung platzen konnte, wenn Corinna eine Laufmasche entdeckte und keine Ersatzstrumpf-

hose bei sich trug. Beinahe hätte er in der Erinnerung ge-
lächelt.

»Es sieht so aus«, begann er behutsam, »als hätte Dennis
Happe jemanden dabei überrascht, wie er den Schreibtisch
deiner Schwester durchsuchte. Kannst du dir das erklären?«

Corinna schüttelte den Kopf. »Nein, aber mich wundert
nichts mehr. Matilda hatte Geheimnisse vor mir.« Sie
schluchzte auf und hatte Mühe zu ergänzen: »Das hätte ich
nie für möglich gehalten. Ihre Beziehung zu diesem Ludo
Thöneßen ... Dass sie fähig ist, einen Mord zu begehen ...
Dass sie so unglücklich war, den Freitod zu wählen ... Von
all dem habe ich nichts bemerkt.« Sie schlug die Hände vors
Gesicht, ihre Schultern bebten, ihre Stimme war so leise,
dass Erik sie kaum verstehen konnte: »Dabei habe ich immer
gedacht, wir sind eins.«

Erik nickte. In seiner Erinnerung waren die Zwillinge tatsächlich eins gewesen. Eine war ohne die andere nicht denkbar. Wer eine sah, hielt sofort nach der anderen Ausschau,
weil er wusste, dass sie nicht weit sein konnte.

Nun wischte Corinna sich die Augen trocken und sah Erik
an. Er starrte auf die verschmierte Wimperntusche und wunderte sich, dass sie keinen Spiegel hervorkramte, um ihr Äußeres zu kontrollieren, wie sie es früher getan hatte, wenn
der Wind ihr am Strand den Sand ins Gesicht gepustet und
sie sich die Augen gerieben hatte. Aber er begriff schnell,
dass Corinna sich in einem Ausnahmezustand befand. Vielleicht schon seit Jahren! Was wusste er von ihrer Ehe? Von
ihrem Mann, der anscheinend nur Erfolg und Profit im Sinn
gehabt hatte? Womöglich hatte sie das schon lange überfordert. Aber sie hatte weitergemacht, ein Bauvorhaben nach
dem anderen, und seit ihr Mann ein Pflegefall war, erst recht.
Stark sein und alles schaffen! Ja, das passte zu der Corinna,
an die er sich erinnerte. Aber nun schien sie mit ihrer Kraft
am Ende zu sein.

Ihre Augen irrten durch den Raum, als suchte sie etwas. »Wenn sie noch mehr Geheimnisse vor mir hatte … Vielleicht hat sie in ihrem Schreibtisch etwas versteckt, was ich nicht sehen sollte. Im Apartment war es ihr womöglich nicht sicher genug. Es kam schon mal vor, dass ich mir ein Buch aus ihrem Zimmer geholt habe oder in ihren Schubladen nach Nasenspray oder Kopfschmerztabletten gesucht habe. Eigentlich hatten wir ja keine Geheimnisse voreinander, dachte ich … «

»Hast du eine Ahnung, was das gewesen sein könnte, was sie vor dir verstecken wollte? «

Corinna schüttelte den Kopf und schwieg.

»Etwas so Wichtiges, dass derjenige, der es haben wollte, dafür einen Mord beging? «

Wieder schüttelte sie den Kopf und schluchzte leise.

Erik stand auf und ging herum. »Ich nehme an, Dennis hielt sich in diesem Raum auf. Er war allein, du warst ja schon nach Hause gefahren … «

»Wegen der Demo «, warf Corinna leise ein. »Ich wollte nicht auf diese Leute treffen. «

»Er hat also gearbeitet, dann hörte er ein Geräusch. Splitterndes Glas! « Erik runzelte die Stirn. »Der Mörder musste durchs Fenster einsteigen, die Eingangstür war abgeschlossen. «

»Ich habe sie selbst hinter mir abgeschlossen, als ich ging. Dennis war allein, und wer kann schon sagen, wozu diese Demonstranten fähig sind! « Sie sah Erik sorgenvoll an. »Muss ich Angst haben, dass es mir so geht wie Dennis? Wenn der Mörder hier nichts gefunden hat, wird er vielleicht im Apartment nachsehen. «

Erik setzte sich wieder zu ihr und nahm ihre Hände. »Dein Apartment liegt im zwölften Stock, und die Haustür ist immer verschlossen. Du musst dir keine Sorgen machen. Außerdem hat er vielleicht gefunden, was er suchte. « Er betrachtete eine Weile Corinnas Gesicht, die feinen Falten in ihren Augenwinkeln, die Linien, die ihre Nasenflügel mit den Mundwinkeln verbanden. Himmel, wie weit lag die Zeit ihrer Jugend zurück! »Was mag es gewesen sein, Corinna? Denk nach!«

Sie schüttelte seine Hand ab. »Ich weiß es nicht! Ich weiß nur, dass ich Angst habe.«

Er las die Bitte in ihren Augen und schüttelte verlegen den Kopf. »Es geht nicht, Corinna. Die Kinder machen Ärger. Sie haben kein Verständnis dafür, dass wir dich in unserem Hause beherbergen. Du musst das verstehen. Sie kämpfen gegen dich, da kannst du nicht erwarten, dass sie sich zu dir an den Tisch setzen.«

»Aber vielleicht kannst du bei mir übernachten? Matildas Zimmer steht leer. Du könntest auf dem Sofa schlafen! Ich würde mich dann sicherer fühlen.«

Erik erschrak regelrecht. »Unmöglich, Corinna! Wie soll ich das meiner Familie erklären?« Er hatte das Bedürfnis, den Abstand zwischen sich und Corinna zu vergrößern, und stand auf. »Gibt es niemanden, der nach Sylt kommen könnte, damit du nicht allein bist?«

Sie schüttelte den Kopf. »So gute Freunde habe ich nicht. Und Verwandte gibt es nicht mehr. Matilda war ja alles für mich, beste Freundin und Familie.«

Erik ging zum Fenster und kehrte Corinna den Rücken zu. Er musste dieses Gespräch beenden. Obwohl er befürchtete, dass er Corinna damit verletzte, wechselte er das Thema. »Die Angehörigen von Dennis Happe müssen verständigt werden. Kannst du mir die Telefonnummern geben?«

Corinna antwortete nicht. Als er sich umdrehte, saß sie noch immer auf dem Stuhl und starrte ihn aus großen Augen an. »Du warst doch mal verliebt in mich.«

»Das ist lange her, Corinna.«

»Jetzt bist du es nicht mehr?«

»Wir haben uns verändert in der langen Zeit. Beide! Ich habe in der Zwischenzeit die wahre Liebe kennengelernt. Meine Frau! Damals habe ich für dich geschwärmt und war auch verliebt ... Aber ob es die große Liebe geworden wäre ... «

»Damals war ich zu hochmütig«, sagte Corinna leise. »Meinen Kurschatten habe ich dich genannt. Heute glaube ich, dass du der Richtige gewesen wärst. «

Mamma Carlotta war dabei, den Teig für die Omeletts zuzubereiten. Dennis Happes Tod ging ihr sehr nahe, aber zum Glück gelang ihr das Kochen auch, wenn sie emotional angegriffen war.

»Mamma mia! Der arme Junge!«, murmelte sie vor sich hin, während sie die aufgeschlagenen Eier verrührte. »Seine armen Eltern! Vielleicht hatte er sogar schon eine Ehefrau? Ein Bambino? Madonna! Wer tut so was Schreckliches?«

Die Tomatensoße, die zu den Omelette con salsa di pomodore gehörte, hatte sie bereits am Morgen gekocht. Ob Demo oder nicht, ein anständiges Abendessen musste sein. Erst recht, wenn dem großen Protest ein Mordfall gefolgt war. Zwei schwer arbeitende Polizeibeamte brauchten ein gutes Essen, um sich von den Anstrengungen und Schrecken des Tages zu erholen.

Das Telefon läutete, Mamma Carlotta lauschte auf Schritte auf der Treppe, aber weder Felix noch Carolin schienen die Absicht zu haben, zum Telefon zu laufen. »Carolina! Felice! Telefono!«

Doch das Klingeln ertönte erneut, ohne dass sich in den Kinderzimmern etwas regte. Seufzend stellte Mamma Carlotta die Herdplatte aus und schob die Pfanne mit dem Olivenöl zur Seite, in dem sie das erste Omelett backen wollte.

Am anderen Ende der Leitung war Erik. Ihre Freude darüber ließ sie sich selbstverständlich nicht anmerken, denn ihr

Schwiegersohn sollte nicht glauben, dass ihm schon verziehen war, dass er die Nacht in Corinna Matteuers Wohnung verbracht hatte. »Seid ihr fertig mit der Arbeit am Tatort?«, fragte sie, als hätte sie ihr Leben lang mit Mordermittlungen und Tatortarbeit zu tun gehabt.

»Das Wichtigste ist erledigt«, bestätigte Erik. »Die Leiche wird nun abtransportiert, und alle Spuren sind gesichert.«

»Benissimo! Dann werdet ihr pünktlich zum Abendessen zu Hause sein?«

»Hattest du denn Zeit, etwas zu kochen?«, kam es vorsichtig durch den Hörer. Das schlechte Gewissen, unter dem Erik vollkommen zu Recht litt, war deutlich zu hören.

»Certo, Enrico!«, gab Mamma Carlotta versöhnlich zurück. Einem reuevollen Missetäter musste freundlich begegnet werden, damit er nicht den Mut verlor und seine guten Vorsätze gleich wieder begrub. »Es gibt Omelette in Tomatensoße als Vorspeise, danach Risotto alla milanese, als Secondo dann Patate al forno mit Bistecca und Panna cotta als Dolce. Das geht alles molto veloce.«

Noch immer klang Eriks Stimme zögerlich. »Hast du genug eingekauft? Kann ich einen Gast mitbringen?«

In Mamma Carlotta schrillten die Alarmglocken. »Etwa Corinna Matteuer?«

»Es geht ihr schlecht. Sie hat nach ihrer Schwester auch noch ihren besten Mitarbeiter verloren. Ich möchte sie nicht allein lassen.«

Mamma Carlottas Empörung begann zu brodeln. »No, Enrico! Impossibile! Ich habe schon il Dottore eingeladen und la Giornalista auch. Für mehr Leute reicht das Essen nicht.«

»Dr. Hillmot und Wiebke Reimers? Musste das sein?«

»Sì! Il Dottore hat gesagt, er will dir das ... come si dice? Wenn er den Bauch aufschneidet, um zu sehen ...«

»Den Obduktionsbericht?«

»Sì!« Feierlich wiederholte sie: »Den Obduktionsbericht will er dir bringen! Damit du weißt, woran Matilda Pütz gestorben ist. Obwohl …« Sie unterbrach sich. »Ist das nicht klar, wenn sich jemand aus dem zwölften Stock stürzt?«

»Routine«, antwortete Erik.

»Allora … ich finde, wenn er schon so nett ist, dir das Obduktionsergebnis ins Haus zu bringen, dann muss man ihn als Dank zum Essen einladen. Er wird gleich kommen.«

»Und Wiebke Reimers?«

»Die stand zufällig daneben, als ich il Dottore einlud. Da musste ich sie natürlich auch zum Essen bitten. Alles andere wäre unhöflich gewesen. Außerdem hat sie mich wieder mit dem Auto nach Hause gebracht. Der Fahrdienst für die Mitglieder der Bürgerinitiative war ja längst weg. Ich schulde ihr was.«

Eriks Stimme klang bedrückt. »Sie ist Journalistin. Ich mache mir Sorgen, dass sie bei uns ein und aus geht, um etwas herauszubekommen, was dann später in der *Mattino* steht.«

»No, Enrico! So was würde sie niemals tun!«

Mamma Carlotta hörte Erik seufzen, war aber entschlossen, nicht nachzugeben. Nein, eine Frau, gegen die sie am Nachmittag noch protestiert hatten, konnte am Abend unmöglich bei ihnen zu Gast sein. Schon allein wegen der Kinder. Und erst recht nicht, wenn diese Frau ihrem Schwiegersohn schöne Augen machte!

»Wiebke Reimers ist nur kurz ins Hotel gefahren, um mit ihrem Chef zu telefonieren. Zur Vorspeise wird sie zurück sein.«

Erik seufzte noch einmal, und Mamma Carlotta hoffte, dass Dr. Hillmot so viel essen würde, wie sie es von ihm gewohnt war, damit es keine Reste gab, von denen Corinna Matteuer hätte satt werden können. Auf nachträgliche Vorhaltungen vonseiten ihres Schwiegersohns konnte sie verzichten. Doch zum Glück war auf den dicken Gerichtsmediziner Verlass, wenn es darum ging, eine doppelte Portion zu vertilgen.

Zufrieden kehrte sie in die Küche zurück. Sie hatte richtig gehandelt, redete sie sich zu. Wenn sie auch nach wie vor Mitleid mit Corinna Matteuer hatte, die Gefahr, dass diese Frau die Gelegenheit nutzen würde, Erik zu umgarnen, war einfach zu groß. Sie war nicht die Richtige für ihren Schwiegersohn und erst recht nicht die Richtige für Carolin und Felix. So bald wie möglich würde sie zu Lucias Grab gehen und sie um ein Zeichen bitten, das sie in der Richtigkeit ihrer Entscheidung bestätigte.

Mamma Carlotta hatte gerade das letzte Omelett gebacken, als Wiebke erschien. Sie hatte sich umgezogen, trug eine helle, sehr enge Jeans, dazu Cowboystiefel und einen grob gestrickten Pulli mit einem riesigen Rollkragen, der ihr bis zum Kinn reichte. Ihre roten Locken waren zerzaust, ihre Wangen gerötet, die Sommersprossen schienen zu tanzen.

»Benissimo!«, rief Mamma Carlotta. »Sie können die Tomatensoße warm machen und die Omeletts in Streifen schneiden und hineingeben. Ich kümmere mich um Primo piatto.«

Wiebke machte zunächst ein erschrockenes Gesicht, als sie zur Mithilfe aufgefordert wurde, aber die Aufgabe, die Mamma Carlotta ihr auftrug, war so einfach, dass sie sich frohgemut an die Arbeit machte. »Ich kann nicht kochen. Nur Spiegeleier mit Bratkartoffeln und Nudelauflauf«, gestand sie fröhlich. »Wenn mir das zum Halse raushängt, gehe ich essen. Meistens beim Türken an der Ecke.«

Mamma Carlotta konnte sich nicht genug über diese Lebensart wundern und berichtete erst einmal ausführlich, wie es ihr in Wiebkes Alter ergangen war. Dass sie damals noch nie ein Restaurant von innen gesehen hatte und in ihrem Dorf eine junge Frau an ihren Kochkünsten gemessen wurde.

»Wir hatten gar nicht genug Geld, um auswärts zu essen. Und was hätte ich währenddessen auch mit meinen sieben Kindern machen sollen?«

Wiebke sah sie erschrocken an. »Sie hatten, als Sie so alt waren wie ich, schon sieben Kinder?«

Vorsichtshalber erkundigte sich Mamma Carlotta nach Wiebkes Alter, aber als sie hörte, dass die Reporterin fünfunddreißig Jahre alt war, lachte sie. »Da waren meine Ältesten schon mit der Schule fertig!«

Da sie nicht nur gern kochte, sondern auch gern übers Kochen redete, erklärte sie Wiebke in aller Ausführlichkeit, wie leicht eine Tomatensoße zu kochen und ein Omelett herzustellen sei. »Mit dem Risotto alla milanese geht es allerdings nicht so einfach. Die Schalotten müssen erst vorsichtig angeschwitzt werden, dann kommt der Reis dazu, und man muss darauf achten, dass jedes Reiskorn was von dem Fett abbekommt. Tostare nennen wir das. Dann die Flamme ein wenig höher stellen, aber nur un po'. Ganz wenig! Anschließend Brühe dazugeben, aber immer nur nach und nach. Die Brühe verdampfen lassen und immer mit der Suppenkelle erneut ein wenig dazugeben. Zum Schluss vielleicht noch einen Schuss Wein, aber das muss nicht. E poi ...« Mamma Carlotta hielt ein winziges Döschen in die Höhe. »Zafferano! Wie sagt man hier?«

Wiebke studierte die Aufschrift auf dem Döschen. »Safran!«

»Sì! Davon bekommt Risotto alla milanese seine schöne Farbe.« Mamma Carlotta warf einen kontrollierenden Blick auf die Omelettstreifen und war zufrieden, als sie feststellte, dass Wiebke sie schön dünn geschnitten hatte. »Wie man den Risotto kocht, zeige ich Ihnen nachher. Dafür braucht man Fingerspitzengefühl.«

Felix kam in die Küche, schnupperte neugierig und sah Wiebke über die Schulter. »Sie können kochen?«

»Nicht wirklich!«, gab Wiebke lachend zurück. »Ich bin hier bestenfalls die Küchenhilfe.«

Mamma Carlotta entschuldigte sich hastig für ihren Enkel, der einen Ohrring trug und die Haare zum Pferdeschwanz gebunden hatte. »Wie una ragazza!« Früher habe er immer ein Käppi getragen und diese schrecklichen weiten Hosen, deren Schritt zwischen den Knien hing. »Ich weiß wirklich nicht, was schlimmer ist: dass mein Enkel sich kleidet wie ein Landstreicher oder wie ein Mädchen.«

Wiebke lachte Felix an. »Wieso? Sieht doch cool aus.«

Damit hatte sie die Tür zu seinem Herzen aufgestoßen, wenn Felix auch noch nicht bereit war, sie ihr ganz zu öffnen. »Ich habe gehört, Sie wollen eine Reportage über Corinna Matteuer machen«, sagte er und belauerte Wiebkes Reaktion. »Die erfolgreiche Unternehmerin! Finden Sie es in Ordnung, eine Lobeshymne auf so eine Ausbeuterin zu singen?«

»Nun wird ja nichts mehr draus«, erinnerte Wiebke. »Ganz ehrlich, Felix … ich hatte keine Ahnung, was die Matteuer für eine ist.«

Felix setzte eine kritische Miene auf. »Und jetzt, wo Sie es wissen, wird Ihre Berichterstattung kritischer ausfallen?«

»Klar! Jetzt werde ich vom Selbstmord ihrer Schwester berichten, vom Mord an ihrem Mitarbeiter und natürlich von der Demo, mit dem sich die Sylter gegen sie zur Wehr setzen. Danach wird sie für die Reportage vermutlich nicht mehr zur Verfügung stehen, aber es gibt ja genug andere erfolgreiche Unternehmerinnen. Diese Todesfälle in Corinna Matteuers Umgebung sind im Moment interessanter.«

»Mich würde es nicht wundern«, sagte Felix, »wenn die Matteuer sogar was mit dem Tod von Ludo Thöneßen zu tun hat! Der traue ich alles zu.«

Mamma Carlotta war froh, dass sie zu diesem Thema nichts zu sagen brauchte und einer Lüge entgehen konnte, denn die Haustür öffnete sich, und kurz darauf waren nicht nur Eriks und Sörens Stimmen, sondern auch Dr. Hillmots dröhnender Bass zu hören.

»Signora!« Der dicke Gerichtsmediziner betrat die Küche, als wäre er zu einem Bankett am englischen Hofe eingeladen worden. Er deutete sogar einen Handkuss an, der jedoch verunglückte, weil er in diesem Moment Wiebke Reimers bemerkte. »Noch mehr weibliche Schönheit!«, rief er enthusiastisch, und das gerade in dem Moment, als Carolin die Küche betrat und prompt vor Freude errötete.

Mamma Carlotta war froh, dass Dr. Hillmot den Irrtum nicht richtigstellte. Mit großer Geste zog er ein Schriftstück aus der Innentasche seiner Jacke und reichte es Erik. »Das Obduktionsergebnis.«

Erik begrüßte gerade Wiebke und schien Mühe zu haben, sich aus ihren Augen zu lösen, aber dann nahm er das Schriftstück, das Dr. Hillmot ihm reichte, und gab es an Sören weiter. »Legen Sie es mir morgen früh auf den Schreibtisch.«

Dr. Hillmot ließ sich händereibend am Tisch nieder und betrachtete hocherfreut die große Schüssel, die Mamma Carlotta auf den Tisch stellte. »Omelette mit Soße di pomodore! Greifen Sie zu, Dottore!«

Das ließ sich Dr. Hillmot nicht zweimal sagen. »Nach einer Leiche habe ich immer besonders großen Appetit!«

Dass er von allen konsterniert angesehen wurde, entging ihm. Auch als er zu einem Referat über die Entstehung von Totenflecken ansetzte, kam ihm nicht in den Sinn, dass es Menschen mit Empfindlichkeiten gab, unter denen er selbst nie gelitten hatte.

Der Gerichtsmediziner war Junggeselle, was nicht nur bedeutete, dass er viel mehr ungesundes Essen zu sich nahm, als ihm bekam, sondern auch, dass im zwischenmenschlichen Bereich einiges im Argen lag. Dass es in seiner beruflichen Tätigkeit vieles gab, was bei anderen Übelkeit verursachte, hatte er im Laufe seines Alleinlebens verdrängt. Immer wieder aufs Neue wunderte er sich, wenn sein Gegenüber die Gesichtsfarbe wechselte, sobald er sich in den Einzelheiten einer Leichenöffnung erging.

Bevor die Farbe der Tomatensoße weitere Assoziationen in ihm wecken konnte, schnitt Mamma Carlotta ihm vorsichtshalber das Wort ab und erzählte von dem Besitzer des Schlachthofes in ihrem Dorf, der oft vergaß, seine Gummischürze abzunehmen, wenn er in Signora Russos Alimentari ging, um fürs Mittagessen einzukaufen. Wenn die Signora sich dann an den Hals griff, zu würgen begann und sich am Konservenregal festhalten musste, fragte er sogar besorgt, ob sie sich nicht wohlfühle. Nie kam ihm in den Sinn, dass seine blutbesudelte Gummischürze der Anlass dafür sein könnte. »Der Schlachter ist auch Junggeselle«, fügte Mamma Carlotta an und betrachtete Dr. Hillmots Gesicht, auf dem sich jedoch nicht die geringste Erkenntnis abzeichnete.

Als sie die Vorspeise beendet hatten, läutete das Telefon. Felix sprang auf und lief in den Flur, um das Gespräch anzunehmen. Es dauerte nicht lange, bis er zurückkehrte. Mamma Carlotta hatte gerade zum ersten Mal Brühe nachgegossen und rührte den Risottoreis, damit er bissfest blieb, aber doch cremig wurde und natürlich auf keinen Fall anbrannte. Eine kniffelige Angelegenheit!

»Niccolò hat angerufen«, sagte Felix und sah seine Nonna ratlos an. »Er hat gefragt, ob du mit der Frau geredet hast, die das Gesundheitshaus baut. Du hättest dich längst melden sollen. Verstehst du das?«

Mamma Carlotta fiel der Holzlöffel aus der Hand. Sie drehte sich zu ihrem Enkel um, und Wiebke sprang auf, um weiterzurühren. So wenig sie vom Kochen verstand, hatte sie doch begriffen, dass es hier auf jede Kleinigkeit ankam.

»Meint er etwa Corinna Matteuer?«, mischte sich Carolin ein.

Dann hatte Mamma Carlotta sich gefangen. »Che sciocchezza!«, rief sie. »Was für ein Unsinn! Da hat er was missverstanden. Ich habe ihm erzählt, dass wir gegen die Frau, die das Gesundheitshaus baut, protestieren wollen. Vielleicht habe ich es ihm versehentlich auf Deutsch erzählt? Madonna, Niccolò sollte langsam besser Deutsch können!«

»Aber ich glaube, er hat auch was von einem Bistro gesagt«, ergänzte Felix, und Mamma Carlotta begriff voller Erleichterung, dass die beiden sich anscheinend auf Italienisch unterhalten hatten, und war ausnahmsweise froh, dass Felix die Muttersprache seiner Mama nur unvollkommen beherrschte.

»Sì, sì!«, rief sie. »Er hat vermutlich in Assisi ein neues Ladenlokal gefunden. Der Arme musste ja sein Ristorante verkaufen, weil Susanna so viel Geld von ihm wollte. Nett, dass er gleich anruft, um es uns zu erzählen!«

Und schon hatte sie das Gespräch in eine andere Richtung gelenkt. Faule und verschwenderische Ehefrauen, die so undankbar waren, ihre Männer zu betrügen, boten immer eine gute Gesprächsgrundlage.

Als sie schon glaubte, dass niemand mehr an Niccolò dachte, kam Felix dummerweise noch einmal auf den Anruf zurück: »Er hat auch gesagt, du hättest bei Matteuer-Immobilien etwas zeigen wollen, einen Brief oder so.«

Für das, was Wiebke nun einwarf, hätte Mamma Carlotta sie küssen können: »Haben wir es Matteuer-Immobilien heute etwa nicht gezeigt? Signora, Sie haben doch vor einer halben Stunde noch versucht, Ihren Neffen zu erreichen. Haben Sie das nicht auf seinen Anrufbeantworter gesprochen?«

Mamma Carlottas Erleichterung kannte keine Grenzen. »Sì, sì! Ich muss tatsächlich Deutsch geredet haben.« Sie wandte sich an Wiebke. »Sonst hätte Signora Reimers es ja nicht verstanden, davvero?«

»Davvero«, bestätigte Wiebke und reichte Mamma Carlotta den Holzlöffel zurück, die voller Übermut den Risottoreis zu rühren begann, dass es nur so spritzte. Schon wieder eine Kumpanei! Aber es war ihr wesentlich angenehmer, mit Wiebke Reimers ein Geheimnis zu teilen als mit Corinna Matteuer.

Zum Glück kam Dr. Hillmot, der noch immer nicht den Zusammenhang zwischen dem italienischen Schlachthofbesitzer und seiner eigenen Person durchblickt hatte, auf etwas zu sprechen, das von Niccolò ablenkte: »Was ich noch sagen wollte, Wolf … Da gibt's etwas Erstaunliches im Obduktionsergebnis! Als ich Matilda Pütz auf dem Tisch liegen hatte …«

Aber Erik verhinderte, dass der Gerichtsmediziner ins Detail ging. Ein deutlicher Blick in die Richtung der Kinder reichte diesmal zum Glück aus, um Dr. Hillmot zum Schweigen zu bringen.

»Na, Sie werden schon sehen, was drin steht«, sagte er verlegen und lenkte von seinem ursprünglichen Gesprächsthema ab, indem er sich von Mamma Carlotta erklären ließ, worauf es bei der Vollendung von Risotto alla Milanese ankam.

»Kalte Butterwürfel zum Schluss und frisch geriebener Parmesan!« Sie kam mit dem Topf an den Tisch, neigte ihn zur Seite und ließ alle sehen, dass ein Risotto gelungen war, wenn der Reis Wellen schlug. »Perfetto«, sagte sie zufrieden, füllte das Risotto auf die Teller und legte auf jeden ein Basilikumblättchen.

Dr. Hillmot überschlug sich vor Begeisterung, hatte, obwohl er zweimal bei den Omeletts in Tomatensoße zugegriffen hatte, im Nu seinen Teller leer gegessen und war hocherfreut, dass es noch einen Rest im Risottotopf gab. Nachdem er seiner Verzückung noch ein weiteres Mal Ausdruck verliehen hatte, wandte er sich an Erik: »Haben Sie eine Ahnung, Wolf, warum dieser junge Kerl dran glauben musste?«

Sören war schneller als Erik: »Wir haben kaum mit den Ermittlungen angefangen, Doc. Erst mal abwarten, was die Spuren ergeben. Ein Motiv hat sich noch nicht aufgetan.«

»Das muss mit der Matteuer zusammenhängen«, rief Felix. »Wahrscheinlich galt der Mordanschlag ihr!«

Carolins Stimme war kaum zu hören: »Findest du wirklich, dass man Dennis Happe mit der Matteuer verwechseln kann?«

Felix gehörte nicht zu denen, die eine Behauptung gern zurücknahmen. Er blieb dabei, jemand wollte der Investorin ans Leder, was ja total verständlich sei. Und der arme Architekt war dem Mörder ins Messer gelaufen, das eigentlich in Corinna Matteuers Rücken stecken sollte. »Und da gehört es auch hin!«

»Felice!« Mamma Carlotta war entsetzt über die Grobschlächtigkeit ihres Enkels, und auch Erik verbot seinem Sohn, sich derart respektlos zu äußern.

Die Einzige, die zu allem schwieg, war Wiebke Reimers. Und es gab einen winzigen Moment, in dem Mamma Carlotta sich fragte, ob sie deswegen nichts sagte, weil sie ihre Anwesenheit vergessen machen wollte. Aber dann stellte Felix die Vermutung in den Raum, dass Corinna Matteuer ihren Mitarbeiter höchstselbst ins Jenseits befördert haben könnte, weil er mehr Geld wollte und mit Kündigung oder dem Ausplaudern von geschäftsschädigenden Geheimnissen gedroht hatte. Darüber entstand eine so wüste Debatte, dass Mamma Carlotta die Reporterin der *Mattino* tatsächlich vorübergehend vergaß.

Erik fühlte sich schlecht. Sehr, sehr schlecht. Er hatte einen Fehler gemacht, hatte sich von seiner Gutmütigkeit statt von seiner Vernunft leiten lassen, hatte sich ungerechte Vorwürfe gefallen lassen müssen, war eigentlich unschuldig, aber durch seine Naivität doch schuldig geworden. Noch nie

waren die Augen seiner Schwiegermutter derart vorwurfsvoll auf ihn gerichtet gewesen.

Dass Corinna zu später Stunde noch anrief, hatte ihm genauso wenig gefallen wie Mamma Carlotta. Aber einer wei-
nenden Frau einen Wunsch abschlagen? Erik hatte es nicht
fertiggebracht. Vielleicht wäre alles gut gegangen, wenn er
seiner Schwiegermutter nicht fest versprochen hätte, bald
wieder zu Hause zu sein. Dass er es wirklich vorgehabt hatte
und nur aufgrund unglücklicher Umstände erst nach Son-
nenaufgang in den Süder Wung zurückgekehrt war, hatte er
trotz eifriger Bemühungen nicht glaubhaft machen können.
Mamma Carlottas Gesicht war eingefroren und immer käl-
ter geworden, je aufgeregter er sich verteidigte.

Am liebsten hätte er ihr verraten, dass er Wiebke Reimers
geküsst hatte, damit sie von ihrer Überzeugung abrückte, er
habe die Nacht in Corinnas Bett verbracht. Aber was, wenn
er sie damit auf die Idee brachte, Wiebke vor einer unerfüll-
ten Liebe zu warnen? Er kannte doch ihre Überzeugung, als
Expertin in Sachen Amore sowohl Unglück als auch ein
Happy End sicher vorauszusehen.

Während er das Polizeirevier verließ und den Kirchenweg
überquerte, dehnte er den Rücken und verzog schmerzhaft
das Gesicht. Als wären seine Kreuzschmerzen nicht Strafe
genug!

Er war gerade auf dem neu angelegten Parkplatz des Bahn-
hofsgeländes angekommen, da ging sein Handy. Die Staatsanwältin! Höchststrafe am frühen Morgen!

»Moin, Wolf! Schon irgendwelche Erkenntnisse im Fall
Dennis Happe?«

»Nicht die geringsten«, gab Erik mürrisch zurück, ohne
den Gruß der Staatsanwältin zu erwidern. »Die Spurenlage
ist unübersichtlich. Im Baubüro haben hauptsächlich die
beiden Schwestern und Dennis Happe gearbeitet, deren
Fingerabdrücke werden soeben separiert. Unzählige andere

Abdrücke sind nicht zuzuordnen, stammen womöglich von Besuchern oder Handwerkern. An dem eingeschlagenen Fenster hat die KTU allerdings frische Fingerspuren entdeckt, die interessant sein könnten. Und Vetterich hat auch den Stein gefunden, mit dem die Fensterscheibe eingeschlagen wurde, daran hafteten ganz feine Glassplitter. Der Stein hat eine glatte Oberfläche, es gibt Fingerabdrücke. Aber der Vergleich hat bis jetzt zu keinem Ergebnis geführt. Vetterich ist jedoch noch nicht fertig. Da kann heute noch was kommen.«

»Und das Motiv?« Frau Dr. Speck machte sich selten die Mühe, eine Frage in einen ganzen Satz zu kleiden. Zeit war Geld! Sie liebte es, wenn alles zack-zack ging. Deswegen war sie mit dem Kommissariat Westerland auch selten zufrieden, denn da ging es ihrer Meinung nach viel zu behäbig zu. Ein Hauptkommissar, der sich, ehe er einen Gedanken äußerte, erst umständlich den Schnauzer glattstrich, kam ihr oft sogar ungeeignet vor, einen Fall zu lösen.

»Ein Motiv ist nicht zu erkennen«, gab Erik zurück. »Anscheinend ist jemand eingedrungen, um den Schreibtisch von Matilda Pütz zu durchsuchen. Dabei hat ihn Dennis Happe erwischt, so könnte es gewesen sein.«

»Ist es zu einem Handgemenge gekommen?«

»Komischerweise nicht. Kampfspuren gibt es keine, nur ein paar Abwehrspuren an den Handflächen des Opfers. Sieht so aus, als wäre Happe von dem Mordanschlag überrascht worden.«

»Und der Inhalt des Schreibtisches?«

»Unauffällig!« Eriks Laune hob sich geringfügig, weil es ihm gelang, ebenso kurz und knapp zu antworten, wie die Staatsanwältin ihn fragte. »Wir haben nichts gefunden, was für einen Außenstehenden interessant sein könnte. Nur Arbeitsunterlagen.«

»Also hat der Mörder gefunden, was er suchte.«

»Sieht so aus.«

»Sehen Sie einen Zusammenhang zwischen dem Tod von Ludo Thöneßen und dem Mord an Dennis Happe?«

Erik zögerte. »Eigentlich nicht. Ludos Mörderin ist bekannt. Sie kann Dennis Happe nicht umgebracht haben.«

»Aber beide Morde spielen sich im Umfeld der Matteuer ab.«

»Ja, das ist merkwürdig.«

»Also doch ein Zusammenhang?«

»Ich sehe trotzdem keinen.«

»Sie sollten das Apartment der Schwestern durchsuchen, vor allem das Zimmer der Toten. Ich schicke Ihnen einen Durchsuchungsbeschluss. Vielleicht findet sich dort ein Hinweis.«

»In Ordnung.«

»Da hätten Sie übrigens auch selbst drauf kommen können.«

Seine Laune sackte wieder abwärts. Zum Glück hielt die Staatsanwältin sich nicht mit Abschiedsworten auf, so konnte er das Gespräch beenden, ohne sich zur Freundlichkeit zwingen zu müssen.

Dass Sören in diesem Moment mit seinem Rennrad von der Kjeirstraße in den Kirchenweg bog, war ein winziger Lichtblick im tristen Grau dieses Tages. Was Erik heute an Charme und Freundlichkeit nicht aufbringen würde, konnte sein junger Assistent angesichts einer Oberweite XXL vielleicht wettmachen.

Mamma Carlotta war froh, dass das Telefon erst geläutet hatte, als Sören schon aus dem Haus war. Vorsichtshalber hatte sie sich mit dem schnurlosen Gerät in die Küche zurückgezogen, damit ihre Stimme in den Kinderzimmern nicht zu hören war. »Niccolò! Come stai?«

So fröhlich und so unbefangen wie möglich hatte sie ihren

Neffen begrüßt, aber der konfrontierte sie sofort mit seinen schweren Sorgen. »Was ist nun mit dem Bistro im neuen Gesundheitshaus von Sylt, Tante Carlotta? Ich brauche ein neues Restaurant! Die Schulden stehen mir allmählich bis zum Hals! Und hier, in Assisi und Umgebung, finde ich nichts.«

»Mit dem Bau des Gesundheitshauses ist noch nicht mal begonnen worden«, wich Mamma Carlotta aus. »Die Bevölkerung wehrt sich dagegen. Wer weiß, ob überhaupt was daraus wird. Du brauchst etwas anderes, Niccolò, wenn dich die Schulden drücken.«

»Vorübergehend, sì! Ich suche mir eine Stelle als Kellner. Aber ein Mann wie ich mit einem Chef, der ihn drangsaliert?«

Mamma Carlotta unterbrach ihn, weil es so schien, als wollte Niccolò seine schwierige Situation ausschmücken, ihr weismachen, er hätte die Möbel schon einem Trödler verkaufen, die Kinder zum Betteln auf die Straße schicken müssen, und lebe seit Wochen von Wasser und Brot. Wie ein Italiener das eben so machte, wenn es ihm schlechtging, damit sein Gegenüber es mit Anteilnahme und Hilfsangeboten genauso übertrieb! Für Mamma Carlotta ein völlig normales Verhalten, doch diesmal konnte ihr schlechtes Gewissen es nicht ertragen.

»Es ist schwierig, Niccolò«, warf sie ein. »Sylter sollen bevorzugt werden bei der Vergabe des Bistros.«

Aber davon wollte Niccolò nichts hören. Er wusste, dass seine Tante in der Lage war, auf einen Verkehrspolizisten so lange einzureden, bis er auf eine Anzeige verzichtete, auch wenn ihr Ältester zum zwanzigsten Mal die Höchstgeschwindigkeit beträchtlich überschritten hatte. Einer Frau wie ihr würde es also auch gelingen, einem Verpächter klarzumachen, dass ein Italiener der bessere Gastronom war und überhaupt alle Welt italienisch essen wolle.

Am Ende hatte sie ein weiteres Mal versprochen, sich für Niccolò einzusetzen, obwohl sie nicht wusste, wie das zu bewerkstelligen war, ohne dass die Kinder etwas bemerkten. Auf Corinna Matteuers Angebot eingehen? Nein, das kam nicht infrage. Sie brauchte sich nur vorzustellen, wie enttäuscht Carolin und Felix von ihrer Nonna wären! Niccolò würde sich woanders ein Bistro suchen müssen. Es ging nur noch darum, ihm zu erklären, dass es in diesem Fall sehr, sehr schwierig war, la famiglia und Eriks Beziehungen zur Obrigkeit, die für einen Italiener in seiner Heimat die Eintrittskarte in jedes Business waren, in Einklang zu bringen. Wenn Niccolò eine Ahnung davon hätte, dass Corinna Matteuer ihrem Schwiegersohn schöne Augen machte, dass Erik sogar die vergangene Nacht bei ihr verbracht hatte, würde er nicht begreifen, warum er nicht längst das Bistro im neuen Gesundheitshaus von Braderup angeboten bekommen hatte. Wie sollte sie dieser misslichen Lage nur wieder entkommen?

Mamma Carlotta fiel nichts Besseres ein, als in Käptens Kajüte einen Cappuccino zu trinken. Sie musste sich von ihren Gedanken und Sorgen ablenken.

Sie suchte die Mappe mit den Unterschriftenlisten heraus und klemmte sie sich unter den Arm. Bei dieser Gelegenheit würde sie an ein paar Türen klingeln, vor denen noch kein Mitglied der Bürgerinitiative erschienen war, dann hatte sie später eine gute Erklärung für ihre Abwesenheit.

Die Kinder schliefen noch, Sören hatte sein Frühstück hinuntergeschlungen, um Erik so schnell wie möglich zu folgen, und ob die beiden zum Mittagessen erscheinen würden, war mehr als fraglich. Vermutlich würde Erik sich gegen Mittag mit Corinna Matteuer in einem schicken Restaurant treffen und an seine Familie nicht einmal denken! Und der arme Sören musste dann irgendwo an einer Straßenecke eins dieser schrecklichen Fischbrötchen verdrücken!

»Madonna!«, flüsterte Mamma Carlotta immer aufs Neue, während sie das Haus verließ. »Was soll aus uns werden, wenn Enrico sich ernsthaft in Corinna Matteuer verliebt? Warum nicht in eine nette Frau wie Wiebke Reimers?«

Als der Wind ihr die Kapuze vom Kopf riss, beschloss sie, das Fahrrad im Schuppen zu lassen und zu Fuß zu gehen. Sie würde heute noch mal ein ernstes Wort mit Tove und Fietje reden, die beiden mussten auch erfahren, dass ihre Namen gefallen waren, als Erik mit seinen Ermittlungen im Mordfall Dennis Happe begonnen hatte. Tove und Fietje hofften vermutlich darauf, dass Mamma Carlotta ihre Teilnahme an der Demonstration verschwiegen hatte. Aber das kam nicht infrage!

»No!«, murmelte sie. »La famiglia geht vor.«

Als sie von der Westerlandstraße in den Hochkamp einbog, flogen ihre schweren Gedanken und Sorgen endlich davon. Sie genoss die Fußwege, die auf Sylt viel breiter waren als in ihrer Heimat. Meist waren sie sogar vollkommen eben, von flachen Häusern gesäumt, die auf großen Grundstücken standen, während in Umbrien die Gassen schmal und die Häuser hoch waren, damit die Sonne sich so wenig wie möglich in die Dörfer drängen konnte. Dort musste man den Kopf in den Nacken legen, um den Himmel zu sehen, auf Sylt schienen alle Wege direkt dorthin zu führen. In den Wind, in die Wolken, auf die Sonne zu. Wenn sie überhaupt zu sehen war! Und wenn der Wind einem nicht so eiskalt entgegenfuhr, dass man den Kopf einziehen und alles festhalten musste, was er an sich reißen wollte.

So hatte es Mamma Carlotta gemacht, und deswegen fiel ihr das Auto, das ihr entgegenkam, auch erst im allerletzten Moment auf, als sie kurz vor Käptens Kajüte die Straßenseite wechseln wollte. Es bog aus der Westerstraße in den Hochkamp ein, und Mamma Carlotta stellte erschrocken fest, dass niemand hinter dem Steuer saß. Es handelte sich um einen Kastenwagen, der nicht schnell fuhr, der aber, führerlos, wie er war, auf die Gegenfahrbahn schlingerte und sich einem Friesenwall näherte … da plötzlich schoss ein rotgelockter Kopf in die Höhe, das Steuer wurde herumgerissen, und der Wagen kam direkt auf Mamma Carlotta zu. Entsetzt sprang sie zur Seite und rettete sich in den Schutz einer Mülltonne.

Aber in diesem Augenblick hatte Wiebke Reimers die Gewalt über ihr Fahrzeug zurückerobert. Sie bremste und ließ die Seitenscheibe herunter. »Haben Sie etwa Angst vor mir?«

Mamma Carlotta hielt die Hand auf ihr rasendes Herz, atmete tief durch, wartete, bis ihre Knie zu zittern aufgehört hatten, dann antwortete sie: »Nicht vor Ihnen, aber vor Ihren Fahrkünsten.«

Wiebke lachte. »Mir war meine Zeitung runtergefallen.« Sie hielt das *Inselblatt* in die Höhe, ließ die Scheibe wieder hoch und stieg aus. »Wollen Sie zufällig in Käptens Kajüte einen Kaffee trinken? Dann bin ich dabei!«

Mamma Carlotta nickte, wollte darauf hinweisen, dass der Wagen alles andere als vorschriftsmäßig geparkt war, aber Wiebke Reimers fand anscheinend, dass die Straße breit genug war und es nicht darauf ankam, ein Auto parallel zur Fahrbahn abzustellen.

Während sie auf die Eingangstür von Käptens Kajüte zugingen, fragte Wiebke: »Haben Sie schon das *Inselblatt* gelesen? Tolles Foto von Ihnen!«

Mamma Carlotta war sprachlos, als Wiebke ihr die Zeitung hinhielt. »Dio mio! Das bin ja ich!«

Wiebke schob sie über die Schwelle der Imbissstube, während sie gleichzeitig las, was Menno Koopmann über die Demo gegen Corinna Matteuer und über die Schwiegermutter des Kriminalhauptkommissars Erik Wolf geschrieben hatte. Die Augen auf das Titelblatt gerichtet, stolperte sie in Käptens Kajüte, murmelte »Buon giorno!« und blickte

erst auf, als eine Stimme rief: »Na? Gefällt Ihnen das Foto?«
Menno Koopmann rieb sich lachend die Hände, wurde aber
gleich darauf ernst. Noch ehe Mamma Carlotta seine Frage
beantwortet hatte, erkannte er Wiebke, und der Zorn sprühte
nur so aus seinen Augen. »So ist das also! Die Reporterin
der *Mattino* ist eine Freundin des Hauses Wolf! Deshalb bekommt sie immer alle Tipps als Erste!«

Während Mamma Carlotta den Chefredakteur des *Inselblattes* noch immer fassungslos anstarrte, blieb Wiebke gelassen. »Ein guter Journalist wartet nicht auf Tipps, Herr
Kollege, sondern sucht sich seine Infos selber!«

Koopmann knallte seine Kaffeetasse auf die Theke, holte
einen Fünf-Euro-Schein aus der Jackentasche und warf ihn
daneben. »Wenn ich in der *Mattino* was lese, was mir vorenthalten wurde, dann kann Ihr Schwiegersohn sich auf was
gefasst machen, Signora!«

Wütend stapfte der Chefredakteur zum Ausgang, während Tove das Wechselgeld aus der Kasse zählte. Als die Tür
ins Schloss fiel, fuhr er Mamma Carlotta an: »Warum gucken Sie auch auf die Zeitung, wenn Sie hier reinkommen?
Ich hätte Ihnen sonst einen Wink geben können, damit Sie
draußen bleiben.« Er ließ das Wechselgeld in die Kasse zu-
rückfallen. »Meine Schuld ist es nicht, wenn Ihr Schwiegersohn erfährt, dass Sie hier eingekehrt sind!«

Wiebke Reimers sah erstaunt in Mamma Carlottas Gesicht, dann verstand sie. »Ach ja, Käptens Kajüte ist verboten!« Sie lachte. »Ich habe in einer Stunde garantiert vergessen, dass wir jemals hier waren. Wenn dieser Chefredakteur
etwas in der Art verlauten lässt, werde ich behaupten, wir
hätten uns zufällig vor der Tür von Käptens Kajüte getroffen. Aber reingegangen sind wir auf keinen Fall! Das wäre
eine von den Übertreibungen des Chefredakteurs.«

Sie lachte wieder, und Mamma Carlotta stimmte erleichtert in ihr Lachen ein, obwohl es ihr im nächsten Augenblick

im Halse stecken blieb. Schon wieder eine Kumpanei! Wiebke wusste, dass sie bei Matteuer-Immobilien vorstellig geworden war, um für Niccolò ein gutes Wort einzulegen, und sie wusste auch, dass sie häufig in Käptens Kajüte zu Gast war, obwohl Erik das nicht gerne sah. Und Corinna? Die wusste ebenfalls von Carlottas Bemühungen für Niccolò. Wenn das so weiterging, würde sie selbst demnächst die Wahrheit nicht mehr von den Ausflüchten unterscheiden können!

»Wir Frauen müssen zusammenhalten«, sagte Wiebke Reimers und bestellte einen Espresso.

Mamma Carlotta, die wusste, dass Toves Espresso in Italien mit Gefängnis bestraft würde, entschied sich für einen Cappuccino, der in Käptens Kajüte schon schlecht genug, aber immerhin genießbar war. Das *Inselblatt* mit dem eigenen Konterfei auf dem Titel legte sie neben sich und warf von Zeit zu Zeit einen Blick darauf. Wie würde Erik darauf reagieren? Würde er ihr Vorwürfe machen, weil sie, wie Menno Koopmann in seinem Artikel behauptete, einen italienischen Schlachtruf durchgesetzt hatte? Was konnte sie dafür, dass die Friesen so bedächtig und ängstlich skandierten, dass eine Italienerin gar nicht anders konnte, als ihr südländisches Temperament beizusteuern!

»Wie geht's Ihrem Schwiegersohn?«, fragte Wiebke, als redete sie übers Wetter.

Am liebsten hätte Mamma Carlotta ihr von den Sorgen um Erik erzählt, dass er in der Nacht nicht nach Hause gekommen war, dass sie fürchtete, er habe sich in die falsche Frau verliebt ... aber sie zog es vor zu schweigen. Gerade Wiebke Reimers sollte nichts davon erfahren, dass Erik drauf und dran war, auf Corinnas Avancen reinzufallen. Am Ende würde sie dann schlagartig das Interesse an ihm verlieren! Und das war nicht in Mamma Carlottas Sinne. Was ihren Schwiegersohn von Corinna Matteuer weglocken konnte, war eine andere Frau, die besser zu ihm passte. Also war es schlau, Erik im allerbesten Licht erscheinen zu lassen, damit er für Wiebke attraktiv blieb.

»Er ist zum Bahnhof gefahren«, antwortete sie, ohne zu erwähnen, dass sein Frühstücksteller unbenutzt geblieben war. »Die Frau von Ludo Thöneßen … also die Frau, die nicht mehr bei ihm lebte, aber immer noch seine Ehefrau ist … «

»Sila Simoni?«

»Esatto! Die kommt heute nach Sylt. Und Erik holt sie vom Bahnhof ab.«

Die Veränderung in Wiebkes Gesicht erschreckte sie. Die Reporterin stürzte den Espresso hinunter, warf einen Fünf-Euro-Schein auf die Theke, und Tove kam ein weiteres Mal in den Genuss, das Wechselgeld behalten zu dürfen. »Das sagen Sie erst jetzt?« Sie wickelte den Schal, den sie gerade gelöst hatte, wieder fest um den Hals und war schon an der Tür, ehe Mamma Carlotta etwas erwidern konnte. »Ich verrate nicht, woher ich die Info habe! Versprochen!«

Ein Windstoß fuhr in Käptens Kajüte, als Wiebke die Tür aufriss und ein Schmerzensschrei ertönte. Fietje Tiensch kam hereingehumpelt und hielt sich das Knie. »Läuft glatt andere Leute über den Haufen, so eilig hat sie's«, brummte er und steuerte seinen Stammplatz am kurzen Ende der Theke an.

Das *Inselblatt* war auf der Theke liegen geblieben. Mamma Carlotta nahm es unauffällig an sich, faltete es zusammen und steckte es in ihre Jackentasche. Zu Hause würde sie es sofort in ihrem Koffer verschwinden lassen. Sie lächelte bei dem Gedanken daran, wie das *Inselblatt* auf der Piazza von Panidomino von einer Hand zur anderen gehen würde.

Auf dem Bahnsteig war nicht viel los. Die Züge mit den Pendlern, die auf Sylt arbeiteten, aber auf dem Festland wohnten, waren längst angekommen. Ein paar Urlauber, deren Syltaufenthalt zu Ende gegangen war, bummelten von einem Gleis zum anderen, und einige, die im Bahnhofsbistro frühstücken wollten, nahmen den Hintereingang, statt die heruntergekommene Bahnhofshalle zu durchqueren. Erst gegen Mittag würde es voll werden, wenn die Züge kamen, die Herbsturlauber auf die Insel brachten. Der Zug, in dem Sila Simoni nach Westerland kam, würde nicht viele Passagiere haben.

Erik dachte an den Sommer, in dem er Corinna zum letzten Mal zum Zug gebracht hatte. Danach war Schluss gewesen mit den Syltferien. Sie hatte es ihm angekündigt, Urlaub mit den Eltern sei langweilig, sie wolle mit der Clique in die Schweiz fahren. Er hatte darauf gehofft, dass sie ihn einlud mitzufahren, aber vergeblich. Nur in Matildas Augen hatte das Verlangen nach einem Wiedersehen gestanden, aber das hatte er nicht sehen wollen. Beide Mädchen hatte er umarmt, sie dufteten gleich, eine hatte sich angefühlt wie die andere, und doch schlug sein Herz immer nur für Corinna. Obwohl sie unerreichbar gewesen war. Und jetzt fragte er sich: Vielleicht gerade *weil* sie unerreichbar gewesen war?

»Komm zu mir«, hatte sie gestern Abend am Telefon gesagt. »Ich halte es nicht aus, ich habe solche Angst.«

Eine halbe Stunde später hatte er neben ihr auf dem Sofa gesessen, sie hatten Wein getrunken, Corinna war immer dichter an ihn herangerückt, hatte sich schließlich an ihn gelehnt und angefangen, von früher zu reden. Angeblich waren die Zwillingsschwestern seinetwegen so gern nach Sylt gefahren, hatten dem Tag entgegengefiebert, an dem sie ihn wiedersehen würden, und sich auf die gemeinsamen Unternehmungen gefreut. Eriks Erinnerungen dagegen sahen ganz anders aus. Seine hilflose Verehrung für Corinna und Matildas schüchterne Liebe zu ihm, das waren die Grundlagen ihrer sogenannten Freundschaft gewesen. Mehr nicht! Erik hatte sich immer unterlegen gefühlt. Er war der Schwächere gewesen, weil er verliebt war und für seine Gefühle keine Liebe erntete, weil Corinna über ihn lachte, wenn er den Lebensstil ihrer Eltern bestaunte, weil ihre Mutter indigniert die Augenbrauen hob, wenn sie hörte, dass er Polizeibeamter werden wollte, und ihr Vater ihm vorrechnete, mit welchem Hungerlohn er würde auskommen müssen. Sogar Matilda gegenüber war er der Schwächere gewesen. Er hatte nie über ihre Gefühle gelacht wie Corinna über seine, er hatte unter ihnen gelitten. Ertragen hatte er sie nur, weil Corinna alles dransetzte, ihrer Schwester nicht wehzutun. Wenn Eriks Schwärmerei zu deutlich wurde, hatte sie ihn mit einem Scherz auf den Boden der Realität zurückgeholt, wenn er Matilda von ihren Unternehmungen ausschließen wollte, um mit Corinna allein sein zu können, hatte sie dafür gesorgt, dass Matilda trotzdem mitkam. Nun plötzlich fragte er sich, ob Corinna ihn deshalb zurückgewiesen hatte, weil Matilda in ihn verliebt gewesen war. Hatte sie doch etwas für ihn empfunden, sich aber ihre Gefühle nicht zugestanden, weil sie ihre Schwester nicht verletzen wollte?

Er ließ Corinna reden und korrigierte sie nicht, weil er den Eindruck hatte, dass es ihr guttat, ihre Jugend zu verherrlichen. Wenn schon die Gegenwart so schrecklich war, sollte wenigstens die Vergangenheit eine schöne Erinnerung sein. Aber irgendwann hatte er doch Einwände erhoben. »Wir waren keine guten Freunde, Corinna. Ich bin dir nachgelaufen, und du hast mich abblitzen lassen. So sah unsere Beziehung aus.«

Aber sie wollte nichts davon hören und war noch näher an ihn herangerückt. Er wollte sie fragen, ob sie früher schon Gefühle für ihn gehabt habe, ob sie Matilda zuliebe verzichtet hatte, aber seine Angst vor den Folgen eines Geständnisses ließen ihn verstummen. Und dann ... ja, dann hatte er sie geküsst. Das war sein Fehler gewesen. Ein schwerer Fehler. Er konnte sich selbst nicht verstehen.

Sören kam über den Bahnhofsvorplatz gelaufen, vorbei an den *Grünen Reisenden im Wind,* der Skulptur, die gerade von einer Familie mit zwei kleinen Kindern bestaunt wurde. Wie die meisten betrat er den Bahnsteig nicht durch die Bahnhofshalle, sondern lief zwischen den Geleisen und dem Bahnhofsgebäude hindurch, vorbei an der stets geöffneten Küchentür des Bistros.

»Moin, Chef!« Sören blieb vor ihm stehen und betrachtete ihn, als könnte er sich in der vergangenen Nacht äußerlich verändert haben. »Sie machen vielleicht Sachen ... War ganz schön komisch, ohne Sie zu frühstücken!«

Erik sah ihn nicht an, während er antwortete: »Tut mir leid, Sören, dass ich Sie allein gelassen habe. Aber Sie haben meine Schwiegermutter ja selber gesehen. Der personifizierte Vorwurf!«

»Ist ja auch ein Ding, dass Sie die Nacht bei Corinna Matteuer verbracht haben!«

Erik fühlte, wie ihm die Hitze ins Gesicht stieg. Mit bebenden Fingern holte er seine Pfeife aus der Innentasche seiner Jacke.

»Westerland hat einen rauchfreien Bahnhof«, erinnerte ihn Sören.

»Das weiß ich«, knurrte Erik, als wäre sein Assistent schuld an dieser Entscheidung der Stadt. Sören wusste doch, dass es ihn schon beruhigte, wenn er nur den Pfeifenstiel im Mund hatte und darauf herumkauen konnte. »Ich habe die Nacht in Corinna Matteuers Wohnung verbracht«, sagte er dann langsam und eindringlich, ohne die Pfeife aus dem Mund zu nehmen. »Nicht in ihrem Bett! Sie hatte Angst vor dem Alleinsein, sie hatte mich gebeten, zu ihr zu kommen. Ich habe es nicht fertiggebracht, ihr die Bitte abzuschlagen. Ist das so schwer zu verstehen?«

Sören trat verlegen von einem Bein aufs andere. »Geht mich ja auch nichts an.«

»Dann ist sie zu Bett gegangen«, fuhr Erik fort, »und hat mich gebeten, noch so lange zu bleiben, bis sie eingeschlafen ist.« Dass sie wohl gehofft hatte, er würde ihr folgen, erwähnte er natürlich nicht.

»Aber sie konnte nicht einschlafen?« Sören wollte Verständnis signalisieren.

»Doch! Aber ich bin auch eingeschlafen. Auf dem Sofa! Als ich wach wurde, war es schon hell.«

Sören begann leise zu lachen. »Ehrlich?«

»Aber meine Schwiegermutter macht mir natürlich Vorhaltungen! Eine verheiratete Frau! Eine Frau, die ihr nicht gefällt, die den Kindern nicht gefällt ...«

»Und da haben Sie es vorgezogen, ohne Frühstück aus dem Haus zu gehen?« Nun erschien auf Sörens Gesicht endlich das Mitgefühl, auf das Erik gehofft hatte.

»Ich habe mich nur umgezogen und bin wieder gegangen«, entgegnete Erik düster, der allmählich merkte, wie sehr ihm der Kaffee fehlte und wie hungrig er war. »Ich gehe ins Bahnhofsbistro und hole mir was zu essen.«

Sören sah auf die Uhr. »Das schaffen Sie nicht mehr. Der Zug wird pünktlich sein. Sie wollen Sila Simoni doch nicht mit einem Käsebrötchen in der Hand begrüßen?« Sören wartete Eriks Antwort nicht ab. »Ich schau mal nach dem *Inselblatt!*«

Erik beobachtete, wie er im Zeitungskiosk verschwand. Nachdem er Corinna geküsst hatte, wollte sie ihn in ihr Schlafzimmer ziehen, wollte von Liebe reden, von Gefühlen, die zwanzig Jahre umhergeirrt waren und endlich ihr Ziel gefunden hatten. Aber der Kuss hatte in Erik nicht das Gleiche ausgelöst wie in Corinna. Wie auch? Sie konnte ja nicht ahnen, dass dieser Kuss gar nicht ihr gegolten hatte, dass er damit nur einen anderen vergessen wollte. Obwohl Wiebke damit einverstanden zu sein schien, dass er vorerst ihr Geheimnis blieb, hatte der Kuss in ihm die Angst vor Schwierigkeiten geschürt. Dass er Corinna geküsst hatte, war Trotz gewesen, der Versuch, so zu tun, als sei es ohne besondere Bedeutung, eine Frau zu küssen. War das nicht so in der modernen Gesellschaft? Las man nicht überall von unverbindlichen Umarmungen und One-Night-Stands? Aber natürlich war ihm im selben Moment klar geworden, dass er kein Mann für Unverbindliches war. Mit diesem Kuss hatte er Wiebke, Corinna und vor allem sich selbst betrogen.

Während Corinna ihr Herz öffnete, war es in seinem merkwürdig kühl geblieben.

»Wie ist aus dir diese Geschäftsfrau geworden?«, fragte er. »Damals hattest du kein großes Interesse an der Bauunternehmung deines Vaters.«

Corinna nestelte an seinen Hemdknöpfen herum, während sie antwortete: »Damals war ich ein dummes Gör. Aber nach dem Studium gab es für Matilda und mich nur noch das Geschäft.«

»Du warst erfolgreich und Matilda nicht.«

»Ich hatte Klaus an meiner Seite, Matilda war allein. Klaus war der geborene Geschäftsmann. Was er anfasste, wurde zu Geld.«

Dass sie selbst ihren Mann erwähnte, war Erik recht. Ein guter Grund, von ihr abzurücken! »Hast du von ihm diese Skrupellosigkeit gelernt? Leuten wie Ludo Thöneßen die Lebensgrundlage zu entziehen? Über Leichen zu gehen, damit Geld in die Kasse kommt? Reicher werden um jeden Preis?«

Sie sah ihn empört an. »Ich bin nicht skrupellos! Und über Leichen gehe ich auch nicht!« Der Schreck über den plötzlichen Stimmungswechsel stand ihr ins Gesicht geschrieben.

»Aber du zahlst Bestechungsgelder, damit der Naturschutz vergessen wird. Keine Ausflüchte! Ich weiß, dass du es tust. Du treibst kleine Hotelbesitzer in den Ruin, du nimmst Zimmervermietern die Lebensgrundlage ...«

»Freie Marktwirtschaft!«

»Du machst die Insel kaputt, die eigentlich auch dir etwas bedeuten sollte.«

»Jetzt wirst du theatralisch.«

»Damals hätte ich dir so etwas nie zugetraut.« Erik schloss die beiden Hemdknöpfe, die sie bereits geöffnet hatte. »Und du würdest auch deinen Mann betrügen?«

»Er merkt nichts davon. Ich würde ihm nichts nehmen.«

Erik griff nach Corinnas Oberarmen und sah sie eindringlich an. »Es bringt nichts, wenn du auf diese Weise versuchst, mit dem Tod deiner Schwester fertigzuwerden. Und mit Dennis Happes Tod. Es würde dich nur kurz ablenken. Hilf mir, die Todesfälle aufzuklären, möglicherweise hilfst du damit auch dir selbst.«

Sie stand auf und zupfte sich die Kleidung zurecht. Er wunderte sich, dass sie ihre Frisur, die kurz vor der Auflösung stand, nicht wieder richtete, wie sie es früher getan hätte. »Der erste Todesfall ist aufgeklärt«, sagte sie kühl. »Meine Schwester hat diesen Ludo Thöneßen umgebracht, weil er sie betrogen und ihre Liebe enttäuscht hatte.«

»Aber die Hintergründe!«

Sie beachtete diesen Einwurf nicht. »Und warum Dennis ermordet wurde ... woher soll ich das wissen?«

»Du hast also keine Ahnung, was deine Schwester in ihrem Schreibtisch versteckt haben könnte? Es muss etwas sehr Bedeutsames gewesen sein. Der Mörder muss gewusst oder zumindest geahnt haben, was er dort findet. Und für ihn war es derart wichtig, dass er dafür sogar einen Mord beging.«

Sie zuckte nur die Schultern und versuchte, gleichmütig auszusehen. Aber Erik spürte, dass ihre Mimik nur Spiel war.

»Matilda war deine Zwillingsschwester, ihr habt alles voneinander gewusst.«

»Früher vielleicht«, entgegnete sie und gab sich Mühe,

weiterhin kühl zu wirken. »Aber anscheinend hat Matilda ja Geheimnisse vor mir gehabt.«

Plötzlich kam Erik ein Verdacht. »Oder willst du sie schützen? Über ihren Tod hinaus?«

Darauf hatte Corinna nicht geantwortet, sondern ihn nur gebeten, sie erst allein zu lassen, wenn sie eingeschlafen war …

Sören kam zurück – mit einer Miene, die Erik alarmierte. »Der nächste Ärger?«

Sören antwortete nicht, sondern hielt ihm nur das Titelblatt hin. Die Schlagzeile sprang ihm entgegen: »Finito! Der neue Schlachtruf von ›Verraten und verkauft‹! Nicht nur unsere Insel, auch die Bürgerinitiative fest in fremder Hand!«

Darunter war eine Frau von Mitte fünfzig zu sehen, schwarzhaarig, mit zerzausten Locken. Mollig, aber keineswegs gemütlich, mit sprühenden Augen und zum Schrei geöffnetem Mund. Sie streckte eine Faust in die Höhe und sah kämpferisch und unbeugsam aus.

Sören grinste. »Wenn sie so weitermacht, wird sie im nächsten Jahr zur Bürgermeisterin gewählt.«

»Menno Koopmann, dieser Mistkerl!«, flüsterte Erik. »Das ist also seine Rache, weil er glaubt, dass die *Mattino* mehr von mir erfährt als er. Ist das meine Schuld, dass Wiebke Reimers immer schneller ist? Koopmann soll sich an seine eigene Nase fassen!«

Sören antwortete mit einer unauffälligen Bewegung seines Kopfes nach rechts. »Woher weiß die denn, dass Sila Simoni heute ankommt? Auch nur Zufall?«

Sprachlos starrte Erik ihr entgegen. Um ihren Hals hatte Wiebke wieder den dicken kunterbunten Schal gewickelt, der ihre Augen zum Leuchten brachte.

»Moin, die Herren!«, rief sie fröhlich.

Die Kamera hing um ihren Hals, ihre Umhängetasche stieß bei jedem Schritt an ihren rechten Oberschenkel. Ihre

Augen lachten, ihr Mund lachte, ihre ganze Person lachte, und ihre roten Locken standen unbekümmert in alle Richtungen ab. Sie stieß mit einem Reisenden zusammen, der auf die Beförderung seines Gepäcks konzentriert war, und entschuldigte sich so lange bei ihm, bis sie in einen Zeitung lesenden Geschäftsmann lief, dem sie auf die Füße trat. Ein abgestellter Koffer brachte sie schließlich beinahe zu Fall. Zu Eriks Ärger war es Sören, der die Geistesgegenwart besaß, Wiebke Reimers aufzufangen und auf die Beine zu stellen.

»Ups!«, rief sie und lachte erneut. So, als hätte ihr dieser Hindernislauf Spaß gemacht. Sie strahlte ihn so lange an, bis Erik seine kalte Pfeife in die Tasche steckte und lächelte. »Haben Sie den Mörder von Dennis Happe schon gefunden?«

Erik antwortete mit einer Gegenfrage. »Was machen Sie hier?«

Sie sah ihn verdutzt an, als verstünde sie die Frage nicht. »Sila Simoni kommt gleich an. Meinen Sie, diese Fotos lasse ich mir entgehen?« Sie lachte, vermutlich um Eriks dienstlicher Miene wieder ein Lächeln aufzumalen. Aber es gelang nicht.

»Woher wissen Sie das?«, fragte er, immer noch ohne erkennen zu lassen, was ihn mit Wiebke mittlerweile verband.

»Ich bin Reporterin, schon vergessen? So was habe ich zu wissen. Mein Chefredakteur reißt mir den Kopf ab, wenn Sila Simoni auf Sylt erscheint und ich nichts davon mitbekomme.«

»Sie haben meine Frage nicht beantwortet.«

Wiebke machte eine wegwerfende Handbewegung und versuchte es erneut mit einem unschuldigen Lachen. Sören steckte sie tatsächlich an, er grinste von einem Ohr zum anderen. »Ich habe meine Quellen«, erklärte sie. »So was braucht man. Aber glauben Sie nicht, dass ich Ihnen verrate, woher ich solche Informationen beziehe. Streng geheim!«

Erik hielt ihr wortlos den Titel des *Inselblattes* hin.

»Schönes Bild!«, kommentierte Wiebke trocken. »Sehr gut getroffen. Ihre Schwiegermutter ist fotogen.«

»Ich hoffe nicht, dass so ein Bild demnächst auch auf der *Mattino* zu finden ist.«

»Wo denken Sie hin! Die *Mattino* ist eine Wochenzeitschrift. Auf dem Titel haben wir nur Promis.«

»Wann erscheint die Ausgabe, in der Sie von Corinna Matteuer berichten?«

»Nächste Woche! Vorausgesetzt, bis dahin gibt es keinen Flugzeugabsturz, bei dem ein Promi dran glauben muss, kein gesunkenes Kreuzfahrtschiff und keinen politischen Skandal.«

Der Lautsprecher knackte, eine Stimme kündigte den Zug an, mit dem Sila Simoni erwartet wurde.

Wiebke zückte die Kamera. »Die Bilder schicke ich heute noch in die Redaktion. Ein echter Promi hat mir in meiner Reportage noch gefehlt. Sila Simoni kennt ja wirklich jeder!«

In Käptens Kajüte fasste Mamma Carlotta den Wirt und den Strandwärter fest ins Auge. »Damit das klar ist – mein Schwiegersohn weiß, dass Sie auf der Demo waren. Er weiß auch, dass Sie sich hinter dem Baubüro versteckt haben.«

Wütend warf Tove die Grillzange weg und beugte sich über die Theke, sodass Mamma Carlotta Mühe hatte, nicht vom Barhocker zu fallen, weil sie sich so weit wie möglich von seiner Wut, seinem schlechten Körpergeruch und dem spitzen Zahnstocher in seinem linken Mundwinkel entfernen wollte. »Mussten Sie ihm das unbedingt auf die Nase binden?«

»Sì«, antwortete sie tapfer. »Es geht schließlich um Mord. Da muss ich meinem Schwiegersohn die Wahrheit sagen. La famiglia geht vor!«

»Und jetzt meint er, wir hätten diesen jungen Kerl ab-

gemurkst?«, brüllte Tove und ließ seine Wut an den Fisch-
frikadellen aus, während Fietje sich an seinem Jever verschluckte.

Mamma Carlotta bemühte sich um Haltung. »Wenn Sie's
nicht getan haben, ist alles in Ordnung. Enrico wird niemanden verdächtigen, der unschuldig ist. Non mai!«

»Wie oft der mich schon verdächtigt hat!«, höhnte Tove.

»Dann waren Sie garantiert nicht unschuldig! È vero?«

Tove verstummte, weil ihm anscheinend auch gerade einfiel, dass Eriks Beschuldigungen sich bisher immer, trotz ge-
genteiliger Beteuerungen, bestätigt hatten.

Nach Toves Gebrüll klang Fietjes Stimme noch leiser, als
sie sowieso schon war. »Dann wird Ihr Schwiegersohn bald
hier auftauchen, um uns zu vernehmen?«

Dazu konnte Mamma Carlotta nichts sagen. Und da Fietje
so unglücklich aussah, versuchte sie ihn zu trösten: »Ich
glaube, es gibt noch andere Verdächtige. Warum sollten Sie
auch Dennis Happe umbringen wollen? Sie haben doch kein
Motiv!« Unsicher sah sie zu Tove und wieder zurück zu
Fietje. »Oder etwa doch?«

Fietje beeilte sich zu antworten: »Ich kannte den gar nicht.
Jawoll!«

Aber Tove fuhr mit der Grillzange auf ihn los. »Natürlich
kanntest du den! Der hat dich vor ein paar Tagen noch vor
seinem Fenster erwischt und dir mit Anzeige gedroht. Ver-
dammter Spanner! Wenn das kein Motiv ist! Jeder weiß
doch, dass du den Job verlierst, wenn du dich noch einmal
erwischen lässt!«

»Und du?«, ereiferte sich Fietje, der sonst selten die
Stimme erhob. »Du hast ihm Prügel angedroht, als er gesagt
hat, das Bistro bekäme ein anderer.«

»Na und? Ich bekomme es ja! Also habe ich auch kein
Motiv, Dennis Happe umzubringen.«

»Hast du das schriftlich? Dieser Investorin würde ich kein

Wort glauben.« Fietje griff zu seinem Bierglas und leerte es zügig. So viele Sätze auf einmal brachte er nur selten heraus, das schaffte er nur mit ausreichender Flüssigkeitszufuhr. Und Flüssigkeit war für ihn Bier, ganz egal, um welche Tageszeit es sich handelte.

»Die hat gesagt, ich kriege das Bistro, also kriege ich es auch.« Tove spuckte den Zahnstocher verächtlich zu Boden und griff nach dem nächsten.

Mamma Carlotta, die sich eigentlich aus dem Streit heraushalten wollte und betont gleichgültig das *Inselblatt* durchblätterte, merkte auf. »Das hat Corinna Matteuer wirklich gesagt?«

Tove riss ihr die Zeitung weg und schlug die vorletzte Seite auf. Mit ketchupverschmiertem Zeigefinger pochte er auf eine Stelle, die nun unter den roten Flecken nur noch schwer zu erkennen war. »Imbissstube zu verkaufen!«, las Mamma Carlotta. Dann sah sie Tove entgeistert an. »Käptens Kajüte?«

»Man kann sich nicht früh genug umsehen!«

Mamma Carlotta war fassungslos. Und ihr hatte Corinna Matteuer angeboten, dafür zu sorgen, dass Niccolò das Bistro bekam! Was war das nur für eine Frau! Schade, dass sie Erik nicht vorhalten konnte, wie unzuverlässig Corinna war, wie charakterlos und wetterwendisch! Mit einer solchen Frau hatte er die Nacht verbracht! Mamma Carlotta war drauf und dran, nach einem Glas Montepulciano zu fragen. Aber sie bezwang sich. Nein, für Alkohol war es noch zu früh. Und dass Rotwein keine Probleme löst, sondern nur für neue sorgt, wusste sie genau.

Sie schob sich vom Barhocker herunter. »Ich wäre mir nicht so sicher, dass Sie das Bistro bekommen! Ich weiß zufällig, dass Corinna Matteuer es auch einem anderen versprochen hat.«

Tove warf einen Löffel in den Heringsstipp, der prompt

auf die benachbarten Grillspieße spritzte. »Wer ist das Schwein? Wer hat mich da ausgestochen?«

Mamma Carlotta sonnte sich in ihrem Informationsvorsprung. »Ich weiß von mindestens zwei Bewerbern um das Bistro.«

»Die Kerle bringe ich um! Einen nach dem andern! Sagen Sie schon! Wer sind die beiden?«

Mamma Carlotta dachte erschrocken an ihren Neffen Niccolò und war froh, dass er nicht in der Nähe war. »Das weiß ich nicht«, behauptete sie.

»Waren Sie dabei, als die Matteuer ihnen das Bistro versprochen hat?«

Mamma Carlotta waren diese Fragen viel zu direkt. Sie holte Kleingeld aus ihrer Jackentasche, legte es auf die Theke und setzte eine so hochmütige Miene auf, als wäre es unter ihrer Würde, sich aushorchen zu lassen.

Tove wischte mit einem Scheuerlappen die weiße Soße des Heringsstipps von den Grillspießen. »Ist mir auch egal«, knurrte er. »Die Matteuer muss mir das Bistro geben. Da bleibt ihr gar nichts anderes übrig …«

Auf diese Behauptung wäre Mamma Carlotta gerne eingegangen, aber da sie ihren Hochmut nicht durch Neugier klein machen wollte, verzichtete sie auf die Frage, wie Tove sich da so sicher sein konnte. Vermutlich hätte sie sowieso keine Antwort bekommen.

»Und was ist, wenn das Gesundheitshaus überhaupt nicht gebaut wird?«, fragte sie provozierend. »Die Bürgerinitiative wird alles tun, um das zu verhindern.« Sie zog die Mundwinkel herab. »Ihre Gegendemonstration hat nichts bewirkt. Oder glauben Sie das etwa? Ich würde jedenfalls noch warten mit dem Verkauf von Käptens Kajüte. Am Ende stehen Sie ohne alles da. Ohne die Imbissstube und ohne das neue Bistro!«

Tove riss sich die Schürze herunter und griff nach dem Schlüssel, der an einem Haken neben der Küchentür hing. Er war schon an der Tür, ehe seine verdutzten Gäste begriffen hatten, was vorging.

»Hier ist die nächste Stunde geschlossen! Ich habe vergessen, Mayonnaise einzukaufen. Die brauche ich fürs Mittagsgeschäft.«

»Und Ihre Frühstücksgäste?«, fragte Mamma Carlotta entgeistert.

»Sehen Sie welche?«, fuhr Tove sie an. »Ich sehe nur einen Strandwärter, der hier noch nie ein belegtes Brot gegessen hat. Und eine Signora, die mich beim Hauptkommissar anschwärzt!«

Mamma Carlotta war empört. »Ich habe Sie nicht angeschwärzt. Ich habe nur die Wahrheit gesagt.«

»Das ist dasselbe! Nun mal dalli! In zwei Minuten schließ ich ab. Wer dann noch hier drin ist, muss ein bis zwei Stunden warten.«

Fietje stellte sein Glas auf die Theke und erhob sich. »Was sind das nun wieder für Fisematenten?«, brummte er.

Mamma Carlotta hätte sich gerne nach dem Wort Fisematenten erkundigt, das noch nicht zu ihrem Wortschatz gehörte, aber da es schien, als ob Tove Ernst machen wollte, zog sie es vor, Käptens Kajüte zu verlassen, ohne zu wissen, was es mit den Fisematenten auf sich hatte.

Aber ohne eine kleine Schmähung wollte sie Tove nicht davonkommen lassen. »Sie sollten aufhören mit diesen Zahnstochern. Das ist ja unappetitlich.«

»Der hat Schiss vorm Zahnarzt«, erklärte Fietje. »Haben Sie gemerkt, dass er die Zahnstocher vorher in Wodka taucht? Damit betäubt er seine Zahnruine.«

»Schiss?« Schon wieder eine neue Vokabel.

Aber Fietje kam zu keiner Entgegnung mehr. Tove schob ihn auf die Straße und Mamma Carlotta hinterher.

Mit Tove war heute nicht zu spaßen, so viel stand fest. Wenn er jetzt zu Corinna Matteuer fuhr, um ihr die Meinung zu sagen, konnte ihr die Investorin beinahe leidtun. Aber auch nur beinahe. Jemand, der Mamma Carlottas Schwiegersohn so raffiniert verführte, dass er erst am Morgen den Weg nach Hause fand, hatte es nicht besser verdient...

Erik beobachtete kopfschüttelnd, wie Wiebke Reimers hektisch mit gezückter Kamera die Waggons entlanglief, in jedes Abteil einen Blick warf und weiterrannte. Vor dem vorletzten blieb sie schließlich stehen. Anscheinend hatte sie hinter einem der Fenster Sila Simoni ausfindig gemacht.

Erik wollte Wiebke folgen, stieß dabei aber mit dem Fuß gegen ihre Tasche, die sie in der Eile vor seine Füße hatte fallen lassen.

Der Reißverschluss der Tasche war geöffnet. Ein Blick auf den Inhalt zeigte, dass Wiebke Reimers nicht anders war als viele Frauen, die ihren halben Hausstand mit sich herumschleppten. Erik sah eine Haarbürste, ein Notizbuch, ein Smartphone, ein Etui, aus dem ein Tampon herausragte, einen kleinen Regenschirm, mehrere Lippenstifte, ein Puderdöschen und ihr Portemonnaie, das geradezu fahrlässig untergebracht war. Selbst für einen ungeschickten Taschendieb wäre es ein Leichtes gewesen, damit zu verschwinden.

Er nahm die Tasche hoch, um sie für Wiebke sicher zu verwahren. Dabei fielen ihm die zwei Anstecknadeln auf, die sie in den Futterstoff der Tasche gesteckt hatte. Zwei Nadeln mit einem daumennagelgroßen Kopf, der mit einer hübschen silbernen Bordüre versehen war. Von der einen Nadel sah er nur die Rückseite, die andere jedoch konnte er genau betrachten, während er so tat, als sicherte er Wiebkes Portemonnaie. Die Anstecknadel schmückte ein Foto, das Foto eines Mannes. Gut aussehend, lächelnd, mit zusammengekniffenen Augen, als blinzelte er in die Sonne. So winzig das Foto auch war, Erik konnte erkennen, dass es am Strand gemacht worden, der Kopf des Mannes dann ausgeschnitten und auf die Anstecknadel geklebt worden war. Wiebkes Freund?

Er griff nach der Nadel, um sie sich näher anzusehen, und hätte auch die zweite gerne herumgedreht, wenn Sören nicht ein Räuspern von sich gegeben hätte, das sich wie Tadel anhörte. »Sie werden doch nicht indiskret sein, Chef!«

Erschrocken zog Erik die Hand zurück. »Wie leichtsinnig sie damit umgeht!«

Langsam, ganz langsam zog er den Reißverschluss der Tasche zu und ließ dabei das Foto auf der Anstecknadel nicht aus den Augen. Das Gesicht des Mannes kam ihm bekannt vor. Es war ihm, als hätte er es vor Kurzem schon einmal gesehen. Aber er schüttelte den Gedanken gleich wieder ab. Nein, für solche Überlegungen war jetzt keine Zeit.

»Was meinen Sie?«, fragte er und glättete sich seinen Schnauzer. »Wird die Simoni allein reisen? Oder steigen mit ihr der Manager, der PR-Fachmann, eine Friseurin und ein Schönheitschirurg aus?«

Sören antwortete nicht. Mit gerecktem Hals stand er da, als könnte er es nicht abwarten, den Pornostar endlich mit eigenen Augen zu sehen. Erik verspürte den dringenden Wunsch, seinen Assistenten auf den Boden der amtlichen Tatsachen zurückzuholen, ehe sein Diensteifer von den riesigen Silikonbrüsten erschlagen wurde.

»Ich habe mit der Staatsanwältin telefoniert«, sagte er. »Sie schickt einen Durchsuchungsbeschluss für das Apartment von Corinna Matteuer und Matilda Pütz. Besonders Matildas Zimmer werden wir uns vornehmen.«

Sören nickte, trotzdem war Erik nicht sicher, ob seine Worte nur Sörens Ohren, oder auch sein Gehirn erreicht hatten.

Also setzte er noch einen drauf. »Wir sollten uns auch bei Dennis Happe umsehen. Wissen Sie, in welchem Hotel er wohnt?«

Endlich konnte Erik sicher sein, dass er verstanden worden war. »Ich rufe bei Matteuer-Immobilien an«, bot Sören an und nahm den Blick immer noch nicht von der Waggontür, aus der Sila Simoni steigen würde. »Dort wird man wissen, wo er logiert.«

An Wiebke Reimers' Verhalten war zu erkennen, dass Sila Simoni nun jeden Moment aussteigen würde. Wiebke bewegte sich mit gezückter Kamera rückwärts, um dem Pornostar Platz zu geben und die beste Perspektive zu erhalten.

Sila Simoni hatte alles getan, um nicht aufzufallen, aber es war nicht genug. Mit der riesigen Sonnenbrille erreichte sie bei dem trüben Wetter genau das Gegenteil von dem, was sie beabsichtigte. Ihre wasserstoffblonde Haarpracht hatte sie zwar unter einem Seidentuch versteckt, aber ihre aufgespritzten Lippen waren nicht zu verbergen, und auch ihre Silikonbrüste zeichneten sich unter der Jacke so deutlich ab, dass sich auf dem Bahnhof Westerland im Nu herumsprach: Sila Simoni ist angekommen! Und wer Zweifel gehabt hatte, gewann Sicherheit, als Wiebke Reimers um den Pornostar herumsprang und Fotos machte, was das Zeug hielt. Schon liefen die ersten Autogrammjäger mit gezückten Kugelschreibern und Notizblöcken auf Sila zu. Die aber senkte den Kopf, um niemanden ansehen zu müssen, und wedelte Wiebke mit einer verärgerten Handbewegung zur Seite, was ihr jedoch wenig nützte. Wiebkes Kamera klickte weiter.

Erik war es schließlich, der sich schützend vor Sila Simoni stellte. »Ich werde dafür sorgen, dass Sie ins Hotel kommen, ohne belästigt zu werden.«

Sila sah ihn dankbar an, entgegnete jedoch nichts. Sie ging an ihm vorbei und steuerte auf die Tür der Bahnhofshalle zu. Nur diejenigen, die immer noch auf ein Autogramm hofften, folgten ihr hinein. In der Mitte der Halle stand ein großer Mann, der einen Autoschlüssel um den rechten Zeigefinger drehte. Auf ihn steuerte Sila Simoni zu und begrüßte ihn kurz. Erik sah verwundert zu, wie der Autoschlüssel den Besitzer wechselte. »Die Papiere liegen im Wagen«, sagte der Mann zu ihr. »Ein schwarzer Mercedes! Er steht direkt vorm Eingang.«

Sila Simoni nickte, entließ ihn mit einem kleinen Lächeln und kümmerte sich um die Autogrammjäger, die ihre Unterschrift auf das gekritzelt bekamen, was sie gerade zur Hand hatten. Bei den meisten handelte es sich um die Zugfahrkarte.

»Ich habe mir einen Leihwagen bestellt«, sagte sie dann.

Erik sah enttäuscht aus. »Ich hatte Ihrem Manager gesagt, dass ich Sie abhole und ins Hotel bringen werde.«

Nun erhielt auch er das Lächeln, für das Sila Simoni neben ihren gewagten Brüsten berühmt war. »Danke, das ist nett von Ihnen. Aber ich fahre lieber selbst. Außerdem habe ich kein Hotel gebucht. Ich fahre ins Squashcenter.«

»Was wollen Sie da?«, fragte Erik verblüfft.

Ihr Lächeln verschwand. »Das geht Sie zwar nichts an, aber … ich werde in Ludos Apartment ziehen.« Sie schien Erik anzusehen, dass er sie vor dem winzigen, mit Möbeln vollgestellten Zimmer warnen wollte, ließ ihn aber nicht zu Wort kommen. »Ich weiß, dass es nicht besonders komfortabel sein kann. Aber ich finde es richtig, dass ich dort absteige. Schließlich war Ludo immer noch mein Mann. Ich bin seine Witwe.« Nun sah sie Erik an, als wollte sie ihm vorwerfen, dass er ihr nicht kondoliert hatte. »Wenn Sie Fragen an mich haben, wissen Sie also, wo Sie mich erreichen.«

»Wenn Sie gestatten, folge ich Ihnen ins Squashcenter. Ich würde gerne so bald wie möglich mit Ihnen reden.«

Sie zuckte die Schultern. »Meinetwegen.« Dann ging sie auf die Tür der Bahnhofshalle zu, ohne sich darum zu kümmern, ob er ihr folgte.

Erik stieß Sören an, der sich in Silas Kehrseite vertiefte und darüber seinen Beruf und seine Aufgabe vergaß. »Kommen Sie! Wenn wir mit ihr geredet haben, wissen wir vielleicht mehr. «

Als Erik die Tür der Bahnhofshalle durchschritt, drehte er sich noch einmal um. Er wollte Wiebke heimlich zuwinken, ihr ein kleines Zeichen geben, dass er sie zwar behandelte, wie ein Polizeibeamter eine Journalistin normalerweise behandelt, aber nicht den schönen Moment vergessen hatte, der sie seitdem verband. Doch Wiebke war nicht mehr zu sehen.

Mamma Carlotta beschloss, zum Friedhof zu gehen, um mit Lucia über ihre Probleme zu sprechen. Ein paar Minuten vor dem Grab ihrer Tochter hatten noch immer dafür gesorgt, dass sie klarer sah. Hoch aufgerichtet ging sie den Hochkamp entlang, darum bemüht, auszusehen wie eine unbeugsame Frau, die sich nicht von der schlechten Laune eines cholerischen Wirtes einschüchtern ließ. Als sie hinter sich die Zündung von Toves Lieferwagen vernahm, richtete sie sich noch ein wenig höher auf. Und als sie hörte, wie das Geräusch in sich zusammenfiel, konnte sie sich ein bisschen Schadenfreude nicht verkneifen. Schon bei ihrem letzten Besuch hatte Tove davon geredet, dass sein Wagen häufig nicht ansprang, dass er aber kein Geld habe, ihn endlich in die Werkstatt zu geben. Anscheinend fehlten ihm noch immer die Mittel. Und trotzdem redete er davon, das Bistro im Gesundheitshaus zu übernehmen? Von Niccolò wusste sie, dass die Pacht nicht von Pappe war und dass einige Tausend Euro zu zahlen waren, ehe überhaupt ein Vertrag aufgesetzt wurde. Toves Größenwahn war wirklich nicht mehr zu überbieten. Wer ihn und seine Imbissstube kannte, ahnte, dass das Bistro im Gesundheitshaus unter Toves Leitung bald vom Konkurs bedroht sein würde.

Sie bog in die Westerlandstraße ein und war schon an der Einmündung zum Süder Wung vorbei, als sie hinter sich

Toves Lieferwagen hörte, der mal tuckerte, mal röhrte, dann wieder aufheulte und gleich darauf rasselte, als hätte sein letztes Stündlein geschlagen. Als sie auf der Höhe der Boutique Annanita angekommen war, hielt sie ihre Neugier nicht länger aus und drehte sich um. Der Wagen fauchte und spie dunkle Wolken, er bockte und sprang, und selbst auf die Entfernung war zu erkennen, dass Tove hinter dem Steuer fluchte und das Lenkrad mit den Fäusten traktierte.

In diesem Moment fuhr ein schwarzer Mercedes von der Hauptstraße in die Westerlandstraße und hielt direkt auf das stinkende und knatternde Ungetüm zu. Die hellblonde Fahrerin trat erschrocken auf die Bremse. Doch das half nichts. Der Lieferwagen sprang unkontrolliert auf sie zu, denn Tove bückte sich gerade, um durch irgendwelche Maßnahmen in der Höhe des Gaspedals sein Gefährt anzutreiben. Die Frau im Mercedes betätigte entsetzt die Hupe, doch die Kollision war unumgänglich.

Der Lieferwagen kam erst zum Stehen, als er sich in den schwarzen Mercedes verkeilt hatte, Toves Gesicht erschien erst wieder an der Windschutzscheibe, als sein Wagen notgedrungen zum Stehen gekommen war und kreischendes Metall ihn aufgeschreckt hatte. Mamma Carlotta starrte fassungslos auf die Bescherung, die Tove angerichtet hatte, und war derart bestürzt, dass sie ihn nicht mehr beschwichtigen und davon abhalten konnte, aus dem Wagen zu springen.

»Bist du zu dämlich zum Autofahren? Tussi am Steuer! Der drehe ich den Hals um!«

Dabei hätte Mamma Carlotta sich denken können, was nun geschehen würde! Es war nicht das erste Mal, dass sie miterleben musste, wie Tove Griess sich seine Wut vom Leibe schüttelte, schrie, prügelte und wütete. Um Schuld, Fehlverhalten, Gesetzeslage und Ersatzansprüche ging es ihm dabei nicht, sondern nur darum, seine Wut loszuwerden. Bestenfalls verging er sich dann an Gegenständen, im allerbesten Fall an solchen, die ihm selbst gehörten, schlimmstenfalls jedoch traf es einen Mitmenschen und im allerschlimmsten Fall sogar einen, der an dem Desaster völlig unschuldig war.

»Wenn ich dich jemals allein erwische, bringe ich dich um!«

Tove rannte auf den schwarzen Mercedes zu, riss die Fahrertür auf, schnappte nach der Fahrerin und versuchte, sie am Kragen aus dem Wagen zu zerren. Dass sie sich wehrte, so gut es ging, war nur allzu verständlich, aber sie war Tove kräftemäßig bei Weitem unterlegen. Als sich ein mutiger Passant zwischen Tove und die hellblonde Fahrerin warf, hatten beide bereits Blessuren davongetragen. Toves Gesicht war von Fingernägeln zerkratzt, sein Opfer hatte die kunstvolle Frisur eingebüßt, ihre Jacke einen Teil der Ärmelnaht und die Bluse mindestens zwei Knöpfe. Möglicherweise hatte diese Tatsache Toves Raserei vorerst beendet, denn was aus der Bluse quoll, war exorbitant. Als der heldenhafte Passant nach den Schultern des Wirtes griff, um ihn zu bändigen, nutzte Sila Simoni den Augenblick und rammte ihm ihr rechtes Knie in den Unterleib. Wie ein Klappmesser fiel Tove in sich zusammen, für Augenblicke bewegungsunfähig, aber immer noch in der Lage, zu fluchen und zu drohen.

»Dir werd' ich's zeigen, du Weibsstück! Wenn ich dich noch mal zu fassen kriege. So eine überkandidelte Tussi! Die schicke ich zur Hölle!«

Sila Simoni richtete in der Gewissheit, diese Schlacht gewonnen zu haben, bereits ihre Kleidung. Denn mittlerweile hatte ein alter Ford hinter dem Mercedes gebremst, und zwei Polizeibeamte sprangen heraus, um ihr zu Hilfe zu eilen.

Sören schnappte sich Tove Griess, der gerade wieder auf die Beine kam, und Erik kümmerte sich um Sila Simoni, die erstaunlich gelassen blieb. »Kennen Sie den Kerl?«, fragte sie, und ihre Stimme zitterte kein bisschen.

Erik nickte. »Den kennt hier jeder.«

Sören griff fester zu, als Tove Anstalten machte, sich auf Sila Simoni zu stürzen. Sörens wöchentliches Krafttraining machte sich bezahlt, er konnte Toves roher Gewalt genug entgegensetzen.

Sila maß den Wirt mit einem Blick, der ihn gleich wieder in Raserei versetzte, aber Sören hielt ihn fest im Griff. Mamma Carlotta schien es sogar so, als begreife Tove allmählich, dass er sich mit seinem Jähzorn wieder mal in Schwierigkeiten gebracht hatte und alles nur noch schlimmer werden konnte, wenn er nicht endlich klein beigab.

Sila Simoni ließ nun erkennen, dass sie ein Star war und es gewohnt war, auch so behandelt zu werden. »Sorgen Sie bitte dafür, dass dieser Unfall zu Protokoll genommen wird«, sagte sie zu Erik. »Wer schuld an dieser Karambolage ist, steht ja wohl fest. Ich möchte mich jetzt frisch machen.«

Ohne ein weiteres Wort stieg sie wieder in den Mercedes, testete, ob er noch fahrtüchtig war, bog kurz darauf vorsichtig in den Mittelweg ein und fuhr auf das Squashcenter zu. Ob sie Eriks Ruf: »Wir kommen gleich nach!« zur Kenntnis genommen hatte, ließ sich nicht sagen.

Sören lockerte seinen Griff, Erik holte ohne ein weiteres Wort sein Handy hervor und rief die Kollegen von der Verkehrssicherheit an. Dann erst entdeckte er seine Schwiegermutter. »Was machst du denn hier?«

Sie zeigte geradeaus. »Ich bin auf dem Weg zum Friedhof. Unterschriften wollte ich bei dieser Gelegenheit auch sammeln.«

Erik nickte und winkte sie weiter. Erst als sie die Kreuzung überquert hatte und der Dorfteich in Sicht gekommen war, drehte Mamma Carlotta sich noch einmal um. Kopfschüttelnd betrachtete sie Tove Griess, der mit gesenktem Kopf vor Erik stand und zu allem nickte, was ihm vorgehalten wurde. Nun hatte er also weitere Kosten am Hals! Für die Reparatur des Leihwagens würde er aufkommen müssen, für den Blechschaden an seinem eigenen Lieferwagen sowieso, und dass er ausreichend versichert war, glaubte Mamma Carlotta nicht. Und so ein Mann wollte ein neues Bistro pachten? Toves Verhalten wurde ihr immer suspekter.

Sila Simoni stand in Ludos Zimmer und sah sich um. Schweigend, in sich gekehrt, unter der Last schwerer Gedanken. Erik und Sören waren in der Nähe der Tür stehen geblieben. Sie wollten Ludos Witwe mit ihren Gefühlen so weit wie möglich allein lassen. Außerdem war in diesem Zimmer kaum Platz für drei Leute. Sila Simoni drehte ihnen den Rücken zu, und Erik war sicher, dass sie nicht zeigen wollte, wie erschüttert sie war.

Als sie sich umwandte, waren ihre Augen feucht. »Hier hat er gehaust? Diese Bude ist sein sogenanntes Apartment?«

Erik nickte schweigend und trat erst einen Schritt näher, als Sila Simoni sich setzte und damit der Raum ein wenig mehr Platz bot. Er nahm in einem Sessel ihr gegenüber Platz, Sören hockte sich auf die Fensterbank. Erik ließ Sila Simoni ein paar Minuten, um sich zu fassen. Er konnte sie unbefangen ansehen, denn sie war ganz und gar in die Ausstattung des Zimmers vertieft, betrachtete jedes einzelne Möbelstück, rief sich vielleicht in Erinnerung, wo es in der Kampener Villa gestanden und welche Wirkung es dort gehabt hatte.

Erik begriff in diesem Augenblick, warum Sila Simoni mit Pornofilmen eine große Filmkarriere gemacht hatte, während andere Nacktdarstellerinnen in einer Schmuddelecke alt wurden, bis sie für Fotos und Filme nicht mehr geeignet waren. Er ahnte, dass sie eine intelligente, gefühlvolle Frau war, und das trotz der Torheiten, die sie mit ihrem Körper angestellt hatte. Er vermutete sogar, dass ihre Ehe mit Ludo Thöneßen nicht an den veränderten finanziellen Verhältnissen gescheitert war, wie auf Sylt gemunkelt wurde, sondern an etwas anderem.

Nun richtete sie den Blick auf Erik, und er fühlte sich in seinen Gedanken bestätigt. »Wie weit sind Sie mit Ihren Ermittlungen?«

Erik zögerte, ehe er antwortete: »Um den Tod Ihres Mannes aufzuklären, waren keine Ermittlungen notwendig. Wir kennen den Mörder. Oder vielmehr … die Mörderin.«

Sie sah überrascht aus. »So schnell? Chapeau!«

Wieder zögerte Erik. »Es war nicht unser Verdienst. Die Mörderin hat sich selbst gerichtet und sich in ihrem Abschiedsbrief zu dem Mord bekannt.«

Silas Schlauchbootlippen öffneten sich ungläubig. »Warum weiß ich das nicht?«

»Niemand weiß es bisher. Wir hatten die Hoffnung, mehr über die Hintergründe des Mordes zu erfahren, wenn wir darüber schweigen.« Erik warf Sören einen kurzen Blick zu, um ihn zu warnen, in diesem Zusammenhang Corinnas Namen zu erwähnen. Dass sie ihn gebeten hatte, Matilda aus der Sache herauszuhalten, durfte niemand erfahren. Sörens Vorwürfe waren schon lästig genug.

»Was interessieren Sie die Hintergründe?«

Sören erinnerte Sila Simoni an seine Anwesenheit. »Es gibt zurzeit viele Probleme mit einer Investorenfirma, die auf Sylt bauen will. Mal wieder! Dabei hat Matteuer-Immobilien schon die halbe Insel zugepflastert.«

Sila kannte sich anscheinend aus. »Und wenn die Gemeinderäte nicht zustimmen wollten, wurden sie überredet.« Sie rieb Daumen und Zeigefinger aneinander, um klarzumachen, wie diese Überredung ausgesehen hatte. »Ludo hat oft genug darüber gesprochen. Er wollte Matteuer-Immobilien den Kampf ansagen.«

Erik beugte sich vor. »Sehen Sie? Angeblich ist er ermordet worden, weil er eine Frau sehr enttäuscht und betrogen hat …«

»Wen?« Dieses Wort kam wie aus der Pistole geschossen.

Trotzdem führte Erik seinen Satz zunächst zu Ende. »… aber es könnte auch sein, dass sein Tod doch etwas damit zu tun hat, dass er sich nicht bestechen lassen wollte.«

»Wer ist diese Frau?«

Während Erik nach Ausflüchten suchte, antwortete Sören, ohne seinen Chef anzusehen: »Matilda Pütz. Sie hat sich vom Balkon eines Hochhauses gestürzt.«

»Nachdem sie Ludo umgebracht hat?« Sila Simoni erhob sich kurz, hätte anscheinend gern ein paar Schritte hin und her gemacht, entschied sich aber angesichts der drangvollen Enge anders und ließ sich wieder aufs Sofa sinken. »Und sie hatte ein Verhältnis mit Ludo?« Ungläubig sah sie Erik an.

»Anscheinend ein gut gehütetes Geheimnis.«

»Warum geheim? Meinetwegen hätte er mit drei Frauen gleichzeitig was haben können. Unsere Ehe bestand nur noch auf dem Papier. Und Matilda war ledig.«

»Sie kannte sie?«

»Nicht besonders gut. Und nur deshalb, weil sie Corinnas Schwester war.«

»Heißt das … Corinna Matteuer kennen Sie besser?«

Sila lächelte leicht. »Schon lange. Als junge Mädchen haben wir uns kennengelernt. In einer Klinik.«

Erik überlegte kurz, ob er jemals von einer Krankheit Corinnas gehört hatte, die einen Klinikaufenthalt notwendig gemacht hatte, aber ihm fiel nichts ein. Das musste gewesen sein, als er den Kontakt zu ihr verloren hatte.

Sila schien seine Gedanken zu erraten, ihr Lächeln vertiefte sich. »Nein, wir waren nicht krank. Es handelte sich um eine Schönheitsklinik.« Sie griff mit einer Geste, die obszön hätte sein können, unter ihre riesigen Brüste und hob sie kurz an. Merkwürdigerweise fühlte Erik sich davon nicht abgestoßen, sondern eher belustigt. Sila Simoni hatte Humor, auch etwas, das sie von anderen Pornodarstellerinnen vermutlich unterschied. »Ich habe mir da zum ersten Mal die Brust vergrößern lassen.«

»Und Corinna?«, fragte Erik ungläubig.

»Die auch«, antwortete Sila. »Aber nicht so stark wie ich. Sie hat unter ihren kleinen Brüsten gelitten. Ihre Schwester hatte schöne, volle Brüste, die wollte Corinna auch.«

Erik starrte auf seine Fußspitzen. Corinna und Schönheitsoperation? Für ihn war sie immer perfekt gewesen. Die Vorstellung, dass sie sich für größere Brüste unters Messer gelegt hatte, gefiel ihm gar nicht und passte nicht zu dem Bild, das er von ihr in Erinnerung hatte. Entweder hatte er Corinna damals nicht richtig gekannt, oder sie hatte sich einfach verändert.

Ehe Erik etwas erwidern konnte, fragte Sören: »Hatten Sie nach der Trennung noch Kontakt zu Ihrem Mann?«

»Wir haben gelegentlich telefoniert.«

»Hat er Matilda Pütz jemals erwähnt?«

Sie dachte kurz nach, dann nickte sie. »Ja, hier und da. Er war mal mit ihr essen …«

»Dass er ein Verhältnis mit ihr hatte … davon hat er nicht gesprochen?«

Sie schüttelte den Kopf. »Seltsam. Es gab keinen Grund, so was vor mir zu verheimlichen.«

Nun schaltete sich Erik wieder ein. »Er hat es vor der ganzen Insel verheimlicht.«

»Warum?«, fragte Sila Simoni.

Erik zuckte mit den Schultern. »Vermutlich, weil es ihn unglaubwürdig gemacht hätte, wenn er sich ausgerechnet in die Zwillingsschwester der verhassten Investorin verliebt. Das hätte man ihm angekreidet. Und niemand hätte ihm mehr abgenommen, dass er gegen Matteuer-Immobilien kämpfte und sich von Corinna nicht bestechen ließ.« Erik fügte eine kleine Pause ein, dann ergänzte er: »Aber anscheinend wollte er das Risiko später durchaus eingehen. Er hatte vor, im neuen Gesundheitshaus ein Bistro zu eröffnen. In dem Haus, das er als Mitglied der Bürgerinitiative verhindern wollte!« Gespannt sah er Sila Simoni an. Wusste sie etwas davon?

Aber sie schüttelte den Kopf. »Davon hat er nichts gesagt.«

»Haben Sie den Kontakt zu den Zwillingsschwestern gehalten?«, fragte Sören.

Sila zog ein bedauerndes Gesicht. »Leider nicht. Wir haben uns gut verstanden, manchmal telefoniert, aber höchstens einmal im Jahr. Und irgendwann hat es ganz aufgehört.« Sie blickte auf und sah Erik an. »Ist Corinna auf Sylt? Dann werde ich sie gleich heute Abend besuchen.«

Erik bejahte. »Sie plant das Gesundheitshaus in Braderup. Damit ist sie sehr beschäftigt. Jetzt allerdings … ihre Schwester fehlt ihr natürlich. Und dann ist gestern noch ihr Mitarbeiter erstochen worden.«

Sila Simoni sah Erik erschrocken an. »Noch ein Mord?«

»Dennis Happe. Kannten Sie ihn?«

Sila brauchte nicht lange zu überlegen. »Nie gehört. Gibt's da einen Zusammenhang? Ich meine, zwischen Ludos Tod und diesem Mord?«

»Das fragen wir uns auch. Der Schreibtisch von Matilda Pütz ist durchsucht worden. Anscheinend hat Dennis jemanden dabei überrascht und musste deswegen sterben. Können Sie sich vorstellen, dass Matilda etwas besitzt, was für einen anderen derart wichtig ist, dass er dafür einen Mord begeht?«

Sila Simoni schüttelte den Kopf. »Da fragen Sie die Falsche. Ich weiß von nichts.«

Erik erhob sich und gab Sören einen Wink. »Dann werden wir Sie jetzt erst mal in Ruhe lassen. Wir dürfen uns bei Ihnen melden, wenn sich weitere Fragen ergeben?«

»Selbstverständlich.« Auch Sila Simoni stand auf und

nahm die Visitenkarte, die Erik ihr reichte. »Ich werde mich hier jetzt einrichten.« Und geschäftstüchtig ergänzte sie: »Ich muss mir ja auch einen Überblick über diesen Laden verschaffen. Mal sehen, ob es sich lohnt, ihn weiterzuführen. Natürlich müsste hier alles modernisiert werden. Na, mal sehen … Ich rede erst mal mit dieser Jacqueline Hansen. Sie scheint eine gute Kraft zu sein.«

Erik bestätigte es und reichte Sila Simoni die Hand. »Angenehmen Aufenthalt!«

Sie öffnete ihnen die Tür wie eine Gastgeberin, anscheinend fühlte sie sich in Ludos Zimmer bereits zu Hause. Erik konnte sich nicht genug darüber wundern.

Als sie an der Tür des Bistros vorbeikamen, nickte Erik seinem Assistenten zu. »Ich brauche jetzt endlich ein Frühstück. Trinken Sie einen Kaffee mit mir?«

Das ließ Sören sich nicht zweimal sagen, und kurz darauf erfreute sich Jacqueline, die bis dahin gelangweilt hinter der Theke gestanden hatte, an ihren ersten Gästen. »Haben Sie schon mit der Simoni geredet? Wie ist die denn so?«

»Sehr nett«, antwortete Erik und meinte es genauso, wie er sagte. »Wenn einer wieder Schwung in diesen Laden bringen kann, dann sie.«

Jacqueline war hocherfreut. »Also höre ich besser auf, Bewerbungen zu schreiben?«

Dazu wollte Erik sich nicht äußern. Er wartete, bis Jacqueline in der Küche verschwunden war, dann sagte er zu Sören: »Ich dachte, ein Gespräch mit Sila Simoni brächte uns weiter.«

»Satz mit X«, meinte Sören. »War wohl nix.«

»Sie weiß nicht mehr als wir.«

»Neu ist nur, dass sie die Zwillingsschwestern kannte.«

»Aber hilft uns das weiter?«

Sören schüttelte den Kopf. »Nicht wirklich.«

Ein kurzes Schweigen trat zwischen die beiden, dann

fragte Erik: »Haben Sie mit Vetterich wegen der Spurenlage gesprochen?«

»Er hat von den beiden Leichen Fingerabdrücke genommen. Matildas Abdrücke finden sich in Ludos Auto. War ja zu erwarten. Und im Baubüro natürlich auch. Vetterich hat die Abdrücke von den Zwillingsschwestern und von Dennis Happe separiert. Bleiben noch eine ganze Menge anderer.«

»Die helfen uns wahrscheinlich nicht weiter.«

Jacqueline kam mit dem Kaffee, und Erik fuhr fort, als sie wieder in die Küche ging: »Aber die frischen Spuren am Fenster und an dem Stein, mit dem das Fenster eingeschlagen wurde!«

»Wenn sie dem Mörder gehören, so ist er bisher nicht auffällig geworden. Ein Vergleich hat zu nichts geführt.«

»Ist der Durchsuchungsbeschluss schon gekommen?«

Sören nickte. »Ich habe ihn vorhin neben dem Fax gefunden. Rudi Engdahl hat der Matteuer schon mitgeteilt, dass ihr Apartment heute Morgen durchsucht wird.«

»Vielleicht finden wir dort etwas«, sagte Erik, sah aber nicht besonders optimistisch aus.

»Und was ist mit Dennis Happe?«, fragte Sören. »In der Personalabteilung von Matteuer-Immobilien hat man mir gesagt, dass er ein Ferienapartment bewohnt. Ihm war das lieber als ein Hotelzimmer.«

»Haben Sie die Adresse?«

Sören klopfte auf seine Jackentasche. »Was wollen Sie dort finden?«

Erik zuckte die Achseln. »Wir schauen uns trotzdem um. Manchmal trügt der erste Schein. Zwar sieht alles danach aus, als hätte Dennis jemanden auf frischer Tat ertappt, aber es kann auch anders gewesen sein.«

Jacqueline servierte ihm zwei halbe Brötchen mit Käse und Marmelade. Erik begann heißhungrig zu essen, während Sören seinen Teller kopfschüttelnd betrachtete. »Wie kann man so was gegen das Frühstück eintauschen, das Ihre Schwiegermutter macht?«

Erik winkte ab. »Erinnern Sie mich nicht daran. Ich hoffe, sie glaubt mir irgendwann, dass ich nichts mit Corinna Matteuer habe.«

Sören sah ihn an, als teilte er die Überzeugung von Mamma Carlotta. »Und was ist mit Wiebke Reimers?«, fragte er dann so leise, als traute er sich kaum, diese Frage zu stellen.

Erik hatte gerade in sein Brötchen gebissen und konnte nicht antworten. Er sah seinen Assistenten nur mit vollen Backen an, als verstünde er ihn nicht. Und so war es auch.

Sören druckste herum. »Sagen Sie bloß, Sie haben noch nicht gemerkt, wie die Sie anguckt?«

Erik schluckte aufgeregt und hoffte, dass seine Empörung überzeugend war. »Reden Sie keinen Unsinn, Sören! Ich denke bei Wiebke Reimers an was ganz anderes. An das, was Menno Koopmann gesagt hat.«

»Dass er sie nicht kennt? Sie haben ja recht, sie konnte uns keinen Presseausweis vorlegen. Aber meinen Sie wirklich …?«

Erik legte sein Brötchen weg, der Appetit war ihm plötzlich vergangen. Der Verdacht, dass Wiebke ihn geküsst hatte, weil sie nun leichter an Informationen kommen konnte, schlug ihm auf den Magen. »Sie ist immer da, wo sich etwas ereignet. Sie hat sich sogar bei mir zu Hause eingeschlichen und hat viel mehr mitbekommen, als sie sollte. Wer weiß, weshalb sie sich mit meiner Schwiegermutter anfreundet?«

Sören sah seinen Chef nachdenklich an. »Sie meinen, sie will Sie aushorchen?«

Erik biss wieder in sein Brötchen, um nicht antworten zu müssen, und Sören fuhr fort: »Vielleicht sollten wir mal bei der *Mattino* anrufen und uns nach ihr erkundigen?«

Aber Erik wehrte ab. »Wenn sie es erfährt … wie sollten wir das erklären?«

»Was soll sie schon sagen? Schließlich konnte sie sich nicht ausweisen, und wir haben jedes Recht, ihre Identität zu überprüfen.«

Erik wollte trotzdem nichts davon hören. »Nein, wir müssen uns was anderes einfallen lassen.«

Sören schlürfte seinen Kaffee, Erik kaute auf dem Brötchen herum, schließlich sagte er: »Menno Koopmann hat recht, sie weiß mehr als er und auch mehr als andere.«

»Zum Beispiel, dass Matilda Pütz Ludo Thöneßen ermordet hat.«

»Und dass ich die Zwillingsschwestern von früher kenne.«

»Sie war da, als Matilda Pütz vom Balkon gefallen ist.«

»Und sie erschien im Apartment, als die KTU auf Spurensuche war.«

»Hier in der Sportlerklause war sie auch, als wir der Bürgerinitiative mitgeteilt haben, dass Ludo tot ist.«

Erik nippte gedankenverloren an seinem Kaffee. Die Traurigkeit legte sich so schwer auf ihn, dass er am liebsten den Kopf auf die Tischplatte gelegt hätte. »Und nach Happes Tod war sie auch da. Hinter dem Baubüro, nicht auf der Straße, wo die Demo stattfand!«

»Und heute Morgen auf dem Bahnhof.«

»Wenn Koopmann die Fotos sieht, wird er ausrasten.«

Sören grinste. »Es sei denn, sie ist tatsächlich keine Journalistin. Dann werden die Fotos ja nie veröffentlicht. Dann ist diese ganze Fotografiererei nur ein Ablenkungsmanöver.«

Erik rief nach Jacqueline und bestellte einen weiteren Kaffee. »Sie meinen also … irgendwas stimmt nicht mit ihr?«

Doch er musste den Gedanken fürs Erste beiseiteschieben, denn sein Handy meldete sich. Vetterich rief an. »Moin, Wolf! Es gibt was Neues. Spuren von einem unserer alten Bekannten!«

»Am Fensterrahmen des Baubüros?«, fragte Erik atemlos.

Vetterich gab ein zustimmendes Grunzen von sich. »Einige Spuren sind weiterhin nicht zuzuordnen. Aber es gibt jemanden, der den Fensterrahmen ganz sicher angefasst hat: Tove Griess!«

Mamma Carlotta warf einen langen Blick auf den Dorfteich, der verlassen dalag. Kein Mensch auf den Wegen, die um ihn herumführten, alle Bänke waren leer. Der Nieselregen, die Kälte und der Wind hatten die Feriengäste in ihre Unterkünfte oder in die Cafés getrieben, nur am Strand, direkt an der Wasserkante, gab es immer Leute, die dem Wetter die Stirn boten und sich gegen den Wind stemmten. Viele suchten es anscheinend, dieses Aufbegehren gegen die Naturgewalten. Ihnen zu trotzen erfüllte sie mit großer Befriedigung. Aber natürlich nicht am Dorfteich, wo es Kälte, Regen und Wind aus zweiter Hand gab und schlechtes Wetter deswegen nur lästig war.

Auch auf dem Friedhof war Mamma Carlotta allein. Sie band die Kapuze unter dem Kinn fest zusammen und schritt den Hauptweg entlang zu Lucias Grab. Das kleine Rund vor dem Grabstein, das Erik mit weißen Astern bepflanzt hatte, war mit Blättern übersät, die sie entfernte, während sie Lucia begrüßte. »Piccola mia, ich hatte gerade ein schreckliches Erlebnis. Beim Bäcker! Du weißt, ich mache es genauso wie du: Ich bestelle das Brot, das ich am Abend haben will, damit der Bäcker es mir zurücklegt. Und stell dir vor …«

Während eine Verkäuferin Mamma Carlottas Wunsch notierte, wandte sich eine Frau, die nach ihr den Laden betreten hatte, an den Bäcker, der in der Tür der Backstube erschienen war.

Mamma Carlotta wollte sich gerade verabschieden, da fiel ihr das merkwürdige Gebaren des Bäckers auf. Er, der jeden Kunden freundlich, beflissen und oft sogar ehrerbietig nach seinen Wünschen fragte, sah die Frau mit verschlossenem Gesicht an, als wäre sie ihm lästig.

»Ein Kümmelbrot, bitte!«

»Kümmelbrot ist aus«, gab der Bäcker zurück.

Die Frau zeigte auf sein Brotregal. »Da liegen drei Stück!«

»Die sind alle vorbestellt«, gab der Bäcker zurück.

Die Frau nickte, als verstünde sie plötzlich, warum sie kein Brot bekam. »Es gibt noch andere Bäcker in Wenningstedt«, sagte sie patzig. »Meinen Sie, ich merke nicht, dass ich nur noch Brot vom Vortag bekomme?«

»Schön, dass Sie es merken«, gab der Bäcker ungerührt zurück. »Dann haben Sie sicherlich auch schon gemerkt, dass ich meine Ergotherapie mittlerweile woanders mache. Und wenn Sie Ihre Praxis erst im neuen Gesundheitshaus aufgemacht haben, dann werden auch viele andere nicht mehr zu Ihnen kommen.«

Die Frau wandte sich wortlos ab und verließ ohne Gruß den Laden.

Mamma Carlotta starrte mit offenem Munde hinter ihr her. »War das ... wie heißt sie noch gleich?«

»Freda Arnsen«, entgegnete der Bäcker und schaffte es immer noch nicht zu lächeln. »Erst große Töne spucken, in der Bürgerinitiative mitmischen, auf die Investoren schimpfen und dann alles vergessen, wenn es um den eigenen Vorteil geht!«

Mamma Carlotta hatte sich daraufhin ähnlich fortgeschlichen wie Freda Arnsen. Eigentlich hatte der Bäcker noch über seine Schwester reden wollen, die in der Türkei verheiratet war und dort viel Erfolg mit einem Fischrezept hatte, das Mamma Carlotta dem Bäcker vor seiner letzten Türkeireise mitgegeben hatte. Aber sie fühlte das Wort »Verräterin« auf ihrer Stirn und schaffte es nicht, ein harmloses Geplauder mit dem Bäcker zu beginnen.

»Wenn ich nur wüsste, Lucia bambina, wie ich Niccolò

dieses Bistro ausreden könnte! Ich habe Angst, demnächst auch so behandelt zu werden wie Freda Arnsen. Aber kann ich riskieren, dass Niccolò sein Geld bald mit Handstand und Salto auf dem Seil verdient? Wenn ihm dabei etwas zustößt, werden mir alle Vorwürfe machen!«

Sie legte die Mappe mit den Unterschriftenlisten neben den Grabstein, richtete sich auf, stöhnte leise und griff sich in den Rücken. »Aber das ist noch nicht alles, cara, was mir auf der Seele liegt. Du weißt, wie sehr Enrico dich geliebt hat und wie schwer er immer noch unter deinem Verlust leidet. Trotzdem sollte er sich irgendwann wieder verlieben und sich eine Frau ins Haus holen, die für ihn sorgt und gut zu den Kindern ist. Das meinst du doch auch, Lucia bambina?«

Sie sah in eine Wolke, die über die Friesenkapelle hinwegzog, und erinnerte sich daran, dass Carolin und Felix in der ersten Zeit nach Lucias Tod Trost darin gefunden hatten, in einer besonders tief hängenden Wolke ihre Mutter zu wissen, die ihnen nah sein wollte und auf sie achtgab.

»Aber es muss die richtige Frau sein, Lucia! Nicht Corinna Matteuer! Was hältst du von Wiebke Reimers? Felice mag sie, und ich glaube, Carolina auch. Und wie sie Enrico ansieht ... ich bin sicher, sie hat sich in ihn verguckt. Aber er merkt es natürlich nicht. Du kennst ihn ja. Oder er sieht nicht, wie hübsch Wiebke Reimers ist, weil in seinem Kopf Corinna Matteuer herumspukt. Kann ja sein, dass sie früher eine angenehme junge Frau war. Als sie noch nicht so geldgierig war. Dass ihr Mann in einem Pflegeheim dahinvegetiert, scheint sie nicht zu kümmern. Sie tut so, als sei sie eine Witwe, die frei ist, sich einen neuen Mann zu suchen. Ist das nicht empörend, Lucia? Auf so was fällt Enrico herein! Bei so einer bleibt er sogar eine ganze Nacht! Madonna! Warum hast du das nicht verhindert?«

Sie entdeckte hinter einem benachbarten Grabstein einen Rechen, den sie sich auslieh, um die letzten Blätter von Lucias Grab zu entfernen. »Wo Corinna Matteuer ist, da ist auch der Tod«, sagte sie düster. »Nicht nur, dass ihre Schwester den armen Ludo Thöneßen ermordet, sie bringt sich auch selber um. Und nun wurde noch Dennis Happe erstochen. So ein netter Mann! Er wollte eigentlich demnächst Urlaub in Panidomino machen.« Mamma Carlotta stellte den Rechen zurück. »Bitte, gib mir ein Zeichen, Lucia! Sag mir, was ich tun soll, damit Enrico erkennt, dass die Matteuer nichts für ihn ist. Und was Niccolò angeht, könntest du mir auch helfen. Er hat sich das Bistro im Gesundheitshaus in den Kopf gesetzt! Und er meint, ich müsse es schaffen, es ihm zu besorgen. Er hat recht, ich könnte es tatsächlich, aber ich will keine Gefälligkeit von Corinna Matteuer annehmen, und vor allem will ich mich vom Bäcker nicht so verächtlich behandeln lassen. Außerdem würden die Kinder es mir schrecklich verübeln. Ganz abgesehen davon, dass die Bürgerinitiative mich rauswerfen würde! Mit Schimpf und Schande!« Mamma Carlotta sah kopfschüttelnd auf den Grabstein herab. »Und dann noch Tove Griess! Er geht davon aus, dass er das Bistro bekommt! Wenn er recht hat, dann spielt die Matteuer sogar ein böses Spiel mit allen, die sich für das Bistro bewerben. Tove hat sie anscheinend auch schon eine Zusage gemacht. Aber Niccolò will sie bevorzugen, damit ich ihr zum Dank dabei helfe, sich an Enrico ranzumachen. So deutlich hat sie das natürlich nicht gesagt, aber ich bin sicher, dass sie das im Sinn hat. Aber das kommt nicht infrage! Nur ... wie mache ich das Niccolò klar? Du weißt ja, wie er ist. Wenn ich erkläre, dass er als Italiener keine Chance hat, weil nur ein Sylter für dieses Bistro infrage kommt, dann findet er sich nicht damit ab, sondern ruft die Matteuer an und beschimpft sie als Ausländerfeind. Das würden die Kinder erfahren, und alles wäre noch schlimmer! Niccolò akzeptiert keine Absage. Er hat ja keine Ahnung, wie das mit der Matteuer ist! Und mit den Kindern!

Und mit der Bürgerinitiative! Notfalls soll ich die Matteuer bestechen, sagt er. Er will sich das Geld irgendwo zusammenborgen. Aber er meint auch, ich müsse nur lange genug auf die Matteuer einreden, dann würde sie schon nachgeben.«

Mamma Carlotta seufzte und betrachtete den hellen Findling, auf dem Lucias Name stand. »Es ist ein Kreuz! Seit ich ihn damals aus dem Gefängnis geholt habe, glaubt er, ich könne jeden Menschen dazu bringen, so zu handeln, wie er es will. Du weißt ja, damals habe ich so lange auf die Richterin in Città di Castello eingeredet, bis sie geglaubt hat, dass Niccolò nicht über den Dachfirst gelaufen ist, um in eine Wohnung einzubrechen, sondern um seine Schwindelfreiheit zu trainieren. Am Ende hat sie es mir tatsächlich abgenommen. Wenn Enrico auch damals behauptet hat, die Richterin hätte nur so getan, damit ich endlich ruhig war.«

Mamma Carlotta war dankbar, sich alles von der Seele geredet zu haben. Lucia hatte sie verstanden, da war sie sich sicher, und sie würde ihrer Mutter einen Wink geben. Auch da war Mamma Carlotta zuversichtlich. Sie zog noch das *Inselblatt* hervor. »Schau mal, Lucia! Deine Mutter auf dem Titel! Was meinst du, was die Nachbarinnen in Panidomino sagen werden?«

Dann machte sie sich auf den Rückweg. Als sie vor der Friedhofspforte stand, steckte sie die Zeitung wieder in ihre Jackentasche, die Mappe mit den Unterschriftenlisten klemmte sie energisch unter den linken Arm. An der Ostseite des Dorfteichs gab es eine Reihe hübscher Häuser, dort würde sie vorstellig werden, um weitere Unterschriften für den Protest gegen Matteuer-Immobilien zu sammeln.

Sie kontrollierte vorsichtshalber die Listen, damit sie sicher sein konnte, dass Carolin und Felix dort noch nicht geklingelt hatten, dann setzte sie einen Fuß auf die Straße ... und stockte. Ein Auto näherte sich aus Richtung des Steinzeitgrabes Denghoog und rollte vor der Friesenkapelle aus. Ein dunkelgrauer Range Rover! Mamma Carlotta erkannte Corinna Matteuer, noch ehe der Wagen zum Halten gekommen war. Was hatte sie vor? Dass es besser war, sich nicht blicken zu lassen, begriff Mamma Carlotta schnell und machte einen Schritt zurück in den Schutz eines parkenden Autos.

Corinna Matteuer stieg aus dem Auto und sah sich um wie jemand, der keine Augenzeugen haben wollte. Sie trug einen dunklen Trenchcoat, verdeckte mit einem Tuch ihre Haare und die Augen mit einer großen Sonnenbrille. Sie schob sie kurz in die Höhe, sah sich noch mal nach allen Seiten um, dann schloss sie ihren Wagen ab und machte sich auf den Weg. Nicht auf den Friedhof, nicht auf Mamma Carlotta zu, nein, sie bog in den Weg ein, der zwischen dem Dorfteich und den hübschen weißen Häusern entlangführte, zu denen Mamma Carlotta mit ihrer Unterschriftenliste aufbrechen wollte.

Sie wollte sich gerade hinter dem Auto hervorwagen, um Corinna Matteuer unauffällig zu folgen, da drehte diese sich um und blickte zurück. Sie schob erneut die Sonnenbrille in die Höhe und beobachtete genau die nähere Umgebung. Mamma Carlotta duckte sich so tief wie möglich hinter das Auto und hoffte, dass der Besitzer nicht plötzlich hinter ihr erschien und sie nach dem Grund ihres merkwürdigen Verhaltens fragte.

Eine ganze Weile blieb sie in Deckung, ehe sie es wagte, den Kopf zu heben und durch die Seitenscheiben des Autos zu blicken. Corinna Matteuer war verschwunden. Der Weg, der an den Häusern vorbeiführte, war menschenleer. Das konnte nur bedeuten, dass sie eins der Häuser betreten hatte oder in einen Garten eingedrungen war.

Mamma Carlotta gab ihre Deckung auf. Wenn Corinna Matteuer so etwas tat, dann musste das einen Grund haben, von dem niemand etwas wissen sollte. Ihr Lauern, ihr Bemühen, unerkannt zu bleiben, der Schutz der Sonnenbrille, obwohl Wolken den Himmel bedeckten, das alles musste einen Grund haben.

»Was meinst du, Lucia?«, flüsterte Mamma Carlotta beinahe unhörbar. »Soll ich mal nachsehen, was sie vorhat? Es scheint nichts Gutes zu sein. Wenn ich sie bei einer Sache erwische, die Erik nicht gefällt, wird er bestimmt nie wieder eine Nacht bei ihr verbringen.«

Sie lauschte auf das Schreien der Möwen, war sich noch nicht schlüssig, was es zu bedeuten haben mochte, dann aber gab es plötzlich einen winzigen Riss in der Wolkendecke, und die Sonne blitzte hervor. Nur ein Streifen kaltes Licht, aber für Mamma Carlotta war er Hinweis genug. Ja, Lucia wollte, dass sie der Investorin auf die Spur kam. Also war auch sie in Sorge, dass Erik sich ausgerechnet in diese Frau verguckte.

Mamma Carlotta machte es genau wie Corinna Matteuer vorher, blickte sich nach allen Seiten um und ging erst los, als sie überzeugt war, dass niemand sie beobachtete …

Erik parkte den Wagen auf dem großen Parkplatz zwischen der Strand- und der Friedrichstraße. Die meisten Plätze waren für Wohnungs- und Geschäftseigentümer reserviert, aber er hatte Glück und fand eine Parkbucht in der Nähe des Hauseingangs. Er stellte den Motor ab, blieb jedoch noch im Auto sitzen. »Tove Griess läuft uns nicht weg«, sagte er. »Erst mal die Durchsuchung des Apartments.«

»Sie glauben also nicht«, fragte Sören, »dass Tove Griess den Mord begangen hat? Immerhin haben wir seine Fingerabdrücke am Tatort gefunden.«

»Sehen Sie irgendwo ein Motiv?«

»Das Motiv haben wir! Dennis Happe hat jemanden dabei erwischt, wie er in Matilda Pütz' Schreibtisch herumwühlte.«

»Und das Motiv für dieses Herumwühlen?«

Sören öffnete die Beifahrertür. »Solange wir nicht wissen, was der Täter gesucht hat, kommen wir nicht weiter.«

Die beiden stiegen aus, Erik schloss umständlich den Wagen ab. »Vielleicht finden wir in Matildas Sachen irgendetwas, was uns weiterhilft.«

»Wenn nicht, müssen wir es in ihrer Wohnung auf dem Festland probieren«, sagte Sören.

Erik ging ihm voran auf den Eingang des Apartmenthauses zu.

Corinna war ärgerlich gewesen, als sie ihn angerufen hatte. »Dieser Polizeiobermeister hat mir erzählt, du willst Matildas Zimmer durchsuchen! Was soll das?«

»Wir müssen wissen, was der Täter in ihrem Schreibtisch gesucht und gefunden hat. Dann wissen wir vielleicht auch, wer Dennis Happe erstochen hat.«

»Ich kann mir nicht vorstellen, was Matilda hier versteckt haben könnte.«

»Denk nach, Corinna! Könnte es etwas mit Ludo zu tun haben? Mit den Bestechungsgeldern, die er nicht angenommen hat?« Sie wollte etwas einwerfen, aber er ließ sie nicht zu Wort kommen, wollte sich nicht anhören, es hätte keine Bestechungsversuche gegeben. »Hat es was mit dem Bistro zu tun? Wollte er es haben? Hat Matilda sich für ihn eingesetzt?«

»Ja, ja, sie hat mal was erwähnt. Ludo Thöneßen wäre der Richtige für das Bistro.«

»Irgendetwas Schriftliches hat es aber nicht gegeben?«

»Das wüsste ich. Ich bin die Chefin!«

»Gut, wir werden uns also umsehen. Bist du zu Hause?«

»Nein, im Baubüro.« Dann fiel ihr ein, dass sie keine Zeit hatte, nach Hause zu kommen, um bei der Durchsuchung anwesend zu sein. »Ich weiß gar nicht, wie ich die ganze Arbeit schaffen soll. Matilda und Dennis fehlen mir. Ich muss mich um einen neuen Architekten kümmern. Eine Bürokraft habe ich zum Glück schnell gefunden. Aber sie muss natürlich eingearbeitet werden. Ich weiß gar nicht, wann ich das alles schaffen soll. Aber fürs Erste reicht es mir, dass ich im Baubüro nicht allein bin.«

Erik hatte Verständnis für ihre Ängste. »Ja, nach allem, was passiert ist …«

Doch sie ließ ihn nicht ausreden. Sie vertraue ihm, er könne ohne Weiteres mit der Durchsuchung beginnen, sie käme dann später dazu, wenn es ihre Zeit erlaube. »Ich rufe den Hausmeister an. Er soll euch reinlassen.«

Erik ließ den Blick über den Parkplatz schweifen. Corinnas Range Rover sah er nicht. »Sie ist tatsächlich noch nicht da«, murmelte er und suchte vor der großen gläsernen Eingangstür unter den vielen Namensschildern den Klingelknopf, der zur Wohnung des Hausmeisters gehörte. Während sie darauf warteten, eingelassen zu werden, betrachtete Erik das Foyer hinter der Eingangstür. Unzählige Briefkästen sowohl auf der rechten als auch auf der linken Seite und drei Aufzüge. Schon hier bekam man eine Ahnung, wie viele Wohnungen es in diesem Haus gab.

Eine Aufzugtür öffnete sich, Heino Hansen erschien und öffnete ihnen die Tür. »Frau Matteuer hat mich informiert. Ich soll Ihnen den Schlüssel geben.«

Wenige Minuten später standen sie vor der Apartmenttür. Erik gefiel es nicht, eine fremde Wohnung zu betreten, fühlte sich unwohl, als er sich umsah, kam sich wie ein Eindringling vor, obwohl er die Erlaubnis der Eigentümerin besaß.

Sören schien es ähnlich zu gehen. »Wissen Sie, welches Zimmer Matilda Pütz gehörte?«, fragte er.

Erik nickte, durchquerte das Wohnzimmer, betrat den zweiten kleinen Flur und öffnete die Tür, die in Matildas Zimmer führte. Es war spärlich eingerichtet, wie das in Ferienwohnungen häufig der Fall war. Es wunderte ihn, denn die Familie Pütz besaß diese Wohnung schon so lange, dass er mit mehr Behaglichkeit und Komfort gerechnet hatte. Der kleine Schrank enthielt nur wenige Kleidungsstücke, in der Kommode und den Nachttischschubladen fanden sie nichts, was Aufschluss geben konnte. Bücher, Rätselhefte, Kosmetika, Illustrierte, Schreibzeug, Fotos von den Eltern, Sylt-Reiseführer, Nagellackfläschchen … nichts, was einen Hinweis darauf gab, dass in Matildas Schreibtisch oder sonst wo etwas Brisantes aufbewahrt worden war. Erik entschloss sich sogar, die Matratze aus dem Bett zu heben, doch auch darunter wurde er nicht fündig. Sören untersuchte alle Schubladen nach versteckten Geheimfächern, aber ebenfalls ohne Ergebnis.

»Kein Wunder«, meinte Sören. »Was immer es war, ihre Schwester sollte nichts davon wissen. Im Büro war es anscheinend sicherer.«

»Warum eigentlich?«, überlegte Erik. »Warum sollte Corinna auf der Suche nach einem Radiergummi nicht auch in Matildas Schreibtisch gucken? Oder Dennis Happe?«

Sören zuckte die Schultern. »Vielleicht gab es dort eine Möglichkeit, die Sache so gut zu verstecken, dass niemand sie finden konnte.«

»Der Mörder hat sie aber gefunden.«

»Wer weiß das schon? Vielleicht haben wir gefunden, was der Mörder gesucht hat, aber wir haben es nicht gemerkt. Weil wir die Bedeutung nicht kennen.«

Erik dachte nach, dann schüttelte er den Kopf. »In Matildas Schreibtisch gab es nichts Besonderes.« Er trat auf den Flur zurück. »Sehen wir uns den Rest der Wohnung etwas genauer an.«

Sören wirkte unzufrieden. »Sie wird etwas, was sie ihrer Schwester vorenthalten wollte, sicherlich nicht im Wohnzimmerschrank aufbewahrt haben.«

»Trotzdem!«

Mamma Carlotta stand vor dem ersten Haus und sah sich suchend um. Corinna Matteuer war nirgendwo zu sehen. Wo sollte sie nach ihr suchen? Hatte sie womöglich nur einen Besuch gemacht, irgendwo geklingelt und war eingelassen worden? Aber Mamma Carlotta schüttelte den Kopf. Nein, sie war sicher, dass Corinna Matteuer etwas im Schilde führte. Warum sonst hatte sie sich immer wieder umgesehen, als hätte sie Angst vor Verfolgung?

Sie war nun bei den ersten Häusern angekommen. Die Gärten waren dem Dorfteich zugewandt, betreten wurden die Häuser von der anderen Seite. Mamma Carlotta stellte fest, dass schmale Wege von der Eingangstür um jedes Haus herum in die Gärten führten. Still war es dort, keine Stimmen waren zu hören. Anscheinend wohnten hier keine Sylter Familien, die Häuser sahen allesamt so aus, als würden sie an Touristen vermietet. Jetzt, im Oktober, standen sicherlich viele Wohnungen leer.

Mamma Carlotta ging auf die Hausseite mit den Eingangstüren zu, dann huschte sie zwischen zwei Häusern hindurch und blieb an der hinteren Hausecke stehen. Sie sah nach oben in die erste Etage, stellte aber fest, dass es dort nur schmale Fenster gab, die anscheinend zu den Bädern gehörten. Unwahrscheinlich, dass sie von dort oben bemerkt wurde! Bevor sie vorsichtig um die Hausecke schaute, sah sie sich erneut um. Sie durfte nicht beobachtet werden. Wer genau hinsah, würde sofort merken, dass sie diesen Garten unbefugt betrat.

Hinter jedem der Häuser sah es ähnlich aus. Auf einigen Terrassen, mit einem schönen Blick auf den Dorfteich, standen schlichte Sitzgarnituren, auf anderen fehlten sie, waren wohl schon für den Winter untergestellt worden. Mamma Carlotta presste sich an die Hauswand. Nun würde sie zwar von jemandem gesehen werden, der aus dem Haus trat, aber vom Weg, der am Dorfteich entlangführte, würden keine

Blicke mehr in ihren Rücken treffen. Wenn es eine Gefahr gab, dann sollte sie von vorne kommen.

Aber alles blieb ruhig, niemand war zu sehen. Was tun? An den Fenstern vorbeigehen, hineinschauen und Gefahr laufen, dass jemand zurückschaute? So verlassen die beiden Häuser links und rechts auch wirkten, sicher konnte sie nicht sein, dass niemand sich dort aufhielt.

Dann jedoch, während sie noch zögerte und überlegte, was zu tun war, ein Geräusch! Ein feines Knirschen, als bewegte sich jemand vorsichtig über einen Kiesweg. Dann das Schlagen einer Tür, und danach wieder diese Stille, die Mamma Carlotta immer unheimlicher wurde. Nur der Wind jaulte, gelegentlich kam das Schnattern der Enten vom Teich herüber, der Motor eines Autos, das vorüberfuhr. Aus den Häusern jedoch kam kein Laut.

Mamma Carlotta beugte sich so weit um die Hausecke, dass sie in ein Wohnzimmer blicken konnte, das so leer und verlassen wirkte, dass sie sicher war: Hier wohnte zurzeit niemand. Beruhigt lief sie über die Terrasse und warf einen langen Blick zum nächsten Haus. Sollte sie in den angrenzenden Garten wechseln? Wenn das Nachbarhaus bewohnt war, würde womöglich gleich jemand nach der Polizei rufen. Es war ja auch gar nicht gesagt, dass Corinna Matteuer dort verschwunden war. Vielleicht hielt sie sich in einem Haus auf der anderen Seite auf?

Mamma Carlotta seufzte auf und wandte sich ab. Was tat sie hier überhaupt? Sie hatte Corinna Matteuer nicht verschwinden sehen. Womöglich war sie zu jemandem in ein Auto gestiegen. Oder es war ihr von einem Hausbewohner die Tür geöffnet worden, der sie schon vom Fenster aus gesehen und nicht darauf gewartet hatte, dass sie klingelte. Damit wäre zu erklären, dass sie bereits verschwunden gewesen war, als Mamma Carlotta nach wenigen Augenblicken im Schutz des parkenden Autos wieder den Blick gehoben hatte.

Sie schüttelte den Kopf und konnte sich plötzlich selbst nicht mehr verstehen. Wie sollte sie ihre Anwesenheit erklären, wenn gleich jemand empört in seinen Garten lief und sie fragte, was sie hier zu suchen hatte? Ihm erzählen, sie verfolge eine Frau, die ihrem Schwiegersohn nachstellte? Der sie unbedingt was ans Zeug flicken wollte, damit er von ihr abließ? Jeder würde sie für verrückt erklären. Und wie Erik reagieren würde, wenn ihm das zu Ohren käme ... das mochte sie sich gar nicht vorstellen.

Sie flüsterte ein kurzes Stoßgebet zum Himmel und flehte den Schutzheiligen ihres Dorfes an, dafür zu sorgen, dass sie ohne Blessuren heimkehren durfte. Dann wollte sie sich über den Weg zurückziehen, an dessen Ende sie hoffentlich niemand fragen würde, was sie dort zu suchen hatte ... Doch in diesem Moment stach wieder die Sonne durch die Wolken. Ein winziges Blinzeln nur, ein kurzes Flimmern, das etwas in Mamma Carlottas Blickfeld aufblitzen ließ. Glas vor der nächsten Terrassentür! Glassplitter! Und plötzlich wusste sie, wie das Knirschen, das sie gehört hatte, zu erklären war. Jemand war auf Glasscherben getreten! Jemand, der vorher ein Fenster eingeschlagen hatte? Oder eine Glastür? Dann konnte dieser Jemand nur Corinna Matteuer sein.

Nun hielt Mamma Carlotta nichts mehr. Wenn Corinna Matteuer dieses Risiko einging, wusste sie vermutlich, dass in dem Haus niemand wohnte. Also konnte auch Carlotta es wagen, am nächsten Wohnzimmerfenster vorbeizuhuschen. Vorsichtshalber spähte sie erst um die Hausecke, stellte aber fest, dass es im nächsten Wohnraum genauso aussah wie in dem des anderen Hauses. Leer, aufgeräumt, frisch geputzt und unbewohnt!

Dieses Haus bestand anscheinend aus mehreren kleinen Wohneinheiten. Es war nicht nur in Erdgeschoss und erste Etage aufgeteilt, auch die beiden Etagen waren jeweils noch unterteilt worden. Das erkannte sie an der dünnen Trennwand, die die Terrasse und auch den Balkon in der ersten Etage teilte. Vorsichtig schlich sie darauf zu. Konnte sie es wagen, um die Trennwand herumzublicken? Was, wenn sie direkt in Corinna Matteuers Gesicht sah, die gerade in diesem Moment aufblickte? Die vielleicht ihre Schritte gehört hatte und nur darauf wartete, dass jemand erschien, den sie natürlich niederstrecken, erschlagen, erwürgen, erdrosseln musste, um selbst nicht überführt zu werden.

Diese Vorstellung war entsetzlich, aber für Mamma Carlotta kam es trotzdem nicht mehr infrage, den Rückzug anzutreten. Sie sah die Glassplitter, die die ganze Terrasse übersäten, und wusste, sie würde die Neugier nicht ertragen. Noch weniger die spätere Reue, wenn sie es nicht gewagt hatte, Corinna Matteuers Plänen auf den Grund zu gehen. Am Ende tat sie es für Erik, redete sie sich ein. Sie wollte nur sein Bestes! Und das Beste für die Kinder! Ja, nun hatte sie es richtig gemacht! Sie hatte sich selbst davon überzeugt, dass sie etwas Gutes im Sinn hatte, wenn sie ihrer Neugier nachgab.

Sie nahm ihren ganzen Mut zusammen und blickte um die Trennwand herum. Aber zum Glück war auch das nächste Wohnzimmer menschenleer. Doch dort wohnte jemand, das erkannte sie auf den ersten Blick. Über einem Sessel hing ein Herrenjackett, Schuhe standen unter dem Wohnzimmertisch, darauf eine Kaffeetasse, daneben lag eine zusammengefaltete Zeitung. Im hinteren Bereich gab es eine Küchenzeile, Herd, Kühlschrank, Spüle und ein paar Oberschränke. In der Kaffeemaschine stand eine halb gefüllte Kanne, daneben ein Zuckertöpfchen und eine gefüllte Plastiktüte mit der Aufschrift von Feinkost Meyer.

Die Terrassentür war in der Höhe der Klinke eingeschlagen worden. Man musste nur durch das Loch greifen, die Klinke betätigen, und schon hatte man freien Zugang. Dass

Corinna Matteuer die Einbrecherin gewesen war, daran hatte Mamma Carlotta keinen Zweifel.

Aber wo war sie? Im Wohnzimmer regte sich nichts. Die Tür, die aus dem Zimmer führte, stand offen, aber nicht so weit, dass Mamma Carlotta erkennen konnte, was sich dahinter tat. Sie lauschte angestrengt, doch nichts war zu hören. Hatte Corinna Matteuer die Wohnung womöglich längst durch die Eingangstür wieder verlassen? Dieser Gedanke belebte Mamma Carlotta. Sie wurde mutiger. Mit großen Schritten, um so wenig wie möglich mit den Glasscherben in Berührung zu kommen, überquerte sie die Terrasse. Schwer atmend blieb sie stehen, drückte sich mit dem Rücken an die Hauswand und wartete. War sie gesehen worden? Nein, nichts regte sich, kein Laut drang von drinnen nach draußen. Vorsichtig bewegte sie sich auf das folgende Fenster zu. Es handelte sich um den Schlafraum, sie konnte zerwühltes Bettzeug erkennen und einen Stuhl, über den jemand einen Pyjama geworfen hatte. Ganz offensichtlich wurde diese Ferienwohnung von einem Mann bewohnt. Das bewies nicht nur das Jackett im Wohnzimmer, sondern auch die Unordnung, die hier herrschte. Was hatte Corinna Matteuer mit ihm zu schaffen? Warum drang sie gewaltsam hier ein?

Diesen Gedanken verjagte Mamma Carlotta, ehe er sie bedrängen konnte. Sie wurde mutiger, schob ihren Kopf weiter vor, bis sie das ganze Schlafzimmer im Blick hatte. Aber es war genauso menschenleer wie das Wohnzimmer. Dafür gab es zwei Erklärungen: Entweder hielt sich Corinna Matteuer im Bad auf, oder sie hatte die Wohnung längst wieder verlassen.

Die zweite der beiden Möglichkeiten erschien Mamma Carlotta immer wahrscheinlicher, je länger sie auf ein Geräusch wartete. Als sich nach einigen Minuten, die ihr wie Stunden vorkamen, immer noch nichts rührte, wagte sie es, die Wohnung zu betreten. Das Knirschen erschreckte sie, aber sie ließ sich jetzt nicht mehr aufhalten. Im Nu hatte sie die Glasscherben überwunden und stand auf einem weichen Teppichboden, auf dem ihre Schritte nicht zu hören waren. Vorsichtig schob sie die Tür auf. Wieder lauschte sie, aber wieder kam ihr nur Stille entgegen.

Sie sah sich um. Zwei Türen des Wohnzimmerschranks standen offen, eine dritte war angelehnt. Hatte jemand die Schränke geöffnet, um darin etwas zu suchen? Mamma Carlotta brauchte nur einen Blick in das geöffnete Fach zu werfen, um sicher zu sein: Diese Wohnung war von jemandem durchsucht worden. Nichts lag ordentlich gestapelt oder nebeneinander da, die Papiere und Gegenstände waren auseinandergerissen, umgeworfen und unachtsam zur Seite gedrängt worden. Was hatte sie hier zu finden gehofft?

Mamma Carlotta trat auf einen kleinen Flur. Gegenüber war die Wohnungstür, die vermutlich in ein Treppenhaus führte, daneben eine schmale Tür, hinter der das Badezimmer liegen musste. Rechts befand sich die Schlafzimmertür, sie war nur angelehnt. Mamma Carlottas Herz klopfte, aber sie wusste, dass sie längst zu weit gegangen war, um jetzt umzukehren. Vorsichtig schob sie die Schlafzimmertür auf. Auch hier standen sämtliche Schranktüren offen, was von außen nicht zu erkennen gewesen war. Der überschaubare Inhalt der Schränke war durchwühlt worden, das war offensichtlich. Nur wenige Kleidungsstücke hingen auf den Bügeln, einige weitere lagen zerknüllt in den Fächern oder auf dem Boden. In den Nachtschränkchen sah es noch übersichtlicher aus. Kein Wunder, dass Corinna Matteuer schon wieder verschwunden war! Vermutlich war sie schnell fündig geworden und hatte das Haus so bald wie möglich wieder verlassen. Natürlich durch die Haustür, das war am unauffälligsten.

Mamma Carlotta stand kopfschüttelnd da. Wer mochte hier wohnen? Woher kannte Corinna ihn? Und warum besaß er etwas, was sie unbedingt haben wollte? Sie hatte also die richtige Ahnung gehabt! Corinna verbarg etwas, war vielleicht sogar kriminell. Davon war die Bürgerinitiative sowieso überzeugt, aber hier musste es um etwas anderes gehen als darum, auf Kosten anderer reich zu werden. Die Investorin brach in eine fremde Wohnung ein, um etwas zu stehlen! Wenn Erik das erfuhr! Nur … wie sollte sie es ihm hinterbringen? Gestehen, dass sie Corinna in diese fremde Wohnung gefolgt war? Mamma Carlotta merkte, dass ihr Plan einen Haken hatte. Ihre Beobachtungen würden ihr nicht dabei helfen, Erik daran zu hindern, seine alten Gefühle für Corinna neu zu beleben.

Diese Erkenntnis war derart niederschmetternd, dass sie sich zum ersten Mal in ihrem Leben darüber ärgerte, sich von ihrer Neugier hatte leiten zu lassen. Erik warf sie ihr häufig vor, diese Neugier, die sie immer verteidigt hatte und die sie selbst Interesse am Leben und an ihren Mitmenschen nannte. Aber jetzt wurde sie von der Ahnung beschlichen, dass Erik recht haben könnte, wenn er sie davor warnte, sich irgendwann mit ihrer Neugier in Teufels Küche zu bringen. Es wurde Zeit, dass sie hier verschwand. So schnell wie möglich!

Mamma Carlotta vergaß alle Vorsicht und achtete nicht auf das knarrende Geräusch der Schlafzimmertür. Nur raus hier! Raus, bevor jemand kam, der sie fragte, was sie hier zu suchen habe! Oder der vielleicht sogar die Polizei verständigte!

»Madonna!«, flüsterte sie. Nicht auszudenken! Erik würde anrücken und seine eigene Schwiegermutter festnehmen müssen! Der Arme würde sich in Grund und Boden schämen. Die Kinder natürlich auch. Und sie selbst am meisten! Dann würde es sicherlich ein Ende haben mit ihren Besuchen auf Sylt! Erik würde sie nie wieder einladen.

Ihre Schritte wurden abrupt gestoppt, als sie ein Geräusch

hörte. Schritte knirschten! Füße, die sich vorsichtig über die Glasscherben tasteten, damit sie nicht gehört wurden! Mamma Carlotta brach der Schweiß aus. Jemand folgte ihr in die Wohnung! Jemand, der bemerkt hatte, dass hier eingebrochen worden war? Oder Corinna Matteuer, die zurückgekommen war und ihre Suche fortsetzen wollte?

Mamma Carlotta drehte sich einmal um sich selbst. Wohin? In den Schrank? Unters Bett? Der Schrank war zu klein, das Bett zu tief. Hinter die Tür! Ein Satz, und sie drückte sich in die Zimmerecke und zog die Schlafzimmertür so weit wie möglich zu sich heran. Ein gutes Versteck war das nicht, aber solange die Tür weit geöffnet war, würde man sie wenigstens vom Flur aus nicht entdecken. Wenn aber jemand von außen durchs Fenster blickte … Mamma Carlotta schloss die Augen, damit sie nicht sehen musste, wie sie in einer fremden Wohnung ertappt wurde. Die Scham brannte bereits auf ihren Wangen, als wäre es nur eine Frage von Sekunden, bis jemand nach ihr greifen und sie ans Licht der Peinlichkeit zerren würde.

Das Knirschen der Schritte wurde lauter. Derjenige, der die Wohnung betrat, vertraute offenbar darauf, dass der Einbrecher, den er vermutete, längst geflüchtet war. Ob das ihre Chance war? Konnte ihr die Flucht in einem Augenblick gelingen, in dem der andere sich so sicher fühlte, dass er sich überrumpeln ließ?

Plötzlich herrschte Stille. Sie ahnte, dass der Eindringling nun über den Wohnzimmerteppich schlich. Sie hörte das Rascheln der Kleidung, vielleicht eine Regenjacke, die dieses Geräusch erzeugte. Dann das leise Klacken der Türklinke! Jemand zog die Wohnzimmertür vorsichtig auf!

Mamma Carlotta fühlte, dass der Schweiß ihr am Nacken herunterlief. Ihre feuchten Hände umklammerten die Mappe mit den Unterschriftenlisten, ihr Herz raste, ihre Knie zitterten. Wer würde gleich diesen Raum betreten? Und wie würde derjenige reagieren, wenn er auf eine italienische Mamma traf, mit der er hier ganz sicherlich nicht rechnete?

Doch es kam anders. Schlimmer! Draußen ertönte plötzlich eine männliche Stimme. Hart, laut, eindringlich! »Da ist eingebrochen worden!«

Eine andere Stimme, weiter entfernt, antwortete etwas. Dann wieder die erste: »Polizei! Hat jemand ein Telefon? Wir müssen die Polizei rufen!«

Mamma Carlotta hörte, dass die Wohnzimmertür aufgerissen und wieder ins Schloss gedrückt wurde, Schritte scharrten auf dem Flur. Dann das Geräusch der Badezimmertür. Der Eindringling war ins Bad geflüchtet.

Nun klang eine weibliche Stimme von draußen herein: »Vorsicht! Geh da nicht rein! Ich habe was gehört. Der Kerl ist da noch drin!«

»Hast du die Polizei schon verständigt?«, rief die männliche Stimme. Sie war nah, sehr nah. Mamma Carlotta vermutete, der Mann stand auf der Terrasse und starrte ins Wohnzimmer. Der Weg durch den Garten war ihr also versperrt.

Durch die geschlossene Badezimmertür war zu hören, wie jemand auf den Toilettendeckel stieg und das Fenster öffnete. Derjenige, der ihr gefolgt war, wollte also genauso wenig hier erwischt werden wie sie. Corinna Matteuer? Sie stieg durchs Fenster, um zu fliehen?

»Hol die Polizei! Ich bleibe hier!«

Nun hielt es Mamma Carlotta nicht mehr hinter der Tür. Möglich, dass vor dem Haus niemand war, der sie sah. Aber das konnte sich bald ändern, sie musste schnell handeln. Im Nu stand sie auf dem Flur. Welchen Weg sollte sie nehmen? Durch die Wohnungstür und dann ganz entspannt durch die Haustür, als gehörte sie zu den Bewohnern? Aber was, wenn jemand davor stand, der wusste, wer hier wohnte und wer nicht?

Sie riss die Badezimmertür auf. Der Raum war leer, das Fenster stand noch offen. Es führte nicht nach vorn, zur Straße, sondern zur Seite. Das ergab eine winzige Chance. Wenn sie ebenfalls dort hinaussprang, konnte sie wählen. Nach vorn zur Straße oder durch die Nachbargärten, je nachdem, wo sich die Leute aufhielten, die nach der Polizei geschrien hatten.

Eilig stieg sie auf den Toilettendeckel, kniete sich auf die Fensterbank, sah ängstlich nach draußen, fragte sich, ob sie heil am Boden ankommen oder ob sie sich womöglich verletzen würde ... da wurde sie für Augenblicke gestoppt. Hinter einem Gebüsch des Nachbargartens tauchte eine Person auf, sah sich vorsichtig um und flüchtete dann durch die angrenzenden Gärten. Die roten Locken wehten, als sie hinter dem letzten Haus verschwand. Mamma Carlotta war wie gelähmt. Wiebke Reimers? Was machte die Reporterin der *Mattino* hier?

*D*ie Durchsuchung von Matildas Zimmer hatte nichts ergeben. Was sich dort fand, brachte keinerlei Aufschlüsse.

»Wie soll man was finden«, maulte Sören, »wenn man nicht weiß, was man sucht?«

Erik stimmte ihm zu. »Wir wissen einfach zu wenig. Hoffentlich sieht die Staatsanwältin das ein.«

Sören sah seinen Chef fragend an. »Was nehmen wir uns nun vor? Corinna Matteuers Zimmer?«

Aber Erik lehnte ab. »Nur in ihrer Gegenwart!«

Sie gingen ins Wohnzimmer, öffneten lustlos die Schränke, waren aber nach einer halben Stunde nicht klüger als zuvor.

Sören wurde immer unleidlicher. »Können wir mal was Sinnvolles tun?« Er ging zu einem Regalbrett, wo einige gerahmte Fotos standen. »Sind das die Eltern?« Er hielt Erik ein Foto hin, das ein gesetztes älteres Ehepaar zeigte.

Erik nickte. »Sehen Sie, wie die Mutter mit Schmuck behängt ist? Denen war es immer wichtig, ihren Wohlstand zur Schau zu stellen. Eine Zweitwohnung auf Sylt, das war damals was! Ich war als junger Mann schwer beeindruckt. Heute kann ich gar nicht verstehen, dass mir diese Einrichtung mal imponiert hat. «

»Dann kommt die Matteuer wohl nach den Eltern«, meinte Sören. »Mit der wären die Alten zufrieden gewesen. Bei Matilda Pütz sah es da wohl anders aus, die war abhängig von der Schwester und hat es selbst zu nichts gebracht. « Sören nahm das Foto und betrachtete es. »Kein Wunder, dass einen dann eine unglückliche Liebe so aus der Bahn wirft. «

Ehe Erik dazu etwas sagen konnte, hielt Sören ihm ein anderes Foto hin. »Wer ist das? Klaus Matteuer? «

»Vermutlich«, antwortete Erik leichthin.

Sören drehte das Bild um und bestätigte es, indem er vorlas: »Klaus auf Sardinien 2009«. Er hielt seinem Chef das Foto noch einmal vor die Nase. »Der sieht so aus, als wüsste er genau, was er will. «

Plötzlich ging ein Ruck durch Eriks Körper. Ohne ein Wort riss er Sören, der empört aufmuckte, das Bild aus der Hand. »Den habe ich schon mal gesehen. «

Sören wandte sich gekränkt ab. Ihn interessierte das Foto nicht, das wollte er, nachdem Erik es ihm so unsanft abgenommen hatte, deutlich machen. Was ihm aus der Hand gerissen wurde, interessierte ihn aus Prinzip nicht.

Erik war es nur recht. Was immer Sören ihn jetzt gefragt hätte, er hätte keine Antwort darauf gehabt. In seinem Kopf kreisten die Gedanken. Sein Gefühl hatte ihn also nicht getäuscht! Mit Wiebke Reimers stimmte etwas nicht. Warum sonst bewahrte sie eine Anstecknadel in ihrer Handtasche auf, die ein Foto von Klaus Matteuer zeigte?

»Führt uns nun etwa ein Foto zum Mörder? «, fragte Sören provokant.

Erik antwortete nicht. Es fiel ihm schwer, Sören einzugestehen, dass er auf dem Bahnhof in Wiebkes Handtasche gegriffen hatte und dort auf das gleiche Foto in verkleinerter Form gestoßen war. So etwas gehörte sich nicht! Täte Sören etwas Ähnliches, würde er sich schwere Vorwürfe gefallen lassen müssen.

Erik stellte das Bild weg und versuchte, gleichmütig auszusehen. Dass es ihm nicht gelang, merkte er, ohne in den Spiegel schauen zu müssen. Die zweite Anstecknadel fiel ihm ein, die so im Futter von Wiebkes Handtasche gesteckt hatte, dass das Bild nicht zu erkennen gewesen war. Welches Foto mochte diese Nadel tragen? Das von Corinna Matteuer? Oder gar Wiebkes Bild? Das musste er herausfinden! War das nach der ergebnislosen Durchsuchung des Apartments nun endlich ein Indiz, das einen kleinen Erfolg versprach? Aber ein Motiv für den Mord an Dennis Happe würden ihm die Anstecknadeln wohl auch nicht liefern. Wie frustrierend es war, so lange auf der Stelle zu treten!

Da klingelte Eriks Handy. Enno Mierendorf war am anderen Ende. »Am Dorfteich ist eingebrochen worden«, berichtete er. »Jemand hat eine Scheibe eingeschlagen. Einem Nachbarn ist das aufgefallen.«

»Warum erzählen Sie mir das?«, fragte Erik mit scharfer Stimme. »Seit wann ist die Kriminalpolizei für Wohnungseinbrüche zuständig? Meinen Sie, wir haben momentan nicht genug zu tun? Rufen Sie die Kollegen an!«

Enno Mierendorf war nicht besonders beeindruckt von Eriks Verärgerung. »Ich dachte trotzdem, dass Sie es wissen sollten. Es handelt sich nämlich um die Ferienwohnung, die für Dennis Happe angemietet wurde.«

Was für ein Glück, dass Mamma Carlotta die Leiterin des privaten Pflegedienstes häufig beim Bäcker gesehen und natürlich auch gesprochen hatte. Frau Ferchen hatte, ebenso wie der Bäcker, eine Schwester, die mit einem Türken verheiratet war und in dessen Heimat lebte. Sie fühlte sich dem Bäcker also in der gemeinsamen Sorge verbunden, dass niemand, der mit Labskaus und Krabbenbroten groß geworden war, für den Rest seines Lebens mit Kebab oder Köfte auskam. Mamma Carlotta konnte diese Ängste teilen, denn auch ihre Tochter war ja mit Antipasti, Primo, Secondo und Dolce aufgewachsen und hatte sich daran gewöhnen müssen, dass ihre Familie auf Sylt in regelmäßigen Abständen Kartoffelsalat mit gebratenem Fischfilet auf den Tisch bekommen wollte und auf die anderen Gänge gerne verzichtete. Wie weit Glück und Zufriedenheit von der Art der täglichen Mahlzeiten abhingen, wurde vor der Theke des Bäckers immer wieder diskutiert, und so war die Pflegedienstleiterin eine gute Bekannte von Mamma Carlotta geworden.

Frau Ferchen war auf dem Weg zu einem alten bettlägerigen Herrn in der Berthin-Bleeg-Straße und hatte den Weg am Dorfteich entlang genommen. Die humpelnde Mamma Carlotta war ihr sofort aufgefallen, sie hatte neben ihr angehalten und besorgt nachgefragt. Als sie hörte, dass ihre italienische Bekannte über einen Stein gestolpert und umgeknickt war, hatte sie sich sofort erboten, einen kleinen Umweg in Kauf zu nehmen und sie nach Hause zu fahren.

»Kalte Umschläge und den Fuß hochlegen!«, hatte sie noch empfohlen, bevor Mamma Carlotta mit vielen »Grazie tante!« und »Molto gentile!« aus dem Auto gestiegen war.

Selbstverständlich hatte sie beteuert, dass sie die Ratschläge befolgen wolle, sich dann aber sofort in die Küche begeben, weil es Zeit wurde, mit dem Mittagessen zu beginnen. Noch nie in ihrem Leben hatte die Familie aufs Essen warten müssen, weil man ihr geraten hatte, die Füße hochzulegen.

Zum Glück hatte sie die Sardinen, die sie mit Ciabatta servieren wollte, schon am Vormittag gebraten und mariniert. Auch die Minestra di broccoli brauchte nur noch mit frisch geriebenem Parmesan verfeinert zu werden. Den Brokkoli hatte sie gekocht, noch ehe die Kinder zum Frühstück erschienen waren, ebenfalls die Spaghetti und die Tomaten, die klein geschnitten in die Suppe kamen. Als Dolce würde sie einen Teller mit Torrone neben die Espressotassen stellen, ein Gebäck, das in ihrer Heimat eigentlich erst in der Vorweihnachtszeit auf den Tisch kam. Aber Mamma Carlotta liebte es, und da sie wusste, dass auch Erik und die Kinder es liebten, stellte sie es immer her, wenn sie nach Sylt kam. Die Torrone bestanden aus Mandeln, Feigen, Haselnüssen und Honig, dann waren es die weißen Torrone, manchmal gab sie auch Schokolade hinzu, weil Felix besonders die braunen Torrone liebte. Schon vor Tagen hatte sie sie gebacken und hielt sie in einer Dose frisch. Nur Cacciucco alla livornese musste noch zubereitet werden. Bei Feinkost Meyer war die Fischtheke besonders gut bestückt gewesen. Sie hatte Knurrhahn, Meerbarbe, Dorsch, Heilbutt und Makrele bekommen, eine Vielfalt, die den Reiz dieses toskanischen Fischeintopfs ausmachte. Miesmuscheln waren zwar nicht im Angebot gewesen, dafür aber kleine Tintenfische, was genauso gut war.

Beim Ausnehmen der Fische ließ sich wunderbar nachdenken, wenn sie das Gewicht auf den gesunden Fuß verlagerte und an den anderen so wenig wie möglich dachte. Die Frage, ob es richtig gewesen war, Frau Ferchen etwas von einem Stolperstein zu erzählen, statt ihr die Wahrheit zu gestehen, war schnell mitsamt den Heilbuttgräten in den Müll gewandert. Diese Ausrede gehörte in den Bereich der Notlügen, die sogar der Pfarrer ihres Dorfes verzeihen würde, der es mit dem Sündenerlass sonst sehr genau nahm. Wie hätte sie Frau Ferchen auch erklären sollen, dass sie aus dem Badezimmerfenster einer Ferienwohnung geklettert war? Die Erkenntnis, dass ihr für solche Eskapaden mittlerweile wohl der rechte

Schwung fehlte, hatte ihr schon schwer genug zugesetzt. Sie war nicht dynamisch, mit einem federnden Sprung, auf die Beine gekommen, sondern zu Boden geplumpst wie einer der Mehlsäcke von Signor Passavo, wenn er sie aus einem Fenster seiner Mühle auf den Anhänger seines Traktors stieß. Die Flucht war ihr zum Glück trotz des umgeknickten Fußgelenks gelungen, anscheinend war ihre Angst so groß gewesen, dass die Schmerzen erst zur Last geworden waren, als sie sich auf sicherem Terrain befand.

Mamma Carlotta legte die gesäuberten Fische auf ein Küchenbrett und begann sie kleinzuschneiden. Jetzt erst konnte sie sich die Fragen stellen, die sie beinahe noch mehr bedrückten als das schmerzende Fußgelenk. Wohin war Corinna Matteuer verschwunden? Der dunkelgraue Range Rover hatte nicht mehr an seinem Platz gestanden, als Mamma Carlotta den Heimweg antrat. Und was hatte Wiebke Reimers in dieser Ferienwohnung zu suchen gehabt? Welche von den beiden hatte nun eigentlich die Scheibe eingeschlagen? Und warum? Wenn Corinna Matteuer nichts mit diesem Einbruch zu tun hatte, was hatte sie dann an den Dorfteich geführt? Und warum hatte sie versucht, unerkannt zu bleiben? Und Wiebke Reimers? Jemand, der ein reines Gewissen hat, flüchtet nicht durch ein Badezimmerfenster!

Mamma Carlotta schnitt Staudensellerie, Möhren, Zwiebeln und Knoblauch in kleine Würfel und gab das Gemüse mit dem Fisch in die Brühe, die gerade zu kochen begann. Alles schien an der Frage zu haften, wer zurzeit in dieser Ferienwohnung lebte. Ein Mann, so viel stand fest! Ein Mann, der etwas besaß, was Corinna Matteuer haben wollte? Ein Mann, in dessen Apartment Wiebke Reimers etwas vermutete, was sich in der *Mattino* als Sensation veröffentlichen ließ?

Die Enttäuschung wog so schwer, dass sie die Tomatensoße, in der sie später die gekochten Fischstücke servieren wollte, versalzte. Zum ersten Mal in ihrem Leben! Angewidert schüttete sie die Soße in den Ausguss und wollte es gerade erneut versuchen, als das Telefon klingelte. Eilig nahm sie den Hörer ab, froh über die Unterbrechung ihrer schweren Gedanken.

»Enrico!«, rief sie erfreut, als ihr Schwiegersohn sich meldete. Aber dann fiel ihr ein, dass sie ihm sein Fernbleiben in der vergangenen Nacht noch nicht verziehen und dass ein Anruf kurz vor Mittag nichts Gutes zu bedeuten hatte. »Wirst du etwa nicht zum Mittagessen kommen können? Es gibt Cacciucco alla livornese.« Am liebsten hätte sie ergänzt: »Obwohl du es nicht verdient hast!«, aber sie bezwang sich.

Erik bedauerte ausgiebig, außerordentlich zuvorkommend und für einen Friesen ungewöhnlich wortreich, dass ihm die Arbeit wichtiger sein musste als der toskanische Fischeintopf, den er sehr liebte. »Aber es hilft nichts. Ich muss zum Dorfteich. Dort ist eingebrochen worden. Ich hoffe, es dauert nicht lange.«

Mamma Carlotta räusperte sich und rückte ihre Stimme zurecht, ehe sie antwortete: »Einbruch am helllichten Tage? Incredibile!« Sie war sicher, dass sie genug Entrüstung in ihre Stimme gelegt hatte, und wagte daher scheinheilig zu ergänzen: »Im Haus einer reichen Familie?«

»Nein, eine Ferienwohnung. Mal sehen, was gestohlen wurde.«

Mamma Carlotta hatte das Telefongespräch gerade beendet, da sah sie, dass eine Taste des Anrufbeantworters rot blinkte. Das war ihr bei ihrer Heimkehr gar nicht aufgefallen.

Sie drückte die Taste, und nach einem kurzen Rauschen ertönte Carolins Stimme: »Hallo, Nonna! Felix und ich sind mit den Unterschriftenlisten unterwegs. Wir haben gesehen, dass deine Liste nicht mehr in der Küche lag, du sammelst also auch gerade Unterschriften. Wir treffen uns heute Mittag in der Sportlerklause mit allen anderen von ›Verraten und verkauft‹ und zählen die Unterschriften zusammen. Kommst du auch? Dann brauchst du heute Mittag nicht zu kochen. Papa und Sören werden schon klarkommen.«

Ärgerlich starrte Mamma Carlotta in den Topf, in dem die Fische kochten. Was nun? In die Sportlerklause humpeln und sich dazu bekennen, dass keine einzige Unterschrift auf ihre Liste gekommen war? Unmöglich! Darauf warten, dass Erik und Sören sich verspätet einfanden und von dem Einbruch erzählten? Mamma Carlotta zögerte. Warten war nicht ihre Sache, aber dass sie wissen wollte, was es mit dem Einbruch am Dorfteich auf sich hatte, stand fest.

Also beschloss sie, die Wartezeit mit etwas zu füllen, was ihr angenehm war. Das konnte zum Beispiel die Gesellschaft der Nachbarin sein, die sicherlich gerne bereit war, sich mit ihr über die Titelseite des *Inselblattes* auszutauschen, auf der Mamma Carlotta zu sehen war. Mit Frau Kemmertöns, einem Espresso und einigen Stücken Torrone würde die Zeit, bis Erik und Sören eintrafen, schnell vorübergehen.

Als es an der Tür klingelte, kam ihr auch die Möglichkeit in den Sinn, den Paketboten auf einen Espresso hereinzubitten oder den Schornsteinfeger mit einem Stück Torrone zu verwöhnen. Als sie dann aber sah, wer vor der Tür stand, verschlug es ihr die Sprache. Und so etwas kam bei Carlotta Capella sehr selten vor.

Erik trat auf die Terrasse und sah seinen Assistenten ratlos an. In der Wohnung waren Vetterich und seine Leute mit der Spurensuche beschäftigt.

»Donnerwetter!«, hörte er einen Mann sagen, der mit anderen Feriengästen auf dem Nachbargrundstück stand und zu ihnen hinübersah. »So viel Aufwand für einen simplen Einbruch?«

244

»Vielleicht ist was Wertvolles geklaut worden?«, warf ein anderer ein.

Aber der Erste winkte ab. »Wer bewahrt schon irgendwelche Kostbarkeiten in einer Ferienwohnung auf? Und der junge Mann sah ganz normal aus. Das war keiner mit Rolex am Handgelenk und Brilli im Ohr.«

Erik zog Sören zur Seite und drehte den neugierigen Nachbarn den Rücken zu. Sie alle waren mittlerweile befragt worden, aber niemandem war etwas aufgefallen. Auch zu Dennis Happe hatte keiner von ihnen etwas zu sagen gewusst. Er war ein netter junger Mann gewesen, der stets freundlich gegrüßt hatte. Einer nannte ihn auch hilfsbereit, da er einmal dabei geholfen hatte, einen Grill anzuzünden. Ansonsten wusste niemand etwas über ihn, die benachbarten Hauseigentümer nicht und ihre Feriengäste erst recht nicht. Dass Dennis Happe seine Wohnung viel länger als der durchschnittliche Sylttourist bewohnt hatte, änderte daran nichts.

»Machen wir einen Denkfehler?«, fragte Erik leise. »War es Dennis Happe, der irgendetwas Brisantes besaß, und nicht Matilda?«

Sören zuckte hilflos die Schultern und versuchte noch einmal alle Fakten zu rekapitulieren. »Erst bringt Matilda Pütz auf perfide Weise Ludo Thöneßen um, weil er sie betrogen und ihr Liebe vorgegaukelt hat. Danach tötet sie sich selbst.«

»Möglicherweise hat das überhaupt nichts mit Dennis Happes Ermordung zu tun.«

»Vielleicht doch! Alles hängt irgendwie mit Matteuer-Immobilien zusammen. Das kann doch kein Zufall sein. Vergessen Sie nicht, Chef: Ludo wollte das Bistro im Gesundheitshaus haben. Das war seine letzte Rettung. Wir wissen doch, wie es in seinen Bilanzen aussah.«

Erik nickte nachdenklich. »Dann wird Dennis Happe erstochen neben Matildas Schreibtisch aufgefunden. Und der wurde durchsucht.«

»Vielleicht hat er ihn selbst durchsucht und wurde dabei ertappt?«

»Dann müsste er etwas gefunden haben, was einem anderen gefährlich werden konnte. Und dieser andere hat ihm dann ein Messer in den Rücken gerammt.«

»Und ihm natürlich abgenommen, was er gefunden hat«, ergänzte Sören. »Warum dann aber noch dieser Einbruch?«

»Vielleicht ist der Mörder auch überrascht worden, ehe er Dennis Happe abnehmen konnte, was er wollte. Vergessen Sie nicht, Tove Griess und Fietje Tiensch waren hinter dem Haus, Wiebke Reimers ebenfalls.«

»Von Ihrer Schwiegermutter ganz zu schweigen!«

»Sie könnten den Täter vertrieben haben. Oder Dennis Happe hatte das, womit er den Mörder erpressen konnte, gar nicht bei sich.« Erik sah in den grauen Himmel, beobachtete nachdenklich, wie der Wind an den Zweigen der Bäume riss und sich eine Möwe von einer Windbö davontreiben ließ. Er roch die Luft, die nirgendwo so klar war wie auf Sylt, und lauschte auf das ferne Rauschen des Meeres, das an jeder Stelle der Insel zu hören war.

Sören betrachtete ihn und schien darauf zu hoffen, dass die Überlegungen seines Chefs zu einem Ergebnis führten. Aber Erik schüttelte den Kopf, als er die erwartungsvollen Augen seines Assistenten sah. »Anscheinend kratzen wir noch nicht einmal am Rande dieses Falles. Ich fürchte, wir sind von seiner Lösung noch weit entfernt.«

In diesem Moment räusperte sich jemand hinter ihnen, die beiden fuhren herum. Vor ihnen stand ein etwa sechzigjähriges Ehepaar. Beide trugen schwarze Mäntel, die Frau ein dezent gemustertes Tuch um den Hals, der Mann einen dunklen Hut, den er nun lüftete. »Happe«, sagte er und musste sich noch einmal räuspern, als wollte ihm seine Stimme nicht gehorchen. »Wir sind Dennis' Eltern.«

Sören reagierte als Erster. Er holte zwei Terrassenstühle

hervor, stellte sie an einen windgeschützten Platz und machte eine einladende Geste. Herr und Frau Happe warfen zwar einen langen Blick ins Wohnzimmer, sahen aber ein, dass dort kein Platz für sie war, knöpften ihre Mäntel bis oben zu und nahmen auf den Terrassenstühlen Platz.

Erik sprach den beiden sein Mitgefühl aus, worauf Frau Happe prompt zu weinen begann. »Dennis war so ein guter Junge«, schluchzte sie. »Wir haben ihn als Baby adoptiert. Schon zwei Tage nach seiner Geburt ist er zu uns gekommen. Er war unser Einziger! Und so erfolgreich! Er hatte einen guten Posten bei Matteuer-Immobilien.«

»Haben Sie eine Idee, warum er ermordet wurde?«, fragte Erik sanft.

Beide schüttelten energisch den Kopf. »Dennis war nie in irgendwelche kriminellen Machenschaften verstrickt«, antwortete Herr Happe, und Erik glaubte ihm.

»Es gibt Adoptivkinder«, ergänzte Frau Happe, »die machen den Eltern viel Kummer. Dann kommen die Gene der leiblichen Eltern zum Vorschein. Die Kinder werden kriminell oder sind minderbegabt. Unser Dennis war so, wie wir uns einen Sohn gewünscht hatten.«

Sie tupfte sich die Augen trocken, und Erik ließ ihr Zeit, sich zu fassen, ehe er sagte: »Es sah zunächst so aus, als habe er im Baubüro einen Einbrecher überrascht und musste deswegen sterben. Aber nun …«, er zeigte ins Wohnzimmer, wo die KTU arbeitete. »Das deutet darauf hin, dass er etwas besaß, was ein anderer haben wollte. Vielleicht sein Mörder.«

Herr und Frau Happe starrten ins Wohnzimmer und schüttelten beide die Köpfe.

»Haben Sie gelegentlich mit ihm telefoniert?«, fragte Erik. »Hat er eine Bemerkung gemacht, die uns weiterhelfen könnte? Bitte überlegen Sie in Ruhe«, setzte er schnell hinzu, als Dennis' Eltern bereits eine abwehrende Geste machten.

» Vielleicht eine Kleinigkeit, der Sie zunächst keine Bedeutung beigemessen haben. «

Herr und Frau Happe taten ihm den Gefallen und dachten intensiv nach, aber ohne Ergebnis. » Dennis muss ein zufälliges Opfer gewesen sein «, sagte sein Vater und sah Erik an, als erhoffte er von ihm Bestätigung.

» Vielleicht kann ich Ihnen bald schon mehr sagen «, wich Erik aus. » Wo wohnen Sie? Wie kann ich Sie erreichen? «

Herr Happe zog einen Stift aus seiner Manteltasche, Erik reichte ihm seinen Notizblock. Fein säuberlich notierte Dennis' Vater den Namen seines Hotels und seine Handynummer.

» Wann können wir unseren Jungen nach Hause holen? «, fragte Frau Happe.

Erik versprach, sich darum zu kümmern, und verabschiedete sich. Er wollte das Ehepaar noch zur Straße bringen, aber da Kommissar Vetterich an die offene Terrassentür trat, vergaß er es wieder.

» Wir sind fertig «, sagte Vetterich. » Es gibt ein paar frische Fingerspuren am Badezimmerfenster. Auch Fußspuren unter dem Fenster. Mal sehen, was die Auswertung ergibt. «

Carlotta ließ Corinna Matteuer eintreten und führte sie in die Küche. » Ich bin mit dem Mittagessen beschäftigt «, erklärte sie.

» Ich sitze sowieso am liebsten in der Küche «, behauptete Corinna, nahm das Tuch ab, das sie sich über ihre Haare gebunden hatte, und öffnete ihre Jacke. » Früher habe ich meiner Oma gern beim Kochen zugesehen. «

Mamma Carlotta antwortete nicht darauf. Sie dachte nicht daran, Corinna Matteuer die Jacke abzunehmen oder ihr einen Stuhl anzubieten. Mit vor der Brust gekreuzten Armen lehnte sie sich gegen die Arbeitsplatte, verlagerte das Gewicht auf ihren gesunden Fuß und sah Corinna Matteuer abwartend an. »Wie gesagt, mein Schwiegersohn ist nicht zu Hause.«

»Wie schade!«, entgegnete Corinna. »Ich war sicher, ihn hier anzutreffen. Er hat mir erzählt, dass er mittags immer zum Essen nach Hause fährt. Um den Kindern was zu kochen, und wenn Sie zu Besuch sind, weil er sich auf das Essen freut, das Sie gezaubert haben.«

Mamma Carlotta liebte Komplimente, war auch für Schmeicheleien durchaus empfänglich, diese hier waren ihr jedoch zu offensichtlich, und sie blieb unberührt. »Zum Glück sind die Kinder nicht da«, bemerkte sie scharf. »Die beiden wären nicht begeistert über Ihren Besuch.«

Dass Carolin und Felix zum Glück nicht bemerkt hatten, wo ihr Vater die Nacht verbracht hatte, erwähnte sie nicht. Sollte Corinna Matteuer ruhig glauben, dass der Zorn der Kinder nicht nur auf dem Acker der Politik, sondern auch im Garten der eigenen Familie Nahrung fand.

Corinna Matteuer nickte und nahm Platz, obwohl sie nicht gebeten worden war. Mamma Carlotta blieb verärgert stehen, wo sie war. Corinna Matteuer sollte merken, dass ihr Besuch unerwünscht war!

»Ich habe die Kinder unterwegs gesehen«, sagte sie nun. »Sie sammeln Unterschriften gegen das Gesundheitshaus. Ich wäre sonst nicht gekommen.«

»Und warum sind Sie hier?«

»Erst mal, um Ihnen zu sagen, wie gut Sie sich auf dem Titel des *Inselblattes* machen. Hervorragend!« Corinna strich sich lächelnd über die Haare, kontrollierte, ob der Kamm richtig saß, der sie am Hinterkopf zusammenhielt, und zog den Kragen ihrer weißen Bluse vom Hals, als wollte sie verhindern, dass er ihrem Make-up nahe kam. Möglich aber auch, dass ihr warm war und sie sich Kühlung verschaffen wollte.

Widerwillig musste Mamma Carlotta sich eingestehen,

dass Corinna Matteuer eine attraktive Frau war, anders als Wiebke Reimers, die zwar hübsch war, aber auf ganz andere Weise. Wiebkes burschikose Natürlichkeit gefiel Mamma Carlotta wesentlich besser als Corinnas künstliche Schönheit, die vor allem das Ergebnis von schicker Kleidung und perfektem Make-up war.

Corinna merkte, dass Mamma Carlotta auf ihr Kompliment nicht eingegangen war. »Ich konnte Erik nicht erreichen«, erklärte sie nun. »Ich habe seine Handynummer verlegt. Und bei mir zu Hause ist er nicht ans Telefon gegangen.« Sie sah Mamma Carlotta mit hochgezogenen Augenbrauen an. »Ich vertraue ihm. Es hat mir nichts ausgemacht, ihn allein in der Wohnung zu lassen. Sie wissen sicherlich, dass er sich mit seinem Kollegen Matildas Zimmer ansehen wollte.«

Mamma Carlotta wusste es nicht, tat Corinna aber nicht den Gefallen, sich danach zu erkundigen. Sie wollte jede weitere Kumpanei vermeiden. Wenn Corinna Matteuer nicht in Dennis Happes Wohnung eingedrungen war, hatte sie heute in der Nähe des Dorfteichs etwas im Schilde geführt, von dem niemand wissen sollte. Mit der Investorin stimmte etwas nicht. Und wenn sie hier war, dann vermutlich deswegen, weil sie die Schwiegermutter des Hauptkommissars aushorchen wollte. Oder um ihr eine Freundschaft anzubieten, die den Weg zu Eriks Herzen ebnete. Aber nicht mit Mamma Carlotta, die immer am besten wusste, welche Paare zusammenpassten und welche unglücklich miteinander wurden! In ihrem Dorf wurde sie nicht selten nach ihrer Meinung gefragt, wenn sich ein Sohn aus gutem Hause in ein Mädchen verliebte, das aus einfachen Verhältnissen kam. Und bisher waren ihre Voraussagungen immer eingetroffen.

»Ich dachte also«, erklärte Corinna Matteuer weiter, »ich würde ihn hier antreffen. Ich muss was mit ihm besprechen.«

»Er hat zu tun«, entgegnete Mamma Carlotta und beobachtete Corinna Matteuer genau, als sie ergänzte: »Ein Einbruch am Dorfteich.«

Corinna gab sich überrascht. »Wie schrecklich! Am helllichten Tage?«

»Sie hätten die Einbrecher sehen können«, meinte Mamma Carlotta und kam sich sehr schlau vor. »Sie waren doch in der Nähe.«

»Ich?« Corinna Matteuer spießte sich selbst mit dem rechten Zeigefinger auf. »Nein, ich habe im Baubüro eine Menge Arbeit. Seit meine Schwester mir nicht mehr hilft … Und nun noch Dennis …«

»Sollte ich mich so getäuscht haben?«, fragte Mamma Carlotta. »Ich war am Grab meiner Tochter. Und ich dachte, ich hätte Sie gesehen.«

»Da müssen Sie sich getäuscht haben.«

»Schon möglich«, räumte Mamma Carlotta scheinheilig ein. »Ein Kopftuch und dann noch eine große Sonnenbrille … da kann man sich irren. Obwohl … die Person, die ich beobachtet habe, trug auch eine schwarze Jacke.«

»Halb Sylt läuft in schwarzen Jacken herum.« Corinna Matteuer schaffte es nicht zu verhehlen, dass ihr dieses Gespräch nicht behagte. »Wenn Erik schon nicht da ist«, lenkte sie ab, »könnten wir noch mal über das Bistro für Ihren Neffen reden.«

»Wirklich?«, fragte Mamma Carlotta provokant zurück. »Ich dachte, Sie hätten es schon Tove Griess versprochen.«

Die darauf folgende Gegenfrage hätte Mamma Carlotta gerne vermieden: »Sie kennen diesen Kerl?«

Aber sie entschloss sich für den Weg, auf dem sie früher manches Mal den Frieden ihrer Ehe gerettet hatte. Sie überhörte die Frage einfach. »Er bietet seine Imbissstube bereits im *Inselblatt* zum Verkauf an.«

»Dann ist er reichlich voreilig. Oder hat er Ihnen auch was von einem Vertrag erzählt?«

Mamma Carlotta gab zu, dass davon nicht die Rede gewesen war. »Aber an mündliche Vereinbarungen sollte man sich ebenfalls gebunden fühlen.«

»Im Pferdehandel mag das so sein«, entgegnete Corinna Matteuer ungerührt. »Im Immobiliengeschäft ist das anders. Im Übrigen hat er wohl mit meiner Schwester gesprochen. Von mir hat er keine Zusage bekommen. Auch nicht mündlich.«

»Dann war das mit Ludo Thöneßen wohl auch so? Er hoffte ebenfalls auf das Bistro, habe ich gehört.«

»Erstaunlich«, antwortete Corinna anzüglich, »wie gut Sie über die Arbeit Ihres Schwiegersohns Bescheid wissen.«

In diesem Augenblick klingelte es erneut, und Mamma Carlotta war froh, dass sie nicht zu antworten brauchte. Sie gab sich große Mühe, nicht zu humpeln, als sie die Küche verließ, obwohl der Fuß sie immer noch schmerzte und sogar angeschwollen war. Erst im Flur, bevor sie die Haustür öffnete, verzog sie schmerzhaft das Gesicht.

Wiebke Reimers lachte sie an. »Ich war zufällig in der Nähe! Da dachte ich, ich gucke mal auf einen Espresso rein.«

Unter anderen Umständen hätte Mamma Carlotta sich gefreut, aber diesmal sah es anders aus. Was Corinna Matteuer nicht nachzuweisen war, wusste sie von der Reporterin der *Mattino* ganz genau: Sie war in eine fremde Wohnung eingedrungen. Also war Wiebke Reimers nicht halb so rechtschaffen, wie sie sich gab. Und wer Mamma Carlotta etwas vormachen wollte, hatte keinen Espresso und erst recht keine Einladung zum Essen verdient.

Wiebke Reimers erging es genauso wie Corinna Matteuer: Ihr wurde nicht die Jacke abgenommen und auch kein Stuhl angeboten.

Corinna Matteuer sah verblüfft auf, als Wiebke eintrat. »Was machen Sie denn hier?«

»Das könnte ich Sie auch fragen«, gab Wiebke zurück, die nicht besonders überrascht wirkte.

»Das geht Sie gar nichts an«, entgegnete Corinna Matteuer.

»Dito«, gab Wiebke Reimers zurück und rang sich ein überlegenes Lächeln ab.

»Wenn Ihr Besuch etwas mit mir zu tun hat …«, begann Corinna.

Aber Wiebke ließ sie nicht zu Ende reden. »Wie kommen Sie darauf? Ich bin mit der Signora gut bekannt und möchte sie besuchen.« Provokant fügte sie an: »Und Sie?«

»Damit eines klar ist: Ich möchte jeden Artikel vorher gegenlesen, den Sie in der *Mattino* über mich veröffentlichen.«

Wiebkes Lächeln wurde breiter. »Wenn ich die Reportage über Sie mache, geht das in Ordnung. Aber wenn ich über Ihre Aktivitäten hier auf Sylt schreibe und über die Demo, die sich gegen Sie richtet, dann nicht.«

»Wenn Sie so weitermachen, können Sie sich die Reportage in die Haare schmieren!«

»Zum Glück sind Sie nicht die einzige erfolgreiche Unternehmerin Deutschlands«, gab Wiebke ungerührt zurück.

Mamma Carlotta wurde von der Sorge bedrängt, in ihrer Küche könnte es zu einem bösen Streit kommen. Dummerweise wusste sie in diesem Fall nicht, welche Partei sie ergreifen sollte; so war es besser, das Wortgefecht im Keim zu ersticken, indem sie eine Frage stellte, die beide Frauen aus der Reserve locken musste, die Schuldige noch ein bisschen mehr als die Unschuldige. Wenn es hier überhaupt Unschuldige gab …

»Sie hätten diesen Streit heute Vormittag austragen können! Sie müssen sich doch am Dorfteich begegnet sein!«

Corinna fuhr wütend auf. »Ich habe Ihnen doch gesagt …«

»Richtig, Sie waren im Baubüro und nicht am Dorfteich.«

Mamma Carlotta wandte sich an Wiebke Reimers. »Aber Sie! Habe ich Sie nicht gesehen, als ich vom Friedhof zurückkam?«

Wiebke reagierte genauso wie Corinna einige Minuten zuvor. Auch sie fuhr mit ihrem rechten Zeigefinger gegen ihre Brust und sah so verblüfft aus, als hätte man ihr etwas Unmoralisches unterstellt. »Ich? Einen Strandspaziergang habe ich gemacht. Mein Artikel ist abgeliefert, irgendwann muss man sich ja auch mal eine Pause gönnen.«

Corinna kniff die Augen zusammen. »Dann werden Sie Sylt jetzt wieder verlassen?«

Wiebke zuckte die Schultern. »Mal sehen. Vielleicht hänge ich noch ein paar Urlaubstage dran.«

»Tun Sie doch nicht so! In Wirklichkeit wollen Sie hier bleiben, bis der Mord an Dennis aufgeklärt ist!«, entgegnete Corinna barsch.

Mamma Carlotta wunderte sich, dass jemand, dem derart zugesetzt wurde, so beharrlich lächeln konnte wie Wiebke Reimers. »Ja, wenn sich da eine Sensation ergibt, ist natürlich Schluss mit Urlaub.«

»Skandalreporterin!«, spie Corinna Matteuer ihr vor die Füße. »Macht's Spaß, am Unglück anderer zu verdienen?«

»Das fragt die Richtige!« Nun war Schluss mit Wiebkes Lächeln. »Wer pflastert denn die Insel zu und ruiniert die kleinen Hotelbesitzer, ohne mit der Wimper zu zucken? Nur, um selbst noch ein bisschen reicher zu werden?«

Corinna stand auf und machte einen drohenden Schritt auf Wiebke zu: »Meinen Sie, ich wüsste nicht, warum Sie hier sind?«

»Ach ja?« Wiebke wich keinen Meter zurück. »Glauben Sie bloß nicht, dass ich so ahnungslos bin, wie Sie hoffen. Wenn Sie wüssten, was ich alles weiß!«

Eigentlich hätte Mamma Carlotta solche Streitigkeiten in dieser Küche unterbunden, noch dazu im Angesicht eines toskanischen Fischeintopfs, aber die gegenseitigen Vorwürfe der beiden Damen steuerten auf einen Höhepunkt zu, den sie sich nicht entgehen lassen wollte.

»Klar!«, höhnte Corinna. »Wenn man sich nicht zu schade ist, die Schwiegermutter des Hauptkommissars um einen Espresso anzubetteln, erfährt man eine Menge. Werden wir demnächst in der *Mattino* lesen, wie der Leiter der Ermittlungen mit seinen Dienstgeheimnissen umgeht? Dass man nur seine Schwiegermutter zu besuchen braucht, um zu wissen, wie es im Kommissariat zugeht? Erik Wolf wird sich freuen!«

Mamma Carlotta durchfuhr ein gewaltiger Schreck. Alle Welt sollte erfahren, dass sie von Eriks Arbeit mehr erfuhr, als die meisten Leute für richtig hielten? Madonna! Man würde sie für neugierig halten! Und Erik für pflichtvergessen! Dabei war er doch nur ein schwer arbeitender Kriminalhauptkommissar, der sich gelegentlich von der Seele reden musste, was ihm Schreckliches im Dienst widerfuhr. Er verließ sich natürlich auf ihre Diskretion!

»Finito!«, fuhr sie dazwischen und stampfte versehentlich mit dem Fuß auf, den sie sich beim Sprung aus dem Badezimmerfenster verletzt hatte. »Wenn Sie hergekommen sind, um sich zu streiten, dann können Sie wieder gehen. Beide!«

Prompt sah sie in betretene Gesichter. »Tut mir leid«, sagte Wiebke Reimers.

Und auch Corinna entschuldigte sich verlegen. »Da sind die Pferde mit mir durchgegangen.«

»Und zu behaupten, aus mir wären die Dienstgeheimnisse meines Schwiegersohns herauszufragen ...«

»Das war nicht so gemeint«, unterbrach Corinna Matteuer sie reumütig.

»Ich würde niemals etwas an die Redaktion weitergeben«, fiel Wiebke ein, »ohne Ihren Schwiegersohn zu fragen.«

Mamma Carlotta gewann Oberwasser, bekam allerdings keine Gelegenheit mehr, es auszukosten. Kaum hatte sie angesetzt, die italienische Mentalität zu verteidigen, über das Löwenherz einer italienischen Mamma zu reden, über la famiglia, die über alles ging, über Schwiegerkinder, die so geliebt wurden wie die eigenen ... da ging die Haustür, und Erik erschien mit Sören auf der Schwelle.

Verwundert sah er sich um. »Wir haben Besuch?«

Mamma Carlotta murmelte etwas von einer kurzen Frage, die Corinna Matteuer zu ihnen geführt habe, und dem sehr kurzen Besuch, den Wiebke Reimers ungünstigerweise ausgerechnet zur Mittagszeit machen wollte. Dann wandte sie sich dem Herd zu und begann laut zu klagen, weil ihr Cacciucco alla livornese schon viel zu lange köchelte und die Fische nun wohl trocken und vielleicht sogar ungenießbar sein würden. So laut schimpfte sie mit jedem Tintenfisch, den sie aus der Brühe hob, dass Erik Mühe hatte, Corinna und Wiebke zu vermitteln, er wolle ihnen aus den Jacken helfen.

Nun musste sich sogar der Staudensellerie einen barschen Tadel gefallen lassen, weil er viel zu weich geworden war, und als Mamma Carlotta sich vorstellte, dass Erik sie später nach dem Grund ihrer Unhöflichkeit fragen würde, fand sie auch an dem Knurrhahn etwas auszusetzen. Eriks Bemerkung »Wie ich meine Schwiegermutter kenne, hat sie so viel Antipasti gemacht, dass sie für alle reichen!« hätte den Fischeintopf beinahe ruiniert. Mamma Carlotta dachte tatsächlich kurz darüber nach, ob sie ihn ebenfalls, und zwar absichtlich, so gründlich versalzen sollte wie die Tomatensoße, um Erik eine Lektion zu erteilen. Er kannte doch ihre Gastfreundschaft! Wenn sie zwei Besucherinnen in dicken Wetterjacken in der Küche schwitzen ließ, dann hatte sie dafür ihre Gründe!

Aber sie brauchte nur einen Blick auf Sören Kretschmer zu

werfen, der ratlos von einem zum anderen sah, die Explosionsgefahr zwar spürte, aber nicht die geringste Ahnung hatte, wie sie entstanden war, und stellte den Salzstreuer wieder weg. Nein, Sören hatte den Secondo verdient, er konnte ja nichts dafür, dass Erik bei Corinna Matteuer übernachtet hatte und sich von ihr umgarnen ließ. Und auch dafür, dass Mamma Carlotta sich in Wiebke Reimers schwer getäuscht hatte, konnte er nichts.

»Ich wusste gar nicht, dass du auch für Wohnungseinbrüche zuständig bist«, wandte sich Corinna an Erik, tat dann aber so, als bereute sie diese Bemerkung. »Entschuldige! In Gegenwart einer Reporterin möchtest du dich sicherlich nicht äußern. Sonst steht es nächste Woche in der *Mattino*.«

Erik zuckte gleichmütig die Schultern, während Wiebke versuchte, Corinnas Einwand zu überhören und die Ruhe zu bewahren. »Das *Inselblatt* weiß Bescheid, also darf auch die *Mattino* davon erfahren. Wobei ich bezweifle, dass es für eine überregionale Zeitschrift von Interesse ist, dass in einer Wohnung am Dorfteich eingebrochen wurde.«

Sören, der sich unter der aufgeladenen Stimmung bisher nur geduckt hatte, schien endlich etwas sagen zu wollen: »Wieso hat Ihr Architekt nicht in einem Hotel gewohnt?«, fragte er Corinna. »Wäre das nicht bequemer für ihn gewesen?«

Erik warf Sören einen strengen Blick zu, und Mamma Carlotta fuhr herum, als wollte sie ihn mit dem Holzlöffel angreifen. »Das war Dennis Happes Wohnung, in die eingebrochen wurde?«

Sören erkannte, dass er etwas verraten hatte, was Erik noch nicht in die Öffentlichkeit entlassen wollte. Aber es war zu spät, wenn er auch verzweifelt versuchte, seine Bemerkung zurückzunehmen und bis zur Unkenntlichkeit zu verwandeln. Hastig behauptete er, auf Sylt würde sehr häufig in Ferienwohnungen eingebrochen, am Dorfteich sei es besonders schlimm, und überhaupt würden die Diebe immer dreister…

Aber Erik fand schließlich einen besseren Weg, von dem Thema abzulenken, und machte den Vorschlag, erst mal einen Espresso zu kochen. Flehend sah er seine Schwiegermutter an. »Du kannst das Essen sicherlich ein paar Minuten warm halten?«

»Für mich bitte einen Milchkaffee«, sagte Wiebke Reimers und lächelte Erik an, ohne zu bemerken, dass sie von Corinna mit Blicken niedergestreckt wurde.

Mamma Carlotta klammerte sich an die Hoffnung, dass der Besuch in ein paar Minuten das Haus verlassen würde und nicht mehr die Rede davon war, ihnen Antipasti vorzusetzen. Währenddessen drückte Erik einen Knopf an der Espressomaschine, die Geräusche des Mahlwerks füllten für Augenblicke die ganze Küche aus und zermalmten jedes Gespräch gleich mit.

Dass ihr Schwiegersohn mit der Linken seinen Schnauzer glatt strich und mit der Rechten an seinem Pullunder zupfte, während der Kaffee in die erste Tasse lief, fiel Mamma Carlotta sofort auf. Auch dass seine Haltung ungewöhnlich starr war, dass er das feine Rinnsal des Kaffees fixierte, als könnte er damit dessen Qualität beeinflussen, bemerkte sie. Er hatte etwas vor! Der Gedanke schoss durch ihren Kopf und verdrängte sogar die skandalöse Neuigkeit, dass es sich um Dennis Happes Ferienwohnung gehandelt hatte, aus deren Badezimmerfenster sie gesprungen war. Nun nahm er die Tasse, warf einen unsicheren Blick voraus, als wäre er in Sorge, die Stelle auf dem Tisch zu verpassen, wo er sie vor Wiebke Reimers abstellen wollte, und im nächsten Augenblick begriff Mamma Carlotta, was er vorhatte. Wenn sie auch den Grund für sein merkwürdiges Verhalten nicht durchschaute…

Sören war beleidigt. Als sie in die Trift einbogen, schwieg er, als sie die Einfahrt zur Verladung auf den Autozug nahmen, redete er noch immer kein Wort, und als sie sich der Auto-schlange anschlossen, presste er die Lippen derart demon-strativ aufeinander, dass Erik Angst bekam, er würde bis Glücksburg so weitermachen. Ihm wurde klar, dass er Sören reinen Wein einschenken musste, so unangenehm es ihm auch war. Nachdem er sogar seine Schwiegermutter notge-drungen ins Vertrauen hatte ziehen müssen, war Sörens An-spruch noch größer geworden.

Erik blickte in den grauen Himmel, betrachtete lange die Wolken, die über sie hinwegjagten, sah den Möwen nach, die sich schreiend davontragen ließen und schreiend zurück-kehrten. »Es wird Sturm geben.«

Aber Sören sprach noch immer nicht mit ihm. Nicht ein-mal über etwas so Banales wie das Wetter.

»Okay, ich habe einen Fehler gemacht«, sagte Erik nun. »Ich hätte Ihnen gleich sagen sollen, was ich getan habe.«

Immerhin veränderte sich nun Sörens Haltung. Er wollte nicht mehr demonstrieren, dass ihm sein Chef und sein Job völlig egal waren, sondern hören, was Erik zu sagen hatte. Sosehr er sich auch bemühte, sich sein Interesse nicht anmer-ken zu lassen! Aber Erik sah seine Hände, die nicht mehr schlaff auf den Oberschenkeln lagen, sondern sich beweg-ten, als wollten sie nach dem, was er zu hören bekommen würde, greifen. Und er sah, wie sich Sörens Oberschenkel-muskulatur anspannte.

»Es ging mir nicht darum, Ihnen etwas zu verschweigen. Es war mir nur peinlich, Ihnen einzugestehen, was ich getan habe. Hätten Sie so was gemacht, hätte ich Ihnen die Leviten gelesen.«

Sören hatte am Tag zuvor sofort gemerkt, dass der Milch-kaffee nicht versehentlich auf Wiebkes Tasche gelandet war, sondern mit voller Absicht. Er hatte Erik und den Kaffee im

Auge gehabt und das folgende Unglück, das in Wirklichkeit keines war, genau beobachten können. Genauso wie Mamma Carlotta! Aber beide hatten sie dazu geschwiegen, weil beiden klar gewesen war, dass Erik wohl einen bestimmten Zweck verfolgte. Doch nur Mamma Carlotta hatte den Grund erfahren. Mittlerweile machte Erik sich große Vorwürfe, dass er versucht hatte, Sören mit einer Ausrede abzuspeisen. Das hatte sein Assistent nicht verdient.

Wiebke hatte Erik weismachen wollen, ihre Tasche sei alt und ganz unempfindlich, und auf einen Fleck mehr oder weniger käme es sowieso nicht an. Aber er hatte die Tasche sofort an sich gerissen und war aus der Küche gelaufen. »Ich habe einen hervorragenden Fleckentferner im Keller!«, rief er zurück. »Speziell für Leder!«

»Aber die Tasche ist nicht aus Leder! Das ist Stoff!«, rief Wiebke ihm nach.

Daraufhin sprang Mamma Carlotta auf, um sich an der Fleckentfernung zu beteiligen, für die sie als Spezialistin galt, seit es ihr vor Jahren gelungen war, das Brautkleid einer Nachbarstochter, dem noch vor der Trauung ein schokoladenverschmiertes Kleinkind zu nahe gekommen war, zu retten. Und vor allem hatte sie durchschaut, dass Erik ein paar Augenblicke mit Wiebkes Tasche allein sein wollte. »Milchkaffeeflecken brauchen kaltes Wasser«, rief sie und humpelte hinter Erik her. »Danach die Stelle mit Gallseife auswaschen, und morgen ist nichts mehr zu sehen!«

Noch bevor die Kellertür hinter Erik ins Schloss fallen konnte, riss Mamma Carlotta sie schon wieder auf und war trotz ihrer Fußverletzung bereits neben ihm, als er am Fuß der Kellertreppe ankam. »Was ist los, Enrico?«, flüsterte sie so laut, dass Erik Angst hatte, es könnte in der Küche zu hören sein. Er kannte sonst niemanden, der etwas tuscheln konnte, das im Nachbarhaus noch leicht zu verstehen war.

»Pscht!«, machte er und ging voraus in den Wäschekeller. Seine Frage, was mit ihrem Fuß geschehen war, wedelte sie weg wie eine lästige Fliege.

Mamma Carlotta schlug die Hände über dem Kopf zusammen, als sie sah, was er vorhatte. Ohne zu zögern, damit weder seine Schwiegermutter noch sein Schuldgefühl Gelegenheit bekamen, ihn davon abzuhalten, zog Erik den Reißverschluss der Tasche auf. Im Innenfutter steckten immer noch die beiden Anstecknadeln. Er betrachtete das Foto des Mannes, von dem er nun wusste, dass es sich um Klaus Matteuer handelte. Mamma Carlotta machte einen langen Hals, als er die andere Anstecknadel aus dem Futter zog und sie umdrehte. Das kleine Bild zeigte das Foto einer Frau.

Ehe er es verhindern konnte, beugte Mamma Carlotta sich darüber. »Die eine Zwillingsschwester oder die andere?«

»Matilda natürlich«, entgegnete Erik. »Corinna hat die Haare nie so getragen.«

»Du musst es ja wissen«, kam es spitz zurück. Aber im selben Moment hatte Mamma Carlotta auch schon vergessen, dass Erik eine Nacht bei Corinna Matteuer verbracht hatte und sie ihn dafür eigentlich mit Gleichgültigkeit und sogar Verachtung strafen wollte. Ihre Neugier besiegte beides. »Warum trägt Signorina Reimers ein Bild von Matilda Pütz in ihrer Tasche?«

»Das wüsste ich auch gern«, entgegnete Erik. Dann nahm er seine Schwiegermutter ins Gebet, machte ihr klar, dass er hier eigentlich etwas Verbotenes tat, dass ihm diese Indiskretion selbst zuwider sei und er sich nur dazu durchgerungen habe, weil er einem Mörder auf die Schliche kommen müsse. »Sie hat ein Geheimnis«, erklärte er. »Es könnte etwas mit Dennis Happes Tod zu tun haben.«

Vorsichtig durchsuchte er die Tasche und drückte sie seiner Schwiegermutter in die Hand, nachdem er einen kleinen

Zettel aus einem Innenfach gezogen hatte. »Was hast du gesagt? Kaltes Wasser und dann Gallseife?«

Mamma Carlotta verstand sofort und machte sich an die Arbeit. Wenn er die Tasche zurückbrachte, musste der Fleck entfernt sein. Sonst würde Wiebke seine Aktion am Ende noch durchschauen! Während sie rieb und zwischendurch immer wieder den Erfolg ihrer Arbeit überprüfte, sagte sie nachdenklich: »Du hast recht. Mit Wiebke Reimers ist was nicht in Ordnung. Ich spüre es schon seit einer Weile.«

»Wie bist du darauf gekommen?«, fragte Erik geistesabwesend zurück.

»Nichts Konkretes, nur so ein Gefühl.« Mamma Carlotta ließ die Tasche kurz sinken. »Du weißt, Enrico, dass ich oft richtig liege mit meinen Gefühlen. Denk an Signora Abaco. Dass sie auf einen Heiratsschwindler reinfällt, habe ich gleich gespürt.«

Aber Erik reagierte nicht. Er stand da, starrte den Zettel an, dann machte er sich auf die Suche nach einem Stück Papier. Schließlich fand er ein altes Schnittmuster von Lucia, riss den Rand ab und holte den Kuli aus der Brusttasche seines Hemdes, der immer dort steckte. Hastig schrieb er die Telefonnummer ab, die Wiebke Reimers auf dem Zettel notiert hatte. Den Vornamen, der darunter stand, vermerkte er jedoch nicht.

Er reichte seiner Schwiegermutter den Zettel und bat sie, ihn in die Tasche zurückzustecken. Während sie noch eifrig an dem Fleck herumrieb, verließ er die Waschküche und stieg die Treppe ins Erdgeschoss hoch. Durch die geschlossene Küchentür hörte er Sören mit Corinna und Wiebke übers Wetter reden. Wiebke sagte, dass der Wetterbericht im Fernsehen Sturm angekündigt habe, aber Sören widersprach und erklärte, dass der deutsche Wetterbericht nur selten auf Sylt zuträfe und dass es klüger sei, sich auf den dänischen zu verlassen.

»Die Tasche ist gleich wieder wie neu! Einen Augenblick noch!«, rief Erik in Richtung Küchentür.

Dann griff er nach dem schnurlosen Telefon, lief die Treppe wieder hinab und zog sich in den Heizungskeller zurück. Mit bebenden Fingern wählte er die Nummer und musste lange warten, bis der Hörer abgenommen wurde. »Schwester Rosi am Apparat!«

Erik schluckte, dann sagte er: »Kann ich bitte Klaus Matteuer sprechen?«

Am anderen Ende entstand ein kurzes Schweigen. »Herr Matteuer ist nicht in der Lage zu telefonieren. Sie sind wohl kein besonders guter Bekannter von ihm?«, gab Schwester Rosi verärgert zurück.

Erik murmelte ein paar entschuldigende Worte, behauptete, es handle sich um ein Missverständnis, dann legte er auf. Was hatte Wiebke mit Klaus Matteuer zu tun? Warum trug sie eine Anstecknadel mit seinem Foto bei sich und noch dazu das Gegenstück mit Matildas Konterfei? Erik konnte sich keinen Reim darauf machen. Dass er Wiebke geküsst hatte, wurde mehr und mehr zu einem Intermezzo, das er am liebsten vergessen würde.

Er ging in den Wäschekeller zurück und ignorierte Mamma Carlottas vorwurfsvollen Blick, die natürlich begriffen hatte, dass er in den Heizungskeller gegangen war, um sie nicht mithören zu lassen. »Der Fleck ist weg?«, fragte er.

Mamma Carlotta rieb die Stelle, die sie behandelt hatte, trocken und schien zufrieden mit dem Ergebnis zu sein. Statt zu antworten, fragte sie zurück: »Was ist mit Wiebke Reimers? Was stimmt nicht mit ihr?«

Aber Erik antwortete nicht. Er nahm wortlos die Tasche und stieg die Treppe hoch.

Sören sah ihn ungläubig an. »Sie haben auf dem Bahnsteig in Wiebke Reimers Sachen gewühlt? Und gestern haben Sie sich die Tasche geschnappt, um ungestört darin herumschnüffeln zu können?« Er erkannte schnell, dass er keine Antwort bekommen würde. »Was soll der Mist? Was immer Sie da herausgefunden haben, wir könnten es nicht verwerten. Vor Gericht hat so was keine Gültigkeit, und die Staatsanwältin wird Sie vierteilen, wenn sie das hört, das wissen Sie doch!«

»Aber wir haben den Beweis, dass mit ihr etwas nicht stimmt!«

»Na, toll!« Sören lehnte sich zurück und kreuzte die Arme vor der Brust. »Da sind wir ja ein schönes Stück weitergekommen.«

Am liebsten hätte Erik nun sein Geständnis vervollständigt und Sören auch noch verraten, dass er Wiebke geküsst hatte, dass sie sogar von Liebe gesprochen und er ihr geglaubt hatte. Aber er brachte es nicht fertig, obwohl er das Gefühl nicht loswurde, dass Sören es wissen müsste.

Die ersten Motoren wurden gestartet, die Rücklichter der vor ihnen wartenden Autos flammten auf, die Ordner entfernten die Ketten, die bis dahin die Fahrspuren versperrt hatten. Schweigend beobachteten Erik und Sören, wie die ersten Autos den Waggon befuhren, und lauschten auf das vertraute Klappern der Planken.

»Ich weiß, dass das nicht in Ordnung war«, sagte Erik in die erwartungsvolle Stille hinein, die sich immer zwischen ihnen auftat, wenn sie die Insel verlassen mussten. »Dass die Staatsanwältin nichts davon hören darf, ist mir auch klar.« Er legte den ersten Gang ein und fuhr an. »Aber haben wir uns nicht schon oft darüber gewundert, dass sie überall auftaucht, wo man sie nicht vermutet?«

»Und was schließen Sie daraus?«

Erik tat, als konzentriere er sich voll und ganz darauf,

nicht von der schmalen Spur abzuweichen, die auf den Auto-zug führte, und antwortete nicht.

»Übermorgen hätten wir auch ohne diese Indiskretion gewusst, was mit Wiebke Reimers los ist«, sagte Sören, als keine Antwort kam.

Erik wartete, bis der Wagen vor ihm zum Stehen gekommen war und der Ordner sich versichert hatte, dass sein eigener so dicht hinter dem Vordermann stand, dass kein Zentimeter der Verladefläche vergeudet wurde. Er zog die Handbremse an, legte den ersten Gang ein, stellte den Motor aus und schnallte sich ab. Erst dann fragt er: »Wieso?«

»Weil Montag die *Mattino* rauskommt, in dem ihr Artikel erscheinen soll. Über den Selbstmord von Matilda Pütz, der Schwester der erfolgreichen Unternehmerin Corinna Matteuer! Und über den Mord an ihrem engsten Mitarbeiter. Vielleicht auch über Ludo Thöneßen, der in einem vollauto-matischen Parksystem verreckt ist. Womöglich sogar über die Bürgerinitiative, den Protestmarsch und Ihre Schwieger-mutter, die einer friesischen Demo ihren italienischen Schlachtruf aufgedrückt hat.«

»Und wenn der Artikel nicht erscheint?«, fragte Erik und merkte im selben Augenblick, wie dumm seine Frage war.

Sören tat ihm den Gefallen, trotzdem zu antworten: »Dann wird sie uns was erzählen von irgendeinem wichtigen Geschehen in Promikreisen und behaupten, der Artikel würde eine Woche später ins Blatt kommen.«

»Aber wir werden ihr das nicht glauben«, sagte Erik und sah recht zufrieden aus. »Und müssen dann nur noch her-ausfinden, warum sie sich als Reporterin der *Mattino* aus-gibt.«

»Um uns auszuhorchen«, kam es prompt zurück.

»Aber warum?«

Sie starrten die Bahnhofsuhr an, sahen dem Zeiger so lange zu, bis er auf der Zwölf angekommen war. Schließlich meinte Sören: »Menno Koopmann würde es jedenfalls freuen, wenn er doch keine Konkurrenz befürchten müsste.«

Erik stöhnte. Der Chefredakteur des *Inselblattes* war am Nachmittag zu ihm ins Kommissariat gekommen, um mehr über Dennis Happes Tod zu erfahren. Und als er ohne Neuigkeiten das Büro verlassen musste, hatte er wieder mal damit gedroht, gegen den Chef der Ermittlungen vorzugehen, wenn die *Mattino* Informationen veröffentlichen sollte, die dem *Inselblatt* vorenthalten wurden. Und sicherlich war es kein Zufall gewesen, dass kurz darauf die Staatsanwältin anrief, um die gleichen Fragen zu stellen wie Menno Koopmann. Dass der Chefredakteur mit Frau Dr. Speck befreundet war, machte den Umgang mit ihm nicht leichter.

Unter diesen Umständen wusste Erik nicht, ob er sich wünschen sollte, dass der Artikel am Montag erschien und damit bewiesen wurde, dass Wiebke tatsächlich eine Reporterin der *Mattino* war. Wenn er nicht ins Blatt kam, würde es ein paar Probleme weniger geben. Denn dass Wiebke mehr herausgefunden hatte als Menno Koopmann, war so gut wie sicher.

»Wenn sie keine Reporterin ist … wenn sie das nur vorgegeben hat, um an Informationen zu kommen … wenn sie sich an meine Schwiegermutter herangemacht hat …« Er brach ab und setzte hilflos hinzu: »Warum das alles?«

»Weil sie irgendwas mit Corinna Matteuer, Matilda Pütz, Ludo Thöneßen und Dennis Happe zu tun hat. Vielleicht sogar mit Sila Simoni. Und zwar etwas, was sie verbergen muss. Also ist sie vielleicht in einen der Morde verstrickt.«

Ein Windstoß rüttelte am Wagen. Der Sturm, der bis jetzt noch aus einzelnen, kecken Böen bestand, konnte zu einem dieser Herbststürme werden, von denen die Inselbewohner noch nach Jahren erzählten.

Erik merkte plötzlich, warum ihm die Überlegungen allesamt nicht gefielen. »Sie muss für die *Mattino* arbeiten«, sagte er energisch. »Corinna hatte schon vor Matildas Tod mit ihr eine Verabredung. Wegen dieser Reportage über erfolgreiche Unternehmerinnen.«

Aber Sören brauchte nur einen Augenblick, um Eriks Sicherheit wieder zu erschüttern. »Dann stimmt vermutlich nicht einmal ihr Name. Sie gibt sich als Wiebke Reimers aus, um sich unter diesem Namen bei Corinna einzuschleichen.«

»Und die echte Wiebke Reimers?«

»Die liegt womöglich tot im Watt!«

»Sören!« Solche Vermutungen gingen Erik entschieden zu weit. Er war froh, als ein Ruck durch den Zug ging und er sich langsam in Bewegung setzte. Er schwieg eine Weile und wartete, bis der Zug Fahrt aufnahm. Die Fenster des Autos beschlugen bereits, da erst sagte Erik: »Übrigens habe ich noch etwas gefunden. Eine Telefonnummer. Sie bewahrt in ihrer Tasche die Telefonnummer von Klaus Matteuers Pflegeheim auf. Dabei ist der gar nicht mehr in der Lage zu telefonieren.«

»Woher kennen Sie die Nummer von dem Pflegeheim?«

»Kenne ich natürlich nicht. Unter der Nummer war nur der Name ›Klaus‹ notiert. Ich habe da angerufen …«

Sören machte eine abwehrende Geste. Ohne ein Wort holte er sein Handy hervor und wählte. »Die Auskunft? Ich hätte gerne die Nummer der *Mattino*. Ja, die Redaktion.« Kurz darauf bedankte er sich und sah Erik herausfordernd, beinahe trotzig an. »Ich rufe da jetzt an und frage nach Wiebke Reimers.«

»Mit welcher Begründung?«

»Mal sehen.« Sören stellte den Lautsprecher seines Handys an, sodass Erik mithören konnte. Währenddessen ließ der Zug den Bahnhof Westerland hinter sich. Auf der rechten Seite der Schienen reihten sich Einfamilienhäuser aneinander, auf der anderen Seite dehnten sich Wiesen, die immer größer wurden, je mehr sich die Bebauung zersiedelte und je näher das Meer kam.

»Redaktion *Mattino!* Guten Tag?«

Sören verzichtete darauf, seinen Namen zu nennen. »Verbinden Sie mich bitte mit Wiebke Reimers.«

Es entstand eine kurze Stille in der Telefonleitung. »Wiebke Reimers? Wer soll das sein?«

»Eine Redakteurin.«

»Tut mir leid, in unserer Redaktion arbeitet niemand mit dem Namen Wiebke Reimers.«

»Sind Sie sicher?«

»Ich bin zwar noch neu hier, aber die Liste mit allen Namen liegt vor mir. Eine Wiebke Reimers ist nicht dabei.«

Mamma Carlotta hätte gerne den Tag mit einem Cappuccino in Käptens Kajüte begonnen, hätte dafür sogar Toves unfreundliche Behandlung bei ihrem letzten Besuch vergessen, aber da am Vortag keine einzige Unterschrift auf ihre Liste gekommen war, musste sie sich nun anstrengen. Am späten Vormittag sollte wieder eine Versammlung der Bürgerinitiative in der Sportlerklause stattfinden, da musste sie etwas vorzuweisen haben.

»Peccato«, murmelte sie vor sich hin. »Wirklich schade!«

Sie hätte gerne mit Tove ein paar Worte über das Bistro im Gesundheitshaus gesprochen und ihm nochmals dringend geraten, mit dem Verkauf von Käptens Kajüte noch zu warten. Außerdem wollte sie ihm sagen, was sie von seinem rüpelhaften Benehmen Sila Simoni gegenüber hielt, das er nach der Karambolage mit ihr an den Tag gelegt hatte. Aber es half nichts, sie musste sich beeilen. Je früher der Morgen, desto größer die Chance, die Touristen in ihren Unterkünften anzutreffen. Später würden sie zu Strandspaziergängen, Inselrundfahrten, zur Sylter Welle oder zu einer Wanderung durch die Braderuper Heide aufgebrochen sein. Und noch etwas nahm sie sich vor: Sie würde sich kurz fassen und dafür sorgen müssen, dass es zu keinen zeitraubenden Plaudereien kam. Das war höchst bedauerlich, aber die Ereignisse am Dorfteich hatten sie schon zu viel Zeit gekostet.

Ihr Versuch, sich mit ihrem angeschwollenen Fußknöchel zu entschuldigen, war leider fehlgeschlagen. Felix und Carolin hatten ihn von allen Seiten betrachtet und betastet und waren dann zu der Ansicht gekommen, dass sie auf dem Wege der Besserung sei. »Wenn du das Fahrrad nimmst, wird der Knöchel geschont«, behauptete Carolin und versah ihn noch mit einem stützenden Stretchverband. »Du schaffst das schon.«

Mamma Carlotta studierte die Liste der Straßen, in denen noch keine Unterschriften gesammelt worden waren, sehr genau und suchte sich diejenigen aus, die parallel zum Strand verliefen und damit Schutz vor dem eiskalten Wind boten, der vom Meer kam und sich über Nacht zu einem Sturm erhoben hatte. Sie band die Kapuze unter dem Kinn zusammen, wickelte den Schal, den Carolin ihr geliehen hatte, um den Hals und zog sogar die Handschuhe an, die Felix ihr überlassen hatte. Nichts dergleichen brauchte sie in Umbrien, selbst im tiefsten Winter nicht. Sie hatte sich im letzten Jahr sogar von Felix fotografieren lassen, damit man ihr in ihrem Dorf glaubte, wie dick man auf Sylt manchmal angezogen sein musste.

Sie begann am Strandübergang Seestraße, um bei dieser Gelegenheit Fietje einen guten Morgen zu wünschen. Der befand sich allerdings nicht in seinem Strandwärterhäuschen, und auch am Strand war er nicht zu sehen. Vermutlich war er noch nicht über sein Frühstücks-Jever in Käptens Kajüte hinausgekommen. Im Dünenhof zum Kronprinzen, der direkt neben dem Strandübergang lag, wurden ihr zum Glück viele Türen geöffnet, und so konnte sie sich schon eine halbe Stunde später an zwölf Unterschriften erfreuen. Schade war nur, dass sie einige Gespräche, die vielversprechend begonnen hatten, abbrechen musste, um ihrem Vorsatz treu zu bleiben, so viele Unterschriften wie möglich zu sammeln. Gerne hätte sie mehr über die Krankheit des Mannes erfahren, der von seiner Ehefrau nach Sylt gebracht worden war, um durch Luftveränderung und Reizklima gesund zu werden. Beinahe wäre sie auch der Versuchung erlegen, einem jungen Mädchen den Mann auszureden, der mit der Zeitung auf dem Sofa lag und sie ermahnte, zügig die Unterschrift auf die Liste zu setzen, damit der Kaffee bald fertig wurde. Aber selbst als sie kurz darauf einem Mann gegenüberstand, der in ihrem Dorf sofort als Mafioso erkannt worden wäre, gelang es ihr, sich zurückzuhalten, keine Fangfragen zu stellen, die ihn entlarven konnten, und sich nach Erhalt der Unterschrift freundlich zu verabschieden.

Mamma Carlotta hielt sich von nun an auf der Dünenstraße, obwohl der Wind mehrmals den Versuch unternahm, sie vom Fahrrad zu pusten. Zweimal musste sie absteigen und das Rad schieben, weil es keinerlei Schutz vor dem Wind gab. Und einmal hatte sie sich die Zeit genommen, stehen zu bleiben und den Blick aufs Meer zu genießen. Trotz des Sturms war es ein heller Tag, das Meer war von einem schönen Grau, und mit weißen Schaumkronen geschmückt. Sogar die Möwen kamen ihr besonders hell vor. Zwar schien die Sonne nicht, aber das Licht, das aus den Wolken kam, ließ ihr Gefieder leuchten.

Bei der Baustelle zum neuen Gosch am Kliff kam sie auf die Idee, auch die Bauarbeiter um ihre Unterschrift zu bitten. Einige waren zwar der deutschen Sprache nicht mächtig und verstanden von ihrem Anliegen überhaupt nichts, aber da der Polier ein Sylter war, dem erstens das Engagement von »Verraten und verkauft« gefiel und der zweitens einen Schwiegersohn hatte, der in Umbrien eine florierende Terrakottawerkstatt betrieb, ordnete er die Unterschriften kurzerhand an. Um sicherzugehen, dass diese auch gewertet wurden, beschloss Mamma Carlotta, die Adressen zu fälschen, denn die Arbeiter wohnten auf dem Festland in kleinen Containerdörfern. Eine waschechte Italienerin sprach in einem solchen Fall aber natürlich nicht von Fälschung, sondern von zweckdienlicher Korrektur, und die focht auch den Polier nicht an. Da sie nun auf einen Schlag über zwanzig Unterschriften erhalten hatte, konnte sie mit dem Polier sogar eine Weile darüber rätseln, ob sie dessen Schwiegersohn schon einmal begegnet war, und ihm versprechen, demnächst in seiner Werkstatt einen Blumentopf für ihre Tante zu kaufen, die kurz vor Weihnachten achtzig wurde. Dass es sich dabei um ein leeres Versprechen handelte, wussten sowohl der Polier als auch Mamma Carlotta, aber da es aus Freundlichkeit entstanden war, dachten sich beide nichts dabei. Mamma Carlotta war sehr zufrieden, dass es auch Sylter gab, die ihre strikte Einstellung zu Lüge und Wahrheit nicht so unnachgiebig vertraten wie Erik.

Dann fiel ihr ein, dass das Fälschen der Adressen noch eine Weile in Anspruch nehmen würde. Also verabschiedete sie sich hastig von dem Polier und fuhr weiter. Doch schon am Minigolfplatz wurde ihr klar, dass sie einen warmen, windgeschützten Ort brauchte und außerdem einen Ortskundigen, der ihr bei der Auswahl der Adressen helfen konnte. Sie kannte nur einen, der dafür infrage kam: Tove Griess! Aber ob der ihr helfen würde, wenn er erfuhr, dass es um das Gesundheitshaus ging? Versuchen musste sie es.

Keine fünf Minuten später hatte sie die nächste Abfuhr von Tove erhalten. »Suchen Sie sich Ihre Adressen selber raus! Ich helfe Ihnen nicht bei diesen Unterschriftenlisten!«

Mamma Carlotta wandte sich an Fietje Tiensch. »Sie auch nicht?«

Fietje schob seine Bommelmütze einmal nach hinten, dann nach vorn, anschließend wusste er, dass ihm sein tägliches Jever in Käptens Kajüte wichtiger war und er sich auf Toves

Seite schlagen musste. »Im Grunde kenne ich die Straßen hier auch gar nicht so genau …«

Mamma Carlotta beschloss, mit Hochmut darüber hinwegzugehen. »Dann nehme ich mir eben das Telefonbuch vor. Oder einen Stadtplan.« Mit einer Grandezza, die sie einmal bei Sophia Loren in einem ihrer ältesten Filme bewundert hatte, stemmte sie einen Ellbogen auf die Theke und sagte mit einer großen Geste ihrer rechten Hand: »Einen Cappuccino nehme ich trotzdem!« Und als Tove sich wortlos an dem Kaffeeautomaten zu schaffen machte, riskierte sie sogar eine Beanstandung: »Was sind das für Schuhe, da draußen vor Ihrer Tür?«

»Meine alten Turnschuhe«, knurrte Tove. »Die müssen mal auslüften.«

»Direkt vor dem Eingang von Käptens Kajüte? Was sollen Ihre Gäste denken?«

»Wer Hunger hat, denkt nicht.«

»Wem l'estetica und l'igiene wichtig sind, der betritt keine Kneipe, vor der stinkende Turnschuhe auslüften«, erwiderte Mamma Carlotta trotzig, ließ sich auf einem Barhocker nieder und legte ihren verletzten Fuß auf den nächsten.

Nun mischte sich sogar der sonst so wortkarge Fietje ein. »Wem Ästhetik wichtig ist, der kommt gar nicht auf die Idee, Käptens Kajüte zu betreten.«

»Dösbaddel!«, fuhr Tove ihn an. »Als wenn du eine Ahnung von Ästhetik hättest!«

Da schwang die Eingangstür auf, und ein junger Mann betrat naserümpfend Käptens Kajüte. »Moin! Da vorn hat einer seine alten Treter entsorgt. Will Sie jemand ärgern, dass er seine stinkenden Schlappen ausgerechnet vor Ihrer Tür fallen lässt?«

Wütend knallte Tove die Tasse mit dem Cappuccino vor Mamma Carlotta auf die Theke, dann lief er zur Tür, riss sie auf und verschwand. Kurze Zeit später kam er von hinten durch die Küche in die Imbissstube zurück. »Dann stinken sie jetzt eben hinter dem Haus weiter«, brummte er. Als Vergeltung für die Unverschämtheit, Toves ausgetretene Turnschuhe vor der Tür zur Kenntnis zu nehmen, bekam der Gast nun die älteste Bratwurst und die trockenste Scheibe Toastbrot serviert.

Als der Kunde abgefertigt war, wagte Mamma Carlotta den Einwurf, dass er sich im neuen Gesundheitshaus von Braderup solche Schlampereien nicht würde erlauben können. »Stinkende Turnschuhe vor der Eingangstür auslüften? Dann könnten Sie gleich wieder dichtmachen.« Und listig fügte sie hinzu: »Wenn Sie das Bistro überhaupt bekommen!«

Tove grinste, was bei ihm stets so aussah, als fletschte er die Zähne. »Das Bistro ist mir so gut wie sicher.«

»So gut wie? Einen Vertrag haben Sie also noch nicht?«

»Frau Matteuer hat gestern Nachmittag einen Kaffee bei mir genommen. Über meine alten Turnschuhe ist die weggestiegen, ohne ein Wort zu sagen.«

Mamma Carlotta starrte ihn ungläubig an. »Signora Matteuer ist bei Ihnen eingekehrt?«

Tove nickte stolz. »Um mir zu sagen, dass die Sache mit dem Bistro klargeht.« Tove genoss den seltenen Umstand, dass es seinem italienischen Gast die Sprache verschlug, und ergänzte: »Ihr Schwiegersohn war übrigens auch da.«

Diese Auskunft belebte Mamma Carlotta prompt. »Mit der Matteuer zusammen?«

»Quatsch! Der wollte keinen Kaffee, der wollte mich befragen. Weil nämlich meine Fingerabdrücke an dem Fensterrahmen des Baubüros gefunden worden sind.«

»Sie meinen das eingeschlagene Fenster?«, fragte Mamma Carlotta aufgeregt.

»Exakt! Ich glaube, Ihr Schwiegersohn wollte mir da einen Strick draus drehen. Aber nicht mit mir! Ich habe natürlich zugegeben, dass ich den Fensterrahmen angefasst habe. Ist ja klar! Wenn man sieht, dass eine Scheibe einge-schlagen wurde, geht man hin und guckt.«

»Hat mein Schwiegersohn das geglaubt?«

»Muss er wohl. Er kann mir nichts anderes beweisen.«

»Sie waren es also nicht, der die Scheibe eingeschlagen hat?«

»Wo denken Sie hin, Signora!« Tove zog die Mundwinkel noch weiter auseinander. »So was würde ich nie tun!«

Endlich hatten sie die B 199 erreicht, die von Niebüll nach Flensburg führte. Erik drückte aufs Gas, sein alter Ford pus-tete eine schwarze Wolke aus dem Auspuff. Aber bei gut hundert nahm Erik bereits wieder den Fuß vom Gas. Auch auf dem Festland war der Sturm beachtlich. Als der Wagen von einer Bö erfasst wurde, erschrak er und fuhr von da an so langsam, dass Sören ungeduldig wurde. »Vielleicht sollte ich besser ans Steuer?«

Erik überhörte dieses Angebot, das reine Provokation war. »Wahrscheinlich ist es überflüssig, nach Glückstadt zu fahren«, meinte er stattdessen.

»Sag ich doch!«, ereiferte sich Sören. »Eine Wohnung zu durchsuchen, ohne zu wissen, was man finden will – das ist Zeitverschwendung. In dem Westerländer Apartment der beiden Schwestern haben wir auch nichts gefunden.«

»Die Staatsanwältin meint aber, dass wir das Motiv für den Mord an Dennis Happe in Matildas Umgebung fin-den.«

Sören griff sich an den Kopf. »Nur, weil er unter Matildas Schreibtisch gefunden wurde! Das kann Zufall gewesen sein.«

»Wissen Sie was Besseres?«

Sörens Laune hatte sich seit der Abfahrt nur unwesentlich gebessert. Dass sein Chef ihm zunächst verschwiegen hatte, in Wiebke Reimers Tasche gegriffen zu haben, kränkte ihn nach wie vor. »Jetzt haben wir ja neue Belastungsmomente. Wir sollten uns auf Wiebke Reimers konzentrieren.«

Erik spürte den Widerstand in der Nähe seines Herzens. Wiebke! Welches Spiel spielte sie mit ihm? Was hatte der Kuss wirklich für sie bedeutet? Und warum hatte sie es sogar so weit getrieben, von Liebe auf den ersten Blick zu sprechen? »Wir haben nur Vermutungen, sonst nichts.«

»Na, hören Sie mal, Chef!« Sören setzte sich sehr aufrecht hin, was seine Art war, Empörung auszudrücken. »Wiebke Reimers schleicht sich bei Ihnen ein, indem sie behauptet, Reporterin der *Mattino* zu sein.«

»Was wir ihr geglaubt haben, ohne es uns beweisen zu lassen.«

»Außerdem trägt sie zwei Anstecknadeln mit den Fotos von Klaus Matteuer und Matilda Pütz mit sich rum. Und die Telefonnummer des Pflegeheims, in dem der arme Matteuer vor sich hin vegetiert.«

»Wollen Sie der Staatsanwältin etwa erzählen, woher Sie das wissen?«, provozierte Erik zurück.

»So'n Schiet«, schimpfte Sören, der gern auf Friesisch fluchte, weil es seiner Meinung nach freundlicher klang.

Erik erschien der Zeitpunkt günstig, ein weiteres Geständnis anzufügen. Sörens Laune war bereits auf dem Tiefpunkt, weiter konnte sie nicht sinken. »Ich habe übrigens noch was gemacht, was nicht astrein war.«

Sören drehte sich zu Erik, der stur geradeaus sah. Niemand sollte merken, dass er gerade von einer kurzen, aber berauschenden Verliebtheit Abschied nahm. Auch Sören nicht. »Ich habe Wiebke Reimers' Tasse beiseitegestellt. Falls uns in den Sinn kommen sollte, ihre Fingerabdrücke vergleichen zu lassen ...«

»Mit welchen?«, fragte Sören. Aber als Erik schwieg, gab er sich die Antwort selbst: »Mit denen an dem Fensterrahmen? Und auf dem Stein, mit dem das Fenster eingeworfen wurde?«

»Tove Griess gibt zu, den Rahmen angefasst zu haben, aber nur aus Neugier. An dem Stein finden sich seine Spuren nicht.«

Sören konnte es nicht fassen. »Sie meinen also, während die Demo sich nähert, nimmt die Reimers einen Stein, wirft das Fenster ein, steigt in das Baubüro und rammt Dennis Happe ein Messer in den Rücken?«

Mal wieder merkte Erik, dass aus Gedanken, sobald sie in Worte gefasst waren, schnell unsinnige Behauptungen wurden. Die Frau, die er geküsst hatte, eine eiskalte Mörderin? Nein, niemals!

Sören drehte sich zurück und starrte wieder auf die Straße. »Trotzdem können Sie die Tasse ja erst mal da lassen, wo sie ist. Falls wir sie später noch mal brauchen.«

Das war eindeutig ein Versöhnungsangebot, für das Erik sehr dankbar war. Noch erleichterter war er, als Sören das Thema wechselte. »Eigentlich gibt es keinen Grund mehr, darüber zu schweigen, wer Ludo auf dem Gewissen hat. Es hat keine einzige Aussage gegeben. Anscheinend hegt niemand einen Verdacht.«

»Ich habe Corinna versprochen zu schweigen. Sie macht sich Sorgen, dass die Sylter noch aggressiver gegen sie vorgehen, wenn bekannt wird, dass ihre Schwester ein Gemeinderatsmitglied umgebracht hat.«

»Wäre doch nicht schlimm«, antwortete Sören ungerührt. »Dann ist endlich Schluss mit Matteuer-Immobilien auf Sylt. Soll die Firma sich doch woanders eine goldene Nase verdienen! Fragen Sie mal Ihre Kinder und Ihre Schwiegermutter! Die sind froh, wenn die Matteuer endlich abhaut.«

Erik wusste nicht, was er antworten sollte, denn natürlich sah er ein, dass Sören recht hatte. »Andererseits hilft es uns im Fall Dennis Happe auch nicht weiter«, meinte er schließlich. »Der Fall Ludo Thöneßen ist geklärt. Wir können ihn zu den Akten legen.«

»Und die Hintergründe, die Ihnen so wichtig erschienen?«

»Es scheint keine zu geben.«

Erik war froh, als sein Handy klingelte. Er gab Sören einen Wink, damit er es aus seiner Jackentasche zog, die auf dem Rücksitz lag.

Sören sah aufs Display. »Vetterich«, sagte er nur und nahm das Gespräch an. Wie immer beschränkte sich Vetterich auf das Notwendigste, und das Telefonat war bald beendet. »Vetterich hat eine interessante Entdeckung gemacht«, sagte Sören und dachte kurz darüber nach, ob die Entdeckung wirklich interessant war. »Er hat festgestellt, dass die Spuren am Badezimmerfenster von Dennis Happes Wohnung sich mit den Spuren decken, die er am Fenster des Baubüros und auf dem Stein gefunden hat.«

Erik bremste und fuhr an den Straßenrand. »Der Mörder war also auch in Dennis' Wohnung? Warum?«

Sören gab ihm ein Zeichen weiterzufahren. Als Erik nicht reagierte, stieg er aus und ging um den Wagen herum. Er öffnete die Fahrertür und sagte: »Lassen Sie mich ans Steuer. Sie können nicht gleichzeitig denken und fahren, das kennen wir doch!«

Erik wusste, dass Sören recht hatte, und stieg bereitwillig aus. Kurz darauf bogen sie wieder auf die Fahrbahn ein, und Sören bewies, dass die Strecke Niebüll–Glücksburg in viel weniger als einer Stunde zurückzulegen war.

»Wahrscheinlich ist es wirklich sinnlos, dass wir Matildas Wohnung in Glücksburg durchsuchen«, sagte Erik.

»Nun sind wir bald da«, entgegnete Sören. »Jetzt ziehen wir das durch.«

Erik nickte. »Obwohl es mir allmählich so vorkommt, als hätte Matildas Tod gar nichts mit dem Mord an Happe zu tun. Wenn es auch so aussah, als hätte Dennis Happe jemanden dabei überrascht, wie er Matildas Schreibtisch durchsuchte. Jetzt denke ich, vielleicht hat er selbst etwas besessen, was der Mörder wollte.«

»Aber was?« Sören bremste heftig, weil der Wagen vor ihnen einen geplanten Überholvorgang unerwartet abbrach. Eine Weile hielt er sich damit auf, den Fahrer zu beschimpfen, dann meinte er schließlich: »Es muss verdammt wichtig sein, wenn er dafür erstochen wurde.«

»Außerdem sieht es so aus, als habe der Mörder nicht gefunden, was er wollte, und Dennis Happe wäre umsonst gestorben. Er musste annehmen, Happe bewahrt es in seiner Wohnung auf, und die hätte der Täter auch durchsuchen können, während Happe frisch und lebendig im Baubüro sitzt.«

»Vielleicht hat er nun gefunden, was er wollte, und gibt Ruhe. In der Ferienwohnung haben wir nichts gefunden, was als Motiv infrage käme.«

»Im Baubüro hatte er andererseits nicht viel Zeit zu suchen«, gab Sören zu bedenken. »Die Demo näherte sich.«

»Und ungesehen aus dem Baubüro zu flüchten war auch nicht ganz einfach. Ringsum nur flache Wiesen und Weiden.«

»Abgesehen von den Nachbargärten! Da wird man schnell von den Büschen verschluckt.«

»Dann könnte ihn jemand gesehen haben. Viele sind aus den Häusern gekommen, wegen der Demo.« Erik holte sein Handy aus der Tasche. »Haben Enno und Rudi sich schon bei den Nachbarn umgehört?«

»Natürlich. Angeblich hat keiner was gesehen.«

»Dann sollen sie noch einmal ganz konkret nachfragen, ob jemand einen Mann beobachtet hat, der auf der Flucht war.«

»Oder eine Frau«, warf Sören ein, setzte den Blinker und

begann mit einem so waghalsigen Überholmanöver, dass Erik froh war, sich auf das Telefongespräch mit Enno Mierendorf konzentrieren zu können. Er sah erst wieder auf die Straße, als der Polizeimeister zugesagt hatte, sich sofort um die Befragung der Anwohner in Braderup zu kümmern.

»Puh!«, stöhnte Sören, als er wieder auf der rechten Straßenseite fuhr. »Wenn sich nicht bald irgendwo ein Motiv auftut, verzweifle ich.«

Erik sah lange auf die Straße, ehe er entgegnete: »Irgendwie werde ich das Gefühl nicht los, dass Dennis Happe da ganz zufällig reingerutscht ist.«

»Kann nicht sein«, entgegnete Sören. »Warum wurde dann seine Wohnung durchsucht?«

An der Flensburger Förde hielten sie kurz an und genossen einen langen Blick aufs Wasser.

»Schön«, meinte Sören.

»Aber eben nicht Sylt«, entgegnete Erik.

Hinter Flensburg bogen sie nach Norden ab. Dank des Navigationsgerätes, das sich Erik erst vor ein paar Wochen gekauft hatte, kamen sie zügig voran.

»Biegen Sie rechts in die Zielstraße ein«, hieß es schon kurz nach dem Ortseingang von Glücksburg.

Kurz darauf kamen sie vor einem großen Mietshaus zum Stehen, das von einer weitläufigen Rasenfläche umgeben war, auf der Kinder herumtollten.

»Sie haben Ihr Ziel erreicht.«

Jede Wohnung schien einen Balkon zu haben. Wäscheleinen spannten sich von einem Geländer zum anderen, Sonnenschirme warteten noch darauf, zur Überwinterung in den Keller getragen zu werden, Balkonpflanzen trockneten in Blumenkästen vor sich hin.

Sören warf einen kritischen Blick an der Fassade hoch. »Scheint nicht die beste Adresse zu sein.«

»Kein Wunder, dass Matilda sich lieber bei ihrer Schwester aufhielt«, entgegnete Erik. »Corinna hat mir erzählt, dass Matilda häufig das Gästezimmer in ihrem Haus bewohnte. Seit ihr Mann im Pflegeheim lebt, noch öfter. Sie war praktisch Dauergast in der Villa.«

Sören ging auf den Hauseingang zu. »Sie haben an den Schlüssel gedacht?«

Erik zog ihn aus seiner Jackentasche. Corinna hatte nichts dabei gefunden, ihm den Schlüssel auszuhändigen. »Sieh dir ruhig alles an«, hatte sie gesagt. »Du wirst garantiert nichts finden. Und es wird schnell gehen. Matildas Besitz ist ziemlich übersichtlich. Sie musste ja alles verkaufen, als sie die Firma unseres Vaters an die Wand gefahren hatte.«

Die Wohnung lag in der ersten Etage. Sie war lange nicht bewohnt worden, das erkannte Erik sofort, als sich die Tür öffnete. Der Geruch von abgestandener Luft schlug ihnen entgegen, aber eine angenehme Beimischung machte ihn erträglich. Ein Parfüm vielleicht, oder ein Reinigungsmittel. Nach gründlichem Lüften würde es hier wieder angenehm riechen.

Erik wanderte durch die kleine Wohnung, die aus einem Wohnzimmer, einem Schlafzimmer, einer winzigen Küche und einem noch winzigeren fensterlosen Bad bestand. Sören öffnete das Küchenfenster, während Erik ins Wohnzimmer ging und von dort den Balkon betrat. Die benachbarten Balkone waren sehr nah, für eine Frau, die in einem großen Einfamilienhaus aufgewachsen war, vermutlich viel zu nah. Was es bedeutete, dass Matilda Pütz mit der Firma ihres Vaters auch ihr komfortables Leben verloren hatte, wurde ihm erst jetzt klar. Die Zwillinge waren in sehr privilegierten Verhältnissen aufgewachsen. Corinna Matteuer hatte immer noch alles, woran die beiden von klein auf gewöhnt gewesen waren, sogar noch mehr. Wie mochte Matilda mit diesem Abstieg zurechtgekommen sein? Dass ihre Schwester zu ihr hielt und ihr ermöglichte, an ihrem Wohlstand teilzuhaben, mochte ein Trost gewesen sein, aber vielleicht auch das genaue Gegenteil. Ständig vor Augen geführt zu bekommen, dass Corinna etwas gelungen war, was sie selbst auch hätte haben können, machte das Scheitern vielleicht unerträglich.

Sören schwieg, als ahnte er Eriks Gedanken und wollte sie nicht stören. Er ging ins Schlafzimmer und begann dort mit der Suche nach etwas, von dem sie keine Vorstellung hatten. Lustlos öffnete er Schubladen und Schranktüren, während Erik in der Küche und im Wohnzimmer das Gleiche tat. Corinna hatte recht. Matilda musste nach dem Konkurs alles verkauft haben, was zu Geld zu machen war. Der Inhalt ihrer Schränke war armselig, es fand sich nur, was zum Leben nötig war, mehr nicht. Selbst Erinnerungsstücke schien sie vernichtet zu haben. Nur ein einziges Fotoalbum fand Erik, ansonsten nichts, was etwas über Matildas früheres Leben erzählte. Vielleicht wollte sie nicht ständig mit dem konfrontiert werden, was sie verloren hatte? Erik empfand tiefes Mitleid. Und plötzlich glaubte er auch verstehen zu können, warum jemand wie sie, wenn er zurückgewiesen wurde, zu einer so schrecklichen Tat fähig war.

Ein Anruf von Enno Mierendorf riss Erik aus seinen Gedanken. Mierendorf meldete, dass er sich mit Rudi Engdahl noch einmal durch die gesamte Nachbarschaft des Baubüros gefragt hatte. Niemand hatte einen Flüchtigen gesehen. Durch die angrenzenden Gärten war Dennis' Mörder also anscheinend nicht geflohen.

»Kommen Sie mal, Chef!«, rief Sören aus dem Schlafzimmer. Er hielt ihm einen Brief hin.

»Den habe ich zwischen der Rückwand der Schublade und der Rückwand des Schrankes gefunden. Hatte sich anscheinend irgendwie verklemmt.«

Sören hatte sich mittlerweile zum Spezialisten für Geheimfächer entwickelt. Ein Griff, und er fand Zwischenwände und doppelte Böden, die vorher niemand entdeckt hatte.

»Ob er dort versteckt worden ist?« Erik öffnete den Umschlag, faltete das Blatt auseinander und las vor: »Meine Geliebte! Jeder Tag mit dir ist ein Geschenk, ein Tag ohne dich vergeudete Zeit. Mein Herz gehört nur dir. Du bist die Liebe meines Lebens, diese eine große Liebe, die mit keiner anderen zu vergleichen ist.«

Erik drehte den Brief um, die Rückseite war leer. »Keine Unterschrift. Ob der von Ludo Thöneßen ist?«

Sören stellte sich neben ihn und blickte über seine Schulter. »Ich glaube nicht. Als wir Ludos Büro durchsucht haben, ist mir viel Handschriftliches in die Hände gefallen. Ludo hatte eine große, krakelige Schrift.«

Erik starrte weiter auf das Briefblatt. »Wenn es nicht Ludo war … das hieße ja, dass Matilda noch einen Geliebten hatte!«

Sören verzog spöttisch das Gesicht. »Der Brief kann zehn Jahre alt sein. Ich glaube im Übrigen nicht, dass er versteckt wurde. Der hatte sich hinten in der Lade verklemmt. Versehentlich!«

Erik faltete den Brief zusammen, schob ihn in den Umschlag zurück und steckte ihn in die Innentasche seiner Jacke. »Wir vergleichen die Schrift vorsichtshalber mit Ludos. Wenn er den Brief nicht geschrieben hat, kann uns vielleicht Corinna weiterhelfen.«

Sören zuckte die Schultern. »Wichtig ist dieser Wisch vermutlich nicht.«

Erik ging ins Wohnzimmer zurück, um mit der Durchsuchung fortzufahren. Sören tat das Gleiche im Schlafzimmer. Schweigend arbeiteten sie sich durch Matildas Besitz, bis ein Klingeln an der Tür sie aufschreckte. Erik öffnete und stand einer alten Dame gegenüber, gut siebzig Jahre, weißhaarig, klein, drahtig. Aus ihrem faltigen Gesicht blitzten Augen, die zwanzig Jahre jünger zu sein schienen als der Rest ihrer Gestalt.

Erstaunt sah sie ihn an. »Ich habe was gehört. Ich dachte, Matilda ist zurück.« Dann schoss die Empörung in ihr Gesicht. »Was machen Sie hier?«

Erik zeigte ihr seinen Dienstausweis und bat sie herein. »Sie kannten Matilda Pütz?«

»Ich wohne unter ihr. Das Haus ist schrecklich hellhörig. Ich habe sofort gemerkt, dass jemand in Matildas Wohnung ist.« Dann stutzte sie. »Kannten? Warum benutzen Sie das Präteritum?«

Sörens Schulzeit lag noch nicht so lange zurück wie Eriks, er begriff sofort, was die alte Dame meinte. »Sie wissen anscheinend nicht, dass Frau Pütz verstorben ist?«

Mamma Carlotta bog zufrieden in den Mittelweg ein. Ihr Fuß schmerzte kaum noch, und die Anzahl der Unterschriften, die auf ihrer Liste dazugekommen waren, konnte sich sehen lassen. Was ihr Hochgefühl jedoch beeinträchtigte, war die Erkenntnis, dass Corinna Matteuer noch intriganter war, als sie vermutet hatte. Ihr machte sie weis, Niccolò könne das Bistro im Gesundheitshaus bekommen, und Tove machte sie am selben Tag eine Zusage! Dass sich vermutlich auch Ludo Thöneßen Hoffnungen gemacht hatte, mit dem Bistro eine neue Existenzgrundlage zu bekommen, daran mochte sie gar nicht denken.

»Incredibile!«, murmelte sie vor sich hin, als sie vor dem Squashcenter vom Rad stieg und es in einem von Unkraut umwucherten Fahrradständer abstellte. Hoffentlich konnte sie verhindern, dass diese Frau ihren Schwiegersohn erfolgreich umgarnte! Wie bedauerlich, dass es nun keine Option mehr war, Eriks Interesse auf eine andere Frau zu lenken, die Mamma Carlotta bisher geeignet erschienen war, einen festen Platz in seinem Herzen einzunehmen. Wiebke Reimers war ja genauso wenig zu trauen wie Corinna Matteuer! Das Bild, wie sie durch die Gärten am Dorfteich geflüchtet war, geisterte immer noch durch Mamma Carlottas Kopf.

Die Bedrückung, mit der sie die Stufen zum Eingang hochstieg, stob davon, als sie die Sportlerklause betrat, wo sich schon ein großer Teil der Bürgerinitiative versammelt hatte.

Mit großem Hallo wurde Mamma Carlotta begrüßt. »Unser Star! Die schöne Dame von Seite eins! Finito mit Matteuer-Immobilien! Ein tolles Titelbild!«, schwirrten die Stimmen durcheinander.

Mamma Carlotta vergaß sofort alles, was sie gequält hatte. Ein Raum voller Friesen, und trotzdem herrschte keine lähmende Stille, sondern ausgelassene Fröhlichkeit! Ein solcher Augenblick musste gefeiert werden! Die Angst, die ihn noch niederdrückte, war allerdings nicht ganz zu vergessen. Was würden die, die ihr jetzt zujubelten, sagen, wenn sie wüssten, dass sie sich für ihren Neffen um das Bistro im Gesundheitshaus bemühte? Sie musste aufpassen! Zwar waren zwei der drei Personen, die ihren Besuch im Baubüro bezeugen konnten, nicht mehr am Leben, aber Corinna würde schon einen Weg finden, Mamma Carlotta in negativem Licht erscheinen zu lassen, wenn sie es wollte. Vor ihr musste sie auf der Hut sein.

Während Jacqueline die ersten Sektgläser füllte, kam eine Stimmung auf, wie sie auf der Piazza in Panidomino an einem schönen Sommerabend nicht ungewöhnlich war. Mamma Carlotta vergaß Corinna Matteuer und fühlte sich von Minute zu Minute wohler. Dass so etwas im kalten Wenningstedt möglich war! Sie hätte es noch vor wenigen Tagen nicht glauben können.

Die Zeitung mit dem Titelbild, das Mamma Carlotta zeigte, ging von Hand zu Hand. Anerkennende Rufe waren zu hören. »So viel Aufmerksamkeit haben wir schon lange nicht mehr bekommen.«

Zwar gab jemand zu bedenken, dass diese Aufmerksamkeit vor allem der Leiche galt, die kurz nach der Demo gefunden worden war, aber davon wollten die anderen nichts hören. »Da haben wir nix mit zu tun!«

»Nächste Woche noch der Artikel in der *Mattino*«, rief einer. »Dann kennt uns ganz Deutschland!«

Auch der Zweifler, der anmerkte, dass die Investorin am Ende nicht von »Verraten und verkauft«, sondern von den merkwürdigen Todesfällen in ihrer Umgebung zum Aufgeben gezwungen werden könnte, erhielt kein Gehör. Niemand wollte, dass der Erfolg, der sich am Horizont zeigte, kleingeredet wurde. Das Scheitern von Matteuer-Immobilien war noch nie so nah gewesen. Mamma Carlotta hätte in ihrer Euphorie beinahe vergessen, dass der Name von Ludos Mörderin nicht genannt werden durfte. Wie gerne hätte sie den Optimismus der Mitglieder von »Verraten und verkauft« noch weiter unterstützt, indem sie ihnen verriet, dass auch Ludos Tod in den Dunstkreis der Investorin reichte.

Als wären die Gedanken auf ihrer Stirn lesbar gewesen, rief plötzlich jemand: »Wann kriegt die Polizei endlich raus, wer Ludo auf dem Gewissen hat? Schläft die Kripo eigentlich? Oder tun die auch was für ihr Geld? Man hört ja rein gar nichts von irgendwelchen Ermittlungserfolgen!«

Stille schnitt in die Hochstimmung, vielsagende Blicke trafen Mamma Carlotta, und Peinlichkeit erfasste diejenigen, die sich so freimütig geäußert hatten, ohne zu bedenken, dass die Schwiegermutter des Kriminalhauptkommissars unter ihnen war. Zwar bekam einer von ihnen schnell die Kurve, indem er mit hochrotem Gesicht nachsetzte: »Wahrscheinlich wollen die noch nichts verraten, um die Ermittlungen nicht zu gefährden!«, aber die gute Stimmung hatte einen Knacks bekommen. Mamma Carlotta machte keinen Hehl aus ihrer Kränkung, und so retteten sich die Mitglieder von »Verraten und verkauft« in ihre Unterschriftenlisten, die sie miteinander verglichen, um herauszufinden, wer von ihnen am erfolgreichsten gewesen war. Als Carolin und Felix die Sportlerklause betraten, hätte man die Verlegenheit greifen können, so dicht stand sie im Raum.

Aber die beiden merkten zum Glück nichts davon und gesellten sich arglos zu ihrer Nonna, der es gelang, augenblicklich die fröhliche Miene aufzusetzen, an die ihre Enkel gewöhnt waren. »Sämtliche Ärzte und Schwestern des Ferienheims für Mutter-Kind-Kuren haben unterschrieben«, verkündete Carolin, die, seit sie beschlossen hatte, in die Politik zu gehen, eine viel lautere und festere Stimme bekommen hatte und neuerdings die Silben betonte, als käme es auf jede einzelne an. »Die Putzfrauen, das Küchenpersonal und der Hausmeister auch.«

Felix bewies, dass er nach wie vor kein Interesse an der Diplomatie hatte, die für einen Politiker unerlässlich war: »Ein paar der Mütter auch, die Bekannte auf Sylt haben. Die haben dann einfach deren Adressen eingesetzt.«

Carolin wurde rot und so verlegen, wie man es sich von manchem Politiker kurz vor seinem Rücktritt gewünscht hätte. »Vor allem wissen jetzt alle, worum es geht«, wich sie aus. »Sogar die Kinder haben verstanden, dass es in Westerland mehr als 25 000 Gästebetten gibt und dass viele der alten Pensionshäuser abgerissen wurden und stattdessen Neubauten entstanden sind. Konzeptionslos und unkoordiniert!«

Mamma Carlotta staunte ihre Enkelin an. Wer solche schwierigen Fremdwörter zu benutzen wusste, musste ein kluger Mensch sein! Zu dieser Ansicht war Carlotta Capella gekommen, seit sie einmal der Predigt des Pfarrers in Città di Castello gelauscht hatte, der zwar in ihrer Muttersprache geredet, aber so viele Fremdwörter hatte einfließen lassen, dass es ihr unmöglich gewesen war, den Sinn seiner Predigt zu verstehen. Doch da er als besonders klug und gebildet galt, stand seitdem für sie fest: Je unverständlicher einer redete, desto klüger war er!

»Der Erholungswert unserer Insel ist unser wichtigstes Kapital«, fuhr Carolin fort. »Das habe ich den Kindern erklärt, und sie haben verstanden, dass wir unsere Landschaft durch das hemmungslose Profitstreben der Investoren zerstören.«

Carolin bewies, dass sie bereits gelernt hatte, wie hilfreich die Ablenkung auf ein anderes Thema sein kann. Als sähe sie das Foto zum ersten Mal, wies sie auf eine der Ausgaben des *Inselblattes,* von dem ihre Großmutter herunterstrahlte. »Ist das nicht großartig? Diese Berichterstattung zeigt, dass die Insulaner sogar Unterstützung aus Italien haben! Aus ganz Europa! Aus aller Welt!« Dass Übertreibung ein gutes Mittel zur Verdeutlichung der eigenen Thesen ist, hatte sie also auch schon gelernt.

Sie erhielt begeisterte Zustimmung. Willi Steensen, der Vorsitzende, erhob sich, um eine kurze Rede an seine Mitstreiter zu halten. Weitere Aktionen wolle er ankündigen und mit allen gemeinsam darüber beraten, wie es weitergehen solle. »Es wird Zeit, dass wir uns die Gemeinderäte vornehmen. Bisher haben sie sich jeder Diskussion entzogen, Vorwürfe abgeblockt und Fragen nur ausweichend beantwortet. Diese Leute haben wir gewählt! Wir haben also auch ein Recht darauf zu erfahren, wie sie denken und was sie planen. Wir können sogar verlangen, dass sie so denken und planen, wie es für uns, die Bevölkerung von Sylt, am besten ist! Ich schlage vor, ein offizielles Schreiben an den Gemeinderat vorzubereiten, nachdem es bei der Demo wieder mal zu keiner Gegenüberstellung gekommen ist.«

Willi Steensen wurde mit kräftigem Applaus belohnt. Er wollte seine Rede noch fortführen, aber dazu kam er nicht mehr. In dem Augenblick, in dem der Jubel sich senkte und die Stimmen verstummten, drang ein Laut in die Sportlerklause, der alle erstarren ließ. Von hinten, nach einem weiten Weg über den Flur, kam ein Schrei. In der Sauna musste er entstanden sein, nun jagte er auf die Tür der Sportlerklause zu. »Polizei! Hilfe! Polizei!«

Die Tür wurde aufgerissen, und Jacqueline stand auf der Schwelle. Zitternd und kraftlos lehnte sie sich in den Türrahmen. »Hilfe, Polizei!«, flüsterte sie nun, dann sank sie Willi Steensen an die Brust, der im letzten Moment noch einen Schritt auf sie zu gemacht hatte.

Frau Schermann hatte darauf bestanden, dass Erik und Sören ihr ins Erdgeschoss folgten, wenn sie mit ihr reden wollten. »Nicht in der Wohnung einer Toten!«

Sören warf Erik einen genervten Blick zu, der seinem Chef sagen sollte, dass es reine Zeitverschwendung war, mit einer alten Frau über Matilda Pütz zu reden, selbst wenn sie früher die Grundschullehrerin der Zwillinge gewesen war. Als Erik verärgert den Kopf schüttelte, warf Sören ihm einen Blick zu, der unmissverständlich klarmachte, dass er das Interesse seines Chefs für rein privat hielt und sich nicht verpflichtet fühle, den Geschichten über die Kinderjahre der Zwillingsschwestern zuzuhören.

Als sie die Treppe hinabstiegen, raunte er Erik zu: »Täten Sie das auch, wenn Sie keine schönen Erinnerungen an die junge Corinna Matteuer hätten?«

Erik antwortete nicht darauf, sondern machte nur mit einer Geste deutlich, dass Sören gerne auch vor der Tür oder im Auto auf ihn warten durfte. Aber da Sören diese Alternative für noch ungemütlicher hielt, als es in den Räumen einer pensionierten Lehrerin sein konnte, schüttelte er nur resigniert den Kopf und betrat nach ihm Frau Schermanns düstere Wohnung. Sie war genauso klein wie Matildas, aber vollgestopft mit Mobiliar. Was Matilda aus ihrem Leben verbannt hatte, als sie in dieses Haus zog, hatte Frau Schermann auf Tischchen, in Regalen, auf Fensterbänken und an allen Wänden bewahrt. Überall standen gerahmte Fotos herum,

Urlaubsandenken, Bücher, Ansichtskarten, bestickte Servietten, bemalte Kieselsteine, beklebte Blumentöpfe, Bilder von Hobbymalern und Häkeldeckchen aus dem Handarbeitsunterricht – jedes Teil in Frau Schermanns Wohnzimmer schien eine Geschichte zu erzählen. Erik sah, dass Sören froh war, der Einladung gefolgt zu sein. Denn tatsächlich war es warm und gemütlich in diesem kleinen Wohnraum. Und dass Frau Schermann Tee und Gebäck anbot, gefiel Sören genauso wie Erik.

»Ich weiß noch«, begann sie zu erzählen, »wie die beiden eingeschult wurden. Niemand konnte sie auseinanderhalten. Aber schon im zweiten Schuljahr gab es eine Veränderung, die es leichter machte, eine von der anderen zu unterscheiden.«

»Was war das?«, fragte Erik und sah zu, wie Frau Schermann ihm Tee eingoss und ein Stück Kandis in die Tasse gab. Erst als auch Sören bedient war, setzte sie die Unterhaltung fort.

»Die Mädchen waren sich gar nicht so ähnlich, wie es auf den ersten Blick schien. Äußerlich natürlich, aber im Wesen waren sie unterschiedlich. Und so was zeigt sich immer auch im Äußeren, in den Augen, im Lachen, in der Körperhaltung und natürlich auch im Kleidungsstil.«

Erik und Sören nickten, ließen sich die Plätzchen schmecken, die eine ehemalige Schülerin gebacken hatte, die ihre frühere Lehrerin nach wie vor besuchte. Frau Schermann fuhr fort: »Der alte Pütz, der Vater der beiden, hatte sich immer einen Sohn als Nachfolger gewünscht. Doch seiner Frau sollte wohl keine zweite Schwangerschaft zugemutet werden, das ließ er irgendwann mal durchblicken.« Frau Schermann zog die Stirn hoch und die Mundwinkel nach unten, um auszudrücken, was sie von Frauen hielt, die ein bequemes Leben über alles stellen. »Aber er hat sich schnell damit abgefunden. Irgendwann hat er mal zu mir gesagt, dass heutzutage ja auch Frauen eine Firma leiten können. Eine von den beiden würde sich schon eignen.«

»Und dann waren sogar beide bereit, die väterliche Firma weiterzuführen«, warf Erik ein.

Frau Schermann nickte. »Davon habe ich damals nur gehört. Nach der Grundschulzeit hatte ich zunächst keinen Kontakt mehr zu den Zwillingen und ihren Eltern. Bis Matilda in dieses Haus zog ...«

»Dann wissen Sie ja auch, dass sie die Firma ihres Vaters ruiniert hat?«, fragte Erik.

Frau Schermann zog ein bekümmertes Gesicht. »Ich hätte es mir denken können. Wie gesagt, die Zwillinge waren unterschiedlicher, als alle glaubten. Mir kam es manchmal so vor, als durchschauten nicht einmal die eigenen Eltern, dass die beiden sich nur äußerlich glichen wie ein Ei dem anderen. Beide schienen sie ehrgeizig und erfolgreich zu sein, aber ich habe gleich gemerkt, dass es vor allem Corinna war, die Ehrgeiz und Leistungswillen besaß. Matildas Erfolg wurde immer über Corinnas abgeleitet. Die eine war erfolgreich, also musste die andere es auch sein, schließlich waren die beiden eineiige Zwillinge und in allem gleich!«

Erik glaubte zu verstehen. »Matilda wurde davon überfordert?«

Frau Schermann nickte. »Aber auch das merkte niemand. Ich glaube, ich war die Einzige, die was von Matildas Problemen mitbekam. Immer hieß es: Den Zwillingen gelingt alles. Aber das, was Corinna gelang, schaffte Matilda oft nur, weil ihre Schwester ihr half. Für Corinna war es ganz selbstverständlich, Matilda in allem beizustehen. Sie machte ihre Schwester immer zu einem Teil ihres Erfolges, sodass stets von den Leistungen der beiden Zwillinge die Rede war.«

»Das war doch schön für Matilda«, warf Sören ein, erntete aber einen tadelnden Blick von Frau Schermann.

»Auf den ersten Blick vielleicht«, sagte sie. »Aber Matilda wusste ja, dass ihr der Erfolg oft nicht zustand, dass er meistens ganz allein Corinna gehörte. Sie durfte von ihr abschreiben, Corinna verhalf ihr zu guten Noten, steckte auch bereitwillig zurück, damit Matilda gelegentlich besser sein konnte als sie. Manchmal tauschten die beiden sogar die Rollen.«

Erik runzelte die Stirn. »Sie meinen … Corinna hat sich als Matilda ausgegeben?«

»Wenn Matilda zum Beispiel ein Gedicht aufsagen sollte, was ihr nie gut gelang, weil sie so aufgeregt war, dass sie sich verhaspelte und den Text vergaß. Bei einer Schüleraufführung hat Corinna sich einmal mit einer winzigen Nebenrolle begnügt und dann auch noch Matildas Hauptrolle gespielt, weil die sich vor lauter Lampenfieber auf keine Bühne traute. Aber als der Applaus kam, durfte Matilda sich verbeugen und die Anerkennung einheimsen.«

»Das haben Sie gemerkt?«, fragte Erik ungläubig.

Frau Schermann wirkte mit einem Mal schuldbewusst. »Ja, und ich habe es toleriert. Später habe ich mich gefragt, ob das richtig war. Vielleicht hätte Matilda ihr Leben besser gemeistert, wenn sie ihre Grenzen und die Überlegenheit ihrer Schwester anerkannt hätte. Lob und Anerkennung zu erhalten, ohne es verdient zu haben, ist nicht halb so befriedigend, wie Otto Normalverbraucher sich das vorstellt.« Sie warf Sören einen strengen Blick zu, der für sie anscheinend in die Kategorie Otto Normalverbraucher fiel.

Erik fand diesen Aspekt interessant und hätte ihn gerne vertieft, aber in dem Augenblick klingelte sein Handy. Er sah Frau Schermann bedauernd an. »Tut mir leid, ich bin im Dienst. Ich muss rangehen.«

Frau Schermann machte nicht den Anschein, als hätte sie Verständnis für Mobiltelefone und ständige Erreichbarkeit, schien aber längst die Erfahrung gemacht zu haben, dass dagegen kein Kraut gewachsen war. Also nickte sie gnädig und machte Anstalten, ihr Gespräch in Sörens Richtung fortzusetzen.

Doch dazu kam es nicht mehr. Eriks Miene veränderte sich derart, dass nicht nur Sören, sondern auch Frau Schermann aufmerkte. Erik antwortete einsilbig, aber mit aufgeregter Stimme und sagte schließlich: »Wir kommen sofort zurück! Rufen Sie bitte im Kommissariat an. Mierendorf und Engdahl sollen alles Nötige veranlassen und so lange am Tatort bleiben, bis wir zurück sind.«

Erik erhob sich und reichte Frau Schermann die Hand. »Vielen Dank für das aufschlussreiche Gespräch«, sagte er freundlich. »Aber leider müssen wir jetzt zurück. Die Pflicht ruft.«

Sören gelang es, seine Neugier so lange im Zaum zu halten, bis auch er sich angemessen von Frau Schermann verabschiedet hatte. Aber die Tür ihrer Wohnung war noch nicht ins Schloss gefallen, da fragte er schon: »Was ist los, Chef?«

»Ein weiterer Mord«, antwortete Erik und riss so hastig die Haustür auf, dass sie an die Wand des Hausflurs prallte und ein wenig Putz herabrieselte. »Im Squashcenter!«

Dr. Hillmot fand nichts dabei, dass die Schwiegermutter von Kriminalhauptkommissar Wolf ihm bei der Arbeit Gesellschaft leistete. Wer für ihn einmal Antipasti eingelegt hatte, den würde er nicht mal vom Öffnen einer Leiche ausschließen, wenn er denn unbedingt dabeisein wollte. Enno Mierendorf und Rudi Engdahl waren augenscheinlich anderer Ansicht, wagten aber nicht, Mamma Carlotta den Vorschlag zu machen, sich wieder zu den anderen Mitgliedern von »Verraten und verkauft« zu begeben. Vetterich und seine Mitarbeiter schien ihre Anwesenheit nicht zu kümmern, solange sie niemanden bei der Arbeit behinderte oder im Wege herumstand.

Mamma Carlotta war sich des Privilegs bewusst und auch, dass es damit schlagartig vorbei sein würde, sobald Erik auftauchte. Bis dahin aber wollte sie sich all das Neue einverleiben, die Nähe zu dem schrecklichen Verbrechen tapfer ertragen und aufsaugen, was sie zu sehen bekam, wobei sie die Leiche wohlweislich außer Acht ließ. Sie formulierte sogar in ihrem Kopf bereits die Worte, die demnächst auf der Piazza von Panidomino von Mund zu Mund gehen würden. Immerhin bestand die Möglichkeit, dass Sila Simoni auch in ihrem Dorf bekannt war! Mamma Carlotta selbst hatte zwar vorher nie von ihr gehört, aber es war nicht ausgeschlossen, dass es Männer gab, die sich heimlich Filme mit Sila Simoni ansahen, und Frauen, die versuchten, sie davon abzuhalten. Die meisten würden wohl nicht zugeben, den Pornostar zu kennen, aber wenn über ihren gewaltsamen Tod auch in den italienischen Zeitungen berichtet wurde, musste niemand mit seinem Interesse hinter dem Berg halten. Und sie, Carlotta Capella, hatte den leblosen Körper dieser Frau gesehen! Wenn auch nur mit einem allerersten, noch dazu von jähem Entsetzen getrübten Blick, bevor sie sich schaudernd abgewandt hatte. Nun, während sie das Gespräch mit Dr. Hillmot führte, blickte sie konsequent in eine andere Richtung. Aber immerhin, sie war dabei! Zwar flüsterte sie ein unhörbares Gebet zur Vergebung in sich hinein, damit ihr die Sensationslust verziehen wurde, und schärfte sich ein, so diskret und verschwiegen wie nötig mit ihren Kenntnissen umzugehen, aber gleichzeitig redete sie sich auch ein, dass der Fall, sobald er aufgeklärt war, nicht mehr vertraulich behandelt werden müsse.

Sie war nach dem Vorsitzenden der Bürgerinitiative die Einzige gewesen, die beherzt zugegriffen hatte. Während die anderen ängstlich vor der Tür der Sauna stehen geblieben waren, hatte sie Willi Steensen dabei geholfen, den schräg gestellten Besenstiel zu entfernen, der die Tür der Sauna-

kabine versperrt hatte. Die Kraftanstrengung, die nötig gewesen war, das entsetzliche Bild, das sich ihr geboten hatte,
das grauenhafte Geräusch, als ihnen der leblose Körper ent-
gegengefallen war … das alles würde in Umbrien Gesprächs-
stoff für viele Wochen geben. Natürlich würde sie immer
wieder hervorstöhnen, wie schwer es ihr fiele, darüber zu
reden, und dass sie es nur über sich brächte, weil sie ständig
danach gefragt wurde, aber dann würde jemand mit dem
klugen Hinweis kommen, dass man ein so schreckliches Erlebnis am besten verarbeitete, indem man es sich von der
Seele redete. Danach würde niemand mehr an Sensationslust
denken, wenn Carlotta Capella sich in die Einzelheiten
dieses Mordfalls erging.

»Kreislaufzusammenbruch«, sagte Dr. Hillmot, der zu
glauben schien, dass Mamma Carlotta an den Einzelheiten
des Todes von Sila Simoni interessiert sei. »Vorübergehende
Sauerstoffunterversorgung des Gehirns, Störung der Herz-
kreislauffunktion, dann plötzlicher Bewusstseinsverlust.
Synkope!« Als Mamma Carlotta keinen Laut der Zustimmung von sich gab, ergänzte er: »Ohnmacht!«

Dr. Hillmot erhob sich mit knirschenden Gelenken und
unter heftigem Stöhnen. Als er seinen übergewichtigen Körper in die Höhe gewuchtet hatte, musste er sich erst einmal
abstützen und seinen stoßweisen Atem beruhigen, der alle
Anwesenden mit Besorgnis erfüllte. Dann aber hatte er sich
erholt und fuhr fort: »Starke Hitze führt irgendwann zum
Hitzestau und dann zum Hitzschlag. Schwindelgefühle, Seh-
störungen, extremes Durstgefühl … und schließlich Exitus.«

Dr. Hillmot betrachtete die Leiche ein letztes Mal ausgiebig, und Mamma Carlotta brachte es nicht fertig, den Blick
an der gegenüberliegenden Wand zu lassen, wie sie es eigentlich wollte. Ihre Augen huschten von dort zum Boden, dann
wieder zurück, noch einmal zu dem leblosen Körper und erneut zurück. Dann wusste sie, dass es noch schlimmer sein

würde, ihrer Neugier nicht nachzugeben, als das Ergebnis dieser Neugier zu ertragen.

Sila Simonis Körper war so vollkommen erschlafft, dass die Silikonbrüste sich seltsam lebendig, geradezu bizarr vital ausnahmen. Sie prangten auf ihrem leblosen Körper wie zwei fette Schmeißfliegen, die vom Tod profitierten.

Dr. Hillmot gab Enno Mierendorf einen Wink, damit er dafür sorgte, dass die Leiche abtransportiert wurde. Das weckte Mamma Carlottas Lebensgeister. »Sie hat sich also zum Saunieren zurückgezogen, und dann ist jemand gekommen und hat dafür gesorgt, dass sie aus der Sauna nicht wieder rauskam?« Sie schüttelte sich, als sie sich Sila Simonis letzte Lebensminuten vorstellte.

»Das herauszufinden ist der Job Ihres Schwiegersohns«, antwortete Dr. Hillmot. »Aber es sieht ganz so aus. Da wollte jemand, dass dieser Saunagang tödlich endete.«

Kommissar Vetterich war erleichtert, als Dr. Hillmots Arbeit getan und die Leiche seiner Spurensuche nicht mehr im Wege war. Der Gang vor dem Saunabereich war schmal, auch für die Duschen, das Tauchbecken und die Ruhezone war nur so viel Raum wie absolut notwendig aufgewendet worden. Dr. Hillmot und Mamma Carlotta zogen sich in Ludos Apartment zurück, das jedoch kaum mehr Platz bot. Drei der Spurenfahnder beschäftigten sich mit dem Fenster, ihre Gerätschaften verteilten sich auf dem Boden.

»Wieder ein eingeschlagenes Fenster?«, fragte Mamma Carlotta, obwohl sie die Antwort auf ihre Frage deutlich vor sich sah.

Dr. Hillmot nickte gleichgültig. »Wie im Baubüro, wenn ich mich recht erinnere.«

Mamma Carlotta erinnerte sich überdies an Dennis Happes Ferienwohnung. Auch dort war die Scheibe eingeschlagen worden.

Sie ließ sich aufs Sofa sinken, als sie hörte, dass Kommis-

sar Vetterich nach Rudi Engdahl rief, und legte ihren banda-
gierten Fuß auf den niedrigen Couchtisch. Zwar schmerzte
er kaum noch, und auch die Schwellung war zurückgegan-
gen, aber sicher war sicher. Als aktives Mitglied einer Bürgerinitiative musste sie flott auf den Beinen bleiben.

Dr. Hillmot plumpste kurz darauf neben sie. Mehrere
Handtaschen und eine Reisetasche standen auf dem Boden
des ohnehin schon beengten Raumes, Kleidungsstücke lagen
auf den Sesseln, gleich drei Beautycases standen am Fuß der
Polstermöbel, daneben eine Fotokamera, ein Bauchtrainer
und ein Inhaliergerät. Rudi Engdahl drängte sich an Mamma Carlottas und Dr. Hillmots Füßen vorbei zu der geöffneten Tür, die in den Saunabereich führte. Dort sah Kommissar Vetterich ihm entgegen. »Schauen Sie mal, was wir
hier drin gefunden haben!« Engdahl nahm das kleine Plas-
tiktütchen, das Vetterich ihm entgegenhielt, genau in Augenschein.

»Ein Zahnstocher. Wenn der vom Täter stammt, haben
wir eine super DNA. Vorausgesetzt, er wurde schon mal benutzt.«

Mamma Carlotta fuhr vom Sofa hoch, landete auf dem
verletzten Fuß, schimpfte ausgiebig, stolperte dann über ein
Beautycase und arbeitete sich bis zur Tür vor. Sie machte
einen Schritt auf Engdahl und Vetterich zu, der den Zahnstocher gerade in einem Plastikbeutel verschwinden ließ.
Während er ihn beschriftete, hätte sie ihn gerne darum gebeten, sich das Fundstück etwas genauer ansehen zu dürfen,
aber vermutlich sah ein Zahnstocher wie der andere aus.
Und das Gefühl, das in ihrer Körpermitte zu rumoren begann, war wohl nur die Reaktion ihres Magens auf den Anblick der Leiche. Viele Menschen benutzten Zahnstocher!
Ihr fiel auch gerade ein, dass auf der Theke der Sportlerklause ein Gläschen stand, das prall mit Zahnstochern ge-
füllt war.

»Vetterich!«, ertönte von draußen Enno Mierendorfs Stimme. »Hier gibt es einen Fußabdruck.«

Vetterich ließ sich nicht stören und schickte einen seiner Leute, die noch an der Tür arbeiteten, mit einem Wink in den Garten, wo Mierendorf in gebeugter Haltung in ein Blumenbeet starrte. Mamma Carlotta fragte nicht lange, sondern lief hinaus und stellte sich an seine Seite. Tatsächlich! Ein frischer, gut sichtbarer Abdruck! Einen Schritt von dem Zaun entfernt, über den der Täter gestiegen sein mochte. Dahinter gab es einen asphaltierten Weg, wo es mit der Spurensuche schwieriger wurde.

»Ein Turnschuh«, sagte der Mitarbeiter der Kriminaltechnischen Untersuchungsstelle. »Die Marke kriegen wir raus. Modell und Größe auch!«

Mamma Carlotta wurde zurückgedrängt, wich aber erst ins Haus zurück, nachdem sie einen langen Blick auf das Sohlenrelief geworfen hatte. Es bestand aus vielen Wellenlinien, die an der Fußspitze und am Absatz durch je ein kleines Quadrat unterbrochen wurden. Unter dem Fußballen war die Sohle anscheinend schon abgelaufen, dort wurden die Wellenlinien schwächer. Groß war er, dieser Fußabdruck, von einem Männerschuh vermutlich.

»Mindestens Größe 47«, sagte Mierendorf in diesem Moment. »Riesige Quanten!«

Mamma Carlotta hätte gerne nach der Vokabel Quanten gefragt, konnte sich die Bedeutung jedoch schnell selbst erklären. Außerdem war sie viel zu sehr von den Gedanken in Anspruch genommen, die durch ihren Kopf geisterten. Würde Erik der gleiche Verdacht kommen wie ihr? Und was würde dann geschehen? Aber vor allem: Würde sich der Verdacht bewahrheiten?

Sören fuhr, als gälte es nicht, einen Mord aufzuklären, sondern ihn zu verhindern. Kaum hatten sie Flensburg hinter sich gelassen, drückte er das Gaspedal durch und hupte alles von der Straße, was ihm im Weg war. Erik klammerte sich an einen Haltegriff und gab es schnell auf, Sörens Fahrweise zu mäßigen.

»Wenn wir eine halbe Stunde auf den Autozug warten müssen, war die ganze Raserei umsonst«, versuchte er es noch einmal.

»Kann aber auch sein«, entgegnete Sören prompt, »dass wir den Zwölf-Uhr-Zug noch erwischen.«

Erik betrachtete Sörens Hände, die das Lenkrad so fest umklammerten, dass die Knöchel weiß hervortraten. Sein ganzer Körper war angespannt, sein rundes, rotwangiges Gesicht glänzte. Sören war auf der Jagd! Auf der Jagd nach einem Mörder! Ihn an die Straßenverkehrsordnung zu erinnern, war absolut sinnlos.

Erik wandte seinen Blick von Sören ab. »Wieder ein eingeschlagenes Fenster…«, murmelte er.

Sören hatte ihn trotzdem verstanden. »Eigentlich total leichtsinnig. So was macht Lärm. Das ruft Nachbarn auf den Plan.«

»Hinter dem Squashcenter ist nachts nichts los«, antwortete Erik.

»Wissen wir denn schon, dass der Mord nachts passiert ist?«

»Kann auch später Abend gewesen sein. Die Simoni hat gesagt, sie wollte den Abend mit Corinna verbringen. Erinnerungen auffrischen. Wenn zwei alte Freundinnen sich nach Jahren wiedersehen, haben sie viel zu reden. Da wird sie nicht nach einer Stunde wieder gegangen sein.«

Während Sören waghalsig einen Lieferwagen überholte, lenkte sich Erik mit dem Handy von seiner Todesangst ab. Er wählte Corinnas Nummer.

Sie freute sich, seine Stimme zu hören. »Schade, dass du jetzt erst anrufst. Ich hätte gerne mit dir gefrühstückt. Aber wir können das nachholen. Außer einem Kaffee habe ich noch nichts im Magen.«

Erik wollte in der Gegenwart seines Assistenten kein Privatgespräch mit Corinna führen. Sören hatte am Abend zuvor mitbekommen, wie Mamma Carlotta gefragt hatte: »Du bleibst heute Abend zu Hause, Enrico?« Und dann sogar noch deutlicher: »Frau Matteuer braucht hoffentlich niemanden, der ihr während des Einschlafens die Hand hält?«

Erik hatte diese Provokation ignoriert, und als die Kinder zum Abendbrot kamen, hatte Mamma Carlotta die Fragerei zum Glück eingestellt.

Tatsächlich hatte Erik damit gerechnet, dass Corinna ihn anrufen würde, sobald Sila ihren Besuch beendet hatte. Aber sie musste es tatsächlich geschafft haben, die Nacht alleine zu verbringen. Die tröstenden Worte einer alten Freundin waren in einer solchen Situation vielleicht die beste Medizin.

»Ich musste heute sehr früh raus«, entgegnete er knapp auf Corinnas Einladung, damit sie merkte, dass dieses Gespräch nicht privat war. »Du weißt ja, wir waren gerade in Glücksburg. In der Wohnung deiner Schwester.«

»Und? Habt ihr was entdeckt?«

Über den Brief, den sie gefunden hatten, wollte Erik nicht am Telefon sprechen. »War Sila Simoni gestern Abend bei dir?«

Corinna bestätigte es. »Wir haben stundenlang über alte Zeiten geredet. Sie ist erst nach Mitternacht gegangen. Warst du um diese Zeit noch wach? Ich habe mich nicht getraut, bei dir anzurufen.«

»Hat sie was davon gesagt, dass sie noch in die Sauna wollte?«

Corinnas Misstrauen war nicht zu überhören. »Warum fragst du das?«

»Hat sie oder hat sie nicht?«

»Ja, hat sie! Obwohl ich es ihr ausreden wollte. Sie hatte viel zu viel Prosecco getrunken.«

»Kannst du ins Squashcenter kommen, Corinna? Ich muss mit dir reden.« Er sah auf die Uhr. »Wenn wir den Zwölf-Uhr-Zug noch erwischen, sind wir in einer Stunde da.«

»Ist was passiert?«, fragte sie besorgt zurück. »Sag schon!«

Erik bejahte zögernd, dann sagte er entschlossen: »Du musst jetzt sehr tapfer sein, Corinna …«

Mamma Carlotta hatte es für klüger gehalten, den Tatort zu verlassen, als sie mitbekam, dass Erik jeden Moment im Squashcenter eintreffen würde. Zunächst hatte sie sich zu den Mitgliedern der Bürgerinitiative gesellt, die in der Sportlerklause ausharrten, damit ihnen nichts entging. Einer von ihnen war immer auf dem Weg zu den Toilettenräumen oder zurück, weil auf diesem Stück des Ganges gelegentlich auch die Kriminalbeamten und Spurensicherer belauscht werden konnten. Doch als weitere Sensationen ausblieben, begnügten sich die Mitglieder von »Verraten und verkauft« schließlich damit, Jacqueline beizustehen, ihr Tee einzuflößen und sie ganz nebenbei nach den Einzelheiten ihrer schockierenden Entdeckung zu fragen.

Als Mamma Carlotta dazukam, konzentrierte sich die Aufmerksamkeit prompt auf sie, da sie als Schwiegermutter des Kriminalhauptkommissars womöglich mehr wusste als alle anderen.

Doch sie schüttelte sämtliche Fragen ab. In ihr selbst rumorten so viele, dass sie sich ausnahmsweise nicht daran erfreuen konnte, im Mittelpunkt des Interesses zu stehen. Als sie hörte, dass ihre Enkel nach Kampen unterwegs waren, um auch dort Unterschriften gegen das Gesundheitshaus zu sammeln, verabschiedete sie sich. Der Anblick der Leiche habe ihr derart zugesetzt, seufzte sie, dass nur frische Luft und der Blick auf die stürmische See ihr jetzt helfen könnten.

Als sie aus der Tür des Squashcenters trat, hatte Corinna Matteuer gerade ihren Range Rover geparkt. Mamma Carlotta beobachtete, wie sie das seidene Tuch, das sie über ihren Kopf geschlungen hatte, fest unter dem Kinn zusammenband und eine riesige Sonnenbrille aufsetzte, bevor sie ausstieg. Unsicher sah sie sich um, als hätte sie Angst, dass sie jeden Moment ein empörter Sylter tätlich angreifen könnte.

Als sie Mamma Carlotta erkannte, entspannte sich ihre Miene. »Signora! Sie auch hier? Ein Wind ist das heute! Das wird noch ein richtiger Sturm!«

Mamma Carlotta verbot sich ein freundliches Lächeln. »Hier tagt die Bürgerinitiative«, antwortete sie kühl. »Dass Sie sich überhaupt hertrauen!«

Corinna Matteuer ließ sich nicht anmerken, ob Carlottas zur Schau getragene Abneigung sie verletzte. »Erik hat mich von unterwegs angerufen und mich herbestellt.«

»Warum das denn?« Eigentlich wäre Mamma Carlotta gerne wortlos weitergegangen, aber nun siegte ihre Neugier.

»Weil ich anscheinend die Letzte war, die Sila lebend gesehen hat. Wir haben den Abend zusammen verbracht.«

Prompt vergaß Mamma Carlotta alle Vorbehalte, die sie gegen Corinna Matteuer hegte. »È vero? Dann wissen Sie auch, wer sie umgebracht hat?«

»Natürlich nicht!« Corinna lächelte spöttisch. »Ich habe mir schon das Hirn zermartert, ob sie gestern irgendwas gesagt hat, was ein Hinweis sein könnte.« Bekümmert schüttelte sie den Kopf. »Aber ich fürchte, ich werde Erik keine Hilfe sein.«

»Erst Ludo Thöneßen und Ihre Schwester, dann Dennis Happe und nun auch noch Sila Simoni. Und Sie haben alle vier gut gekannt.« Ein tiefer Seufzer sollte Corinna Matteuer suggerieren, dass Carlotta Capella es trotz ihrer Abneigung gut mit ihr meinte. »Das muss schrecklich für Sie sein.«

Corinna warf ihr einen durchdringenden Blick zu. Sie schien viel Übung im Einstecken von spitzen Bemerkungen zu haben. »Sie meinen, ich hätte etwas mit diesen Todesfällen zu tun?«

Mamma Carlotta beließ es bei einem ausdrucksvollen Schulterzucken. Sie drängte sich an Corinna Matteuer vorbei und ging zu ihrem Fahrrad. »Es wird Zeit, dass ich nach Hause komme.«

Corinna Matteuer steuerte auf die Eingangstür zu, hielt dann aber noch mal inne. »Ach, übrigens ... Ihr Neffe hat heute Morgen angerufen.«

Mamma Carlotta fiel der Schlüssel aus der Hand, den sie soeben ins Fahrradschloss stecken wollte. »Niccolò?«

»Er hat wohl das Gefühl, dass Sie sich nicht richtig für ihn einsetzen. Er will das jetzt selbst in die Hand nehmen.«

»Aber ich habe ihm gesagt ...« Mamma Carlotta versagte die Stimme.

»Er habe keine Chance, ja. Aber er gehört wohl zu den Menschen, die sich mit einem Nein nicht so schnell abfinden. Recht hat er! Einen Sylter zu bevorzugen wäre wohl wirklich nicht fair. Und ein italienisches Bistro passt ganz hervorragend in unser Konzept. Nichts zu danken! Habe ich gern gemacht!«

Damit betrat Corinna Matteuer das Squashcenter. Mamma Carlotta konnte noch sehen, wie sie schnell den Blick senkte, als ihr jemand im Eingangsbereich entgegenkam, dann war sie verschwunden. Mamma Carlotta starrte noch einen Moment auf die Tür des Squashcenters, dann stieg sie aufs Rad und fuhr los. Madonna! Würde es ihr bald so gehen wie Freda Arnsen? Von allen schief angesehen und von den Enkeln mit Vorwürfen überhäuft?

Die Schreckensvision quälte sie, während sie verbissen gegen den Wind anradelte, der mit hinterlistigen Böen versuchte, sie vom Weg zu drängen. Tief beugte sie sich über den Lenker, um ihm so wenig Angriffsfläche wie möglich zu bieten.

Auf Höhe der Gosch-Baustelle rief ihr jemand einen fröhlichen Gruß zu. Der Polier, der ihr zu vielen Unterschriften verholfen hatte, winkte ihr zu. Ein guter Anlass, eine kurze Verschnaufpause einzulegen, sich ein weiteres Mal für die Hilfe zu bedanken und anzumerken, dass sie in der Terrakottawerkstatt seines Schwiegersohns eine Figur des Schutzheiligen ihres Dorfes anfertigen lassen wolle, um sie dem Bürgermeister von Panidomino zum Geburtstag zu schenken.

Als Mamma Carlotta sich zwanzig Minuten später wieder auf den Weg machte, war es ihr gelungen, die bedrückenden Gedanken an Niccolò zur Seite zu schieben. Doch an ihre Stelle waren die Sorge um Tove Griess und den Schuhabdruck vor der Sauna des Squashcenters gerückt. Sie ließ sich die Dünenstraße hinabrollen, konnte aber diesmal das Tempo nicht wie sonst genießen, weil sie sich darauf konzentrieren musste, das Fahrrad auf der Straße zu halten. Sie musste sogar darauf verzichten, die Hand auszustrecken, als sie nach links in den Hochkamp einbog, weil sie Sorge hatte, dass der Wind sie aus dem Sattel heben könnte, wenn sie sich nicht mit beiden Händen am Lenker festhielt. Das wütende Hupen hinter ihr bestrafte sie zwar für ihr verkehrswidriges Verhalten, aber sie schaffte es nicht einmal, sich umzudrehen und dem unverfrorenen Autofahrer, der einer vom Sturm gebeutelten Fahrradfahrerin das Vorankommen durch einschüchterndes Hupen zusätzlich erschwerte, ihre Empörung zu zeigen.

Vor der Tür von Käptens Kajüte zögerte sie. Tove würde ihr den Zugang zu seinen Turnschuhen vermutlich verweigern, wenn er hörte, in welchen Verdacht er geraten war. Dass sie nur sein Bestes im Sinn hatte, würde er garantiert nicht verstehen.

Also nahm sie die Hand wieder von der Klinke, huschte gebückt unter den Fenstern von Käptens Kajüte vorbei und, als sie sicher war, nicht beobachtet zu werden, ums Haus herum. Erfreut stellte sie fest, dass sie ihren Fuß wieder schmerzfrei bewegen konnte, als wäre sie nie aus einem Badezimmerfenster geflüchtet.

Kopfschüttelnd betrachtete sie das Chaos aus Bierfässern, Sprudelkisten, leeren Mayonnaiseeimern und Pappkartons, das sie hinter Käptens Kajüte fand. Ein paar Plastikstühle wurden vom Wind hin und her geschoben, leere Blumentöpfe trudelten zwischen den Mülltonnen herum, zu deren Füßen alles lag, was Tove beim Entsorgen des Abfalls danebengegangen war. Als es dahinter raschelte, zuckte Mamma Carlotta zusammen. Doch sie zögerte nur kurz und ging bis zu der Tür, die in Toves Küche führte. Daneben standen tatsächlich noch die Turnschuhe, die er am Vortag zum Lüften rausgestellt hatte. Mamma Carlotta stieß mit der Fußspitze dagegen und betrachtete erschüttert die Wellenlinien und die winzigen Quadrate an der Fußspitze und am Absatz. Unter dem Fußballen war die Sohle beinahe abgelaufen und das Wellenlinienmuster kaum noch zu erkennen.

Erik nickte zufrieden, nachdem Rudi Engdahl und Enno Mierendorf ihm Bericht erstattet hatten. Dann wandte er sich an Kommissar Vetterich. »Die Spurenlage?«

Vetterich führte ihn als Antwort auf seine Frage in den Garten und wies auf den Schuhabdruck, der noch immer deutlich zu erkennen war.

»Wenn der vom Täter stammt, suchen wir einen Stümper.« Erik starrte das Sohlenrelief an. »Mindestens Schuhgröße 47. Was meinen Sie, Sören?«

»Kann hinkommen.«

»Und dieser Zahnstocher!« Vetterich hielt Erik eine Plastiktüte hin, die dem Chef der KTU vom Sturm beinahe aus der Hand gerissen wurde. »Mal sehen, welche Spuren wir daran finden.«

Rudi Engdahl mischte sich ein. »Der Zahnstocher stammt nicht aus dem Haus. Habe ich schon überprüft. In der Sportlerklause haben sie kürzere.«

Erik bemerkte, dass Dr. Hillmot im Apartment gerade seine Sachen zusammenpackte. »Wie sieht's aus, Doc?«

»Kreislaufzusammenbruch«, entgegnete Dr. Hillmot. »Vermutlich ging das ganz schnell. Hitze, Panik, Hyperventilation – das hält keiner lange durch.«

»Todeszeitpunkt? Können Sie dazu schon was sagen?«

»Heute Nacht. Gegen eins vielleicht, spätestens zwei Uhr.«

»Danke, Doc.«

»Ich sehe mir die Dame gleich genauer an.« Dr. Hillmot nahm seine Tasche und stöhnte erst mal ausgiebig, damit jeder, der es noch nicht wusste, eine Ahnung davon bekam, wie schwer sein Beruf war. »Den Obduktionsbericht bekommen Sie so bald wie möglich.« Er machte einen Schritt auf die Tür zu. »Den von Dennis Happe habe ich Ihnen bereits zukommen lassen. Schon gelesen?«

»Natürlich«, log Erik, der den Bericht noch nicht einmal in den Händen gehalten hatte. Ihm fiel ein, dass er auch den von Matilda Pütz noch nicht gelesen hatte. So etwas durfte Dr. Hillmot nicht zu Ohren kommen, der einen schrecklich langen Vortrag folgen lassen würde – über die ungeheure Bedeutung seines Berufs und die gleichzeitige Missachtung seiner Tätigkeit von Leuten wir Erik Wolf. Durch den Garten bahnte er sich seinen Weg nach draußen. Dort trat Corinna von einem Bein aufs andere. Den freundlichen Gruß Dr. Hillmots, der sich schönen Frauen gegenüber gern galant zeigte, erwiderte sie nur knapp. Sie fühlte sich sichtlich unwohl und schien auch zu frieren. Aber Ludos Apartment, in dem Sila

Simoni ihre letzten Stunden verbracht hatte, wollte sie auf keinen Fall betreten.

Erik entdeckte sie und raunte Sören zu: »Ich muss mich um sie kümmern. Reden Sie mit Jacqueline. Sie soll Ihnen noch mal genau erzählen, wie sie die Simoni gefunden hat.«

Sören nickte und entfernte sich Richtung Sportlerklause. Erik trat in den Garten und ging zu Corinna. Er griff nach ihrem Arm und zog sie auf den asphaltierten Weg, der hinter dem Zaun des Grundstücks verlief, als er sah, dass sie sich häufig auf die Zehenspitzen stellte, weil die Pfennigabsätze ihrer Schuhe ins Erdreich sanken.

Corinna atmete auf, als sich der Abstand zum Tatort vergrößerte. »Musste ich unbedingt herkommen?«

»Entschuldige, ich wollte mir den Weg ins Baubüro ersparen«, gab Erik zu. »Du kannst dir sicherlich denken, dass nach so einem Mordfall viel zu tun ist.«

Sie nickte und gab sich nun verständnisvoll. »Schon klar. Also … was willst du von mir hören?«

»Hat Sila Simoni gestern Abend irgendwas gesagt, was auf ihren Mörder schließen lässt? Hatte sie Angst? Fühlte sie sich bedroht?«

Corinna schüttelte den Kopf. »Wir haben nur über Vergangenes geredet. Und über Matilda natürlich, über ihren Tod, über ihr Verhältnis mit Ludo.« Sie wehrte ab, als er sie unterbrechen wollte. »Ich habe mir schon den Kopf zerbrochen. Nein, sie hat nichts gesagt, was dir bei deiner Ermittlung helfen könnte.«

»Und du hast keine Idee, wer das getan haben könnte?«

»Nein!«

»Niemand, der ein Motiv hat?«

»Ich sag doch: nein!«

Erik zog seine Pfeife aus der Tasche, fragte sich, ob er sie stopfen und anzünden sollte, entschied sich dann aber dagegen. Eine Pfeife anzuzünden, war eine Zeremonie der Ruhe, und das war hier unmöglich. Trotzdem behielt er sie im Mundwinkel.

»Sag mal, Corinna … Was hast du damals in dieser Schönheitsklinik gemacht?«

Sie starrte ihn an, als hätte er Chinesisch mit ihr gesprochen. Dann stieß sie hervor: »Woher weißt du das?«

»Sila Simoni hat mir erzählt, dass sie dich dort kennengelernt hat.«

Nun lief ihr Gesicht rot an. »Ach so, ja … Das ist Frauensache.« Sie versuchte es mit einem schelmischen Lachen, das aber gründlich misslang. »Darüber möchte ich nicht reden, Erik.«

Er ärgerte sich, dass er davon angefangen hatte, und wollte sich entschuldigen, aber dann fiel ihm ein, dass er damit vermutlich alles noch schlimmer machte. Stattdessen zog er den Brief aus seiner Jacke, den Sören in Matildas Schrank gefunden hatte. »Kannst du dir vorstellen, wer den geschrieben hat?«

Ihre Hände begannen zu zittern, als sie einen Blick auf den Brief warf.

»Was ist los? Kennst du die Schrift?«, fragte Erik besorgt.

»Der ist von meinem Mann.«

Er sah sie verblüfft an. »Aber wir haben ihn in Matildas Schrank gefunden. Hinter einer Schublade! Er war dort eingeklemmt.«

Corinna wandte sich ab, als wollte sie Erik ihre Tränen nicht sehen lassen. »Einer seiner letzten Briefe«, sagte sie stockend. »In so einem Moment wird mir wieder bewusst, wie wenig von meinem Mann übrig geblieben ist.«

Erik steckte die Pfeife weg. »Wie ist der Brief in Matildas Schrank gekommen?«

Corinna bekam sich wieder in die Gewalt. »Als ich begriffen hatte, dass Klaus nie wieder nach Hause zurückkehren würde, habe ich die Villa renovieren lassen. Vor allem das

Schlafzimmer! Ich wollte nicht mehr in dem Doppelbett schlafen, in dem ich früher mit ihm gelegen hatte. Ich brauchte einen Neuanfang für das Leben ohne Klaus an meiner Seite!«

Erik verstand zwar nicht, worauf sie hinauswollte, nickte aber trotzdem verständnisvoll, um sie zu ermuntern, weiterzuerzählen.

»Ich hatte keine Zeit, die Renovierungsarbeiten zu beaufsichtigen, und meine Haushälterin wollte ich nicht an meinen privaten Kram lassen. Sie ist sehr neugierig und hätte glatt in meinen alten Liebesbriefen herumgeschnüffelt. Deswegen habe ich während dieser Zeit die ganz privaten Dinge bei Matilda untergebracht. Sie hat zwar nur diese winzige Wohnung, aber trotzdem genug Platz. «

»Und dann hat sie dir später die Briefe zurückgegeben, ohne zu merken, dass einer sich hinter der Lade verklemmt hat? «

Corinna nickte. »So muss es gewesen sein. Ich habe nicht nachgeguckt, als ich die Briefe zurücklegte. «

Erik seufzte und streckte ihr den Brief hin. »Erst dachte ich, Ludo hätte ihn geschrieben. Oder Matilda hätte noch einen anderen Liebhaber gehabt ... «

Corinna verstaute den Brief in ihrer Handtasche. »Wenn man in einen so verliebt ist, dass man ihn umbringt und sich anschließend selbst das Leben nimmt, dann wird es wohl kaum einen zweiten Mann geben. «

»Ja, da hast du wohl recht. « Erik zögerte, blickte kurz auf seine Schuhe und strich über seinen Schnauzer. »Vier Todesfälle, Corinna«, sagte er leise. »Und du hast jeden Toten gekannt. Ist es möglich, dass das Motiv in deiner Firma liegt? Finden wir den Schlüssel im Büro von Matteuer-Immobilien? «

Corinna versuchte, spöttisch zu lachen. »Nein, Erik. Ludo Thöneßen wurde von meiner Schwester umgebracht, weil er mit ihrer Liebe gespielt hat. Und sie hat sich umgebracht, weil sie damit nicht fertig wurde.« Sie wurde ernst und kämpfte gegen die Tränen an. »Bleiben also nur zwei ungeklärte Todesfälle.«

»Dein Angestellter und eine frühere Freundin.«

»Zwischen denen es keinen Zusammenhang gibt.«

»Wirklich nicht?« Ehe sie ihn wütend anfahren konnte, wehrte Erik ab. »Bitte, denk nach! Es muss irgendwo einen Zusammenhang geben!«

Er sah, dass sie tief ein- und ausatmete, um sich zu beruhigen. Dann sagte sie: »Mir fällt was ganz anderes ein. Ich habe gerade mitbekommen, dass ein Zahnstocher gefunden wurde. Ich kenne einen Typen, der ständig so ein Ding im Mund hat und es ausspuckt, wo immer er sich gerade befindet.«

»Ich auch«, sagte eine Stimme hinter Erik, auf der anderen Seite des Zauns. Es war Enno Mierendorf, der Corinna fragend ansah. »Denken wir an denselben?«

»Ich denke an den Wirt von Käptens Kajüte!«

Enno nickte. »Ich auch.«

Erik sah konsterniert von einem zum anderen. »Tove Griess? Dieser Halunke? Dieser Choleriker?«

Enno war es, der zuerst antwortete. »Meine Frau hat seit Neustem einen Job bei einer Maklerfirma, die Ferienwohnungen am Hochkamp vermietet. Manchmal fahre ich sie dorthin, und dann kaufe ich mir schon mal eine Bratwurst in Käptens Kajüte. Gut sind sie da nicht, aber wenn man gerade vorbeikommt ...«

»Ich war kürzlich bei ihm«, erklärte Corinna, »weil er sich für das Bistro im Gesundheitshaus beworben hat.«

»Tove Griess?« Erik konnte es nicht fassen.

»Ich wollte mir sein Lokal ansehen.«

»Lokal? Das ist eine Bruchbude!«

»Ja, das ist mir auch klar geworden. Ich habe keine halbe

Stunde gebraucht, um zu wissen, dass der Kerl für das Bistro nicht infrage kommt.« Sie zwang sich zu einem kleinen Lächeln. »Kann ich jetzt gehen? Ich muss ins Baubüro. Die Bürokraft, die ich angestellt habe, kommt allein noch nicht zurecht.«

Erik nickte. Als Corinna einen Schritt auf ihn zu machte, wäre er am liebsten zurückgewichen. Es war ihm unangenehm, dass sie ihn zum Abschied umarmte und ihm einen Kuss auf die Wange hauchte. Dass sie ihm außerdem heimlich die Hand drückte, als gäbe es zwischen ihnen ein süßes Geheimnis, gefiel ihm noch weniger.

In Sörens Gesicht stand ein breites Grinsen, als Erik in den Garten von Ludos Apartment zurückkam. Aber er verzichtete auf einen Kommentar. »Menno Koopmann ist gerade eingetroffen«, raunte er seinem Chef zu.

»Hat es sich also schon rumgesprochen?« Erik kniff die Augen zusammen. »Ist Wiebke Reimers etwa auch schon da?«

Sören schüttelte den Kopf. »Mal sehen, wie lange es dauert, bis sie hier auftaucht. Und wenn sie kommt … wie gehen wir dann mit ihr um? Sprechen wir sie auf die Anstecknadeln in ihrer Tasche an?«

Darüber hatte Erik noch nicht nachgedacht. Und da er kein Freund von schnellen Entscheidungen war, mochte er diese Frage noch nicht beantworten. »Haben Sie mit Jacqueline gesprochen?«

»Sie sagt, Sila Simoni hätte sie gestern, bevor sie das Haus verließ, gebeten, die Sauna anzustellen. Sie wollte sie dann abstellen, bevor sie schlafen ging. Heute Morgen ist Jacqueline aufgefallen, dass die Sauna noch lief. Sie dachte, die Simoni hätte vergessen, sie abzustellen. Als Jacqueline das erledigen wollte, hat sie dann die Leiche entdeckt.«

Erik nickte, als hätte Sören ihm eine Aussage weitergegeben, die den Fall von Grund auf änderte.

»Was ist los, Chef?«, fragte sein Assistent besorgt. »Woran denken Sie?«

Erik sprach sehr langsam und leise. »An den Auffahrunfall nach Sila Simonis Ankunft auf Sylt. Und den Jähzorn von Tove Griess.«

Die Tür sprang auf, und eine wütende Stimme fuhr auf Mamma Carlotta zu. »Was machen Sie da mit meinen Schuhen, Signora? Was schleichen Sie überhaupt hier hinten rum? Wieso kommen Sie nicht durch die Eingangstür wie sonst auch?«

Mamma Carlotta verschlug es so schnell nicht die Sprache, das wusste auch in ihrem Dorf jeder. Ausnahmen gab es nur, wenn sie verlegen und schuldbewusst war. So wie jetzt! »Allora ... ich wollte nur ...« Sie merkte, dass ihr die Röte ins Gesicht stieg und ihr der Schweiß ausbrach, obwohl die Luft kalt war und der Wind jeden Atemzug spürbar machte. »Ich dachte gerade ...« Dann wurde ihr klar, dass es keine Ausrede gab, die halbwegs glaubhaft erschien. »Ich mache mir Sorgen«, stieß sie mit so großem Ernst hervor, dass Toves Wut schlagartig in sich zusammenfiel.

»Rein mit Ihnen«, sagte er barsch und hielt die Küchentür auf. »Und dann erzählen Sie mir mal in Ruhe, was mit meinen Tretern los ist.«

Mamma Carlotta betrat die Küche nur ungern. Sie wusste, in welchem Zustand sie sich befand, sie kannte die Unordnung und den Fettfilm, mit dem hier alles überzogen war. Seit sie die Küche das letzte Mal betreten hatte, war eine Weile vergangen, und es war ihr gelungen, das Schlimmste zu verdrängen. Doch nun war die Erinnerung wieder da, und sie würde in den nächsten Tagen Mühe haben, ihren Cappuccino zu trinken, ohne sich Gedanken über den Aufbewahrungsort der Milch zu machen.

Beim nächsten Schritt rutschte sie auf dem schmierigen Fettfilm des Fußbodens aus und konnte sich gerade noch mit einem verzweifelten Griff nach einem eingestaubten, klebrigen Mayonnaiseeimer retten. Während sie um die Theke herumging, um ihren Platz auf einem der Barhocker einzunehmen, wischte sie sich unauffällig die Hände an einem Spültuch ab.

Fietje, der während der Nebensaison noch häufiger in Käptens Kajüte saß als im Sommer, betrachtete sie erstaunt. »Warum kommen Sie durch die Küche?«, fragte er.

»Das würde mich auch interessieren«, polterte Tove los. »Ich habe die Signora dabei erwischt, wie sie meine Turnschuhe beäugt hat.«

Fietje schob seine Bommelmütze nach hinten und strich sich über seinen ungepflegten Bart, der in einigen Flusen sogar bis zum Reißverschluss seines dunkelblauen Troyers reichte. »He?«

»Allora, das ist so …«, begann Mamma Carlotta und wagte nicht, um ein Glas Rotwein zu bitten, das sie für ihr Geständnis gut hätte gebrauchen können. »Ich komme gerade aus dem Squashcenter …«

»Aha! Ihnen fehlte ein Paar Turnschuhe, und da dachten Sie sich einfach …«

Mamma Carlotta unterbrach Toves Rede mit einer ärgerlichen Handbewegung. »Che sciocchezza! Aber es gibt hinter der Sauna einen Schuhabdruck. Der sieht so aus, als passte er zu Ihren Turnschuhen! Waren Sie dort?«

Toves Unterlippe sackte herab, er glotzte Mamma Carlotta verständnislos an. »Bin ich ein Spanner? Da können sich höchstens Fietjes Spuren finden!«

Carlotta wandte sich an Fietje. »Haben Sie auch so große Füße?«

Fietje streckte wortlos einen Fuß um die Theke herum. Seine Schuhe konnten höchstens Größe 42 haben.

Mamma Carlotta nickte und wandte sich wieder an Tove, der mit verschränkten Armen hinter der Theke stand und die

Brust herausreckte, als wollte er seine Körperkraft demonstrieren. Er schien alles auf einen Angriff vorzubereiten, und Mamma Carlotta fiel es nicht leicht weiterzusprechen. »Allora … Sie wissen wohl noch nicht, dass es letzte Nacht wieder einen Mord gegeben hat?«

Tove legte seine dicht behaarten Arme auf die Theke und starrte Mamma Carlotta aus wütend zusammengekniffenen Augen an. »Soll das heißen, dass mir jemand einen Mord in die Schuhe schieben will?«

Fietje, der sonst nur sprach, wenn er etwas gefragt wurde, mischte sich diesmal ein: »Wer ist ermordet worden?«

»Sila Simoni!«

Tove stieß ein hässliches Lachen aus. »Die Pornotussi, die nicht Auto fahren kann? Die hat's verdient!« Er lachte noch einmal, dann erst ging ihm auf, was dieser Mord für ihn bedeuten konnte. »Was glotzen Sie mich so an, Signora? Nur weil ich mit ihr aneinandergeraten bin, bringe ich sie doch nicht gleich um!«

»Ganz sicher nicht?«, fragte Mamma Carlotta und wusste, dass sie damit die Möglichkeit aufs Spiel setzte, wann immer sie wollte, in Käptens Kajüte einen Rotwein aus Montepulciano zu trinken.

Doch so blitzartig, wie der Jähzorn in Toves Augen geschossen war, so unerwartet erlosch er wieder. Aus der grellen Wut, die ihn schon manches Mal in ernste Schwierigkeiten gebracht hatte, wurde im Nu reine Hilflosigkeit. »Glaubt Ihr Schwiegersohn etwa, ich wär's gewesen?«

»Das weiß ich nicht. Aber er kommt vielleicht auf die Idee, dass der Schuhabdruck von Ihnen sein könnte.«

»Der kennt meine Treter nicht. Und selbst wenn … davon gibt's mehrere.«

»Aber Sie haben ihr gedroht. Ich war dabei, als Sie ihr gesagt haben, Sie wollten sie umbringen. Abstechen! Ihr den Hals umdrehen!«

Tove sah aus, als wollte er alles abstreiten, aber dann schien er zu ahnen, dass Mamma Carlotta recht haben könnte. »Wie man das so sagt! Das nimmt keiner ernst.«

»Vielleicht doch?«

»Soll ich Ihnen etwa schwören, dass ich die Alte nicht abgemurkst habe?«, schrie Tove nun. »Sonst glauben Sie mir nicht?«

Mamma Carlotta sah, dass sein Kinn zitterte und seine Nasenflügel bebten. »Una buona idea«, sagte sie so ruhig wie möglich. »Schwören Sie mir, dass Sie es nicht waren. Beim Gedenken an Ihre Mutter.« Sie stutzte. »Oder lebt sie etwa noch? Dann beim Leben Ihrer Mutter!«

»Die lebt nicht mehr«, sagte Fietje. »Als ihr Bübchen zum zweiten Mal in den Knast kam, hat sie sich vor Kummer zu Tode gesoffen.«

»Was geht dich meine Mutter an?«, fuhr Tove seinen einzigen Stammgast an.

Erschrocken griff Fietje nach seinem Bierglas und nahm einen großen Schluck.

»Allora, dann beim Gedenken an Ihre Mutter.«

Tove sah Mamma Carlotta an, als wüsste er nicht, ob sie es wirklich ernst meinte. Er versuchte es mit einem Grinsen, aber als ihre Miene ernst blieb, knurrte er: »Meinetwegen!«

»Also los, schwören Sie! Aber fragen Sie vorher noch einmal Ihr Gewissen! Es geht um das Gedenken an Ihre Mutter.«

Tove sah zu Fietje, der in sein Bierglas starrte und so tat, als bekäme er nichts mit, dann hob er zwei Finger. »Ich habe Sila Simoni nicht abgemurkst. Das schwöre ich beim Gedenken an meine Mutter.«

Mamma Carlotta war zufrieden. Dass jemand im Gedenken an la mamma einen Meineid schwören könnte, war für sie ausgeschlossen. »Dann werden wir Ihnen helfen, falls Sie in Verdacht geraten.«

»Wir?« Tove glotzte sie schon wieder an, als verstünde er kein Wort.

»Signor Tiensch und ich.«

»He?« Fietjes Kopf fuhr hoch. »Wobei soll ich helfen?«

»Sie würden doch Ihrem Freund helfen, wenn er zu Unrecht verdächtigt wird?«, fragte Mamma Carlotta streng.

Fietje blickte sich um; dann sah er ein, dass mit dem Freund nur Tove gemeint sein konnte. »Meinetwegen«, nuschelte er. »Aber erst, wenn ich noch ein Jever bekomme.«

Tove griff zum Zapfhahn, stockte dann aber und machte einen langen Hals, um besser auf die Straße sehen zu können. In diesem Augenblick hörte auch Mamma Carlotta, dass vor dem Haus ein Motor abgestellt wurde und Autotüren schlugen.

»Das ging ja schnell«, stöhnte Tove.

Mamma Carlotta starrte ihn an, dann begriff sie und fuhr auf ihrem Barhocker so schnell herum, dass er ins Kippeln geriet. »Mein Schwiegersohn?«

Tove winkte sie als Antwort mit einer Armbewegung in die Küche. »Sie wollen doch sicher nicht, dass er Sie hier sieht?«

Nein, das wollte Mamma Carlotta auf keinen Fall. Das einzige Geheimnis, das sie vor Erik hatte, musste unbedingt eines bleiben. Sie würde ihm niemals begreiflich machen können, warum sie regelmäßig in Käptens Kajüte einkehrte, obwohl der Wirt und sein einziger Stammgast einen denkbar schlechten Ruf hatten.

»Sie wissen ja, wo's langgeht.«

Im Nu stand sie wieder auf dem Fettfilm des Küchenfußbodens. Keinen Augenblick zu früh! Schon hörte sie Eriks Stimme: »Moin!«

Aus Toves linkem Mundwinkel schaute ein Zahnstocher und bewegte sich im Rhythmus seines nervösen Kauapparats. »Moin! Die Herren von der Polizei? Wie komme ich zu der Ehre?«

Erik und Sören ließen sich an der Theke nieder, warfen Fietje einen kurzen Blick zu, kümmerten sich aber nicht weiter um ihn. Fietje beugte sich über sein Bierglas und schob die Bommelmütze so tief wie möglich in die Stirn.

»Wo waren Sie letzte Nacht, Herr Griess?«, fragte Erik ohne Umschweife.

Tove sah ihn an, als verstünde er den Sinn dieser Frage nicht. »Wo ein anständiger Mensch hingehört, Herr Hauptkommissar. Im Bett!«

»Kann das jemand bezeugen?«

»Sie wissen doch, dass ich allein lebe. Oder meinen Sie, ich hätte letzte Nacht eine Frau bei mir gehabt? Sehr schmeichelhaft, Herr Hauptkommissar!«

Er spie seinen Zahnstocher zu Boden, wo der neben einen anderen rollte, den Tove auf gleiche Weise entsorgt hatte.

Erik blickte den Zahnstocher nachdenklich an, während Sören sagte: »So einen hat die KTU …«

»Was soll das sein?«, unterbrach Tove ihn.

»… die Kriminaltechnische Untersuchungsstelle soeben an einem Tatort gefunden und als eventuelles Beweisstück sichergestellt. Nun würden wir uns gerne ein wenig hier umsehen. Hier und natürlich auch in Ihrer Wohnung.«

»So lange«, ergänzte Erik, »bis wir uns einen Überblick über Ihren Schuhbestand verschafft haben.«

»Haben Sie einen Durchsuchungsbefehl?«, fragte Tove.

»Noch nicht«, entgegnete Erik. »Aber das ist eine Sache von höchstens einer Stunde. Bis ich ihn habe, bitte ich Sie also höflich, mir Einblick in Ihren Hausstand zu gewähren.«

Toves abweisender Gesichtsausdruck änderte sich, und Erik meinte, so etwas wie Angst in seiner Miene zu erkennen. Er war sich plötzlich ganz sicher, dass Tove von Sila Simonis Tod wusste. Da sich der Mord noch nicht bis in

Käptens Kajüte herumgesprochen haben konnte, fühlte er sich in dem Verdacht bestätigt, dass Tove Griess sich an dem Pornostar auf seine Weise gerächt hatte.

Aufmerksam sah er den Wirt an. »Würden Sie uns bitte die Sohle Ihrer Schuhe zeigen, Herr Griess?«

Einen Moment sah es so aus, als wollte Tove ihnen weismachen, barfuß am Zapfhahn zu stehen, dann aber kam er hinter der Theke hervor, drehte Erik den Rücken zu und hob erst den einen, dann den anderen Fuß. Das Muster seiner Schuhsohlen hatte nicht die geringste Ähnlichkeit mit dem Schuhabdruck, der im Garten von Ludos Apartment gefunden worden war.

Draußen quietschten Bremsen, eine Autotür schlug. Erik sah, wie Tove einen Blick zum Fenster warf. »Die Presse haben Sie auch gleich mitgebracht?«, schimpfte er.

Erik und Sören fuhren herum und sahen Menno Koopmann auf die Tür von Käptens Kajüte zulaufen. Im nächsten Augenblick wirbelte Tove Griess auf dem Absatz seiner unverdächtigen Schuhe herum, und schon fiel die Küchentür hinter ihm ins Schloss, ein Schlüssel knirschte.

Fietje sah erschrocken auf, als Sören aufsprang und ein Barhocker zu Boden polterte. Mit einem Satz war Sören an der Eingangstür, riss sie auf und prallte gegen Menno Koopmann, den er rüde zur Seite stieß. Dann lief er ums Haus herum.

Erik machte keinen Versuch, ihm zu folgen. Er zog sein Handy aus der Tasche, wählte eine Nummer und sagte nur: »Wir brauchen Hilfe. Einen Streifenwagen in den Hochkamp!«

Er wusste, wie schnell Sören war und dass Tove Griess über fünfzig und garantiert nicht so gut trainiert war wie sein Assistent. Selbst wenn er sich besser auskannte, die Flucht über fremde Gartenzäune würde ihm nur schwer gelingen. Problematisch konnte es nur werden, einen tobenden

Kerl wie Tove Griess zu überwältigen und ihm Handschellen anzulegen. Aber Erik wusste um Sörens Muskelkraft und machte sich keine allzu großen Sorgen.

»Sie haben also einen Verdächtigen?«, fragte Menno Koopmann und trat grinsend auf Erik zu. »Tove Griess hat sich dafür gerächt, dass Sila Simoni ihm den Lieferwagen ruiniert hat?«

»Wer flüchtet, statt Rede und Antwort zu stehen, macht sich jedenfalls verdächtig«, gab Erik zu.

Menno Koopmann ging zurück vors Haus und machte seine Kamera schussbereit. Der Sturm griff ihm in die Haare, seine Jacke flatterte ihm vors Objektiv, aber davon ließ er sich nicht aus der Ruhe bringen. »Erstaunlich, dass die *Mattino* noch nicht auf dem Plan ist«, rief er gegen den Wind. »Im Squashcenter habe ich die Kollegin auch nicht gesehen. Und ich dachte schon, Sie hätten was mit ihr.« Er drehte sich zu Erik um und grinste. »Dabei ist die Simoni ein Promi und damit genau das richtige Thema für die *Mattino*. Redaktionsschluss für die nächste Ausgabe am Montag war vermutlich schon, aber für den Mord an einem Promi findet jede Zeitschrift auch in allerletzter Minute noch Platz.«

Koopmann ging zur Hausecke und sah in die Gärten der Häuser, die an der Parallelstraße standen. Dann ging ein Ruck durch seine Gestalt. Im selben Augenblick wurde Toves Stimme von einer starken Windbö herübergetragen. Erik lief um Käptens Kajüte herum und stieg über den Zaun in den nächsten Garten. Hinter den Fenstern des Hauses sah er ängstliche Gesichter. Er rief, so laut er konnte, »Polizei!« und rannte über den Rasen, Toves wütendem Gebrüll entgegen. Dass Menno Koopmann ihm folgte, spürte er mehr, als dass er es hörte, aber darum konnte er sich nicht kümmern. Dass der Fotoapparat klickte, als er neben Sören angekommen war, störte ihn, aber er wusste natürlich, dass er Koopmann das Recht an diesen Bildern nicht absprechen konnte.

Sören kniete auf Tove Griess, der bäuchlings im Gras lag, hatte ihm die Arme auf den Rücken gedreht und seine Hände in Handschellen gesteckt. Erleichtert, nicht mehr allein mit dem Flüchtigen zu sein, erhob sich Sören und sah auf Tove Griess hinab. Als dieser versuchte, sich zu erheben, griff er ihm unter die Achseln und half ihm auf.

Auf der Westerlandstraße wuchs der Ruf eines Martinshorns heran. Dass Tove Griess noch einmal einen Fluchtversuch unternehmen würde, war mehr als unwahrscheinlich. Erik und Sören nahmen ihn in ihre Mitte und führten ihn zu Käptens Kajüte zurück.

»Sie kommen jetzt mit ins Kommissariat«, sagte Erik. »Sie sind vorläufig festgenommen.«

»Das können Sie nicht machen!«, fluchte Tove. »Was ist mit meinem Unternehmen? Ich kann auf meine Einnahmen nicht verzichten!«

»Das hätten Sie sich vorher überlegen sollen«, antwortete Sören.

Erik stutzte und griff nach Sörens Arm, der erstaunt stehen blieb. Dann sah er, was auch Erik aufgefallen war: ein Paar Turnschuhe vor der Tür, die in die Küche von Käptens Kajüte führte. Ein Lächeln huschte über Eriks Gesicht.

»Sieht schlecht aus, Herr Griess«, sagte er und nahm die Schuhe auf. »Größe 47? Ich wette, dass die genau in den Abdruck passen, den wir gefunden haben.«

Tove begann zu toben, zerrte an seinen Handschellen, wollte sich auf Erik stürzen, merkte aber schnell, dass seine Raserei zu nichts führte. »Was wollen Sie mir eigentlich anhängen?«

»Einen Mord«, entgegnete Erik. »Wenn der Schuhabdruck passt und wenn wir Ihre DNA an dem Zahnstocher finden ...«

»Was für ein Zahnstocher?«, brüllte Tove und versuchte, Sörens Hand abzuschütteln.

»Den wir in der Nähe der Leiche gefunden haben«, antwortete Erik, immer noch freundlich.

»Ich habe die Simoni nach dem Unfall nicht mehr wiedergesehen.«

Erik zog die Augenbrauen hoch und sah Tove erstaunt an. »Sila Simoni? Habe ich Ihnen den Namen des Mordopfers schon verraten? Ich kann mich nicht daran erinnern!«

Tove merkte, dass er einen Fehler gemacht hatte, begriff aber ebenso schnell, dass man ihm daraus keinen Strick drehen konnte. »Ich weiß, dass sie abgemurkst wurde. Vor ein paar Minuten war ein Gast da, der hat es erzählt.«

Der Streifenwagen bog in den Hochkamp ein, an seiner Stoßstange klebte ein Kastenwagen, der ebenfalls vor Käptens Kajüte zum Stehen kam.

Wiebke Reimers sprang heraus, die Kamera um den Hals, ihre Tasche über der linken Schulter. Sie rannte auf Erik und Sören zu, die Tove Griess in ihrer Mitte hatten, und fotografierte, was das Zeug hielt.

»Schade«, unterbrach Menno Koopmann sie schadenfroh, »dass Sie keine Fotos von der Überwältigung des Täters haben.«

Wiebke sah ihn nicht an. »Demnach haben Sie welche?«

»Sogar vom Tatort!«

Nun nahm Wiebke die Kamera herunter. »Was für ein Tatort?«

Menno Koopmann steckte seine Kamera zurück und ging zu seinem Wagen. »Lesen Sie morgen die Sonntagsausgabe des *Inselblatts*«, rief er zurück, »dann wissen Sie's.«

Wiebke sah ihm nach, dann folgte sie Erik, Sören und Tove Griess in die Imbissstube. Sören blieb dicht neben Tove, während der seine Schürze abband und seine Jacke aus der Küche holte.

»Was ist passiert?«, wandte sich Wiebke an Erik und griff

320

mit einer so vertrauten Geste nach seinem Arm, dass er unwillkürlich zurückwich.

»Warum wollen Sie das wissen?«

Sie sah ihn verblüfft an. »Ich bin Reporterin der *Mattino!* Schon vergessen?«

»Warum soll ich Ihnen das abnehmen? Einen Presseausweis haben Sie nicht vorlegen können.«

»Halten Sie mich für eine Betrügerin?« Die Enttäuschung, die in ihren Augen erschien, hätte ihn beinahe dazu gebracht, jeden Zweifel zurückzuziehen.

Aber er riss sich zusammen. »Ich hätte Ihnen von vornherein nicht glauben sollen. Mittlerweile weiß ich, dass Sie kein Redaktionsmitglied der *Mattino* sind.«

Sie war derart verblüfft, dass sie nicht merkte, wie sich ihr Fuß wieder einmal in der Schlaufe ihrer Kamera verfing. Beinahe wäre sie gestürzt, wenn Erik nicht geistesgegenwärtig nach ihr gegriffen hätte. Wie sehr ihn der Duft ihrer Haare, die Frische, die ihre Haut ausströmte, und das Zarte, Weiche ihres Körpers anrührten, ließ er sich nicht anmerken.

Als Wiebke wieder sicher auf den Beinen stand, hatte sie ihre Verblüffung überwunden. »Ich arbeite als freie Journalistin«, erklärte sie, »und bekomme häufig Aufträge von der *Mattino.*« Sie griff in ihre rechte Jackentasche, dann in die linke, in die Gesäßtaschen ihrer Jeans und zippte schließlich ihre Handtasche auf. Erik machte einen langen Hals, um zu sehen, ob die beiden Anstecknadeln noch immer im Futter steckten, aber er konnte es nicht erkennen. Wiebke zog eine Visitenkarte heraus und reichte sie Erik. »Hier!«

Er betrachtete den Namenszug der *Mattino* und die Angaben, die sich darunter aufreihten. Am Fuß der Karte stand: Wiebke Reimers, freie Journalistin, und darunter ihre Handynummer. Er ersparte sich die Bemerkung, dass eine solche Visitenkarte leicht am PC selbst herzustellen war.

»Gut, dass ich nun Ihre Handynummer habe«, sagte er

stattdessen. »Kann sein, dass ich mit Ihnen reden muss. Ich melde mich dann.«

Er trat auf Tove zu, der mit Sören aus der Küche kam. Seine Jacke hatte er ihm um die Schultern gelegt. Wenn Tove darum gebeten hatte, die Handschellen abgenommen zu bekommen, damit er sich die Jacke richtig anziehen konnte, dann war Sören darauf nicht eingegangen. Und er hatte recht. Bei einem Kerl wie Tove Griess musste man auf alles gefasst sein.

Er bat Sören, in seine Hosentasche zu greifen und seinen Schlüssel hervorzuholen. Sören tat ihm den Gefallen und legte den Schlüssel auf die Theke. Tove versetzte ihm mit den Händen einen Stoß, sodass er direkt vor dem Jeverglas landete, hinter dem Fietje Tiensch hockte und noch immer so tat, als ginge ihn alles, was sich um ihn herum abspielte, nichts an.

»Pass auf meinen Laden auf«, sagte Tove, »bis ich wieder da bin.«

Fietje betrachtete den Schlüssel irritiert, dann nahm er ihn an sich und nickte. »Jawoll!«

Während Tove Griess im Streifenwagen verstaut und dabei von Menno Koopmann und Wiebke Reimers fotografiert wurde, warf Erik einen Blick zurück. Durch die geöffnete Tür konnte er sehen, dass Fietje sich steifbeinig um die Theke herum bewegte und hinter dem Zapfhahn Aufstellung nahm. Als ginge es um einen feierlichen Akt, griff er zu einem Glas und zapfte sich ein Jever.

Fietje zuckte zusammen, als wäre er bei etwas Verbotenem erwischt worden. Die Polizei hatte gerade den Rückzug angetreten, und noch bevor er sein erstes selbst gezapftes Jever an die Lippen setzen konnte, rief jemand: »Allora, Signore …! Was geht in Käptens Kajüte vor?«

Fietje ließ sich nicht beirren, sondern trank erst mal einen guten Schluck. »Ich denke, Sie sind getürmt, Signora?«

»Nur bis zu dem Möbelwagen drei Häuser weiter. Dahinter konnte ich mich gut verstecken. Warum ist Tove weggelaufen? Er hat doch ein reines Gewissen!«

»Hat er das, Signora?«

»Sì, er hat mir geschworen, dass er Sila Simoni nicht umgebracht hat! Beim Gedenken an seine Mutter!«

Fietje nickte, als hielte er einen Meineid Toves für wesentlich wahrscheinlicher als Mamma Carlotta.

»Und warum hat mein Schwiegersohn ihn mitgenommen?«

»Weil er die Schuhe gefunden hat. Und außerdem war noch von irgendwelchen Zahnstochern die Rede, die am Tatort gefunden worden sind.« Fietje lehnte sich mit dem rechten Ellbogen an den Zapfhahn und hob mit der linken Hand das Bierglas. »Ich soll auf den Laden hier aufpassen, hat Tove gesagt.«

Mamma Carlotta sah ihn ungläubig an. Fietje sollte Käptens Kajüte weiterführen? Mit dem Bierzapfen würde er zweifellos zurechtkommen, aber mit den Bratwürsten und den Pommes frites? »Das schaffen Sie nie!«

Fietje sah beleidigt aus. »Warum nicht? Ich schau mir seit Jahren an, was Tove macht.«

»Ecco, dann … servieren Sie mir bitte einen Cappuccino!«

Sie beobachtete, wie Fietje den Kaffeeautomaten ausgiebig in Augenschein nahm, sich schließlich für einen der vielen Hebel entschied und erschrocken zurückwich, als aus einem Ventil heißer Dampf austrat.

Mamma Carlotta hatte nichts anderes erwartet. »Das müssen Sie noch üben. Und wenn das Abendgeschäft beginnt, müssen Sie wissen, wie der Grill funktioniert und die Pommes frittiert werden.«

Fietje trank deprimiert sein Bier aus. »Eigentlich habe ich auch gar keine Zeit. Mein Dienst im Strandwärterhäuschen beginnt in einer halben Stunde.«

Mamma Carlotta wollte Fietje gerade ins Gewissen reden und ihm erklären, dass er einen Freund nicht im Stich lassen dürfe, dass er sein Versprechen halten müsse … da wurde die Eingangstür aufgerissen, und mit einer jaulenden Windbö drang eine frische Stimme herein: »Moin!«

Mamma Carlotta wusste sofort, wer da gerade so fröhlich hereingeschneit war. Und sie hätte sich gern gefreut, aber da ihr das nicht möglich war, blieb sie einfach mit dem Rücken zur Tür sitzen und tat so, als interessiere sie sich als Gast nicht für andere Gäste. Fietjes flehentlichen Blick, in dem die Angst vor einer Bestellung geschrieben stand, ignorierte sie genauso wie Wiebke Reimers' Gruß.

Doch dann legte sich eine Hand auf ihre Schulter. »Signora! Ich habe Sie hier reingehen sehen. Da dachte ich, wir könnten einen Kaffee zusammen trinken. Nett, Sie wiederzusehen!«

Diese Freundlichkeit konnte Mamma Carlotta nicht einfach missachten. Im Gegenteil, prompt rührte sich in ihr die Frage, ob sie vielleicht etwas falsch verstanden hatte, als sie Wiebke Reimers durch die Gärten am Dorfteich flüchten sah. Vielleicht gab es ja einen guten Grund, warum sie sich dort herumgetrieben hatte! Womöglich war sie als Reporterin einem Skandal auf der Spur gewesen und nur rein zufällig in die Nähe von Dennis Happes Ferienwohnung geraten. Und dann hatte sie gemerkt, dass dort was im Gange war und vorsichtshalber die Flucht ergriffen, um in die Sache nicht mit hineingezogen zu werden!

Mamma Carlotta drehte sich zu Wiebke um. »Sie haben mitbekommen, dass Tove Griess verhaftet worden ist?«

Wiebke nahm auf einem Hocker neben ihr Platz. »Im Polizeifunk hatte ich gehört, dass hier was los ist. Eine Festnahme!«

Mamma Carlotta sah sie erschrocken an. »Sie hören den Polizeifunk? Ist das erlaubt?«

Wiebke lachte. »Das tun alle Kollegen. Menno Koopmann rast schon in die Redaktion und macht alles für die Sonntagsausgabe klar.«

Fietje trank unterdessen sein Bier aus, spülte das Glas sorgfältig und stellt es zum Abtropfen kopfüber.

»Mein Schwiegersohn irrt sich«, sagte Mamma Carlotta. »Tove Griess ist kein Mörder. Aber wie soll ich Enrico das klarmachen?«

Fietje bewegte sich langsam in Richtung Tür. »Ich bin dann mal weg. Nach Feierabend komme ich zurück.«

Mamma Carlotta und Wiebke Reimers nahmen es nicht zur Kenntnis.

»Er hat es mir beim Gedenken an seine Mutter geschworen«, sagte Mamma Carlotta. »So was tut nicht mal der schlimmste Ganove, wenn er es nicht ernst meint. Aber Enrico hält es wohl für möglich, dass Tove sich an Sila Simoni rächen wollte und sie deswegen umgebracht hat.«

Aufgeregt sprang Wiebke vom Barhocker. »Sila Simoni ist ermordet worden?«

Mamma Carlotta betrachtete sie erstaunt. »Kam das nicht durch den Polizeifunk?«

Wiebke antwortete nicht. »Wann war das?«

»Heute Nacht ist sie ermordet worden. Auf schreckliche Weise!«

In aller Ausführlichkeit berichtete Mamma Carlotta von den Qualen, die Sila Simoni ausgestanden haben musste, von dem Entsetzen, das noch auf ihren Zügen gelegen hatte, von den Anstrengungen, die notwendig gewesen waren, den Besenstiel zu lösen, um die Leiche zu befreien ... Währenddessen haftete Wiebkes Blick starr an der gegenüberliegenden Wand. Mamma Carlotta glaubte zu wissen, was ihr durch den Kopf ging. »Sie ärgern sich, dass Sie davon nichts erfahren haben? Dass Sie keine Fotos für Ihre Zeitung schießen konnten?«

Wiebke nickte. »Ja, ja … wäre nicht schlecht gewesen. Fotos von der Leiche oder wenigstens vom Abtransport, Interviews mit den Angestellten, vielleicht sogar mit denen, die Sila Simoni gefunden haben …«

Mamma Carlotta wuchs ein paar Zentimeter in die Höhe. »*Ich* habe Sila Simoni gefunden. Oder vielmehr … Jacqueline hat sie gefunden, aber ich habe sie zusammen mit Willi Steensen aus der Sauna geholt.«

Interessiert wandte Wiebke Reimers sich zu ihr um. »Können Sie mir das genauer erzählen?«

Mamma Carlotta wollte gerade begeistert loslegen, da machte sich plötzlich Unsicherheit in ihr breit. »Ich weiß nicht, ob Enrico das recht ist. Er leitet die Ermittlungen, und seine Schwiegermutter erzählt in der *Mattino* davon, wie Sila Simonis Leiche gefunden wurde? No, no, impossibile!« Sie stand entschlossen auf, ging hinter die Theke und betrachtete den Kaffeeautomaten. »Soll ich uns einen Espresso machen? Un caffè latte? Oder einen Cappuccino? Der Laden muss weiterlaufen.«

Wiebke nickte und sah zu, wie Mamma Carlotta, die noch nie einem solchen Kaffeeautomaten Auge in Auge gegenübergestanden hatte, alles genauso machte, wie sie es häufig bei Tove gesehen hatte. Dass sie trotz der notwendigen Konzentration auf diese Arbeit reden konnte, verstand sich von selbst.

»Sagten Sie nicht, die *Mattino* erscheint am Montag? Dann kann dort über Sila Simonis Tod erst in gut einer Woche berichtet werden. Bis dahin ist der Mord vielleicht schon aufgeklärt. Jedenfalls haben bis dahin alle Tageszeitungen bereits hundertmal davon berichtet.« Mit vollster Zufriedenheit schob sie Wiebke einen Cappuccino hin, den auch Tove nicht besser hinbekommen hätte. »Oder könnte es noch klappen, etwas für die nächste Ausgabe zu schreiben, die übermorgen erscheint?«

»Zu spät«, antwortete Wiebke, während Mamma Carlotta sich auf die Suche nach einem feuchten Tuch machte, mit dem sie die Theke abwischen konnte. »Ein Mord am Samstag ist wirklich das Allerletzte! Ausgerechnet am Samstag!«

»Der Mordfall würde aber gut zu dem Artikel über Corinna Matteuer und die Bürgerinitiative passen«, fuhr Mamma Carlotta fort, während sie die Theke einer Reinigung unterzog, die ihr bei Tove noch nie widerfahren war. »Ich bin schon sehr gespannt auf die Fotos. Meine Schwägerin Claudia, die in Rom wohnt, wird extra zum Flughafen fahren. Dort gibt es deutsche Zeitschriften. Sie hat mir gestern Abend am Telefon versprochen, dass sie alle kaufen wird, die sie bekommen kann.«

Wiebke starrte in ihre Kaffeetasse. »Dann sagen Sie ihr Bescheid, dass sie sich den Weg sparen kann. Der Artikel ist verschoben worden. Irgendeine Promischeidung war dem Chefredakteur wichtiger.«

Mamma Carlotta, die sich soeben entschlossen hatte, dem Fettfilm auf dem Kaffeeautomaten den Kampf anzusagen, drehte sich enttäuscht um. »Kein Artikel in der *Mattino*? Aber die Mitglieder der Bürgerinitiative freuen sich schon darauf.«

Wiebke zuckte mit den Schultern und verzog bedauernd das Gesicht. »Tut mir leid, da bin ich machtlos.« Sie blickte mit einem langen Hals zur Fritteuse. »Wenn Sie jetzt hier den Laden schmeißen ... können Sie mir vielleicht was zu essen machen? Ich habe einen Bärenhunger.«

Mamma Carlotta starrte den Grill an, wischte mit dem Lappen mehrmals über den grünen Knopf, neben dem ON/OFF stand, zögerte aber, ihn zu drücken und die Verantwortung für das zu übernehmen, was dann passieren konnte. Die Fritteuse, die anscheinend mit demselben Knopf an- und abzustellen war, hatte ihr immer schon Angst gemacht.

Wenn Tove mit dem heißen Fett hantierte, das jedes Mal bedrohlich zischend aufschäumte, wenn er den Korb mit den Pommes frites einhängte, war sie jedes Mal so weit wie möglich zurückgewichen.

Wiebke grinste. »Mir scheint, Sie müssen noch ein bisschen üben, bis das Abendgeschäft losgeht. Besser wär's vielleicht, Sie würden italienische Vorspeisen anbieten, da kennen Sie sich besser aus.«

»È vero«, seufzte Mamma Carlotta.

»Wie wär's mit einem Stück Kuchen?«, fragte Wiebke. »Oder ein paar Kekse. Damit wäre mir auch schon geholfen.«

Mamma Carlotta betrachtete das leere Kuchenbüfett, auf dem ein paar Krümel und Fettflecken erahnen ließen, dass Käptens Kajüte im Prinzip auch Kuchen im Angebot hatte. »Ich sehe mal nach.«

Sie ging in die Küche, öffnete den Kühlschrank, schloss ihn aber schnell wieder und hoffte, sie würde den Anblick des unappetitlichen Frittierfettklumpens und des Glases, in dem ein paar saure Gurken in einer trüben Lake schwammen, so schnell wie möglich vergessen.

Dann fiel ihr ein, dass Tove Zutaten, die einer zuverlässigen Kühlung bedurften, nicht besonders schätzte, und ging in den Vorratsraum. Der Kuchen, den Tove anzubieten pflegte, gehörte möglicherweise zu dem, der mit Konservierungsstoffen haltbar gemacht wurde und keiner besonderen Aufmerksamkeit bedurfte. Sie hatte einmal ein Stück Streuselkuchen probiert und wusste, dass er so staubtrocken war, dass ihm ein wochenlanger Aufenthalt in Toves Vorratsraum nichts mehr anhaben konnte.

Wiebke folgte ihr in den fensterlosen Raum. Mamma Carlotta war froh, dass sie ihr helfen wollte, Toves Vorräte zu durchforsten. Aber aus ihrer Freude wurde eine undefinierbare Beklemmung, als die Tür der Vorratskammer hinter ihnen ins Schloss fiel und Wiebke ein Regal inspizierte, in dem unmöglich der Kuchen aufbewahrt werden konnte. Es war das Regal direkt neben der Tür, in das sie sich beugte und auf diese Weise den Ausgang blockierte. Mamma Carlotta wurde schlagartig klar, dass es unmöglich war, an ihr vorbei aus dem Raum zu kommen, wenn Wiebke Reimers es verhindern wollte ...

» *Tove Griess lassen wir erst mal schmoren* «, sagte Erik. » Wenn der in seiner Zelle noch eine Weile tobt, ist er später müde und handzahm. «

» Und bis dahin? «, fragte Sören, dem anzusehen war, dass er das Verhör gern hinter sich gebracht hätte.

» ... rufen wir die Staatsanwältin an «, antwortete Erik. » Sie muss wissen, dass wir einen Verdächtigen haben. «

Frau Dr. Speck war hocherfreut, als sie hörte, dass der Wirt von Käptens Kajüte ein Mensch war, dem eine solche Tat zuzutrauen war, dass er außerdem ein Motiv hatte und es Beweise dafür gab, dass er sich am Tatort aufgehalten hatte. » Gut, Wolf! Kann der Kerl auch Dennis Happe umgebracht haben? «

Als Erik verneinte, gab er sich sicherer, als er sich fühlte: » Mir scheint, wir haben es hier mit unterschiedlichen Tätern zu tun. Die vier Todesfälle gehören nicht alle zusammen. Matilda Pütz hat Ludo Thöneßen aus enttäuschter Liebe in dem vollautomatischen Parksystem verrecken lassen. Und dass sie sich selbst getötet hat, steht außer Frage. Beide Todesfälle haben mit Tove Griess nichts zu tun. Und der Tod von Dennis Happe ebenfalls nicht. Ich sehe kein Motiv. «

» Und was ist mit seinem Alibi? «

Erik zögerte, ehe er zugab: » Ja, er war in der Nähe des Baubüros. Er war als Gegendemonstrant aufgetreten, und als ihm Prügel angedroht wurden, hat er sich hinters Baubüro geflüchtet. «

»Hatte er Zeit genug, Dennis Happe zu erstechen?«

Wieder zögerte Erik. »Das vielleicht schon, aber … einen Zusammenhang zwischen den beiden Morden sehe ich trotzdem nicht. Außerdem war er nicht allein.«

»Wer war bei ihm?«

»Ein Strandwärter, der seine gesamte Freizeit in Käptens Kajüte verbringt. Er trinkt viel und ist ein inselbekannter Spanner, aber ansonsten harmlos.«

»Alkoholiker und Sextäter? Ich bitte Sie, Wolf! So einem ist doch alles zuzutrauen! Der hält die Klappe, wenn Tove Griess ihm eine Woche Freibier verspricht.«

»Fietje Tiensch hat bestenfalls Schmiere gestanden. Und Tove Griess … der hat sich hinters Baubüro geflüchtet, weil die Demonstranten ihn beschimpft und ihm gedroht haben. Und dann soll ihm dort plötzlich eingefallen sein, dass er Dennis Happe umbringen könnte?«

»Warum nicht?«, fragte Frau Dr. Speck zurück. »Ihm ist eingefallen, dass er mit Dennis Happe noch ein Hühnchen zu rupfen hat. Um welches Hühnchen es sich handelt, das müssen Sie herausfinden, Wolf! Er hat gemerkt, dass die Gelegenheit günstig war, hat durchs Fenster einen Brieföffner auf dem Schreibtisch liegen sehen, hat die Scheibe eingeschlagen … Sagten Sie nicht, Sie haben Fingerabdrücke von ihm gefunden?«

Auf diese Frage antwortete Erik nicht mehr. »Okay, ich nehme ihn ins Verhör. Er wollte das Bistro im neuen Gesundheitshaus übernehmen. Kann sein, dass Dennis Happe ihm einen Strich durch die Rechnung gemacht hat.«

»Na, also! Schon haben Sie ein Motiv! Sie sollten öfter mit mir reden, Wolf! Fangen Sie sofort mit dem Verhör an, es kann kein Zufall sein, dass der Kerl in der Nähe des Baubüros war, als Happe starb! Auf diesen Gedanke hätten Sie auch selber kommen können!«

Die Staatsanwältin beendete das Gespräch ohne freundliche Abschiedsworte. Zeit war Geld, wie sie gern betonte. Nie wurde sie müde, darauf hinzuweisen, dass vor allem ihre Zeit kostbar war und dass in Westerland sowieso viel zu langsam gearbeitet wurde. Gerne empfahl sie Erik und seinen Mitarbeitern bei dieser Gelegenheit auch ein Fortbildungsseminar zum Thema Zeitmanagement.

Erik starrte eine Weile den Telefonhörer an, ehe er auflegte. Dann glättete er ausgiebig seinen Schnauzer und wandte sich an Sören: »Halten Sie es auch für möglich, dass Tove Griess Dennis Happe umgebracht hat?«

Sören schüttelte den Kopf, ohne lange nachzudenken. »Ich sehe kein Motiv.«

»Aber die Staatsanwältin meint, dass seine Anwesenheit am Tatort ihn verdächtig macht. Außerdem wollte er das Bistro im Gesundheitshaus haben. Kann es sein, dass Dennis Happe dafür gesorgt hat, dass es ein anderer bekommt? Hatte er solche Kompetenzen?«

Sören wurde nachdenklich. »Also sollten wir uns den Griess jetzt zur Brust nehmen.«

»Moment«, wehrte Erik ab. »Ein Telefonat noch, dann fangen wir an.«

Er holte die Visitenkarte aus der Tasche, die Wiebke ihm gegeben hatte, und wählte die Nummer, die neben »Chefredaktion« stand. »Wenn ich jetzt noch mal zu hören bekomme, dass eine Wiebke Reimers in der Redaktion nicht bekannt ist ...«

Er konnte den Satz nicht zu Ende führen, weil sich schon nach dem ersten Klingeln die Sekretärin des Chefredakteurs meldete, die zunächst unwillig auf Eriks Wunsch reagierte, umgehend ihren Chef sprechen zu wollen. Erst als er ihr sehr eindringlich klargemacht hatte, dass es um die Ermittlungen in einem Mordfall ging, war sie bereit, ihn in das Büro des Chefredakteurs durchzustellen.

Die Stimme, die kurz darauf an sein Ohr drang, war Erik

auf Anhieb sympathisch. Dunkel und weich, ohne die Hektik, die Stimmen von vielbeschäftigten Menschen oft herrisch und abweisend machten. Chefredakteur Horner fragte so freundlich nach Eriks Wünschen, als hätte er jede Menge Zeit und überdies noch großes Interesse an der Arbeit der Polizei.

»Es geht um Wiebke Reimers«, begann Erik. »Sagt Ihnen der Name etwas?«

»Ist ihr was zugestoßen?«, fragte Horner erschrocken zurück.

»Sie kennen sie also?«

Erik hatte fest damit gerechnet, dass Horner verneinen würde, und war sehr überrascht, als er zur Antwort bekam: »Natürlich! Eine freie Mitarbeiterin! Sie schreibt für verschiedene Zeitschriften, für die *Mattino* am häufigsten.«

Erik war erleichtert. »Klein, zierlich, bernsteinfarbene Augen und rote Locken?«

»Sie scheinen Wiebke genau angesehen zu haben.« Horner lachte, und Erik war froh, dass Sören diesen Satz nicht gehört hatte.

»Nun sagen Sie schon: Was ist mit ihr?«

Erik beruhigte ihn. »Ihr ist nichts zugestoßen. Es ist nur so … Sie konnte keinen Presseausweis vorlegen …«

»Mich hätte es eher gewundert«, unterbrach ihn Horner, »wenn sie ihn dabeigehabt hätte. Sie ist ein bisschen chaotisch. Wo Wiebke auftaucht, sollte kein kostbares Porzellan rumstehen.«

»Sie ist also hier, um für den Artikel über Corinna Matteuer zu recherchieren?«

Er spürte das Zögern des Chefredakteurs. »Ich habe sie nach Sylt geschickt, weil wir ein Interview mit Corinna Matteuer verabredet hatten.«

»Für die Serie über die erfolgreichsten Unternehmerinnen Deutschlands.«

» Wiebke wollte diesen einen Teil der Serie unbedingt machen. Drei Folgen sind bereits redaktionell hergestellt worden. Da war ein anderer Redakteur dran. Aber Wiebke hat mich bekniet, den Teil mit Corinna Matteuer machen zu dürfen. «

» Warum? «, fragte Erik verwundert.

Wieder zögerte Horner. » Genau weiß ich es nicht. Aber warum sollte ich ihr den Wunsch abschlagen? Sie macht immer einen guten Job. «

Erik wartete, weil er den Eindruck hatte, dass Horner noch etwas anfügen wollte. Als nichts kam, meinte er: » Mir scheint, Sie haben ein besonderes Verhältnis zu Wiebke Reimers? «

Er merkte, dass eine unbestimmte Angst seinen Oberkörper einschnürte. Erfuhr er jetzt, dass der Chefredakteur Wiebkes Geliebter war? Ihr Freund? Ihr Verlobter?

» Gewissermaßen «, kam es zurück. » Ich habe sie in einer Selbsthilfegruppe kennengelernt. Wir haben nämlich ein gemeinsames Schicksal. « Diesmal war es Horner, der auf eine Zwischenfrage wartete, aber Eriks Geduld war größer als die des Chefredakteurs. Mit einer gewissen Resignation in der Stimme fuhr Horner schließlich fort: » Wir sind beide als Babys adoptiert worden. Und beide waren wir auf der Suche nach unseren Ursprungsfamilien. Ich habe es inzwischen aufgegeben, meine leibliche Mutter zu finden, Wiebke noch nicht. «

» Das hat Sie also verbunden? «, erkundigte sich Erik.

» Wir haben uns eine Weile gegenseitig unterstützt. Aber ich bin fünfzehn Jahre älter als Wiebke. Die Chance, etwas über die leiblichen Eltern herauszufinden, wird mit den Jahren immer kleiner. «

Seine letzten Sätze waren klar und entschlossen durch den Hörer gedrungen. Erik merkte, dass Horner nicht die Absicht hatte, das Thema zu vertiefen. Möglicherweise ärgerte er sich bereits darüber, mit einem wildfremden Polizeibeamten über etwas derart Persönliches gesprochen zu haben.

»Habe ich Sie richtig verstanden«, fragte Horner nun, »dass Sie wissen wollen, ob Wiebke wirklich für die *Mattino* arbeitet? Da kann ich Sie beruhigen.«

»Dann wird es also am Montag einen Artikel in der *Mattino* geben, der sich mit Corinna Matteuer und dem Widerstand gegen ihre Firma beschäftigt?«

»Nein, das wird es nicht!« Horners Stimme wurde von Minute zu Minute kühler. »Aus dem Interview wurde nichts, weil die Schwester der Matteuer Selbstmord begangen hat. Das dürfte Ihnen bekannt sein.« Er wartete eine Entgegnung Eriks nicht ab. »Kein Wunder, dass Frau Matteuer nicht der Sinn nach diesem Interview stand.«

»Aber ... Wiebke Reimers hat weiter recherchiert. Die Bürgerinitiative, die Demonstration gegen Matteuer-Immobilien, der Mord an einem Mitarbeiter dieser Firma ...«

»Ja, sie hat mir das Thema angeboten, sogar Fotos von der Leiche, aber ich war nicht interessiert. Wir könnten es erst morgen in einer Woche bringen, aber bis dahin haben Sie den Mord vermutlich aufgeklärt. Außerdem passt diese Berichterstattung nicht in unser Blatt. Die Demonstration, die Bürgerinitiative ... das sind keine Themen für die *Mattino*. Die Sache veränderte sich zwar, als die Simoni ins Spiel kam, aber ...« Horner zögerte. »So interessant ist Sila Simoni nun auch wieder nicht.«

Erik war klar, dass der Chefredakteur seine Meinung womöglich ändern würde, wenn er wüsste, was in der vergangenen Nacht mit Sila Simoni passiert war, aber er schwieg. Stattdessen fragte er: »Dann hat sie also auf eigene Faust recherchiert?«

»Wiebke hat die Möglichkeit, das Thema einer anderen Zeitschrift anzubieten. Das steht ihr frei.« Erik hörte ein Flüstern im Hintergrund und das Rascheln von Papier in der

Nähe des Telefons. »Ich hoffe, ich konnte Ihre Fragen beantworten?«, kam es freundlich, aber auch unmissverständlich durch die Leitung. »Meine Zeit ist knapp.«

Erik verstand und bedankte sich. Nachdenklich legte er den Hörer zurück. »Komisch«, murmelte er. »Sie war tatsächlich für die *Mattino* tätig. Aber jetzt recherchiert sie auf eigene Faust weiter. Warum?«

Mamma Carlotta starrte immer noch Wiebke an, die sich nun aufrichtete, sich gegen die Tür lehnte und die Arme vor der Brust verschränkte. »Hier gibt's alles Mögliche, aber keinen genießbaren Kuchen.«

Mamma Carlotta hatte ein Paket mit Keksen gefunden, die Tove manchmal, wenn er es gut mit seinen Gästen meinte, neben die Kaffeetassen legte. Er hatte es schon lange nicht mehr getan, fiel ihr auf, die Kekse waren vermutlich uralt. Wahrscheinlich hatte Tove selbst längst vergessen, dass sie hier lagerten.

»Die können Sie essen«, sagte sie und hielt das Paket hoch. »Besser als gar nichts.«

Mamma Carlotta machte einen Schritt auf Wiebke zu, damit sie den Ausgang freigab. Aber sie rührte sich nicht. »Was ich immer schon fragen wollte, Signora«, begann sie. »Ihr Schwiegersohn ...«

Mamma Carlotta schnitt ihr mit einer Handbewegung das Wort ab. »Pscht!« Es waren Schritte zu hören, die sich auf die Tür des Vorratsraums zubewegten, hinter der sie sich befanden. Vorsichtige, leise Schritte.

»Da kommt jemand«, sagte Mamma Carlotta hastig. »Vielleicht ein Gast?«

Auch Wiebke lauschte. Sie griff zur Klinke, aber irgendetwas hielt sie davon ab, die Tür zu öffnen und nachzusehen, wer Käptens Kajüte betreten hatte.

Mamma Carlotta spürte, wie ihr der Schweiß ausbrach.

Die Enge dieses Raums, die Tür, die ihr versperrt war, die Schritte davor ... Sie machte Anstalten, Wiebke zur Seite zu schieben, sie wegzudrängen, falls sie sich weigern sollte, sie war sogar bereit, Gewalt anzuwenden, um aus diesem Raum herauszukommen ... da hörte sie ein Geräusch, das sie an den Fleck nagelte.

Auch Wiebke erstarrte. »Was war das?«

Sie wusste es genauso wie Mamma Carlotta. Das Geräusch war unmissverständlich gewesen. Jemand hatte den Schlüssel im Schloss gedreht. Sie waren eingesperrt worden. Aber von wem? Und warum?

Wiebke fuhr herum und rüttelte an der Klinke. »Aufmachen!«, schrie sie. »Sofort aufmachen!«

Auf der anderen Seite der Tür war nur noch eisige Stille. Vielleicht hätte man hören können, dass sich Schritte leise entfernten, aber da Wiebke wütend an der Klinke rüttelte, war nichts dergleichen zu vernehmen. Sie waren eingeschlossen. Was immer nun in Käptens Kajüte geschah, sie würden es nicht verhindern können.

»Wer kann das gewesen sein?«, fragte Mamma Carlotta leise, als Wiebke endlich aufhörte zu rufen.

Wiebke atmete tief durch. Sie schien mit einem Mal Schwierigkeiten mit der drangvollen Enge zu haben. »Einer, der in aller Seelenruhe die Kasse ausräumen will«, meinte sie.

Mamma Carlotta nickte. Ja, das war die einzige Erklärung! Ein Gast war erschienen, hatte ihre Stimmen gehört, hatte sie eingeschlossen, damit er sich in Ruhe bedienen konnte.

»Meine Tasche steht auf einem der Barhocker«, sagte Wiebke leise.

Doch in ihren Augen sah Mamma Carlotta, dass Wiebke keine Angst vor Diebstahl hatte, sondern etwas ganz anderes fürchtete.

Tove Griess schäumte vor Wut. Er lief in dem Zimmer, in das Enno Mierendorf ihn geführt hatte, hin und her, um den Tisch herum, der in der Mitte des Raums stand, dann zu dem kleinen Fenster, das oben, unter der Decke, angebracht war, und zurück zur Tür. Dabei fluchte und schimpfte er, schlug mit den Fäusten gegen die Wand und trat gegen die Tischbeine.

Als Erik und Sören eintraten, bezwang er sich, weil er begriffen hatte, dass sein Jähzorn alles nur noch schlimmer machen würde. »Ich habe sie nicht umgebracht«, sagte er, nachdem er sich an den Tisch gesetzt hatte.

Erik lächelte ihn an. »Wenn Sie unschuldig sind, warum sind Sie dann geflüchtet?«

»Reflex«, knurrte Tove. »Wenn mir ein Bulle was will, haue ich immer ab.«

Erik nahm ihm gegenüber Platz, Sören blieb in der Nähe der Tür stehen. Auf die Anwesenheit von Enno Mierendorf verzichteten die beiden. Tove Griess galt zwar als gewalttätig, aber er würde es nicht wagen, sie anzugreifen. In seinem Gesicht erkannte Erik, dass er versuchte, sich zu beherrschen, um sich nicht noch verdächtiger zu machen, als er ohnehin schon war.

Erik begann betont sachlich. »Sie wissen, dass Ihre Schuhabdrücke gefunden worden sind. Außerdem haben wir einen Zahnstocher sichergestellt. Ich bin davon überzeugt, dass Sie ihn schon mal im Mund hatten. Morgen werden wir es genau wissen.«

Tove Griess schien in der Zwischenzeit nicht nur seine Wut ausgelassen, sondern auch nachgedacht zu haben. »Ich bestreite ja gar nicht, dass ich vor ein paar Tagen bei Ludo Thöneßen war«, sagte er sanftmütig.

Erik sah ihn überrascht an. »Was wollten Sie bei ihm?«

Tove druckste herum. »Ich habe nicht direkt einen Besuch bei ihm gemacht. Ich habe mich nur ... ein bisschen umgesehen. Von Ludos Garten hat man einen interessanten Blick in den Saunabereich. «

»Sie?« Erik starrte ihn überrascht an. »Sie sind nun auch als Spanner unterwegs? Das kann ja wohl nicht wahr sein!«

»Ich bin auch nur ein Mann«, entgegnete Tove Griess und sah dabei auf seine Hände. »Unsereins hat nicht oft Gelegenheit, mal eine Frau zu sehen, die … na, Sie wissen schon. «

Erik fragte sich, worauf Tove Griess hinauswollte. Dass er die Wahrheit sagte, erschien ihm unwahrscheinlich. Er traute dem Wirt einiges zu, sogar einen Mord, aber als Spanner war er noch nie aufgefallen. Das war etwas, was Fietje Tiensch zuzutrauen war. »Sie wollen mir also weismachen, Sie hätten Ihre Schuhabdrücke hinterlassen, als Sie sich nackte Frauen in der Sauna ansehen wollten? Da, wo wir den Abdruck Ihres Schuhs gefunden haben, hat man aber gar keinen Einblick in die Sauna. «

Tove bewegte die Hände auf der Tischplatte hin und her. Erik war sicher, dass er seine Verlegenheit nur spielte. »Das war noch vor Ludos Tod. Da habe ich gesehen, dass er Besuch bekommen hat. Von Corinna Matteuer. Und das fand ich noch interessanter. «

»Wann soll das gewesen sein?«

»Ist schon ein paar Tage her. Die Zwillingsschwester lebte noch. «

»Da hat Corinna Matteuer einen Besuch bei Ludo Thöneßen gemacht?«

»Exakt! Das war der Tag, an dem Ina Müller am Flughafen ein Konzert gab. Das wurde im Regionalfernsehen übertragen. Bei Ludo lief die Glotze, als die Matteuer erschien. «

Erik sah Sören an. »Können Sie mal eben nachgucken, wann Ina Müller ihr Konzert hatte?«

»Brauche ich nicht, Chef. Das habe ich im Kopf. Ich wollte auch hin, habe aber keine Karte mehr bekommen. «

Sören schrieb ein Datum auf und schob Erik den Zettel hin. Der warf nur einen kurzen Blick darauf. »Also am Tag vor Matildas Selbstmord.«

»Kann sein, Herr Hauptkommissar.« Tove war nun darauf bedacht, einen guten Eindruck zu machen. »Ich fand dann den Besuch noch interessanter als die beiden Damen, die sich in der Sauna aufhielten.«

»Was war daran interessant?«, fragte Erik.

»Dass Ludo dermaßen ausrastete«, antwortete Tove. »Ich habe das Gespräch nicht von Anfang an mitbekommen, habe nur die lauten Stimmen gehört und bin dann in den Garten geschlichen. Da stand Ludo mitten im Raum und brüllte die Matteuer an. Wenn Sie mir so kommen, hat er geschrien, kann ich auch anders. Ich mache Sie fertig! Ganz Sylt wird dann erfahren, dass Ihre Schwester was mit Ihrem Mann hat!«

Erik runzelte die Stirn. »Thöneßen hat behauptet, Matilda Pütz hätte was mit Klaus Matteuer gehabt?«

»Exakt! Und wenn die Matteuer die Stirn haben sollte, ihn anzuzeigen, dann würden das alle erfahren, hat er gesagt.«

»Warum sollte Frau Matteuer ihn anzeigen?«

»Das habe ich leider nicht mitbekommen. Darüber hatten die wohl schon vorher geredet. Als ich noch vor dem Fenster der Sauna hockte.«

»Das war dann also …«, Erik überlegte nicht lange, »… am vergangenen Montag.«

»Exakt, Herr Hauptkommissar.«

»Aber die Spuren im Garten waren frisch, Herr Griess. Die waren nicht mehrere Tage alt.«

»Kann nicht sein. Oder … ja, vielleicht war ich noch mal da. Weiß ich nicht mehr so genau.«

»Sie sind nicht sicher, ob Sie in der Nacht, in der Sila Simoni ermordet wurde, dort gewesen sind?«

»Nee, da auf keinen Fall! Aber an dem Abend, an dem Ina Müller auf Sylt gastierte! Das weiß ich genau!«

»Und danach noch mal, um sich ein paar Damen in der Sauna anzugucken?«

»Exakt, Herr Hauptkommissar!«

»Und wie kommt der Zahnstocher in den Saunabereich, wenn Sie sich nur draußen aufgehalten haben?«

»Das muss ja nicht meiner gewesen sein, oder?«

Erik stand auf und machte ein paar Schritte hin und her. Sören beobachtete ihn dabei, aber Tove Griess nahm den Blick nicht von seinen Händen. Schließlich sagte Erik: »Ich glaube Ihnen kein Wort. Sie haben nicht vor den Fenstern gespannt! Das ist doch Sache von Fietje Tiensch. Hat der Ihnen vielleicht erzählt, dass er Frau Matteuer bei Ludo Thöneßen gesehen hat? Und damit wollen Sie uns nun erklären, wie Ihre Fußabdrücke in den Garten gekommen sind!«

»Ehrlich, Herr Hauptkommissar …«

»Wenn ich nun Frau Matteuer anrufe und sie frage, ob sie an dem fraglichen Abend bei Ludo Thöneßen war? Was meinen Sie, wird sie mir antworten?«

»Wenn sie das abstreitet, lügt sie.«

Erik gab Sören einen Wink, die beiden gingen zur Tür. »Unser Kollege bringt Sie gleich zurück in Ihre Zelle.«

Tove sprang wütend auf. »Ich will hier raus!«

»Heute nicht mehr, Herr Griess. Bis morgen bleiben Sie auf jeden Fall. Dann werden wir sehen, ob die Staatsanwältin einen Haftbefehl ausstellt.«

Erik schob Sören aus dem Raum und schloss die Tür hinter sich. Schweigend ging er in sein Büro und sprach erst, als er an seinem Schreibtisch Platz genommen hatte und Sören ihm gegenübersaß. »Könnte es sein, dass der Liebesbrief, den wir in Glücksburg gefunden haben, doch für Matilda bestimmt war?«

Sören fing an, mit seinem Stuhl zu kippeln, was er immer

tat, wenn er nachdachte. Er stellte ihn auf die hinteren Beine und hielt sich mit zwei Fingern der rechten Hand an der Schreibtischkante fest. »Frau Matteuer hat es bestritten. Warum sollte sie das tun?«

»Weil es ihr peinlich ist, von der eigenen Schwester betrogen worden zu sein?«

Sören ließ den Stuhl auf seine vier Beine fallen. »Unsinn, Chef! Matilda Pütz hatte ein Verhältnis mit Ludo! Schon vergessen?«

»Und wenn sie mit beiden was hatte?«

Sören fing wieder an zu kippeln. »Die hat sich umgebracht, weil sie von Ludo schwer enttäuscht worden ist. Aus Liebeskummer! Und da soll sie noch mit einem anderen eine Affäre gehabt haben? Das passt nicht zusammen.«

Erik sah lange schweigend vor sich hin, bis Sören ergänzte: »Außerdem hat das für unsere Mordfälle überhaupt keine Bedeutung, mit wem Matilda Pütz ins Bett gegangen ist.«

Erik dachte nach. »Ist es nicht merkwürdig, dass niemand etwas von der Liebe zwischen Matilda und Ludo wusste? Keine einzige Aussage zu diesem Thema haben wir bekommen! Ganz Sylt schweigt!«

»Weil Sie nicht bereit waren, die Sache an die große Glocke zu hängen«, antwortete Sören hitzig. »Die Sorgen von Frau Matteuer gingen ja vor! Niemand durfte wissen, dass ihre Schwester Ludo Thöneßen umgebracht hat! Damit Matteuer-Immobilien nicht geschädigt wird!«

Erik rieb sich über die Stirn, als wollte er dahinter alle irreführenden Gedanken mitsamt seinen Kopfschmerzen vertreiben. Dann griff er zum Telefonhörer. »Ich rufe Corinna trotzdem an. Mal hören, was sie sagt. Und Sie könnten mal Jacqueline fragen, ob die Sauna in den letzten Tagen benutzt wurde. Im Squashcenter ist ja nichts los. Wenn die Damensauna gar nicht angestellt wurde, kann Tove Griess sich auch keine nackten Frauen angeguckt haben.«

Es blieb still, mucksmäuschenstill. Von draußen drangen Stimmen und Motorgeräusche herein, der Wind rüttelte am Dach, Möwen schrien, aber innerhalb der vier Wände von Käptens Kajüte war es stiller denn je. Die leisen Schritte waren verklungen, nichts rührte sich mehr.

Wiebke hatte aufgehört, panisch zu rufen, nachdem Mamma Carlotta ihr erklärt hatte, dass sie nur auf den nächsten Gast zu warten brauchten. Toves Geschäft ging zwar schlecht, aber innerhalb der nächsten Stunde würde schon jemand eintreten, den sie dann auf sich aufmerksam machen konnten. Sie brauchten keine Angst zu haben.

Mamma Carlotta hockte sich auf einen umgestülpten Wischeimer, Wiebke ließ sich auf einem Kanister mit Olivenöl nieder. »Wir sollten uns unterhalten«, schlug Mamma Carlotta vor, »damit die Zeit schneller vergeht. Erzählen Sie mir von sich! Woher kommen Sie? Wo sind Sie geboren? Wo leben Ihre Eltern? Haben Sie Geschwister?«

Aber Wiebke blieb still. Immer wieder sah sie zur Decke, wo eine nackte Glühbirne hing, die ihnen Licht gab. Mamma Carlotta kam es so vor, als fürchtete Wiebke, dass sie ausgehen könnte. »Macht es Ihnen Angst, eingeschlossen zu sein?«, fragte sie leise.

Wiebke nickte. »Früher war's noch schlimmer. Ich habe Fortschritte gemacht. Als die Tür ins Schloss gefallen ist, war das okay für mich. Zumindest, solange ich direkt neben der Tür stand. Aber das Gefühl, hier gefangen zu sein …« Tränen stiegen ihr in die Augen. »Ich halte das nicht lange aus. Außerdem will ich wissen, wer uns so was antut!«

Mamma Carlotta wusste nicht, ob ihre Antwort beruhigend auf Wiebke wirkte, aber sie versuchte es trotzdem: »Da war vermutlich jemand auf Ihre Handtasche aus. Hoffentlich hatten Sie nicht sehr viel Geld bei sich.«

»Sie meinen, das war ein ganz gewöhnlicher Dieb?«

»Wer sonst?« Nun beschloss Mamma Carlotta, das Erzählen zu übernehmen. Sie berichtete von der Frau des Kfz-Meisters, deren Ehe darunter litt, dass ihr Mann nur bei völliger Finsternis schlafen konnte, während sie selbst kein Auge zubekam, wenn nirgendwo ein Licht zu sehen war. »Aber getrennte Schlafzimmer kommen natürlich nicht infrage, das sieht ja aus, als stünde es schlecht um ihre Ehe. So was will sich keiner nachsagen lassen.«

Wiebke nickte, während sie an Mamma Carlotta vorbei auf das Regalbrett starrte, auf dem mehrere Flaschen Zigeunersoße standen. Sie hörte also nicht zu. Jeder normale Mensch, so sagte sich Mamma Carlotta, hätte zu dieser Geschichte etwas zu sagen gehabt. Aber Wiebke schwieg und tat so, als hätte sie für die Eheschwierigkeiten des Kfz-Meisters Verständnis. Daraufhin erzählte Mamma Carlotta von einer ehemaligen Klassenkameradin, die einen Schausteller geheiratet hatte und deren Schicksal es nun war, in einer Geisterbahn die Leute zum Gruseln zu bringen. »Sie arbeitet praktisch in der Finsternis! Wenn ein Wagen vorbeikommt, flammt Licht auf, sie muss Hui-Hui schreien, dann sitzt sie wieder in der Finsternis, bis der nächste Wagen kommt. Ist das nicht ein schreckliches Schicksal?«

Wieder nickte Wiebke, aber auch diesmal war Mamma Carlotta sicher, dass sie von dem fremden Los nicht berührt worden war. Sie war mit ihren Gedanken ganz woanders. Nicht einmal das Geschick der jungen Nonne, die sich in einen Weinbauern verliebt hatte und mit ihm durchbrannte, berührte sie, von der glücklosen Ehe des Milchhändlers, die schon während der Flitterwochen zerbrach, ganz zu schweigen. Mamma Carlotta konnte machen, was sie wollte, Wiebke schien nicht für eine Sekunde vergessen zu können, dass sie eingeschlossen waren.

»Wann kommt endlich jemand?«, fragte sie verzweifelt, statt mit Mamma Carlotta zu erörtern, was in den Flitterwochen des Milchhändlers wohl passiert sein könnte.

Eine halbe Stunde später wurde auch Mamma Carlotta unruhig. Der Eimer, auf dem sie saß, war denkbar unbequem, der Geruch in diesem Raum setzte ihr zu, und das untätige Warten war eine weitere Qual. Sie fragte sich allmählich, warum niemand in Käptens Kajüte erschien, der sie erlöste. Der Schlüssel steckte noch in der Tür der Vorratskammer, da war Mamma Carlotta ganz sicher.

Dann hörte sie draußen ein Kind rufen, und ihr kam ein schrecklicher Gedanke. »Hier ist zu! Ich fahre zu Feinkost Meyer!«

»Zu?« Mamma Carlotta fuhr von dem Wischeimer hoch. »Der Schlüssel hat auf der Theke gelegen!«

Wiebke sah ängstlich zu ihr auf. »Was soll das heißen?«

Mamma Carlotta mochte es kaum aussprechen. »Derjenige, der uns hier eingeschlossen hat, hat den ganzen Laden verriegelt.«

Wiebke schien zu schwach zu sein, um aufzustehen. »Warum?«, fragte sie.

Darauf konnte Mamma Carlotta keine Antwort geben. Erst recht nicht auf ihre nächste Frage: »Wie kommen wir nun hier raus?«

Erik hatte die Nummer des Baubüros gewählt, aber dort meldete sich niemand. Er saß an seinem Schreibtisch und sah auf die Uhr, es war später Nachmittag. Die neue Bürokraft hatte womöglich schon Feierabend.

Er suchte Corinnas Handynummer heraus, und sie nahm schon nach dem zweiten Klingeln ab.

»Erik! Wie schön!«

Er bemühte sich um einen sachlichen Tonfall. »Wir haben Tove Griess vorläufig festgenommen«, berichtete er. »Er lügt das Blaue vom Himmel herunter. Ich denke, ich werde morgen einen Haftbefehl bekommen.«

»Hat er Sila auf dem Gewissen?«

»Sieht so aus. Wir haben einen Fußabdruck gefunden, er stammt von seinen Schuhen. Morgen werden wir sehen, ob seine DNA an dem Zahnstocher gefunden wurde. Ich gehe fest davon aus. Und dann ist er dran.«

»Hat er Dennis auch umgebracht?«

Erik zögerte. »Das wissen wir noch nicht.«

»Nett, dass du mir Bescheid gesagt hast.«

»Ich habe noch eine Frage«, ergänzte Erik hastig. »Tove Griess behauptet, er hätte dich vor einiger Zeit belauscht, als du Ludo einen Besuch abgestattet hast. Er sagt, es wäre die Rede davon gewesen, dass Matilda ein Verhältnis mit deinem Mann hatte.«

Es blieb eine Weile still in der Leitung. Erik hörte Verkehrsrauschen und das Klappern von vorbeifahrenden Fahrrädern. Corinna war anscheinend zu Fuß unterwegs. »Das ist blanker Unsinn«, kam nun ihre Antwort.

»Er sagt, du hättest Ludo am Tag vor Matildas Tod besucht. Während Ina Müller ihr Konzert am Flughafen gab.«

Nun lachte Corinna erleichtert auf. »Das kann gar nicht sein. Ich war bei diesem Konzert. Matilda hatte keine Lust, sie wollte zu Hause bleiben.« Ihre Stimme wurde sehr ernst und traurig. »Wenn ich geahnt hätte, mit welchen schweren Gedanken sie sich herumschlug, wäre ich bei ihr geblieben.«

Erik ging darauf nicht ein. »Ich dachte mir schon, dass er lügt. Das wäre der Beweis.« Zögernd fragte er: »Du bist sicherlich von jemandem gesehen worden?«

Zum Glück blieben Vorwürfe aus. An die Frage, die Erik erwartet hatte – »Brauche ich etwa ein Alibi?« –, schien Corinna nicht einmal zu denken. Ihre Stimme wurde wieder hell und lebhaft. »Am Eingang habe ich Heino Hansen getroffen, unseren Hausmeister. Wir haben das Konzert zusammen angesehen.«

Da Sören den Raum betrat, verabschiedete sich Erik von Corinna und legte auf.

Sören begann sofort zu berichten: »Jacqueline sagt, sie hätten schon seit Wochen keine Saunagäste mehr. Für einen Spanner war da nichts zu holen!« Er sah Erik zufrieden an. »Ich habe sie auch gefragt, ob der Mörder gewusst haben kann, dass Sila saunieren wollte. Sie sagt, sie hätte in der Sportlerklause darüber gesprochen, dass sie endlich mal wieder die Sauna anstellen dürfe. Allerdings weiß sie nicht mehr, wer anwesend war.«

»Tatsache ist also«, fasste Erik zusammen, »dass Corinna nicht die Einzige war, die von Silas Plan wusste, sich vor dem Schlafengehen noch in die Sauna zu setzen.«

Damit sprach er zum ersten Mal aus, was seit Silas Tod in seinem Kopf herumgeisterte. War Sila Simoni zufällig in der Sauna überrascht worden? Oder hatte der Täter bewusst diesen Augenblick gewählt, in dem sie ihm hilflos ausgeliefert war? »Aber die Schlinge um Tove Griess' Hals zieht sich zu«, sagte Erik. »Er wollte sich für den Unfall rächen, und so eine unverhältnismäßige Reaktion passt zu ihm. Dann müssen wir ihm nur noch den Mord an Dennis Happe nachweisen.«

Sören wiegte den Kopf hin und her und sah zweifelnd aus dem Fenster. »Oder wir müssen einen zweiten Mörder finden.«

Er stand auf und ging zum Fenster, Erik gesellte sich zu ihm. »Der Sturm wird heftiger«, sagte er. »Die Kinder sind mit den Rädern nach Kampen gefahren, um Unterschriften zu sammeln. Die werden kräftig in die Pedale treten müssen.«

»Und Ihre Schwiegermutter?«, fragte Sören.

»Die ist hoffentlich schon mit ihren Unterschriftenlisten zurück und kümmert sich ums Abendessen.«

Mamma Carlotta zog die Füße an, damit Wiebke in dem kleinen Raum ein paar winzige Schritte hin und her gehen konnte. Die Bewegung schien ihr gutzutun, während Mamma Carlotta bei der Ansicht blieb, dass ein interessantes Gespräch die Zeit schneller verstreichen ließe als dieses sinnlose Hin und Her.

»Mein Schwiegersohn wird mich bald vermissen«, versuchte sie es noch einmal. »Und dann wird er mich suchen.«

Wiebke sah sie spöttisch an. »Sie haben mir doch schon verraten, dass er von Ihren Besuchen in Käptens Kajüte nichts weiß. Er wird Sie eher im Watt als in dieser Imbissbude suchen.«

Damit hatte sie das ausgesprochen, was Mamma Carlotta bisher nur heimlich befürchtet hatte. Niemand vermutete sie in Käptens Kajüte. Nur einer...

»Fietje Tiensch wird nach Feierabend zurückkehren!«

Wiebke lachte bitter. »Und wie soll er hier reinkommen? Käptens Kajüte ist verschlossen, Signora!«

»Wenn wir rufen und schreien, wird er uns hören.«

Wiebke setzte sich wieder auf ihren Ölkanister. »Na, dann fangen Sie mal an. Vielleicht hört Sie jemand, der die Polizei verständigt. In der Zwischenzeit können Sie sich überlegen, wie Sie es Ihrem Schwiegersohn erklären. Ob er Verständnis dafür hat, dass Sie hier Currywurst und Kartoffelsalat verkaufen, während der Wirt von ihm verhört wird?«

»Wir dürfen nur um Hilfe rufen, wenn Fietje vor dem Haus steht!«

»Und woher wollen Sie das wissen? Dieser Strandwärter bekommt die Zähne nicht auseinander! Der wird angeschlurft kommen, feststellen, dass die Tür abgeschlossen ist, annehmen, dass Sie nach Hause gegangen sind, und dann weiterschlurfen in die nächste Kneipe. Nach uns rufen wird der nicht!«

Mamma Carlotta wusste, dass Wiebke recht hatte, aber sie war nicht bereit, jetzt schon klein beizugeben. »Vielleicht sieht er mein Fahrrad.«

Wiebkes Stimme wurde immer spöttischer. »Sie meinen das Rad, das Sie hinter dem Möbelwagen versteckt haben?«

»Der ist bestimmt längst weggefahren.« Mamma Carlotta sah auf ihre Armbanduhr. »Noch eine Stunde! Dann wird Fietje hier auftauchen. Und wir müssen versuchen, ihn auf uns aufmerksam zu machen. Die Mauern von Käptens Kajüte sind nicht dick. Wir haben die Kinder rufen hören. Also wird Fietje uns ebenfalls hören.«

Mamma Carlotta blieb bei ihrer bewährten Strategie. Ihr ganzes Leben lang hatte sie es so gemacht. Angst und Sorgen beiseiteschieben, bis sie sich in Luft aufgelöst hatten.

»Eine Frau in unserem Dorf, Signora Penzo, lebt ständig in Angst. Sie hat Angst vor Einbrechern, vor Autos, vor Hunden und vor Krankheit und Tod sowieso. Und was passiert? Während sie Einkäufe erledigt, wird ihr Haus von Dieben ausgeräumt, später wird ihr Mann von einem Auto angefahren und ist seitdem berufsunfähig, und ihre Tochter wird von einem Hund gebissen und kurz darauf von ihrem Verlobten verlassen. Gesund und lebendig ist Signora Penzo zwar noch, aber das wird nicht mehr lange gut gehen. Sie hat das Unglück ständig herbeigeredet. Kurz bevor ich nach Sylt fuhr, taten ihr die Knie weh. Wetten, dass sie, wenn ich zurückkomme, Rheuma oder Arthrose hat? Wer immer negativ denkt, der wird auch Negatives erleben!«

»Küchenpsychologie!«, stieß Wiebke hervor.

Mamma Carlotta verzichtete darauf, nach einer Erklärung für diese unbekannte Vokabel zu fragen. Wiebkes Tonfall hatte das Wort schon ausreichend erklärt. Sie betrachtete die junge Frau nachdenklich. Das Fröhliche, Strahlende, Unkomplizierte war von Wiebke Reimers abgefallen. Oder hatte Mamma Carlotta das alles nur in ihr gesehen, weil sie hoffte, dass sie Erik gefallen würde? Damit er sich nicht mehr von Corinna Matteuer umgarnen ließ? Vielleicht war es aber auch das Eingesperrtsein, das Wiebke so veränderte.

Obwohl es kalt war in diesem Raum, stand ihr der Schweiß auf der Oberlippe, ihre Hände zitterten, ihr Blick war unstet, sie wirkte wie ein gehetztes Tier, das in eine Falle geraten war und um sein Leben fürchtete.

»Gut, dass wir Licht haben«, flüsterte Wiebke. »Meine Oma hat mich früher oft in den Keller gesperrt. Damit ich zur Vernunft kam, wie sie sagte. Und dann hat sie das Licht ausgemacht. Ich habe in absoluter Finsternis gesessen und geschrien und geweint. Sie müssen mich oben in der Wohnung gehört haben, aber niemand hat mich befreit. Erst, wenn die Zeit vorbei war, die meine Oma als Strafe festgesetzt hatte.«

Mamma Carlotta griff erschüttert nach Wiebkes Hand. »Kein Wunder, dass Sie Angst vor dem Eingeschlossensein haben.«

Auf Wiebkes Gesicht stahl sich ein Wohlgefühl, das Mamma Carlotta nicht behagte. »Vielleicht hat sie es bereut, bevor sie starb. Da ist es ihr selbst so ergangen.« Sie lauschte kurz auf das Stöhnen des Windes, auf sein Jaulen und die Stille zwischen den Böen, dann ergänzte sie: »An ihrem Todestag war es auch sehr stürmisch. Es würde eine Sturmflut geben, hieß es. Alle Juister haben ihr Hab und Gut gesichert, ins Haus geschleppt, was getragen werden konnte, und alles befestigt, was draußen bleiben musste. Oma kümmerte sich um die Strandkörbe. Keiner weiß, warum einer der schweren Körbe auf sie fiel. Sie war darunter eingeklemmt und konnte sich nicht mehr bewegen. Wenn sie geschrien hat, dann wurde sie von niemandem gehört. Es hat eine Weile gedauert, bis wir sie gefunden hatten. Zu spät! Sie lebte nicht mehr.«

Mamma Carlotta spürte den eiskalten Schauer auf ihrem Rücken. »Sie ist erstickt?«

Wiebke schüttelte den Kopf. »Der Arzt hat gesagt, sie wäre an Herzversagen gestorben. Die Angst hat sie getötet.

Ich war noch jung, als sie mich in den Keller sperrte. Ich hatte die gleiche Angst, aber mein Herz hat sie ausgehalten.«

Mamma Carlotta brachte ausnahmsweise kein Wort mehr heraus. Madonna, was hatte diese junge Frau ertragen müssen! Und wie lange hatte ihre Nonna vergeblich auf Hilfe warten müssen! Mochte sie auch noch so hartherzig gewesen sein, so etwas hatte kein Mensch verdient.

»Sie hatte es verdient«, sagte Wiebke, als hätte sie Mamma Carlottas Gedanken gehört. Noch immer starrte sie auf einen Punkt vor ihren Füßen. »Ich habe mich immer gefragt, wie man einem Kind so etwas antun kann. Und warum mir meine Eltern nicht geholfen haben, wenn Oma mich in den dunklen Keller sperrte. Ob sie sich anders verhalten hätten, wenn ich ihr leibliches Kind gewesen wäre?«

Mamma Carlotta witterte ein Schicksal, über das man problemlos so lange sprechen konnte, bis Fietje Tiensch mit dem Dienst am Strand fertig war und kommen würde, um sie zu erlösen.

»Sind Sie … wie nennt man das, wenn ein Kind angenommen wird?«

»Adoption«, flüsterte Wiebke. »Sie haben mich als Baby adoptiert. Da wohnten sie noch in Norden, auf dem Festland. Dann sind sie mit mir nach Juist gezogen, weil mein Adoptivvater krank war und die Seeluft ihm guttat. Auf der Insel hat niemand gewusst, dass ich ein Adoptivkind war. Und meine Eltern haben es niemandem verraten. Auch mir nicht. Aber ich habe schon früh gespürt, dass sie mich nicht so liebten, wie meine Freundin von ihren Eltern geliebt wurde. Sie haben mir alles gegeben, was ich brauchte. Aber Liebe? Nein! Und dass ich rote Locken hatte, warfen sie mir ständig vor. Die waren in der Familie Reimers noch nie vorgekommen. Manchmal wurde auf Juist darüber getuschelt, dass ich ihnen nicht ähnlich sah, und wenn meine Mutter das mitbekam, musste ich mir anhören, dass aus mir nichts

Anständiges werden könne, weil ich mit meinen Haaren für so viel Gerede sorgte. Ich war immer schuld! An allem! Sogar wenn Sturm aufkam, wurde ich angesehen, als wäre ich ungehorsam gewesen, und meine Eltern müssten nun unter der Strafe des Himmels leiden.«

Mamma Carlotta war voll des Mitleids und vergaß darüber die merkwürdigen Todesumstände von Wiebkes Großmutter. »Wann hat man Ihnen erzählt, dass Sie ein Adoptivkind waren?«

»Nie!« Diese Silbe spie Wiebke vor ihre eigenen Füße wie ein verdorbenes Stück Fleisch. »Erst als sie tot waren, als ich ihren Nachlass ordnen musste, da bin ich auf die Adoptionspapiere gestoßen.«

Mamma Carlotta fiel prompt die Geschichte einer Familie in Città di Castello ein, die drei Kinder adoptiert hatte und nur deswegen aus Rom weggezogen war, damit niemand den Kindern verraten konnte, dass sie als Babys adoptiert worden waren. Aber sie kam nicht dazu, von den Fulghonis zu berichten. In Wiebke waren nun Schleusen geöffnet worden, sie konnte nicht aufhören zu erzählen. Von den Stunden, die sie vor dem Grab ihrer Eltern verbracht und vergeblich gefragt hatte, woher sie stammte und warum sie ihr Adoptivkind nicht so hatten lieben können, dass die kleine Wiebke sich bei ihnen sicher und geborgen gefühlt hatte.

»Sie waren wohl zu feige«, sagte sie bitter. »Sie wollten sich nicht mit mir auseinandersetzen. Vielleicht hatten sie Angst, dass ich mich auf die Suche nach meiner Herkunftsfamilie machen würde, dass dann auf Juist der Schein von der intakten Familie nicht mehr aufrechtzuerhalten war, dass sie mich am Ende verlieren würden. Das alles war ihnen wichtiger, als mir das Recht zuzugestehen, meine Wurzeln zu kennen. Ein Recht, das jeder Mensch hat!«

Mamma Carlotta merkte, wie gut Wiebke das Reden tat. So schwer die Vergangenheit auch immer noch auf ihr lastete, im Moment lenkte sie ihr Schicksal ab von der Enge in diesem Raum und der Frage, wann sie befreit werden konnten. Und was sie erzählte, ging Mamma Carlotta derart zu Herzen, dass auch sie selbst von ihren Sorgen abgelenkt wurde. Was geschehen würde, wenn sie die ganze Nacht hier zubringen mussten, wenn Erik und die Kinder vergeblich auf sie warteten, wenn sie schließlich befürchten mussten, dass ihr etwas zugestoßen war, und die ganz Nacht nach ihr suchen würden …

Nach dem Tod ihrer Adoptiveltern hatte Wiebke Juist verlassen. Nur gelegentlich war sie dorthin zurückgekehrt, hatte Urlaub auf Juist gemacht und sich eingeredet, dass sie dort wie jeder andere Tourist die Stille, die Natur, das Meer und den Strand genoss.

»Ich wollte dort zu Hause sein, wo meine leiblichen Eltern gelebt hatten. Dort waren meine Wurzeln, da wollte ich hin.«

»Haben Sie herausgefunden, woher Sie stammten?«, fragte Mamma Carlotta atemlos.

Wiebke nickte. »Beim Jugendamt konnte man mir weiterhelfen. Von meinem Vater weiß ich zwar nichts, aber immerhin habe ich erfahren, dass meine Mutter zum Zeitpunkt meiner Geburt in Hamburg lebte. Dort liegt sie begraben, das weiß ich nun auch. Sie hatte noch ein weiteres Kind, einen Sohn, den sie ebenfalls nach der Geburt zur Adoption freigegeben hatte. Warum sie ihre Kinder nicht selber aufziehen wollte, konnte mir niemand sagen. Ich habe auch keine Verwandten gefunden. Irgendwann habe ich mich einer Selbsthilfegruppe angeschlossen. Erwachsene Adoptivkinder, die ihre Herkunftsfamilien suchten! Dort habe ich den Chefredakteur der *Mattino* kennengelernt. Auch er suchte seine leiblichen Eltern. Aber er hat sie nie gefunden. Inzwischen hat er die Suche aufgegeben.« Nun sah sie auf und blickte Mamma Carlotta in die Augen. »Können Sie sich vorstellen, wie das ist? Wie Treibgut zu sein, das zufällig irgendwo angespült wurde? Ich habe in der Selbsthilfegruppe von einem Mann erfahren, der seine leiblichen Geschwister ausfindig gemacht und dann umgebracht hat, weil die es bei ihren Adoptiveltern besser gehabt hatten als er, der geschlagen und missbraucht worden war. Drei Geschwister! Die Polizei hat lange gebraucht, um das Motiv zu erkennen, das hinter diesen Morden steckte!«

Mamma Carlotta schüttelte den schrecklichen Gedanken ab, der sich an sie heranmachte. »Und Sie? Haben Sie versucht, Ihren Bruder zu finden?«

Wiebke nickte. »Es hat lange gedauert. Zum Glück arbeitet der Leiter der Selbsthilfegruppe mit dem Jugendamt zusammen. Da gab es jede Unterstützung, die man sich wünschen konnte.« In einer plötzlichen Aufwallung beugte sie sich vor und legte den Kopf auf ihre Knie. »Es macht mich fertig, darüber zu reden. Ich kann nicht mehr!«

Mamma Carlotta legte mitfühlend eine Hand auf ihren Rücken. Während sie mit ihr zusammen in dieser Enge ausharren musste, waren ihre Empfindungen für Wiebke Reimers von einem Ende der Gefühlsskala zum anderen gerast. Aus dem Misstrauen, das in ihr entstanden war, als sie Wiebke aus den Gärten am Dorfteich hatte flüchten sehen, war tiefes Mitleid entstanden, das wieder Platz machte für die Sympathie, die sie von Anfang an für sie empfunden hatte. Jetzt war sie davon überzeugt, dass Wiebke ihr erklären konnte, warum sie am Dorfteich gewesen war, und dann würde Mamma Carlotta sich wieder vorstellen können, dass sie Lucias Platz einnahm.

»Ich muss Sie etwas fragen, Signorina … Gestern Vormittag, am Dorfteich, in der Nähe der Ferienwohnung, in der Dennis Happe wohnte …«

Wiebke blickte auf. Aus ihren Augen waren Trauer und Schmerz verschwunden, angespannte Aufmerksamkeit schlug Mamma Carlotta entgegen. »Ja?«

»Ich habe gesehen, wie Sie weggelaufen sind. Warum?«

»Ich? Weggelaufen? Woher wollen Sie das wissen?«

»Ich war in der Nähe.«

»Warum?«

Mamma Carlotta hatte Mühe, ihre Verlegenheit zu beherrschen. »Zufall! Eigentlich wollte ich nach Ihnen rufen, aber Sie hatten es so eilig, als wären Sie auf der Flucht.«

Wiebke betrachtete die Pakete mit den Zahnstochern auf dem Regal so interessiert, als hätte sie noch nie etwas in dieser Art gesehen. »Sie müssen sich irren. Gestern Vormittag war ich in Westerland. Shoppen in der Friedrichstraße! Schicke Schuhe habe ich gefunden.«

Der Zeiger auf der Gefühlsskala fuhr zurück, wollte sich in der Mitte einpendeln, rutschte dann aber doch weiter herab. Wiebke log. Und das in dieser Notgemeinschaft, in der eine die andere stützen musste! Ausgerechnet in dieser Bredouille, in diesem Gefängnis, in dem neben ihnen nur die Wahrheit Platz hatte, belog sie ihre Leidensgefährtin. Diese Erkenntnis war so hart, dass Mamma Carlotta die Geräusche überhörte, die plötzlich von außen in den Vorratsraum drangen.

Wiebke wurde als Erste darauf aufmerksam. Sie sprang auf und legte das Ohr an die Tür. »Ich glaube, da kommt jemand.«

»Fietje Tiensch?« Auch Mamma Carlotta erhob sich, öffnete schon den Mund, um nach Fietje zu rufen … da winkte Wiebke ab und legte den Finger auf die Lippen.

Die Schritte, die zu hören waren, konnten nicht von Fietje stammen.

Erik stand am Fenster und blickte hinaus. »Der Sturm nimmt zu. Im Radio habe ich gehört, dass es eine Sturmflut geben könnte.«

Sören kippelte mit seinem Stuhl, sah an Erik vorbei und

schien ihm gar nicht zugehört zu haben. »Ich wüsste jetzt gerne mal, Chef, wie viele Mörder wir eigentlich suchen! Einen oder zwei? Außer Matilda Pütz, meine ich. Der Mord an Ludo ist ja zum Glück aufgeklärt.«

Erik beobachtete eine Radfahrerin, die von der Keitumer Landstraße in die Kjeirstraße einbiegen wollte und von einer heftigen Windbö auf die Straße gedrängt wurde, direkt vor ein Auto, das vor der roten Ampel wartete. Sie sprang vom Rad, ließ es fallen und sah sich verwirrt um, ehe sie das Fahrrad wieder aufnahm und auf den Gehweg schob.

»Bei Sila Simoni haben wir ein Motiv«, sagte er. »Bei Dennis Happe fehlt es uns noch immer.«

»Vielleicht ist das Bistro das Motiv? Sie müssen Frau Matteuer fragen, ob Dennis Happe befugt war, über die Vergabe des Bistros zu entscheiden.«

Erik nickte, wollte antworten … da öffnete sich die Tür, und Kommissar Vetterich trat ein. »Moin! Die Spuren sind verglichen, Wolf! Positives Ergebnis!«

Sören, der bis zu diesem Moment sein Denkvermögen auf zwei Beinen seines Stuhls trainiert hatte, bemühte sich nun um festen Stand. »Ich dachte, das Ergebnis von der Untersuchung des Zahnstochers kommt erst morgen? Stehen sonst noch irgendwelche Ergebnisse aus?«, fragte er verwirrt.

Als sein Chef nicht antwortete, fiel ihm auf, wie verlegen Erik war. »Sie haben…? Ne, oder?«

Vetterich sah verwundert von einem zum anderen, beschloss dann aber, dass ihn die Differenzen zwischen den beiden nichts angingen. »Aus der Kaffeetasse, die Sie mir gebracht haben, hat dieselbe Person getrunken, die den Stein in der Hand hatte, mit dem das Fenster des Baubüros zerschlagen wurde.«

»Ganz sicher?«, fragte Erik.

»Hundertpro!« Vetterich tippte an den Rand einer Dienstmütze, die er nicht trug, und verließ das Büro wieder.

Sören sah seinen Chef mit offenem Mund an. »Sie haben tatsächlich die DNA von Wiebke Reimers überprüfen lassen?«

Erik setzte sich an seinen Schreibtisch, zog die Pfeife hervor und holte Tabak und ein Päckchen Streichhölzer aus der Lade. Umständlich begann er die Pfeife zu stopfen, wartete auf die Frage, ob er etwa im Kommissariat, wo absolutes Rauchverbot herrschte, die Luft mit seinem Pfeifentabak verpesten wolle ... aber Sören schien es plötzlich egal zu sein, was sein Chef tat. Wenn er nur endlich erklärte, wie er dazu kam, ohne Genehmigung der Staatsanwältin eine DNA-Probe untersuchen zu lassen. Sören war sogar sicher, dass Frau Dr. Speck gar nichts von dem Ergebnis dieser Überprüfung erfahren sollte. »Schon wieder etwas, was gerichtlich nicht zu verwerten ist! Was soll das, Chef?«

Erik stopfte erst seine Pfeife sorgfältig zu Ende, dann legte er sie in die Schublade zurück und antwortete: »Ich musste es einfach wissen.«

»Was? Dass Wiebke Reimers einen Mord begangen hat?«

Erik nickte nicht, und er schüttelte auch nicht den Kopf. Er fühlte nur eine tiefe Traurigkeit in sich. Wiebke Reimers! Diese strahlende junge Frau! Diese liebenswerte Chaotin! Wenn er an ihre hellen Augen dachte, an die Grübchen in ihren Wangen, an die tanzenden Sommersprossen, an die wirbelnden roten Locken ... Er hatte sie im Arm gehalten, hatte sie geküsst. Nicht so wie Corinna, nein, Wiebke hatte er geküsst, wie ein Mann eine Frau küsst, in die er verliebt war. In Corinna war er nicht mehr verliebt, die Zeit war vorbei. Aber Wiebke ...

Dr. Hillmot stieß die Tür auf und machte einen Schritt ins Zimmer hinein. Nur einen! Der dicke Gerichtsmediziner achtete wie immer darauf, sich nicht mehr zu bewegen, als unbedingt nötig war.

»Der Obduktionsbericht von Sila Simoni ist noch nicht

ganz fertig«, stöhnte er. »Aber ich kann Ihnen jetzt schon sagen: Da gibt's nichts Besonderes. Tod durch Herzversagen, ansonsten war die Dame kerngesund. Ich diktiere den Bericht heute noch. Morgen früh haben Sie ihn auf dem Tisch.«

»Danke, Doc!«, sagte Erik.

Dr. Hillmot nahm die Anstrengung auf sich, einen zweiten Schritt in seine Richtung zu machen. »Wie geht's Ihrer Schwiegermutter, Wolf? Können Sie sie vielleicht daran erinnern, dass sie mir ein Abendessen versprochen hat?« Er lachte, als wollte er Erik damit weismachen, dass er seine Ermahnung nicht ernst meinte. Aber Erik wusste genau, dass Dr. Hillmot nicht scherzte. Wenn Mamma Carlotta auf Sylt war, versagten dem Gerichtsmediziner regelmäßig die guten Manieren. Notfalls lud er sich auch selbst ein, wenn es sonst niemand tat.

Erik nickte lächelnd. »Ich rufe zu Hause an und sage Bescheid, dass heute ein Gast am Tisch sitzen wird.«

Dr. Hillmot tat überrascht und trieb seine Komödie sogar so weit, laut zu überlegen, ob er am Abend überhaupt Zeit habe. Dann sagte er zu. »Das geht! Ich werde pünktlich Feierabend machen! Dann haben wir vielleicht auch Gelegenheit, über die Obduktionsberichte zu reden.«

»Beim Essen?« Erik war entsetzt, denn er wusste, dass Dr. Hillmot es fertigbrachte, sich Antipasti, Primo, Secondo und Dolce schmecken zu lassen, während er über Stichverletzungen, Schädelfrakturen und die Entnahme von Organen plauderte.

Der Gerichtsmediziner hob bedauernd die Hände. »Sorry! Das geht natürlich nicht.«

Als er gegangen war, durchsuchte Erik die Papiere, die auf seinem Schreibtisch lagen. »Nun muss ich mir die Obduktionsberichte aber wirklich mal ansehen. Wenigstens überfliegen! Der Doc ist sonst tödlich beleidigt.«

Zuunterst lag der Bericht über die Obduktion von Ludo

Thöneßen, darüber der von Matilda Pütz, auf den gehefteten Blättern, die daneben lagen, stand der Name von Dennis Happe. Erik legte alle drei Berichte an eine Stelle seines Schreibtisches, wo sie ihm mehrmals täglich ins Auge fallen mussten.

»Warum?«, fragte Sören, und Erik wusste sofort, dass er nicht die Obduktionsberichte meinte.

»Warum Wiebke Reimers Dennis Happe umgebracht haben sollte?«, erkundigte er sich trotzdem vorsichtshalber, wartete aber Sörens Bestätigung nicht ab. »Ein Motiv haben wir immer noch nicht. Aber warum sollte sie sonst das Fenster eingeschlagen haben? Wäre sie gekommen, um mit Dennis Happe zu reden, hätte sie die Tür genommen.«

»Die war verriegelt, als die Demo sich näherte«, gab Sören zu bedenken.

Erik tippte sich an die Stirn. »Es wird eine Klingel geben, oder sie hätte klopfen können. Schlagen Sie gleich ein Fenster ein, wenn Ihnen jemand eine Bürotür nicht öffnet?«

Sören schüttelte den Kopf. »Wenn ich jemanden umbringen will, aber auch nicht. So was ruft das Opfer sofort auf den Plan. Wer so finstere Absichten hat, schleicht sich an, überrascht sein Opfer, damit es leicht zu überwältigen ist.«

»Stimmt!« In Erik begann prompt ein Pflänzchen Hoffnung zu sprießen. »Dennis Happe hätte sich zur Wehr gesetzt. Aber es gab keine Kampfspuren, nur schwache Abwehrspuren. Es sah so aus, als wäre er von dem Angriff überrascht worden.«

»Andererseits ...« Sören dachte nach. »Vielleicht wollte sie Dennis Happe gar nicht umbringen. Sie wollte etwas stehlen, von dem sie wusste, dass es in Matildas Schreibtisch war. Sie hat das Fenster eingeschlagen, als sie merkte, dass Dennis in dem anderen Büroraum war. Sie hat gehofft, dass er es nicht hört.«

»Aber er hat es doch gehört und ist angelaufen gekommen?«

» Sie hat sich blitzschnell mit einem Brieföffner bewaffnet und sich versteckt. Hinter dem Aktenschrank vielleicht. Dennis Happe stand vor Matildas Schreibtisch, merkte, dass er durchwühlt worden war, wunderte sich darüber, fragte sich noch, wer das gewesen sein könnte … «

» … und Wiebke Reimers kommt aus ihrem Versteck, schleicht sich von hinten an und sticht zu? Warum sollte sie das tun? «

» Weil sie annehmen musste, dass Dennis sie entdeckt. Er war ein sportlicher junger Mann, den konnte sie nur überwältigen, wenn sie den Überraschungseffekt nutzte. Heimtückisch! Einen fairen Kampf hätte sie nicht gewinnen können. «

In Erik wurde alles kalt und still. Eiskalt! Totenstill! Schweigen senkte sich über die beiden Beamten, auf das Büro, auf das Polizeirevier. Nur der Sturm fauchte, klapperte mit den Dachpfannen, den Fenstern und Türen, trieb leere Getränkedosen vor sich her und stob in einer aufgeblasenen Chipstüte über den Kirchenweg. Die Motorgeräusche, die von draußen hereindrangen, schwankten, wurden vom Sturm verzerrt, Stimmen, die sich etwas zuriefen, wurden weggeweht und im nächsten Augenblick herangetrieben.

» Wir müssen Beweise finden «, sagt Erik schließlich. » Wie Sie schon sagten … die DNA-Spuren an der Tasse sind gerichtlich nicht zu verwerten. «

» Und was Sie in Wiebke Reimers' Tasche gefunden haben, auch nicht. «

» Aber wir wissen nun, dass sie verdächtig ist. Das erleichtert uns die Arbeit. «

» Wir wissen nur, dass sie eine Scheibe eingeschlagen hat. Sie wird sagen, das hat sie getan, um die Leiche zu fotografieren «, gab Sören zu bedenken.

» Aber wir waren uns einig, dass der Mörder die Scheibe eingeschlagen hat «, entgegnete Erik. » Wie sonst hätte er ins Baubüro kommen sollen? Die Tür war verriegelt. «

»Vielleicht hat Dennis Happe seinen Mörder eingelassen? Weil er ihn kannte?«

»Corinna hat das Baubüro eine halbe Stunde vor dem Eintreffen der Demo verlassen. In dieser kurzen Zeit hat der Mörder an die Tür geklopft, ist eingelassen worden, hat Dennis erstochen und ist geflüchtet? Und wie sollte er die Tür wieder hinter sich abgeschlossen haben?«

Sören begann wieder zu kippeln. »Was wissen wir von Wiebke Reimers? Dass sie ein Adoptivkind ist … und dass sie ihre Herkunftsfamilie sucht.«

»Dass sie als freie Journalistin arbeitet und häufig Aufträge von der *Mattino* bekommt.«

»Dass sie eine Reportage über Corinna Matteuer schreiben sollte. Als die ins Wasser fiel, hat sie auch ohne Auftrag weiterrecherchiert.«

»Vielleicht hat sie einer anderen Zeitung den Artikel über die Demo der Bürgerinitiative und die Wut der Inselbewohner auf Corinna Matteuer angeboten«, überlegte Erik. »Und über den Mord an Dennis Happe!«, ergänzte er.

Sören ließ den Stuhl auf die Vorderbeine fallen und warf sich gegen die Rückenlehne. »Sie schreibt einen Artikel über einen Mord, den sie selbst begangen hat? Das wäre der Gipfel des Makabren.«

Erik war mit seinen Überlegungen noch nicht fertig. »Sie verschafft sich Zutritt zu meinem Haus, schleicht sich in das Vertrauen meiner Schwiegermutter, in die Sympathie der Kinder. Was wissen wir noch?«

»Sie trägt zwei Anstecknadeln mit sich herum, die die Fotos von Matilda Pütz und Klaus Matteuer tragen.«

»Und die Telefonnummer von Klaus Matteuer auch.«

»Und wo etwas passiert, taucht sie auf.«

Damit waren sie mit ihrer Aufzählung am Ende. Erik hätte noch einiges anfügen können. Dass sie wunderbar küsste, dass sie duftete wie eine Frühlingswiese, dass ihr Körper weich und schmiegsam war und dass ihn nichts so sehr schmerzte wie die Tatsache, dass Wiebke zu einer Verdächtigen geworden war. Aber natürlich behielt er all diese Gedanken für sich.

Dann jedoch fiel ihm etwas ein, das ihn wie ein Schlag in die Magengrube traf. Er stöhnte auf, sodass Sören ihn besorgt ansah. »Vetterich hat gesagt, dass die Spuren, die er am Fensterrahmen und an dem Stein gefunden hat, sich mit den Spuren am Badezimmerfenster in Dennis' Wohnung decken.«

»Sie war also auch in seiner Wohnung. Damit haben wir sie.« Sören stockte, sah Eriks verlegenen Blick und ergänzte: »Oder vielmehr … wir hätten sie, wenn Sie so an diese Beweise gekommen wären, dass man sie der Staatsanwältin vorlegen könnte.«

Erik griff zum Telefonhörer. Er musste etwas tun. Irgendwas, mit dem er sich von den schrecklichen Gedanken befreite, die ihn gerade niederzudrücken drohten. »Ich sage meiner Schwiegermutter schnell Bescheid, dass Dr. Hillmot heute Abend zum Essen kommen wird. Er verdrückt ja gleich drei Portionen auf einmal. Da muss eine Hausfrau gewarnt sein.«

Carolin meldete sich, als der Ruf mehrmals rausgegangen war und Erik schon auflegen wollte. »Die Nonna ist noch nicht zu Hause. Sie ist noch mit den Unterschriftenlisten unterwegs.«

Erik sah auf die Uhr. »So lange? Hoffentlich hat sie keine Probleme bei dem Sturm.«

»Von Kampen nach Wenningstedt war es schwierig. Aber die Nonna wollte in Wenningstedt bleiben. Da kann sie das Fahrrad notfalls schieben.«

Erik schüttelte seine Sorge ab. »Wenn sie kommt, sag ihr, dass das Essen heute Abend auch für Dr. Hillmot reichen muss.«

»Es wird auf jeden Fall reichen«, antwortete Carolin. »Felix und ich sind nicht da. Die Bürgerinitiative tagt außerplanmäßig im Squashcenter. Wir wollen den Gemeinderat zwingen, sich unser Anliegen wenigstens anzuhören.« Ihre Stimme nahm wieder diesen Ton an, den Erik mittlerweile kannte und von dem er glaubte, dass Carolin damit Ursula von der Leyen imitierte, deren Rhetorik sie bewunderte, seit sie beschlossen hatte, in die Politik einzusteigen. »Die Industrialisierung des Fremdenverkehrs macht unsere Landschaft kaputt. Die Wirtschaft hat mittlerweile viel zu viel Macht über die Natur gewonnen. So geht das nicht weiter! Wir müssen uns alle um eine positive Zukunftsgestaltung kümmern.«

Erik brummte etwas Zustimmendes, denn er hatte längst gelernt, dass das der einfachste Weg war, einer Diskussion mit seiner Tochter über die Zukunft der Insel zu entkommen.

Prompt war Carolin zufrieden. »Ich übernachte dann bei Tina, und Felix will bei Jan schlafen.«

Sie starrten die Tür an und lauschten auf die Schritte. Sie mussten einer Frau in hochhackigen Schuhen gehören.

Und schließlich hörten sie eine weibliche Stimme: »Hallo?«

Mamma Carlotta hatte damit die Frage, ob sie von einem anderen als von Fietje Tiensch gefunden werden wollte, wieder vergessen: »Hilfe! Holen Sie uns hier raus!«

Die Schritte wurden energisch und kamen näher. Wiebke Reimers zog sich mit einem Mal von der Tür zurück. Beinahe sah es so aus, als wollte sie sich hinter Mamma Carlotta verstecken. Der Schlüssel wurde im Schloss gedreht, die Klinke bewegte sich abwärts, und zögernd öffnete sich die Tür, so langsam, als stünde jemand davor, der Angst vor dem hatte, was ihn erwartete.

Mamma Carlotta hielt die Ungewissheit nicht lange aus.

Sie stieß die Tür weit auf. Dann staunte sie die Person an, die vor ihr stand. »Sie?«

»Ich bin zufällig hier vorbeigekommen, und da sah ich, dass der Schlüssel außen im Schloss steckte. Das kam mir komisch vor. Und die Tür war verschlossen. Das fand ich erst recht merkwürdig. Da dachte ich, ich sehe mal nach dem Rechten …«

Mamma Carlotta schob Corinna Matteuer zur Seite, lief durch die Küche in den Gastraum und atmete tief durch. Endlich wieder frei! Sie hörte Wiebke hinter sich aus der Vorratskammer taumeln und sofort in der Toilette verschwinden.

»Was für ein merkwürdiger Zufall!«, sagte Mamma Carlotta und betrachtete Corinna Matteuer ausgiebig, als könnte sie als Retterin in der Not eine andere geworden sein, als die unbeliebte Investorin je gewesen war.

»Ein glücklicher Zufall, würde ich sagen.« Corinna lächelte verlegen, als wollte sie sich für ihre Heldentat nicht loben lassen. »Wie konnte das passieren?«

Mamma Carlotta sah sich um und stellte fest, dass Wiebkes Tasche nicht mehr auf dem Barhocker stand, auf dem sie abgestellt worden war. »Jemand hat ihre Tasche gestohlen und uns eingeschlossen, damit wir ihn nicht verfolgen konnten.« Ihr kam ein schlimmer Verdacht, und sie ging hinter die Theke, um einen Blick in Toves Kasse zu werfen. Aber dort gab es immer noch eine Menge Kleingeld und auch einige Zehn- und Zwanzig-Euro-Scheine. Der Dieb hatte also nicht die Nerven gehabt, sich gründlich in Käptens Kajüte umzusehen. »Er hat sich die Tasche geschnappt und dann dafür gesorgt, dass ihm keiner folgt.«

»Der ist wohl längst über alle Berge«, bestätigte Corinna Matteuer.

Die Toilettenspülung rauschte, kurz darauf erschien Wiebke Reimers auf der Bildfläche. »Danke«, sagte sie zu

Corinna. »Ich bin heilfroh, dass Sie uns da rausgeholt haben.«

Mamma Carlotta gab Wiebke vorsichtig zu verstehen, dass es zu früh war, sich zu freuen. »Ihre Tasche ...«

Wiebke machte einen Schritt auf den Barhocker zu, starrte lange auf die Sitzfläche und ihr blank poliertes, rissiges Holz. »Verdammt!«, flüsterte sie.

»Hatten Sie viel Geld bei sich?«, fragte Mamma Carlotta mitfühlend.

Aber Wiebke antwortete nicht. Sie wandte sich an Corinna. »Ausgerechnet Sie haben bemerkt, dass etwas in Käptens Kajüte nicht stimmt?«

Corinna lachte künstlich. »Wie das Leben so spielt! Nebenan wohnt ein Rechtsanwalt, der seine Kanzlei im Gesundheitshaus einrichten will. Ein Patientenanwalt, spezialisiert auf Ärztepfusch. Das passt gut. Ich hatte was mit ihm zu besprechen ...«

Mamma Carlotta machte sich an der Kaffeemaschine zu schaffen. »Ich glaube, wir brauchen erst mal einen guten Espresso. Und dann muss ich das Abendgeschäft vorbereiten. Es wird Zeit! Die Würstchen auf den Grill, das Fett für le patatine fritte erhitzen ...«

»... und frische Fischbrötchen machen«, ergänzte Wiebke.

Mamma Carlotta sah sie erschrocken an und vergaß die Kaffeemaschine. »Können Sie das für mich erledigen? Matjes und Bratheringe zwischen zwei Brötchenhälften klemmen ...« Sie schüttelte sich. »Das bringe ich nicht fertig.«

Wiebke sah nicht besonders hilfsbereit aus, und Corinna bewegte sich in Richtung Tür, als hätte sie Angst, auch noch um tatkräftige Unterstützung gebeten zu werden.

Die Spontaneität, mit der sie das Thema wechselte, war bemerkenswert. »Hat Ihr Neffe Sie mittlerweile erreicht? Wie weit hat er sich inzwischen durchgeschlagen? Mich hat er heute aus Rom angerufen. Er hatte eine Mitfahrgelegenheit bis in die Schweiz in Aussicht. Ich bin gespannt, wie lange er bis hierher braucht.« Sie schüttelte lachend den Kopf, als würde sie Mamma Carlottas konsterniertes Gesicht nicht bemerken. »Per Anhalter von Assisi bis in die nördlichste Spitze Deutschlands! Eine verrückte Idee! Hat er wirklich so wenig Geld? Wovon will er dann die Pacht bezahlen?«

Mamma Carlotta verschwendete keinen Gedanken mehr an den Espresso. »Was sagen Sie da? Niccolò kommt nach Sylt?«

Corinna zog ein erstauntes Gesicht. »Wussten Sie das nicht?« Erschrocken schlug sie eine Hand vor den Mund. »Er wollte Sie überraschen! Oh, das tut mir leid! Nun habe ich die schöne Überraschung kaputt gemacht.«

Aus Mamma Carlottas Schreck wurde schnell Ärger. »Schöne Überraschung? Eine Katastrophe ist das! Sie wissen doch …«

Corinna ließ sie nicht ausreden. »Himmel, wo bin ich bloß mit meinen Gedanken!? Natürlich! Ihre Familie darf ja nichts davon wissen …« Sie sah zu Wiebke, dann wieder zu Mamma Carlotta und schien zu der Ansicht zu kommen, dass nun Diskretion gefragt war. Sie sprach den Satz nicht zu Ende. »Ich werde sehen, was ich tun kann.«

Sie warf einen Blick durchs Fenster und schien froh zu sein, schon wieder das Thema wechseln zu können. »Da kommt der Strandwärter! Der wird Ihnen mit den Fischbrötchen helfen! Ich hab's eilig!«

Corinna gab Fietje Tiensch die Türklinke in die Hand. Der sah sich verwirrt um und drückte sich die Bommelmütze auf den Kopf, die es vermutlich schwer gehabt hatte, sich im Sturm auf seinen dünnen Haaren zu halten. »Moin! Schon Gäste da?«

Wiebke schüttelte heftig den Kopf, griff nach ihrer Jacke und stellte zufrieden fest, dass sich in einer der Taschen ihre

Autoschlüssel befanden. Während Fietje sich im Zeitraffer erklären ließ, was sich in Käptens Kajüte zugetragen hatte, zog Wiebke den Reißverschluss ihrer Jacke hoch und machte Anstalten zu gehen. Fietje hatte noch längst nicht begriffen, was geschehen war, weil er als Friese an umständliche und zeitraubende Informationen gewöhnt war und nicht an Sätze, die wie Gewehrsalven auf ihn einprasselten. Wiebke hatte die Türklinke schon in der Hand, als Mamma Carlotta merkte, dass sie noch schneller reden musste, damit Wiebke nicht schon durch die Tür war, bis sie sie ermahnen konnte, den Diebstahl ihrer Tasche im Polizeirevier zu melden. »Erik wird alles tun, um den Dieb so schnell wie möglich zu finden.«

»Natürlich!« Wiebke öffnete die Tür, aber da der Sturm Anstalten machte, sie ihr aus der Hand zu reißen, schloss sie sie noch einmal. »Gehe ich recht in der Annahme, dass ich Ihren Namen nicht erwähnen darf? Oder soll ich verraten, dass wir zusammen im Vorratsraum von Käptens Kajüte eingesperrt waren?«

»Madonna!« Mamma Carlottas Gedanken überschlugen sich, wenn sie daran dachte, was sie Erik und den Kindern alles zu verschweigen hatte. Natürlich musste Wiebke Reimers die Wahrheit sagen, wenn sie im Polizeirevier Anzeige erstattete, aber war es vielleicht eine Lüge, wenn sie etwas wegließ, was für die Verfolgung des Diebes ohne jede Bedeutung war? Noch ehe sie sich erfolgreich eingeredet hatte, dass es nur auf die nackte Tatsache des Diebstahls ankam, sagte Wiebke Reimers schon: »Keine Sorge! Ich werde behaupten, die Tasche ist mir geklaut worden, während ich auf der Toilette war.« Sie sah Fietje fragend an. »Und Sie haben hinter der Theke gestanden und nichts gemerkt. Einverstanden?«

Alle drei konnten sich ohne Weiteres vorstellen, dass Fietje ein solches Verbrechen entging, weil er sich gerade auf das

Zapfen eines Bieres konzentrierte oder seine Mütze zu weit ins Gesicht gezogen hatte. »Jawoll! Ich hab nix gesehen. Und es waren so viele Gäste da, dass ich keine Ahnung habe, wer als Dieb infrage kommt.«

Mamma Carlotta waren mittlerweile Zweifel an ihrem Plan gekommen. »Vielleicht zeigen Sie den Diebstahl besser doch nicht an? Die Tasche werden Sie sowieso nicht zurückbekommen.«

Aber davon wollte Wiebke nichts hören. »Ich muss auf jeden Fall zur Polizei. Wegen der Versicherung!« Sie öffnete dir Tür erneut, der Sturm heulte in die Imbissstube und langte kalt und feucht vor der Theke an, als Wiebke Reimers bereits verschwunden war.

Mamma Carlotta floh vor dem kalten Windstoß in die Küche und holte alles hervor, was nach ihrer Auffassung hinter die Theke gehörte. »Sie müssen das alleinschaffen! Die Familie erwartet mich zu Hause. Ich kann nicht den ganzen Abend wegbleiben. Wie sollte ich das erklären?«

»Sie haben doch diese Unterschriftenlisten«, versuchte es Fietje, der hilflos hinter der Theke stand und alle Geräte und Apparaturen jenseits des Zapfhahns ängstlich beäugte.

Mamma Carlotta warf die Würste auf den Grill und frittierte probeweise ein paar Pommes frites. »Mein Schwiegersohn und die Kinder glauben, dass ich bereits den ganzen Tag Unterschriften gesammelt habe. Wenn sie sich meine Listen ansehen, werden sie merken, dass keine einzige Unterschrift dazugekommen ist!« Der Gedanke an Niccolò brachte in ihrem Kopf erneut alles durcheinander, aber wieder schob sie ihn beiseite, weil sie für die Lösung dieser kniffeligen Angelegenheit die Ruhe des Nachhauseweges brauchte. Sie musste nachdenken! »Es wird nicht viel los sein«, sagte sie hastig zu Fietje. »Das kriegen Sie schon hin. Sie haben es Ihrem Freund versprochen.«

»Tove Griess ist nicht mein Freund.«

Mamma Carlotta sah Fietje streng an. »Non importa! Er hat Sie darum gebeten, Käptens Kajüte weiterzuführen, und Sie haben Ja gesagt.«

»Ich dachte, Sie helfen mir.«

»Tu ich das etwa nicht? He? Morgen wird er zurückkommen. Ich habe mitgekriegt, dass mein Schwiegersohn gesagt hat, vierundzwanzig Stunden könne er festgehalten werden. Bis dahin wird er gemerkt haben, dass Tove Griess unschuldig ist.«

»Hoffentlich ist er das wirklich«, murmelte Fietje.

»Er hat es geschworen«, erinnerte ihn Mamma Carlotta. »Und wenn er seine Unschuld nicht beweisen kann, dann müssen wir ihm dabei helfen.«

Auf diese Aussicht brauchte Fietje erst mal ein Jever. »Ich muss mich um mich selbst kümmern«, brummte er und begann zu zapfen. »Wenn Tove mich vielleicht angeschwärzt hat, dann steht Ihr Schwiegersohn morgen hier vor der Theke und kurz danach jemand von der Kurverwaltung, der mir die Kündigung bringt.«

Mamma Carlotta hatte im Kühlschrank ein paar Tomaten gefunden, die sie in hauchzarte Scheiben schnitt, um dem grauen Kartoffelsalat ein wenig Farbe zu geben. »Perché? Was haben Sie angestellt? Etwa wieder …« Sie mochte das Wort nicht aussprechen, dessen Bedeutung sie zwar kannte, aber so abscheulich fand, dass sie es gern vergaß.

Fietje befasste sich noch immer mit seinem Jever, schien den Ehrgeiz zu besitzen, ihm eine Krone aufzusetzen, die ihn zum Meisterzapfer der Jever-Brauerei gemacht hätte. »Was kann ich dafür, dass Ludo keine Kohle für Gardinen hatte? Wenn es dunkel war, konnte man im Garten …« Er unterbrach sich verlegen. »Na, Sie wissen schon.«

Ja, Mamma Carlotta wusste es, war aber nicht bereit, es zuzugeben. Zum Glück entschied der erste Kunde, dass jetzt nicht der richtige Augenblick war, Fietje die Meinung zu sagen. »Moin!«

»Buon giorno, Signore! Was wünschen Sie?«

Der Gast war ein waschechter Friese und wunderte sich nicht schlecht über die klangvolle Begrüßung. »Sind Sie nicht die von ›Verraten und verkauft‹? Die immer ›Finito‹ geschrien hat?«

»Sì! Finito mit den Investoren auf Sylt!« Mamma Carlotta lachte und pries Toves Waren an, als wären es verkannte Köstlichkeiten. »Bratwurst, Currywurst, Hotdog? Nix finito! Alles im Hause! Von bester Qualität!«

Der Gast wich zurück, als wüsste er nicht, ob er seinen Hunger weiterhin in Käptens Kajüte stillen wolle, wenn er dort neuerdings freundlich bedient wurde. Daran war er nicht gewöhnt.

»Eine Fischfrikadelle«, orderte er, das Gesicht voller Misstrauen. »Dass Tove das zulässt! Jemand von der Bürgerinitiative hinter seiner Theke! Der will doch unbedingt das Bistro im neuen Gesundheitshaus haben.«

Mamma Carlotta bugsierte eine Fischfrikadelle auf einen Pappteller, dekorierte sie mit ein paar Tomatenscheiben und reichte sie über die Theke. Wie viel eine Fischfrikadelle kostete, wusste sie nicht, aber der Gast nahm ihr die Last ab, indem er ein Zweieurostück auf die Theke legte und fragte: »Oder kostet die jetzt mehr, weil da was Frisches drauf ist?«

Mamma Carlotta nahm das Zwei-Euro-Stück, wünschte einen guten Appetit und war froh, als der Gast sich entschloss, die Fischfrikadelle dort zu essen, wo er sich auf die Mundfaulheit seiner friesischen Mitmenschen verlassen konnte.

Kaum war die Tür hinter dem Gast ins Schloss gefallen und der kalte Windstoß nicht mehr zu spüren, wandte sich Mamma Carlotta wieder an Fietje: »Raus mit der Sprache! Was haben Sie wieder angestellt?«

Fietjes Sorge war so groß, dass er sich zur vollen Wahrheit entschloss, auch wenn sie aus mehreren Sätzen bestand. »Also ... ich gucke da manchmal ...«

»Finito!« Mamma Carlotta zerschnitt seinen Satz mit einer energischen Handbewegung. »Davon will ich nichts hören.«

Fietje stärkte sich mit einem großen Schluck Jever. »Tja, also ... jedenfalls habe ich bei dieser Gelegenheit gesehen, wie die Investorin Ludo besucht hat. Diese Corinna Matteuer! Die haben sich mächtig in die Haare gekriegt. Und das habe ich Tove erzählt. Dass Ludo am Ende gesagt hat, er wolle aller Welt erzählen, dass ihre Schwester was mit ihrem Mann hat, das habe ich Tove auch verraten.«

Mamma Carlotta stand der Mund offen. »Matilda Pütz hatte ein Verhältnis mit Klaus Matteuer?«

Fietje nickte. »Tove hat das für sich genutzt. Er ist zu der Matteuer gegangen und hat das Bistro verlangt. Wenn er es nicht bekäme, würde ganz Sylt erfahren, dass ihr Mann sie mit ihrer Schwester betrogen hat. Und dann wäre ihr Ruf gänzlich ruiniert.«

Mamma Carlotta braute sich einen dreifachen Espresso. Den hatte sie nun bitter nötig. »Und sie hat sich darauf eingelassen?«

»Hat sie!«, sagte Fietje und war froh, dass seine Erzählung zu Ende war.

»Dann muss es stimmen!« Mamma Carlotta leerte die Espressotasse in einem Zug. »Sonst hätte sie ihn ja ausgelacht.«

Fietje war da nicht so sicher. »Oder sie wollte einfach das Gerede vermeiden. Egal, was geschnackt wird, die Leute glauben es. Ob es wahr ist oder nicht.«

Sorgen konnte Fietje nur unter Alkoholgenuss aushalten, also zapfte er sich das nächste Jever. Aber die Freude daran, dass er nicht zu bezahlen brauchte, konnte ihm die Angst nicht nehmen. »Wenn Tove verrät, dass er das von mir hat …«

»Es gibt keine Beweise dafür«, unterbrach Mamma Carlotta ihn, die von Erik längst gelernt hatte, dass nichts wirklich wichtig war, was nicht bewiesen werden konnte. »Also hören Sie auf zu jammern, und binden Sie sich eine weiße Schürze um. Ich muss jetzt nach Hause.«

Sie ging in die Küche, holte eine von Toves saubersten Schürzen und sah zu, wie Fietje sie vorband und dann auf seine Schuhspitzen starrte, die kaum unter der langen Schürze hervorsahen. »Ob das gutgeht?«

Mamma Carlotta versicherte ihm, dass sie volles Vertrauen in ihn setze und er sich nur mit dem Jever zurückhalten müsse. Fietje war zwar der Ansicht, dass er seiner schweren Aufgabe nur mit ausreichend Bier gerecht werden könne, doch noch bevor er das nächste Jever gezapft hatte, öffnete sich die Tür, und ein ganzer Kegelklub schneite in Käptens Kajüte. Fietje sah aus, als wollte er entweder die Flucht ergreifen oder sich an Mamma Carlotta festklammern, doch sie verhinderte beides, indem sie sich schleunigst entzog und die Tür fest hinter sich schloss. Sie blieb sogar noch eine Weile davor stehen, entschlossen, Fietje zurückzuschicken, falls er tatsächlich sein Heil in der Flucht suchen sollte. Aber als nach wenigen Augenblicken nichts geschehen war, holte sie ihr Fahrrad. Dem ersten missglückten Versuch aufzusteigen ließ sie jedoch keinen zweiten folgen. Der Sturm hatte deutlich zugenommen. Es war besser, das Fahrrad in den Süder Wung zu schieben. Nur gut, dass ihr Fuß keinerlei Probleme mehr machte! Sie konnte hoffen, dass sie früh genug zu Hause ankommen würde, um aus den Resten, die sich im Kühlschrank angesammelt hatten, ein Abendessen zu machen, dem niemand ansah, dass sie den ganzen Tag außer Haus gewesen war.

Sie klammerte sich am Fahrradlenker fest, lehnte sich

gegen den Rückenwind, damit er sie nicht zu einem Tempo zwang, dem sie nicht gewachsen war, und stellte zufrieden fest, dass ihre Beine ganz von selbst liefen, wenn es ihr gelang, das Fahrrad auf der Spur zu halten. Es gab so viele Gedanken, die zu einem Ziel geführt werden mussten, da war es gut, dass sie sich nicht auch noch auf den Verkehr konzentrieren musste. Trotzdem fiel es ihr schwer zu erkennen, welche Überlegungen die dringlichsten waren. Niccolòs Besuch auf Sylt? Toves Verhaftung? Die Affäre zwischen Matilda Pütz und Klaus Matteuer? Wenn Fietje es auch für möglich hielt, dass es sich hier um Gemunkel handelte, war dieser Skandal für Mamma Carlotta einfach zu packend, um ihn ins Reich der Gerüchte abzuschieben. Wenn es nun stimmte, was Ludo Thöneßen behauptet hatte, was bedeutete das? Hatte es etwas damit zu tun, dass Corinna Matteuer sich heimlich am Dorfteich herumtrieb? Dass Wiebke Reimers von dort geflüchtet war, ohne es einzugestehen? Oder gar mit Dennis Happes Tod? Und dann Wiebkes Lebensbeichte! Der Tod ihrer Großmutter! Und die Geschichte des Mannes, der seine leiblichen Geschwister umgebracht hatte, die es in ihren Adoptivfamilien besser hatten als er! »Madonna!«

Mamma Carlotta konnte vor lauter Erschütterung nicht verhindern, dass der Wind das Rad packte, es herumriss, zu Boden warf und sie selbst bäuchlings auf den Speichen des Vorderrades landete, ehe sie sichs versah. Mühsam rappelte sie sich hoch und wuchtete das Fahrrad wieder auf seine beiden Räder. Bei diesem Sturm konnte ja kein Mensch in Ruhe nachdenken! Nur die Gedanken an Niccolò ließen sich nicht beiseiteschieben! Er war auf dem besten Wege, sie zu verraten! Der Plan, wie das verhindert werden konnte, hatte oberste Priorität! Sie schob das Fahrrad über die Westerlandstraße, hatte aber kurz vor der Einmündung in den Süder Wung noch immer keine Idee, wie sie ihren Platz im Herzen ihrer Enkelkinder verteidigen konnte. Die beiden opferten ihre gesamte Freizeit der Bürgerinitiative – und was tat ihre Nonna? Die Scham brannte auf ihren Wangen. Wenn sie sich nur vorstellte, dass sie zugeben musste, Niccolò zu dem Bistro im Gesundheitshaus verholfen zu haben! Halb Sylt würde sie nicht mehr in die Augen schauen können, wenn Niccolò Capella demnächst sein Bistro in Braderup eröffnete. Sollte sie dort jemals für einen Teller Pasta einkehren, würde man ihr an allen anderen Tischen den Rücken zudrehen. Aber dass sie bei ihm einkehren musste, war genauso gewiss, denn natürlich musste ein Familienangehöriger unterstützt werden, wenn er sich selbstständig machte! Wie sollte sie diese vielen Verpflichtungen nur unter einen Hut bringen?

Erik stand in der Küche und sah sich ratlos um. Sörens Gesicht war nicht minder hilflos. Zwar war die Dunkelheit noch nicht hereingebrochen, aber der Sturm trieb finstere Wolken über den Himmel, und so war es dämmrig in der Küche. Es kam Erik auch kühl vor. Der Herd war kalt, kein Topf, aus dem Dampf aufstieg, keine Pfanne, in der das Fett brutzelte, und vor allem keine emotionale Wärme, die jedem entgegenschlug, der von Mamma Carlotta erwartet wurde. »Wo mag sie nur sein?«

Sören zuckte die Achseln. »Wahrscheinlich ist sie noch unterwegs, um Unterschriften zu sammeln.«

Erik stöhnte auf. »Ich kann es allmählich nicht mehr hören! Man kann doch nicht tagelang mit Unterschriftenlisten auf Achse sein! So viele Häuser und Einwohner hat Wenningstedt gar nicht!« Sören antwortete mit einem Grinsen, und Erik winkte ab, ehe sein Assistent etwas sagen konnte. »Ja, ich weiß. Sie lässt sich mit jeder Unterschrift eine Lebensgeschichte erzählen, hält Eheberatungen ab und gibt Empfehlungen zur Kindererziehung.«

Sörens Grinsen wurde breiter. »Ganz zu schweigen von

den Ratschlägen in Liebesdingen, den Hausmittelchen gegen Krankheiten und den Rezepten, die sie unbedingt aufschreiben muss.«

Erik öffnete die Kühlschranktür und starrte die vielen Dosen, Schüsselchen, Tüten und Flaschen an, die dort immer standen, wenn seine Schwiegermutter auf Sylt war. »Der Doc wird ein üppiges Essen erwarten. Ob wir ihn anrufen und ihm sagen, dass daraus nichts wird?«

Er kam nicht dazu, den Gedanken in die Tat umzusetzen, denn in diesem Augenblick öffnete sich die Haustür. Der Sturm fuhr mit Mamma Carlotta ins Haus, riss ihre ersten Worte nach draußen, die aber selten von Belang waren, sondern sich lediglich um die Begrüßung, das Lamentieren über das Wetter oder die Entrüstung über die Langsamkeit des friesischen Verkaufspersonals drehten. Die Küchentür sprang auf, und die eisige Kälte, die ihr in den Kleidern hing, drang mit ihr herein.

»Madonna! Ihr seid schon da! Damit hatte ich nicht gerechnet! Enrico, sonst hast du immer wenig Zeit, wenn du einen Mordfall bearbeiten musst! Warum seid ihr heute so früh?« Natürlich wartete sie die Antwort nicht ab, warf ihre dicke Jacke über einen Stuhl, stieß Dankesworte hervor, als Erik sie nahm und in der Diele an die Garderobe hängte, und drängte Sören dazu, Platz zu nehmen, damit er aufhörte, anzubieten, sein Abendessen in Form eines Fischbrötchens bei Fisch-Blum einzunehmen, um die Schwiegermutter seines Chefs nicht zu großer Eile zu zwingen.

»Che sciocchezza, Sören! Sie bleiben natürlich hier!«

Erik gelang der Einwurf, dass Dr. Hillmot sich zum Abendessen angekündigt hatte. Zu dem Angebot, den Gerichtsmediziner telefonisch wieder auszuladen, kam er jedoch nicht.

»Madonna! Der isst doch immer so viel! Aber es wird schon gehen!«

Während sie Paprikaschoten, Zucchini und Auberginen aus dem Kühlschrank holte und ihr einfiel, dass es noch Kabeljaufilets in der Tiefkühltruhe gab, formierte sich in ihrem Kopf bereits eine Menüfolge. »Ich mache eine Fisch-Nudel-Pfanne, das geht molto veloce! Marinierte Antipasti sind noch genug im Haus, und das Ciabatta schneide ich auf und toaste die Scheiben im Ofen. Ecco, für die Vorspeise ist also gesorgt. Während ihr sie aufesst, bereite ich die Padella di pesce e pasta zu.«

»Was ist das?«, fragte Sören höchst interessiert.

»Eine Fisch-Nudel-Pfanne! Sagte ich das nicht? Aber was essen wir als Secondo? Hm …«

»Wo warst du so lange?«, fragte Erik, wusste aber, dass er nicht mit einer Antwort zu rechnen hatte. Mamma Carlotta würde alles überhören oder zurückweisen, was nichts mit dem momentanen Problem zu tun hatte, in einer halben Stunde ein gutes Essen auf den Tisch zu bringen, das so aussah, als hätte die Hausfrau sich mindestens drei Stunden mit seiner Zubereitung beschäftigt. Diese Kunst hatte sie zur Perfektion gebracht, und Erik war ohne Sorge, dass es ihr auch diesmal gelingen würde, Dr. Hillmot zu beeindrucken. Ohnehin war der zum Glück nicht verwöhnt. Er musste sich meistens mit Fast Food begnügen und saß nur selten an einem gedeckten Tisch.

Mamma Carlotta fiel in diesem Moment ein, dass Pasta al pesto als Secondo immer das Richtige war, wenn die Hausfrau in Zeitnot ist »Das hat meine Mamma immer gemacht, wenn Gäste kamen, auf die sie nicht vorbereitet war. Frisches Pesto hat man immer im Haus!«

Sie knallte sämtliche Zutaten auf die Arbeitsplatte, griff dann in eine Schublade, zerrte eine Tischdecke heraus und warf sie über Sörens linke Schulter auf den Tisch. Der erschrak zwar, verstand aber schnell, was zu tun war.

»Da fällt mir ein …« Mamma Carlotta verschwand im

Vorratsraum und erschien Augenblicke später mit einer großen Schüssel, die sie sorgfältig mit Folie abgedeckt hatte. »Der Milchreis von gestern! Daraus mache ich Frittelle di riso! Reiskrapfen! Die mag il dottore bestimmt!« Sie drehte sich einmal um die eigene Achse, dann hatte sie die Küche und alle Arbeiten, die anstanden, im Blick und legte los, dass es Erik beim bloßen Zusehen schwindelig wurde. Das marinierte Gemüse flog nur so auf eine große Glasplatte, die Sardellen flatterten hinterher, dann hagelte es Kapern, und ein paar Gambas purzelten zwischen die Zucchini, als wären sie betrunken. Das Ciabatta verschwand im Backofen, und Mamma Carlotta suchte Geschirr und Besteck heraus.

»Lass mich das machen«, sprang Erik ihr bei und brauchte länger fürs Tischdecken als Mamma Carlotta für das Putzen der Paprikaschoten, Zucchini und Auberginen. Das Gemüse schmorte bereits im Olivenöl, als er die Papierservietten gefunden hatte und sie umständlich auf den Tellern platzierte, während Mamma Carlotta bereits das Tomatenmark unterrührte, das Gemüse mit Obstessig ablöschte und alles mit Rotwein und Fleischbrühe aufgoss. Als sie das Ganze mit Salz, Pfeffer, Thymian, Majoran und Zucker abschmeckte, hatte Erik endlich eingesehen, dass er es nicht schaffen würde, die Servietten wie spitze Hütchen auf die Teller zu stellen. Er faltete sie zu Dreiecken und legte sie neben das Besteck.

»Hast du den ganzen Tag Unterschriften gesammelt?«, machte er noch einmal den vorsichtigen Versuch, herauszufinden, warum seine Schwiegermutter mit den Essensvorbereitungen noch nicht weitergekommen war.

Aber auch diesmal erhielt er keine Antwort. Entweder hörte sie ihm nicht zu, oder sie wollte ihm nicht sagen, womit sie die Zeit vertrödelt hatte. »Ich habe da heute eine merkwürdige Geschichte gehört«, begann sie, und Erik ließ sich wieder auf dem Stuhl nieder, weil er wusste, dass er nun längere Zeit nur zuhören durfte. Der Verdacht, dass seine Schwiegermutter ihn mit irgendeiner völlig uninteressanten Geschichte von etwas ablenken wollte, verstärkte sich.

»Mir hat jemand von einem Mann erzählt, der als Baby adoptiert worden war. Als er älter wurde, erfuhr er, dass er nicht das einzige Kind seiner leiblichen Mutter war. Diese Frau hatte insgesamt vier Kinder zur Welt gebracht! Und alle vier hat sie zur Adoption freigegeben. Ist das nicht … incredibile?«

Sie teilte den Kabeljau, der noch längst nicht aufgetaut war, mit viel Kraftaufwand in mundgerechte Stücke und warf die Bandnudeln ins Wasser, das gerade zu kochen begonnen hatte.

»So was kommt vor«, entgegnete Sören, der genauso wenig an dieser Geschichte interessiert war wie sein Chef, es sich aber nicht so deutlich anmerken ließ.

»Das ist noch nicht alles«, fuhr Mamma Carlotta fort. »Der Junge ist gequält worden. Seine Großmutter hat ihn häufig in einen finsteren Keller eingesperrt.« Die Kabeljaustücke landeten in der Gemüsepfanne, als wären sie schuld an der schweren Kindheit des Adoptivkindes und sollten nun dafür büßen. »Er hat sich furchtbar gerächt. Seine Großmutter hat er ermordet, indem er sie unter einem Strandkorb begrub, wo sie sich zu Tode gegruselt hat. Und auch seine drei leiblichen Geschwister, die es in ihren Adoptivfamilien besser hatten als er, hat er einen nach dem anderen umgebracht.« Sie fuhr sich mit dem Handrücken über die Stirn, als versuchte sie, ihre Gedanken zu ordnen. Dann fiel ihr auf, dass Erik sie mit großen Augen anstarrte. »Ist was, Enrico?«

Er schüttelte schnell den Kopf, warf Sören einen intensiven Blick zu und dirigierte ihn mit dem Kopf aus der Küche hinaus. »Lassen Sie uns in den Keller gehen und einen Rotwein aussuchen, Sören!«

Sein Assistent verstand den Wink glücklicherweise sofort, wenn er auch nicht so aussah, als wäre ihm klar, warum sein Chef mit ihm allein reden wollte.

Das Weinregal stand unter der Kellertreppe. Mamma Carlotta war sicher, dass Erik und Sören eine Weile brauchen würden, bis sie den richtigen Wein ausgesucht hatten. Wie gut, dass an diesem Abend die Kinder nicht im Hause waren! Sie hätten verhindert, dass ihre Nonna auf Zehenspitzen über den Flur huschte und vorsichtig die Klinke der Kellertür herunterdrückte. Das leise Knarren erschreckte sie zwar, aber sie hoffte, dass die beiden Männer derart in ihr Gespräch vertieft waren, dass sie es nicht hörten. Außerdem gab es zurzeit so viele Geräusche im Haus, die zu diesen stürmischen Tagen gehörten, dass sie wohl auch deshalb nichts bemerken würden. Der Wind klapperte mit der Regenrinne und den Mülltonnen, schlug die Äste der Bäume ans Fenster, jaulte unter dem Türspalt des Kellerausgangs hindurch und stöhnte gerade in diesem Augenblick durch die Haustür, als Erik zu Sören sagte: »Meine Schwiegermutter hat mich auf eine Idee gebracht. Sie nicht?«

Sörens Stimme war nicht zu hören, vermutlich zuckte er mit den Schultern, weil er nicht verstand, worauf Erik hinauswollte.

»Wiebke Reimers ist doch ein Adoptivkind«, hörte Mamma Carlotta ihren Schwiegersohn sagen. »Der Chefredakteur der *Mattino* hat gesagt, sie suche ihre Herkunftsfamilie, aber vielleicht hat sie sie längst gefunden?«

Sörens Stimme klang erschrocken. »Sie meinen ...«

»Dennis Happe! Ja! Seine Eltern haben gesagt, sie hätten ihn als Baby adoptiert! Erinnern Sie sich? Dennis könnte Wiebkes Bruder sein!«

»Und Sila Simoni?« Sörens Stimme war atemlos. »Die war ihre Schwester?«

»Das müssen wir herausfinden.«

»Aber wir haben keine Spuren von Wiebke Reimers, sondern von Tove Griess gefunden.«

»Das kann viele Gründe haben. Zum Beispiel, dass Tove Griess uns die Wahrheit gesagt hat und er wirklich nur im Garten des Squashcenters war, um einen Blick in die Sauna zu werfen.«

»Und der Zahnstocher im Saunabereich? Und seine Behauptung, er hätte Corinna Matteuer in Ludos Apartment gesehen? Sie war nachweislich woanders. Okay, wir müssen die Angaben der Matteuer noch überprüfen, aber ich gehe davon aus, dass der Hausmeister ihre Angaben bestätigen wird. Sie war beim Ina-Müller-Konzert und nicht bei Ludo! Tove Griess lügt also!«

Eriks Stimme klang ärgerlich. »Verdammt! Ich muss Vetterich Beine machen. Spätestens morgen früh will ich wissen, ob an dem Zahnstocher die DNA von Tove Griess zu finden ist.«

Eine kurze Pause trat ein, ehe Sören entschlossen sagte: »Okay, ich rufe den Manager der Simoni noch einmal an. Er hat nichts davon gesagt, dass sie ein Adoptivkind war, nur dass sie keine nahen Verwandten hatte.«

»Reden Sie noch mal mit ihm. Wenn er es weiß, dann hat er es vielleicht vergessen zu erwähnen. Oder er fand es nicht wichtig.«

Mamma Carlotta hörte, wie Erik eine Flasche aus dem Weinregal zog.

»Und was ist mit dem Inhalt ihrer Tasche?«, fragte Sören nun. »Die beiden Anstecknadeln! Die Telefonnummer von Klaus Matteuer! Wie passt das in Ihre Theorie?«

Einen Moment war es still. Erik dachte vermutlich über Sörens Einwurf nach und fand keine Antwort darauf.

Auch durch Mamma Carlottas Kopf rasten die Gedanken, aber ehe sie eine Idee hervorgebracht hatten, hörte sie Erik sagen: »Wenn die Adoption das Motiv ist, dann muss Klaus Matteuer da auch mit drinhängen.«

»Und Matilda Pütz und Corinna Matteuer ebenfalls?«

Eriks Stimme war sehr langsam und bedächtig. Mamma Carlotta war sicher, dass er sich gründlich den Schnauzer glattstrich, ehe er antwortete: »Ja, irgendwie. Nur … wie?«

Vor dem Haus wurde eine Autotür zugeschlagen, und Mamma Carlotta hörte schwere Schritte, die sich der Haustür näherten. Vorsichtig und beinahe geräuschlos drückte sie die Kellertür ins Schloss.

Keine Minute zu früh! Schon klingelte es an der Tür. Der dicke Gerichtsmediziner stand davor, strahlte Mamma Carlotta an und kramte ein paar seiner dürftigen Italienischkenntnisse hervor. »Signora! Grazie für die Einladung!«

Kurz darauf saßen die drei Männer am Tisch, Erik entkorkte den Wein, Dr. Hillmot probierte bereits die ersten marinierten Zucchini und brach die getoasteten Brotscheiben auseinander.

Mamma Carlotta röstete die gekochten Bandnudeln im Olivenöl, die später zu dem Gemüse und den Kabeljaustückchen gegeben werden sollten. Da klingelte Eriks Handy.

Er sah aufs Display und bedachte Sören mit einem bedeutungsvollen Blick. »Dienstlich«, murmelte er. Dann nahm er ab und begrüßte Rudi Engdahl, den Polizeiobermeister des Reviers Westerland. Als er das Gespräch beendet hatte, sah er ratlos aus.

»Merkwürdig«, murmelte er. »Rudi Engdahl sagt, Wiebke Reimers wäre gerade im Kommissariat gewesen. Er weiß, dass Vetterich ihre Fingerabdrücke an dem Stein gefunden hat, mit dem das Fenster des Baubüros eingeschlagen wurde. Und er weiß natürlich auch, dass wir Tove Griess verhaftet haben. Deshalb meinte er, wir sollten wissen, dass Wiebke Reimers den Diebstahl ihrer Tasche gemeldet hat. Sie wurde ihr ausgerechnet in Käptens Kajüte geklaut.«

Mamma Carlotta gab die Nudeln in die Gemüse-Fisch-Pfanne und hoffte, dass niemand ihre zitternden Hände bemerkte. Wiebke Reimers! Erik wusste, dass sie ein Adoptivkind war! Und sie wusste nun, dass Wiebke Reimers den Stein ins Fenster des Baubüros geschleudert hatte! Wenn Erik nun noch wüsste, dass Wiebke am Dorfteich gewesen war ... Aber das konnte sie ihm unmöglich verraten, ohne selbst einzugestehen, dass sie sich in Dennis Happes Wohnung geschlichen hatte. Nein, das durfte Erik niemals erfahren! Wenn nur endlich Toves Unschuld bewiesen war! Mamma Carlotta hatte mittlerweile begriffen, dass die Schuhabdrücke vor dem Fenster kein Beweis, sondern nur ein Indiz waren. Erik musste endlich erfahren, dass Tove gar nicht selbst am Squashcenter gewesen war, sondern dass ihm Fietje von seiner Beobachtung erzählt hatte! Dann würde Erik den Verdacht gegen den Wirt endlich fallen lassen und sich um den wirklichen Mörder kümmern!

Der Gerichtsmediziner brachte »Grazie!« und »Delizioso!« hervor, als Mamma Carlotta die Fisch-Nudel-Pfanne auf den Tisch stellte. »Padella di pesce e pasta! Prego! Buon appetito!«

Dr. Hillmot versuchte es mit: »Meraviglioso!« und »Fantastico!«, dann begann er zu essen und ließ Erik und Sören darüber beraten, ob es wirklich ein Zufall sein konnte, dass Wiebke Reimers' Tasche ausgerechnet in Käptens Kajüte gestohlen worden war. »Fietje Tiensch stand hinter der Theke«, sagte Erik, »und hat angeblich von nichts was mitbekommen.«

Dr. Hillmot hatte den ersten Hunger gestillt und warf Mamma Carlotta einen Blick zu, die sich um die Tomatensoße für die Käseomeletts kümmerte. Zufrieden stellte er fest, dass er von der Nudel-Fisch-Pfanne nicht satt werden musste, und legte die Gabel zur Seite. »Was sagen Sie denn zu den Obduktionsberichten, Wolf?«, fragte er. »Besonders der von Matilda Pütz ist doch interessant, oder?«

Mamma Carlotta erkannte mit einem einzigen Blick, dass Erik nicht wusste, wovon Dr. Hillmot sprach. »Ja, sehr«, stotterte er. »Es ist immer wieder beeindruckend, was Sie mit Ihrer Arbeit herausfinden, Doc!«

»Dachte ich mir«, erwiderte Dr. Hillmot zufrieden. »Mir kam das auch gleich komisch vor.«

In Eriks Gesicht stand ein Fragezeichen, das so groß war, dass Mamma Carlotta das Bedürfnis verspürte, ihn von diesem Gespräch zu erlösen. Während sie die Tomatensoße würzte, erzählte sie von der Tochter eines Nachbarn, die genau diese Tomatensoße einem Verehrer vorgesetzt hatte und daraufhin prompt einen Heiratsantrag bekam. Als der junge Mann merkte, dass sie außer dieser Tomatensoße kein anderes Rezept beherrschte, trug er bereits den Verlobungsring am Finger. »Sie schaffte es nicht einmal, Penne oder Spaghetti al dente zu kochen, nur ihre Salsa di pomodori – die konnte sie. Aber will man jeden Tag Tomatensoße haben? Ihr Verlobter wollte es nicht und verschwand schon bald auf Nimmerwiedersehen.«

Dr. Hillmot lachte herzhaft und sah interessiert dabei zu, wie Mamma Carlotta den Omeletteig in die Pfanne goss, in dem sie vorher Salbeiblättchen geröstet hatte. Während der Teig stockte, rieb sie den Parmesankäse und erzählte, damit Dr. Hillmot auch wirklich seine Obduktionsberichte vergaß, noch schnell die Geschichte von der jungen Frau eines Olivenbauern, die vom Kochen nichts verstand und sich jeden Mittag heimlich eine Mahlzeit von ihrer Schwester in die Küche bringen ließ. Damit der junge Ehemann nichts davon bemerkte, benutzte die Schwester den Hintereingang und lief dort eines Tages ihrem Schwager in die Arme, der sie verdächtigte, das Essen, das sie in Händen hielt, gestohlen zu haben. »Madonna! War das ein Theater! Am Ende redeten die Schwestern kein Wort mehr miteinander, der Ehemann nahm sich eine Geliebte, und die junge Frau belegte zwar einen Kochkurs, kam damit aber zu spät. Ihre Ehe war nicht mehr zu retten.«

Dr. Hillmot hatte vollstes Verständnis für die Tragik dieser Familie, denn dass die Liebe durch den Magen ging, war für ihn sonnenklar. Er konnte sogar eine Geschichte aus seiner Jugend beisteuern. Angeblich hatte er sich als Zwanzigjähriger in ein sehr schlankes junges Mädchen verliebt. »Nein, sie war nicht nur schlank, sondern rappeldürr. Und warum? Weil sie nicht gern aß! Dass sie auch nicht gern kochte, wurde mir daraufhin schnell klar.« Und dass diese junge Frau damit für Dr. Hillmot als Ehefrau nicht infrage kam, war ebenso klar.

Mamma Carlotta stellte zufrieden fest, dass die drei Männer nicht mehr an ihre dienstlichen Probleme dachten, schnitt die fertigen Omeletts in Scheiben, ordnete sie auf einer großen Platte an, übergoss sie mit Tomatensoße und bestreute sie mit Parmesan.

Dr. Hillmot hatte sich gerade eine gute Portion auf den Teller geladen, da klingelte Eriks Handy erneut. Diesmal war es Vetterich, der dem Kriminalhauptkommissar etwas mitzuteilen hatte, was keinen Aufschub duldete.

Eriks Gesicht sprach Bände, als er das Gespräch beendet hatte. »Wenn Tove Griess darauf hofft, dass er morgen auf freien Fuß gesetzt wird, dann hofft er vergeblich.«

Sören sah seinen Chef verblüfft an. »Die DNA an dem Zahnstocher ist tatsächlich von Tove Griess?«

Erik nickte. »Es gibt keinen Zweifel. Also war er nicht nur im Garten, sondern auch im Saunabereich. Damit steht er in dringendem Verdacht, Sila Simoni umgebracht zu haben.«

Mamma Carlotta ging in den Vorratsraum, als wollte sie etwas holen, was ihr für die Reiskrapfen noch fehlte. Tatsächlich sah sie den Vin Santo in einem Regal stehen, den sie für die Frittelle di riso benötigte, aber sie wagte nicht, ihn vom Regalbrett zu nehmen, weil sie fürchtete, ihre Hände seien zu schwach, um die Flasche zu halten. Tove Griess war wirklich ein Mörder? Er hatte einen Meineid geleistet, als er beim Gedenken an seine Mutter geschworen hatte, unschuldig zu sein? Mamma Carlotta atmete tief ein und aus. Sie griff nach dem Vin Santo, und ehe sie die Flasche in die Küche trug, nahm sie einen tiefen Schluck, um ihre schwere Erschütterung einigermaßen in den Griff zu bekommen.

Direkt nach dem Aufwachen, noch bevor er aufgestanden war, merkte Erik, dass etwas anders war. Der Sturm war es, der sich verändert hatte. Er war nicht nur heftiger geworden, sondern hatte auch eine andere Stimme bekommen. Er pfiff und jaulte nicht mehr, er brüllte und raste nun wie ein Amokläufer über die Insel, der alles vernichten will, was ihm in den Weg kommt. Und das Schlimmste: Der Sturm hatte einen Verbündeten bekommen, auch das hatte Erik sofort gehört und sogar gerochen. Das Meer hatte sich dem Wind angeschlossen. Heute erwartete die Insel nicht nur einen Sturm, sondern eine Sturmflut. Das Meer schien näher gekommen zu sein, es war lauter als sonst, es dröhnte und tobte, Brecher donnerten auf den Strand, und Erik wusste, dass sie alles mit sich nahmen, was sie zu greifen bekamen. Wieder ein paar Meter der Insel, ein Stück des Kliffs, vielleicht ein paar leere Strandkörbe, hoffentlich keine Menschen.

Das Schlimmste am Gebrüll des Sturms waren immer die winzigen Momente der Stille. Danach schien die Gewalt jedes Mal noch zerstörerischer zu sein, das Brausen noch gewaltiger.

Er lauschte auf das Wüten und Schnauben vor seinem Fenster und hätte sich am liebsten unter der Decke verkrochen, wie er es als kleiner Junge getan hatte, wenn eine Sturmflut erwartet wurde. Aber heute hatte er keine Wahl. Erik stand auf und trat ans Fenster. Aufmerksam ließ er den

Blick durch seinen Garten wandern. Hatte er alles gesichert, was in Gefahr geraten konnte? Beim Nachbarn fiel ein Stuhl um, dann taumelte ein Eimer durch den Garten, schlug hier und da an, wurde schließlich in eine Hausecke getrieben und dort gegen die Wand geschlagen. Immer wieder, wie eine Sturmglocke!

Erik dachte an Corinna in ihrer einsamen Wohnung. Ob sie auch am Fenster stand? Von dort würde sie sehen können, wie das Meer sich gebärdete, würde beobachten können, wie die Wellen hinter der Konzertmuschel aufspritzten. Vielleicht schlugen die Brecher schon auf die Kurpromenade, dann würde die Feuerwehr längst ausgerückt sein, um das Schlimmste zu verhüten. Er lauschte. Ja, Martinshörner jagten bereits über die Insel, drangen durch das Schreien des Sturms an sein Ohr. Schließlich glaubte er sogar die Glocken der Friedenskapelle zu hören. Ob Corinna Angst hatte? Sie kannte das Meer, den Sturm, das Wetter auf Sylt. Aber nie war sie in ihrer Wohnung mit dem Anblick des tobenden Meeres allein gewesen. Ob er sie besuchen sollte, damit sie ihre Angst verlor?

Und wie würde Wiebke auf die Sturmflut reagieren? Ob sie nun abreisen würde? Aber die Autozüge hatten ihren Dienst sicherlich längst eingestellt. Warum war sie überhaupt auf Sylt geblieben, wenn sie Dennis Happe und Sila Simoni auf dem Gewissen hatte? Um seine Ermittlungen zu beobachten? Um notfalls eingreifen zu können, wenn es gefährlich für sie wurde? Sie ahnte wahrscheinlich nicht, dass er ihr bereits auf der Spur war, hatte nicht gemerkt, dass sein Misstrauen geweckt worden war. Nur ganz kurz gab er sich dem Gedanken hin, dass sie seinetwegen geblieben sein könnte. Weil sie sich geküsst hatten und weil sie wirklich von der Liebe auf den ersten Blick getroffen worden war. Aber diese Idee schlug er sich unverzüglich wieder aus dem Kopf.

Erik wandte sich vom Fenster ab und starrte die Tür seines Schlafzimmers an. Er musste bald zu einem Ergebnis kommen. Am besten heute noch. Was er gegen Wiebke in der Hand hatte, musste er zu Beweisen machen. So ungern er diese Aufgabe auch anging, es musste sein. Wenn sie wirklich die Täterin war, musste er sie überführen. Seine Gefühle für sie spielten dabei keine Rolle.

Er ging ins Bad und starrte in den Spiegel. Aber was er sah, war nicht sein übernächtigtes Gesicht, sondern Wiebkes Lachen, all das Unbekümmerte, was sie ausstrahlte, die tanzenden Sommersprossen, die roten Locken, ihre strahlenden Augen. Vielleicht war es Zufall gewesen, dass sie den Stein aufgenommen hatte, und war nur in das Fenster gestiegen, weil eine Reporterin eben immer den Skandal witterte und stets das beste Foto haben wollte. Und die Anstecknadeln mit den Gesichtern von Matilda Pütz und Klaus Matteuer? Die Telefonnummer des Pflegeheims, in dem Corinnas Mann lag? Was hatten sie mit dem Tod von Dennis Happe zu tun?

Er würde gleich Happes Adoptiveltern anrufen, um zu erfahren, ob er leibliche Geschwister gehabt hatte. Danach würde es Tove Griess an den Kragen gehen. Dass der Zahnstocher, der vor der Saunakabine gefunden worden war, schon mal in seinem Mund gesteckt hatte, überführte ihn. Er würde bald begreifen, dass weiteres Leugnen sinnlos war.

Erik hatte plötzlich das Gefühl, dass dieser Tag nicht nur eine Sturmflut, sondern auch die Lösung seiner Mordfälle bringen würde. Aber er fürchtete, dass dieser Tag auch eine große Niederlage für ihn bereithielt.

Zwei Stunden später standen Erik und Sören am Strandübergang zwischen dem alten Gosch und dem Kliffkieker. Auf dem obersten Punkt waren sie stehen geblieben. »Was tun wir hier?«, fragte Sören. »Nicht gerade das beste Wetter für einen Strandspaziergang.« Kurz darauf gab Sören sich die Antwort selbst: »Ach so! Wiebke Reimers wohnt in der

Windrose! Und wir stehen hier, weil Sie nach einem Grund suchen, sie zu besuchen?«

Erik antwortete nicht. Stattdessen sagte er: »Wir haben Windstärke 9, und der Wasserstand steigt immer noch. Wenn das so weitergeht, steht das Wasser bald an den Böschungen der Deiche.« Er hatte sich ins Dozieren geflüchtet und fuhr fort: »Wenn das gezeitenbedingte Hochwasser und das sturmbedingte Windstaumaximum gleichzeitig auftreten, kommt es immer zu Überflutungen. Hoffentlich geht alles gut.«

Sören schwieg. Sie hielten sich am Geländer des Strandübergangs fest, schützten sich vor dem Sturm, indem sie sich so klein wie möglich machten, und starrten in die aufschäumenden Wellen, die sich immer bedrohlicher näherten und gelegentlich schon nach dem Strandhafer griffen.

Plötzlich richtete Erik sich auf und drehte sich um. »Sie haben recht, ich möchte mit Wiebke Reimers reden. Vielleicht treffen wir sie beim Frühstück an.«

Sören folgte ihm, ihre Jacken knatterten, die Schals schlugen ihnen ins Gesicht, die Hosen beulten sich. Als sie sich dem Hotel näherten, fragte Sören: »Wollen Sie die Reimers etwa damit konfrontieren, dass wir ihre Fingerabdrücke auf dem Stein und in Happes Wohnung gefunden haben?«

Erik zögerte. »Am liebsten, aber ... ob das klug ist?«

Sören verneinte entschieden. »Dann können Sie ihr auch gleich verraten, dass Sie in ihrer Tasche rumgeschnüffelt haben!«

Erik nickte. »Sie wird sagen, dass sie die Scheibe eingeschlagen hat, um an ein spektakuläres Foto mit der Leiche zu kommen. Wie sollen wir ihr das Gegenteil beweisen?«

Sören nickte mutlos. »Und wenn sie für die Fingerabdrücke an Happes Badezimmerfenster auch eine Erklärung findet, stehen wir dumm da.«

»Ich dachte, die gestohlene Handtasche ist ein guter

Grund, noch mal mit ihr zu reden. Vielleicht verrät sie sich irgendwie.«

Sie waren vor dem Hotel Windrose angekommen, aber Sören blieb stehen, als Erik auf den Eingang zugehen wollte. Er zeigte zu dem Parkplatz neben dem neuen Gosch, wo sie den Wagen abgestellt hatten. »Ich setze mich ins Auto und versuche, die Happes zu erreichen. Und den Manager von Sila Simoni. Wenn Sie danach noch nicht fertig sind, schaue ich mir mal den Neubau an.«

Er wandte sich ab, ehe Erik etwas erwidern konnte, und schlug den Kragen seiner Jacke hoch. Erik sah ihm eine Weile nach, dann betrat er entschlossen das Hotel. Der Portier wies ihm den Weg zum Frühstücksraum, konnte ihm jedoch nicht sagen, ob Wiebke Reimers dort anzutreffen war.

Er entdeckte sie sofort, denn die Tische waren nur spärlich besetzt. Anscheinend waren viele Syltgäste, als im Wetterbericht von der nahenden Sturmflut die Rede gewesen war, von der Insel geflohen.

Wiebke Reimers trug diesmal einen himmelblauen Rollkragenpullover, dazu enge Jeans und wieder ihre Cowboystiefel. Sie stand am Büfett und legte sich eine Scheibe Brot auf den Teller. Dann trat sie den Rückweg zu ihrem Tisch an. Sehr langsam, sehr vorsichtig! Und tatsächlich erreichte sie ihn, ohne dass ein Unglück geschehen war, ohne dass die Brotscheibe vom Teller rutschte oder ihr der Aufschnitt auf die Füße fiel. Als sie auf ihrem Stuhl saß, merkte Erik, dass er die Luft angehalten hatte.

Sie sah überrascht auf, als er vor ihrem Tisch erschien, begrüßte ihn aber freundlich und bot ihm einen Stuhl an. Den Kaffee, für den sie sorgen wollte, lehnte er jedoch ab.

»Erik«, sagte sie mit weicher Stimme. »Bist du privat hier oder dienstlich?«

Sie duzte ihn! Sie lächelte ihn vertraut an! Sie schien keine Ahnung zu haben, dass er ihr auf der Spur war!

»Ich habe gehört, dass Ihre ... deine Tasche gestohlen wurde. Ich bin hier, um dir zu sagen, dass wir alles daransetzen werden, sie wiederzufinden.«

Nun wirkte sie geradezu verblüfft. »Neben den Mordfällen hast du noch Zeit, dich um einen Handtaschendiebstahl zu kümmern?«

»Das eine lässt sich mit dem anderen verbinden.« Erik öffnete seine Jacke und löste den Schal, weil ihm warm wurde. Das Angebot des Kellners, ihm beides abzunehmen, lehnte er jedoch ab. Er wollte nicht der Versuchung erliegen, diesen Besuch länger auszudehnen, als nötig war. »In deiner Tasche befanden sich vermutlich Kredit- und Scheckkarten, Personalausweis, Handy ...? Sehr unangenehm! Noch irgendwas von Wert? Oder ... von ideellem Wert?«

Sie griff mit beiden Händen in ihre Locken, löste sie von den Ohren und schüttelte sie mit einer Kopfbewegung nach hinten. Er sah, dass sie Ohrstecker aus Bernstein trug. Die gleiche Farbe wie ihre Augen!

»Zum Glück habe ich noch Bargeld im Tresor meines Zimmers«, sagte sie. »Und mein Handy hatte ich gestern Abend vergessen. Die Hotelkarte war allerdings in der Tasche. Doch ich habe eine neue bekommen, die alte wurde ungültig gemacht. Da kann also nichts passieren. Und meine Kreditkarte und die EC-Karte habe ich natürlich sofort sperren lassen.« Sie seufzte, während sie die Brotscheibe mit Butter bestrich. »Als Erstes muss ich mir einen neuen Personalausweis beschaffen. Lästig!« Sie warf ihm einen schelmischen Blick zu. »Nur gut, dass ich meinen Presseausweis in Hamburg vergessen habe.«

Erik ging auf diese Anspielung nicht ein. »Du hast keine Ahnung, wer der Dieb gewesen sein könnte? In Käptens Kajüte halten sich selten mehr als zwei, drei Gäste auf.«

»Gestern war das anders«, behauptete Wiebke. »Der Vertreter von Tove Griess, dieser ...«

»Fietje Tiensch?«

»Ja. Der hatte seine liebe Mühe, mit dem Grillen nachzukommen.«

»Und du hast deine Tasche unbeaufsichtigt gelassen?«

Sie nickte zerknirscht. »Das war dumm von mir, ich weiß. Ich bin nur kurz zur Toilette ... als ich wiederkam, war sie weg.«

»Und niemand hatte was gesehen?«

Sie schüttelte den Kopf.

»Konnte nicht festgestellt werden, wer in der Zwischenzeit die Imbissstube verlassen hatte?«

Wieder schüttelte sie den Kopf und befasste sich so ausgiebig mit dem Belegen ihrer Brotscheibe, dass Erik das Gefühl hatte, sie verschweige ihm etwas. »Wenn du einen Verdacht hast, dann solltest du mir das sagen.«

Nun kam ihre Antwort schnell und klar: »Da war so ein Typ, der war mir vorher schon negativ aufgefallen. Schwarze Haare, dunkler Bart, abgerissene Kleidung. Aber den kannte keiner.«

»Hast du die anderen Gäste nach ihm gefragt?«

»Ja, habe ich! Aber die hatten den kaum beachtet. Das war eine große Männerclique. Die haben miteinander geredet und Spaß gehabt. Für andere Gäste hatten die keinen Blick.«

»Was wolltest du überhaupt in Käptens Kajüte?«

Sie tat überrascht. »Du weißt doch, dass ich dort war, als du Tove Griess verhaftet hast! Ich hatte Lust auf einen Cappuccino. Und weil ich schon mal da war ...« Sie vollendete den Satz nicht.

Erik beschloss, es dabei bewenden zu lassen. Obwohl er nicht glauben mochte, dass ein Mann mit einer Damenhandtasche am Arm eine Imbissstube verließ, ohne dass es jemandem auffiel. »Ich möchte dich bitten«, begann er umständlich und strich sich erst mal ausgiebig seinen Schnauzer glatt,

»mir noch einmal zu erzählen, wie das war, als du Dennis Happe gefunden hast.«

Nun gelang es ihr nicht, ihre Nervosität zu verbergen. Sie sah ihn nicht an, als sie antwortete: »Das habe ich alles schon gesagt.« Sie biss von ihrem Brot ab, und Erik hatte den Verdacht, dass sie es tat, um Zeit zu gewinnen. »Also gut, noch einmal: Die Reportage über die ach so erfolgreiche Unternehmerin Corinna Matteuer war auf Eis gelegt, weil die Dame sich nach dem Tod ihrer Schwester nicht in der Lage fühlte, mir Rede und Antwort zu stehen.« Das kam ein wenig geringschätzig heraus. Wiebke Reimers' Antipathie für Corinna war mehr als deutlich.

»Ist doch verständlich, oder?«, wandte Erik ein, der es nach wie vor nicht mochte, wenn Corinna für eine eiskalte Frau ohne Gefühle gehalten wurde.

Wiebke lächelte, als gälte es, ihm diesen Einwurf zu verzeihen. »Da ich schon mal hier war, wollte ich etwas über die unbeliebte Investorin schreiben, die auf der ganzen Insel so gehasst wird, dass sie nur mit großer Sonnenbrille aus dem Haus geht. Und über die private Corinna Matteuer. Über ihre Schwester, die sich vom Balkon ihres Apartments gestürzt hat! Ich wollte sehen, wie sie als Chefin ist. Deswegen bin ich um das Baubüro herumgeschlichen. Ich dachte, sie wäre da drin.«

»Und da hast du das eingeschlagene Fenster gesehen?« Erik beobachtete Wiebke genau, während sie erneut von ihrem Brot abbiss und ihre Antwort damit hinauszögerte. »Oder war die Scheibe noch nicht eingeschlagen? Hast du …?«

»Natürlich war sie das«, unterbrach Wiebke und biss noch einmal ab.

»Wolltest du diesen Artikel auch der *Mattino* anbieten?«

»Ja, aber mein Chef hatte kein Interesse. Er hofft immer

noch darauf, dass aus der Reportage über die erfolgreiche Unternehmerin was wird. Da kann er nicht gleichzeitig über einen Skandal in ihrem Umfeld berichten.«

»Du wirst den Artikel also woanders anbieten?«

Wiebke zuckte mit den Schultern. »Mal sehen. Wenn ich das tu, wird die Matteuer mir kein Interview mehr geben. Vielleicht ist es besser, ich halte die Fotos zurück und kann später die Reportage machen.«

»Die Fotos und alles andere, was du herausgefunden hast?«, fragte Erik provokant. Als Wiebke nicht antwortete, fügte er an: »Es gibt einiges, was du weißt. Hast du deine Kenntnisse bereits verkauft? An eins der Blätter, die täglich erscheinen? Für solche Zeitungen ist eine Meldung, die einen Tag zurückgehalten wurde, nicht mehr aktuell genug. Kann ich morgen im *Express* lesen, was du in meinem Haus erfahren hast?«

Sie sah ihn erschrocken an. »Du fürchtest, dass ich dir Unannehmlichkeiten mache? Nein! Darauf kannst du dich verlassen! Ich hab's dir doch versprochen! Was denkst du denn von mir?« Und leiser fügte sie an: »Ich verstehe, dass es für dich nicht leicht ist. Corinna Matteuer war als junges Mädchen anscheinend ganz anders als heute. Du hast schöne Erinnerungen an diese gemeinsame Zeit. Du kannst die Investorin nicht so hassen wie alle anderen.«

Erik ging darauf nicht ein. Er sah auf seine Hände, als er fragte: »Eins noch … kanntest du Dennis Happe? Warst du mal bei ihm? In seiner Ferienwohnung?«

Sie wirkte verblüfft, einen Moment sah es so aus, als würde sie anfangen zu lachen. »Was soll das jetzt?«, fragte sie schließlich. »Ist das auch noch dienstlich? Oder rein private Eifersucht?«

Er antwortete nicht. Als sie nach seiner Hand griff, schaffte er es noch immer nicht, sie anzusehen. »Warum?«, fragte sie leise. »Warum muss ich so tun, als wäre nie etwas zwischen uns gewesen? Warum bereust du es, mich geküsst zu haben?«

Erik befreite seine Hand aus ihrer, legte den Schal über der Brust zusammen und schloss seine Jacke. »Ich bin Polizeibeamter«, sagte er langsam. »Der Kuss, wenn er auch schön war, wird mich nicht veranlassen, meine dienstlichen Pflichten zu versäumen.«

Wiebke antwortete nicht darauf, sah ihn nur mit großen Augen an, als verstünde sie nicht, was er ihr sagen wollte. Als er sich formvollendet verabschiedete – »Auf Wiedersehen, Frau Reimers!« –, nickte sie nur stumm und senkte den Blick.

Als Erik kurz darauf das Hotel verließ, war er nicht schlauer als vorher. Während er sich durch den Sturm zum Parkplatz kämpfte, pochte die Frage in seinem Kopf, warum sie ihn anlog. Hatte sie Dennis Happe tatsächlich umgebracht? Noch wollte er die Hoffnung nicht aufgeben, dass es eine andere Erklärung für ihre Spuren am Tatort gab.

Sören hatte hinter dem Lenkrad Platz genommen, Erik ließ sich auf den Beifahrersitz fallen. Der Sturm fauchte ins Auto, und als Erik die Tür geschlossen hatte, rüttelte er an der Karosserie, als wollte er versuchen, den alten Ford umzuwerfen und ins Meer zu wehen.

Sören legte das Handy zur Seite. »Der Manager von Sila Simoni hat nie was davon gehört, dass sie adoptiert wurde. Und die Eltern von Dennis Happe wissen nichts über die Herkunftsfamilie ihres Sohnes. Sie haben mir gesagt, es sei eine anonyme Adoption gewesen. Die leibliche Mutter hat sich nicht die Möglichkeit offen gelassen, später Kontakt zu ihrem Sohn aufzunehmen. Und Happe hat wohl auch nie nach ihr gesucht.« Sören startete den Motor. »Und weil ich gerade dabei war, habe ich auch Heino Hansen angerufen. Sie wissen doch, den Hausmeister. Er hat bestätigt, dass er mit Corinna Matteuer zusammen das Ina-Müller-Konzert gesehen hat. Tove Griess lügt uns also die Hucke voll. Von wegen, er hätte die Matteuer an diesem Abend bei Ludo gesehen! Kann gar nicht sein.« Langsam fuhren sie vom Parkplatz. »Und Sie, Chef? Haben Sie was rausbekommen?«

Erik schüttelte den Kopf. »Ich weiß nur, dass auch Wiebke Reimers lügt. Sie ist dabei geblieben, dass das Fenster bereits eingeschlagen war, als sie hinter dem Baubüro auftauchte.«

Mamma Carlotta war nervös. Am Abend zuvor hatte sie einen Verwandten nach dem anderen angerufen, das Gespräch unauffällig auf Niccolò gebracht und so ganz nebenbei nach seiner Handynummer gefragt, aber jedes Mal vergeblich. Zu Niccolòs Eheproblemen hatte jeder etwas zu sagen gehabt, zu seiner finanziellen Misere auch, aber wie man ihn erreichen konnte, wenn er nicht in der Nähe seines Festnetztelefons war, das wusste niemand. Eine Cousine Carlottas hatte den Verdacht geäußert, Niccolò ginge es mittlerweile so schlecht, dass er seine Handyrechnung nicht mehr bezahlen konnte und er darum nun gar kein Telefonino mehr besaß. Eine Nichte wollte ihn sogar auf irgendeiner Piazza gesehen haben, wo er sich auf Händen um einen Hut herum bewegt hatte, in den die Zuschauer ein paar Geldstücke werfen sollten.

Mamma Carlotta war tief erschüttert. Ein Italiener, der sich kein Telefonino mehr leisten konnte, war am Ende angekommen. Jeder italienische Macho verzichtete eher darauf, die Alimente für seine Kinder zu zahlen, als auf die Gewissheit, zu jeder Tages- und Nachtzeit erreichbar zu sein. Niccolò musste es noch schlechter gehen, als sie befürchtet hatte! Und sie, seine Tante, konnte ihm ein Bistro besorgen, mit dem er wieder auf die Beine kam! Musste sie es da nicht in Kauf nehmen, auf Sylt demnächst schief angesehen zu werden? »Ecco, das vielleicht schon!« Aber was war mit ihren Enkelkindern? Standen die nicht in der Rangliste der

Verwandten über einem Neffen, der eigentlich selber schuld war, wenn er eine Frau heiratete, vor der er mehrfach gewarnt worden war? Konnte sie es Carolin und Felix wirklich zumuten, sich ihrer Nonna schämen zu müssen? »No! Impossibile!«

Mamma Carlotta blickte aus dem Fenster und redete sich ein, dass der Weltuntergang nicht fern war. Dieser Sturm! Dieses Fauchen und Wüten! Sie konnte sich gut vorstellen, dass es mit der Menschheit an diesem Tag vorbei sein würde. Und wenn das so war, dann machte es keinen Sinn, in Käptens Kajüte das Mittagsgeschäft für Gäste vorzubereiten, die sowieso nicht erscheinen würden.

Doch natürlich wurde ihr schnell klar, dass sie sich damit vor der Arbeit in Toves Imbissstube drücken wollte. Aber war das nicht verständlich? Tove hatte einen Meineid geschworen! Er hatte ihr eiskalt ins Gesicht gelogen! Und sie hatte ihm geglaubt. Nein, ein Mann, der beim Gedenken an seine Mutter log, hatte ihre Hilfe nicht verdient. Erst recht nicht, wenn der Verdacht bestand, dass dieser Mann ein Mörder war. Sie schüttelte sich, als sie sich ausmalte, wie Tove in die Sauna eingedrungen war, wo Sila Simoni sich arglos auf einer Holzbank ausgestreckt hatte. Und dann merkte sie, dass es ihr nicht gelang, sich so etwas vorzustellen. Und dass sie es auch nicht wollte! Solange Tove nicht überführt und geständig war, wollte sie ihn weiterhin heimlich ihren Freund nennen. Und Fietje Tiensch ebenfalls, den sie unmöglich in Käptens Kajüte mit den Bratwürsten und den Pommes frites allein lassen konnte. Obwohl sie auch mit ihm noch ein Hühnchen zu rupfen hatte…

Während sie sich Eriks winddichte Jacke anzog, fiel ihr auf, dass es noch eine andere Möglichkeit gab: Der wahre Mörder hatte versucht, den Verdacht auf Tove zu lenken. Dessen Turnschuhe waren für jeden zugänglich gewesen, und da er zurzeit die hässliche Angewohnheit hatte, seine

Zahnstocher nach dem Gebrauch einfach dort auszuspucken, wo er sich gerade befand, hatte jeder, der ihn kannte, die Möglichkeit, sich heimlich eines solchen Zahnstochers zu bemächtigen.

Prompt fühlte Mamma Carlotta sich wieder besser. Ja, so konnte es gewesen sein! Sie musste unbedingt mit Fietje darüber sprechen. Und er schuldete ihr noch die Erklärung dafür, wie er Corinna Matteuer an dem Abend in Ludos Apartment sehen konnte, wenn sie doch zur gleichen Zeit ganz woanders gewesen war. Er musste sich geirrt haben und hatte Tove damit nun in Schwierigkeiten gebracht.

Als Mamma Carlotta aus dem Haus trat, erschrak sie. Der Sturm war noch heftiger, als sie geglaubt hatte, sein Brüllen noch gewaltiger. Und das Meer schien näher gerückt zu sein. Jedenfalls hatte sie die Brandung im Süder Wung noch nie so deutlich hören können.

Ans Fahrradfahren war nicht zu denken. Bis zur Einbiegung in die Westerlandstraße musste sie sich dem Wind mit aller Kraft entgegenstemmen. Nach einer kurzen Erholungsphase begann der Kampf von Neuem, als sie in den Hochkamp einbog, und sie war froh, als sie Käptens Kajüte erreichte, wo Fietje schon sehnsüchtig auf sie wartete.

»Endlich, Signora!« Er trocknete die Hände an seiner langen weißen Schürze ab, was er anscheinend schon oft gemacht hatte. Sie sah nicht mehr besonders sauber aus. »Es waren mehrere Frühstücksgäste da! Ich bin fix und fertig. Wissen Sie schon, wann sich Tove hier endlich wieder blicken lässt?«

Er machte Anstalten, die Schürze abzubinden, aber Mamma Carlotta hielt ihn davon ab. »Wollen Sie mich etwa allein lassen?«

Fietje sah ganz so aus, als wollte er bejahen, aber dann zeigte er auf seinen Stammplatz an der Theke und erklärte schüchtern, dass er vor lauter Arbeit noch keine Zeit für sein

Frühstücks-Jever gehabt habe. Sollte Mamma Carlotta ihm ein Glas zubilligen, sei er bereit, sie beim Mittagsgeschäft zu unterstützen, falls sich bei dem Wetter überhaupt jemand auf die Straße traute.

Mamma Carlotta war einverstanden und sogar bereit, Fietje sein Bier zu zapfen, was ihr erstaunlich gut gelang. Dann rückte sie damit heraus, was sie von Erik erfahren hatte. »Mein Schwiegersohn will Signor Griess noch nicht freilassen. Er glaubt, dass Tove Sila Simoni umgebracht hat. Im Saunabereich hat er einen Zahnstocher gefunden, den Signor Griess schon mal im Mund hatte. So was lässt sich nämlich heutzutage einwandfrei feststellen«, ergänzte sie fachmännisch, noch ehe Fietje auf die Idee kommen konnte, Eriks Schlussfolgerung infrage zu stellen.

Fietje war erschüttert. »Sie meinen, er hat sie wirklich um die Ecke gebracht?«

»Er hat ein Motiv«, erinnerte Mamma Carlotta mit einem hilflosen Schulterzucken. »Aber vielleicht war es auch ganz anders. Der wahre Täter kann auch versucht haben, Signor Griess den Mord in die Schuhe zu schieben.«

Fietje wurde nachdenklich, und da er ohne Bier keinen Gedanken zu Ende bringen konnte, zapfte Mamma Carlotta ihm unverzüglich das nächste Jever und verzichtete sogar auf die Ermahnung, dass Alkohol um diese Tageszeit ungesund sei. »Und noch was! Mein Schwiegersohn hält Signor Griess auch deshalb für einen Lügner, weil Sie sich geirrt haben. Corinna Matteuer war nicht bei Ludo Thöneßen. Jedenfalls nicht an dem Abend, an dem Sie die beiden beobachtet haben wollen. Da war sie nämlich bei einem Konzert. Wie heißt die Künstlerin noch? Ina Müller oder so ähnlich.«

Fietje winkte entschlossen ab. »Ich habe mich nicht geirrt. Es stimmt, das Ina-Müller-Konzert war an diesem Abend. Es wurde im Fernsehen übertragen. Live! Ludo saß davor und sah sich das Konzert an, als Corinna Matteuer ihn besuchte. Jawoll!«

»Dann hat die Matteuer sich geirrt. Aber das wird Enrico herausfinden.«

Da fiel Mamma Carlotta die Geschichte von dem Küster ihres Dorfes ein, der nur ein paar Wochen seines Amtes nachgegangen war. »Schon bald hatte ihn angeblich jemand beim Diebstahl beobachtet, und er wurde verhaftet. Leider hat man dann seinen Fall vergessen, ich glaube, die Akten waren verschwunden. So hat der arme Nevio zwei Jahre in Untersuchungshaft gesessen, bis jemandem auffiel, dass er immer noch auf seine Verhandlung wartete. Beinahe hätte er den Rest seines Lebens im Gefängnis verbracht, ohne dass er je vor Gericht gestellt worden wäre!«

Zu dem tragischen Tag der Entlassung, an dem der Küster bitterlich weinte, weil er die Geborgenheit des Gefängnisses verlassen musste, kam sie leider nicht mehr. Die Tür öffnete sich, und ein Gast erschien.

»Ich dachte, dass Sie vielleicht Hilfe gebrauchen können.« Lachend sah Wiebke Reimers sich um. »Aber der große Ansturm bleibt wohl aus?«

Mamma Carlotta nickte nur und machte sich an dem Kaffeeautomaten zu schaffen. »Kaffee?«, fragte sie, während sie Wiebke den Rücken zukehrte.

»Milchkaffee«, gab Wiebke fröhlich zurück. So, als wäre in der kurzen Zeit ihrer Gefangenschaft im Vorratsraum etwas zwischen ihnen entstanden, was kein böser Verdacht und keine Lüge kaputtmachen konnten.

Die Zeit, in der sie Wiebkes Milchkaffee zubereitete, nutzte Mamma Carlotta, um die Idee, die in ihr hochgeschossen war, mehrmals zu drehen und zu wenden, auf Tauglichkeit zu überprüfen und schließlich für gut zu befinden.

Sie stellte die Tasse vor Wiebke auf die Theke. »Was ich Sie in dem Vorratsraum noch fragen wollte …«, begann sie.

»Aber ich bin dann nicht mehr dazu gekommen, weil Frau Matteuer uns befreit hat ...«

»Erinnern Sie mich nicht daran!« Wiebke schüttelte sich.

Aber Mamma Carlotta ließ sich nicht beirren. »Haben Sie eigentlich Erfolg gehabt bei der Suche nach Ihren Angehörigen? Haben Sie leibliche Geschwister gefunden?«

Wiebke ließ sich Zeit, nahm einen Schluck Milchkaffee, dann sagte sie: »Ja, habe ich.«

Mamma Carlotta warf Fietje aus weit aufgerissenen Augen einen warnenden Blick zu, der erschrocken das Bierglas wegstellte und Wiebke anstarrte. Sie jedoch schien weder seinen noch Mamma Carlottas Blick zu bemerken, sondern trank ungerührt ihren Milchkaffee, ohne aufzusehen.

Mamma Carlotta dachte angestrengt nach, wie sie Wiebke dazu bringen konnte, ihr etwas von einer leiblichen Schwester zu erzählen, die als Pornostar Karriere gemacht hatte, und von einem leiblichen Bruder, der bei Matteuer-Immobilien gearbeitet hatte, und dass die beiden von ihren Adoptiveltern kein einziges Mal in den Keller gesperrt worden waren ... da klingelte Wiebkes Handy.

Sie zog es hektisch hervor. »Gut, dass es nicht in meiner Handtasche gesteckt hatte. Eine Journalistin muss ständig erreichbar sein.«

Sie meldete sich, lauschte eine Weile schweigend, dann verzog sich ihr Gesicht ungläubig. »Ehrlich? Das ist ja großartig!« Dann fragte sie erstaunt: »Ein Bauarbeiter? Aber es ist Sonntag!«

Ihr Gesprächspartner gab noch einige Sätze von sich, denen Wiebke aufmerksam folgte, dann beendete sie das Gespräch. »Das war mein Hotel! Stellen Sie sich vor, ein Maurer hat meine Tasche gefunden! Ich kann sie sofort abholen.« Sie trank hastig ihre Tasse leer und erhob sich. »Erstaunlich, dass auf Sylt sogar sonntags auf dem Bau gearbeitet wird.«

»In der Hochsaison müssen sämtliche Bauarbeiten einge-stellt werden«, erklärte Fietje. »Dafür wird in der übrigen Zeit auch an den Wochenenden gearbeitet.«

Wiebke wickelte sich ihren Schal um den Hals. »Der Maurer hat in der Tasche meine Hotelkarte gefunden und in der Windrose angerufen. Er hat keine Zeit, mir die Tasche zu bringen, in zehn Minuten hat er Feierabend, und sein Zug aufs Festland geht in einer halben Stunde.« Mit einem Ende ihres Schals beförderte sie das künstliche Usambaraveilchen auf den Boden, das seit Jahren Toves Theke schmückte, aber zum Glück in einem Plastiktopf steckte, der keinen Schaden genommen hatte. Während Wiebke ihn zurückstellte, sagte sie zu Mamma Carlotta: »Am besten, ich rufe Ihren Schwiegersohn an, damit er Bescheid weiß. Haben Sie die Telefonnummer im Kopf?«

Mamma Carlotta konnte sie aufsagen, ohne zu zögern. »Aber Sie wissen ja ...«

»Kein Wort von Käptens Kajüte, ist schon klar.«

Am anderen Ende schien sich jemand zu melden, und Wiebke fragte nach Erik. »Nicht in seinem Büro?« Sie sah enttäuscht aus. »Dann richten Sie ihm bitte aus, dass ich meine Handtasche abholen kann. Ein ehrlicher Finder bewahrt sie für mich auf. Herr Wolf kann die Fahndung nach meiner Tasche abblasen.«

Zwei Minuten später war Wiebke verschwunden, der Wind, der durch die offene Tür gejault war, hatte sich mit dem Dunst von Käptens Kajüte vermischt, und Fietje hatte sich von dem Schreck erholt, den er bekommen hatte, als Wiebke mit den Absätzen ihrer Cowboystiefel an der Türschwelle hängen geblieben und beinahe kopfüber auf dem Hochkamp gelandet war.

Mamma Carlotta sah noch immer die Tür an, die hinter Wiebke ins Schloss geknallt war. »Es stimmt also. Dennis Happe und Sila Simoni sind ihre Geschwister.«

Fietje sah verwirrt auf und schob sich seine Bommelmütze in den Nacken. »Hat sie das gesagt? Ich hab nix gehört.«

»Nicht direkt, aber sie hat gesagt, sie hätte ihre leiblichen Geschwister gefunden. Und denken Sie an die Geschichte, die ich in der Vorratskammer von ihr erfahren habe! Ich hab's Ihnen doch haarklein weitererzählt!«

»Aber dann hätte sie ja verraten, was sie getan hat!« Fietje war voller Zweifel.

Mamma Carlotta war davon überzeugt, dass sie sich in den Wirrungen der menschlichen Psyche auskannte. »Es gibt viele Täter, die sich von der Seele reden wollen, was sie angerichtet haben. Manche tun dann so, als redeten sie von einem anderen. Also, in Panidomino gab's einen Mann ...«

Erik kam mit einer Akte aus dem Archiv und durchquerte die Wachstube des Reviers. Er hatte es eilig. Zumindest hatte er das Dr. Hillmot weisgemacht, der ihm auf dem Flur begegnet war und schon wieder über die Obduktionsberichte hatte reden wollen. Es wurde wirklich Zeit, dass er sich mit ihnen beschäftigte, obwohl er nicht damit rechnete, dass sie ihn in der Lösung seiner Fälle weiterbrachten.

Rudi Engdahl hielt ihn auf. »Da war gerade ein Anruf! Von dieser Wiebke Reimers!«

Erik blieb wie angewurzelt stehen und drehte sich um. »Was wollte sie?«

»Sie hat ihre Tasche wieder. Ein ehrlicher Finder hat sich gemeldet. Sie holt sie bei ihm ab.« Engdahl griff nach seiner Uniformjacke. »Ich geh dann mal, meine Schicht ist vorbei.« Er grinste schief. »Schönen Sonntag noch. Enno muss jeden Augenblick kommen.«

Erik nickte und versuchte, das griesgrämige Gesicht seines Assistenten nicht zur Kenntnis zu nehmen, der gerade zum Faxgerät ging. »Wieso müssen wir auch am Wochenende arbeiten?«

»Bei Mord gibt es keine geregelten Arbeitszeiten«, gab Erik zurück.

»Und was gibt's so Wichtiges?«, maulte Sören, während er ein Fax absetzte. »Haben wir etwa neue Anhaltspunkte? Oder sind wir nur hier, damit die Staatsanwältin uns erreichen kann?«

Ehe Erik etwas antworten konnte, betrat ein Mann das Büro, der in der Hand eine Tasche trug, die Erik bekannt vorkam. »Habe ich gefunden«, erklärte er und setzte die Handtasche auf der Theke ab. »Die lag neben einer Bank. Auf dem Weg, der hinter der Nordseeklinik entlangführt. Wahrscheinlich gestohlen und dann ausgeplündert.«

Erik nahm die Tasche so vorsichtig zur Hand, als könnte sie etwas Zerbrechliches enthalten. Behutsam und geradezu zärtlich zog er den Reißverschluss auf. Die Tasche war leer. Er hielt das Innenfutter ins Licht und wusste nach wenigen Augenblicken, dass dies Wiebkes Tasche war. Die feinen Einstiche im Futter, dort, wo die beiden Anstecknadeln gesessen hatten, waren deutlich zu erkennen.

Sören erschien neben ihm und runzelte die Stirn. »Hat Rudi nicht eben gesagt, Wiebke Reimers hätte ihre Tasche wieder?«

Der Finder, ein Mann von Mitte fünfzig, wurde unruhig. »Stimmt was nicht?«

Zum Glück kam Enno Mierendorf herein, um seinen Sonntagsdienst anzutreten. Erik nahm die Tasche an sich und bat den Polizeimeister, sich um die notwendigen Formalitäten zu kümmern.

In seinem Büro stellte er das Fundstück auf den Schreibtisch und betrachtete es eine Weile, während Sören sich auf einen Stuhl setzte und zu kippeln begann. »Am besten, Sie rufen die Reimers an. Das Ganze kann ja nur ein Irrtum sein.«

Erik zögerte. »Sie hat zu Rudi gesagt, sie wolle die Tasche bei dem ehrlichen Finder abholen ...«

»Hm, und nun wird die Tasche hier abgegeben. Wahrscheinlich von demselben ehrlichen Finder. Da muss ein Missverständnis vorliegen!«

Erik riss die Tür auf und lief ins Revierzimmer zurück, wo Enno gerade die Personalien des Mannes aufnahm. »Haben Sie mit der Besitzerin der Tasche irgendwie Kontakt aufgenommen?«, fragte er.

Der Mann sah ihn an, als verstünde er kein Wort. »Nein, wieso? Ich weiß doch gar nicht, wem sie gehört!«

Ohne ein Wort kehrte Erik in sein Büro zurück. Er blieb stehen und betrachtete seinen Assistenten, als wäre Sören in den letzten paar Sekunden eine Warze auf der Nase gewachsen. »Wenn die andere Tasche, die sie abholen soll, gar nicht ihre Tasche ist, wie ist dann der Mensch, der sie angeblich gefunden hat, darauf gekommen, dass sie Wiebke gehören könnte?« Er holte sein Handy hervor und blätterte die Kontaktliste durch. Als er auf Wiebkes Namen stieß, drückte er den grünen Knopf.

Mamma Carlotta starrte die Bratwürste an, die viel schneller bräunten, als sie angenommen hatte, und fragte sich, wie sie zu retten wären, wenn nicht in der nächsten halben Stunde ein Dutzend hungrige Gäste in Käptens Kajüte auftauchten. »Madonna!« Eine Imbissstube zu leiten war schwieriger, als sie gedacht hatte. Fietje hatte sich natürlich der Aufgabe, die Tove ihm anvertraut hatte, entzogen und beschäftigte sich mit nichts anderem als seinem Jever. Eine Hilfe war er wirklich nicht, aber immerhin ein geduldiger Zuhörer, während Mamma Carlotta von der deutschen Familie erzählte, die es nach Città di Castello verschlagen hatte, wo sie mit einem Restaurant reich zu werden hoffte. »Zwei Jahre haben sie es mit Sauerkraut und Eisbein versucht, bis sie einsahen, dass kein Italiener so was essen will!« Mamma Carlotta schüttelte sich und wollte gerade erläutern, was der Anblick eines Eisbeins und der Geruch von Sauerkraut bei ihr auslösten – da wurde sie von einem Geräusch unterbrochen, das sie zunächst nicht einordnen konnte. Dann aber stellte sich heraus, dass das rhythmische Schnarren von einem vibrierenden Handy stammte, das auf der Theke lag. Wiebkes Handy!

Vorsichtig nahm Mamma Carlotta es zur Hand und starrte aufs Display. »Erik Wolf«, las sie und sah Fietje fragend an. »Mein Schwiegersohn ruft Wiebke Reimers an. Warum?«

»Woher soll ich das wissen?«, brummte Fietje zurück. »Aber gehen Sie besser nicht dran, Signora! Sonst müssen Sie am Ende noch erklären, wo Sie sind.«

Mamma Carlotta nickte, wartete so lange, bis das Brummen ein Ende hatte, und band sich dann die Schürze ab. »Ich glaube, das Mittagsgeschäft fällt aus. Kein Wunder bei diesem Wetter! Da bleibt jeder zu Hause.«

Fietje sah sie ahnungsvoll an. »Und Sie? Wollen Sie etwa gehen?«

»Ich muss mir einmal das Meer ansehen. Noch nie war ich hier, wenn eine Sturmflut erwartet wurde.«

Fietje hatte eine Menge dagegen einzuwenden, fürchtete angeblich, dass sie vom Kliff gepustet oder in ihrem Leichtsinn von einer großen Welle ins Meer gezogen würde, aber Mamma Carlotta wusste natürlich, dass er nur Angst vor Kunden hatte, die Pommes frites bestellten und ihn damit zwangen, mit heißem Fett zu hantieren.

»In einer halben Stunde bin ich zurück.«

Erik legte enttäuscht das Telefon weg. »Sie nimmt nicht ab.«

Sören versuchte es mit zur Schau getragener Gleichgültigkeit und einem missmutigen Schulterzucken. »Sie hat keinen Bock zu telefonieren oder keine Zeit oder …«

»Da stimmt was nicht.«

Sören stand auf und ging zur Tür. »Chef, Sie sollten sich lieber überlegen, wie wir an Beweise kommen, die wir der Staatsanwältin vorlegen können. Ich für meinen Teil gehe jetzt noch mal alle Protokolle durch, und Sie sollten endlich die Obduktionsberichte lesen. Dann nehmen wir uns Tove Griess noch mal vor, und wenn wir danach immer noch nicht schlauer sind, gehen wir nach Hause und fangen morgen noch mal von vorne an.«

Als Sören das Zimmer verlassen hatte, blieb Erik eine Weile bewegungslos sitzen, war in Versuchung, seine Pfeife hervorzunehmen, unterließ es dann aber und griff lustlos nach dem ersten Obduktionsbericht. Es war der von Matilda Pütz. Es fiel ihm schwer, ihn zu lesen, da es ihm nicht gelingen wollte, den Gedanken auszublenden, dass er die Person, um die es hier ging, persönlich gekannt hatte. Er sah die junge Matilda Pütz vor sich, ihren verliebten Blick, wenn sie sich unbeobachtet glaubte, ihre Enttäuschung, wenn sich wieder mal alles um Corinna drehte, die Resignation, die sich oft auf ihrem Gesicht breitmachte.

Nun war Corinna es, die verstehen musste, dass er sie nicht liebte. Nicht mehr! Und ihre Miene war die Gleiche wie damals Matildas.

Er blätterte durch den Obduktionsbericht, überflog die Passagen, die ihn zu sehr bedrängten, ihn an ihren Blick und ihr Gesicht erinnerten, und blieb dann an einem Absatz hängen, der so sachlich war, dass er ihn sich zumuten mochte.

Kurz darauf erstarrte er. Seine Augen weiteten sich, er konnte den Blick nicht losreißen. Nur mit Mühe hob er den Kopf, murmelte vor sich hin, was Dr. Hillmot geschrieben hatte. Was hatte das zu bedeuten? Welche Schlüsse musste er daraus ziehen?

Die Staatsanwältin wäre entsetzt gewesen, wenn sie beobachtet hätte, wie lange es dauerte, bis Erik begriff, was Dr. Hillmots Befund bedeutete. Dann aber war endlich alles klar, er sprang auf und schrie: »Sören!«

Sekunden später stand sein Assistent im Raum, zu Tode erschrocken, mit weit aufgerissenen Augen. »Um Himmels willen, Chef! Was ist passiert?«

Erik zeigte mit zitterndem Finger auf den Absatz, den er gelesen hatte. »Sehen Sie sich das an!«

Sören las, brachte aber nicht mehr als ein Kopfschütteln zustande. Er begriff nicht, was Erik meinte. Und noch weniger verstand er, als sein Chef sagte: »Wir brauchen eine Handyortung! Kümmern Sie sich darum. Ich muss wissen, wo Corinna ist. Den Rest erzähle ich Ihnen unterwegs.«

Mamma Carlotta war zum Strandübergang zwischen dem Kliffkieker und dem alten Gosch gegangen. Schon von Weitem erkannte sie, dass sie dort nicht allein sein würde. Viele Neugierige hatten sich versammelt, um aus sicherer Höhe das Schauspiel zu betrachten, das das Meer ihnen bot. Nur wenige hielten sich in der Nähe der Treppe auf, wo der Sturm nach jedem griff, der so leichtsinnig war, sich nicht festzuhalten. Aber die meisten standen in sicherer Entfernung und hielten sich selbst und ihre Mützen und Kapuzen fest.

Mamma Carlotta war erschüttert, als sie feststellte, dass der Strand vom Meer verschluckt worden war. Es raste gegen das Kliff an, und jedes Mal, wenn es zurückwich, nahm es ein kleines Stück der Insel mit. Erik hatte ihr oft erzählt, dass Sylt ständig an Land verlor und dass es während der großen Sturmfluten so schlimm gewesen war, dass Häuser, die in der Nähe des Kliffs gebaut worden waren, Gefahr liefen, ins Meer zu stürzen. Nun sah sie die Gewalt der Natur mit eigenen Augen.

»An der Kurpromenade von Westerland«, sagte ein Mann in ihrer Nähe, »sind die Feuerwehrleute schon im Einsatz.

Die versuchen zu retten, was zu retten ist. In der Nähe der Konzertmuschel soll schon Land unter sein.«

Er sprach noch weiter, aber es war nicht mehr zu verstehen. Der Sturm riss seine Sätze davon. Er zerrte auch die Möwen fort, die schreiend über sie hinwegflogen, und jagte die dunklen Wolken über die Insel. Es war kaum möglich, ruhig stehen zu bleiben und das Schauspiel in sich aufzunehmen. Der Sturm rüttelte an Mamma Carlottas Körper, ließ sie schwanken, zwang sie, sich in kleinen Drehungen und Wendungen dem Sturm entgegenzubewegen, um nicht von ihm angegriffen und überrascht zu werden.

Neben ihr griff eine Frau erschrocken nach ihrem Arm, um nicht hinzufallen. Mamma Carlotta hielt sie, stützte sie und sorgte dafür, dass sie bald wieder sicher auf den Beinen stand. Die Frau trug einen weiten Blouson, der sich aufblähte wie ein Segel und den Stoff um ihren Körper schlug.

»Sie sind nicht richtig angezogen für diesen Sturm«, tadelte Mamma Carlotta, die sich nicht zu den Touristen, sondern als Mitglied einer Sylter Familie zu den Einheimischen zählte und sich daher das Recht herausnahm, Ratschläge zu erteilen.

»Auf der Gosch-Baustelle ist gerade einiges zu Bruch gegangen«, hörte Mamma Carlotta einen Mann in ihrer Nähe sagen. »Ich bin da gerade vorbeigegangen und habe gesehen, dass einige Bretter vom Gerüst gefallen sind. Die sind durch die Luft gesegelt wie Streichhölzer.« Er lachte selbstgefällig und sogar ein wenig schadenfroh. »Der Polier wird Ärger kriegen. Der hat die Baustelle nicht richtig gesichert!«

Mamma Carlotta, die den Polier längst zu ihren Sylter Freunden zählte, wies ihn zurecht. Sie musste gegen den Wind anschreien, während sie klarmachte, dass der Polier ein sehr zuverlässiger Mann sei, der seine Aufgabe ernst nehme. »Aber gegen so einen Sturm ist auch er machtlos!«

Doch der Mann gehörte zu den Besserwissern. »Ich kenne

mich aus! Wenn mich auf dem Nachhauseweg irgendwas trifft, dann hat der Schadensersatzforderungen am Hals, die sich gewaschen haben.«

Über die Rechthaberei vergaß er, dass er sich festhalten musste, während er Mamma Carlotta auseinandersetzte, welche Probleme ein Bauherr mit seiner Versicherung bekäme, wenn eine Baustelle nicht ordentlich gesichert sei. Er öffnete den Reißverschluss seiner Jacke, als wollte er nach einer Visitenkarte suchen, da griff der Sturm nach ihm und riss ihn von den Beinen. Er fiel hintenüber und schlug mit dem Kopf gegen eine der gläsernen Trennwände, die Gosch aufgestellt hatte, um die Gäste, die bei gutem Wetter draußen essen wollten, vor dem Wind zu schützen.

Die Umstehenden halfen dem Versicherungsexperten auf die Beine. Auch Mamma Carlotta griff zu und hielt den Mann, nachdem er wieder aufrecht stand, fest, bis er seiner Verwirrung Herr geworden war und sich damit abgefunden hatte, dass er einer Sturmbö nicht gewachsen war. Währenddessen überzeugte sie ihn davon, dass auch der Gewissenhaftigkeit eines Poliers Grenzen gesetzt seien, wenn der Sturm derart wütete wie an diesem Tag.

Als sie den Eindruck hatte, dass der Mann geläutert war und nicht mehr daran dachte, dem netten Polier, der ihr zu so vielen Unterschriften gegen das neue Gesundheitshaus verholfen hatte, Schwierigkeiten zu machen, fügte sie geschäftstüchtig an, dass es auf dem Hochkamp eine Imbissstube gebe, in der heiße Getränke zum Aufwärmen angeboten würden. Dann verabschiedete sie sich und trat den Rückweg an, um Fietje im Mittagsgeschäft zu unterstützen, falls es doch noch in Gang gekommen war.

Den Wind hatte sie nun im Rücken und musste sich gegen ihn lehnen, damit ihre Füße nicht schneller liefen, als sie selbst vorankommen wollte.

Sie bog nach rechts ab, wechselte die Straßenseite und lief

am Kindergarten vorbei, wo es ein Stück bergab ging. Sie hatte ihre liebe Mühe, auf dem Gehweg zu bleiben. Immer wieder packte sie der Sturm, und jedes Mal kamen die heftigsten Böen so unerwartet, dass sie schließlich vor dem italienischen Restaurant stehen blieb, um kurz zu verschnaufen. Weil es schön war, Teil der Natur zu sein, auch wenn sie sich wie ein Gegner gebärdete, und auch ein wenig, um der Natur zu trotzen, hielt sie dem Sturm ihr Gesicht hin. Er fuhr ihr in die Augen, zerrte an ihrer Kapuze, blies ihre Jacke auf und brachte sie ins Schwanken, sodass sie sich am Geländer der Treppe festhalten musste, die in das italienische Restaurant hinabführte. Sie kniff die Augen zusammen, blinzelte und bemerkte dann, dass sich auf der Baustelle gegenüber etwas bewegte. Der Polier? War er noch damit beschäftigt, seine Baustelle zu sichern, damit Leute wie der Versicherungsexperte von eben ihm nichts anhaben konnten? Aber dann erblickte Mamma Carlotta etwas, das sie dermaßen verblüffte, dass sie den Sturm vergaß und beinahe rücklings die Treppe hinabgeblasen worden wäre …

Vetterich betrat Eriks Büro und sah verwundert von einem zum andern. Die Anspannung im Raum war mit Händen zu greifen.

»Ist was?«, fragte Erik, noch ehe Vetterich sich erkundigen konnte, ob etwa schon wieder ein Mord passiert sei.

Der Chef der KTU war immer froh, wenn er sich auf seine Arbeit zurückziehen konnte und nicht nach rechts und links blicken musste, wo es etwas anderes gab als Untersuchungsergebnisse und unumstößliche Fakten. »Mir ist was aufgefallen«, begann er umständlich und hockte sich auf Eriks Schreibtischkante. »Sie sagen, Tove Griess bestreitet alles, was ihm vorgeworfen wird?«

Erik nickte. Am liebsten hätte er Vetterich gesagt, Tove Griess interessiere ihn zurzeit kein bisschen, aber dann ließ er den Spurensicherer reden, schob schon mal sein Handy in die Hosentasche, band sich die Schnürsenkel seiner Schuhe fester, holte die Jacke vom Garderobenhaken und hängte sie über die Stuhllehne. So würde alles ganz schnell gehen, sobald Engdahl mit der Handyortung fertig war.

»Griess ist ein großer, schwerer Kerl«, machte Vetterich weiter. »Neunzig Kilo mindestens!« Er sah sich um und wartete darauf, dass eine Ahnung in Eriks und Sörens Gesichter stieg. Aber er wurde enttäuscht. »Wer den Schuhabdruck hinter dem Squashcenter hinterlassen hat, wog aber höchstens sechzig Kilo. Das ist an der Tiefe der Spuren einwandfrei zu erkennen.«

Erik nickte. »Gute Arbeit, Vetterich«, sagte er ohne die Begeisterung, die auch ein Friese gelegentlich erleben möchte.

Vetterich war enttäuscht. »Sie wissen schon, dass er unschuldig ist?«

Sören nickte. »Tove Griess war es nicht. Da wollte ihm jemand einen Mord in die Schuhe schieben.«

»In die Schuhe! Genau!«, bestätigte Vetterich.

»Wenn wir zurückkommen«, ergänzte Erik, »werden wir ihn nach Hause schicken. Den Haftbefehl, den die Staatsanwältin bald schickt, können wir zerreißen.«

Nun sprang die Tür auf, Rudi Engdahl erschien. »Die Baustelle des neuen Gosch!«, stieß er hervor.

Erik sprang auf, packte seine Jacke und lief hinaus.

Mamma Carlotta starrte noch immer zur Baustelle. Dann bewegte sie sich über die Straße, ohne nach rechts und links zu blicken, ohne darauf zu achten, ob sich ein Auto näherte. Langsam ging sie über den Parkplatz auf die Baustelle zu, angestrengt blickte sie nach oben. War da eine Bewegung? Schon wollte sie sich abwenden, da sah sie es wieder. In einer winzigen Lücke, die der Sturm ihr ließ, hörte sie sogar ein

Geräusch. Klappernde Planken, ein Scheppern, ein Rasseln. Dann Stimmen! Wütende Stimmen, ein Schrei! Dann wieder nur der Sturm …

Sie wusste, dass das Betreten von Baustellen verboten war, erst recht bei diesem Wetter. Aber die Stimmen waren ihr bekannt vorgekommen. Vor allem eine! Da sollte sie weitergehen, ohne nach dem Rechten zu sehen? Unmöglich! Geduckt lief sie los, blieb immer wieder stehen und sah sich um. Doch sosehr sie sich bemühte, sie sah niemanden. Das bedeutete hoffentlich, dass auch sie nicht gesehen wurde. Zum Glück kam es dank des Sturms nicht darauf an, leise zu sein, sie konnte über die schwankenden Planken in die untere Etage hineinlaufen, ohne dass ihre Schritte eine Etage höher zu hören waren. Der Sturm rüttelte an jeder Leiter, jedem Betonfass, jedem Stahlständer, Schritte waren nicht von anderen Geräuschen zu unterscheiden.

Sie blieb stehen, sah sich zwischen den Stahlträgern um, die die Deckenkonstruktion stützten, roch den Mörtel und die Feuchtigkeit, fühlte sich mit einem Mal einsam wie ein Kind, das sich nicht allein in den Keller traut. Nun war es, als könnte hinter jedem Mauerstück die Gefahr lauern. Das Böse, das Vernichtende! Sie fuhr herum, weil es plötzlich so schien, als schliche sich jemand von hinten an, aber es war nur ein leerer Plastiksack, der vom rauen Betonboden aufgewirbelt worden war.

Sie schlich auf die Leiter zu, die dort stand, wo es später mal eine Treppe geben würde. Von oben waren die Stimmen gekommen! Nur kurz, dann waren sie mit der nächsten Bö davongeflogen. Aber dass sie da gewesen waren, daran zweifelte Mamma Carlotta keinen Augenblick. Nur … was ging dort oben vor?

Sie hatte gerade den Fuß auf die erste Sprosse der Leiter gestellt, da hörte sie die Stimmen erneut. Es waren zwei Frauen! Und sie kannte beide. Wütend und aggressiv klangen sie, voller Zorn und Verachtung. Aber wer stieß die Vorwürfe aus? Und wer lachte hämisch darüber? Welche war die Angreiferin?

Dann plötzlich ein Gerangel! Das Scharren von Füßen drang die Leiter herab, das Klappern der Gerüstplanken, Ächzen, grimmiges Stöhnen, ängstliches Wimmern. Dann war es plötzlich mucksmäuschenstill! Nur noch der Sturm war zu hören. Was war da oben passiert?

Für Mamma Carlotta gab es nun kein Halten mehr. Vorsichtig erklomm sie Sprosse um Sprosse, bis sie die erste Etage des Baugerüsts überblicken konnte. Am Ende entdeckte sie zwei Beine, sie steckten in Cowboystiefeln. Weiter hinten entdeckte sie zwei weitere Beine. Und dann sah sie, dass Wiebke Reimers eine Latte in Händen hielt, die mit Nägeln bespickt war. Drohend hielt sie die hässliche Waffe in Händen, bereit, zuzuschlagen...

Mamma Carlotta empfand schlagartig eine tiefe Müdigkeit, eine so gewaltige Enttäuschung, die sie beinahe bewogen hätte, umzukehren und sich feige davonzuschleichen. Also doch Wiebke Reimers!

Sören hatte sich ans Steuer gesetzt, ohne zu fragen, ob es seinem Chef recht war. Er traute Erik nicht viel zu, wenn es darum ging, möglichst schnell von einem Ort zum anderen zu kommen. Und Erik war es recht so. Beim Autofahren konnte er nicht nachdenken, und es gab noch so vieles, worüber er zu grübeln hatte.

»Hätte ich die Obduktionsberichte nur eher gelesen!«, stöhnte er, als Sören in die Kjeirstraße einbog. »Was mag sie vorhaben?«

Wieder verfiel er in dumpfes Brüten. Auch Sören schwieg, konzentrierte sich auf den Verkehr und wollte anscheinend weitere Selbstanklagen seines Chefs nicht herausfordern.

Gerade kam die Nordseeklinik in Sicht, als Erik zusammenzuckte und auf eine Person am Straßenrand zeigte. »Stopp! Anhalten!«

Erschrocken stieg Sören auf die Bremse. Der Wagen hinter ihnen kam mit quietschenden Reifen gerade noch rechtzeitig zum Stehen. Hupend zog er vorbei, auf dem Beifahrersitz wurde wütend gestikuliert.

Sören atmete tief durch. »Was ist los?«

Erik stieß die Beifahrertür auf, die ihm sofort vom Sturm aus der Hand gerissen wurde. Er hatte Mühe, aus dem Auto zu kommen, duckte sich vor dem Wind und lief zu dem Mann, der ihm nun den Rücken zukehrte. Er hielt den Daumen heraus und konzentrierte sich auf die Autos, die auf ihn zukamen.

Als Erik ihn von hinten ansprach, fuhr er erschrocken herum. »Niccolò? Bist du das?«

Nun erkannte er Erik und begann zu lachen. »Enrico! È bello vederti! Dio mio! Bis man hier jemanden findet, der einen mitnimmt…!«

»Willst du zu uns?«

»Naturalmente! Wohin sonst? Tante Carlotta ist auch hier!«

Niccolò Capella war ein Mann in Eriks Alter, sah aber jünger aus. In seiner Gegenwart hatte Erik sich immer älter gefühlt, als er war. Niccolò war größer und schlanker als Erik, temperamentvoller, sportlicher, redegewandter, charmanter und natürlich bestens trainiert. In seiner Gegenwart fühlte Erik sich immer alt.

Die dichten schwarzen Haare hatte Niccolò so straff nach hinten gegelt, dass ihnen nicht einmal der Sturm etwas anhaben konnte. Seine dunklen Augen funkelten, die scharfe, ausgeprägte Nase verlieh ihm männliche Stärke. Er trug sehr enge Jeans, in denen Erik es keine halbe Stunde ausgehalten hätte, und eine kurze Jacke, die ab und an den Blick auf einen winzigen, aber eindrucksvollen Streifen seines dunkel behaarten Waschbrettbauchs freigab.

Niccolò griff nach seinem Rucksack und hängte ihn sich über die rechte Schulter. »Ist es noch weit?«

»Das nicht, aber …« Erik schob Niccolò zu seinem Auto und öffnete die hintere Tür. »Wir sind dienstlich unterwegs und haben es eilig. Sehr eilig sogar.«

Niccolò ließ sich auf den Sitz fallen und lachte Sören ins Gesicht, der sich erstaunt zu ihm umdrehte. »Buon giorno! Ist es hier immer so stürmisch? Und diese Kälte! Fürchterlich!«

»Moin«, gab Sören zurück und sah Erik abwartend an.

»Ein Verwandter«, erklärte Erik kurz angebunden und gab das Zeichen zum Weiterfahren. »Wir setzen ihn im Süder Wung ab.« Er zog sein Handy aus der Tasche und wählte. »Mal sehen, ob jemand zu Hause ist.«

Niemand meldete sich, resigniert drückte er den roten Knopf seines Handys. »Die Kinder sind noch nicht zurück. Und meine Schwiegermutter … die ist wahrscheinlich schon wieder mit ihren Unterschriftenlisten unterwegs.« Er wandte seinen Kopf zur Seite und sagte zu Niccolò: »Am besten, du kommst erst mal mit uns. Wir laden dich nachher zu Hause ab.«

Niccolò lehnte sich bequem zurück und lächelte. Ihm schien alles recht zu sein. Hauptsache, er blieb vor der Kälte und Sturm verschont!

»Willst du auf Sylt Arbeit suchen?«, fragte Erik, dem plötzlich einfiel, dass von Niccolò in letzter Zeit gelegentlich die Rede gewesen war. Wenn er sich recht erinnerte, hatte Mamma Carlotta davon gesprochen, dass Niccolò sein Restaurant in Assisi hatte aufgeben müssen. Auch von Eheproblemen, Scheidung und einem Rosenkrieg hatte sie erzählt und dass Niccolò seitdem am Hungertuch nage. An Einzelheiten konnte er sich allerdings nicht erinnern, da er selten aufmerksam zuhörte, wenn seine Schwiegermutter ihm die Schicksale der Verwandtschaft in allen Einzelheiten darlegte. Er war stolz darauf, dass ihm immerhin einige von Niccolòs

Problemen im Gedächtnis geblieben waren, sodass er nicht schon in den ersten Minuten des Wiedersehens in ein Fettnäpfchen tappte. Als er sich bei einem Onkel von Lucia vor Jahren einmal danach erkundigt hatte, ob dessen Sohn noch immer in Genua lebe, war seine ohnehin nicht sehr gefestigte Position in der Familie seiner Frau in große Gefahr geraten. Anscheinend war er der Einzige gewesen, der nicht mitbekommen hatte, dass der Sohn wegen schweren Betruges seit zwei Jahren im Gefängnis saß.

»Hat Tante Carlotta dir nichts von meinen Plänen erzählt?«, fragte Niccolò zurück und klang dabei derart erstaunt, dass Erik sofort von der Sorge befallen wurde, doch wieder etwas Wichtiges überhört zu haben. Vermutlich hatte seine Schwiegermutter ihm umständlich und unter Einbeziehung sämtlicher Vorgeschichten etwas von Niccolòs beruflichen Plänen erzählt, und er war schon bei der Vorrede gedanklich abgeschweift und hatte die Schilderungen einfach an sich vorbeirauschen lassen.

»Doch, doch, natürlich«, antwortete er und hoffte, dass er seinen Informationsrückstand später aufholen konnte, bevor es zu irgendwelchen Unannehmlichkeiten kam. Wahrscheinlich hatte seine Schwiegermutter ihm sogar mitgeteilt, dass Niccolò demnächst auf Sylt zu erwarten sei, und auch das hatte er nicht mitbekommen. Es galt also, vorsichtig zu sein und sich zurückzuhalten mit Fragen und Bemerkungen, die ihn auf direktem Wege in die nächste Peinlichkeit führten.

Er war dankbar, dass Niccolò sich interessiert die Gegend ansah und nicht alles, was er erblickte, kommentierte, wie es die meisten anderen taten, die zur Familie Capella gehörten. Erik musste sich auf das konzentrieren, was vor ihm lag. Und zur Konzentration gehörte bei ihm das Schweigen.

Sören drückte aufs Gas. Schnelles Autofahren konnte einen Italiener zwar eigentlich nicht beeindrucken, aber Niccolò schien doch zu spüren, dass er nicht an einer Spazierfahrt, sondern an einem brisanten Polizeieinsatz teilnahm. Dass er auf diese Erkenntnis nicht mit einer Salve von überflüssigen Alarmrufen reagierte, machte ihn für Erik sympathisch. Schon Niccolòs langjähriger Wunsch, zum Zirkus zu gehen, hatte ihn in Eriks Augen eher interessant als psychopathisch gemacht, wie er von den meisten Angehörigen eingestuft wurde. Und dass man es Niccolò ausgeredet hatte, war ihm gelegentlich sogar bedauerlich erschienen. Aber natürlich hätte er niemals etwas Derartiges verlauten lassen, denn dann wäre die gesamte Familie Capella über ihn hergefallen.

Angestrengt starrte Erik dem neuen Gosch-Bau entgegen, der gerade in Sicht kam. Niccolò hatte er nun beinahe vergessen. Die Mauern des Neubaus standen bereits, Gerüste waren davor angebracht, vermutlich für die Außenverklinkerung, vermutete Erik.

»Sehen Sie was?«, fragte er Sören, als sie auf den Parkplatz fuhren.

Sören schüttelte den Kopf. »Wahrscheinlich ist sie am Strand. Am besten, wir gehen über die Baustelle, dann sind wir im Nu bei ihr.«

Erik stieg aus und steckte seinen Kopf noch einmal in den Wagen. »Du wartest hier, okay?«

Niccolò nickte zögernd. »Wie lange?«

»Bis wir zurück sind.«

Erik warf die Beifahrertür zu und folgte Sören, der bereits versuchte, über die Baustelle zum Strand zu gelangen. Aber er erkannte schnell, dass ihnen dieser Weg versperrt war. »Wir müssen am Kurzentrum vorbei.«

Sie liefen die Straße hoch, bis sie an dem brachliegenden Grundstück angekommen waren, wo das alte Kurhaus gestanden hatte. Dort wurden sie vom Sturm gepackt, das Vorankommen wurde mühsam, als sie direkt aufs Meer zugingen und die Böen von vorne kamen.

Die Schaulustigen, die an den Stehtischen von Gosch standen, das Wüten des Meeres betrachteten und sein Auslaufen bis an die Dünen diskutierten, wichen ungläubig zurück, als sie von Erik und Sören zur Seite geschoben wurden. »Da können Sie nicht runter!«, rief jemand.

An der ersten Biegung der Treppe blieb Erik stehen. »Am Strand kommen wir nicht voran. Wir müssten durch die Dünen. Aber ...«

Sören wusste, was nun kommen würde. Der Dünenschutz, der Inselschutz, die leichtfertigen Touristen, die sich viel zu oft darüber hinwegsetzten ... »Das ist eine Ausnahmesituation«, rief er über die Schulter zurück. »Nach diesem Sturm müssen die Dünenanpflanzungen sowieso zum Teil erneuert werden.«

Sören lief weiter die Treppe hinab, und als er auf der letzten Stufe angekommen war, entschloss sich Erik, ihm zu folgen. Dass die unteren Stufen schon ein paarmal von der Brandung überrollt worden waren, konnte man sehen, im Moment aber kam keiner der Brecher so weit. »Haben wir ablandiges Wasser?«, erkundigte er sich.

Sören musste gegen den Sturm anschreien, um sich verständlich zu machen. »Nein! Hochwasser ist noch nicht erreicht! In einer halben Stunde etwa! Wir müssen uns beeilen!«

Links und rechts von ihnen dehnten sich die Dünen, der Strand war Teil des Meeres geworden. Auch der Fuß der Dünen würde immer wieder von den Brechern erreicht. Erik tat es regelrecht weh, in die Dünen zu steigen, statt an ihrem Fuß entlangzulaufen. Schon als kleiner Junge hatte er gelernt, dass die Dünen niemals betreten werden durften, dass Dünenschutz Inselschutz bedeutete. Doch zum Glück gab es einen schmalen Saum unterhalb der Dünenbepflanzung, auf dem sie wenigstens dann laufen konnten, wenn das Meer sich zurückzog. Die Brecher trieben ihnen zwar gelegentlich

Wasser über die Schuhe, aber das war nicht weiter schlimm. Sie mussten vorankommen. Weiter, weiter! Sie mussten Schlimmeres verhüten. Aber Erik wäre es wohler gewesen, wenn er gewusst hätte, was genau er eigentlich verhindern musste. Nach wie vor durchschaute er nicht, was auf ihn zukommen würde.

Mamma Carlotta wagte sich eine weitere Sprosse nach oben. Die beiden Frauen hatten nur einander im Sinn, fixierten sich, ließen die Gefahr, die von der jeweils anderen ausging, nicht aus dem Blick.

Noch eine Sprosse! Nun erschrak Mamma Carlotta vor der Sicht auf das Meer. Die Etage, die sie sich emporbewegt hatte, war auf der Meerseite dreimal so hoch. Der neue Gosch sollte sich zum Strand hin öffnen, gleich einer Welle, die auf dem Parkplatz ihren Anfang nahm und sich dann der wirklichen Brandung hoch entgegenbäumte.

Das Brett, auf dem Wiebke noch immer in drohender Haltung stand, die Latte mit den furchterregenden spitzen Nägeln erhoben, bewegte sich unter jeder Sturmbö. Der Absatz ihrer Cowboystiefel war nur Zentimeter von der äußeren Kante des Brettes entfernt. Sie hielt ihre Waffe mit beiden Händen. Sollte sie unter einem besonders heftigen Windstoß den Halt verlieren, würde sie tief fallen. Sehr, sehr tief.

Corinna Matteuer befand sich in besserer Position. Sie hatte sich bis an einen der Stahlpfosten zurückgezogen, an den sie sich klammerte. Aber sie war unbewaffnet. Einem Angriff von Wiebke konnte sie nicht ausweichen, ohne Gefahr zu laufen, vom Gerüst zu stürzen. Nicht einmal abwehren würde sie ihn können.

»Was haben Sie in Matildas Schreibtisch gesucht?«, hörte Mamma Carlotta Corinna fragen. »Sie waren es, die ihn durchwühlt hat! Geben Sie es zu!«

»Die beiden Ansteckanadeln fehlten«, antwortete Wiebke.

»Ich wusste von ihnen, und bei Klaus habe ich sie nicht gefunden.«

Corinna verlor für Augenblicke die Beherrschung. »Was haben *Sie* mit Klaus zu schaffen?«, schrie sie. »Woher kennen Sie meinen Mann?«

Wiebke hob die Latte mit den spitzen Nägeln ein Stück höher. Sie schwieg, der Sturm griff in ihre Locken, ihre Mütze hatte sie anscheinend längst eingebüßt. Der Wind riss an ihrem Schal, schlug ihn dann nach vorn, sodass er an einem der Nägel hängen blieb. Wiebke löste ihn, ohne Corinna aus den Augen zu lassen. Dann antwortete sie: »Klaus ist mein Bruder.«

Mamma Carlotta war derart verblüfft, dass sie eine unvorsichtige Bewegung machte und damit die Leiter, die ohnehin nicht besonders sicher stand, in gefährliche Schwingungen versetzte. Vor Schreck schrie sie leise auf.

Corinna entdeckte sie als Erste. »Signora! Was tun Sie denn hier? Helfen Sie mir! Diese Verrückte will mich umbringen!«

Wiebke drehte sich zu Mamma Carlotta um und bewegte sich ein paar Zentimeter auf die Leiter zu. »Sie ist es, die mich umbringen will! Deswegen hat sie mich hergelockt. Die Tasche war nur ein Vorwand.«

»Und wer hat diese Latte mit den schrecklichen Nägeln in der Hand?«, schrie Corinna. »Ich etwa?«

Auch Wiebke begann nun zu schreien. »Sie hatten die Latte hinter Ihrem Rücken, als ich hier ankam. Wenn ich nicht schnell genug gewesen wäre, läge ich jetzt da unten. Und Sie hätten dann dafür gesorgt, dass die nächste Welle mich mitnimmt.« Spöttisch, mit herabgezogenen Mundwinkeln ergänzte sie: »Ein bedauerliches Opfer des schweren Sturms!«

»Lüge!«, schrie Corinna. »Signora! Bitte, helfen Sie mir!«
Ihr Gesicht war bleich, die Augen waren riesengroß, ihre

Haare hingen wirr über den Ohren, nur am Hinterkopf waren sie noch festgesteckt. Das Tuch, das sie vermutlich auf dem Kopf getragen hatte, war auf ihre Schultern gerutscht. In ihren Augen flackerte die Angst, in ihren Mundwinkeln zuckte sie, ihre Nasenflügel bebten. Corinna Matteuer schien nur noch aus Angst zu bestehen.

Wiebke dagegen war ruhiger. »Hören Sie nicht auf diese Frau«, sagte sie und bewegte sich langsam weiter auf die Leiter zu.

Mamma Carlotta bekam es mit der Angst zu tun und trat vorsichtig den Rückzug an. Doch ihre Beine zitterten, ihre Füße suchten fahrig nach einem Halt auf der nächsten Stufe. Weg! Das war ihr einziger Gedanke. So schnell wie möglich weg! Erik verständigen und ihn zur Hilfe holen. Er würde schon wissen, wie Wiebke zu überwältigen und Corinna zu retten war.

Aber die Flucht gelang ihr nicht. Die Leiter, die vom Sturm gerüttelt und von ihrer Angst zusätzlich ins Beben versetzt wurde, löste sich von dem Querbalken, an den sie gelehnt war, und machte Anstalten, zur Seite wegzurutschen. Entsetzt griff Mamma Carlotta nach dem, was sie zu fassen bekam, und klammerte sich am Querbalken fest. Verzweifelt versuchte sie, die Leiter mit den Beinen wieder in Position zu bringen, aber vergeblich. Sie rutschte weg, und Mamma Carlottas Füße mussten den Halt aufgeben. Panisch schrie sie auf. Sie hing über der ersten Etage eines Neubaus, durch den der Sturm jagte. Und es war ausgerechnet Wiebke, die nach ihren Händen griff, um sie vor dem Absturz zu bewahren.

Sören stieg vor ihm die Dünen hinauf, Erik folgte widerstrebend. Aber er sah ein, dass es sein musste. Schlimmstenfalls ging es um die Rettung eines Menschenlebens, diesem Ziel war der Dünenschutz unterzuordnen. Er sah auf seine Füße, versuchte, das Dünengras zu verschonen, so gut es ging, versuchte, leicht aufzutreten, um so wenig Sand wie möglich zu lösen … da blieb Sören so plötzlich stehen, dass Erik in ihn hineinlief.

»Da!« Sören zeigte auf das Gerüst des Gosch-Neubaus. »Da sind sie!«

Nun sah Erik es auch. Zwei Frauen auf dem Baugerüst! Die eine klammerte sich an einen Stahlpfosten, die andere beugte sich hinab, als wollte sie etwas in die Höhe ziehen.

»Da ist noch eine Dritte im Spiel«, flüsterte Erik.

Mit angehaltenem Atem beobachteten sie, wie Wiebke Reimers jemandem auf das Gerüstbrett half. Diese Person lag zunächst bäuchlings da, hob sich schließlich auf alle viere, hatte augenscheinlich Angst, sich auf diesem schwankenden Gerüstbrett auf die Beine zu stellen und sich damit dem Sturm auszusetzen. Doch schließlich wagte sie es doch und zog sich an einem Pfosten in die Höhe.

»Um Gottes willen!«, stieß Sören hervor. »Was macht Ihre Schwiegermutter dort oben?«

Darauf konnte Erik keine Antwort geben. Der Dünenschutz war ihm plötzlich gleichgültig, hastig stieg er weiter die Düne hoch, vom Wind getrieben, von der Sorge angespornt.

»Vorsicht!«, rief Sören. »Es ist besser, wenn sie uns nicht bemerken. Wer weiß, was da oben vor sich geht!«

Erik blieb stehen und starrte zu dem Gerüst hoch. Die drei Frauen schienen nur Augen füreinander zu haben, schenkten ihrer Umgebung keinen Blick. Es sah aus, als hätte jede von ihnen Angst, von einer der anderen übertölpelt zu werden, sobald sie den Blick abwandte. Wie kam Mamma Carlotta zu diesen beiden? War sie Corinna und Wiebke nachgestiegen? Erik verstand die Welt nicht mehr.

Nachdem sie den obersten Punkt der Düne erreicht hatten, konnten sie das Baugelände betreten, wo es allerdings nichts gab, was sie als Deckung nutzen konnten. Sämtliche

Baugeräte, die hier sonst herumstanden, Wasserfässer, Betonkübel, aufgestapelte Bretter und Steine, alles war wegen des Sturms in den Neubau getragen worden, durch den zwar noch der Wind pfiff, der aber dennoch einigen Schutz bot. Ein paar Meter entfernt stand noch ein Bauwagen. Wenn sie ihn erreichen konnten, würde man sie vom Gerüst aus nicht sehen können. Sie mussten nur vorsichtig genug sein.

Erik verständigte sich mit Sören durch einen einzigen Blick. Er verstand sofort und lief geduckt los. Erik beobachtete die drei Frauen genau, bis Sören hinter dem Bauwagen angekommen war. Nein, sie hatten nichts bemerkt. Sie schauten weder nach rechts noch nach links. Aufgebracht redeten sie aufeinander ein, gestikulierten, schrien sich an, ohne dass Erik jedoch ein Wort verstehen konnte.

Wiebke griff nach etwas, das zu ihren Füßen gelegen hatte, und hielt es vor sich wie eine Waffe. Eine stabile Latte, auf der es kurz metallisch aufblitzte, als ein Sonnenstrahl durch die Wolken fiel. Das musste ein Nagel gewesen sein.

Erik duckte sich und lief, so schnell er konnte, zu Sören hinter den Bauwagen. Schwer atmend sank er dort in die Knie. »Haben die drei was gemerkt?«

»Ich glaube nicht«, gab Sören zurück und holte sein Handy aus der Tasche. »Ich informiere die Feuerwehr und die Kollegen.«

»Aber sorgen Sie dafür, dass das Martinshorn nicht angestellt wird. Wenn da oben jemand die Nerven verliert ...«

Er sprach den Satz nicht zu Ende. Vorsichtig spähte er um den Bauwagen herum. Nicht auszudenken, wenn eine der drei das Gleichgewicht verlor und von dem Gerüst stürzte!

Mamma Carlotta zitterte am ganzen Leib und hätte sich am liebsten an Wiebke festgehalten. Aber trotz ihrer Verwirrung konnte sie sich sagen, dass sie damit Hilfe bei der Falschen suchte und am Ende mit einer Verbrecherin gemeinsam ins

Verderben stürzte. Sie musste sich auf ihre eigenen Fähigkeiten besinnen, auf ihre eigene Stärke vertrauen. Und sie musste sich vorsichtig, möglichst unbemerkt, von Wiebke entfernen. Zentimeter um Zentimeter …

»Warum haben Sie den netten Dennis umgebracht?«, fragte Mamma Carlotta. »War er auch Ihr Bruder? Und Sila Simoni Ihre Schwester? War die Geschichte, die Sie mir in Käptens Kajüte erzählt haben, in Wirklichkeit Ihre eigene?«

Wiebke sah sie verblüfft an, antwortete aber nicht. Ihr Blick wanderte zu Corinna, die sich nach wie vor an den Stahlpfosten klammerte und die Latte anstarrte, die Wiebke wieder zur Hand genommen hatte, nachdem Mamma Carlotta wohlbehalten auf dem Gerüstbrett gelandet war.

»Nun sagen Sie schon!«, fauchte Corinna. »Wieso weiß ich nichts davon, dass Sie Klaus' Schwester sind?«

Wiebke schrie gegen den Sturm an: »Ich habe lange nach ihm gesucht. Und als ich ihn fand, war da gleich eine Verbindung zwischen uns, wie es sie nur bei Geschwistern gibt. Wir haben es sofort gespürt.«

»Erzählen Sie mir nichts!«, schrie Corinna zurück. »Ich hatte selbst eine Schwester. Und ich glaube Ihnen kein Wort. Klaus hätte mir davon erzählt.«

»Übermorgen wird er vierzig«, gab Wiebke zurück. »An diesem Tag wollten wir es allen verraten. Ein großes Fest sollte es werden. Eine Überraschungsparty! Aber leider …« Ihr Blick wurde kurz wehmütig, dann fiel er zurück auf Corinna und wurde wieder kalt und entschlossen. »Das Geheimnis wollte Klaus nicht mit Ihnen teilen, weil ihn schon lange nichts mehr mit seiner Ehefrau verband. Er war unglücklich mit Ihnen! Er hatte längst die Trennung vorbereitet. Weil er nämlich Matilda liebte! Ihre Schwester! Die beiden hatten seit Langem ein Verhältnis! Mir hat er es anvertraut. Aber nicht mal Matilda hat etwas von mir erfahren. Es sollte die ganz große Überraschung werden!«

»Das stimmt nicht!«, schrie Corinna zurück. »Das hätte ich gemerkt! Außerdem hatte Matilda was mit Ludo Thöneßen!«

Wiebkes Gesicht wurde plötzlich nachdenklich. »Ja, das passt nicht zusammen«, entgegnete sie und kniff die Augen zusammen, als versuchte sie, im Nebel ihrer Gedanken etwas zu erkennen.

Mamma Carlotta nutzte diesen Moment, um sich unauffällig weiter von Wiebke zu entfernen.

»Das verstehe ich einfach nicht«, fuhr Wiebke fort. »Klaus war so sicher, dass Matilda seine Liebe erwiderte.«

Noch ein paar Zentimeter! Mamma Carlotta näherte sich Corinna immer mehr, und Wiebke schien es nicht zu bemerken.

»Wieso sind Sie nach Sylt gekommen?«, fragte Corinna. »Warum wollten ausgerechnet Sie die Reportage über mich machen?«

»Weil ich Sie kennenlernen wollte«, gab Wiebke zurück. »Ich wolle sehen, was das für eine Frau ist, meine sogenannte Schwägerin. Ehrlich gesagt, ich hatte mir Klaus' Frau ganz anders vorgestellt. Was er mir von Ihnen erzählt hat, habe ich nicht wiedererkannt.«

»Hat er auch von sich selbst erzählt?«, fragte Corinna hitzig. »Hat er Ihnen erzählt, dass es ihm immer nur ums Geld ging? Dass er diejenigen, die er ausgenommen hat, weil sie ihm vertraut hatten, einfach nur ausgelacht hat?«

Wiebke zog spöttisch die Mundwinkel herab. »Sie sind doch keinen Deut besser!«

Der Sturm rüttelte an dem Gerüst, doch Wiebke und Corinna schienen es nicht zu bemerken. Sie sahen nur die Vergangenheit.

Sie merkten auch nichts davon, dass die Stahlstreben, die das Gerüst mit dem Mauerwerk verbanden, sich allmählich lösten. Mamma Carlotta bewegte sich weiter zu Corinna

Matteuer hin, die Stahlstreben, die sich immer stärker bewegten, fest im Auge. Sie musste runter von diesem Gerüst! Aber wie? An Wiebke vorbei? Nein, Wiebke Reimers war eine Gefahr, der sie sich nicht nähern wollte!

Auch Corinna schien nichts davon zu bemerken, dass der Aufenthalt auf diesem Gerüst immer gefährlicher wurde. »Klaus und Matilda haben immer wieder neue Pläne ausgeheckt, wie noch mehr Geld zu verdienen war«, fuhr sie fort. »Die beiden waren aus dem gleichen Holz. Aber das war nur geschäftlich. Privat lief da nichts!«

»Klaus hat es mir erzählt!«

»Sie lügen! Sie wollen mich verunsichern.«

Mamma Carlotta riss sich zusammen, versuchte, ihre Angst und ihre Gedanken zu kontrollieren. Ideen, wie sie sich aus dieser schrecklichen Situation befreien konnte, rasten durch ihren Kopf, aber keine blieb haften, nicht eine erwies sich als durchführbar. Doch die Entfernung zu Wiebke war nun größer, sie fühlte sich sicherer.

Sie musste sich bemühen, nicht nach unten zu blicken, durfte nicht darüber nachdenken, wie sie hier je wieder herunterkommen sollte. Fest klammerte sie sich an den Stahlträger. Irgendwann musste doch jemand auf sie aufmerksam werden. Und was spielte sich zwischen diesen beiden Frauen ab, die das Schicksal offenbar miteinander verbunden hatte? Mamma Carlotta durchblickte es nach wie vor nicht.

»Ich wusste von den beiden Anstecknadeln, die Klaus immer heimlich bei sich trug«, sprach Wiebke weiter. »Sie hätten sein Verhältnis mit Matilda verraten. Er konnte ja selber nicht mehr dafür sorgen, dass sie verschwanden. Also habe ich danach gesucht, als ich ihn das erste Mal im Pflegeheim besuchte. Ich wusste, dass sie immer im Innenfutter seiner Jacke steckten, denn so hatte er seine Geliebte stets bei sich. Aber als ich nachsah, fand ich sie nicht.« Nun fiel ihr Blick auf Mamma Carlotta. »Und Hauptkommissar Wolf hatte sie auch nicht gefunden, denn das wäre zur Sprache ge-kommen. Stimmt's, Signora?«

Mamma Carlotta nickte sehr vorsichtig, weil sie vor jeder noch so kleinen Bewegung Angst hatte. »Sì«, wagte sie trotz-dem zu sagen.

»Ich habe Klaus gefragt, aber er konnte mir nicht antwor-ten. Doch er schien zu wissen, wo die Anstecknadeln waren. Er versuchte es zu sagen. Und es kam etwas dabei heraus, das sich anhörte wie ›Matilda‹. Als wäre sie es gewesen, die ihm die verräterischen Nadeln abgenommen hatte.« Die Holzlatte hatte sie während des Redens sinken lassen, und Corinna machte eine Bewegung, als wollte sie sich auf ihre Widersacherin stürzen.

Prompt hob Wiebke die nagelbesetzte Waffe wieder. »Und dann der Mord an Dennis Happe! Als ich durchs Fenster sah und seine Leiche entdeckte, kam mir die Idee, dass Matilda die Anstecknadeln in ihrem Schreibtisch versteckt haben könnte! Als Reporterin macht man sich ja zum Glück nicht verdächtig, wenn man sich Zutritt zu einem Tatort ver-schafft. Allerdings … dass ich es war, die das Fenster einge-schlagen hat, habe ich dann doch lieber für mich behalten.«

In Corinnas Augen loderte die Wut. »Ich habe es geahnt!«

Wiebke nickte. »Seitdem steckten die Nadeln in meiner Handtasche. Aber die wurde mir dann ja gestohlen. Von je-mandem, der mich vorher mit der Signora im Vorratsraum von Käptens Kajüte eingesperrt hat.« Wiebke nickte mit dem Kinn zu Corinna. »Sie waren das!«

Mamma Carlottas Lebensgeister kehrten zurück. »Aber Frau Matteuer war es doch, die uns befreit hat!«

»Scheinheilige Mörderin«, stieß Wiebke als Antwort her-vor. »Sie hat uns befreit, nachdem sie die Nadeln gefunden hatte. Seitdem will sie mich beseitigen. Weil ich von der Af-färe ihres Mannes wusste. Und ich Idiot falle auf sie herein! Ich habe tatsächlich geglaubt, dass ein Arbeiter vom Gosch-

Bau meine Tasche gefunden hat. Ich dachte, so bekomme ich wenigstens meine Papiere zurück.«

Mamma Carlotta war verwirrt. Irgendetwas stimmte nicht mit dem überein, was sich in ihren Gedanken und Überzeugungen eingenistet hatte. »Wer hat denn nun Dennis Happe umgebracht?«

»Sie natürlich!«, schrie Wiebke und zeigte auf Corinna Matteuer.

»Warum hätte ich das tun sollen?«, schrie Corinna zurück. »Wenn Sie so viel von mir wissen ... dann kennen Sie vielleicht auch mein Motiv?«

Mamma Carlotta spürte, dass Wiebke schwankend wurde. Aber auch Corinna schien sich ihrer Sache nicht sicher zu sein. Sie verteidigte sich nicht blindwütig, wie Mamma Carlotta erwartet hatte, sie entlockte Wiebke Stück für Stück deren Wissen, um erst dann zu entscheiden, wie sie darauf reagieren wollte. Was hatte das zu bedeuten? Vor wem musste sie hier eigentlich Angst haben?

Plötzlich fiel ihr etwas ein. »Und warum waren Sie in Dennis Happes Wohnung? Beide?« Wiebke und Corinna sahen sich an und schwiegen. »Haben Sie mich etwa beide belogen?«, setzte Mamma Carlotta nach.

Sie machte eine ärgerliche Handbewegung, weil eine Italienerin nicht anders konnte als zu gestikulieren, wenn man ihr ein X für ein U vormachen wollte. Dass sie dabei ihren Halt gefährdete, merkte sie erst, als es zu spät war. In dem winzigen Moment, in dem sie den Stahlträger losgelassen hatte, wurde sie von einer Bö erfasst. Sie schwankte, suchte Halt, klammerte sich fest, auch der Stahlpfosten wankte ... und dann sah sie, dass das Brett, auf dem Wiebke stand, das Brett, auf dem sie selbst noch vor Kurzem gestanden hatte, in Bewegung geriet. Der Stahlträger hatte sich nun vollends aus dem Gemäuer gelöst, das Gerüstbrett verlor seinen Halt, und mit ihm stürzte Wiebke in die Tiefe ...

Erik griff entsetzt nach Sörens Arm. »Das Gerüst bricht zusammen!« Er sprang auf und vergaß alle Vorsicht. »Wiebke!«, schrie er, so laut er konnte, als wäre es möglich, sie damit noch rechtzeitig aufzufangen.

Und tatsächlich! Als hätte es sich von seinem Schrei und seiner Angst erbarmen lassen, fand das Gerüstbrett eine Etage tiefer einen Widerstand, ein weiteres Gerüstbrett, das ein wenig breiter war, fing es auf und nahm dem Sturz seine Kraft. Ganz aufhalten konnte es ihn jedoch nicht. Langsam kippte das Brett zur Seite, Wiebke klammerte sich erschrocken an einer Stahlstrebe fest und musste den Halt unter ihren Füßen verloren geben, als das Brett kurz darauf unter ihr in einer Staubwolke zu Boden fiel.

Wiebke versuchte verzweifelt, mit den Beinen irgendwo Halt zu finden. Schließlich schaffte sie es, sich auf eine Querverstrebung zu stellen, auf der kurz zuvor noch das breite Gerüstbrett gelegen hatte. Doch der Weg ins Gebäude zurück war zu weit, eine Fensteröffnung war ihr zwar nah, aber die Entfernung mit einem Schritt nicht zu überwinden. Sie hockte auf einem Gestänge, das sich im Sturm bog und sich immer wieder von der Sicherheit der Wände entfernte. Jedes Mal ein bisschen mehr, ein bisschen weiter.

Wiebke schrie. Sie legte den Kopf in den Nacken und schrie in den Himmel. Dass Erik angelaufen kam und ihren Namen rief, bemerkte sie nicht. Womöglich war es besser so, dachte Erik, während er auf sie zu lief. Das hätte ihr womöglich eine Hoffnung gegeben, die er nicht erfüllen konnte. Und er mochte sich ihre Enttäuschung nicht vorstellen, wenn sie erkennen musste, dass er sie nicht retten konnte, dass er nur hilflos mit ansehen musste, was mit ihr geschah. Zeuge sein, wie sie abstürzte? Oh, Gott! Er stöhnte leise.

»Wann kommt endlich die Feuerwehr!«, keuchte er.

Sören blieb an seiner Seite. Er wäre schneller gewesen, wenn er gewollt hätte, aber es machte keinen Sinn, sich zu beeilen. Wiebke schrie in einer Position um ihr Leben, in der sie alleine war. Ganz allein! Niemand konnte sie dort erreichen. Sie mussten auf die Feuerwehr warten, die hoffentlich einen Weg finden würde, zu Wiebke vorzudringen. Und auch zu Mamma Carlotta und Corinna Matteuer, die sich zum Glück auf dem stabilen Teil des Baugerüstes befanden.

»Das kann nicht mehr lange gutgehen«, stöhnte Erik. »Das ganze Gerüst bricht vielleicht bald zusammen.«

»Wir müssen in den Neubau rein«, keuchte Sören. »Corinna Matteuer und Ihre Schwiegermutter können wir über eine Leiter hereinholen.«

Aber Erik hielt ihn zurück. »Das Gerüst muss erst wieder stabilisiert, mit dem Mauerwerk verbunden werden. Der Einstieg ist zu weit weg. Es fehlt das Brett, auf dem Wiebke gestanden hat.«

»Wie soll die Feuerwehr hier ihre Leiter ausfahren?«, fragte Sören verzweifelt und griff zu seinem Handy. »Wir müssen Bescheid geben, dass sie über den Strand kommen sollen! Das ist die einzige Chance. Von vorne schaffen sie es nicht.«

Erik war unfähig zu antworten. Seine Lippen bebten, er hätte Sören gern auf das aufmerksam gemacht, was er sah, aber er brachte kein Wort heraus. Mit zitternden Fingern zeigte er nur auf das, was in Wiebkes Nähe geschah. Niccolò! Ihn hatte er total vergessen.

Mamma Carlotta erstarrte. Sie schloss die Augen für ein paar Sekunden ganz fest, öffnete sie dann wieder … und sah noch immer das Gleiche. Es war kein Trugbild gewesen, das ihr die Verzweiflung vorgegaukelt hatte. »Niccolò!«

Ihr Neffe, dessen Ankunft sie mit viel Bauchgrimmen entgegengesehen hatte, schwang sich soeben aus einer der Fensteröffnungen und landete auf einer Gerüststange wie ein Äffchen, das sich ohne Angst von einem Baumwipfel zum anderen bewegt. Niccolò, der verhinderte Artist der Familie! Niccolò, der nun allen bewies, dass er etwas konnte, was in diesem Augenblick jedes Mitglied der Familie Capella nützlich nennen würde! Diesmal hätte keiner über ihn gelacht. Niccolò Capella kam zu seiner ersten Zirkusvorstellung!

Er rief Wiebke zu: »Ganz ruhig bleiben, Signora! Ich rette Sie!«

Die Wirkung auf Wiebke war außerordentlich. Schlagartig hörte sie auf zu schreien, sie begrifff augenblicklich, dass ihr jemand zur Hilfe kam, auf dessen Worte sie vertrauen konnte. Er würde sie holen. Ungläubig staunend sah sie Niccolò entgegen. »Nicht bewegen! Wenn Sie ganz ruhig bleiben, werden wir es schaffen!«

Er balancierte auf einem Rohr auf sie zu, während er sich an einer Querverstrebung über seinem Kopf festhielt. Dann aber war nichts mehr über ihm, an dem er sich hätte festhalten können. Über seinem Kopf ein tosender Sturm, unter ihm mehrere Meter freier Fall.

Niccolò breitete die Arme aus, schloss die Augen, konzentrierte sich auf die Kraft des Windes, stemmte sich nicht gegen ihn, sondern bewegte sich mit ihm. Es war, als benutzte er ihn. Und als er sich seinem Rhythmus angepasst hatte, öffnete er die Augen, blickte Wiebke an … und lief los. Ein Seiltänzer auf einem Rohr, das unter ihm schwankte wie ein nachlässig gespannter Draht.

Etwa drei haarsträubend gefährliche Meter hatte er vor sich. Niccolò verbündete sich mit dem Wind, nahm dessen Stöße und Angriffe auf und machte die Kraft des Windes zu seiner eigenen. Auch als sein Ziel schon greifbar nah war, blieb er ruhig und konzentriert, warf sich nicht seinem Ziel entgegen, froh, es erreicht zu haben, sondern griff behutsam nach ihm. Ein wahrer Künstler! Ein großer Artist!

Er ließ zu, dass Wiebke die Finger in sein Hosenbein krallte, und sprach leise, aber eindringlich mit ihr, damit sie nichts tat, was sie beide in Gefahr brachte. Und Wiebke überließ sich vertrauensvoll seiner Führung. Kurz darauf saß Niccolò neben ihr, und sie bewegte sich mit seiner Hilfe vorsichtig auf ein unversehrtes Gerüstteil zu. Hundertmal eine winzige Bewegung der Hüfte, hundertmal ein paar Millimeter, dann war sie in Sicherheit, saß auf einem Brett, das stabilen Halt bot. Zwischen ihnen und der Stelle, wo Mamma Carlotta und Corinna Matteuer standen, klaffte eine breite Lücke. Das Gerüst schwankte immer stärker, der Sturm gewann immer mehr Macht.

In diesem Augenblick entdeckte Mamma Carlotta ihren Schwiegersohn. »Hilf uns, Enrico!«, schrie sie, so laut sie konnte.

Er machte eine beschwichtigende Geste. »Verhaltet euch ruhig!«, rief er herauf. »Die Feuerwehr ist gerade angekommen. Wir holen euch da runter!«

Tatsächlich erschienen nun ein paar Feuerwehrleute, die eine transportable Feuerwehrleiter hinter sich her zogen, die so weit verlängert werden konnte, dass damit erst Wiebke und dann Niccolò auf die Erde geholt wurden. Wieder schrie Wiebke ihre Angst heraus, wollte sich weigern, den Anordnungen der Feuerwehrmänner zu folgen, und wieder war es Niccolò, der sie beruhigte und ihr half, das Richtige zu tun.

»Madonna!« Mamma Carlotta griff sich entsetzt ans Herz, als sie beobachtete, wie ihr Schwiegersohn Wiebke an sich zog, sie an seine Brust drückte und sein Gesicht in ihren Locken vergrub. Was tat Erik da?

Ein Feuerwehrmann rief herauf: »Nur noch einen Moment Geduld! Wir kommen durchs Haus zu Ihnen!«

Mamma Carlotta war erleichtert. »Wir müssen nicht auf diese schreckliche Leiter! Grazie a dio!«

Corinna Matteuer antwortete nicht. Sie starrte nur auf Erik herab, der Wiebke noch immer im Arm hielt. Sie schmiegte sich an ihn und schien von seiner Nähe gar nicht genug bekommen zu können. In Corinnas Augen loderte die Eifersucht.

Sie nahm auch dann den Blick nicht von dem Paar, als Geräusche im Innern des Neubaus verrieten, dass die Hilfe der Feuerwehrmänner nahte. Mamma Carlotta hörte, wie die Leiter aufgenommen und an die Öffnung gestellt wurde, durch die sie selbst auf das Gerüst gestiegen war. Als das Gesicht eines Feuerwehrmannes in ihrer Nähe auftauchte, hatte sich Corinna Matteuers Gesicht auf erschreckende Weise verändert. Mamma Carlotta bekam eine Gänsehaut, als sie den Hass und die kalte Entschlossenheit in ihrer Miene sah.

Die Feuerwehrmänner befestigten das Gerüst notdürftig, legten das Brett zurück, das mit Wiebke herabgefallen war, dann wurden Mamma Carlotta und Corinna Matteuer aufgefordert, sich auf die Öffnung zuzubewegen. »Aber langsam! Ganz langsam!«

In diesem Moment spürte Mamma Carlotta, wie sich von hinten ein Arm um sie legte, der so schmerzhaft auf ihren Kehlkopf drückte, dass sie kaum Luft bekam. An der rechten Seite ihres Halses spürte sie etwas Spitzes, Kaltes....

Erik konnte sich an Wiebke nicht sattsehen. »Du bist wirklich okay? Keine Verletzungen?«

Sie konnte schon wieder lachen. »Ich hatte nur schreckliche Angst.«

Erik zog sie erneut an sich, aber dann löste sich Wiebke von ihm und sah ihm ins Gesicht. »Was ist los, Erik? Heute Morgen, im Hotel, da warst du noch ganz anders.«

Eriks Blick wurde verlegen. »Das müssen wir in aller Ruhe besprechen. Ich habe nämlich ... etwas gemacht, was ich eigentlich nicht hätte tun dürfen.«

Wiebkes Augen wurden groß, sie verstand nicht, was er sagte. »Du? Ich dachte, es gibt keinen korrekteren Menschen als dich?«

Erik holte tief Luft, wollte ihr gestehen, dass er in ihrer Tasche die Anstecknadeln gefunden hatte, dass er ihre Kaffeetasse hatte auf Spuren untersuchen lassen und dass er herausgefunden hatte, dass sie den Stein in Händen gehalten hatte, mit dem das Fenster des Baubüros eingeworfen worden war. Aber wie sollte er das auf die Schnelle erklären? Er war Friese, er brauchte für so etwas ungefähr einen halben Tag. »Nur so viel … ich habe heute erkannt, wer die Morde begangen hat. Leider hatte ich vorher etwas übersehen …«

»Corinna Matteuer?«, fragte Wiebke atemlos.

Aber Erik schüttelte den Kopf. »Nein, Corinna nicht.«

Ehe er weitere Erklärungen abgeben konnte, kam ein Feuerwehrmann angelaufen. »Schnell!«, rief er schon von Weitem. »Kommen Sie mit! Wir haben eine Geiselnahme.«

Erik spürte, wie ihm das Blut aus dem Gesicht wich. Er wusste sofort, was geschehen war, fuhr zu Sören herum und hatte Wiebke im selben Augenblick vergessen. »Verdammt! Wie konnte das passieren?«

Sören war nicht minder erschrocken. »Vielleicht, weil die Matteuer beobachtet hat, wie Sie Frau Reimers auf der Erde empfangen haben? Wenn sie gehofft hat, dass die Schuld auf Wiebke Reimers abzuwälzen ist, dann muss sie nun erkannt haben, dass sie sich getäuscht hat und wir Frau Reimers nicht mehr verdächtigen.« Und leise, sodass nur Erik es verstehen konnte, fügte er an: »Und dass sie nun keine Chancen mehr bei Ihnen hat, muss sie auch eingesehen haben.«

Erik folgte dem Feuerwehrmann um den Neubau herum, stieg hastig über herumliegende Bretter, stolperte über Dosen, die der Wind hin und her trieb, und stieß schließlich auf drei Feuerwehrmänner, die wie versteinert dastanden und nicht wagten, sich zu bewegen.

Die Augen seiner Schwiegermutter waren weit aufgerissen, sie starrte Erik hilfesuchend an. Corinna hatte ihren

Arm fest um Mamma Carlottas Schultern geschlungen. Das Messer, das sie ihr an den Hals hielt, sah gefährlich aus.

»Lasst mich durch«, sagte Corinna leise und bestimmt. Dann fasste sie Erik ins Auge. »Du legst jetzt deinen Autoschlüssel auf das Fass.« Sie machte eine Kopfbewegung in Richtung eines großen Fasses hinter ihm, auf dem mehrere Schalplatten lagen. »Und dann haust du ab! Und alle anderen auch!«

Die Feuerwehrmänner verschwanden auf der Stelle. Erik suchte seinen Schlüssel aus der Jackentasche und bewegte sich vorsichtig rückwärts. Die Gedanken jagten durch seinen Kopf. Wäre es klug, Corinna mit seinem Wissen zu überrumpeln? Würde sie einbrechen, wenn er ihr auf den Kopf zusagte, was er herausgefunden hatte? Oder machte er damit alles nur noch schlimmer?

Er sah zu Sören, hoffte, in seinem Gesicht Bestätigung zu finden oder die Aufforderung, etwas anderes zu tun. Und tatsächlich erschien etwas in Sörens Augen. Ein Hinweis! Eine Warnung?

Erik zögerte. Es kam ihm so vor, als wüsste Sören etwas, das er ihm jedoch nicht mitteilen konnte. Vorsichtig legte Erik den Schlüssel auf die Wassertonne, dann blieb er stehen.

»Weg!«, sagte Corinna und zog Mamma Carlotta noch weiter an sich heran. Die Messerspitze hinterließ ein feines rotes Rinnsal, das Eriks Schwiegermutter in den Kragen lief.

Wieder sah er Sören an, ehe er zur Seite trat. Dann endlich verstand er Sörens Hinweis. Sein Assistent blickte schnell zur Seite, so kurz, dass es kaum wahrzunehmen war, sein Blick huschte einmal über Corinnas Kopf hinweg und war dann wieder ganz ruhig auf seinen Chef gerichtet.

Erik gab sich Mühe, Corinna nicht merken zu lassen, dass er einen Hinweis bekommen hatte. Seine Augen gingen nur kurz zu der Stelle, auf die Sören hingewiesen hatte, dann zu einer ganz anderen. Nun hatte er es auch gesehen. Zwei

Füße bewegten sich vorsichtig über das Gerüstbrett und tasteten sich auf die Leiter. Erik fragte sich, wie Niccolò dorthin gekommen war. Er bewegte sich so leicht und geräuschlos, wie es wohl nur ein Mensch konnte, der auch über ein straff gespanntes Seil zu laufen vermochte.

Erik versuchte es mit einem Ablenkungsmanöver. »Sei vernünftig, Corinna! Das bringt doch nichts! Wie willst du bei dem Sturm von der Insel kommen?«

»Das lass nur meine Sorge sein«, gab sie zurück und stieß Mamma Carlotta mit dem Knie einen Meter nach vorn. »Solange deine Schwiegermutter in meiner Gewalt ist, kann mir nichts passieren. Und wenn mir jemand in die Quere kommt, steche ich zu. Ich hoffe, du glaubst mir das.«

»Du machst alles nur noch schlimmer«, sagte Erik und zwang sich, nicht zur Leiter zu blicken.

Niccolò stand nun freihändig auf einer der oberen Sprossen und setzte zu einem gewaltigen Sprung an. Der Angriff kam für Corinna derart überraschend, dass sie keine Gelegenheit hatte, dass Messer so einzusetzen, wie sie es angedroht hatte. Sie fiel vornüber, Niccolò warf sich auf sie. Er griff nach ihrer Hand, zwang Corinna, sie zu öffnen, und stieß das Messer so weit weg, dass es vor Eriks Füßen landete. Dann wartete er, bis Sören mit Handschellen neben ihm auftauchte, und hielt Corinnas Arme so lange fest, bis ihre Hände auf dem Rücken gefesselt waren.

Dann erst stand er auf und fand sich augenblicklich an Mamma Carlottas Brust wieder. »Niccolò bambino! Du hast mich gerettet!«

Erik half Corinna auf die Beine. Aus wütend zusammengekniffenen Augen sah sie ihn an. Erik holte tief Luft, ehe er sagte: »Matilda Pütz, ich nehme Sie fest wegen des dringenden Verdachts, Ihre Schwester Corinna Matteuer, Dennis Happe und Sila Simoni umgebracht zu haben.«

Erik blickte zu Mamma Carlotta, die ihn mit offenem

Mund anstarrte, und er genoss diesen denkwürdigen Augenblick, in dem es seiner Schwiegermutter endlich einmal die Sprache verschlagen hatte.

Mamma Carlotta kochte Kaffee. Wiebke hatte sich erboten, Sahne für den Mandelkuchen zu schlagen, Niccolò hing am Telefon und verbreitete in Umbrien die Nachricht, dass sein Einsatz als Artist eine Katastrophe verhindert hatte. Die Kinder hatten sich verdrückt, nachdem sie sich angehört hatten, was passiert war. Natürlich hatten sie von ihrer Nonna die italienische Fassung präsentiert bekommen, mit allen noch so geringfügigen Einzelheiten, vielen Übertreibungen und unzähligen Vermutungen, die sie als Gewissheiten verkauft hatte. Erik sei eine kriminalistische Meisterleistung gelungen, sie selbst sei mindestens so tapfer gewesen wie der alte Adelfo, der einmal in seinem Hause überfallen worden war und die Einbrecher mit seinem Krückstock in die Flucht geschlagen hatte. Der Aufenthalt auf dem Baugerüst sei absolut lebensgefährlich gewesen, und dass Wiebke bei ihrem Absturz nicht vor lauter Angst der Schlag getroffen habe, sei ein kleines Wunder. Der Held des Tages aber sei natürlich Niccolò gewesen, ohne den vermutlich weder Wiebke noch Mamma Carlotta mit dem Leben davongekommen wären. »Wie er über das Rohr balanciert ist! Ohne sich festzuhalten! Und obwohl der Sturm so heftig war, dass er uns alle beinahe ins Meer gepustet hätte!«

Carolin war vor allem an der Frage interessiert gewesen, ob es jetzt mit dem Gesundheitshaus vorbei war. »Die Firma Matteuer-Immobilien müsste am Ende sein. Die Inhaberin tot, ihre Schwester im Gefängnis, Klaus Matteuer ein Pflegefall …«

Mamma Carlotta war ganz sicher, dass sie die Unterschriftenlisten zerreißen konnten. Wie gut ihr diese Aussicht gefiel, hatte sie jedoch nicht verraten, denn nun bestand die berechtigte Hoffnung, dass ihr niemand vorhalten würde, wie wenig Unterschriften sie gesammelt hatte und wie oft sie dafür außer Haus gewesen war.

Carolin jedoch war, seit sie den Wunsch hatte, in die Politik zu gehen, streng problemorientiert und nicht mit leichten Lösungen zu begeistern. »Mag sein, dass das Naturschutzgebiet in Braderup nun nicht mehr in Gefahr ist. Aber das heißt nicht, dass wir uns schon zurücklehnen dürfen. Die Frage, wie eine positive Zukunftsgestaltung der Insel aussehen soll, ist immer noch offen. Wir brauchen verbindliche Regelungen für ganz Sylt! Wir können uns keine Bauskandale mehr leisten! Jeder Einzelne muss sich verantwortlich fühlen.«

Sie erhob sich, um eine außerplanmäßige Sitzung der Bürgerinitiative in die Wege zu leiten. »Wir müssen uns ganz neu organisieren«, sagte Carolin, ehe sie die Küche verließ.

Felix war ihr zwar gefolgt, aber kurz darauf drangen die Geräusche des Fernsehers aus dem Wohnzimmer. Anscheinend hatte er nun doch ein unpolitisches Formel-1-Rennen vorgezogen.

Wiebke war mit dem Sahneschlagen fertig und schnitt nun den Mandelkuchen, während Mamma Carlotta den Tisch deckte. »Es ist Sonntag«, murmelte sie. »Domenica gehört la famiglia an den Kaffeetisch. Hoffentlich hält Enrico sich mit dem Verhör nicht so lange auf.«

»Er wird sicherlich erst kommen, wenn er das Geständnis hat«, meinte Wiebke.

»Madonna!« Mamma Carlotta fehlten plötzlich die Nerven, auf jeden Teller eine Kuchengabel, neben jede Tasse einen Kaffeelöffel zu legen und die Servietten in Form von spitzen Hütchen aufzustellen. Sie sank auf einen Stuhl. »In meinem Kopf geht immer noch alles durcheinander. Wie ist Enrico nur darauf gekommen, dass Corinna Matteuer in Wirklichkeit Matilda Pütz ist?«

»Das wird er uns erzählen, wenn er heimkommt.«

»Und Sie? Wie war das nun eigentlich mit Ihnen, Signorina? Sie haben das Fenster des Baubüros eingeschlagen. Sie waren in Dennis Happes Wohnung! Warum?«

Wiebke legte das Messer beiseite. »Als ich Klaus gefunden hatte, war da gleich eine große Vertrautheit zwischen uns. Wir haben uns ein paarmal in Flensburg getroffen, und er hat mir schon bald von seiner Affäre mit Matilda erzählt. Sonst wusste niemand davon, nur ich! Er war sicher, dass Matilda ihn genauso liebte wie er sie. Dabei hat sie ihn nur benutzt. Sie wollte das, was ihre Schwester hatte. Corinnas Mann, die Firma, ihr Leben ...«

Mamma Carlotta seufzte und machte einen zweiten Versuch, den Tisch zu decken.

»Ich wusste von den beiden Anstecknadeln«, fuhr Wiebke fort. »Klaus hatte sie mir gezeigt. Und als er den Schlaganfall gehabt hatte, als er so hilflos dalag, sich kaum noch bewegen und nicht mehr artikulieren konnte ... da wollte ich ihm helfen. Die beiden Nadeln hätten verraten, dass er Corinna betrog. Ich wollte nicht, dass sie es erfährt. Er hätte sich ja nicht mehr verteidigen können. Ich wollte die Nadeln verschwinden lassen. Aber ich habe sie nicht gefunden. Anscheinend hatte Matilda sie schon in Sicherheit gebracht.« Auch Wiebke machte nun mit der Arbeit weiter und schnitt den Kuchen, während sie fortfuhr: »Ich wollte die Reportage über Corinna machen, um sie besser kennenzulernen.«

»Aber Sie sind geblieben, obwohl aus der Reportage nichts wurde«, erinnerte Mamma Carlotta.

»Ich hatte das Gefühl, dass etwas nicht stimmte. Matilda sollte mit Ludo Thöneßen eine Affäre gehabt haben? Sie sollte ihn so geliebt haben, dass sie erst ihn und dann sich selbst umbrachte, als sie von ihm enttäuscht worden war? Ich konnte das nicht glauben! Schließlich wusste ich von Klaus, dass er und Matilda ein Liebespaar waren. Und dann der Tod von Dennis Happe. Plötzlich kam mir die Idee, dass die Anstecknadeln in Matildas Schreibtisch sein könnten, dass Dennis Happes Tod etwas damit zu tun haben könnte.«

»Deswegen haben Sie das Fenster eingeschlagen und den Schreibtisch durchsucht«, folgerte Mamma Carlotta.

»Und ich habe die Nadeln wirklich gefunden. Seitdem steckten sie in meiner Handtasche.«

»Aber Corinna Matteuer hat eins und eins zusammengezählt und ist darauf gekommen, dass Sie die Nadeln haben.«

»Sie meinen Matilda Pütz«, korrigierte Wiebke sanft.

Mamma Carlotta schlug sich vor die Stirn. »Madonna! Daran kann ich mich nicht gewöhnen, dass Corinna Matteuer nun plötzlich Matilda Pütz ist. Und da Sie die Wahrheit kannten, hat Corinna, nein, Matilda wohl gefürchtet, dass Sie ihr auf die Schliche kommen würden. Wie ist Enrico nur hinter die Wahrheit gekommen?«

Ehe sie diese Frage mit Wiebke ausführlich erörtern konnte, betrat Niccolò die Küche, stolz und freudestrahlend. Anscheinend war er von der Familie zum ersten Mal für sein artistisches Talent gelobt worden. »Auf der Piazza von Panidomino wird es eine Vorstellung geben«, verkündete er. »Der Bürgermeister will vom Schornstein der Sakristei ein Drahtseil zum Dach von Signora Romolos Wäscherei spannen lassen. Ich muss schon morgen wieder nach Hause, um mit dem Training zu beginnen!«

Er setzte sich, und plötzlich veränderte sich sein Gesichtsausdruck. Das Strahlende fiel von ihm ab und machte einer großen Enttäuschung Platz. Vorwurfsvoll sah er seine Tante an. »Ich verstehe dich nicht, Zia Carlotta. Wie konntest du erwarten, dass ich das Bistro in diesem Gesundheitshaus übernehme? Ich sollte für eine Mörderin arbeiten?«

Er schüttelte tadelnd den Kopf und hatte erreicht, dass es Mamma Carlotta zum zweiten Mal an diesem Tag die Sprache verschlug.

Matilda saß am Tisch des Vernehmungsraums, kerzengerade, die Hände im Schoß gefaltet, den Blick auf die Tischplatte gerichtet. Sie sah nicht auf, als Erik und Sören den Raum betraten, und reagierte nicht auf die Frage, ob sie etwas zu trinken haben wollte.

Erik setzte sich ihr gegenüber, Sören blieb in der Nähe der Tür stehen. Eine Weile war es still im Raum, das einzige Geräusch verursachte eine Fliege, die durch den Raum surrte.

Erik wartete so lange, bis er spürte, dass Matilda nervös wurde. Dann erst fragte er: »Warum, Matilda? Warum hast du Corinna umgebracht? Sie hat dich geliebt, du warst für sie der wichtigste Mensch.«

Nun sah sie auf, in ihren Augen standen Spott und Hohn. »Woher willst du das wissen? Du hast sie immer so gesehen, wie du wolltest. Nie so, wie sie wirklich war.«

Erik entgegnete nichts, weil er spürte, dass es keine Antwort gab, die ins Schwarze getroffen hätte.

»Sie hatte alles«, fuhr Matilda fort. »Ihr gelang alles. So war es früher schon.«

Erik dachte an die Grundschullehrerin der Zwillinge. »Aber Corinna hat dir immer geholfen, stand dir immer zur Seite.«

Nun war unverhohlener Hass in Matildas Augen zu lesen. »Kannst du dir vorstellen, wie das ist? Immer auf die Hilfe der Schwester angewiesen sein? Ja, sie hätte mir sogar geholfen, dich zu erobern, wenn sie die Möglichkeit gehabt hätte! Aber du warst ja völlig vernarrt in sie! Trotzdem haben wir es mal versucht.« Ein hämisches Grinsen zuckte in ihrem Mundwinkel.

Erik runzelte die Stirn. »Was meinst du damit?«

»Wir haben die Rollen getauscht«, antwortete Matilda. »Das haben wir oft getan. Du hast am Strand auf Corinna gewartet, aber ich war es, die gekommen ist. Du hast mich geküsst.«

Erik sah sie erschrocken an. »Was?«

»Aber du hast gespürt, dass etwas anders war. Die Enttäuschung stand in deinen Augen, ich habe sie genau gesehen. Obwohl wir uns so stark ähnelten, konnte ich dir nicht gefallen.«

Erik hörte nun Sörens Schritte, spürte, wie er sich an seine Seite setzte. Anscheinend bemerkte sein Assistent, dass das Gespräch derart persönlich wurde, dass es den Charakter eines Verhörs zu verlieren drohte.

»Sie haben Ihre Schwester umgebracht, um Herrn Wolf zurückzugewinnen?«, fragte er ungläubig.

Aber Matilda schüttelte den Kopf. »Nein, ich wusste ja gar nicht, dass er noch auf Sylt lebte, und war völlig überrascht, als er bei mir auftauchte. Aber dann dachte ich ...« Sie brach ab, und Erik war froh darüber.

»Warum also?«, fragte er noch einmal. »Warum hast du deine Zwillingsschwester vom Balkon gestürzt?«

»Ich hatte alles verloren. Sie war erfolgreich, sie hatte Geld, ich nicht. Sie hatte einen Mann, mir dagegen war es nie gelungen, jemanden an meiner Seite zu halten. Ihr glückte alles, mir nichts.« Matildas Lippen zitterten, der Hass war aus ihren Augen herausgetreten und nahm nun von ihrem ganzen Körper Besitz. Das Gesicht verzerrte sich, ihre Hände ballten sich zu Fäusten, ihr Mund verzog sich. Erik hätte den Raum am liebsten verlassen, so sehr stieß ihn Matildas Hass ab.

»Ich wollte das Leben führen, das sie hatte«, sagte sie und sah zwischen Erik und Sören hindurch auf die Wand neben der Tür. »Deswegen habe ich mit meinem Schwager eine Affäre begonnen. Deswegen habe ich in der Firma gearbeitet, als wäre es meine eigene. Ich kannte mich schon lange besser aus als Corinna. Aber ich musste lange üben, bis es mir gelang, mein Äußeres zu verändern, sodass ich wirklich mit ihr zu verwechseln war. Die Sache mit dem Make-up und der Frisur hat mich viel Zeit und Arbeit gekostet.«

»Welche Rolle spielte Ludo Thöneßen?«

Der Hass wich aus Matildas Gesicht und machte Verächtlichkeit Platz. »Ludo war ein Versager. Er hatte sich von Klaus über den Tisch ziehen lassen. So ein Idiot!« Sie stieß etwas aus, was sich wie ein Lachen anhörte, aber keines war. »Ich hatte ja keine Ahnung, dass er auf Rache aus war. Anscheinend hatte er Klaus und mich schon eine Weile beobachtet. Er war der Einzige, der gemerkt hat, dass Klaus in mich verliebt war. Und eines Tages ist er uns gefolgt, um Fotos zu machen und uns damit zu erpressen.« Wieder spuckte sie ein abfälliges Lachen aus, das bei Erik für eine Gänsehaut sorgte. »Das saubere Gemeinderatsmitglied! Der gute Mensch, der sich nicht bestechen ließ! Ja, das mit seinem Saubermannimage hat er gut hingekriegt.«

»Du bist also von ihm erpresst worden?«, fragte Erik.

Sie nickte. »Er hat uns am Strand beobachtet. Und er hat gesehen, wie Klaus seinen Schlaganfall bekam.«

Sören beugte sich ungläubig vor. »Sie waren dabei, als Herr Matteuer den Schlaganfall hatte?«

»Ja, aber wenn ich Hilfe geholt hätte, hätte ich erklären müssen, warum ich mit Klaus an diesem einsamen Strandstück war. Ich hätte mich verraten.«

»Du hast ihn hilflos zurückgelassen?«, fragte Erik.

»Ich habe ihm seine Anstecknadel abgenommen«, antwortete Matilda völlig emotionslos, »denn sie hätte uns verraten. Er war ja so stolz auf diese Nadeln mit unseren Fotos. So wäre ich stets in der Nähe seines Herzens, hat er gesagt.«

Sören begann zu verstehen. »Ludo Thöneßen hat beobachtet, dass Sie Klaus Matteuer zurückgelassen haben?«

Matilda nickte. »Er selbst hat ihm natürlich auch nicht geholfen. Er fand, dass es Klaus ganz recht geschah. Er hatte endlich seine Rache. Und mich konnte er erpressen, damit er finanziell endlich wieder auf die Beine kam. Schmiergelder

hat er nicht angenommen, er wollte ja weiterhin der Sauber-
mann bleiben. Die Ehe mit dem Pornostar war ihm nur verziehen worden, weil er angeblich so ein anständiger Kerl
war. «

»Womit hat er dich erpresst?«, fragte Erik.

»Er wollte das Bistro im Gesundheitshaus haben. Dafür
sollte ich sorgen. Und natürlich wollte Ludo das Bistro ge-
schenkt, er hatte ja keine Kohle. Aber wie sollte ich das drehen? Er wollte Matteuer-Immobilien dann sogar offiziell unterstützen. Da er als integer galt, hätte er die Bürgerinitiative
vielleicht tatsächlich beruhigen können. «

Erik ahnte, was nun kam. »Du bist zum Schein auf die Erpressung eingegangen? «

Matilda nickte. »Ludo musste weg. Ich hatte gar keine
Wahl. Und da ich schon mal dabei war …«

Sören war es, der diesen grauenhaften Satz vollendete:
»… konnte Ihre Schwester auch weg?«

Matilda blieb eiskalt. »Ich habe mich in ihre Rolle einge-
fügt. Einmal habe ich es ausprobiert und bin als Corinna zu
Ludo gegangen. «

Die Erkenntnis sprang Erik an. »An dem Abend, als Ina
Müller ihr Konzert auf Sylt gab? «

Matilda nickte. »Sie wollte Ina Müller unbedingt sehen.
Und ich bin als Corinna zu Ludo gegangen und habe ihm
gesagt, ich wüsste, dass meine Schwester und mein Mann ein
Verhältnis hatten. Aber ich hätte den beiden verziehen, er
hätte also keinen Grund mehr, Matilda zu erpressen. « Sie
grinste schief. »Himmel, war der wütend! Vor allem, als ich
ihm unter die Nase gerieben habe, dass ich nun etwas gegen
ihn in der Hand hätte! Ich könnte ihn wegen unterlassener
Hilfeleistung anzeigen. Schließlich hatte auch er Klaus hilflos am Strand zurückgelassen. Der hat getobt und rumge-
schrien. Er würde mich lächerlich machen, alle Welt sollte
erfahren, dass mein Mann mich mit meiner Schwester be-

trüge. Auch wenn es ihm nichts mehr brächte, er würde es allen erzählen, wenn ich die Stirn hätte, ihn anzuzeigen.«

In Erik begannen sich die Einzelheiten zusammenzufügen. »Und das hat Tove Griess mitbekommen und dich ebenfalls erpresst.« Erik wusste mittlerweile, dass es eigentlich Fietje Tiensch gewesen war, der es Tove erzählt hatte, aber darauf kam es jetzt nicht mehr an.

»Er wollte das Bistro auch. Zum Schein bin ich darauf eingegangen.«

»Und Dennis Happe? Und Sila Simoni?«

»Sila hat leider was spitz gekriegt. Irgendeinen Fehler muss ich gemacht haben, als sie mich besuchte. Ich habe genau gemerkt, dass sie misstrauisch wurde. Ich hatte Angst, dass sie am nächsten Morgen zur Polizei gehen und mich verraten würde. Das musste ich verhindern. Und dabei kam mir die Idee, wie ich Tove Griess gleich mit erledigen konnte.«

»Sie haben sich seine Schuhe geholt und einen Zahnstocher, den er im Mund gehabt hatte«, ergänzte Sören.

»Und Dennis Happe?«, fragte Erik.

»Der hat auch was gemerkt. Wir waren den größten Teil des Tages gemeinsam in einem Büro, haben mindestens acht Stunden täglich zusammengearbeitet, da habe ich wohl manchmal vergessen, was meine Rolle vorsah, und mich so verhalten, wie ich wirklich war. Er wollte sich anscheinend Gewissheit verschaffen und in meinem Schreibtisch nach einem Beweis suchen. Ich hatte Angst, dass er die Anstecknadeln fand, die ich dort versteckt hatte.«

»Du hast verhindert, dass Dennis sie fand«, meinte Erik. »Aber du konntest nicht verhindern, dass Wiebke Reimers sie an sich nahm.«

»Ich hatte nach Dennis' Tod nicht genug Zeit zum Suchen«, gab Matilda zurück. »Als ich die Nadeln später nicht entdeckte, dachte ich, er hätte sie längst gefunden und bewahrte sie zu Hause auf. Vielleicht, um mich später zu erpressen. Oder mich bei der Polizei anzuzeigen, wenn er ganz sicher war. «

»Und wie bist du auf Wiebke gekommen? «

»Ich habe ihren Wagen gesehen, nachdem ich Dennis' Wohnung durchsucht hatte. Mir wurde klar, dass sie auf mich aufmerksam geworden war. Sie wusste etwas! «

»Später hast du ihr dann die Tasche gestohlen, die Anstecknadeln gefunden und Wiebke auf den Bau gelockt. Der Sturm kam dir wahrscheinlich gerade recht. «

Matildas Augen waren halb geschlossen, als zöge sie sich in ihr Inneres zurück. »Ich hätte dafür gesorgt, dass das Wasser sie holt«, sagte sie leise. »Irgendwann wäre sie an Land gespült worden. Ein Opfer ihres Leichtsinns. Es trauen sich ja immer einige Touristen zu weit vor, weil sie nicht an die Kraft der Brandung glauben. «

Erik stand auf, er hatte genug gehört. Er brauchte dringend eine Pause, um all das zu verarbeiten, was er erfahren hatte. Er gab Sören einen Wink, damit er Enno Mierendorf holte, der Matilda in ihre Zelle führen sollte.

Sie erhob sich, bevor Mierendorf erschienen war, und sah Erik nun intensiv an. »Wie bist du darauf gekommen, dass ich nicht Corinna bin? «

»Der Obduktionsbericht! Hätte ich ihn schon eher gelesen, wäre ich längst auf die Wahrheit gestoßen. Schließlich war es Corinna gewesen, die Silikonimplantate trug. Sie hatte zusammen mit Sila Simoni eine Brustvergrößerung vornehmen lassen. Nicht du! «

Matilda lachte. Dann schüttelte sie den Kopf und blickte zu Boden. »Ja, mein schöner Busen! Das Einzige, in dem ich Corinna überlegen war ... «

Erik antwortete nicht und ging zur Tür.

»Du läufst jetzt zu Wiebke Reimers? «, fragte Matilda. »Liebst du sie? Hat sie es geschafft, dein Herz zu erobern? «

Erik dachte kurz nach, dann drehte er sich um. »Ja, sie hat es geschafft. Du hast recht, ich liebe sie. Und ich werde jetzt zu ihr gehen.«

Matilda machte den Eindruck, als wollte sie sich auf Erik stürzen. Sören bewegte sich bereits mit einem Schritt auf sie zu … da wurde aus ihrer Aggression auf der Stelle Apathie. »Ich hätte es mir denken können«, murmelte sie. »Mich liebt keiner. Nur Corinna hat mich geliebt. Sie war völlig arglos, als ich zu ihr auf den Balkon kam …«

Erik sah zu, wie Enno Mierendorf sie abführte, blieb noch eine Weile stehen und starrte auf die geschlossene Tür. Sören merkte, dass sein Chef noch etwas Zeit brauchte, und verließ das Zimmer, ohne etwas zu sagen. Nun blieb die Tür offen stehen, aber Erik starrte noch immer auf den gleichen Punkt. Er wurde erst aufgeschreckt, als eine Stimme auf dem Gang ertönte und eine Gestalt den Türrahmen ausfüllte. Menno Koopmann!

»Was höre ich, Wolf? Sie haben sämtliche Mordfälle geklärt?«

Erik drängte ihn zur Seite und ging hinaus. Aber natürlich folgte ihm der Chefredakteur des *Inselblattes* auf dem Fuße. »Corinna Matteuer ist die Mörderin?«

»Nein«, antwortete Erik. »Sie sah nur so aus.«

»Wollen Sie mich auf den Arm nehmen?«, schimpfte Koopmann hinter ihm her.

»Erst muss ich mit Frau Dr. Speck reden«, gab Erik zurück. »Es kann nicht sein, dass die Presse eher Bescheid weiß als die Staatsanwältin.«

Das sah Menno Koopmann sogar ein. »Erstaunlich übrigens, dass die *Mattino* nicht schon wieder auf der Matte steht. Bekomme ich die Informationen endlich mal eher als dieses Hochglanzmagazin?«

Nun konnte Erik sogar lächeln. »Versprochen!«

Mein Dank geht an meine beiden Erstleser:
meinen Sohn Jan und
meine Freundin Gisela Tinnermann
und an Silke Muci, die die italienische Sprache überprüft
und korrigiert hat!